自选文集

—— 文缘与使命

张子正◎著

北方联合出版传媒(集团)股份有限公司

万卷出版公司

© 张子正 2019

图书在版编目（CIP）数据

自选文集：文缘与使命 / 张子正著. -- 沈阳：万
卷出版公司，2019. 4

ISBN 978-7-5470-5024-8

Ⅰ. ①自… Ⅱ. ①张… Ⅲ. ①中国文学-当代文学-
作品综合集 Ⅳ. ①I217. 2

中国版本图书馆 CIP 数据核字（2018）第 167885 号

出 品 人：刘一秀
出版发行：北方联合出版传媒（集团）股份有限公司
　　　　　万卷出版公司
　　　　　（地址：沈阳市和平区十一纬路 25 号　邮编：110003）
印 刷 者：北京长宁印刷有限公司
经 销 者：全国新华书店
幅面尺寸：170mm×240mm
字　　数：638 千字
印　　张：30.5
出版时间：2019 年 4 月第 1 版
印刷时间：2019 年 4 月第 1 次印刷
责任编辑：李坪
封面设计：东方朝阳
版式设计：东方朝阳
责任校对：佟可竟
ISBN 978-7-5470-5024-8
定　　价：99.00 元

联系电话：024-23284090
邮购热线：024-23284050
传　　真：024-23284521

目　录

党建工会篇

美育研讨篇

文学评论篇

前言后记篇

合唱艺术篇

词条警句篇

讲话祝词篇

学科论证篇

史志研讨篇

随感篇

书信二则

奖词鉴定篇

述职篇

申报职称篇

绘画、剪影篇

自　序

　　计划结集出一本个人书籍的想法还是去年年初的事。究其原因：一是一直以来面对工作的快节奏终于有了可以喘息的时机了；二是自己在外经贸工作岗位上履职正好满 40 个春秋也该有个聊以纪念的东西；三是我个人成长经历的起点到肩负工作使命是与文有缘和因文而起，做文与做人始终相随相伴令我引以为傲。如果说前二者指明我计划中出书的条件和动机，那么后者才是我心中真正的命题。

　　去年 1 月份春节放假期间，我利用几天时间把近 30 年发表的和未刊印的文稿通读了一遍，见文起意，触景生情，往事情景又历历在目，因为这些文稿就是自己的心灵，或者说，就是心灵的象征。重读它时，就像在抚摸自己的心灵。

　　作为 1960 年生人，我从小学到高中的十年正是"文革"的十年，这十年教育园地一片荒芜。幸运的是，在我高中阶段遇上了两位好老师。一位是复旦大学新闻系毕业的语文任课老师谢得和（后调上海华东师范大学任教），期间在他的悉心指导下，加上自己对语文的偏好，我的作文常常被老师作为范文在课堂上朗读，由此奠定了我的写作基础；另一位是上海著名画家李慕白后人、美术教育工作者李继渊老师。1976 年高中毕业走上工作岗位后，我一边工作，一边自学，在大学专科和本科阶段毕业论文环节，我先后又有幸遇到了两位好导师。一位是绍兴师范高等专科学校（现绍兴文理学院）中文系主任沈贻炜老师（后调任浙江传媒学院文艺系主任）；一位是杭州大学（现浙江大学）中文系主任、博导吴秀明教授。与中文专业结缘后和在名师指点下，我的写作渐入佳境，其工作基本面也得到了根本改观。从 1988 年开始承编市外贸史志，到 1996

年承编省外经贸志被省方志办吸收为浙江省地方志学会会员；从 2001 年转型到新单位建章立制、从事会展理论研究被中国会展经济研究会吸收为会员，到 2013 年任《绍兴市志》承编单位主笔、《绍兴市商务志》主编，再到新年伊始被省人民政府地方志办公室聘任为《浙江通志》评审专家，无不得益于与文之缘。当然，原已为我有所准备的仕途道路也在这不断的借调中渐渐远离。

本集子选编了自 1987 年以来由我个人撰写或执笔的工作文稿（书信），其中主要为出版文稿和在专业媒体上发表的调研类文稿，也有一部分为获奖作品及学习心得。集子共分 19 个篇栏，其中前 17 个篇栏为文字部分，内容涉及商业、外贸、会展、党务、工会、美育、文学、声乐、史志、哲学等，文章体裁包括记叙文、散文、议论文、说明文、应用文等。后两个篇栏分别为绘画和剪影，作为补充部分，能够更直观地了解作者的另一生活侧面，可与文字部分相照应。合集，也是我四十年人生历程的写照，它记载了我工作、学习、生活不断进步的过程，承载了我实现人生价值的理想和情怀，从字里行间可以触摸到那颗心的跃动。

值得一提的是，集子虽主要是工作文稿的汇编，但也不乏记录作者从原单位调离前即使因文（单独发表署名文章）而被转岗也仍坚持操守、坚守阵地在开拓业务工作之外兼职完成论文课题的篇什，视交办工作犹如军令不可动摇。然工作事业由文而兴，亦因文而转，回归后再从文而用，故也即是集子名"文缘与使命"的由来。

集子文字部分凡 92 篇，每栏篇目均按作品发表时间或成稿时间先后编排，唯独首二篇时序倒置也不设篇题，主要是从内容先总后分考虑。第一篇获奖征文稿"工作着是美丽的"实际是作者 40 年工作生涯的总结；第二篇记者采访稿"一位修志人"则是截取另一视觉的人物特写。两篇文章，是整体与局部的关系，分则独立，合则互补，置于集子开篇，以先飨读者。

是为序。

张子正　写于绍兴寓所

2018 年 1 月 2 日

工作着是美丽的

——记一纸奖状伴我扎根商务四十年的心路历程

（2015 年 11 月获省商务厅"商务好故事"征文比赛三等奖）

工作着是美丽的。当我用满腔情深写下这个标题时，或许有人会怀疑我的真诚，或者认为我是在高唱赞歌，抑或觉得是一种幼稚的浪漫主义。然而，从用心实践的亲身经历，我确确实实感受到了为商务而工作的美丽。若要问我工作有多美丽？是什么让我执着于商务岗位 40 年而痴心不改？一纸 38 年前被授予的厅级奖状，便是我扎根商务的精神支点，同时也影响和决定了我的人生价值观。那衬有奖词的玻璃镜框，似一面镜子，照人心亮，它成了我以后工作中努力开拓、不断进取的激励牌。

记得 1976 年 12 月 15 日单位报到的第一天，省外贸局领导在为我们 14 个新录用人员集体开会教导我们要爱岗敬业，做一行，爱一行，为全省外贸物资储运作贡献！这深蕴劳动光荣的语句，当时在我脑海激腾起对外贸工作的职业自豪感，带着这种心境和抱负开始了我的商务之路。恢复高考后的几年正值单位大量基建材料进出库，有着美术基础已多次在地区性画展上获奖的我，并没有像我的同龄同事那样走上高考之路，而是兢兢业业奋斗在本职岗位上，并摸索出铲车超远弧线卸载法，解决了原需两辆铲车同时作业的状况，大大提高了工作效率。同时按照厅知识化要求利用业余时间同样实现着我的大学梦。18 岁那年，因工作成绩突出被省外贸局授予局（厅）级"1978 年度个人先进工作者"称号。当时胸佩红花站在领奖台上受奖的我，是全省外贸系统厅、处级受奖人员中年龄最小的一个，当接过奖牌的那一刻，心头涌起的自豪感和喜悦感至今仍深留记忆。荣誉像一面旗帜催人奋进。从此，我以资为鉴，视外贸工作为生命中最重要的部分，并在对事业的热爱与投入中不断升华自己，超越自我。

1988 年因工作需要，我被借调到绍兴市外经贸局承担《绍兴四十年》、《绍兴市外经贸志》编纂工作，这是我第一次面对大跨度工作转型。作为市政府的文化工程，我深知这两本书的厚重，同时也深刻意识到任务的艰巨。为此，我不辞辛劳，广征博采，笔耕不止，一心扑在工作上。直至最后一年编志办工作人员陆续撤离，调任本系统其他工作岗位时，我依然留守编志办，直到完成印刷出版发运工作站好最后一岗。努力工作的回报是沉甸甸的两本书，是为后人提供鉴戒、求训致用的行业史志。那一刻，又一次让我感受到了劳动成果所带来的成就感和快乐感。返回原单位，我重又投入到自己熟悉的仓储工作，一如平日地做好本职工作，岗位虽小，但爱岗敬业的思想没有变。

20世纪90年代初中期，社会上掀起全民炒股、教师下海、公职人员经商、第二职业的热潮。熟悉的人也许会问，凭着你已有的学历难道没想到过跳槽吗？现实生活中，我确实遇到一些老同学甚至亲友提出的相似一个问题，并也曾有过考虑。1995年，是我20年工作生涯中决定未来走向的转折之年。这年5月绍兴市公安局招考派出所干警和人事部组织全国经济专业中级职称考试均在同一时段进行。当时在公安局政治处工作的姐夫认为我各方面条件都具备，年龄也正好扣在35周岁，机会难逢。当顺利通过招干体检后，随即而来的是激烈的思想斗争，如参加公安考试，有可能将永远告别了外经贸岗位，当年那块奖牌接力的故事也将从此画上句号……。经过反复思考后，我毅然放弃了参加公安招干考试，选择了外经贸经济类职称考试，并成为全系统34人应试中唯一的通过者。

取得中级职称后，我为外经贸奉献的思想更强烈了，延伸着我最初跨进的商务之路。1996年，省外经贸厅借调我赴杭州编纂《浙江省外经贸志》。在厅工作期间，我以编办为家，夜以继日，在成书过程中，其中对建国初期外经贸行政机构建置和新中国成立后三十年浙江对外贸易的历史资料挖掘和整理工作，完善了我省外经贸史志理论体系并填补了两项历史空白。1999年被省地方志学会吸收为会员。前后历时五年半，我充分体验到了工作带来的温馨和愉快，这种温馨和愉快不单单表现为完成一项工作任务而获得身心的轻松，更重要的是工作的过程正是体现自我价值的过程，由此带来精神上的一种崇高之美、力量之美，这美源于对事业的热爱与珍重，对于工作的投入与奉献。

工作着的美丽让我渴望着去热烈拥抱每一个接踵而至的岗位，不论工作大小和面对何种岗位，只要工作需要，能为社会做贡献，为集体干事业，我都会全身心去拥抱，以高度的责任心和使命感谱写敬业心路之歌，书写新的篇章。

2001年商务工作新一轮调整迎来了我第二次大跨度工作转型，在调入新成立的厅属外贸中心主持办公室工作后，我一边刻苦学习业务，一边加班加点工作，正如当年述职报告中所写："每当夜深人静，当我在灯光下为明天的实施计划或草案努力笔耕的时候，看着那一列列与公司脉搏一起跳动的字行，在我心里油然升腾起一种奉献的自豪感，与我执着的人生追求一起，成了我行动的誓言"。除负责建章立制，执笔在全国性刊纸上发表文章外，主持对远大公司ISO9001：2000国际质量管理体系文件编制和推动达标工作，使其成为全省会展行业首家具备此类资质的机构，为公司扩大影响和持续发展奠定了基础。同时，工作业绩获得省有关部门的认可，2002年和2003年先后取得社科系列助理研究员和经济系列高级职称。取得双职称后，沉甸甸的踏实感和幸福感充盈心间，与那块奖牌一样，鼓舞着我在工作中不断奋发创新，充实人生，书写美丽的事业。在省级会展研究机构筹备阶段，我起草的专题调研报告得到省领导肯定性批示，并先后负责对"浙江亚太会展业发展研究所"和"浙江国际会议展览业协会"章程、机构设置等全套材料的起草和筹组，并完成组建。

一纸奖状虽价无几，但它却为我激活了敬业爱岗、干事创新的激情，并把它写在了人生奋斗的旗帜上。在此，岗位、职业的差异已不再是一道分水岭，在自己无从选择工作的时候，自己能够选择的，就是自己对待工作的态度。处在什么样的岗位，从事什么的职业，只要有一种认真负责的态度，有一种勤劳扎实的作风，有一种高度敬业的精神，平凡也能创造出人生价值。

2007年为解决两地分居我调回绍兴原单位工作时，正值财务出纳到龄退休。为节省人力资源又能使单位工作正常运转，想到能为职工集体多作贡献，我主动请缨，在办公室和党务工作外再增加出纳一职，白手起家，不懂就学。在培训班上，当与20几岁可做晚辈的小青年站在同一起跑线上时，我全然没有那种无地自容的感觉，而是把全新的岗位当作拓宽知识的领域，视为工作乐趣的平台，实现人生价值的起点，首轮全省考试即取得"会计证"，克服了工作性质由文字转向数字的空白经历，为超越自我再写新篇，延续我那块奖牌的励志故事。

时隔25年后的今天，当我肩负新的历史使命再次被组织安排到《商务志》编纂岗位上，重又回归到工作起点。对此，我把新一轮岗位视作是组织对我的信任，是为自己提供学识才智和展现自我价值的舞台，并把这种感情以高度敬业的态度倾注到具体的工作中。一年多来，我以锲而不舍、吃苦耐劳、求真务实的精神和尊重历史的态度，克服腰椎间盘突出（利用国庆长假做矫正住院手术）和颈椎骨质增生的不适，早出晚归，并经常放弃节假日，每天工作10小时以上。除收集资料、实地踏勘外，先后编写初稿65万字，被绍兴市志办专家誉为"在全市127个修志单位中创下工作进度最快、基础资料最扎实、工作作风最踏实三个第一"。

如今，那一张衬在玻璃镜框内的奖纸早已泛黄，但写在衬纸上的奖词依然油光

闪亮，依然成为我续写人生价值的激励牌，光照我继续在商务之路上不断奋进和开拓进取，以至生命不息、奋斗不止！

奋笔续春秋——绍兴二轮修志记述 一位修志人

（为纪念国务院《地方志工作条例》颁布十周年，2016 年 5 月 18 日绍兴市地方志办公室、绍兴日报社联合出品"吾市吾志"特/刊。本文载《绍兴日报》第 10 版）记者　寿鸥迎

修志，是一件繁杂而寂寞的苦差，非有"志"于志者，难以为任，更难以为继。

张子正，似乎是一位难得的修志人。

日前，记者走进位于绍兴市镜湖新区的市商务局，在八楼一间敞亮的办公室里，三张办公桌上整齐叠放着许多文件资料。张子正坐在靠窗的一张桌后，埋首于纸堆里。

2013 年，张子正被借调到市商务局，从事二轮修志商贸、内贸、外经贸部分编写，并担任《商务志》的主编。

今年 56 岁的他，看起来比实际年龄年轻很多，却已是"修志老人"。

28 岁那年，张子正从省级外经贸系统单位借调到绍兴市外经贸局，承担《绍兴四十年》和《绍兴市外经贸志》的编纂工作。1996 年，省外经贸厅借调其赴杭州编纂《浙江省外经贸志》担任副主编，完善了我省外经贸史志理论体系并填补了两项历史空白，他也于 1999 年被省地方志学会吸收为会员。

如今，参与绍兴二轮修志，已是他人生中第三次参与修志。

一生中能参与一次修志已是难得，何况三次。张子正为此感到自豪。

张子正是个"商务通"，涉及商务的内容他都烂熟于心，他的脑袋就是一台专业存储机，需要哪部分，便能准确无误地调出来，加以清晰阐述。

正是有了扎实的资料储备和修志功底，在《绍兴市志》二轮修志的过程中，从 2013 年 10 月份起，他承担 80% 的章节，仅用一年半时间便完成了市志相关内容的编写。与此同时，市志编辑部将其志稿形成过程的实践经验作为样板，以《修志简报》的形式印发全市各承编单位。市志篇目相关内容完成后，他马不停蹄开始编写专业志，每晚加班加点，现已完成《商务志》90％约110万字。

"修志，资料很关键，必须详实而准确。"张子正说，修志前期，他会先列出纲目，再花大量时间与精力来搜集资料，并对其甄别、整理。为此，他常常三天两头跑档案馆、图书馆，实地寻访。

有一次，为掌握市区仓桥直街的特色商贸业态，张子正独自一人用一下午时间，走访了这条街上的所有店铺，将店名、门牌号等信息一一记录下来。

"因为这轮修志的时间下限是2010年，现在去调查摸底，商业街区的业态和2010年时已有差别，有些店铺已易主，我必须一家家询问，还原2010年时的模样。"

对于原始资料，张子正抱有一种不考证不罢休的态度，对一件诸如某商家何时开业的小事，也要多方求证。

一般的专业志，篇目设置分为三级，即章、节、目，而此轮《商务志》为了更全面、系统、完整地记述绍兴商贸历史，张子正采用卷章体结合的体例，在"章"前设"卷"，上卷写内贸，下卷写外贸。凭借对商贸历史的熟知，在章节上又充分体现地方特色和时代特色，比如他专门将其他志书中所没有的"国营商业"设置为一节，"国营商业虽是计划经济时期的产物，但它伴随并见证了国家的成长，功不可没。"

他打开电脑上已编写完成的志书文档，图、文、表格，一目了然。中文系毕业的张子正对文字有着特别的感觉，"志书的行文图例要严谨，即所谓'述而不论'。在此基础上，对图文编排、文字表述稍加处理，让人在阅读时勾起回忆，能回味其中。"

因此，有人曾评价他编修的志书，读起来似文随景移，别有韵味。

商业外贸篇

发展中的绍兴对外经济贸易

（1989 年 8 月编入《绍兴四十年》一书）

绍兴的对外贸易源远流长，历史悠久。早在唐朝时，越瓷就远销海外。之后，茶叶、丝绸、黄酒等传统产品相继陆续出口。新中国成立后，我市的对外贸易随着工农业生产的发展，在艰难曲折中不断扩大。十一届三中全会以来，党确立了对内搞活经济，对外实行开放的正确方针，我市的对外经济贸易获得了前所未有的发展。1988 年 3 月，国务院批准绍兴市及所辖绍兴县、上虞县、嵊县列为沿海经济开放地区后，对外经济贸易又跨上了一个新的台阶。

建国 40 年来，在工农业生产迅速发展的基础上，尤其是十一届三中全会确立了改革开放政策后，我市的对外经济贸易充满了生机和活力，取得了突破性的进展和令人瞩目的成就。

1. 外贸收购额成倍增长

新中国成立前，我市的对外贸易虽有悠久历史，但规模甚小，出口额寥寥无几。新中国成立后的十多年，省内无外贸经营机构，出口商品由商业、供销等部门收购，调拨口岸公司外销，出口额也不多。1973 年省内设立若干进出口公司，地、县先后建立外贸机构，实行行业管理，对外贸易有了发展。当年外贸收购额 10198 万元，出口商品由新中国成立前的 15 种增加到 93 种。但此后五年内，外贸出口额在 1 亿元左右徘徊，起色不大。十一届三中全会后，各级政府贯彻落实改革开放方针，进一步加强了对外贸工作的领导，我市的对外经济贸易出现了新的转机。1980 年外贸收购额首次突破 2 亿元，比 1973 年翻了一番。近几年，通过投资入股、联合开发等方式，大力发展贸工、贸农、贸技结合的经济联合体，巩固和扩大出口货源基地。仅 1988 年发展联营企业 37 家，投资额 5366.5 万元。目前，出口商品生产企业达 664 家，比 1973 年增加了数 10 倍，保证了外贸收购额大幅度增长。1988 年外贸收购额由上年的 5.1 亿元，猛增到 9.33 亿元（其中外贸直接收购占全省收购额的 7.43％，跃居全省第 3 位），并提前两年达到了"七五"计划目标，比 1978 年 1.59

亿元翻了两番多，平均每年以 17.6％的速度递增；比 1973 年增加了近 9 倍。市外贸机构建立 16 年来，全市外贸收购额累计达 43 亿元，其中后 10 年达 33.24 亿元。

2. 出口商品结构变化显著

新中国成立后我市的出口商品仍以茶叶、活大猪、兔毛等农副产品和丝绸、越瓷、黄酒等传统产品为主。经济建设的迅速发展，绍兴已逐渐形成了以粮为主，棉、麻、油、茶、桑、果、杂等多种经营协调发展的生产布局，和以纺织为主体，酿造为特色，食品、机械、冶金、化工、电子等初具规模的工业体系。这为调整出口商品结构，增加品种，扩大对外贸易奠定了基础。近几年，我们根据国际市场需求和工农业基础，积极调整出口商品结构，逐步实现了从农副土特产品向工矿机电产品、从初级产品向加工精度较高的制成品、从利用国内原料加工向主要利用国际市场原料加工出口商品的三个转变。出口商品结构渐趋合理，初步适应了国际市场的需求和激烈竞争。出口商品中轻纺工业品及机电产品的比重显著增加，农副产品的出口比重明显下降。1973 年机电产品出口几乎没有，纯农副产品的出口比重占 57.23％。到 1988 年，纯农副产品的出口比重下降到 33.12％；机电产品出口额达 4977 万亿元，占出口额的 11.17％。

3. 出口商品品种不断增加

我们采取"抓牢西瓜，不丢芝麻"的经营方针，积极扩大对外贸易，实行初级产品与半成品、大宗商品与小商品、农副土特产品与五矿机电产品并举出口。出口商品的品种不断增加，由解放初的几十种，增至目前的四百余种，并发展了一批骨干出口商品。现在，年出口额在百万元以上的骨干商品有黄酒、服装、腹部垫等 94只；年出口额在千万元以上的大商品有万缕丝、茶巾、活大猪、茶叶等 13 只。其中有许多传统的名特优产品，被誉为"东方名酒之冠"的绍兴黄酒；荣获世界食品评选金质奖的"天坛牌"珠茶，以及纺织精美、色泽鲜艳的绫罗、绸缎；蜚声中外的花边、纸扇和精巧别致的竹编、柳编、草编等工艺品，为绍兴出口商品在国际上赢得了声誉。在巩固和发展传统出口商品的同时，大力开发新产品。1981 年以来，已开发新产品 280 只。目前，全市已有粮油食品、土畜产、纺织、丝绸、服装、轻工工艺、五矿冶金、化工医保、机械设备等 12 大类，400 多种出口商品，行销 100 多个国家和地区。

4. 自营进出口业务开始起步

党的十三大以后，党中央根据当今世界经济发展的有利时机，制订了沿海地区经济发展战略，要求沿海地区着重发展外向型经济，扩大出口创汇能力。1988 年初，国务院决定按照"自负盈亏、放开经营、工贸结合、推行代理制"的方向，改革由国家统收统支、统负盈亏的外贸体制，并全面实行外贸承包经营责任制。这对我们既增加了压力，又注入了活力。1988 年 4 月，经批准，全市 10 家外贸公司和 9 家出口生产企业获得了自营进出口权。从而改变了原先出口生产企业没有自主权，市县外贸公司纯货源收购的状况。我市 1988 年 5 月举办了首届出口商品选样洽谈会，

419 家生产企业（包括中外合资企业）的 13 大类、1881 种商品参展，为各公司开展自营出口练兵提供了极好的机会。日商和国内近百家口岸公司参加了业务洽谈，效果良好。对日选样成交 8.764 万美元，国内各口岸公司成交 3229 万元。10 月份如期赴日展销。半年多来，各自营进出口企业抓紧自营准备，多方联系客商，在确保承包基数完成的前提下，克服困难，努力开展自营业务，积极开发新商品，开辟新市场，拓宽商路。当年有 6 家公司开展自营，出口成交 1611 万美元，实际出口 264 万美元，结汇 236 万美元，进口 8.414 万美元。这表明我市自营进出口业务开始起步，对外贸易已跨上新的台阶。

5. 利用外资取得了可喜的成绩

1984 年前，我市还没有外商投资企业。近几年吸收利用外资取得了可喜成绩。1988 年批准中外合资企业 11 家，合同投资总额 1149 万美元，其中外商协议投资 370 万美元。截止 1988 年底，全市已建立外商投资企业 20 家，合同总投资 1826 万美元。外商来自日本、美国等国家和香港地区，投资 665 万美元。这些企业分布在纺织、服装、轻工、冶金等行业，全为生产型企业，经济效益比较好。如上虞灯泡厂与香港大利拓展公司举办的虞利灯饰制造有限公司，做到当年签约、批准、投产，取得了较好的效益。合资企业的产品外销率除 2 家为 50% 外，其余均在 70% 以上。到 1989 年底，已确认"产品出口企业" 11 家。1988 年已投产的 7 家合资企业，创汇 521.8 万美元，完成省下达计划的 4.7 倍，名列全省第二。此外，还在特区举办合资企业 12 家，总投资 1357.5 万美元，其中外商投资 427.16 万美元。我市从 1979 年开展来料加工，1985 年达到高峰，实收工缴费 1001 万美元。截止 1988 年底，开展来料加工项目累计 71 个，合同工缴费 2222 万美元，实收工缴费 1198.18 万美元。补偿贸易近 3 年内进展较快，签订合同 5 项，金额 797 万美元。利用外国政府贷款工作逐步开展。截止 1988 年底，全市利用外国政府贷款项目共 4 个，累计金额 1166 万美元。总之，多渠道吸收利用外资的工作，现已走上稳定、健康发展的道路。

6. 技术引进规模进一步扩大

十一届三中全会以来的 10 年间，全市共批准 100 多个引进项目。据对 92 个项目的统计，合同用汇 6482 万美元。到 1988 年底已投产 67 项，占 72.8%；经济效益好或比较好的 61 项，占 91%；绝大多数是具有国际 70—80 年代水平的先进技术设备，从而加快了科学技术的进步，促进了生产发展，绍兴酿酒总公司从日本、西德引进的两套自动化瓶酒灌装线，年产瓶酒量达 1.3 万吨。绍兴蓄电池厂 1986 年投产的铸涂版设备等 10 个项目，总投资 3644 万元，年产值可增 9775 万元，创汇 879 万美元。近几年引进先进技术设备生产的自行车、羽绒、平绒等新产品已打入国际市场，增强了创汇能力，加快了技术改造和产品升级换代的步伐。此外，20 家外商投资企业中，协议引进技术 16 项（不含交通、办公用具），现已引进和正在引进的 13

项，总投资 1042.1 万美元，年产值可增 12269 万美元，创汇 2418.8 万美元，投入产出率比较高。

7. 多种形式的经济技术合作逐步开展

近年来，这方面的工作也开始起步，并取得了一定的成绩。已接受联合国多边和双边援助项目 4 个，总金额 413 万美元。其中开发杭州湾淡水养鱼项目"2700"工程，接受联合国粮食署援助折合 330 万美元，并于 1986 年见效。绍兴县教师进修学校接受联合国儿童福利基金会援助 15 万美元，进口电化教育设备。联合国快速行动项目，援建新昌、嵊县灾民村的"3789"工程，接受援助 53 万美元。此外，劳务输出、对外承包工程等项劳务合作有所进展，诸暨县仅 1988 年输往科威特建筑工人512 名，创汇 120 万美元。1988 年，批准成立了中国浙江省国际经济技术合作公司绍兴分公司，将促进我市多种形式的经济技术合作的发展。

8. 对外交流宣传逐步扩大

绍兴这个历史文化名城和江南水乡风光城市，在对外开放中，与国际间的友好交流不断扩大。我市被列入沿海经济开放区后，对外宣传、交流进一步扩大。1988年就接待 29 个国家和地区的外宾、游客 4962 人，组织出国访问、考察、贸易洽谈、技术交流的团组 72 个，计 231 人次，比 1987 年增加 124％；有 13 家工厂邀请 47 名外国专家、技术人员，到国内讲学、作技术指导。同时，采取举办新闻发布会，出口商品选样洽谈会，参加广交会，印发《绍兴外贸》、《来料加工项目汇总》、《出口商品目录》等多种形式和方法，扩大对外宣传。为进一步提高绍兴在国际上的知名度，开展对外经济贸易奠定了一定的基础。

9. 外贸储运条件明显改善

为适应对外经济贸易的发展，我们重视和加强了储运业的建设。经多年努力，已改变了外贸无仓库和专业运输队的状况，一批进出方便、设备齐全、管理严格、吞吐量较大的仓库相继建成投入使用。现全市有各类外贸仓库 5 万 M²。1978 年，新组建了外运汽车队，通过联营、租赁、增加投入等方法，扩大运输能力。到 1988 年底，车队有营运车 27 辆，计 155.5 个吨位，以及 16 吨进口吊车 1 辆。此外，各外贸公司也备有数量不等的运输车辆及工作车。目前，外贸系统共有各类汽车 78 辆，保证了全市部分进口商品的按时发运。

10. 外贸机构和人员得到了充实

1973 年，绍兴地区和各县外贸公司建立时，只有 36 人，隶属商业局领导。此后外贸体制、机构几经变动。1983 年，实行撤地建市新体制，地区外贸公司与绍兴县外贸公司合并，组建成两块牌子、一套班子、政企合一的市外贸局、市外贸公司。1985 年底，政企分设，市外贸局职能转变，统一领导和管理全市的外经贸工作。1986 年底，市外贸公司分设，新组建绍兴县外贸公司。1988 年底，市区又新设粮油土畜产、轻工工艺、纺织品、五矿机械等进出口公司，各县也设立了综合性进出口公司。市区还设有外转内商品经销公司、外贸汽车大修厂。市对外经济律师事务所已开展工作。商检局和海关，已经批准正在抓紧筹建。至此，绍兴的外贸机构以形成新的体制和格局。

随着外贸体制的变迁、机构的日臻完善，外贸人员得到了充实，素质也有明显提高。近几年来，通过公开招聘引进人才、短期培训、输送优秀人才外出学习、岗位培训、鼓励在职学习等方式，强化外贸知识培训，优化知识结构，适应了对外贸易的发展。目前，全市外贸系统有职工 990 人，其中中专以上专门人才 187 人，有专业技术职称 230 人。一批懂经营、会管理的外贸专业人才正在茁壮成长。

历史上的浙江海外贸易运输

（原载 1999 年《浙江方志》5—6 期）

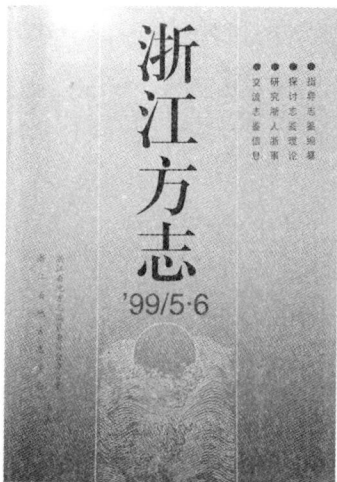

浙江省海上交通发达，对外运输历史悠久，源远流长。

战国时（前 475～前 221）中国与日本、朝鲜、东南亚等国，已有海上贸易往来，全国 9 个港口，浙江境内有句章（今宁波）、东瓯（今温州）、会稽（今绍兴）三地。① 东汉（25～220），浙江沿海东与日本、南与印度洋诸国交往逐见频繁，越窑青瓷经海路输出国外。及至三国（220～280），浙江海外贸易方式不限于官方，民间时有采用。据《三国志》记载：黄龙二年（230），夷洲（今台湾省）及亶洲（今日本西部岛屿），"其上人民，时有至会稽（今绍兴）货布，会稽东县人海行，亦有遭风流移至亶洲者。"另据《中国史纲要》记载：其时"吴国的使臣曾多次泛海四出，应朱、康泰远至林邑（越南中部）、抉南（柬埔寨境）诸国、大秦（罗马帝国）。"② 两晋时期（265～420），浙江海上交通逐渐发达，浙东运河是其最主要干线，沿运河往钱塘江、曹娥江、姚江和甬江，并可循甬江通向外洋，南洋商人经这条海路通商往来增多。浙产贡品除海运南洋外，还出洋日本和朝鲜。

隋唐（581～907）时期，浙江海上交通运输较前又有发展。明州（今宁波）始为日本贸易船舶出入之地，货物贸易以官方朝贡形式进行。唐贞观四年（638）至唐开成三年（838），日本共派遣唐使 17 次（世纪到达 13 次），其中 752 年、804 年、838 年三次在杭州登岸入境。此后，中日船舶往来逐由官方转为民间贸易。自唐文宗开成四年（839）至唐末（907）数十年间，中日商船往来停泊地点，在全国各口岸，以明州为最盛，开始成为重要的对外贸易港。据日本学者木宫泰彦所著《中日交通

---

① 陈龙、周厚才《温州直至南宋开辟为海外贸易港口原因探讨》，1982 年 9 月《浙江商业史研究文献》第一辑。

② 翦伯赞主编：《中国史纲要》，人民出版社，1983 年版。

史》记载：其间，中日往来贸易船舶共37次，其中有明确记载从杭州出发到日本的中国船舶7次，前后依次是：842年李邻德船、847年6月22日张支信船等37人、858年6月8日李延孝船、863年4月张支信船、864年詹景全船、865年7月25日李延孝船63人、866年9月1日张言船等41人、877年崔铎船等63人从台州港出洋日本。其时，往来于中日间的商船，较遣唐使舶为小，所载人数大抵自40人至60人；航海路有北路和南路，南路皆发港至明州，往中国东海，到达直嘉岛，由此入博多（今日本九洲福冈市）至直嘉岛（今日本五岛列岛之一）。

除明州之外，唐时，越州（今绍兴）为一对外商埠，当时阿拉伯商人有经商中国物产从越州出洋的。据阿拉伯地理学者伊本·郭大贝在九世纪所著《省道志》记载：从波斯（今伊朗）向东到中国的航船，"从占婆（越南）首先抵达的中国港市比景（今越南广溪，唐以前属属中国日南郡）……在比景，有一种镔铁（一种优质炼铁）、瓷器和米，从比景到广府，航海四日可达，陆路则需二十日……由广府八日到越府，物产和广府无甚差别。"其时，越货由中国海舶或经阿拉伯商人之手到广州绕马来半岛，经印度洋到达波斯，并由波斯传到埃及以至地中海国家和东非地区。

北宋（960～1127），浙江海上贸易较唐更为繁盛。宋廷最初指定明州、杭州与广州同为外国贸易港，在此沿海都市设立市舶司，专门管理对于进出口船舶的检查和抽税。当时，明州、杭州的海外通商除与日本、高丽（今朝鲜）往来外，又与印度、大食（阿拉伯半岛）、占城（今越南中北部）、古逻阇婆（今印尼爪哇）、菲律宾、巴基斯坦、伊拉克等20多个国家和地区贸易往来。

南宋（1127～1279）定都临安（今杭州）后，明州港的海外贸易地位更加突出，遂成为与东洋国家进行海上贸易的主要口岸。继明州、杭州后，永嘉（今温州）于绍兴元年（1131）设立市舶司。至庆元元年（1195），"凡中国之贾高丽与日本诸蕃之至中国者，唯明州一港"，据史料记载：绍兴九年（1139），有中国商人四批327人是从明州出海去高丽。绍兴15年（1145）11月，日本商人男女19人，携带硫磺、布匹来温州贩卖，因风飘入平阳仙口港。[①]

元代（1206～1368），浙江海外贸易进一步发展，其间，温州、上海等市舶司相继并入庆元（宋代之宁波），宁波港海运日见频繁，已发展到东南亚、西亚、地中海、非洲等国家和地区，也是元朝与日本、朝鲜进行海上贸易最主要口岸。当时，中日之间出海港，元朝是庆元，日本是博多，"所有商船皆往来于这两港之间"。

明代（1368～1644），中日贸易通商指定港口承元朝，仅宁波一港。明初，江浙沿海一带屡遭日本海盗劫掠骚扰，明太祖下令沿海各地实行海禁，对日来华船舶只允许朝贡形式，实行"勘合贸易"，限定宁波港只接待日本"贡船"。自建文三年（1401）日本足利义满幕府与明修好入贡后，在永乐条约期（1404～1410）和宣德条约期（1432～1547）两次勘合贸易期间，宁波港共接待日本勘令贸易船17次、89

---

① 李心传《建炎以来系年要录》卷一五四。

艘，约 4000 人。当时进宁波港的日本船舶皆自兵库港出发，进濑户内市舶司海，泊于博多，经五岛直抵宁波，入口之后，沿运河经余姚、绍兴、萧山、杭州、嘉兴直至到达京城。明末，浙江船舶往日本者复又逐年增加，大多出入于长崎、鹿儿岛、博多、五岛、平户诸港。

清代初期，朝廷面对台湾郑氏（郑成功）抗清势力和西方国家在沿海边境的不断骚扰，厉行海禁。在郑氏反清失败后，清政府于康熙二十三年（1684）10 月开海禁，但把对外贸易港限制在澳门、宁波、漳州、连云港 4 个口岸，江浙去日船舶复又增加。为限制中国去日船数，日本政府于 1688 年对国船去日期限及起锚地点作出规定，每年限为 60 艘。其中限定浙江：春船，宁波 7 艘、普陀山 1 艘；夏船，限宁波 4 艘、普陀山 1 艘；秋船，限宁波 1 艘。至干隆八年（1744）全国减为 10 艘，对日贸易一度衰落。

鸦片战争后，宁波、温州、杭州先后被迫对外开港通商，西方列强的入侵，改变了浙江和南洋诸国的传统贸易关系，自此以后，浙江海上贸易运输也逐渐以西方国家为主了。据海关报告和口岸外贸统计：1882～1891 年，进出宁波、温州两港的外国船舶 12168 艘，其中宁波港 11360 艘，进出船数持平；温州港 808 艘，进 366 艘、出 442 艘。[①] 光绪二十六年（1900）至民国二十二年（1933），出入宁波、温州、杭州三通商口岸的中外商船累计 252508 艘，进出货运总量 9381.43 万吨，其中宁波港出 31473 艘、货运量 4464.82 万吨，进 16172 艘、货运量 4464.82 万吨，进 16172 艘、货运量 2198.88 万吨，进 1394 艘、货运量 78.34 万吨；杭州港出 165203 艘、货运量 697.59 万吨，进 28353 艘、货运量 1529.42 万吨。[②] 进港的外国船舶，分别来自英国、美国、法国、德国、芬兰、意大利、日本、挪威、瑞典、荷印度、菲律宾、新加坡、暹罗（今缅甸）、加拿大、朝鲜、北非等国家和中国香港、台湾地区。民国时期，浙江省出口货物运输管理机构，在 29 年（1940）以前，由国民党财政部贸易委员会在金华设五省茶叶茶叶运输处，专门负责对出口箱茶及一切外贸物资运输的管理。民国 29 年 3 月，将茶叶运输处改组为东南运输处，在金华设立分出，统筹外贸运输及其他业务。此后，连受战时影响，全省进出口贸易渐趋衰落，宁波、温州、杭州港的海外运输也逐渐处于停顿状态。

旧中国浙江省交通运输业落后，进出口货物运输大权操纵于洋行买办之手，没有属于自己的对外贸易运输事业，更谈不上自有规模和体系。

---

① 欧海关 1882～1891《各地海关十年报告》，1891 年 12 月 31 日。
② 实业部国际贸易局编：《最近三十四年来中国通商口岸对外贸易统计册》，民国 24 年（1935）2 月 1 日，上海商务印书馆。

新中国成立以来的浙江对外经济贸易

（此专题调研报告被编入《浙江省外经贸志》；2001年12月中华书局出版）

第一章 开口岸前的浙江对外贸易

浙江省的对外贸易，在开口岸前，其任务主要是按国家下达的外贸收购调拨计划组织出口货源，出口商品收购后调往上海等口岸出口。其间，1958年浙江开始经营对前苏联、东欧等国家的直接交货结汇出口；1976年开始自营对港澳地区的陆运出口；1978年开始海运近洋出口；1979年少量商品自营远洋出口。

新中国成立后至1979年，浙江外贸的经营管理体制，其形成和发展可分为三个阶段：1949年至1954年国家与私人贸易相结合；1955年至1972年外贸纳入国营商业、供销体系；1973年以后国营外贸归口经营管理。

第一节 经营管理体制

一、形成阶段

建国初期，浙江省对外贸易经营机构，除从原国民党政府中央信托局设在杭州的分支机构由人民政府接管后重组的国营外贸企业和新组建外，按照中央政策，对私营进出口商允许他们在遵守人民政府法令的前提下继续营业，当时浙江利用私商贸易方式灵活、出口货源渠道广的优势，鼓励他们经营，私商比重较大。以主要中药材出口收购为例，1951年省公私经营比重，国营商业占10.58%，合作社占14.64%，私商占74.80%。1952年私商所占比重虽有下降，仍占三分之一。其时，在安排私商组织经营出口货源时，由于国营让出品种过多，出现了私商抬价抢购货源，影响了物价的稳定，使国营收购出口任务计划落空。针对私商中出现的有悖国家统制外贸政策的不法行为，1953年9月，中共中央颁布"一化（工业化）"、"三改（农业、手工业、资本主义工商业改造）"过渡时期总路线，规定粮食、油料等主要物资，由国家实行统购统销，私营进出口商不能单独收购，购销、批发业务由国营公司或合作社掌握。同年10月，中共中央作出"对私营进出口商，必须进一步加强国营贸易经济对他们的领导，严格实行对外贸易管制，并采取逐渐地稳步地代替的方针"的指示。遵此，对外贸易部门在继续发挥私营进出口商的积极作用的同时，逐步加强了对他们的限制和改造，主要措施：1. 由国营外贸企业掌握茶叶、蚕茧、皮毛等收购阵地和批发业务；2. 各国营外贸公司实行"按行归口，统一安排"，加强对私营进出口商的领导，把他们的业务经营基本上纳入国家计划的轨道；3. 严格对私营进出口商的管理，并从货源渠道、经营范围、外汇审批、国家税收、银行贷款等方面加以限制；4. 国家对主要农副产品和重要工业原料逐步实行统购统销和对外统一出口；5. 采取联购联销、代进代出、私私联营、公私联营等多种经营方式，引导私商逐步走向社会主义道路。同年，省政府财政经济委员会发出《关于加强土产市场领导与管理方案》的通知，对出口任务较大的大宗土产和争取出口的小土产，在保证出口任务适当照顾的原则下，安排公私收购比重。这类商品有生猪、烟叶、毛鸡、毛鸭、鸡蛋等27种。1954年12月省财委在原"方案"基础上，对经营品种加以调整，规定：属于主要出口产品，必须由国营商业、供销社双方或一方基本上统一经营，不宜安排公私比重；虽属主要出口产品，但国营商业、供销社双方或一方均不宜或无力统一经营，但在比重上必须增长。1953年和1954年，省商业厅内设立对外贸易管理机构，时谓"对外贸易办公室"、"对外贸易处"，领导全省国营对外贸易企业并对私营进出口商进行社会主义改造。经过改造与代替，到1954年底，浙江省级国营对外贸易所属企业数扩充至19家，从职人员1292人，其中茶叶公司6家、畜产公司4家、丝绸公司9家，私商经营出口商品比重仅占10%—20%，关系国家重要物资的收购出口已基本掌握在国营外贸公司手中。

这一时期，浙江对外贸易经营组织主要由三种形式组成，一为对外贸易系统各国营企业（专业公司）自行收购原料，委托工业部门或自行设厂加工整理出口的，如茧、丝、绸、茶叶、各类畜产商品、部分小土产品及手工艺品等；二为国营商业、工业及合作社部门按国家计划供应，或订货出口的，如冻肉、蛋品、各种食品、烟麻、粮食、油脂、油料、布匹、百货、土产及矿产等；三为私商（组织联购）直接至产地通过有关国营公司或合作社收购货源后集中口岸向资本主义世界市场输出的部分，主要是各种土特产品、副食品、药材等。

二、过渡阶段

1955年至1972年，浙江省外贸行政机构反复变动，但其隶属的地位一直未改变，其职能附设在商业厅或供销合作社，其经营业务主要由商业或供销社系统承担。

1955年1月浙江省对外贸易局建立，为省商业厅内设机构。其职能主要是督促检查本省外贸公司贯彻执行中央对外贸易方针、政策、计划与任务；组织与指导本省对外贸易企业单位完成出口商品的收购加工、储运计划，以及对外贸易有密切关系的茶叶、丝绸、畜产私商的管理与改造。是年9月，为在土产市场上对私商实行利用、限制和改造，省人委批转省商业厅制订的《浙江省土产市场领导与管理的修整方案》。指出：本省的农副产品，国营商业、合作社双方或一方，必须掌握全部或绝大部分货源的土产，主要是工业原料、主要出口物资和主要副食品。到1956年，浙江省基本完成了对私营进出口企业的社会主义改造，国家出口商品的收购、调拨业务全部由国营商业（供销）外贸公司经营。同时，在实行集中统一的单一计划经济体制下，对外贸易全部纳入了国家的计划管理，国营外贸专业公司完全按照国家的指令性计划开展收购调拨供货业务。1957年1月，浙江省外贸经营业务并入省供销合作社。同年4月，省供销社确定农副产品上下级社经营管理分工，其中属于出口需要的产品由省供销社经营。1958年4月省供销社与省商业厅合并后，全省外贸经营业务归口省商业厅管理。5月24日，省商业厅下达"商厅外"（58）字第90号文，决定原由省级各专业公司的出口业务均交由各地采购供应站（二级站）负责经营，各站根据计划直接与口岸公司签订供货合同（工业原料处经管商品由各产地根据计划直接与口岸公司签订合同），规定品质、规格、包装和交货时间。8月12日，省委发出《关于物资管理若干问题的通知》，要求各地区、各部门、各工厂如已与国外市场和外国人以及口岸的出口公司直接进行贸易的，在当年内应即向省商业厅提出报告。按照省委指示精神，8月29日，省商业厅、机械工业厅、化学工业厅、轻工业厅联合下达"关于国外贸易管理问题的通知"，规定各地出口单位和企业在自文到日起凡是原由未经商业厅列入计划的商品和超计划商品供应出口时，事先应一律通过商业厅或其所属各地商业局，工业部门不得直接对外进行贸易。11月1日省商业厅在"关于百货、纺织品类商品统一由二级站经营出口的通知"中，对各地的百货、纺织品类商品出口作出明确规定：各项纺织品、百货、针棉织品、针毛织品、文化用品、手工艺品、矿产品的出口，自当年11月份起一律通过所属地区百货二级站、纺织品二级站或土产二级站（手工艺品、矿产品由土产二级站经营），由各二级站直接与有关口岸公司（上海杂品出口公司、上海纺织品出口公司）发生业务关系，生产单位不得直接与口岸公司业务往来。

1959年2月19日，为加强出口商品计划管理，对外贸易部转发"国务院批转关于商品分级管理办法的报告"的通知，把商品按三类分级管理：第一类商品系指关系国计民生十分重大的商品，所有收购销售、调拨、进口、出口、库存等指标，均由国务院集中管理，共计38种；第二类商品系指一部分生产集中，供应面宽，或生产分散，需要保证重点地区供应，或出口需要的重要商品，由国务院确定商品政策，统一平衡安排，实行差额调拨（包括出口），共计293种，除黄洋麻、苎麻、茶叶、生猪、牛肉、羊肉、禽、蛋、毛竹、机制纸、呢绒、胶鞋、青霉素、油制青霉素、链霉素、力车外胎、自行车、卷烟、化学肥料、化学农药等20种商品由国务院管理外，其余商品均由国务院授权主管部管理。同年 8 月，根据省委指示，省商业厅规定把 380 种商品列入计划管理，其中属于关系国计民生十分重大的商品，其调拨和进出口指标全部集中商业厅管理。1961 年 8 月，省内分工进行调整，畜产及一部分土产出口业务划归供销社系统经营。1962 年 8 月恢复浙江省对外贸易局建置，与省供销合作社合暑办公，管理全省对外贸易。1963 年 9 月，省人民委员会根据统一领导与分级管理相结合的原则，对供销社主管商品按关系国计民生的重要程度实行分类分级管理，其中省供销社集中管理调拨（包括出口）指标的商品有烟叶、黄麻、茶叶、蚕茧、毛竹、小湖羊皮、兔毛、猪肠衣、羽毛、柑橘等。为精简曲折结算环节，降低成本，加速资金周转，1963 年部分商品开始取消二级站的经营环节，除土畜产品、粮油食品、手工艺品仍由商业、供销社部门收购调拨供货外，陆续改由各生产企业直接向上海等口岸公司供货结帐。1965 年 10 月，省外贸局、供销社与省商业厅、粮食厅合并成立浙江省商业厅，下设对外贸易公司，在商业厅直接领导下主管全省外贸业务。这一经营管理体制模式一直延续到 1972 年。

三、转型阶段

1973 年 5 月，外贸与国营商业、供销部门脱钩，单独建立浙江省对外贸易局，局下设对外贸易公司，在省外贸局统一领导下负责全省外贸进出口经营和管理。嗣后，在全省 11 个地市相继成立外贸局或外贸公司，与省对口主要根据省下达的计划指标组织出口货源。1974 年 11 月，为适应外贸发展需要，便于同外贸部有关总公司挂钩和对外联系工作，省外贸公司撤销，在此基础上组建成立浙江省工业品进出口公司和浙江省农副产品进出口公司，以下分设中国粮油食品进出口公司浙江省分公司（主管粮食、猪、禽、蛋、罐头、水海产品、果蔬等商品）、中国土产畜产进出口公司浙江省分公司（主管农副土特产品、畜产品、药材等商品）、中国轻工业品进出口公司浙江省分公司（主管轻工业品、手工艺品、纺织品、化工等商品）、中国机械进出口公司浙江省分公司（主管机械、五金、矿产等商品）对外开展业务。1978 年以后，以上四个公司按经营商品扩展为八个分公司，即：粮油食品、土畜产、轻工、纺织品、工艺品、五金矿产、机械、化工进出口公司。这些公司在经营业务上主要承担省内出口商品的收购和调拨；根据外贸部每年下达的外贸收购计划，组织出口商品货源的收购，并按外贸部每年下达的外贸调拨计划，将收购的出口货源经加工、整理、挑选后调拨给有关口岸出口；对于超计划部分，如有关口岸需要本省增供调拨货源，需经申报批准。中央管理的商品，报外贸部审批；地方管理的商品，超幅在 3％以下（含 3％）由浙江省外贸局审批，超过 3％须由专业进出口分公司报专业进出口总公司审批。在经营方式上，改变了外贸公司建置前出口商品由生产供货单位直接对省外供货结算的做法，省各专业进出口公司对产地的出口商品一般都以"商品直线运输、货款就地结算"的方式，开展收购调拨业务，根据总公司规定的省际调拨费用率，提取经营管理费，加强了出口商品的经营管理。1979 年，浙江省突破了进出口贸易统由外贸专业公司独家经营的体制，成立了首家工贸结合的机械设备进出口公司，是为浙江省第一个对外贸易系统之外的拥有对外进出口经营权的公司，是浙江省放开对外贸易经营权的前奏。至此，浙江省对外贸易适应改革开放的要求，由高度集中的经营体制和单一的指令性计划管理体制开始向以经济调节手段为主，行政手段为辅的经营管理体制转变。

第二节　货源组织

一、组织方式

新中国成立后至 1979 年，浙江外贸经营业务主要是代省外口岸组织出口货源，其间，随着外贸体制的变化，外贸货源的组织方式也相应发生变化。50 年代初期，浙江的主要出口货源如茶叶、蚕茧、猪鬃、蛋品、肠衣、羽毛及桐油等除国营商业（外贸）所属中国蚕丝公司浙江省分公司、中国茶叶公司杭州分公司、中国畜产公司浙江省分公司以及浙江省土产出口公司和浙江省食品出口公司在全省货源地设点或委托供销社统一组织收购外，部分出口货源由公私合营企业或私商组织经营。当时，上海口岸外贸公司在浙江设点，从事出口货源组织。1956 年，对私营进出口商的社会主义改造基本完成后，按所其经营范围分别移交给国营商业、供销部门组织经营。1957 年至 1962 年，浙江出口商品的货源组织工作下放到国营商业和供销两大部门承担外贸收购供货计划的产地二级站负责经营，如杭州地区的二级站有杭州五金站、杭州纺织品供应站、杭州百货站、杭州工业器材站、杭州市食品公司、杭州市水产公司、杭州市蔬菜公司、杭州市百货公司、杭州日用小商品公司、杭州市土产公司、杭州市特产公司、杭州市废旧物资公司、钱塘联社和畜产品经营门市部。1963 年起，除粮油食品、土畜产品、手工艺品仍由商业、供销部门组织货源外，出口工业品陆续取消二级站环节，改由基层货源单位直接向口岸供货。1973 年至 1979 年，浙江出口商品货源除茶叶、丝绸、皮毛等少量农副土特产品仍由供销社系统自行组织外，其他出口商品货源均由外贸所属分公司指定产地外贸公司，或自行设点，或委托商业、供销部门组织收购。外贸部门出口货源的组织方式，主要有以下几种：

（一）**收购关系。** 外贸出口以向系统以外部门如商业、合作、工业、水产系统组织货源，本省自省收购主要委托商业或供销社系统进行，因商业、供销部门基层机构多，依靠他们易于产地直接收购，是外贸组织货源最基本的方式；外省收购，主要是上海口岸外贸公司在浙江产地设站自行组织货源，作价与具体交货手续由双方临时协议决定或依据有关规定执行，如工业品、粮油及某些特种手工艺品的收购，多属这一类，50 年代口岸公司索要货源多采自这一方式。

（二）**调拨关系。** 外贸系统省与省之间或外贸系统各公司之间供应商品出口均为调拨关系，内地外贸部门将调拨商品按出货成本在口岸或产地交货后，一切储存、整理、刷唛等工作均由口岸公司自理，出口盈亏由口岸公司自行负责。建国时起，特别是 1955 年华东区公司撤销、浙江省设立外贸机构以后，口岸公司所需货源从原自行收购和委托加工改由省调拨，本省供货出口除口岸外贸公司继续设站自行收购外，均采自这一方式

（三）代理关系。商业（外贸）部门按照与外贸总公司衔接的计划供应货源，在出口码头或国境站交货，在交货前负责一切加工、包装、刷唛、储运等工作，省外贸仅处在代理总公司对外交货结汇的地位，对外签约与成交均由总公司负责。1958 年开始的主要对前苏联、东欧等国家的陆运出口即采自这一方式。

1956 年至 1958 年上海口岸自行收购浙江货源情况

1956 年上海口岸自行收购浙江货源值 3819.02 万元，占其进货总值的 25.84%，收购商品有大米 47718 吨、杂豆 4584 吨、茶油 130 吨、再制蛋 10000 只、干蛋品 128 吨、桐油 198 吨、梓油 697 吨、铅 1144 吨、砩石块 55000 吨、明矾 4000 吨、湿干蛋 88 吨、柑橘 12603 吨、绢丝 1564 吨、落绵 1256 吨、复制品 0.02 千元、竹叶 6 吨、贡瓜 1.4 吨、麻袋 7 万公尺、火柴合片 10757 万组、打字腊纸坯 3600 合、瓷砖 518.8 万块、二压硬脂酸 3.1 吨、蓖麻油 295 公斤。

1957 年上海口岸自行收购浙江货源值 6959.8 万元，占其进货总值的 30.82%，其中中央商品 6021.76 万元、地方商品 938.4 万元，收购商品有大米 7003 吨、杂豆 8566 吨、桐油 304 吨、梓油 519 吨、芝麻 31 吨、砩石 74743 吨、砩石硝 14000 吨、明矾 4000 吨、叶蜡石 280 吨、重晶石 800 吨、牙刷 3 万支、鞋刷 1600 打、红茶 2064 吨、绿茶 10556 吨、桑蚕绢丝 140 吨、加工丝线 3 吨、桑茧落绵 122 吨、绢丝绸 34650 公尺、黄版纸 1401 吨、道林纸 852 吨、玻璃纸 15 吨、卷烟纸 5 吨、瓷砖 1716 万块、镍币 37 市斤、二压硬脂酸 133 吨、药棉 635000 磅、油墨 5590 公斤。

1958 年上海口岸自行收购浙江货源值 13867.4 万元，占其进货总值的 39.77%，收购商品有大米 13.56 万吨、夫皮 250 吨、什豆 22439 吨、桐油 529 吨、砩石块 86586 吨、砩石硝 4500 吨、砩石粉 50 吨、重晶石 400 吨、明矾 4004 吨、羽毛 15711 市斤、牙刷 5 万支、干咸鱼 0.3 吨、红茶 14044 市担、绿茶 43578 市担、绿毛茶 92 市担、桑蚕绢丝 3 公担、加工丝线 48 公担、丝绸美术工艺品 2 千元、棉布 171.2 万疋、浴巾 25.43 万条、手帕 9.32 万打、木纱团 2.1 万罗、被单 800 条、棉毯 1000 条、衬衫 10.66 万件、呢绒 1.55 万公尺、纸张 15724 吨、瓷砖 15188 万块、铁锁 1500 打、羽毛球 1100 打、玻璃器皿 11.5 万元、玩具 2.5 万元、化工类 230.4 万元、油漆颜料类 183.7 万元、医药类 84.1 万元、金属切削机床 12.5 万元、动力设备 15.5 万元、起重挖土设备 0.3 万元、电线电缆 0.4 万元、纺织零件 1.6 万元、仪器 6.4 万元。

二、供货单位

浙江省可供利用的出口资源丰富，为提高出口商品质量，自 60 年代起，在国家有关政策的扶持下，浙江省外贸部门在产地通过生产定点、新办专厂和建立基地等措施，在各地设有稳定的出口货源生产基地，出口商品品种、结构不断优化，保证了国家下达的历年外贸收购出口任务的完成。主要供货单位（根据 1979 年资料整理）：

茶叶：杭州茶厂、淳安茶厂、临安茶厂、杭州茶叶试验场、南湖林场、绍兴茶厂、嵊县三界茶厂、东方红茶场、上虞茶场、余姚茶场、金华茶厂、开化茶厂、金华十里坪农场、温州茶厂。

丝绸：杭州剿丝厂、杭州胜利丝织厂、杭州化纤厂、革命（富强）丝织厂、永红（天成）丝织厂、向阳（福华）丝织厂、红雷丝织厂、杭州丝绸印染厂、杭州丝绸炼染厂、杭州东风印染厂、嘉兴浙丝一厂、南浔丝厂、菱湖丝厂、吴兴丝织厂、嘉兴绢纺厂、湖州丝绸印染厂、绍兴嵊县丝厂、绍兴丝织厂、绍兴丝绸印花厂。

供港活猪：十里丰农场、蒋堂农场、金华十里坪农场、南湖林场、杭州市原种场、杭州市种猪试验场、宁波地区实验场、宁波市妙山良种场、镇海县水稻场、绍兴市东湖农场、德清县良种场、德清县东坡畜牧场、海宁县良种场、省农科院牧场、省农大牧场。

供港中猪：富阳东风农场、金华七一农场、省五七农垦场、萧山湘湖农场、钱江农场、桐庐良种场、富阳大青农场、建德县农场、金华良种场、兰溪农场、长兴良种场、德清县良种场、嘉兴双桥农场、海宁县良种场、平湖农场、嘉善西塘农场、绍兴市东湖农场、宁波地区实验场、宁波市妙山良种场。

黄酒：绍兴市酿酒总公司、沈永和酒厂、东风酒厂。

冻鱼：吴兴水产公司、湖州冷冻厂、绍兴冷冻厂、宁波冷冻厂、宁波渔业公司、象山水产冷冻厂、温州渔业公司、海门水产综合厂、舟山渔业公司、普陀水产冷冻厂、嵊泗鱼粉冷冻厂、新安江开发公司、岱山水产冷冻厂。

冻猪肉：嘉兴冷冻厂、杭州肉厂、金华肉厂。

高级手工地毯：浙江美术地毯厂、杭州地毯厂、慈溪奄东地毯厂。

皮件：海宁制革厂、杭州皮件厂、义乌皮件厂、长兴制革厂、吴兴南浔皮件厂（皮衣）；黄岩皮件厂、黄岩鞋革社、杭州友谊皮件厂、平阳城关塑料皮件厂、杭州大众皮件厂、温州皮件厂、永康皮革厂、武义皮件厂、嵊县皮革厂、（皮包、皮帆布箱）；镇海皮件厂（皮带）；定海皮革厂、绍兴勤业皮革厂、平阳皮革厂、温州皮件厂、乐清虹桥皮革厂、天台皮革厂（皮票夹）。

棉布：杭一棉、杭州毛巾被单厂、杭州第三织布厂。

针棉织品用纱：杭州毛巾被单厂、丽水针织厂（浴巾）；宁波延安棉织厂（床单）、宁波棉毯厂（废棉毯）、杭州针织厂（汗衫背心）、宁波手帕厂等。

毛针织品用纱：杭州棉毛针织厂、杭州羊毛衫厂、嘉兴毛纺厂、温州第一针织厂、温州第二针织厂、杭州六和针织厂、瑞安塘下针织厂。

纸张：嘉兴东风造纸厂（胶版纸、书写纸）、温州蜡纸厂（卫生纸）、杭州红旗造纸厂（卷烟纸、拷贝纸、政文纸）。

自行车零件：杭州自行车厂（车把）；杭州清泰自行车零件厂、宁波自行车零件厂（转铃）；建德自行车零件厂（辐条）、绍兴自行车配件厂（飞轮）、桐庐链条厂（链条）、桐庐锁厂（车锁）、兰溪自行车零件厂（牙盘曲轴）。

其他轻工产品：杭州搪瓷厂、宁波搪瓷厂（搪瓷口杯）；杭州热水瓶厂（瓶胆）；杭州铝制品厂、宁波铝制品厂、杭州第二铝制品厂、宁波第三铝制品厂（铝制品）；杭州钟表厂（闹钟）、宁波火柴厂（火柴）、绍兴电镀电筒厂（电筒）、杭州制皂厂（肥皂）；杭州锁厂、湖州锁厂（铜锁）；宁波锁厂（铁包锁）、温州永久锁厂（抽屉锁）、杭州木钻厂（桅灯）温州面砖厂（瓷砖）、温州地砖厂（铺地砖）、杭州照相机厂（照相机）、新安江无线电厂（半导体收音机）、杭州电声厂（扬声器）、温州巨溪缝纫机针厂（缝纫机针）、海门玻璃厂（玻璃器皿）；宁波三八灯泡厂、东阳东方红灯泡厂（电珠）；杭州电筒厂（袖珍电筒）；杭州表带厂、宁波慈城表带厂（金属表带）、海宁拉链厂（拉链）、温州蜡纸厂（誉写蜡纸）、杭州新华造纸厂（打字蜡纸）、黄岩路桥五金工具厂（订书机）、杭州文化印刷厂（扑克牌）、绍兴东风体育用品厂（羽毛球）；温州文教用品厂、龙泉算盘厂（羽毛球拍）；嘉兴烈军属制本厂（日记本）。

五金矿产品：杭州钢铁厂（钢材）、杭州大理石厂（大理石板材）、杭州水泥制品厂（水磨石）；青田蜡石矿、常山蜡石矿（叶蜡石）；宁波拉丝厂（铝丝）、丽水五金电镀厂（铝合金扁丝）、富春江造纸厂（铝园片）、瑞安五金机械厂（铜水龙头）、金华古方砖瓦机械厂（闭门器）；杭州金属丝厂、黄岩路桥拉丝厂、萧山河上电机金属厂（钉丝）；杭州长征五金厂（瓦楞钉）；浙江五一机械厂（铁链条）；平湖标准件厂、慈溪观城标准件厂（公制罗丝帽）；瑞安仙岩工业陶瓷厂（红地砖）、乔司农场杭江五金厂（六角罗丝闩）。

化工产品：吴兴菱湖化学厂（轻质碳酸钙）；温岭化工厂、奉化化工厂（海藻酸钠）；杭州第一制药厂（咖啡因）、衢州化工厂（磺胺脒）、建德化工厂（磷酸）；宁波红星纺织厂、绍兴新建染织厂（药用纱布）；杭州油墨油漆厂（油墨）；浙东化工二厂、丽水糠醛厂（糠醛）；杭州支农化工厂（氯化钙）；杭州制皂厂、温州人民化工厂、兰溪化工厂（油酸）、杭州炼油厂（白油）、杭州味精厂（麸胺酸）、宁波东海化工厂（加工硫尿）、余杭仇山瓷土矿（活性白土）；杭州木材厂、吴兴双林木器厂（活性炭）、萧山制药厂（精肝素纳）、温州市燎原化工厂（氯化镁）。

机械产品：杭州链条厂（工业链条）、镇海机械厂（小空压机）；杭州千斤顶厂、临海通用机械厂（千斤顶）、浙江五一机械厂、武林机械厂（手动葫芦）；杭州机床厂、海门机床厂（机床）、杭州机床分厂（西湖台钻）、杭州轴承厂（工业轴承）；永康电动机厂、温临电动工具厂（电动工具）；杭州红旗光学仪器厂、宁波光学仪器厂（光学仪器）；宁波拖拉机厂（机引梨）、金华农业药械厂（喷雾器）、萧山动力机厂（农用水泵）、杭州齿轮箱厂（船用齿轮箱）、宁波开关厂（低压电器元件）、江水717厂（收发报机零件）、余姚无线电厂（电子仪器）、绍兴粮机厂（碾米机）、杭州电表厂（万用表）、杭州东海仪表厂（钳形表）、长兴煤山矿灯厂（矿灯）；金华水轮机厂、金华电机厂（水轮发电机）；温州印刷机械厂（切纸机）、浙江消防器材厂（灭火机）、杭州纺织器材厂（梭子）；宁波新华工具厂、瑞安机械二厂（羊角锤）；黄岩人民工具厂、温州建筑机械厂、温州机床电器厂（钳工锤）、绍兴柯桥五金厂（皮带冲）；温州朝阳钢丝刷厂、浦江县制刷厂（钢丝刷）、杭州文教体育用品厂（木水平尺）、黄岩海门光学玻璃制片厂（玻璃仪器）、余姚比重计厂（温度计）。

第三节　收购调拨

一、出口商品品种结构

浙江省出口商品收购品种根据对外贸易部划分农副产品、农副产品加工品、工矿产品三类构成进行划分。农副产品产品主要包括粮油食品、土畜产品、棉花、蚕茧等；农副产品加工品主要包括部分粮油食品、纺织品、工艺品、部分土畜产品、皮件等；工矿产品主要包括轻工业品、五矿、化工、机械及其设备、瓷器、首饰、珠宝等。

五十年代，浙江省出口商品收购品种以粮油、食品、丝绸、茶叶、土畜产品为主，出口商品的结构基本上是农副产品及其加工品。1950年，外贸收购商品主要为丝绸、茶叶。1952年，外贸收购总值11649万元，收购商品有桐油、梓油、柑桔、丝绸、茶叶、小湖羊皮、黄狼皮、羽毛、绵羊毛等。"一五"期间（1953～1957年），外贸收购总值由1953年的11041万元增加到1957年的27099万元，五年平均递增18.4%；出口商品品种发展到261种，主要新增商品有大米、绍兴酒、腐乳、蚕豆、水海产品、黄麻、纸张、抽纱、工艺、芳樟油、松节油、砩石等，其中工矿产品收购额898万元，占外贸收购总值的3.31%；农副产品加工品和农副产品分别占外贸收购总值的56.25%和40.44%。"二五"期间（1958～1962年）前两年增加较快，1958年、1959年外贸收购总值分别为47951万元和51369万元，其中工矿产品收购额分别占当年外贸收购总值的4.11%和3.59%，略有增长．

六十年代，浙江省出口商品除原有品种增加外，逐步发展了轻工业品、机械类产品，出口商品结构上，工矿产品比重开始上升。"二五"期间后三年，受自然灾害等影响，农副产品出口收购货源减少，为组织出口货源，浙江加大对工矿产品的投入，出口商品除新增活猪、冻分割肉、鲜蛋、青刀豆等品种外，先后开发出拷贝纸、玻璃制品、电动打稻机、电动氧气压缩机等轻工机械类产品，出口品种增至329种。

到 1962 年，外贸收购总值连续三年递增至 39275 万元，工矿产品收购额所占比重递增，占当年外贸收购总值的 6.69％，同时农副产品加工品所占比重上升，农副产品所占比重下降，分别占当年外贸收购总值的 60.40％和 32.91％。"二五"期间外贸收购总值年平均递增 7.7％。三年调整时期（1963～1965 年），随着国民经济的恢复和发展，外贸收购呈回升趋势，至 1965 年外贸收购总值 58082 万元，三年平均递增 13.9％；出口商品品种发展到 426 种，主要新增商品有食用油、中猪、留兰香油、蘑菇、天竺子、扑克牌、万缕丝、漆金木雕、钢材、空压机、工业轴承、推土机、扁尾锤、滤纸等，其中工矿产品收购额 5166 万元，占外贸收购总值的 8.89％。"三五"期间（1966～1970 年），受"文化大革命"影响，浙江外贸收购额一直徘徊在 52000 至 62000 万元之间，五年平均递减 1.3％。

七十年代，浙江省对出口商品结构进行调整，增加了五金矿产、化工机械类产品的比重，工矿产品所占比重持续上升，农副产品所占比重下降。"四五"期间（1971～1975 年），特别是 1973 年外贸归口经营后，出口商品收购总值有了较大增长，1975 年外贸收购总值 82958 万元，五年平均增长 8.8％；出口商品发展到 626 种，主要新增商品有鳗鱼苗、黄鳝、奶粉、速冻水果、咸蕨菜、糖果、真丝绸、交织绸、海生麻袋、塑料编织袋、柠檬酸、黑瓜子、白芍、双宝素口服液、高级手工地毯、平针地毯、牛皮纸、自行车零件、缝纫机针、电筒、桅灯、扬声器、订书机、公文包、拉链、养殖珍珠、金银首饰、粘土、瓦楞钉、医疗器械、光学仪器、无线电元件、示波器等，其中工矿产品收购额 9110 万元，占外贸收购总值的 10.98％。1976 年后，浙江外贸收购商品快速发展，出口商品结构中，工矿产品与农副产品两者所占比重差距逐步缩小，外贸收购总值连年上升，1977、1978 和 1979 年外贸收购总值分别为 97193 万元、116571 万元和 151218 万元，出口商品发展到 790 种，新增商品主要有石斑鱼、盐水蘑菇、茶巾、真丝袜、手工麻袋、锡箔、除虫菊（干）、香菇、节日灯、汽枪、宣纸、紧固件、石脑油、精肝素纳、汽轮发电机、管子绞板、轴壳、齿轮箱、水轮发电机、电动工具、钳形表等；1979 年浙江炼油厂成品油（石脑油）开始供应出口，工矿产品出口收购比重迅速加大，当年工矿产品收购额 31671 万元，占外贸收购总值的 20.95％，农副产品所占比重下降到 21.01％。

1950 年至 1979 年三十年间，浙江外贸收购总值累计 1629528 万元（其中前两年因资料不全，不计在内），历年外贸收购总值占全国外贸收购总值比重由 1953 年的 2.74％上升到 1979 年的 5.1％。

二、出口商品生产收购扶持

新中国成立后，国家实行对外贸易统制和保护贸易政策，大力发展外贸生产，在计划内安排资金、物资，通过商业、农业、外贸、物资、金融部门，专项用于鼓励和扶持出口商品的生产与收购。主要措施：1960 年开始，为解决因自然灾害等因素造成的国内市场物资供应紧张、出口货源短缺状况，国家确定在各地建立农副产品出口商品生产基地；1961 年起，国家在收购农副产品特别是土特产品时，给农民出售商品以实物奖励，鼓励农民积极生产投售；1972 年恢复实行出口工业品生产专项贷款，由中国人民建设银行与外贸部门共同办理贷放，用于扶持工业生产企业进行设备更新和技术改造，以扩大对外出口；1973 年起，外贸部门为扶持农村集体经营组织，发展重点出口农副产品生产，开始发放专项扶持生产费用；同年 5 月经国务院批准，中国银行开始办理短期外汇贷款，贷款对象为能创造外汇收入并具备还款条件的企业；1975 年开始，外贸部门以借支方式发放扶持出口商品生产周转资金，不计利息，以供企业周转使用。其中建立出口商品生产基地、实行出口商品奖售和出口工业品生产专项贷款三项措施，在物资、资金匮乏时期，对促进浙江外贸的生产和收购起过重要的作用。

（一）出口商品生产基地

出口商品生产基地项目是 60 年代初由外贸部门提出意见、经国务院批准后实施的。1960 年 6 月，为集中力量支援国家出口和满足人民生活的需要，浙江省商业厅制定了"关于建立出口商品生产基地的规划"，确定基地的条件是比较大宗的商品，国外有稳定销路或有一定信誉的传统出口商品；比较有生产经验和加工能力，交通方便的地区；对出口有特殊需要或有独特风格的一些品种。6 月 25 日，省商业厅发出《关于在商业系统建立生猪、家禽商品生产基地的通知》，要求各级商业部门"大力养猪，要尽快地做到'三自'，即自繁、自养，外调任务靠自己解决"。为促进生猪生产的发展，保证对港澳出口生猪的质量和按计划供货，1961 年 8 月国务院财贸办公室批转商业部、对外贸易部"关于建立出口生猪生产基地试行办法的请示报告"。根据报告内容各项规定，1962 年 1 月 8 日浙江省商业厅与嵊县、平湖、诸暨、东阳、义乌 5 个县的人民委员会签订了《关于建立出口生猪生产基地的协议》，双方同意上述 5 个县自 1 月 20 日起正式确立为外贸出口生猪生产基地。协议规定：1962 年，5 个基地县供港活猪 13.5 万头，其中东阳 3.7 万头、义乌 3.3 万头、诸暨 2.4 万头、平湖 2.3 万头、嵊县 1.8 万头；收购出口生猪每头肉猪毛重在 120 市斤以上（平肚），肥膘厚度在 1.2 公分以上并经卫生部门检验证明健康无病者为合格。协议还规定：为进一步加强对生猪生产、收购和供港活猪调运工作的领导，基地县要相应建立食品公司"一条鞭"机构，负责生猪收购、调运和出运等工作。9 月 17 日，省外贸局和省商业厅根据省委指示联合下文，决定参照 5 个基地县的办法，增加嘉兴、海宁、海盐、嘉善、上虞、余姚、绍兴、金华、衢县、兰溪等 10 个新建基地县。1974 年 10 月 16 日，省革委会生产指挥组批转省农业局、商业局、外贸局"关于建立供港活猪生产建地"的报告，确定绍兴、上虞、嵊县、诸暨、余姚、嘉兴、嘉善、海宁、吴兴、德清等 10 个县为基地县。基地县的供港良种猪由食品公司统一收购。十里丰、十里坪、蒋堂、金华七一农场、富阳东风农场、南湖林场、杭州茶叶试验场等国营农业牧场为供港活猪生产基地。

1975 年 1 月 14 日，经省革委会生产指挥组批准，确定在台州地区利用海涂建立出口柑桔生产基地 35000 亩，其中三门县 1200 亩、临海县 10000 亩、温岭县 8000 亩、黄岩县 5000 亩。基地建设期间，外贸等部门先后分批给予资金和物资扶持，到 1977 年，由省计委安排的基地农田水利基本建设投资 45 万元，省财政、外贸局发放农业贷款 50 万元；省外贸局拨给基地钢材 350 吨，木材 700 立方米，化肥 1000 吨，拖拉机 25 台。1978 年 1 月 12 日，外贸部、商业部联合下达《关于同意建立外贸合办杭菊花生产基地的通知》，决定从当年起，由外贸专项安排生产扶持化肥，用于扶持杭菊花生产，每收购一吨，扶持化肥一吨，一定 5 年不变。同年 7 月 26 日，省计划委员会发出《关于建立蔺草基地的通知》，确定在宁波鄞县席草种植计划面积中划出 1500 亩作为出口蔺草种植基地。1979 年 2 月 5 日省计委批复，同意建立柳条、甜橙、水蜜梨、小湖羊皮、兔毛、山羊板皮与笔料毛、蛏子和宁波鹅等 8 个单项出口生产基地。其建设规模分别为：柳条基地 2000 亩，地点上虞；水蜜梨基地 2000 亩，地点武义；甜橙基地 500 亩，地点平阳；宁波鹅 500 吨，地点象山、定海；蛏子基地 10000 亩，地点三门、黄岩、温岭、乐清、宁海；小湖羊皮基地 100 张，地点吴兴、桐乡、海盐、嘉兴、德清、长兴、余杭；兔毛基地 130 万斤，地点新昌、嵊县、绍兴、吴兴、桐乡、嘉兴、平湖、海盐、嘉善、海宁、德清、丽水、缙云、青田、天台、临海、仙居、宁海、慈溪、镇海、东阳、永康、平阳、余杭、衢县等 25 个县；山羊板皮及毛料基地 35 万只羊，地点临安、兰溪、东阳、义乌、嵊县、上虞、慈溪、永嘉、青田、文成。同年 8 月 15 日，省计委、省财贸办公室联合印发《关于建立浙贝出口基地的通知》，确定在余姚南山、鹿亭两公社为浙贝出口基地，种植面积 420 亩。

（二）出口工业品专项贷款

出口工业品专项贷款是经国家计委同意、国务院批准，由中国人民建设银行与外贸部门共同办理贷放，以解决外贸企业和国营工矿企业发展出口工业品产品的生产，提高质量、增加花色品种、扩大出口货源。其使用范围限于企业的技术改造、革新工艺、增添关键性的设备以及进行填平补齐和必要的改建扩建项目。1972 年 2 月 23 日，财政部、对外贸易部向各省、市、自治区革委会生产指挥（部）组下达《关于出口工业品生产专项贷款使用办法的通知》，当年安排浙江省的出口工业品贷款额度 818 万元。1973 年 6 月 22 日，财政部、外贸部印发《出口工业品生产专项贷款办法》，对贷款的使用对象和条件作了进一步的规定：生产出口工业品的专厂、专矿、专车间和重点规划的出口产品，可优先安排贷款；出口工业品生产专项贷款，必须专款专用，用贷款搞的项目，必须生产出口产品；借款企业必须有偿还贷款能力，保证按期归还贷款，对亏损企业不予贷款。其贷款报批程序，贷款金额在 20 万元以下的项目，由贷款企业提出贷款申请书，经主管工业部门、外贸、财政部门及建设银行审查后，报省、市、自治区革委会审查批准；贷款金额在 20 万元以上的项目，由各地工业、外贸、财政部门和建设银行，根据企业的申请，共同研究后，提送省、市、自治区革委会生产指挥部（组）审核后，报外贸部和有关工业部审核同意后，通知各有关单位。"办法"下达后，各地积极申报以扩大出口。是年，外贸部安排本省出口工业品贷款额度 882 万元。至 1973 年底，全省有 71 家单位批准享受使用出口工业品贷款，其中丝绸系统 39 家，贷款额度 1085.38 万元；一轻系统 17 家，贷款额度 652.35 万元；二轻系统 6 家，贷款额度 79.8 万元；建材系统 4 家，贷款额度 55 万元；机械系统 1 家，贷款额度 45.05 万元；工商业系统 4 家，贷款额度 25.5 万元。这一时期，使用贷款已全部完成投产的企业有海宁红卫丝厂、临安丝厂、杭州丝绸印染厂、奉化食品厂、宁波罐头厂等 5 家单位；全省使用贷款更新丝织机 300 台，改造复摇车 988 台，新增和改造锅炉 72 吨、26 台，煮茧机 14 台；新增立缫车计划 760 台，已完成 520 台。贷款项目的逐步完成投产，对扩大出口货源，增加品种，提高产品质量收益明显。以丝绸行业为例，1973 年全省增产出口白厂丝 538 吨，其中使用出口工业品专项贷款添置烘丝管、改造煮茧机和锅炉等设备，提高了丝品生产率，贷款直接效益约为 200 吨（据浙江省丝绸公司资料统计）；1973 年绍兴丝织厂使用贷款 50 万元改造主厂房，实现当年建设当年投产，是年生产出口打线丝 143.34 吨，以每吨比白厂丝可增加外汇 4000 美元计算，共增加外汇 57 万美元；同年嵊县丝厂贷款 19000 元用于缫丝供水设施改造，产品质量提高，全年增加出口生丝 668 公斤，生丝正品率比 1972 年提高 0.52%.

各地在实际使用贷款过程中，因上下沟通较少，管理较松，也使得相当一部分单位利用所得贷款将其用于土建项目，施工欠款现象严重。为此，省财政金融局和省外贸局联合下达（74）财基字第 467 号、（74）外贸综字 226 号文《关于加强出口工业品生产专项贷款管理的通知》，开始将项目进度和贷款使用报告制度纳入管理轨道，由工业主管局系统逐级上报省局，同时抄报同级外贸和财政金融局。"通知"要求各地按规定对所属贷款企业每半年做一次检查，指出：今后贷款一般不搞土建，尤其不能搞生活设施，一个单位老贷款项目未完成、贷款未归还前，不予安排新项目。对规范各地使用贷款项目起到了一定的作用。至 1976 年，浙江省使用出口工业贷款的受益企业数为 140 家、151 个项目，其中建成或基本建成的项目计 80 余个。1977 年外贸部、财政部增拨本省丝绸工业品出口生产专项贷款指标 700 万元。随着所需出口贷款项目的增加和一些贷款项目因未能按时建成投产，施工逾期未还的贷款数额也随之加大。据统计，到 1978 年，全省到期应还未还的贷款额 1425 万元，占贷款指标的 46%，严重影响了贷款的正常周转使用。根据全国贷款欠款普查结果，为进一步规范专项贷款的发放使用工作，1978 年 2 月 23 日外贸部发出"关于外贸直属企业使用出口工业品生产专项贷款几项规定的通知"，规定外贸直属企业使用出口工业品生产专项贷款，不管金额大小，均由各省、市、自治区外贸局会同财政部门或建设银行，根据企业的申请，共同研究并提送所在省革委会审核后，联合报外贸部、财政部经审核同意后，通知各有关单位；代管项目竣工或贷款到期，须由贷款单位作出决算，经贷款行审查签署意见后，报所在省级外贸局审核汇总，各地编报贷款计划时，须优先考虑外贸企业直属加工厂改造挖潜实现机械化、半机械化和那些生产加工出口畅销商品的项目。同年 11 月 7 日，外贸部印发"关于下达一九七九年使用出口工业品生产专项贷款计划的通知",要求各地今后在审核发放贷款时,做好"三查"工作,即凡与出口无关,前贷未还,土建面积大,还款无保证,扶持后也不能增加出口货源的项目,不予发放贷款。贷款指标逐步压缩。是年,外贸部批准浙江省使用出口工业品生产专项贷款企业 13 家,贷款总额度 544.1 万元。受益企业分别为:绍兴出口茶叶加工厂 41.1 万元、桐庐外贸冷冻厂 15 万元,嘉兴永红丝厂、象山丝织厂、奉化丝织厂、海宁绸厂各 45 万元,湖州丝绸印染厂 40.5 万元、绍兴红光绸厂 110 万元。1979 年外贸部、财政部批准浙江省使用出口工业品生产专项贷款企业 5 家,贷款总额度 512.7 万元,其中临平绸厂 150 万元、杭州油墨油漆厂 163 万元、杭州热水瓶厂 79 万元、平湖标准件厂 63.7 万元、杭州市化工机械二厂 57 万元。

(三)出口商品奖售

出口商品奖售是对外贸易部报经国务院批准,于 1961 年开始实行用以扶植出口商品生产,鼓励农民出售农副产品的积极性,为完成国家出口收购任务在商品经济不发达条件下采取的一项政策措施。

1961 年,根据外贸部通知,对收购食品、蚕茧、畜产品实行外贸奖售棉布、粮食、食糖、化肥、煤油等物资。为调剂一部分商品解决奖售物资,同年 8 月 9 日外贸部电告"关于收购畜产品对流贸易办法的通知",决定从纺织品公司库存不合出口规格的商品中调出若干工业品作为对换奖售物资。11 月 25 日,外贸部对收购特种物资(蚕茧、畜产品)开始实行布票奖励。是年开始的收购农副产品实行外贸奖售工业品的办法,其奖售范围和标准,根据各种不同农副产品情况,由外贸部和省商业厅统一规定,并在供应计划以外,另行分配专项工业品供应指标,做到专物专用。是年,浙江省对收购若干农副产品实行奖售的物资,主要有粮食、化肥、煤油、布票、香烟、胶鞋、卫生衫(裤)、汗衫、食糖等。1961 年外贸部共拨付浙江省奖售物资计有:化肥 45620 吨,用于扶持蚕桑、茶叶、柑橘、晒烟、名贵杂豆、席草、药材、淡竹、土纸、小水果、蔬菜罐头的出口收购生产;棉布 237.54 万市尺,省实际奖售棉布数 330.7 万市尺,用于蚕茧、绵羊皮、羔皮、小湖羊皮、山羊皮和毛收购;食糖 4.26 吨,用于猪、羊肠衣收购;煤油 305 吨,用于夏秋茧收购和手工艺品生产照明;粮食 3290.5 万斤,用于折猪肉、活鹅、冻家禽、春茧收购;拨付收购畜产品对流贸易棉布 8189 匹、针棉织品 17.83 万元、羊毛针织品 10 万元、呢绒 3.8 万米、绸缎和复制品 31 万元;收购特种物资奖励布票 870124 公尺。

1962 年因国家粮食供应出现困难,在收购农副产品方面,为集中力量,以求收到更大的效果,国务院作出"关于 1962 年度收购经济作物和畜产品奖售办法的几项规定",决定今后必须逐步减少奖售品种,重点使用,区别对待。1962 年度取消粮食奖售和饲料补助的商品有出口菜牛、菜羊、奶制品、蛋品、兔肉等品种。是年 4 月 28 日,对外贸易部下达"关于 1962 年收购出口农副产品奖售问题的通知",规定浙江省收购出口农副产品奖售执行标准为:冻猪肉每吨奖粮 1.5 吨,活猪(按 25 头折一吨出口冻猪肉奖售)、家禽罐头每吨奖粮 3.75 吨,冻填鸭每吨奖粮 7 吨,内外销级内茶每担奖粮 25 市斤、化肥 125 市斤,级外茶边销茶每担奖粮 10 市斤、化肥 40 市斤,桑蚕茧每担奖化肥 200 市斤、棉布 10 市尺、煤油 4 斤,名贵什豆每担奖化肥 15 公斤,羊皮每张奖棉布 1 市尺、工业品 40%,羊毛每斤奖棉布 0.5 市尺、工业品 25%,兔毛每斤奖棉布 2 市尺、工业品 50%,猪鬃、羽毛、肠衣、牛皮每元分别奖工业品 80%、60%、60% 和 40%。是年起,奖售化肥改由中国化工进出口公司直接拨付。为鼓励完成农副产品交售任务,5 月 10 日外贸部、商业部下达"关于拨付收购出口农副产品奖励布票的联合通知",此项专用布票由各省外贸局及所属外贸专业公司掌管使用。1962 年外贸部门拨付浙江省奖售物资计有:粮食 2.7 万吨、化肥 39813 吨、棉布 86.66 万公尺、煤油 520 吨,奖励布票 125.76 万市尺,用于活猪、农副产品收购售奖。

为进一步做好猪、羊、禽、蛋的收购工作,1963 年 2 月 26 日浙江省人民委员会批转省商业厅《关于一九六三年收购猪、羊、禽、蛋的奖售标准和改进奖售办法的报告》,规定今后收购猪、羊,一律按出肉率计奖,奖售标准:出口生猪每头可出净肉 85 市斤起奖,奖化肥 150 市斤;绵羊每头可出净肉 20 市斤起奖,奖胶鞋 1 双;鲜蛋每市斤奖食糖 2.5 两、香烟 1 包;活鸡每只 2.5 市斤起奖,奖布票 1.2 市尺,3.5 市斤以上奖布票 1.8 市尺。是年,外贸部门拨付浙江省蚕茧生产收购奖售物资计有:化肥 27810 吨、布票 947 万市尺、煤油 454 吨。1964 年 5 月 20 日省供销社对收购国营农场的精制成品茶确定奖售标准,规定每投售 1 市担外销成品茶,奖售化肥 88 市斤、成品粮 53 市斤。翌年,外贸部安排本省奖售化肥 8590 吨,棉布 34378 万市尺。

1965 年,随着国民经济的全面好转,敞开供应的商品日益增多,农产品奖售的积极作用逐步减弱,12 月 21 日,外贸部转发《国务院关于一九六六年度收购农副产品奖售标准的通知》,决定收购商品进一步缩小奖售范围,逐步降低奖售标准。1966 年度退出奖售范围的商品有钴土、啤酒花、菊花、玉金、山药、杯牛夕、活鸡、葡萄干、榨菜、八角、土纸、草帽辫、羽毛等 13 种;降低奖售标准的商品有出口生猪、出口晒烟、供港澳活猪、薄荷原油、留兰香油、茴油等 25 种,用其奖售的物资主要是化肥,工业品只留下棉布。是年,外贸部安排浙江收购农副产品奖售化肥 84129 吨,棉布 2850 万市尺。1967 年经济情况进一步好转,农村占有粮食数量增加,外贸收购奖售用粮也随之减少。

外贸奖售物资实行单一品种后,为改善化肥运输和口岸装卸工作,方便农业支援,1967 年 3 月 6 日供销合作总社、对外贸易部联合作出规定,从 4 月 1 日起将外贸奖售化肥、粮油食品进出口总公司的换粮专用化肥,全部交由供销社统一经营,分别按照国家计划和粮油食品进出口总公司的换粮计划,由外贸部逐季进行分配,纳入全国化肥分配计划,由全国供销合作总社下达各地供销社组织调拨和供应,年终由省外贸局、供销社根据国务院规定的奖售标准和外贸收购实绩进行结算。当年,外贸部、全国供销合作总社共拨本省外贸奖售化肥 73100 吨,棉布 1550 万市尺。

1968 年以后，全国没有规定统一的奖售标准。按照中央关于逐步缩小商品奖售范围和降低奖售标准的指示，浙江省除主要农副产品由省确定奖售标准继续实行奖售外，原有其他商品逐步退出奖售范围。

1972 年以后，为贯彻中共中央关于"合理的奖售政策必须继续执行，不要随便变动"的指示精神，逐步统一全国农副产品奖售品种和奖售标准，以利于生产和收购，1973 年 3 月 19 日国务院批转国家计委关于实行农副产品统一奖售办法的通知，除生猪、食油、桐油、乌桕油、蓖麻油等奖售标准由各地规定继续实行外，决定自 4 月 1 日起，对全国 95 种农副产品实行统一的奖售标准，其中外贸奖售品种 29 种，奖售执行标准为：优良品种水果每市担奖化肥 14 市斤，栗子每市担奖粮 30 市斤、化肥 20 市斤，核桃每市担奖粮 30 市斤、化肥 15 市斤，杏仁每市担奖粮 50 市斤、化肥 20 市斤，莲子每市担奖粮 20 市斤、化肥 20 市斤，桂皮每市担奖化肥 30 市斤，黑白瓜子每市担奖粮 30 市斤，香菇每市担奖粮 50 市斤、化肥 25 市斤，黑木耳每市担奖粮 50 市斤、化肥 20 市斤，金针菜每市担奖化肥 30 市斤，薄荷原油每担奖粮 1500 市斤、化肥 800 市斤，香茅油每市担奖化肥 300 市斤，留兰香油每市担奖化肥 400 市斤，名贵杂豆每担奖化肥 20 市斤，育肥羊每担奖粮 20 市斤。外贸奖售品种所需粮食和化肥，由外贸部门直接拨付和结算。1973 年和 1974 年外贸部拨付浙江奖售粮 10000 吨，省实际奖粮 10372 吨；奖售化肥 10800 吨。1975 年 4 月 7 日外贸部、供销合作总社联合下达（75）贸出三字第 112 号文，决定外贸进口自用化肥改由供销社统一调拨和供应。1976 至 1977 年外贸部、供销合作总社拨付本省奖售粮 35900 吨，奖售化肥 860 吨；专用化肥 64000 吨，其中用于奖售 7200 吨。为保证出口商品奖售政策的兑现，1977 年 12 月 14 日外贸部、供销合作总社报经国务院批准，外贸专用化肥仍改由外贸直接接运、拨付和结算。自 1978 年 1 月 1 日起，外贸专用化肥进口计划单列，分开订货，直接分拨给各地外贸部门。浙江省外贸专用化肥由省外贸局统一分配、调拨，省粮油食品进出口分公司统一经营。调拨关系变更后，由于措施不配套，增加了工作难度，根据本省实际执行情况，1978 年 10 月 25 日省外贸局、供销社决定，本省外贸专用化肥仍改由供销社系统经营，省供销社须凭省外贸局调拨通知单拨付化肥并据以结算，其中属于国务院和省革委会规定的奖售标准兑现给投售者，年终向外贸结算。省外贸分配给各地、市、县的外贸专用化肥，由各级外贸部门分配使用，由当地供销社负责供应。全年，外贸部拨付浙江奖售粮 10600 吨，奖售化肥 1436 吨；专用化肥 100210 吨，其中用于奖售 16200 吨。

为改进外贸专用化肥、粮食的管理工作，使外贸专用肥、粮的使用、分拨、管理更好地同外贸各公司的收购、出口相结合，1979 年 1 月 19 日外贸部下达"关于改进外贸专用化肥和粮食管理工作的通知"，决定自是年起，外贸专用化肥、粮食，由行政管理的办法，改由各进出口公司分拨和管理。由外贸拨付的奖售化肥和粮食，由粮油食品和土畜产进出口公司根据年度出口商品收购计划，按规定奖售的品种和标准，计算出应拨奖售化肥和粮食的数量，报外贸部门审批下拨（1980 年起，外贸专用化肥由供销社统一调拨和供应）。

三、出口商品调拨口岸

开口岸前，浙江省的出口商品，主要是按国家下达的外贸计划组织货源，收购后调拨上海、广东、福建、山东、天津等口岸出口。其中，上海因其独特的港口区位优势成为浙江外贸最主要调拨口岸。浙江省的出口货源绝大部分都调往上海口岸出口，由内地外贸部门将调拨货物集积后，按出货成本价在产地或口岸交货，一切储存、整理、刷唛等工作均由口岸公司自理，出口盈亏由口岸公司自行负责。按中央规定：上海口岸的协作省有苏（江苏）、浙（浙江）、皖（安徽）、赣（江西）、湘（湖南）、鄂（湖北）、豫（河南）、川（四川）八省。浙江作为上海口岸的主要协作省份，在计划经济时期为口岸提供货源，是上海出口商品的重要来源。据上海口岸10省（8个协作省和山东、福建两省，以下简称"外省"）历年进货统计资料汇总，1950年至1979年，上海由浙江购进和调入的货物总值144.5亿元（其中1951年和1952年缺少资料）。"一五"期间（1953～1957年）上海口岸从外省进货（购进、调入）总值22.71亿元，其中浙江货源6.91亿元，占30.42%；"二五"期间（1958～1962年）外省进货总值69.97亿元，浙江货源17.53亿元，占25%，居各省首位；"三五"期间（1966～1970年）外省进货总值103.12亿元，其中浙江25.41亿元，占24%，位各省第二；"四五"期间（1971～1975年）外省进货总值155.12亿元，其中浙江39.06亿元，占25%，继江苏之后，仍居各省第二。1976年至1979年浙江货源调拨上海口岸总值42.38亿元，占调拨口岸同期从外省进货总值的31.35%。

浙江出口商品调拨上海口岸情况

1950年调出7579万元；1955年调出17340.55万元，其中畜产362.56万元、食品486.89万元、茶叶3067.07万元、丝绸7367.18万元、土产6056.85万元；1957年15615.2万元，其中属中央商品10517.7万元、地方商品5097.5万元；1958年21003.4万元，其中猪鬃383箱、猪肠衣300万根、人发40336市斤、绵羊毛145.98万斤、安哥拉兔毛13.41万斤、羽毛79.67万斤、黄狼皮91682张、小湖羊皮536346张、山羊板皮132张、冻猪肉3923吨、冻鸡53.6吨、火腿416吨、鲜蛋128.6万斤、新鲜水果2450吨、家禽罐头401吨、笋干33吨、炼乳822吨、绍兴酒732.4吨、茶叶5782.8万元、厂丝3849公担、手织绸缎880097公尺、金丝帽108954打；1959年35529.83万元，其中粮油4184.29万元、矿产2172.19万元、畜产1068.17万元、食品4234.82万元、茶叶4664.32万元、丝绸12461.62万元、土产702.95万元、工艺品3036.3万元、纺织品3617.98万元、杂品908.83万元、化工医药325万元、机械35.67万元、仪器2.69万元；1960年36176.1万元。

1961年调出33494.13万元，其中粮油1116.23万元、食品3941.89万元、畜产948.43万元、茶叶2668.68万元、土产567.72万元、工艺品3034.49万元、丝绸

13455.93 万元、纺织品 4634.41 万元、轻工业品 2350.12 万元、化工 459.96 万元、五金矿产 188.43 万元、机械 84.81 万元、设备 43.01 万元；1962 年 35268.35 万元，其中粮油 2092.76 万元、食品 6072.58 万元、畜产 1277.17 万元茶叶 3655.04 万元、土产 624.38 万元、药材 220.13 万元、工艺品 3510.77 万元、丝绸 10417.07 万元、轻工业品 2451.31 万元；1963 年 35565.94 万元，其中粮油 3466.6 万元、食品 6879.14 万元、畜产 2284.25 万元、茶叶 4614.3 万元、土产 760.44 万元、药材 135.09 万元、工艺品 4099.38 万元、丝绸 6730.4 万元、轻工业品 2264.86 万元、化工 277.52 万元、五金矿产 78.79 万元、机械 315.54 万元；1965 年 48996.78 万元，其中粮油 4173.68 万元、食品 12477.44 万元、畜产 2526.71 万元、茶叶 4546.95 万元、土产 1469.56 万元、工艺品 4517.4 万元、丝绸之路 1225.81 万元、纺织品 1488.91 万元、服装 1418.11 万元、轻工业品 3019.03 万元、化工 457.64 万元、五金矿产 477.86 万元、机械 119.69 万元；1967 年 51515.29 万元，其中粮油 3047.85 万元、食品 13569.6 万元、畜产 2792.67 万元、茶叶 4199.58 万元、土产 1732.6 万元、工艺品 5207.48 万元、丝绸 14208.65 万元、纺织品 1822.37 万元、服装 1128.54 万元、轻工业品 2360.64 万元、化工 575.17 万元、五金矿产 370.05 万元、机械 410.67 万元、仪器 89.41 万元。

　　1971 年调出 47342.4 万元，其中粮油 2593.2 万元、食品 14839.9 万元、畜产 2898.2 万元、茶叶 7609.5 万元、土产 1788.6 万元、工艺品 6592 万元、丝绸 5128.4 万元、纺织品 1486.3 万元、服装 1124.7 万元、轻工业品 1725 万元、化工 478.8 万元、五金矿产 472.3 万元、机械 565.5 万元；1972 年 75581.2 万元，其中粮油 3201.8 万元、食品 17491.1 万元、畜产 3914.7 万元、茶叶 7761 万元、土产 2165.7 万元、工艺品 9015.5 万元、丝绸 23202.3 万元、纺织 2120.1 万元、服装 1901 万元、轻工业品 2841.1 万元、化工 648.3 万元、五金矿产 675.1 万元、机械 637.5 万元；1973 年 96805.43 万元，其中粮油 7525.85 万元、食品 21729.31 万元、畜产 5292.7 万元、茶叶 8953.22 万元、土产 2149.28 万元、工艺品 13850.95 万元、丝绸 24033.78 万元、纺织品 3135.16 万元、服装 3053.45 万元、轻工业品 3753.18 万元、化工 1144.68 万元、五金矿产 1044.77 万元、机械 1139.1 万元；1975 年 79581 万元，其中粮油 2796.4 万元、食品 15066 万元、畜产 5441.2 万元、茶叶 9107.2 万元、土产 1758.9 万元、工艺品 12022.7 万元、丝绸 20698 万元、纺织品 1451.4 万元、服装 3174.2 万元、轻工 2770.2 万元、化工 2248.3 万元、五金矿产 1403.7 万元、机械 1642.3 万元；1976 年 74074.15 万元，其中粮油 422.51 万元、食品 11674.77 万元、畜产 4594.5 万元、茶叶 9540.74 万元、土产 2105.91 万元、工艺品 12559.8 万元、丝绸 18315.18 万元、纺织品 1650.9 万元、服装 1048.8 万元、轻工业品 1279.08 万元、化工 314.8 万元、五金矿产 543.7 万元、机械 511.9 万元；1977 年 90613.8 万元，其中粮油 445.9 万元、食品 8914 万元、畜产 4861.6 万元、茶叶 12176.6 万元、土产 2193.8 万元、工艺品 15292.3 万元、丝绸 25901.9 万元、纺织品 2344.1 万元、

服装 6747 万元、轻工业品 4488.5 万元、化工 3219.3 万元、五金矿产 1792.2 万元、机械 2236.5 万元；1979 年 148953 万元。

第四节 陆运出口

浙江省开展陆运出口业务，始于 50 年代。1958 年 12 月开始少量商品陆运出口到前苏联、东欧、朝鲜、越南、蒙古等国家；1962 年 12 月开始办理对港澳地区陆运出口业务；1976 年 7 月起直接经营港澳陆运出口。

一、供港运输

供港运输全程在香港回归以前由国内段铁路运输和港段铁路运输两部分组成。由发货地至深圳北站为国内段运输；自边境罗湖东站起途径上水、粉岭、大埔、大学、火炭、大围、九龙塘、旺角至九龙车站为港段运输，全程长 34 公里。国内段铁路与港段铁路尚不办理直通联运，内地发往香港的整车和零担货车均在深圳北站进行解体、编组及必要的装卸作业和联检作业后过轨到香港。

1954 年对外贸易部召开第一次扩大对港澳出口工作会议，强调要坚决贯彻中共中央关于对港澳地区长期稳定供应的政策，要如同保证内地大城市的供应一样，保证对港澳地区的供应，积极扩大对港澳出口及经港澳转口东南亚的出口。浙江省供港物资，主要是活猪、鲜蛋、水产、水果、蔬菜等食品、副食品和土特产，以及部分轻纺工业品和手工艺品。1962 年，为保证供应港澳任务的完成，提高运输质量，减少货运事故损失，对外贸易部和铁道部联合组织供应港澳地区鲜活商品快运货物列车（简称"三趟快车"）并投入运行，这是本国外贸和铁路职工共同创造的一种特殊的外贸陆运运输方式。是年 3 月 20 日湖北省武汉江岸车站开出"751 次"第一趟列车；12 月 11 日，上海新龙华站始发"753 次"列车；郑州北站发出"755 次"列车。三趟快车运送鲜活商品，包括活猪、活鱼、鲜蛋，一举获得成功。沿线有关省的鲜活商品或一般货物，也可根据外贸、铁道两部确定的停站、装车点顺路挂上相应的快运列车，"753 次"货列从新龙华站出发至笋岗，沿途停站依此为嘉兴、南星桥、诸暨、金华、衢县、上饶、鹰潭、向西、新余、萍乡、醴陵、株洲、株洲北、新霞流市、衡阳、高亭司、郴州、韶关、广州北。12 月 11 日省食品出口办事处（省粮油食品进出口公司前身）将供港活大猪使用首列 753 次快运货列，由南星桥车站装车发至终点站深圳北。1974 年外贸部下达《关于一九七五年改进外贸经营体制的意见》的通知，决定从 1975 年起改进对港澳地区的出口经营体制，既凡具备条件的省、自治区，经过报批，可以根据统一计划，按成交合同，办理直接对港澳地区的陆运交货、结汇，出口任务归交省、市、自治区。至 1975 年，本省供港陆运商品约 50 种，总值 8800 万元，在杭州南星桥车站编组中转发运至香港有活畜活禽、冷冻食品、新鲜果菜、罐头食品等四大类，其中省粮油食品进出口公司共发运活大猪

3535610 头、30544 车。

1976 年 5 月 5 日经对外贸易部（76）贸出综字第 71 号文批复，本省自 7 月 1 日起对港澳地区直接办理活猪（包括大、中猪）的陆运交货、结汇业务。是年，发运供港澳良种猪 26495 头。1977 年 2 月 7 日外贸部（77）贸出综字第 21 号文，批准浙江省从 1977 年开始增加直接对港澳地区办理交货、结汇业务的商品有冻肉、冻鹅、鲜蛋、水蜜梨、李子、青梅、竹笋、大蒜头、龙井茶、生姜、蜜柑、萝卜干丝、花鱼虫 13 个品种。上述新增出口商品，除龙井茶仍通过广东口岸公司经营外，其他商品均由原上海口岸公司经营改为本省直接自营陆运出口。为进一步做好对港澳地区陆运的直接交货和结汇工作，1977 年 11 月 7 日外贸部下达（77）贸出四字第 230 号文通知，要求凡拟办理直接对港澳地区陆运出口业务的商品，由省、市、自治区外贸分公司在征得地方领导和外贸局同意后，将办理出口商品品种报总公司审批；省、市、自治区外贸公司在接到总公司审批同意的通知后，才能接办对港澳地区的直接出口业务。11 月 8 日，外贸部在《关于一九七八年起省、市、自治区对港澳地区直接办理陆运出口业务的通知》中指出：今后，各省、市、自治区开办或增加办理对港澳地区的交货、结汇业务，只要具备外贸部（74）贸出货二字 478 号通知和附件规定的条件，由省、市、自治区外贸分公司请示省、市、自治区外贸局审核同意后，报总公司审批即可。是年，总公司确定本省自 1978 年起新增对港澳地区直接办理陆运出口的商品有火腿、冻猪副产品、南枣、藕粉、小核桃、香榧子、竹叶、胶版纸、书写纸、卷烟纸、拷贝纸、地砖、瓷砖、机床等 14 个品种。至此，本省供港澳自营陆运出口商品由原来的粮油食品类扩大到部分轻工、机械类产品。1978 年，浙江省供港澳出口商品外贸收购值 1.46 亿元，占全省外贸收购总值的 12.52%，其中省办理陆运 5400 万元，调上海口岸供港澳 9200 万元。1979 年，省纺织品进出口公司、省轻工业品进出口公司等单位先后开展供港干杂货铁路运输，全省形成了以鲜活、冷冻货物为主、一般干杂货为辅的供港澳陆运出口格局。1979 年宁波港对外开放以后，除鲜活易腐商品通过陆运出口外，其他商品逐步改为海运出口。

二、国际联运

国际联运，即国际铁路货物联运，是由前苏联、东欧以及中国、蒙古、越南、朝鲜等十二国参加的"国际铁路货物联运协定"（简称"国际货协"）国际组织，使用统一的运价规程和统一的国际联运运单，跨两个国家以上进行铁路联运业务。国际联运所经路线，从货物承运时起，要过发运铁路的发站、出口国境站、到达国境站，一直到目的站，有时还要过第三国过境铁路。

浙江省开展国际铁路联运，对独联体（前苏联）供货，由发运站直接装车皮出发至二连浩特车站过轨，通过蒙古人民共和国至独联体、保加利亚和匈牙利等东欧国家出口；对朝鲜供货，由发运火车站国际零担发运。1958 年开始直接办理对前苏联、东欧、朝鲜、越南等国家的国际联运交货出口业务，当年出口额 1689 万美元，主要商品有冻猪肉、鲜蛋、冻鱼、柑橘、厂丝、绸伞等品种。1962 年对东欧等国家出口新增商品有大米、绢丝、丝绸复制品、皮鞋、皮大衣、活兔、湖羊等。1963 年对前苏联、东欧等国家出口额占当年外贸收购总值的 29.45％，其中苏联占25.69％；捷克、波兰、保加利亚、罗马尼亚、匈牙利、蒙古、民主德国等七国占2.48％；朝鲜、越南、阿尔巴尼亚三国占 1.28％。出口品种主要有绸缎、沙发布、提花布、兔毛衫、罐头、金丝帽、麻帽、绸衫、丝绸复制品、冻猪肉、梓油、冻家禽、冻鱼片、柑橘、布绣衣、皮鞋、皮件、猪肠衣、厂丝、绢丝、加工丝线、针棉织品、打字蜡纸、打字蜡纸坯、机床、纱管、雁皮纸等 31 个商品。1966 年以后，由于中苏关系破裂，出口量逐步萎缩。1967 年对苏出口额 4255 万元，出口商品仅有冻猪肉、兔羊毛衫、冻淡水鱼、柑橘、热水瓶、沙发布等 8 个品种。至 1979 年，浙江省采用国际铁路联运出口的商品主要有加工丝线、绸缎、桑蚕丝绸、人丝绸、交织绸、茶叶、瓶胆、兔毛衫、人丝人棉绸、猪肉罐头、柑桔、卷烟纸、工作手套、热水瓶等以及其他援外物资。

第五节　援外物资

一、对越南援助

援越物资，是中国政府为帮助越南人民摆脱战争贫困，根据中越两国签订的有关协议（协定）无偿为其提供商品的一种实物支援形式。无偿援助主要用于帮助受援国建设中、小生产性和社会福利性项目或向受援国提供一般物资。1966 年中越两国在北京签订"关于中国给予越南经济技术援助的协议"和"关于 1967 年中国向越南提供物资的议定书"。是年，浙江援越 T1—54 型推土机 10 台。翌年 5 月，中国粮油食品进出口总公司确定当年全国无偿援越干咸鱼 4000 吨，其中在交货确认书中所列黄鱼片干（或黄花鱼片干）、整条黄鱼干共 1300 吨，均系浙江产。同年 11 月，中国食品公司、中国粮油食品进出口总公司联合下达关于"安排援越咸猪肉任务"的通知，确定浙江援越咸猪肉 1000 吨，为全国援越同类商品总量的三分之一。"通知"把交货日期与政治任务紧密挂钩，强调指出："按越方要求，为保证越南春节供应，在 1967 年 12 月和 1968 年 1 月需陆续发货 1500 吨，因此，我援越咸猪肉，关系越南人民春节肉食问题，政治意义极大，必须突出政治，坚决遵照……"同时，为保证援越物资质量，"通知"对咸猪肉的交货规格作了严格要求：1. 咸猪腿：整只后腿，带皮、骨，去爪，每块重量不低于 4 公斤；2. 咸猪前夹心：前腿连夹心，带皮、骨，去爪，每块重量不低于 5 公斤；3. 咸猪方肉：整块方肉连大排及肚身，带皮、骨，每块重量不低于 6 公斤。根据本省产猪情况，由于猪源品种关系，在实际生产过程中，有部分咸肉的块重量达不到合同规定的重量，要求降低标准。同年 12 月经中粮总公司与越方商谈，就交货时每块咸肉重量达成协议，同意将上述每种规格的块重量依此分别降低为 3.5 公斤、4 公斤和 4.5 公斤。同时，中国食品公司、商品检验总局、中国粮油食品进出口总公司对援越咸肉的检验工作和到达该国时的箱重量作出规定。规定要求：发往越南时每箱净重 50 公斤；对越出口咸肉，须有商检签发产品合格证，凡发往上海海运的咸肉，由产地开出兽医证明，在上海抽样检验产品质量，然后发给商检合格证；由各地直接陆运的咸肉，由产地商检局检验出证。嗣后，浙江省对外贸易公司、中国食品公司浙江省公司联合发出通知，要求各地供货单位在咸猪肉装箱前逐片进行质量检验、每箱净重 50.5 公斤。1968 年浙江无偿援越物资有大米、大豆、食盐、猪油、咸肉、味蛋、咸菜、奶粉、炼乳、麦芽精、砂糖、糖果、土豆、固体酱油、罐头、干鱼、虾皮、虾酱、面粉、绿豆、柳子油、糯米纸、豆腐粉等粮油食品类。

1969 年 6 月外贸部、粮食部下达援越蒸谷米任务通知，确定浙江省承担全部货源，数量 3000 吨，并对其品种、规格作出具体要求：粳米、标一精度、水份 12%、杂质 0.3%、碎米 35%。1970 年浙江省援越手拉葫芦 690 台、鱼干 1000 吨。1971 年起，根据国家提供对外援助的分工规定，在援外成套设备项目建成和提供军事装备以后所需的零备件和部分原材料以及一般物资的援助，由外贸部统一归口管理。是年，根据外贸部要求，为帮助越南修建胡志明通道提供所需筑路设备，浙江完成无偿援助交货物资有：3 吨×6M 手拉葫芦 5 个、各种型号电子管 250 只、R—5A 真空避雷器 100 个、50213 型轴承 100 套、50306 型轴承 20 套、NJ—130 汽车前后鼓个 30 只、汽门外弹簧 15 只。1972 年为支援越南受涝地区恢复中草药种植，按商业部、外贸部下达的任务，浙江省援越白术籽 100 公斤。同年，无偿援助越方绸缎 243.66 万米（人民币价值 838.65 万元），其中桑蚕绸 57.44 万米、人丝绸 62.33 万米、交织绸 98.77 万米、绢丝绸 25.12 万米。同年 12 月 20 日，商业部、外贸部、轻工业部、农业部、总后勤部、计委物资局联合发出通知，决定自 1973 年起，原由军委总后勤部主办的援越一般食品（不包括压缩干粮等特殊品种）归口外贸部统一办理对外交货。1973 年根据外贸部下达的援越物资任务，本省全年完成军需食品、钢材及各种医疗器械等 19 种商品的供货，价值 951 万元，其中丝绸 60 万米、锦织胡志明主席像 37.5 万张、奶粉 251 吨、鱼松 315 吨、鱼罐头 329 吨、墨鱼干 10 吨、炼乳 200 吨、轻轨 946.94 吨、钢材 650 吨、石膏锯 100 个、丁字式开口器 500 个、轻便手术床 100 台、布帕钳 1000 把、持骨钳 50 把、咬骨钳 50 把、煮沸消毒器 3000 个、担架 500 个。1974 年完成援越供货 1300 吨，其中道丁 500 吨，奶粉、炼乳、鱼松各 100 吨、鱼罐头 500 吨。1975 年浙江援越供货主要物资有 CD1—2 动圈话筒 40 只、推拉式衰减器 15 个、话筒放大器 40 套、AVR2×48/0.15 塑胶线 1 公里、二芯及四芯话筒线 1 公里、控制台 1 个、节日放大器 10 个。1976 年无偿援越绸缎 9.74 万米，其中人丝绸 6.46 万米、交织绸 3.28 万米。1977 年以后无偿援越物资基本停止。

二、对其他国家援助

朝鲜是浙江援外物资的第一个受援国。1952 年 12 月浙江省水产运销公司在沈家门鲁家峙加工厂，加工风干带鱼 150 吨，由国家无偿援助朝鲜。1962 年开始浙江轻工产品出援阿尔巴尼亚。1969 年按粮食部通知，浙江承担援阿大麦 1000 吨，要求在 8 天内完成任务。1970 年根据中国畜产品进出口公司要求，浙江省承担无偿援助罗马尼亚 50000 张猪半硝革（湖绿皮）生产任务。同年，浙江无偿援助罗马尼亚卤黄鱼 700 吨、冻鱼 3500 吨。1971 年为援助阿尔巴尼亚建设冶金联合企业、综合炼油厂、瓦列斯煤矿和镍铁矿等成套项目所需施工设备，国家计委、外经部、一机部、外贸部联合下达浙江供货任务，主要援阿物资有砂浆搅拌机 10 台、凿岩机 28 台、钢筋调直机 10 台、手动葫芦 158 个、手动起重机 54 台、西湖台钻 16 台、台式钻床 2 台，承担援外生产企业分属杭州胜利转炉厂、浙江衢州机械厂、杭州重型机械厂、杭州运输机械厂、杭州武林机器厂、杭州机械厂、杭州制氧机械厂、浙江海门造船厂、杭州机床厂等单位。是年，援助阿尔巴尼亚 KS—8 矿灯 1000 盏。1973 年外贸部下达援阿任务，其中浙江承担绿化钙（无水）53.5 公吨、绸缎 9 万米。1974 年完成援阿道丁 135 吨。1975 年浙江承担总公司下达的无偿援寮（老挝）任务，简称"CC"专案，生产供货物资主要有各种型号的离合器、制动摩擦片 9390 片、各类型号电子管 300 只。1976 年以后，援外物资逐步减少。

浙江区位优势与外经贸企业的发展

（原载 2004 年 8 月 20 日《中国对外贸易》杂志第 8 期）

一区域对外经济贸易发展水平与其区位所处的环境条件有着密切的关系，随着国际经济一体化进程的加快，利用区位优势参与国际竞争、发展对外贸易经济已被提到了目标战略的高度，这为外经贸宏观发展奠定了基础。从微观上看，外经贸阵营是由一个个经营主体构建而成的，外经贸的发展归根到底是经营主体的发展。国家商务部（原外经贸部）虽放宽了对企业进出口经营权的审批，但在企业主体获权面加速扩大的同时，如何培育引导其加快发展仍是一个严肃的课题。浙江外经贸的快速发展是以区位优势与经营主体相互作用关系为根本条件的，这对当前新的国际环境条件下如何利用区位优势进一步推动外经贸经营主体的发展仍具有积极的指导意义。

一、浙江区位优势对外贸企业静态发展的地缘依存关系

自建国以来，浙江外经贸企业的发展规模和速度，在改革开放前和改革开放后与浙江所处区位优势及其利用程度相适应，表现为两个同质而不同层面的变化阶段。

改革开放前 30 年，在以收购调拨跨省供应商品出口为主要贸易方式的条件下，浙江因邻接上海、出货便利的优势，积极承担国家下达的货源出口计划，全省各地都建有稳定的出口货源基地或在货源地定点设厂，基地和厂家是出口商品的生产单位，即相当于现在意义上的未获经营权生产企业，它们不直接与口岸公司发生关系，出口货源的组织经营按商品不同种类分别由商业、供销系统和外贸部门承担。外贸部门承担货源组织出口的单位，是省级外贸系统各国营专业公司（只有省一级），即相当于现在意义上的获经营权企业，具有相对独立性。1973 年以前，浙江省级外贸专业公司隶属省外贸局，但由于省外贸局在当时不是一个完全独立的常设机构，外贸专业公司同时受省商业厅或供销合作社的工作指导。浙江省级外贸公司的设置：1950—1965 年有茶叶、丝绸、畜产、土产、食品进出口公司；1965—1972 年全省外

贸业务统由省对外贸易公司经营。鉴于浙江所处区位优势,根据国务院有关工作会议精神,浙江为做好迎接开口岸工作准备,加强对外贸易管理,1973年将外贸机构的设置从省商业局划出,单独建制。嗣后,在全省11个地市相继成立外贸公司。1974年省对外贸易公司撤销,在此基础上组建成立浙江省工业品进出口公司和浙江省农副产品进出口公司,以下分设粮油食品、土产畜产、轻工业品、机械四个进出口公司。1978年,以上四个公司按经营商品扩展为粮油食品、土畜产、轻工、纺织品、工艺品、五金矿产、机械、化工进出口八个分公司,与总公司对口开展业务,按外贸部每年下达的外贸调拨计划,将收购的出口货源经加工、整理、挑选后调拨给上海、广东、福建、山东、天津等口岸出口。

　　期间,浙江外贸企业在国家对外贸易统制和保护贸易政策下,通过计划内安排拨付资金、物资,专项用于鼓励和扶持出口商品的生产与收购发展外贸生产。其中在供口岸货源通道便捷地建立出口商品生产基地、为鼓励和扶持外贸生产企业生产而实行的出口商品奖售和出口工业品生产专项贷款这三项措施,在物资、资金匮乏时期,对促进浙江外贸的生产和收购起过重要的作用。

　　出口商品生产基地项目是60年代初由外贸部门提出意见、经国务院批准后实施的。1960年6月,为集中力量支援国家出口和满足人民生活的需要,浙江省商业厅制定了"关于建立出口商品生产基地的规划",确定基地的条件是比较大宗的商品,国外有稳定销路或有一定信誉的传统出口商品;比较有生产经验和加工能力,交通方便的地区;对出口有特殊需要或有独特风格的一些品种。1962年1月浙江省商业厅与嵊县、平湖、诸暨、东阳、义乌5个县的人民委员会签订了《关于建立出口生猪生产基地的协议》,将上述5个县正式确立为外贸出口生猪生产基地。9月根据省委指示联合下文,决定参照5个基地县的办法,增加嘉兴、海宁、海盐、嘉善、上虞、余姚、绍兴、金华、衢县、兰溪等10个新建基地县。十里丰、十里坪、蒋堂、金华七一农场、富阳东风农场、南湖林场、杭州茶叶试验场等国营农业牧场为供港活猪生产基地。同年,轻工业部在黄岩的上辇、道头、岘岸等村及金清农场设无核桔罐头原料基地960亩。1966年外贸部、农业部、轻工业部、商业部、农垦部和供销总社等6部门在台州利用围垦海涂建设柑桔基地。到1979年在全省41个县建立了柳条、甜橙、水蜜梨、小湖羊皮、兔毛、山羊板皮与笔料毛、蛏子和宁波鹅等8个单项出口生产基地。

　　出口商品奖售是对外贸易部报经国务院批准,于1961年开始实行用以扶植出口商品生产,鼓励农民出售农副产品的积极性,为完成国家出口收购任务在商品经济不发达条件下采取的一项政策措施。1961年,根据外贸部通知,对收购食品、蚕茧、畜产品实行外贸奖售棉布、粮食、食糖、化肥、煤油等物资。是年,浙江省对收购若干农副产品开始实行奖售,外贸部门拨付浙江省奖售物资计有粮食2.7万吨、化肥39813吨、棉布86.66万公尺、煤油520吨,奖励布票125.76万市尺,用于活猪、农副产品收购售奖。1965年外贸部安排浙江收购农副产品奖售化肥84129吨,棉布

2850 万市尺。1967 年 4 月 1 日起将外贸奖售化肥纳入全国化肥分配计划，当年，外贸部、全国供销合作总社共拨浙江省外贸奖售化肥 73100 吨，棉布 1550 万市尺。1968 年以后，按照中央关于逐步缩小商品奖售范围和降低奖售标准的指示，浙江省除主要农副产品由省确定奖售标准继续实行奖售外，原有其他商品逐步退出奖售范围。1972 年以后，为贯彻中共中央关于"合理的奖售政策必须继续执行，不要随便变动"的指示精神，逐步统一全国农副产品奖售品种和奖售标准。1976 至 1978 年外贸部、供销合作总社拨付浙江省奖售粮 46500 吨，奖售化肥 25696 吨。

出口工业品专项贷款是由中国人民建设银行与外贸部门共同办理贷放，以解决外贸企业和国营工矿企业发展出口工业品产品的生产，提高质量、增加花色品种，扩大出口货源。1972 年，财政部、对外贸易部安排浙江省的出口工业品贷款额度 818 万元。1973 年，全省有 71 家单位批准享受使用出口工业品贷款，其中丝绸系统 39 家，贷款额度 1085.38 万元；一轻系统 17 家，贷款额度 652.35 万元。使用贷款已全部完成投产的企业有海宁红卫丝厂、临安丝厂、杭州丝绸印染厂、奉化食品厂、宁波罐头厂等 5 家单位。当年全省使用贷款更新丝织机 300 台，改造复摇车 988 台，新增和改造锅炉 72 吨、26 台、煮茧机 14 台；新增立缫车计划 760 台，已完成 520 台。贷款项目的逐步完成投产，对扩大出口货源，增加品种，提高产品质量收益明显。以丝绸行业为例，1973 年全省增产出口白厂丝 538 吨，其中使用出口工业品专项贷款添置烘丝管、改造煮茧机和锅炉等设备，提高了丝品生产率，贷款直接效益约为 200 吨；嵊县丝厂贷款 19000 元用于缫丝供水设施改造，产品质量提高，全年增加出口生丝 668 公斤，生丝正品率比 1972 年提高 0.52%。至 1976 年，浙江省使用出口工业贷款的受益企业数为 140 家、151 个项目，其中建成或基本建成的项目计 80 余个。

这一阶段特别是 1973 年以后，浙江所受区位优势条件的外部反射，虽加大了对外贸企业发展的步子，但因受其客观环境的制约，对区位优势的利用还未提高到战略的位置，外贸企业仅表现为量的裂变，外贸生产也主要依靠国家物资、资金的扶持，外贸未能在一个时期里获得快速发展。但这 30 年的实践表明，浙江凭借其出口便利的区位优势一直是上海口岸 10 个协作省——苏（江苏）、浙（浙江）、皖（安徽）、赣（江西）、湘（湖南）、鄂（湖北）、豫（河南）、川（四川）和山东、福建两省中最主要的外贸商品供货省份之一，这也为下阶段浙江如何做好利用区位优势加快外经贸企业发展这篇文章埋下的伏笔。

二、浙江区位优势与外经贸企业动态发展的历程评价

改革开放后，浙江区位优势地位显现。随着 1979 年 6 月 1 日国务院批准宁波港正式对外开放和其后国家改革开放一系列配套政策的出台，浙江加快对区位优势战略目标的实施，外经贸企业逐步进入快速发展阶段。1980 年 12 月，为适应对外开放，浙江省人民政府批准成立 17 家省级外贸进出口公司。同年，外商投资企业起

步。1983年，国务院批准椒江市海门港正式对外开放。翌年，国家对外开放政策开始由特区扩大到14个沿海城市，浙江省的宁波、温州列入其中。1985年，国务院批准嘉兴、湖州市区及海宁、嘉善、桐乡、德清县（市）为沿海经济开放区。1987年，浙江省首家外商独资企业成立。1988年，国务院批准杭州、绍兴、舟山市区、萧山、余杭、富阳、临安、桐庐、宁海、慈溪、奉化、象山、鄞县、余姚、平阳、苍南、乐清、瓯海、瑞安、永嘉、绍兴、上虞、嵊州、平湖、海盐、长兴、临海、椒江、黄岩县（市）为沿海经济开放区。为适应区位优势的提升，同年，浙江省人民政府下达通知，要求各市、县逐步健全外贸经营机构，报经批准，授予进出口经营权。是年1—10月，浙江省外经贸厅共批准101家企业拥有进出口经营权。同时，外商投资企业快速增长。1991年浙江省自营进出口额居全国第六位，成为国家重要的对外贸易口岸。

1992年，为贯彻邓小平南巡讲话精神，进一步发挥区位优势，浙江省委、省政府下发《关于进一步加快改革开放和经济发展的若干意见》，提出"呼应上海浦东的开发开放，实施'三市（宁波、温州、杭州）率先、突出重点，依托港口、两线拓展，梯度推进、全面开放'的对外开放布局"的战略方针，从而在开放地带带动了一大批外经贸企业，到1996年，浙江省在全国率先实现了"县县有外贸"的格局体系。是年6月，浙江中大集团股份有限公司在上海证券交易所挂牌上市，成为外经贸部推荐的第一家外贸公发上市公司。1997年11月浙江东方集团股份有限公司在上证所上市，成为浙江省第二家外贸上市公司。嗣后，国家逐步放宽对进出口经营权审批，浙江省外贸企业发展进入快车道。1998年浙江省出口额跃居全国第四位。1999年初，浙江省从实际出发提出了"两个推动"（即推动制造业到境外投资，开展境外加工贸易；推动商品市场到境外设立分市场，开展跨国营销），作为外经工作的重点。2000年，浙江结合实施"走出去"开放战略，进一步明确了"两个推动"的工作思路。同年，中共浙江省委、省政府以浙委（2000）5号文作出了形成浙江省开放型经济区域框架的"三要一充分"决定，即杭宁温中心城市要加强和发挥功能带动和辐射作用、宁波要充分发挥国际贸易港口的优势、沪杭甬台温公路沿线要加大对外开放力度、充分利用我省海洋资源丰富和浙西南物产、矿产、劳动力丰富等有利条件，进一步扩大对外开放，形成全方位、多层次、宽领域的对外开放格局。是年，浙江外经贸企业发展实现了"三外"（外贸、外资、外经）上新台阶，全年新获外贸经营权企业1107家、新增外商投资企业1642家、新批境外企业107家，其中外贸企业新增出口超过23亿美元，占全省增量的35%以上。是年底，浙江省有境外企业710家，项目遍及美国、德国、日本、俄罗斯、香港、印尼、泰国、墨西哥等世界90多个国家和地区。万向集团、飞跃缝纫机集团、东方通信股份公司等大型企业在美国、加拿大、墨西哥等地设立的加工装配企业，规模逐年扩大。这些企业充分发挥自己的优势，积极参与国际市场竞争，"两个推动"带动出口2.36亿美元，是1999年的5倍多，同时带动了技术、人员等输出，有力地推动了本省产业结构的调整，带动了外贸出口的发展。2000 年，全省进出口总额 194.49 亿美元，由 1990 年的 21.9 亿美元占全国出口比重的 3.53％递增到所占比重的 7.80％。2002 年，浙江开放型经济工作取得了可喜的成绩。全省完成出口 294.2 亿美元，出口增幅继续居沿海主要省市前列。全省新批外商投资企业 3364 家，利用外资增幅连续四年居沿海主要省市前列。全省新批境外投资项目 226 个。同时，国外经济合作快速增长，对外承包工程能力不断提高，全年完成外经营业额 10.5 亿美元，同比增长 56.7％，外经营业额位居全国第三位。至年底，全省有外贸经营资格的企业 8500 家（总量居全国第二）、外商投资企业 24013 家、境外企业 1081 家。

2003 年，浙江外经贸工作根据省委二次全会决定中提出的"三个转化（即把浙江的区位优势转化为对外开放优势；把浙江的体制优势转化为国际竞争优势；把浙江的产业优势转化为出口竞争优势），全面提高浙江对外开放水平"的要求来开展，依托区位经济优势以全方位开放促进全面改革和发展，外贸出口实现了持续快速发展，利用外资有了重大突破，对外经济技术合作积极推进，全省开放型经济取得了长足的进步。随着全省外向型经济的快速发展，投资环境进一步改善，2003 年 9 月，国务院批复，同意杭州口岸扩大对外开放（2004 年 3 月 5 日，通过了由海关总署组织的正式验收，3 月 11 日，海关总署正式发文，同意杭州航空口岸正式扩大对外国籍飞机开放）。杭州航空口岸的正式对外开放，使浙江省的对外开放程度进一步提高，企业产品可直接从省内出口，从而为我省企业大大节约出口成本，提高对外商投资的吸引力准备了条件。2003 年，全省出口规模再上新台阶，全年完成进出口总额 614.2 亿美元，其中出口 416.0 亿美元，继续位居全国第四；利用外资取得重大突破，质量进一步提高，区域投资环境优势集聚效应继续发挥外资主战场作用，沪杭甬高速公路沿线四市（杭州、宁波、绍兴、嘉兴）合同外资、实际利用外资分别占全省总数的 75.0％和 78.5％，全省合同外资、实际利用外资在全国的排名比上年前移，分别跃居全国第 4 位和第 5 位；企业开拓国际市场积极推进，"两个推动"带动出口 13.9 亿美元，创历年新高；外经贸企业跨步发展，新增外贸经营企业 4604 家、外商投资企业 4442 家、境外企业 301 家。

2004 年浙江省外经贸发展再上新台阶。全年全省累计进出口总额 852.29 亿美元，比 2003 年增长 38.76％；其中，出口 581.59 亿美元，进口 270.70 亿美元，分别增长 39.80％和 36.58％，分别完成全年预期目标的 124.54％和 113.74％。实现贸易顺差 311 亿美元（全国贸易顺差 319 亿美元）。全省新批外商投资企业 3824 家，投资总额 288.00 亿美元，合同外资金额 145.61 亿美元，实际使用外资 66.81 亿美元，合同外资和实际外资再创历史新高。全省完成国外经济合作营业额 15.25 亿美元，同比增长 22％；新签合同额 16.8 亿美元，外派劳务 9408 人次，期末在外劳务达 26387 人，分别增长 37％、5％、5％。"两个推动"带动出口 19.6 亿美元，同比增长 40.8％。

这一阶段，浙江在国家政策的导向下，依据本省实际，紧紧抓住机遇，充分利用区位优势,加快外经贸经营主体的培育,外经贸企业快速增长所创造的外汇,一部分资金用于改善本省电力、交通、通讯、能源等制约经济发展的"瓶颈",取得了显著成效,区域经济环境进一步优化,区位优势不断得到提升,吸引了更多的国际资金的流向,反过来又推动了外经贸企业的进一步发展。

三、浙江区位优势与外经贸企业发展关系的理性认识和现实思考

外经贸企业是对外经贸活动的主体,外经贸企业要实现其主体行为,除必须具备可供用以进行活动的基本要素——国际商品外,良好的区位态势——便捷的进出口通道也至关重要。这里,区位优势已是一个发展的概念,在计划经济体制下,国内区域间经济处于封闭式状态,浙江省和全国一样,对外贸易方式表现为内地省与口岸的货源调拨关系,地域经济分离,区位优势处在自然状态,其概念仅指地理位置的处优。改革开放后,随着国内、国际经济一体化进程的加快,区位优势融入经济大环境中,其含义已由单纯的地理概念向经济学范畴延伸,包括自然资源、地表结构、商品市场、基础设施在一区域的良好配置。浙江区位优势明显,天然港湾众多,形成了以宁波、温州、舟山、乍浦和海门五大港为主的港口群,对开辟海外交通,开展海外交往,自然条件优越。浙江境内的钱塘江、甬江、瓯江、浙东运河和京杭大运河等内河交通与陆上交通,不仅沟通了浙江腹地,而且连接了江南、华北广大地区。浙江现有杭州、宁波、温州、黄岩、义乌、衢州、舟山7个机场;年旅客吞吐量达八百万人次的杭州萧山国际机场已通航。浙江经济社会持续发展,建设生态省具有有利的自然和经济社会条件。

浙江经济林、竹林资源丰富,名特优产品较多。全省经济林面积占有林地的20.7%,竹林占12.1%,在全国名列前茅,不仅面积广阔,而且物种、品种资源丰富,商品量大,其中许多为中国特有的名产品,产量居全国第一,并在世界商品生产中占有十分重要的地位。据国家统计局对全国532中主要工业产品调查,浙江有56种特色产品(电缆、粉末冶金制品、液压元件、排油烟机、丝织品、减速机、眼镜、轻革、印染丝织品、人造板、二次加工装饰板、泵、电工仪器仪表、轴承等)产量全国第一,居前10位的有336种,占总数的63%。随着产品档次的不断提升,主导产业不断扩大,构成了"小资本、大集聚"区域特色产业,目前全省年产值超亿元的各类特色产业区块有500多处,涉及100多个大小行业和20多万家企业,产值占全省工业总产值的65%左右。浙江企业品牌产品数量众多,在已进行的全国四届"中国名牌"产品评定中,浙江省共有82个产品品牌被评定为"中国名牌",浙江"中国名牌"数量占全国总量的15.0%,即七分之一强,位居全国前列。具备区位优势是外经贸企业赖以立足和生存的基础环境,而外经贸企业得以快速发展,除需要把握国家的政策导向和遵循国际化原则外,充分利用区位优势,即对一地域经济辐射圈所及的经济资源的重新整合,使其最大限度地发挥效能,以期成为国际资本投向的一方热土,是其不可或缺的手段之一。

浙江区位优势与外经贸企业发展的关系表现为，区位优势直接服务于企业生产并作用于企业发展的规模和速度，企业的发展规模和速度对区或优势的提升具有反作用。也即在基本要素完全的条件下，当区位优势处于自然静态时，它对企业在一定范围内提供了一个适合其活动的基础环境，而当区位优势获得充分利用时，企业的发展便有突破时间和空间的限制并反过来进一步良化区位优势。基于以上认识，随着国际经济一体化进程的进一步加快，更多的机遇和挑战摆在了企业面前，其表现为：新一轮全球生产要素优化重组和产业转移、新科技革命和国际经济复苏的新趋势，为我省企业扩大阵营提供了更好的机遇；长江三角洲区域经济一体化发展、周边省份和中西部地区扩大开放、加快发展的新态势，也使我省企业面临了更大的挑战。浙江外经贸企业要应对国际市场竞争，需要做好新一轮利用本省区位优势的大文章。从当前全球经济发展的趋势来看，中国的沿海地区，特别是长江三角洲地区以它雄厚的发展基础、良好的发展态势和强大的市场辐射能力有望成为新的国际发展资源的汇聚点。上海作为覆盖整个长江三角洲辐射面的经济大都市，其经济、贸易、金融中心的国际地位已日益显现。根据浙江区域经济在全国相对领先的发展态势——在发展国际贸易中的比较优势，综合这些优势，以国际市场贸易变化新秩序为契机，提高参与各国贸易活动水平，浙江经济开放度将大大提高。

当前及今后一个时期，浙江要充分利用自身优势和国内国际两个市场、两种资源，积极开拓国际市场，在更大范围、更大领域和更高层次上推动企业参与国际经济合作与竞争，增强国际竞争力，扩大和提高对外贸易的规模和效益；要充分利用毗邻上海、靠近台湾、交通便捷的地理优势，吸引世界500强企业到浙江省设立分支机构、建立生产建地、进行再投资，抓住当前台资战略转移和跨国公司资本、产业转移的有利时机，有针对性地进行重点招商，鼓励跨国公司来浙江设立全球总部、地区总部、职能总部；在民营经济较发达地区，要强化以民资引外资的力度，拓展利用外资新空间，支持民营企业与全球500强及其他中小企业合资合作，提升产业层次；支持国外知名企业与省内特色企业进行品牌合作，扩大品牌效应，提高产品附加值；要进一步加快培育环杭州湾、温（州）台（州）沿海、金（华）衢（州）丽（水）高速公路沿线三大产业带，发挥产业带的规模集聚效应，建设若干个外资密集、内外结合、带动力强的经济增长带；整合提升各类开发区（园区），完善功能，创新机制，提高档次，把开发区（园区）建设成为引进外资的主阵地、集聚产业和新高地。一方面，力争将区域开放主战场发展成为接纳上海高新技术及其产业扩散的重点吸纳带和发展外贸企业到上海去投资，建立引进外资、聚集产业的平台，使浙江经济发展融入建设长江三角洲都市圈的国际中心的轨道，争取与上海同步发展；另一方面要利用浙籍在台商人的地缘文化优势，以浙东北地区为重点，积极扩大浙台经贸合作领域，抓好投资软环境建设，为台湾投资者创造一个完备的法律环境，为台商提供一个公开、公正、廉洁、高效的政策环境，以及为台商形成一个良好的服务环境；同时，要积极开拓新的对外贸易市场，大力拓展东欧、中东和东盟自由贸易区市场，扩大市场份额，积极开辟印度、非洲、南美等新市场，抢占新的市场空间；要抓住CEPA实施的机遇，加强与香港、澳门的交流与合作。通过贸易和引进外资，打造一批具有国际竞争力的特色商品制造和出口基地，促进开放带的扩展，逐步形成由浙东北部向浙西南梯度推进的全面对外开放格局。2004年4月中共浙江省委、省人民政府印发《关于进一步扩大开放的若干意见》，对深入实施"八八战略"，建立全方位、多层次、宽领域、高水平的开放格局作出部署。在这个文件指导下，浙江外贸企业在新一轮贸易活动中其地位和作用更加显现，浙江在发展国际贸易中的比较优势将更加突现。

新中国成立55周年特别是改革开放25年来，浙江外经贸企业快速增长，其贡献的各项主要指标跃居全国前列。它得益于邓小平理论的指引和党的改革开放路线，得益于党中央和浙江省委省政府的领导，同时，依托区位优势不断完善基础设施和优化资源配置，对外经贸企业发展直入快车道起着保障牵引作用。

浙江海上古丝绸之路
在新"一带一路"建设中再起繁华

(2018 年应征参会论文)

【摘要】历史上,浙江一直是"海上丝绸之路"的重要参与者,宁波港、舟山港隔海相望,历代以来,瓷器与丝、茶一直是我国对外出口的重要商品,并誉于世界,在国际贸易中有着重要的地位,对中外经济文化交流作出了有益的贡献。本文通过对浙江海上古丝绸之路"丝瓷茶"贸易活动史料的数据解读,展望当前国家正在积极倡导的新海上丝绸之路——"一带一路"建设,将为浙江迎来新的发展机遇。

【Abstract】 In history, Zhejiang has always been an important participant in the "Maritime Silk Road". Ningbo Port and Zhoushan Port are across the sea. Since ancient times, porcelain, silk and tea have always been important commodities for China's export, and they are well — known in the world. It has an important position in international trade and has made useful contributions to the economic and cultural exchanges between China and foreign countries. Through the interpretation of the historical data of the trade activity of "Silk Porcelain Tea" on the ancient Silk Road of Zhejiang Sea, this paper looks forward to the construction of the new Maritime Silk Road, the "Belt and Road", which will be actively promoted by the country, which will usher in a new development opportunity for Zhejiang.

【关键词】古丝绸　一带一路　繁华

【Key words】 Ancient silk, one belt one road, prosperous

众所周知,在中国历史上曾经有过海陆两条丝绸之路。从 2100 多年前张骞出使西域到 600 多年前郑和下西洋,这两条丝绸之路把中国的丝绸、茶叶、瓷器等输往沿途各国,送去了友好和文明,同时,中国也了解和吸收了世界各国的众多物质文明和精神文明。千百年来,各国的文化在古丝绸之路上交相辉映、相互影响,积淀形成了和平、开放、包容、互信、互利的丝绸之路精神。如今,随着中国经济的崛起和腾飞,中国在更多方面需要实施"走出去"战略,为了适应这一战略,2013 年秋,中国国家主席习近平先后提出构建"丝绸之路经济带"和打造"21 世纪海上丝绸之路"的倡议,合称"一带一路"。

　　"一带一路"国家战略是一个旨在利用古代丝绸之路的历史符号，积极发展与沿线国家的经济合作，打造出一个文化包容的利益共同体和命运共同体。从历史和现状考察，展望未来，浙江将会是"一带一路"建设的最大参与者和受益者。浙江处于长江黄金水道和南北海运大通道交汇处，向东与"海上丝绸之路"沿线地区和国家互联互通，向西通过"长江经济带"连接"丝绸之路经济带"，辐射中西部，具有"一带一路"货物中转、集散的独特区位优势，拥有全球集散的区位、物流优势，以及良好的基础设施建设。

　　自古以来，瓷器、丝绸、茶叶与阿胶有"中国四大国礼"之称，而浙江通过古丝绸之路输出国外其中之"三大国礼"在全国总量中占据着重要的份额。

　　早在隋唐，浙江丝绸、茶叶、瓷器等由宁波港始发，远销海外。其时，浙东越州、明州盛产的越窑瓷器和浙西杭州等地出产的丝绸织物，大量运销高丽、日本、印度等国家和地区。

　　五代·吴越国（907—979年）时期，浙江输出的主要商品，仍然是越窑青瓷、丝绸织物、工艺品、药材等。宋代，浙江通过明州港出口的商品主要还是以丝绸制品和陶瓷制品为主。其时，浙江输出高丽的主要货物中，除瓷器、丝织品外，还有茶叶。

　　北宋中期以后，南方的农业、手工业、商业迅速发展，科学文化艺术也出现了蓬勃发展的新局面。国内各地利用当地资源竞相建制窑场，在传统制瓷业的长期影响下，先后涌现出不少驰名中外的瓷窑。与此同时，越窑制瓷方法循固守旧，日趋衰落，其传统制瓷技术为龙泉窑所继承并发扬光大。南宋时期龙泉窑得到空前的发展，龙泉青瓷进入鼎盛时期。

　　元代，龙泉瓷器在器型和装饰上又有新创造，如当时流行的露胎工艺。时水陆交通和对外贸易的发展，瓷器大量出口，大批龙泉窑瓷器转由当时重要的通商口岸——温州和泉州，将瓷器出口到世界各地，像欧洲、非洲、东南亚等地都有龙泉窑的瓷器。1975年在韩国西南部的新安海底发现一艘元代沉船，打捞出1万多件瓷器，其中龙泉青瓷占了9000多件，可见龙泉青瓷在元代对外贸易中的重要地位。其时，浙江的丝织品输出仍以明州（庆元）为主要港口。

　　明代，浙江的丝和丝织品，嘉靖以前主要输出东南亚和日本，嘉靖以后逐渐转向西欧和美洲等地。明永乐年间，郑和七次下西洋，带去大量杭州所产丝绸作为馈赠和贸易品，浙江的丝织品大量输往日本和东南亚。

　　清初至鸦片战争前夕，浙江出口商品以生丝、丝织品、瓷器、茶叶为主。鸦片战争后，"海禁大开，各县所产之茶，集中平水，加工精制为圆形绿茶，大量输出，以供国内外市场之需要，昔日供应全国之日铸茶，遂一变而为运销海外之平水茶"。《清史稿》卷九十九载"浙江绍兴茶叶输至美利坚，宁波茶输至日本。"据《光绪二十年宁波口华洋贸易情形论略》记载：光绪十九年（1893）宁波出口平水茶109 800余担，徽茶73 800余担；光绪二十年（1894）宁波出口平水茶85 800余担，徽茶74

500 余担，这两年徽茶各占总量的 46.5％和 40.2％①。由此推算，宁波平水茶出口分别占当年总量的半数以上和近半数。

清末至民国时期，产自杭州的杭锣、杭缎、杭宁绸，产自湖州的生丝、丝棉，以及徽州绿茶，绍兴平水绿茶等，均为杭州关集运出口重要商品。据 1933 年 11 月版《中国实业志》载："浙江出产之生丝，多运销国内外，运销国外者多由上海出口，向以法国销数较多，近则以美国为最，总计销于上海者 1300 担（700－1400 元/担），运销法国者约 400 担，运销美国者约 2000 担""浙江三百六十二万余元之箱茶，其销路以国外为主，然皆先集中上海，再运销欧美。浙省箱茶销英、美、法、德、新加坡、香港等处，每年运销香港者约一百四十五万元，运销英国者约七十六万元，运销美国约一百十余万元，其他德法两国及新加坡等处，各销十万元以上。"民国三十五年（1946）中央信托局调查"浙省外销茶产量约五万担，产地旧绍、温、严属各县。"

中华人民共和国成立后至 2000 年，浙江外贸产品种类不断增加，茶叶、丝绸、瓷器作为传统出口商品在浙江对外贸易中一直占有重要地位。

茶叶：1950 年，全省收购调拨上海口岸外贸公司出口 3741 吨，其中红茶 702 吨；制销砖茶 200 吨左右。1958 年全省供口岸出口茶叶 16213 吨，运销苏联、波兰、朝鲜、捷克、伊拉克、阿联酋、英国、联邦德国、荷兰等 30 多个国家。1970～1979 年 10 年间，浙江年均收购出口茶叶在 1.89 万吨，其中绿茶 1.59 万吨，红茶 0.29 万吨及少量花茶。1979 年 4 月，浙江单列口岸自营出口茶叶，珠茶、龙井茶分别由上海、广东口岸移转浙江经营，当年出口 2135 吨，其中龙井茶 61.6 吨，其他均系珠茶（绿茶），出口额 888 万美元。1980 年全面自营出口，当年出口 10224 吨，远销 27 个国家和地区，主要是法国、摩洛哥、阿尔及利亚等。1986 年自营出口超过 30000 吨。1987 年 36013 吨，出口额 8586 万美元。1993 年出口 5.57 万吨（其中绿茶 5.34 万吨），出口额 1.06 亿美元（绿茶 1.01 亿美元），出口量居全国第一位，占全国茶叶出口的 25％以上，其中绿茶出口量占 54.2％，出口额占 53.2％。2000 年茶叶出口快速增长，出口 9.2 万吨，出口额 1.33 亿美元，创历史最高水平，比上年增长 42.2％和 26％。1980～2000 年浙江省累计出口茶叶 79.87 万吨，出口额 16.12 亿美元，是全国绿茶出口主要省份之一。出口市场以摩洛哥、日本、马里等国家为主，其次有阿联酋、香港、塞内加尔、法国、马里、美国、巴基斯坦等 40 多个国家和地区。

丝绸：浙江丝绸产品出口，在全国出口丝绸产品和浙江省出口总额中占有相当比重（不包括真丝绸服装）。1985 年丝绸产品出口 1.92 亿美元，占浙江省出口总额的 20.43％；1991 年出口 3.65 亿美元，占浙江省出口总额 12.53％。1994 年全省丝绸产品出口 3.47 亿美元，占浙江省出口总额的 5.5％。1995 年丝绸产品出口 3.99 亿美元，占浙江省出口总额的 4.7％。产品远销五大洲 70 多个国家和地区。2000 年出口丝绸 3101.8 万米，创汇 9471.9 万美元。

---

① 上海通商海关造册处译：光绪十七至二十年《通商各关华洋贸易总册》，下册 p. 86

瓷器：主要是龙泉青瓷。1980年开始自营出口，当年出口43万件，出口额27.3万美元。1982年出口78万件，出口额42.7万美元。以后中断出口。至1990年以后恢复出口，数量不大。1994年和1995年分别出口1.4万件、2.6万件，品种有"青瓷开光"、"哥窑浮雕"、"青瓷玲珑"等500余种，主要出口市场为香港、日本、新加坡、美国等。

进入21世纪，浙江对外贸易快速增长，越来越多的浙江制造走向全球。2000年，浙江外贸进出口278.3亿美元，其中出口194.4亿美元，进口83.9亿美元。2010年浙江进出口2534.8亿美元，其中出口1804.8亿美元，进口730亿美元，分别增长8.1倍、8.2倍和7.7倍。2013年后，在"一带一路"倡议之下的浙江外贸，积极响应"一带一路"建设，使古老的"海上丝绸之路"在浙江再启繁华。统计数据显示：2014年全省进出口总额3551.5亿美元，比上年增长5.8%。其中，出口2733.5亿美元，增长9.9%。2016年全省货物进出口总额22202亿元，比上年增长3.1%。其中，出口17666亿元，增长3.0%，出口占全国的12.8%。对"一带一路"沿线主要国家合计出口1506亿元，增长18.6%。[1]

2017年全省货物进出口总额25604亿元，比上年增长15.3%。高新技术产品出口1260亿元，增长13.6%。对"一带一路"沿线国家合计出口6303亿元，增长9.2%。是年，浙江省茶出口量17.5万吨，出口金额5.06亿美元，出口量和出口金额均位居全国第一；全国真丝绸商品出口35.58亿美元，其中浙江省出口8.08亿美元，占总额的24.7%。[2]

"一带一路"建设给浙江外贸出口带来的新机遇风光无限。浙江与"一带一路"沿线国家和地区间的贸易畅通，成为带动浙江外贸发展的新引擎。

【参考文献】

[1]《浙江省外经贸志》2001年12月中华书局

---

① 浙江省统计局、国家统计局浙江调查总队《2016年浙江省国民经济和社会发展统计公报》
② 浙江省统计局、国家统计局浙江调查总队《2017年浙江省国民经济和社会发展统计公报》

特稿：从建国 65 年看绍兴市区
解放路商街的变迁

（原载 2014 年第 3 期《绍兴史志》）

解放路，旧称"绍兴大街"，南北向，与府河平行，在老城区范围内起讫点，以东街口清道桥为界，南至南门，北至城北桥，历来为城区主要商业大街和交通干道。1949 年 5 月后，为纪念绍兴解放，"大街"遂改名为"解放路"。此后，以北路段称解放北路；以南路段（原叫鹅项街，路宽不过 2 米，两旁有雨棚滴水）至南门南渡桥称解放南路。全长 3156 米。

新中国成立前夕，绍兴大街上具有一定规模并稍有名气的商店计有大昌样、天福年棉布店，源兴恒、广合顺百货店，怡升、大同裕南货店，美最时、鸿泰鞋帽店，得和、华泰茶食店，震元堂、天芝堂国药店，中和、太和西药房，荣禄春、一心饭店。还有协丰绸缎局、永华火腿店、孔雀理发店、兴泰纸店和宝成、天成银楼。大街中段两侧，有一大善寺，寺前空地是当时游艺、杂耍场所。寺里有各种小摊、茶店、卖

1941 年绍兴大善塔（现城市广场）

梨膏糖、看西洋镜、卖艺卖药，五花八门一应俱全。与解放北路相连的解放南路，北起清道桥，直达南门，新中国成立前仅是一条鹅行街，石板路面，雨天行人会淋到屋檐水。街上单开间的店铺，以小手工业为主，如打铁店，车木店，箍桶店，裱画店等。

绍兴解放初期，经营百货门售的，多设肆于大街一带，经营棉布布批发与零售的，多设肆于后街一带。当时，位于四明银行旧址（今城市广场）的绍兴国营贸易公司五洋部，在解放北路天福丰布店旧址（今震元堂旁）设有总门市部，经营粮食、土产、百货、什货、卷烟、煤油、五金等商品。1954 年 7 月，解放路上经营百货业的震泰、老大祥、利济布店和源兴恒百货店为首批国营公司经销零售店。1956 年对私营饮食业实行社会主义改造，解放路上荣禄春、同心楼、五味和、兰香馆等菜饭馆实行公私合营。1964 年，绍兴市百货公司第二零售店，俗称"二零"，在原址上扩建，地点是今天华联商厦所在的位置。当时扩建除"二零"外，还有三家商店被拆，一家是今天依然蓬勃的老字号同心楼，当时的位置在香橼弄边上。一家是德和茶食店，后搬迁到对面位置，此外还有另一家商店。"二零"于 1966 年开业，门牌号是解放北路 27 号。与今天百货商场动辄几万平方米的面积不同，那时的"二零"为两层建筑，营业的只有底下一层，面积仅 400 多平方米。麻雀虽小，五脏俱全，其经营的商品无所不包，有丝绸呢绒、化纤纺织、衣裤裁片、五金钟表、服装鞋帽、床上用品、毛线皮件、化妆用品、日用百货、钢精搪瓷、家用电器等等。20 世纪 60 年代的"二零"收钱时"飞来飞去"的场景。售货员用大夹子夹住钱和票据，"嗞啦"一声，通过头顶的钢丝轨道传到收银台，收款员把算盘一拨拉，把找零的钱再用夹子回传到柜台。后来，钢丝改成了小马达自动传送，但收银依然没有电脑财务软件，也没有计算机。每当购物高峰，店里收银处"噼里啪啦"的算盘声此起彼伏，悦耳动听。

1965 年 1 月，为适应形势所需，更改 20 家公私合营商店店名。其中位于解放路上的荣禄春饭店更名为新春饭店，孟大茂香糕店改名为绍兴香糕店，新生理发店改名为新新理发店，陆永兴五金商店改名为建新五金商店，汇源钟表商店改名为时准钟表商店。1966 年"文化大革命"开始，饮食业传统技艺和经营特色被视为"封、资、修"和"为资产阶级少数人服务"而被取消，将素负盛名的兰香馆改名为工农兵饭店，荣禄春复改名为东方红饭店。至 20 世纪 60 年代末，解放路商业较为集中的大江桥至清道桥地段，虽经拓宽，路幅宽也不足 10 米，马路狭窄，商店设施简陋，行人稀疏，除重大节日外，平日街景较为冷清。

为繁荣绍兴商业，给绍兴人民提供良好的购物环境，20 世纪 70 年代，随着解放路两侧开发新建、扩建商业大楼，解放路开始吸引顾客。1972 年 4 月 8 日，在原大善寺旧址上建成营业面积 3000 平方米的三层建筑——绍兴百货商店（后称绍兴百货大楼，今城市广场）开业，解放路上首次出现了多层商业大楼。从此，改变了绍兴城区一直以来只有单层营业商店的历史，同时也是绍兴地区规模最大的商场型百货零售企业。与"二零"零售模式有所不同，绍兴百货大楼的销售模式是"批零兼售"，除零售外，还向绍兴县级供销社批发商品。在那个物资匮乏的年代，很多生活必需品须凭票到百货大楼购买，买米要米票、买鱼要鱼票、买肉要肉票。票子都是按户口发放的，城镇居民每月每人只能买一块肥皂，连豆腐也要凭票子购买。当时，自行车、缝纫机、手表被称为"三大件"，地位相当于现在的房子和车子，有了"三大件"，小伙子娶媳妇不用愁。当时，逛百货大楼或去百货商场购物成了居民消费、休闲的首选之地。与百货大楼相邻有绍兴百货公司鞋帽商店、"二零"、星火钟表店、光明路菜市场等。同年5月1日，建址解放北路79号的绍兴旅馆（包括照相、理发店、浴室）开业，生意较好。为改变解放路中心地段基础设施落后面貌，1974年，大江桥至新河弄口、轩亭口至清道桥拓宽为16米车行道。1978年，新河弄口至水澄巷口、轩亭口至清道桥两段，向东拓宽，路幅达32米。同年，绍兴市人民政府相关部门根据绍兴城市马路狭小，断头路居多，通过大量的现场踏勘，编制了绍兴城市道路交通规划。这次规划确定了解放路主道路红线宽度和南北向全线拓宽，为解放路创造良好的交通环境，促进城市商业发展打下了基础。

1970年代绍兴老解放路鸟瞰

1979年改革开放时，市区主要商业网点最为集中地段是位于解放北路轩亭口至水澄巷口一段街区，商场有第一百货商店（又称百货大楼）、第二百货商店、星火交电商店、第一食品商店，饮食有望江楼馒头店、荣禄春、同心楼，但规模偏小。

20世纪80年代，为适应对外开放，使历史文化名城绍兴吸引众多的海内外游客，除新建、改建朝阳饭店、沈永和酒家、荣禄春酒楼、华侨饭店、兰香大酒家等一批颇具现代特色的著名饭店（菜馆）外，先后拓宽解放路各路段。1981年，蕙兰桥至大云桥拓宽至20米。1982年12月13日，绍兴凤凰照相馆在解放南路491号落成开业。1983年，城北桥至大江桥拓宽为路幅32米主干道。同年7月，绍兴撤地建市，根据绍兴城市总体规划"市级主要公共建筑是以解放路为主体的商业中心"的要求，绍兴市商业部门在旧城改造，马路拓宽的同时，抓紧商业网点建设。12月，开始进行同心楼饭店至新新理发店一段解放路的扩宽工程，到1984年1月15日止，绍兴市商业系统已拆除在该地段的商业网点有四家（即同心楼饭店、星火交电商店、汇源钟表店、新新理发店），马路扩宽工程全部竣工。

1983年解放北路街景

为美化城市环境，1984年，在解放北路至解放南路前观巷口段道路中间设置了5只花坛，每只花坛宽2米，长50米，花坛两侧为9米宽车行道和6米宽人行道（1987年拆花坛，改建为三分道）。同年，在同心楼饭店和新新理发店撤除原址，将两店扩建成两幢六层营业楼。1985年，绍兴市百货公司第二零售店，改名为绍兴市第二百货商店。当年，《射雕英雄传》在绍兴电视台开播，"二百"作为唯一一家特约播出单位独家冠名，这在绍兴商业历史上还是第一次。随着电视剧热播，"二百"更加深入人心。同年，"二百"设立了"小商品"专柜，里面集中了民用针、线、钮扣、小五金、化妆用品等数百种小商品。很多商品可以拆整卖零，售货员不怕麻烦，即便是"一分钱的商品"，在这里也可以买。绍兴日报、绍兴电视台、浙江日报均对此作过采访报道。缝衣针可以买几枚，钮扣可以买几粒，今天看来，确实不可思议。当时，却是百货商店讨好顾客的妙招。"二百"当年已经有很强的营销意识。由于"二百"转型迅速，经营模式灵活，服务理念优良，经营业绩逐年大幅提高，年销售额从1984年的694万元猛增到1988年的1241万元，增长率及坪效（每平方米平均营业额）均名列市区各百货店前茅。1985年3月22日，在解放北路劳动路口北侧新建一幢化工原料商店，建筑面积780平方米。嗣后，在解放北路沿街恢复建造了五金钟表缝纫机商店（建筑面积2964平方米）、五金交电化工商店（建筑面积4134平方）、同心楼饭店（3680平方米）、理发服务商店（建筑面积3680平方米）。解放路商业楼逐步增多。1986年，与解放北路段（延安路口至鲁迅中路口）隔河相望建起了府河街。街面的东侧建筑高度以一二层为主，采用骑楼、马头墙、坡屋顶、落地长窗等传统建筑表现形式，街临河背水，赋予水城特色；在舍子桥处，借塔山之景，布置了平台、亭、河埠、戏台等，供游息、观赏。到1987年底，解放路上已有300多家中小型商店，绍兴市百货大楼、新华书店、沈永和酒家、朝阳旅馆、五金交电大楼、彩照中心等商业网点吸引了本地和外地的顾客。其中，位于解放北路43号的绍兴市百货大楼为全市规模最大、创利税最多的一家国营商业零售企业。

根据绍兴市城建部门拓宽市区街道与改观市容面貌的规划，1987年起解放南北路东侧（即大江桥至利济桥，清道桥至鲁迅路口）沿街网点全都拆除重建，其中涉及商业系统的共有13家商店（解放桥百货商店、新服装鞋帽店、金鸡钟表商店、棉花点、解放肉店、制冷食品厂第一、二门市部、利群木器店、蓉蓉理发店、牡丹理发店、一口香饺子店、理发工具修理部、洪流食品商店）。其时，"绍百"、"二百"成为绍兴城区规模最大的商场，标志着绍兴古城解放路传统商业中心向现代商业中心转变。至1990年，解放路城北桥至大云桥段路幅为32米，大云桥至南门段为24至32米不等，道路设施建设不断完善，解放北路段已具现代商业雏形。

20世纪90年代，解放路核心区块陆续建起新型商厦，商业业态不断丰富，一条现代化的商业街区逐步形成，成为最能体现绍兴城乡居民消费结构变化的标志性街区。

1990年12月20日，绍兴县供销大厦在市区解放路中心地段开业。大厦建筑面积6200平方米，为6层营业楼，一、二楼装有顾客自动扶梯，自动扶梯在绍兴属首次出现。自此，解放路商圈南移。同时，解放路基础建设进一步改善，1990年底，占大江桥至新河弄解放路道的"洪流"大楼被拆除，使解放北路全线贯通。1991年，绍兴市商业系统投资500万元，对解放南北路的20余家主要零售商店进行整修、改造和装潢，解放路面貌和购物环境得到改善。同时，商业局决定，在解放路人民旅馆地段，建一个全市规模最大、设备最先进的国营商业大厦，即今天的国商大厦。1992年9月30日，在解放北路9号（原人民旅馆旧址）与供销大厦相距不到百米总投资额1500万元、建筑面积11000平方米的五层绍兴商业大楼（即"国商大厦"）开业。国商大厦一炮打响，轰动全城。12月22日，总经营面积17000平方米的绍兴市华谊大厦开业。解放路商圈三足鼎立的局面开始形成。1993年，绍兴市区市场繁荣，农民进城多，商品购销两旺。据对16家商店统计，元月1-2日，销售额达355万元，比去年同期增长近2倍。解放路上国商、华谊、绍百三家大型零售商场每天发售的集团"购物券"在20万元左右，占全店销售八分之一。是年，"穿在国商、吃在华谊"的口号传遍大街小巷。1994年10月，建成环城南路至城南二桥路段，路幅为32米。

然而，从计划经济走过来的"绍百"、"二百"，在国商大厦和供销大厦等新型百货业态的夹攻下，生存维艰。90年代中期，在"二百"将近30岁之时，绍兴商业局将其拆后扩建。1995年12月17日，在解放路县前街口第二百货商店拆除原址（解放北路27号）上重建建筑面积11000平方米的绍兴华联商厦开业。"二百"成了如今的华联商厦。至此，解放路商业中心完成了"一点一线"的布局，金三角商业圈基本形成。国商、华谊、供销、华联商厦几乎成了解放路商圈的四大商业霸主，势不可挡。

　　嗣后，从清道桥到轩亭口人流量日增，商业开始繁荣，将解放路核心商业圈向南推移扩展了数百米。1995年，市区餐饮业发生明显变化集中反映在解放路上，当时在全国掀起的深入倡廉反腐风，国家严控集团消费，机关、企业以公款宴请活动明显减少，市区"宴席热"降温，原来销势平平的大众客菜、早点的销售大幅度上升，而高档次的宴席被冷落，酒席桌数逐月回落。据市有关部门对解放路大中型饭店、酒楼调查统计，1—9月，各种大众客菜、早点的营业额达1591万元，比去年同期增长45%；而酒席仅4581桌，比去年同期减少24.8%。1996年，地处解放北路的沈永和酒家与朝阳饭店合并，扩建成绍兴大酒店。同年7月，为方便群众购物和缓解绍兴市区交通紧张状况，在解放北路上首次兴建了东连华谊大厦、西接绍兴县供销大厦的天桥，长度50米，宽度6米，采用混凝土立柱、钢梁和不锈钢栏杆构建，上架为透明罩壳（2002年拆除）。1999年，市区个人交通工具出现新变化。当年，国商大厦车缝部引进的大陆鸽电动自行车投放市场后，受到消费者欢迎，古城掀起了一股绿色环保车热。2000年5月，根据城市建设需要，在绍兴百货大楼原址上，城市广场二期工程开建，绍兴百货大楼终于走到了最后。老百货商场不在了，但绍兴商业史还在继续。

　　嗣后，在解放北路上，从北至南又依次兴建了蔡元培广场、解放北路与胜利东路口绿化广场、古轩亭口秋瑾纪念广场、东街绿化广场，解放路商圈配套功能更为完善。

　　进入21世纪以来，随着解放路商业核心区块南扩的推进，各种业态先后汇集，商业高楼鳞次栉比，已由单一核心向多核心转变，解放路商业高地正在崛起。

　　为提高城市品位，更好体现历史文化名城风貌，重塑解放路作为绍兴商业第一街的形象，2001年7月6日，绍兴市人民政府召集市建设局、市土管局、市公安局、市建管局、市交通局等35个部门和单位就解放路街景立面改造的有关问题进行了协调与动员，将解放路街景立面改造列为当年市区实事工程之一。是年，对解放北路上不同年代建造的盒式建筑统一采用坡屋顶、粉墙黛瓦、骑马楼、马头墙、吊脚楼等传统建筑形式，赋予其绍兴传统建筑符号。7月18日，国商大厦将位于其右侧原五丰食品店商业地块拍得购入，增加商场面积6000多平方米。当年，解放南路鲁迅路口至环城南路路段进行拓宽，长1200米，总投资1300多万元，共计拆迁住户656户，拆迁房屋面积74602平方米。拓宽后，路幅增加到32米，沥青路面，两旁人行道铺设青石板，2002年12月底完工。

　　为适应商业发展，拉伸解放路框架，2003年5月6日，绍兴市人民政府召集市计委、市国土局、市建设局等部门就解放路延伸工程地征用进行协调，确定解放南路延伸工程（越南路至解南路），总长5374米，路面宽60米，征地约566亩，总投资约21200万元；解放北路延伸工程，总长1170米，路面宽32米，征地约32亩。2004年10月23日，营业面积28000平方米的杭州大厦润和购物中心入驻绍兴解放北路515号开业，给解放路商贸核心区块增加了中高档的购物场所，对周边县市的辐射力初步显现。2005年1月1日，地处解放南路靠近南门、总建筑面积7万余平方米，拥有地下两层、地上三层，集肯德基、麦当劳、好又多超市、雪尔丹百货及国内外200余家知名品牌于一体，时为绍兴规模最大的购物中心——绍兴金时代广场开业，填补了市区城南无大型商业场所的空白。1月23日，位于解放南路59号集购物、观光、娱乐、餐饮、休闲"一站式"消费的绍兴春天百货开业，一直以来集中解放北路的黄金商业格局由此改变，开始向解放南路延伸。

2006年3月30日，世界第二大零售业巨头"家乐福"与玛格丽特商业中心正式签约，市委、市政府主要领导及市级有关部门负责人出席签约仪式。2007年1月8日，浙江星普五星电器有限公司绍兴解放路大卖场落户解放北路568号。2月8日，华润万家全面收购华谊公司，在解放路华谊大厦原址成立了华润万家有限公司绍兴购物中心，其大卖场、小吃城和商场融为一体的经营业态组合成为市区商业一个新亮点。7月5日，位于解放北路玛格丽特广场东区3幢1楼的绍兴家乐福超市开业。"华润"、"家乐福"的入驻，进一步增强了解放路商圈人气。2008年，位于解放北路大江桥商圈核心新河弄地块的银街商业中心开工建设。2010年，国商大厦、华联大厦、供销大厦相继进行了改造，核心商圈的营业面积由改造前的3.3万平方米，增加到近6万平方米。同年1月19日，位于解放南路的金帝商业中心开发建设。至此，解放路核心商圈全面升级，由绍兴国商大厦、润和购物中心、供销大厦、华联商厦、华润万家绍兴购物中心为龙头构成的解放路商圈是绍兴城内最繁华商业中心。

2013年，建筑面积15万平方米，集一站式购物、休闲、娱乐于一体的绍兴金帝海曼城购物中心竣工。解放路商业圈范围由南向扩展至环城南路、北向延伸至车站路。金帝海曼城的建成和即将开业，将成为解放路上有又一个商业、生活的聚合点，成为未来的繁华之地。

二轮修志《绍兴市志》入志稿

(2017 年 2 月编入《绍兴市志》初稿相关各卷章节)

居民生活卷 "居民服务"

1991 年后绍兴市以社区服务为主要内容的社区建设,在创建文明城市工作中逐步兴起。家政服务业水平逐年提高,随着居民收入的不断增加和对生活质量追求的提高,家庭用户对护理、营养、育儿、家教等知识技能型服务尤为欢迎。适合居民生活需求的各种服务门类齐全,美容美发、洗浴保健、电器维修、印刻录像、婚庆寿宴等等应有尽有。

第一节 社区服务

1986 年,国家民政部倡导在城市基层开展以民政对象为服务主体的"社区服务",首次将"社区"这一概念引入城市管理。1991 年后绍兴市以社区服务为主要内容的社区建设,在创建文明城市工作中逐步兴起。2001 年 5 月,中央文明办、国家民政部发起开展"全国创建文明社区示范点"活动后,一年多时间里绍兴市出现一批环境优美、服务优良和文化氛围浓厚的城市文明社区。同年 11 月绍兴市区首家社区图书馆在越城区府山街道水沟营社区成立。年底全市有城镇社区服务设施 416 个,从业人员 1112 人,安置下岗人员 566 人,设置便民利民服务网点 486 个。2002 年,全市已建有社区服务中心(站)19 个、服务网点 1626 个,每个中心服务 2000 余户居民,服务项目涉及房屋租赁信息、职业介绍、家政服务、医疗保健等 10 余项。为促进社区服务信息化建设,2003 年 5 月,越城区民政局与中国联通绍兴分公司联合推出 96198 社区服务呼叫中心和社区服务互联网,建成越城区市民服务中心。市民只要拨打 96198 服务热线或登录互联网中心网站(http://www.sx96198.com),即可查阅或咨询家政、维修、卫生、医疗、幼托等一系列服务信息。全市 148 个社区居委会开展社区服务等工作,建成社区服务中心 68 个,社区服务网点 1354 个。

2005 年底，全市建有社区服务中心（站）101 个、服务设施（网点）2004 个，全年共解决劳动就业 23829 人，其中下岗失业人员 4495 人，低保对象 307 人。2010 年，全市有城镇社区服务设施 1931 个，城镇便民利民网点数 9648 个。

第二节　家政服务

改革开放初期，绍兴家政服务机构为空白，居民的需求一般限于朋友、亲戚之间的相互推荐介绍、帮助。1980 年代中后期，具有职业介绍服务性质的劳务公司逐步兴起，有的连带家庭服务内容。1990 年代随着社会经济发展、消费观念转变和生活节奏加快，居民对家政服务开始有所需求，具有家政服务性质的职业介绍所等服务机构（公司）应运而生。1990 年 1 月注册成立的新昌县钟楼服务部，主营业务范围已有家政服务项目，因为临时用工困难，有的家庭也会去职介所或服务部请求煮饭、保洁、卫生等帮助。1990 年代后期，新建居民小区开始设有物业管理部门，其中也兼有家政服务的职能。初建时期的小区物业部门，主要是对小区保安、保洁、保绿，以及对居民住宅进行维护、清洁和保养，家庭服务也仅提供简单的室内保洁工作。2000 年后，随着居民对家政服务内容及质量要求的不断提高，家政服务开始成为一门独立职业和一种服务业态，特别是个体家政企业数量迅速增长。同时随着商贸企业的发展，一些服务机构把保洁工作从原有职能中剥离出来，开始有专门的机构。但绍兴市家政服务业还处于劳务型阶段，家政只是为家庭提供简单的服务，如保姆、钟点工等。2006 年后，全市从事家政开发、培训机构逐步增加，家政人员队伍迅速发展，家政服务业水平逐年提高。同时随着居民收入的不断增加和对生活质量追求的提高，家庭用户对护理、营养、育儿、家教等知识技能型服务尤为欢迎。从 2009 年开始，绍兴市通过实施技能培训等措施，每年扶持 1000 名左右城镇下岗人员、农民工从事家政服务，扩大家政就业。2009 年 10 月，来自越城区各社区的50 名失业人员，参加首期免费家政服务员培训班，标志着由市商贸办、市财政局、市总工会联合组织实施的家政服务工程正式启动。2009 年全市五家机构（企业）开展培训班 31 期，培训合格 2012 人，已实现就业 176 人，就业率 77.3％。2010 年绍兴市职业技术培训中心共举办家政服务员培训班 8 期，培训学员 350 人；通过就业推介，已签订劳务用工合同 228 人。嵊州市职工农民培训中心共开办家政服务员培训班 16 期，培训合格学员 725 人，其中就业 681 人。2010 年，全市 3 家培训企业（机构）共开展培训班 19 期，培训合格 1555 人，抽查验收 169 人。2010 年底，全市经工商部门登记注册具有家政服务项目的经营企业达到 210 家，其中含个体 87 家。

第三节　生活服务

美容美发　1984 年底，全市有国营理发店 7 家、集体理发店 79 家、个体理发店

560 家、合计理发网点 646 家。服务项目有理发、剪发、洗发、吹风、修面、电烫、化学烫、染发等。1990 年代，一批个体发廊、发屋和美容室开办起来，女子烫发，火烫淘汰，电烫萎缩，化学烫兴起，染发逐渐流行。进入二十一世纪，随着市场经济的发展，居民生活质量的提高，对服务性消费需求不断增长，绍兴市美容美发业快速发展。2004 年后，全市各地居民街区美容美发店门迅速增加，店名除冠以"美容美发"外，各种名目应有尽有，如"化妆品"、"发艺"、"形象"、"美体"、"生活馆"、"理容"、"发型"、"烫染"等。服务项目也从最初的做面膜，到做全身保养，再到机器美容，后又引入了瑜伽的概念，已由单一的理发和简单的护肤演变为一个涉及美发、美容、化妆品、美容器械、服务设施等广泛领域的产业。同时，也有一些门店经营行为不规范，市场秩序较为混乱。2008 年 7 月绍兴市商贸办制订《绍兴市小美容美发、足浴店服务质量安全基本规范》。同时通过整治，取缔和关停一批不合要求的门店，全市美容美发行业环境得到改观。2009 年全市限额 300 万元以上企业，由 2008 年的 17 家减至 4 家，从业人员由 351 人减至 125 人。2010 年底，全市经工商部门登记注册的个体理发店 862 家，含有美容美发服务项目的经营企业 5251 家，其中个体为 5159 家。

洗浴保健 1978 年绍兴城区有浴池 4 家，座位 397 个，职工 36 人，年营业额 5.7 万元，利润 1 万元。1984 年全市有专业浴室 6 家（新昌、嵊县、诸暨、上虞各 1 家、城区 2 家），座位 543 个，年营业额 12.4 万元，利润 1.3 万元。1989 年全市有专业性浴室 6 家，职工 46 人，年营业额 79.1 万元，利润 15 万元，分别比 1984 年增加 5.4 倍和 10.5 倍。其时，有条件的企事业单位为缓解职工洗澡难问题，纷纷自建职工浴室，一些宾馆也兼营浴室。浴室设备也有较大改进，普遍增设淋浴、女浴室、盆浴等，以满足顾客需要。1990 年代，随着旅游业的发展，绍兴市专业的大型浴室越来越多，服务项目增加，有冲洗浴、搓背、洗脚等。同时，全市新建的宾馆和休闲场所一般都兼具足浴、桑拿服务项目，如绍兴城区的越都大酒店、南风大酒店、诸暨大酒店、嵊州市兰桂坊东方商务会所等。2000 年以后，全市专业足浴、桑拿经营机构逐渐增多。各地先后新建一批专业洗浴保健休闲场所，洗浴种类有冲洗浴、桑拿浴、芬兰浴、搓背、洗脚等，如绍兴城区有至尊龙休闲浴场、亚都桑拿中心、大正汤休闲营俱乐部、豪元桑拿休闲中心、再叙情缘保健按摩会馆、名流养足堂等。桑拿浴设有干蒸和湿蒸两种，足浴分中药浴与熏蒸浴，一边洗一边为顾客捏筋敲背、修脚，消除一天疲劳，价格每位 40－60 元。2008 年全市 26 家限额 300 万元以上洗浴保健服务企业营业额达到 7535.2 万元，从业人员 575 人。同时通过整治，取缔和关停了一批经营不规范的门店，2009 年全市限额 300 万元以上企业减至 8 家，从业人员 241 人。2010 年底，全市登记注册的洗浴保健服务企业 1405 家，其中个体为 1349 家。

电器维修 1978 年后家用电器兴起，商业部门培训一批维修人员，开展以卖带修。1980 年代电视机逐步普及，个体家电维修店也应运而生。1984 年全市共有各类修理店 3335 家，分布在各县和市区的大街小巷，主要修理项目有钟表、眼镜、自行车、缝纫机、文具、体育用品、鞋、伞、锁、提包、收音机、电视机等，一般小修小补、立等可取。1985 年随着电视机、电冰箱、洗衣机、录像机等家电产品社会拥有量的激增，一些经销企业只管买不管修或重经营轻维修的现象随之出现，家用电器维修难的问题在各地已相当突出。绍兴市五金交电公司重视大件商品的售后服务工作，对电冰箱、洗衣机等开展上门维修，1990 年公司所属家电维修中心共修理电视机、电冰箱、洗衣机等大件商品 1891 台。1990 年代拥有空调、热水器、油烟机、微波炉的家庭比例逐年提升，各地积极鼓励发展个体家电修理店。2000 年后电脑、电瓶车逐渐普及，电瓶车各地设有定点特约维修服务站，个体电脑维修业普遍发展，与为居民提供"以旧换新"产品的家电维修一起，成为绍兴市维修服务行业的两支主力军。

印刻洗染　1984 年全市有绍兴立新印刻商店、绍兴印刻商店、绍兴人民印刻商店、绍兴县前街印刻店、绍兴解放北工艺印刻店、诸暨新艺刻字店、诸暨解放路刻字店、嵊县文具印刻社、新昌横街刻印社、上虞百官工艺社等 10 家，分布在市区及各县城。1989 年城区有专业刻字店 2 家，职工 30 人，年营业额 16.67 万元；还有个体刻字摊 23 个，共 37 人。1990 年代个体刻印店服务范围扩大到修锁、配匙、复印、打字、喷绘、写真、工艺礼品制作，并出现了电脑刻字店。1996 年绍兴市越城区阿二开锁刻印店注册成立，经营项目将开锁与刻字一体化，还兼营复印，又扩展到广告制作，电脑刻字开始流行。2000 年后一些个体刻印店经营范围已含刻制公章项目，并兼营卷烟、雪茄烟、办公用品、电瓶零售，服务范围进一步扩大。2004 年专制公章的绍兴县滨海电脑刻印店成立。2010 年底，全市经工商行政管理部门登记注册的个体印刻店 48 家，其中 98% 以上兼营钥匙修配。

1985 年绍兴城区商业系统仅有洗染店 2 家、职工 11 人，年营业额 17.3 万元。1987 年 1 月绍兴干洗店开张营业，从此填补市区服装无干洗的历史空白，改变服装干洗只有代收后送杭州加工的落后状况。1987 年绍兴干洗店购进 2 台大型干洗机和整烫设备，经营能力有所扩大。1989 年 7 月绍兴饭店干洗店注册成立，全市有干洗店 8 家，从业 44 人，其中商业系统 3 家，24 人，年营业额 49.9 万元，利润 4.9 万元。进入 1990 年代，随着居民衣着向高档化发展，家庭洗涤怕伤衣服面料，值钱的服装一般都会送到洗衣店洗。1990 年代末，个体干洗店开始出现，但干洗不规范，程序不到位，偷工减料较多，一些洗染店并不具备干洗条件，甚至不用四氯乙烯干洗剂，直接用水洗，干洗后的服装不能保证质量，消费者受骗上当的投诉较多。2000 年以后，正规干洗店首先在一些有条件的单位开办，有上虞市国脉通信有限公司干洗店、绍兴市越城冠友干洗部、新昌县城关福奈特服装干洗店、绍兴市越城区福奈特洗衣店。到 2006 年，仅绍兴市区干洗店发展到近百家，大多干洗店存在多种不规范现象，绍兴市区被消费者投诉的干洗店有 30 家，是被投诉最多的一个行业。2007 年，拥有全套高效环保意大利先进技术设备的连锁企业——绍兴伊尔萨洗染服务有限公司，在绍兴市小商品城开业，缓解高档服装洗衣难的问题。2010 年底，全市经工商部门登记注册的洗染服务企业有 546 家，其中个体 531 家。

照相录像 改革开放初期，绍兴市城区照相经营业务单位主要有国营人民照相馆和在绍兴旅馆内设的照相服务点。1981 年上虞市曙光照相馆注册成立，1982 年绍兴国营凤凰照相馆在绍兴市区解放南路落成开业。1984 年全市有国营、集体照相馆 53 家，城乡个体照相业 197 户。国营照相业摄影类别有儿童照、结婚照、全家福照、团体照、戏剧照、学生照、工作证照，还有工农业商品陈列照、广告照、风景照等。鲁迅纪念馆、咸亨酒店、东湖、禹陵、兰亭等风景点都设有流动照相服务点。咸亨酒店还出租长布衫、手杖、假发、帽子、烟管等道具，为游客助兴摄影。1985 年绍兴照相馆改为国家所有，集体经营。国营绍兴凤凰照相馆与中国银行分行，联营开设了绍兴市彩色照片扩印中心，填补了绍兴彩照扩印的空白。彩照中心成立第二年，营业额 114.17 万元，超过凤凰、绍兴照相馆两家总营业额 85.48 万元。到 1987 年底，全市拥有国营、集体、个体的照相馆 329 家，其中国营 8 家、集体 28 家、个体 293 家。1990 年代，数码相机已经普及，艺术摄影开始流行，出现如上虞市美达广告摄影、诸暨市勤＋缘礼仪广告、新昌县杨柳广告摄影、嵊州市现代摄影等一批专业公司。1990 年代中后期，业余录像开始成为一种职业。2000 年以后，随着居民收入的增长和消费水平的提高，婚纱摄影和录像业逐渐兴起，传统照相业受到冲击。2001 年注册资金 3000 万元的诸暨市环球影视摄像有限公司成立，专业承接摄像制作和代理电视广告业务。婚纱摄影和记录活动影像的个体经营户逐年增多，摄像项目主要以婚庆和光盘刻录为主，深受消费者欢迎。2008 年全市 11 家限额 300 万元以上照相、录像经营企业营业额为 699.2 万元，从业人员 60 人。2010 年底，全市经工商部门登记注册的照相（摄影）经营企业有 707 家，其中个体为 671 家。

文艺卷 "休闲娱乐"

改革开放初期，绍兴地区娱乐设施较为简陋，群众娱乐生活单一，可供休闲娱乐的场所主要是鲁迅电影院和工人文化宫。其时，各地都已建有电影院。绍兴城区有鲁迅电影院、东风电影院（孚民电影院前身）、人民剧院、绍兴剧院、绍兴县人民大会堂电影院。当时新进的片子一般都在鲁迅电影院首映，长年不断。遇到紧俏些的片子，鲁迅电影院门口每天观众爆满，人头攒动，倒票和逃票是常事。1981 年，上虞剧院成立。同年诸暨、上虞在集镇始建成电影院。1984 年绍兴东风电影院开业，到年底，全市有电影院（剧场）114 个，排长队看电影现象开始得到缓解。

1984 年后，随着文化市场的不断繁荣，片源渠道增多，适应群众文化生活需要，各地先后新建了一批影剧院。到 1989 年，全市有电影放映单位 365 个，全年放映电影 13.3 万场，观众 7878 万人次。20 世纪 90 年代，歌厅和综合文化娱乐业开始兴盛，电视日渐普及，使电影观众出现了明显的分流。2000 年后，新型娱乐业开始走进百姓生活，全市各地陆续新建起一批带有卡拉 OK 包厢和棋牌设施的休闲娱乐城、娱乐中心和娱乐会所；电子游戏机室、网吧、酒吧、棋牌、量贩式 KTV 快速发展。2000 年，全市共有歌舞厅、卡拉 OK 厅 393 家，电子游戏机室 330 家。2003 年 9 月 30 日，绍兴鲁迅电影城竣工开放，成为绍兴历史上首个多厅影院。同年，绍兴市好运娱乐中心等一批娱乐设施相继对外开放，绍兴市娱乐业向高档次规格发展。2005 年，绍兴影业集团公司全年共接待电影观众 82 万人次，票房收入 860 多万元，同比增长 20%。

2007 年 11 月 16 日，拥有观众席位 720 座由绍兴影业有限公司投资 680 万元开设的"绍兴子民演艺广场"正式开演，填补了市区高档次演艺场所的空白。至年底，全市在册登记的歌舞娱乐场所有 243 家，电子游戏 56 家，网吧 580 家。2010 年，绍兴影业有限公司直属影院票房收入首次突破 2000 万元，观众 70 万人次，均比 2009 年增长 20% 以上；上虞大通电影城于 7 月正式开业，实现票房收入 221 万元，观众 9.50 万人次；绍兴大剧院引进和举办各类演出 90 场；子民演艺广场演出 360 余场；世茂国际电影城、咸亨新天地国际电影城开业，放映电影 3 万多场次，观众达 148 万人次。

至 2010 年底，娱乐城、网吧、酒吧、棋牌室、量贩式 KTV 遍布全市各城镇商业街区。全市登记在册的影城 6 家、娱乐城（中心）52 家、小网吧 116 家、棋牌 93 家、文化娱乐场所 197 家（含歌舞厅、卡拉 OK 厅）、电子游戏室 57 家、网络经营场所 581 家、电影发行放映单位 38 家。2010 年，全市 9 家重点娱乐企业营业额 16024.8 万元，同比增长 23.2%。

体育卷"体育健身"

绍兴市体育健身业起步于 20 世纪 90 年代中期。1995 年 3 月 16 日，注册资金 200 万元的绍兴市体育健身中心成立，经营项目有健身、保龄球、高尔夫球、台球、体育舞蹈、旱冰。1999 年 4 月 1 日，内设泳池、溜冰场的诸暨市草塔浴室游泳池成立。2000 年 6 月 11 日，诸暨市体育中心游泳馆建成并投入使用。2000 年后，重点培育体育健身娱乐市场。2003 年 1 月 24 日，绍兴鉴湖高尔夫有限公司成立。2004 年，全市新增金沙漠派斯健身俱乐部有限公司、镜湖新区唯美功健身美体俱乐部、安博跆拳道馆等 10 余家休闲健身场馆，总投资达 2000 万元，极大地满足了人们日益增长的健身休闲消费需求。2005 年，在《全民健身计划纲要》的推动下，群众健身意识日益增强，全市体育健身场所不断增多，群众体育健身活动形式日趋多样。是年，诸暨市郦建青乒乓球馆、嵊州市天虹健身俱乐部旗舰部先后成立。2007 年 7 月，绍兴市游泳健身中心竣工部分设施向市民开放。其中健身楼设有健身、健美、瑜伽、运动酒吧、运动商场、国民体质监测、餐饮等项目。9 月 27 日，诸暨市城北金羽羽毛球馆成立。2008 年 1 月，绍兴市越城区心易瑜伽馆在绍兴大剧院四楼开业。同年，新昌县南明街道飞虎跆拳道健身馆、绍兴市飞虎跆拳道馆有限公司先后注册成立。2010 年 9 月，总建筑面积 10389 平方米、工程总投资 2300 万元的嵊州市游泳健身中心建成，内设室内游泳池、游泳休闲厅、台球馆、乒乓球馆、体育舞蹈训练厅、健身房、棋类馆、国民体质监测等健身配套功能区域，其中游泳池达到承办省级短池游泳比赛的规格。至 2010 年，全市经工商部门登记注册的专业体育健身经营企业 86 家。

金融卷"拍卖　典当　租赁"

　　1992 年拍卖复业之初，服务范围主要以政府委托和司法机关"罚没物资"为主，经过 18 年的发展，拍卖行业逐步延伸到生产生活的各领域，企业数量、交易规模和交易品种都有较大发展，对促进市场体系建设、推动商品流通、繁荣艺术品市场、推进廉政建设等发挥了积极作用。绍兴典当业经过同期发展，已从传统意义的当铺发展成为现代化的专业融资服务企业，以便利、快捷的特点，为中小企业、个私工商经营户和居民个人继续短期资金救急解难，拾遗补缺，调余济需发挥着社会资金融通的辅助作用。绍兴租赁经营业于 1984 年开始在国营商业中实行，经过 26 年的发展，经营范围不断扩大，特别是融资租赁企业在为中小企业拓宽资金来源方面发挥着越来越重要的作用。

拍卖

　　1992 年，绍兴拍卖业开始恢复起步。2000 年后，绍兴拍卖行业组织机构逐步完善，经营范围扩大，并创下绍兴拍卖业多个之"首"。

　　1992 年 7 月 23 日，经绍兴市人民政府同意，绍兴市工商行政管理局登记注册，绍兴市第一家拍卖企业"绍兴市拍卖商行"（绍兴市拍卖商行有限责任公司前身）成立。同年，中国轻纺城营业房租赁权公开拍卖。1993 年，绍兴市集邮协会先后举办邮展 19 次，其中邮票拍卖 2 次。2000 年，绍兴市拍卖中心举行各类拍卖 40 余场次，拍卖成交额超 5000 万元，比上年增长 20％，取得明显的社会效益和经济效益。2002 年绍兴各拍卖行共实施拍卖 275 场，比 2001 年增长 26.14％；成交额 7.13 亿元，增长 69.17％。受拍标的主要为公安、检察、法院、财政、金融等部门及民间委托的拍卖物品（包括罚没、抵债、走私等物品，房地产、改制和破产企业资产等）。2003 年全年实施拍卖 367 场，总成交额 8.75 亿元，同比增长 161％。2004 年 3 月，位于绍兴县柯桥的绍兴中国轻纺城老市场首次国土使用权拍卖以每 0.07 公顷为 1348 万元，创绍兴土地使用权拍卖以来的最高价。2005 年 2 月，绍兴县柯桥城区 B-01 住商一宗国有土地使用权公开拍卖，成交价 2.302 亿元，创下绍兴县单宗地块拍卖成交价新高。6月10日，绍兴市举行小车类牌照吉祥号牌首次拍卖。11月1日，镜湖新区大滩1号、2号、3号地块拍卖，最终被杭州"坤和"以7.69亿元成交，共高出起拍价1.92亿元，创下绍兴历史上独家公司在一次拍卖会上的总标价之最。2005年，全市拍卖场次428场。

2007年11月18日，由北京中汉拍卖有限公司与绍兴翰越堂拍卖有限公司在柯桥联合举办的2007年金秋大型艺术品拍卖会上，共有1797件艺术品参拍，成交1153件，成交率达66.34％。其中明代"江南四大才子"之一文征明的《溪山清远图书画合璧卷》真迹，最终以2200万元的价格拍走，开了古城绍兴书画艺术品市场单件拍卖最高价的先河。

2010年全市8家主要拍卖企业开展拍卖483场次，成交额587227.8万元。业务范围由公物、罚没物资、司法委托拍卖扩展到国有企业改制、破产企业资产处置、国有土地使用权转让、金融机构不良资产处置以及无形资产转让等。

典当

1992年批准成立绍兴市第一家国有典当行。1993年经国务院同意，典当行纳入中国人民银行监管体系。2000年8月，归口当时的国家经贸委统一管理。据此，绍兴市经贸委对全市典当行业实行归口管理，并由市商贸行业管理办公室具体履行监管职能。各县（市）典当行业由各县（市）典当行业主管部门归口管理。国家经贸委交接后，规范新增了一批典当行，绍兴市典当企业经浙江省经贸委审批陆续设立。2002年绍兴第一家民营典当行成立。2004年，随着中国国家机构改革，撤销原国家经贸委组建商务部，典当行归口商务部主管。2005年后绍兴典当业获得较快发展，经营范围逐步扩大，业务量和典当额逐年增加。

绍兴典当业于2001年以后获得较快发展，通过清理整顿，2002年各典当业规范经营，典当金额呈现快速增长，全年典当金额5209万元，比2001年增长71.8％。全年4家典当行典当金额120.7万元，占典当总金额的16.7％。同时，绍兴典当业的当物从传统的金银珠宝动产为主，转向以房地产等不动产为主。2002年房地产典当额为2237万元，占总典当金额的42.94％，比2001年增长23％。2003年，全市典当金额18880.39万元，比2002年增长363％；典当结构进一步深化，其中社会自然人典当金额占70％，同比增长305％；房地产典当占50％，同比增长425％。2004年6月份开始，针对一些中小房地产开发商在营运资金趋紧，典当行融资明显增加，单笔典当金额扩大。2007年全市15家典当行，实现典当金额161343.70万元，同比增长41.05％；上缴税金512.90万元，同比增长37.2％。2009年全市20家典当企业发生典当业务10049笔，实现典当总额达12.61亿元。2010年，全市典当业务面进一步拓宽，其中不动产和财产权利典当额占典当总额的73.28％，典当笔数较上年减少，金额增加，共发生典当业务9203笔，典当总额19.18亿，同比增长33.2％；典当余额25563万元，上缴税金450万元，同比增长27％。

租赁

绍兴租赁经营业，改革开放后首先在商业系统中试行。租赁制是商业体制改革一项新的内容，1985年1月1日开始对国营小型商业零售企业和饮食服务业实行"改、转、租"。到年底，先后对绍兴市烟糖、饮服二公司所属的团箕巷综合商店、斜桥饮食店、昌安油条店、龙山饮食店、东风照相馆实行租赁经营，初见成效。全年完成租赁的有16家。1986年，各县商业和市直系统在巩固、稳定国营小型企业"改、转、租"的基础上，进一步放宽政策，扩大转、租的范围，并开始酝酿试行个人租赁、家庭租赁、集体合伙租赁等多种形式的改革。经过一年的推广和实践，租赁经营取得较好效果。不少原来亏本、微利企业通过租赁经营之后，扭转了被动局面，走上了巩固发展的道路。如市区21家租赁、合股经营企业，全年销售额2032万元，实现利润94.96万元，分别比1986年增长16％和37％。1987年，全市实行租赁经营的企业75家。1988年绍兴市糖业烟酒公司所属5家单位实行租赁经营。经公开招标承租后的企业，都不同程度地提高了经济效益。如越丰食品厂1987年亏损9000元，1988年实行租赁经营，当年成为集体基层企业创利首户，至年末已创利8.3171万元。至1990，绍兴市国营小型企业基本实行了租赁经营。

20世纪90年代中期后至21世纪初期，随着国内租赁市场的兴起，绍兴租赁机构也应运而生。期间，带有经营性的租赁方式已多见于绍兴经营单位之间。如1999年8月浙江省石油总公司绍兴分公司租赁经营绍兴福全加油站和绍兴平水加油站；绍兴利达非织造布有限公司租用绍兴市纺织机械厂4500平方米厂区。2001年，中石化股份有限公司浙江绍兴嵊州石油支公司、上虞经销分公司先后租赁经营所在地外系统加油站。2001年后，绍兴各地专业租赁机构陆续设立，从业人员逐年增加。到2005年全市从事租赁商业服务的人员有5500人，从业人员数居全省各市前三位。至2010年，全市经工商行政管理部门注册登记具有租赁业务的企业884家，其中个体465家；从业人员数1.20万人，退居全省第八位。

交通卷"仓储、物流"

绍兴仓储业是随工农业生产发展逐步兴起。最初于20世纪60年代在商业、物资系统中规划。1960年，绍兴冷冻厂500吨冷库新建投产。1967年，绍兴地区物资综合公司成立后，接收绍兴县物资局租用的西郭仓库。同时，在市区五云都泗征地建造金属仓库。嗣后，随着物资、农副产品流通规模的扩大，各地商业、物资、供销企业陆续新建扩建仓库。绍兴境内货运（联托运）业，起步于20世纪50年代；发展于70年代；形成于80年代。90年代开始涉足国际货运业。2001年后随着物流基础设施建设的逐步加快，绍兴物流业规模持续扩大。

仓储

仓储场（库）站

1978 年，绍兴地区除商业、供销、物资系统投资建有冷库、仓库、堆场、煤场外，外贸系统始建成初具规模的物资中转站。是年，绍兴储运公司已建有 2167 平方米的仓储设施和 700 平方米的货场；上虞冷冻厂竣工完成建筑面积 19275 平方米、2000 吨冷库一座；绍兴冷冻厂扩建 1000 吨冷库一座，并于当年投入使用；诸暨县食品公司新建 100 吨冷库一个。绍兴地区汽配公司建成建筑面积 1750 平方米的五云仓库，投资 8.11 万元。同年，仓库及堆垛场地 7000 平方米以承担全省外贸基建及扶持出口商品生产物资储存、调拨和发运工作的浙江省外贸局绍兴仓库全面竣工，是为省级外贸系统设在绍兴地区的首个物资储运中转站。1982 年，库房建筑面积 9964 平方米的绍兴地区外贸综合仓库建成。至此，嵊县食品公司、新昌县食品公司先后建成 200 吨冷库各一座；地区物资部门设在火车站的煤场占地面积 22000 平方米。绍兴地区商业、外贸、物资、供销、交通、粮食等内外贸流通部门都拥有了自己的仓储。

1984 年，诸暨县食品公司建成 300 吨冷库一座。1986 年，市燃料公司在火车站建造北煤库一座，30 吨位码头一个。1988 年，地区物资系统年仓储吞吐量 10.14 万吨。1989 年，省外运分公司绍兴仓库商品储存总吨数达 783.78 万吨。到 1990 年，市直物资系统共有仓库、煤场占地面积 93935 平方米。其中化建公司 17065 平方米，主要有北海仓库、西郭仓库、火车站仓库；金属公司 15903 平方米，主要有都泗仓库、大城湾仓库；燃料公司火车站煤场 31772 平方米。

1991 年，全市港口、码头有仓库 1800 余平方米，可存储货物 800 余吨。有堆场 2.26 万平方米，可容 2.15 万吨货物，有各类吊机、输送机及牵引机具 70 余台（交通局入志资料）。1995 年起，萧甬铁路增建第二线时对绍兴东站货场进行了扩建，增加了二条货物线，使绍兴东站货场规模达到年货物到发量 150 万吨。同时，萧甬复线建设时，新建了上虞新站及货场，于 1999 年底建成投入使用。

2003 年，全市道路货运场站 14 家。2004 年，全市首次实施道路货运场站核型定级工作，核定全市二级零担站 1 个，三级货运站 21 个，四级站 6 个。至 2007 年，全市港口、码头仓库及堆场面积和可容货物及机械设备基本保持不变。2008 年后，全市港口、码头库场总面积激增至 53 万余平方米，其中仓库面积 5.25 万平方米，堆场 48 万余平方米，各类机械 500 余台。2010 年，全市 150 余个码头仓储总面积 48 万余平方米，容量 145 万余吨。仓库、堆场和总量比 2008 年略有减少。

仓储企业

中国轻纺城柯东仓储中心占地 5.5 公顷，投资 3.2 亿元，为轻纺城市场配套其他物流仓储服务的基地，于 2006 年年底开工至 2008 年 6 月建成；2008 年 7 月开业运行，仓储中心主体结构分为 5 层，每层功能布局和建筑结构基本相同，除一层具有货物配载功能外，其他均以仓储为主，共有仓储用房 377 间，分为 A、B、C 三个区域。区域与区域之间、不中国轻纺城柯东仓储中心先及各区域内部，由可供中型车辆通过的回廊和楼层间旋梯连接。仓储中心 2009 年、2010 年 1—10 月分别完成货运量 220 万吨和 184 万吨；实现营收 2480 万元和 2067 万元；上缴利税 427 万元和 356 万元。

中国轻纺城仓储物流中心　总占地 18.5 公顷，一期投资 3.98 亿元，系浙江省重点建设项目和交通部、浙江省共建五大重点物流基地之一，是服务于绍兴县及周边地区广大进出口企业的国际物流公共服务平台。2009 年 2 月项目建设启动。同年 7 月，绍兴海关与绍兴县人民政府正式签署了中国轻纺城仓储物流中心海关监管场所筹备工作协议，以及柯桥海关办事机构筹建工作备忘录，标志着绍兴县海关办事机构筹建工作正式启动。物流中心仓储面积 149104 平方米（五层）。截至 2010 年底，该中心已形成了海关、检验检疫现场服务，提箱还箱配套服务、集装箱运输组织服务、公共信息优先服务、商务物业保障服务等五大服务优势；已有 4 家货代公司和 1 家大型外贸企业正式落户中国轻纺城仓储物流中心。

绍兴市储备粮管理有限公司　1998 年 7 月 20 日正式成立运行。公司下属 22 个库（点），主要承担市区定购粮，议购粮，储备粮的收购，储存，调拨，批发以及国家指定的粮食进出口业务，年收购量达 3000 万公斤；承担市区 64.98 万人口的粮源供应，同时负责组织军供粮源公司下属鉴湖、皋埠、马山三个分公司，共有大小 22 个库（点），128 只仓号，总库容量为 5689.5 万公斤。分为基建房式仓，苏式仓，简易房式仓，粮仓总面积为 35664 平方米．其中：基建房式仓为 30896 平方米，苏式仓为 2478 平方米，简易房式仓为 2290 平方米。

物流

2000 年以前，绍兴物流形态主要是货物运输和国际货代。2000 年后，绍兴市开始进入交通大物流建设时代。由于没有港口优势，落户物流中心的货运代理企业规模普遍偏小。2004 年后，袍江工业园区、中国轻纺城、东浦工贸园区的三大物流中心的建成和开建，仍缺少大型货运公司入住。2010 年，绍兴市国际物流中心在绍兴海关注册、以从事国际物流业务为主营的本地集装箱车队仅为杭州海关备案总量的 0.8%。绍兴物流市场特别是国际集装箱等高端物流市场长期被杭甬及上海物流企业所抢占，物流市场资源严重外流的局面没有根本改变。2010 年，绍兴市区实现物流业增加值 42.95 亿元，分别占市区服务业增加值和 GDP 的 18.1% 与 9.2%。

国内物流

货物运输　绍兴地区货运业于 20 世纪 70 年代开始有所发展。其时，交通部门建有专门的运输机构，物资单位可直接向各运输企业托运，运程达全国各地；零担货物，绍兴汽车总公司设有零担货物直达班车。1979 年后，个体汽车进入了运输市场，商业、供销、粮食、物资、外贸等部门的专业车队也进入运输市场，形成了多家经营的公路货运市场，全市货运汽车快速增长，基本满足了社会需求。

1974 年 4 月，绍兴地区外贸公司车队组建，主要负责地区外贸公司的基建货物和少量外贸出口物资的运输。1978 年，绍兴地区物资局成立汽车队，负责对局所属各公司调集物资的承运。同年，绍兴县供销社建立供销商业储运站。1979 年，建立供销商业储运站汽车队。是年，全地区货物运输量 1090.06 万吨。其中铁路 301.24 万吨，公路 207.44 万吨，水路 581.38 万吨。1980 年，绍兴地区商业系统各专业公司添购货运汽车开展"以公代铁"运输。到 1984 年底，全市商业系统自有载货汽车突破 100 辆，在全市范围内开展了"以公代铁"、"以公代中转"运输。1988 年，全市货运量 1286 万吨。其中铁路 290 万吨，公路 1286 万吨，水路 1654 万吨。1990 年，全市共有营运货车 13050 辆，39099 吨位。

1990 年后，随着计划经济向市场经济转变，绍兴市储运部门运力、运量大幅提高。1992 年 7 月，供销储运公司在柯桥设立分公司；1993 年，全公司完成货物运量 258692 吨。1994 年全市水运运力达到总载重吨 13.15 万吨，当年完成货运量 1428 万吨。2000 年，全市完成货运量 8766.7 万吨。其中铁路 2297 万吨，公路 5560 万吨、210913 万吨公里；水路 909.70 万吨，主要承运大宗货物，如煤炭、钢铁、矿建材料、矿石、粮食、其他等 6 类；全市运输部门拥有货车 18395 辆，同比增加 10%；全市有集装箱专用车 17 辆，全年承运量 5321 箱，64141 吨，现代化的铁、公、水综合运输格局初步形成。

2001 年，绍兴市加快国、省道主干线和中心城市过境公路、城市对外交通的建设步伐，进一步构筑"因"字型高等级公路主骨架。2002 年，绍兴市水路运输加快发展，运力、货运量、周转量均比 2001 年大幅提升。全市共有营运船舶 3689 艘、138177 载重吨、77574 千瓦。船舶吨位比 2001 年底净增 25515 吨。2007 年，辖区内共有普通货物港口经营企业 238 家，危险货物港口经营企业 27 家，年港口吞吐量约为 900 万吨，自然岸坡吞吐量约为 400 万吨，其货物流向主要是上海、杭州、嘉兴、湖州及市境内中转，进出口货物主要有钢材、水泥、建材、粮食、煤炭等。粮食、钢材、煤炭、PAT 原料等从上海、江苏等地运进，建材、黄酒等要本地运出。这些运输业务，有三分之二以上由外地物流公司承担，其中公路运输主要流向杭州萧山及外省牌照个体车辆，河道运输主要流向杭州萧山，海运主要流向宁波等港口城市。2009 年 10 月 16 日，作为省重点扶持的绍兴大物流规划中的唯一基地——绍兴市集亚物流基地有限公司开业。

2010 年，全市货物运量 9675.10 万吨。其中铁路 745.10 万吨，公路 7890 万吨，水路 1041 万吨。

联托运业　改革开放初期，绍兴联托运市场尚未真正形成，开展货物托运业务主要是绍兴县第二运输公司华舍站托运部、市汽运总公司联运总站、四海托运部、利民铁路托运部和抚州托运部等国营、集体的交通运输单位，少有个人和系统外单位开设托运部。绍兴联托运业正式起步于 20 世纪 80 年中期。1985 年，绍兴市建立了第一家联运公司，开辟了联运业务，对货主实行一次托运，分段计费，一次结算，上门取送，全程负责。到 1989 年，共为货主代办货物联运 11 万票；为车船运输结集货物 7.3 万票计 8.8 万吨；为运输单位和个体户配载物资 628396 吨，其中公路 28396 吨，水路 600000 吨。1989 年后，中国轻纺城托运部逐年增多，货运量增大，新线路增加。联托运经营单位由原来的零星几家增加 26 家，托运部受理点增加 45 个。1992 年，轻纺城联托运货运量 34 万吨。

1993 年 1 月，轻纺城托运受理点增加到 98 个，开通了除台湾、西藏、香港、澳门外的全国各省、市、自治区 29 个省 102 个市县。主要经营单位有绍兴县运输公司、绍兴县第二运输公司、绍兴县第三运输公司、县轻纺城联托运公司等，另有浙江义乌、乐清及湖南、江西、辽宁等和部分本地人办的个体企业。同年，绍兴县供销储运公司在台州始办联运中转业务，当年完成台州地区中转运量 3500 吨；同时，面向柯桥轻纺市场，受理铁、公、水联运业务，发往全国各地的铁路整车、零担、集装箱、快件运输和公路汽车直达运输业务。1997 年轻纺城联托运市场货运量突破 100 万吨，达 126 万吨。1999 年，全市拥有特种载货汽车 290 辆，集装箱车 10 辆，计 20 个集装标准箱。

2000 年后，绍兴市联托运依托大型专业市场发展到多式联运、仓储理货、托运服务、搬运装卸一条龙服务。2002 年，绍兴市放开联托运受理业户申请。是年底，市区联托运业户数仅由原 5 家发展到 16 家；专营线路也从原 47 条发展到 2003 年 4 月时的 228 条。2005 年初，绍兴市出台联托运市场开放方案，联托运业纳入道路运输站（场）管理。是年 3 月，绍兴市区从事联托运的 12 家企业统一纳规货运站（场）经营，经营渠道从原来单一的联托运货运专线转向集运输、货运代理、配载、仓储、装卸为一体的货运站（场）经营。诸暨市运管所通过综合分析运输市场的货运信息，依托店口镇的五金城和大唐镇的袜业市场，开通货运配载专线 111 条，平均日发货运量 5000 吨，年生产总值 276.6 亿元，年出口贸易额突破 10 亿美元。2010 年，轻纺城联托运完成货运量 282.2 万吨。是年 12 月 26 日，绍兴港现代物流园区开工建设。园区位于绍兴市越城区东湖镇，杭甬运河窑湾江深水河段，连接京杭甬大运河、曹娥江、姚江、浦阳江四大水系，水路通达长三角乃至全国各地内河。一期包括钢铁物流基地、石化物流基地、集装箱物流区、综合物流区和商住配套中心，涵盖码头作业、多式联运、仓储加工等 10 个配套项目。

绍兴联托运业市场运输方式，一直以来以公路零担线路为主，占 90% 以上。绍兴港现代物流园区的开建，以港口为依托，将实现水路、公路、铁路和航空多种运输方式的立体对接，绍兴联托运输正从单一的公路运输向"江河海联运时代"迈进。

国际物流

绍兴市开展国际货运业务始于 20 世纪 90 年代上期。1992 年 3 月 19 日，绍兴海关为浙江土畜产公司办理了第一票铁路转关业务。同年 5 月，绍兴中远国际货运有限公司（简称"中远公司"）成立，是全市最早的国际货运公司，系中远集装箱运输有限公司（COSCON）直属企业——上海中远国际货运有限公司在绍兴地区的揽货网点；拥有商务部批准的一级国际货运代理资质，是绍兴地区唯一一家直属于船公司、可以直接签发船公司提单的货运代理公司，主要承办进、出口货物海、空货运代理和内陆运输。1992 年从上海港出口集装箱 500 多个 TEU。2002 年 12 月 20

日，浙江中外运有限公司绍兴分公司注册成立，隶属浙江中外运有限公司，是浙江省内综合性、专业化、国际化的物流服务提供商。翌年1月1日正式营运，主要承办国际货运代理、空运业务、国际快递及公路、铁路运输综合物流等。

2004年3月，位于袍江工业区的绍兴市国际物流中心建成启用。中心建有集装箱堆场3万平方米，仓库5000平方米，并设有集装箱专用出入场通道，为企业报关、报检提供"一条龙"服务。物流中心的建成，意味着口岸从上海、宁波延伸到了绍兴，"一次申报、一次查验、一次放行"的快速通关成为可能。2005年，绍兴海关全年报关单量4800余票，监管的进出口集装箱1.3万个左右。是年，浙江中外运绍兴分公司海运出口集装箱600TEU，快件65000票，散货200吨，空运35吨。2006年绍兴市全社会年货运量已超1亿吨，货运周转量48亿吨公里，外贸货柜在30万至40万标箱，绍兴已是名副其实的物流大市。长期以来，绍兴绝大部分进出口货物不在绍兴报关，主要选择在宁波、上海及杭州港口报关，国际物流产业发展水平与物流大市不相称。是年，绍兴海关推出了"属地申报，口岸验放"的区域通关模式。绍兴的企业实现了在家门口报关，报关单量明显增加。中远公司除60%货量从宁波港出口，属地企业货物在属地报关。2009年绍兴市辖区内企业在全国口岸进出口报关单量为60万份。2010年1～10月份，绍兴属地报关同比增长超过30%，截止11月2日上午12时，绍兴海关报关单量共计10016票，首次突破一万票大关，创绍兴海关历史新高；监管进出口集装箱近3.3万个。2010年，绍兴市辖区内企业在全国口岸进出口报关单量55万票，比2009年减少5万票。

物流企业

为适应物流业发展需要，2002年全市相继动工新建物流中心4家，分别为嵊州市交通物流中心、中国轻纺城国际物流中心、浙江天波物流有限公司、绍兴市国际物流中心有限公司，总占地面积55.2公顷，设计总建筑面积403416平方米。2008年6月，嵊州中国领带成物流中心被批准为2008年浙江省重点建设项目。2008年后，全市有22家企业被列为物流龙头企业。其中省级龙头企业1家：绍兴市集亚物流基地有限公司；市级龙头企业12家，分别是绍兴市交通运输有限责任公司、绍兴顺丰速运有限公司、浙江绍广物流有限公司、绍兴县佳顺特种货物运输有限公司、绍兴县远顺物流有限公司、浙江升捷货运有限公司、浙江浙中物流有限公司、上虞市信诚物流中心、上虞市顺通运输部、上虞市联诚物流有限公司、嵊州市货车运输公司、新昌县甬港联运装卸服务有限公司；县级龙头企业9家，分别是浙江华夏化工有限公司、上虞市东海燃气有限责任公司、浙江华佳业物流有限公司、上虞市振能运输有限公司、嵊州市长运物流有限公司、嵊州市中联货物运输有限公司、新昌县顺通货物运输有限公司、新昌县货运公司和新昌县陆海物流有限公司。2010年5月28日，新昌国际物流中心动工建设。

截止2010年底，绍兴物流业已形成以市区为中心，下属五县市为支点的框架结构。其中市区物流中心三家，诸暨二家、上虞、嵊州、新昌各一家。

浙江天波物流中心 位于浙江绍兴市东浦工业区，2001 年 1 月 10 日注册成立，总投资 4500 万元，注册资本 1800 万元，占地面积 6.3 公顷。拥有 21400 平方米标准仓储及办公用房，30000 平方米的大型停车场及相应的配套服务设施。主要经营普通货物运输、货运配载、货运站场，货物集散，货运代理、仓储、国际货运代理等业务。公司自 2003 年正式投入运营以来，在场经营的物流经营户已达 20 多家（包括国际知名企业敦豪快递），国内货运专线 30 多条，每天发往全国各地的货物有 400 多吨。2010 年总货运量 15 万吨。

中国轻纺城国际物流中心 位于绍兴县柯桥中国轻纺城市场东北部，中心以国际集装箱物流服务为核心，以联托运和仓储物流服务为两翼，以货运信息交易服务、公司化贸易办公服务为依托，是浙江省东部国内一流的生态型现代物流中心。中心总建筑面积近 30 公顷，总建筑面积 24.5 万平方米，总投资 4 亿元。2002 年立项兴建，2003 年 10 月开业，轻纺城联托运市场各托运部全部入驻营业。

中心拥有 194 个仓储单元、2.6 万平方米的停车场以及 6 万平方米的服务区和 2500 平方米的卷布包装加工区；拥有三级货运站资质，可承办海运、空运进出口货物的国际运输代理业务；有 80 辆 30 吨位车辆及 200 余辆协议挂靠车辆，年运输能力 100 万吨以上；有 158 家公路托运部和物流公司入驻联托运区，形成了一个由 87 条公路货运线路组成的覆盖全国（除台湾、香港、澳门外）的 30 个省、市、自治区 178 个大中城市的庞大的物流服务网络。每日进出车辆 2500 辆次，年纺织品货运量达 130—150 万吨，年货运营业额约 2.8 亿元。2005 年以 2086 亿元的业绩被中国物流与采购联合会宣布为 "2005 年中国物流企业 50 强"，排名第 48 位；2008 年被确定为省级重点物流基地，2010 年被确定为省部共建现代物流示范园区。

至 2010 年，轻纺城国际物流中心已具备储存、运输、货运信息、停车及包装盒流通加工、辅助配套服务和第三方物流服务、国际货代服务等功能。

绍兴市国际物流中心 公司占地面积 120 亩，建有综合办公大楼 6000 平方米、场站服务区 2000 平方米、保税监管仓库 35000 平方米及熏蒸作业点，于 2002 年 5 月 11 日注册成立，注册资本 2000 万，由绍兴市水务集团和宁波新世纪国际投资有限公司共同出资组建，是市政府为促进外向型经济发展，改善投资环境而建设的内陆口岸，系市政府 2002 年重点工程。公司主要开展集装箱通关业务、箱管业务和仓储租赁业务。中心驻有海关监管点、检验检疫现场办公室，在 "大通关" 运作模式下，现场办理进出口货物报关、报检、查验、除害处理、卡口施封，已成为上海港、宁波港延伸的 "陆路口岸"，为进出口企业提供经济、便利和完善的通关服务。2010 年完成集装箱通关 3500TEU，占整个绍兴市集装箱进出口量的 1%。

新昌国际物流中心 位于新嵊交界处，总投资 1.57 亿，规划用地 150 亩，一期用地 80 亩，建筑面积 18000 平方米。有物流运管业务用房、信息大厅、海关监管业务用房、海关监管和保税仓库、国内物流用房等主要设施。2010 年 5 月 28 日动工建设；到年底，已完成地下室和主体七层土建工程。国际物流中心（海关监管点）的开建，在新昌、嵊州两地建起一扇"国门"，对新昌、嵊州两地经济发展具有划时代的意义。

绍兴市集亚物流基地有限公司　前身为绍兴市集亚特种货物运输有限公司，系绍兴市汽车运输集团有限公司控股的市级大型物流企业，于 2009 年 7 月经扩资后组建成立，为浙江省、绍兴市重点扶持物流龙头企业、绍兴市重点扶持物流基地、系"绍兴国家公路运输枢纽总体规划"站场布局方案中四大物流园区之一，AAA 级综合服务型物流企业，具有货运三级企业资质。该基地占地面积 40 公顷，是按现代物流标准建设集仓储经营、快运（零担）专线经营、信息交易、物流方案设计、甩挂运营、特种运输、商务及配套服务等功能于一体的综合性现代物流服务平台。基地位于袍江越东路和望海路交叉口，毗邻沪杭甬高速和 329 国道，紧接曹娥江跨海大桥，处于国内最大港口上海港和宁波—舟山港宁波港域之间，辐射绍兴城区及柯桥中国轻纺城、镜湖新区、滨海新城、上虞精细化工园区。

建筑卷"散装水泥"

1987 年 7 月 4 日，为加快发展散装水泥，绍兴市散装水泥办公室成立，是为绍兴市行政区域范围内散装水泥、预拌混凝土和预拌砂浆发展与应用工作的管理机构。2000 年以散装水泥为主要原料的预拌（商品）混凝土生产起步。2009 年散装水泥延伸产业的预拌砂浆开始投产。

散装水泥生产供应　1987 年 10 月 1 日，诸暨县水泥厂率先将本厂生产的散装水泥运往工地，实现了绍兴市散装水泥零的突破，成为全市第一家生产供应散装水泥的企业。1987 年全市水泥产量为 65.18 万吨，生产供应散装水泥 1028.5 吨，散装率仅为 0.16%。

1988 年 6 月，绍兴市水泥厂开市属水泥企业生产供应散装水泥之先河；全市累计生产供应散装水泥 15862 吨，散装率为 1.02%。1989 年，新昌县、绍兴县、上虞县、市公路水泥厂相继开始生产供应散装水泥，全市累计生产供应散装水泥 15862 吨，散装率为 2.34%。是年，诸暨县散装量首次突破万吨大关，成为全市第一个"万吨县"。1990 年，全市累计生产供应散装水泥 72113 吨，散装率 9.12%。其中市公路管理处水泥厂生产供应散装水泥 13164 吨，绍兴县第二水泥厂供应散装水泥 10022 吨，成为我市首批生产供应散装水泥的"万吨厂"。1991 年，全市累计生产供应散装水泥 141359 吨，散装率 12.45%，居全省地市前三位。1995 年全市发散量突破 60 万吨大关，累计生产供应散装水泥 623372 吨，散装率 20.95%。2000 年全市散装水泥供应量突破 100 万吨，达到 126.95 万吨，同比增长 66.40%，成为全省第三个突破百万吨级的市。

2000 年以后，绍兴市散装水泥供应量稳步增加。到 2005 年，散装水泥使用率由

2000 年的 28.39％上升到 65.53％。至此，全市基本建设和重点工程等项目已全面使用散装水泥。2006 年至 2010 年，全市共生产水泥 6172.64 万吨，供应散装水泥 4515.8 万吨，平均散装率达到 73.16％。其中 2010 年水泥散装量、散装率分别为 971.16 万吨和 75.33％，创历史新高。

预拌（商品）混凝土使用　绍兴市发展预拌（商品）混凝土起步较晚。1995 年只有 3.26 万立方米。至 2000 年，全市有商品混凝土企业 2 家，设计生产能力 80 万立方米，实际生产企业仅为 1 家，年供应 9 万立方米。是年底，柯桥年生产能力 50 万立方米混凝土投产。

2001 年以后，预拌混凝土产量和应用范围逐步增扩，商品混凝土工作有了突破性发展。2003 年全市商品混凝土供应量 116.88 万立方米。2005 年，全市商品混凝土企业发展到 9 家，预拌混凝土设计生产能力为 290 万立方米（实际供应 207 万立方米）。2007 年城市商品混凝土加快发展，全年供应商品混凝土 379.5 万立方米，比 2006 年同期增长 74.86％。2010 年供应量 988.09 万立方米，再创新高。

预拌砂浆应用　预拌砂浆，包括砌筑砂浆、抹灰砂浆、地面砂浆、保温砂浆和防水砂浆。2009 年，绍兴市建成投产年产能力 20 万吨的预拌砂浆生产线 2 条，在建年产能力 20 万吨的预拌砂浆生产线 3 条。当年预拌砂浆应用量 2 万吨。由于生产企业少，相关标准滞后，质量不稳定，加上预拌砂浆价格比现场搅拌每平方米高 8.5 元，施工单位选用积极性不高，影响了预拌砂浆推广速度。2010 年预拌砂浆应用所占比率与国家、省、市文件要求存在一定距离。

农业卷"商品猪基地建设"

绍兴生猪产区于 1985 年至 1989 年先后被列为国家、省级商品（廋肉型）猪基地。就全国而言，商品（廋肉型）猪生产基地以县为单位建立；浙江省内基地建设主要安排在生猪重点产区。

国家级基地县　1985 年，嵊县被列为全国商品廋肉型猪基地县。1986 年、1987 年诸暨、上虞先后被列为全国商品瘦肉型猪基地县。1989 年绍兴县被列为全国商品瘦肉型猪基地县。至此，绍兴市所属四县（市）全部被列为全国商品瘦肉型猪基地县。在 1990 年全国畜牧工作会议上，嵊县、诸暨作为首批通过验收的商品廋肉型猪基地县（全国 105 个），受到农业部表彰。

省级基地　1987 年 9 月 13 日，根据浙江省人民政府《关于建立省商品猪基地的通知》，绍兴作为全省 5 个粮食、生猪重点产区之一被列入。

1990 年后，绍兴市基地乡、场（公司）的生产规模逐步加大。1990 年 4 月，占地 138 亩的海涂农牧场创办。1994 年绍兴县福景达农业有限公司（万猪场）创建。1995 年绍兴县平江万头瘦肉型猪基地建成。1997 年，占地 500 余亩，拥有 7 家万头猪场的浙江天利实业有限公司创建，于 2001 年开始在所属生猪养殖基地率先开展"放心肉"工程，2002 年 10 月经浙江省农业厅专家评审，授予浙江省无公害农产品基地，产品销往香港、上海、杭州等地市场。2003、2004 年度省经贸委确定省级商品猪基地规模为 25 万头，2003 年度绍兴市计划指标为 15 万头。根据完成情况，2004 年度减为 1 万头。2007 年 9 月，总投资 3600 万元，以万头猪场为主体、种养殖相结合的现代化农业企业——浙江永宁弟兄农业开发有限公司创建。2010 年 10 月 16 日，浙江省财政厅、农业厅确定诸暨、嵊州两市为 2010 年省级生猪调出大县。

　　2010 年开始，农业部启动畜禽标准化示范创建活动。在农业部公布的 2010 年度第一、二批生猪标准化示范场全国名单中，第一批名单中浙江省 8 市共有 16 个入围，其中绍兴市 2 个，占 12.5%；第二批 10 个名单中，绍兴市无缘入围。

信息卷"电子商务"

　　绍兴市电子商务建设起步于 20 世纪 90 年代末，经过 11 年的发展，电子商务应用已延伸到生产、流通、消费等领域，对改变传统经营管理模式、有效降低市场交易成本起着越益重要的作用。从 1999 年钱清轻纺原料市场网创建，到 2000 年国际贸易电子商务信息平台建立；从 2000 年中国领带城与"阿里巴巴"网站正式签约运行，到 2005 年在线支付平台上线运行，再到 2009 年帮助企业使用阿里巴巴"诚信通"电子商务服务和"中国供应商"电子商务服务，全市企业应用电子商务水平明显提高。

专业市场（企业）电子商务平台

　　20 世纪 90 年代，绍兴县一批起步较早的外贸企业积极应用互联网技术，开展跨境电子商务，开拓国际市场。1999 年，中国轻纺城钱清轻纺原料市场网建立。2000 年 10 月，浙江南方集团公司在互联网上开设自己网站，开展电子商务活动，拓展外贸路子，当年实现自营出口 673.79 万美元。2001 年，中国轻纺城开始探索发展电子商务，建设"网上轻纺城"。

　　2002 年 8 月 28 日，绍兴市经贸委发文确定浙江中国轻纺城网络有限公司、中国领带城、浙江震元股份有限公司、绍兴县供销超市有限公司、绍兴市国商大厦有限责任公司、诸暨市山下湖珍珠市场、诸暨大唐袜业轻纺市场为全市流通领域电子商务试点企业，其中前 5 家为省级试点企业。2004 年中国风机网开始运行。2005 年，全市有 3 个项目被列入国家信息产业企业技术进步和产业升级和电子商务专项。2007 年年初，绍兴市邮政局在越城区（市区）范围内推出了电子商务速递业务，并于 1 月 12 日成功承揽了第一单客户在阿里巴巴网站订购的绍兴商品递送业务。2009 年 7 月 29 日，绍兴市网络经济科技创业园正式开园。经过一个月运行，园区已吸引绍兴 E 网、绍兴信息港、绍兴生活网、全球纺织网等综合性网站入驻，园区总成交额达到 51 亿元。中国轻纺城、钱清原料市场、华东珠宝城等一批专业市场交易网站，成为国内行业信息发布和商品交易的权威平台。"中国柯桥纺织指数"成为全国纺织品交易的风向标。2010 年，诸暨华东国际珠宝城网上交易市场、中国茶市网上市场、浙江汇联金银制品网上市场、诸暨大唐轻纺袜业城网上交易市场等相继开业运行，中国轻纺城网上交易市场和钱清网上原料市场成交额突破百亿元，标志着绍兴专业市场进入"E"时代。

国际电子商务信息平台

2000 年 1 月 14 日，中国国际电子商务中心绍兴分部成立。其职能主要致力于国家"金关工程"建设、政府及外贸单证的电子数据交换（EDI）、出口商品配额许可证的发放、校查、招标；全球贸易网络电子贸易机会（ETO）、各类经济贸易、政策、商情信息在线查询、联机检索等业务，并提供用户支持、信息制作、发布等服务。

2001 年 2 月绍兴市外贸企业开展加工贸易实现联网审批管理，企业通过在线完成加工贸易合同录入、接收审批结果、核销数据等操作，同时该系统运用 CA 证书等技术，充分保证了数据的安全性和用户身份的合法性。该系统的开通，为外贸企业与各级业务主管机关架起了业务沟通的桥梁，对绍兴市加工贸易数据及时汇总、加强政府宏观调控提供了有效手段。2001 年至 2010 年，绍兴分部共为近 3600 家企业提供证书制作及系统操作维护等相关工作。

在线支付平台

2003 年开始，绍兴市发展计划委员会与中国银行绍兴中心支行经过大量的调查研究，提出了建设"缴费一户通"项目的方案。根据规划，"缴费一户通"系统（第一期）将包括代理扣费和清算业务、实时响应的现金缴费业务、客户信息实时确认业务三个基本业务。至 2004 年底，"缴费一户通"银行端系统建设已基本就绪。

2005 年被列入"数字绍兴"重点工程之一的市"缴费一户通"系统，年内正式上线运行。首批入网的自来水收费实现了与工商银行、农业银行、中国银行、建设银行、交通银行、中信实业银行、浦发银行、招商银行和市商业银行等 9 大银行系统间的互联互缴。这一工程的顺利实施和系统的成功运行，极大地方便了城市居民的日常生活。2008 年初，市自来水公司将"一户通"系统升级列入 2008 年度行风重点工作之一。新系统于当年 5 月 31 日正式投入使用。8 月，顺利完成升级。升级后的新系统，运行速度大大提高，经过实际测算，以往旧系统需要 2—3 小时才能完成的数据量，新系统不到 10 分钟就可以完成，大大提高了工作效率，用户到银行后第一时间就能直接缴费。

阿里巴巴电子商务平台

2006 年，绍兴市服装行业重点骨干企业——浙江大乐制衣有限公司通过阿里巴巴"中国供应商"其产品成交额达到 20 万美元，2007 年成交额超过 55 万美元，占到了公司全年美金结算业务的五分之一。2009 年，面对全球金融危机，全市各级政府积极探索新思路，加快电子商务发展。2月20日，嵊州市人民政府与全球最大的电子商务公司阿里巴巴正式牵手，实施嵊州市集群产业电子商务应用三年行动计划。6月25日，绍兴市财政局、市发改委以专项资金扶持在2009年—2011年内加入阿里巴巴进行电子商务应用的企业。8月21日，诸暨市人民政府与阿里巴巴（中国）网络技术有限公司在阿里巴巴滨江新园区签署合作协议。到2009年10月底，绍兴市区阿里巴巴"中国供应商出口通"已100%完成推广目标，"诚信通"达到目标的58%。

至2010年底，阿里巴巴绍兴电子商务专区注册用户已达20000余家（包括个体工商户），"诚信通"用户达11000家，"中国供应商出口通"用户达2600余家。其中，市区"诚信通"用户1275家，同比增长100.47%；"中国供应商出口通"用户470家，同比增长339.30%。

绍兴市商务简史

（2017 年 8 月编入《绍兴市商务志》作为"概述"部分；中国商务出版社出版）

绍兴市为中国著名历史文化名城和旅游城市，位于浙江省中北部、杭州湾南岸。东连宁波市，南临台州市和金华市，西接杭州市，北隔钱塘江与嘉兴市相望，市域介于北纬 29°13′35″至 30°17′30″、东经 119°53′03″至 121°13′38″之间。全境域东西长 130.4 千米，南北宽 118.1 千米，海岸线长 40 千米，陆域总面积为 8273.3 平方千米，市区面积 2942 平方千米；全市总人口 838.91 万（2010 年）。绍兴市辖越城区、绍兴县、诸暨市、上虞市、嵊州市、新昌县。至 2010 年末，全市年人均生产总值 63486 元（按户籍人口计算），按当年平均汇率计算，人均生产总值 9378 美元；绍兴县 15926 美元；市区人均 GDP 首次突破 1 万美元，达 10605 美元；诸暨、上虞分别超过 8000 美元，分别为 8595 美元和 8312 美元；新昌 7283 美元，嵊州 5500 美元。

绍兴是中华民族的发祥地之一。著名的河姆渡古文化遗址即在原绍兴府辖区余姚境内，距今已有 7000 年历史。绍属之地钟灵毓秀，地杰人灵，善于习商。早在 4000 多年前，大禹治水东巡苗山（亦称涂山，今绍兴会稽山），"会集诸侯，计功行赏"，后人因将苗山更名会稽，时"禹会诸侯于涂山"，就有"执玉帛者万国"的记载。

绍兴自古重视发展商业经济。重商经济思想和政策的出现，可追溯到春秋战国时期（前 770～前 221）。其时，越国句践把发展工商，活跃经济作为富国强兵、谋富图财的重要政策。在越国聚集的春秋末期最杰出的经济专家中有范蠡、计倪（《史记》作计然），他们提出了一整套发展、活跃经济的理论和政策。《越绝书·计倪内经》说："其主能通习源流，以任贤能使，则转毂乎千里外，货可来也；不习，则百里之内，不可致也。人主所求，其价十倍；其所择者，则无价矣。夫人主利源流，非必身为之也。视民所不足，及其有余，为之命以利之……如此，则邦富兵强而不衰矣。"越国在范蠡、计倪经济理论和政策的指导下，努力发展经济，不仅农业和手工业有了很大的发展，而且商业也有长足的进步，使越国呈现出生机勃勃的兴旺景象。出现了如《史记》卷一二九《货殖列传》记载，"修之十年，国富"，为军事力量的加强奠定了物质基础，终于使越国"逐报强吴，观兵中国，称号五霸"。范蠡、计然助勾践以商战灭吴图霸，为中华商学之祖。

秦统一中国，改大越为山阴县（前210）后，为抑制越地的"天子之气"，大量迁徙人口，社会经济日益倒退。浙江以南的越地仍然回到了"地广人希（稀）"的境地。东汉顺帝（129）把会稽郡一分为二，山阴县变成会稽郡治之后，促进了商业发展，境内商贸活动益见繁盛，很快成为政治、经济、文化中心，浙东的商业重镇。秦、汉时，会稽郡境内有商业活动，文献已有零星记载。《嘉泰会稽志·列仙传》（成书于1201年）引旧经云蓟子训"卖药于会稽市"，郡城都亭桥有大市，越人于此为市。《后汉书·皇甫嵩朱儁列传》载：上虞朱儁（东汉末期名将）母亲"尝贩缯（丝绸）为业"，"抱布贸丝"遍及城乡。其时，越国故地商品经济还十分低下，分治后的会稽郡还没有出现一个闻名全国的商业都会。

进入六朝（229～589），山阴（会稽郡治）是建康（今南京）以外的七大城市之一，因晋室南迁，带来大量北方移民，商业渐趋繁荣。《晋书》载：东晋海西太和中，"会稽山阴县起仓，凿地得两大船，满中钱，钱皆轮文大形"，有"今之会稽，昔之关中"之谓。东晋末年，水稻已是江南主粮，小麦也开始种植，粮食生产已基本自给自足，《晋书·食货志》言"天下无事，时和年丰，百姓乐业，谷帛殷阜，几乎家给人足矣"，"虽凶荒之余，犹为殷富。"到刘宋（420～479）时，山阴"民户三万，海内剧邑，前后官长昼夜不得休，事犹不举"，城中商贾云集，百物会聚，店铺林立，市场密布，甚至连葱、葛、糖之类日用品也分别设有专门的交易市场，远远超过了货物水运中转中心，足见山阴商业之盛。在带来商业繁荣的同时，山阴已现如《宋书·孔山士传》所载"山阴县土境偏狭，民多田少"的现象。

隋朝（581～616）时，会稽郡（越州）城的经济性色彩有所增加。《隋书·地理志》载，会稽郡"川泽沃衍，有海陆之饶，珍异所聚，故商贾并辏"，成了区域经济的中心。至唐代（618～907），时"东南郡邑，无不通水，故天下货利，舟楫居多"，会稽郡便利的水陆交通，为扩大商品流通提供了条件，加之手工业的发展，商品品种丰富，浙东越州仍保持着浙东商业的中心地位。《旧唐书》卷105《韦坚传》"会稽郡（绍兴）船，即铜器、罗、吴绫、绛纱"；《太平广记》（成书于978年）载：浙东观察使皇甫政曾于宝林寺（寺址在今绍兴城南塔山麓）"大设斋，富商来集，政又择日，率军吏州民，大陈伎乐。……百万之众，鼎沸惊闹，……顷刻之间，到宝林寺，百万之众，引颈骇观。"越州城已是江南有名的都市了，产业发达，商贸繁盛。

从五代的吴越国东府，到北宋的大都督府，《宝庆会稽续志》（成书于1225年）云：越州"其地襟海带江，方制千里，实东南一大都会；又物产之饶，鱼盐之富，实为浙右之奥区也。"五代吴越国（907~960）时期，越州城乡商业继唐代之后又有了新的发展，商业经济更加繁荣，与苏州齐名，号称"苏会"。宋代（960~1279）特别是南宋是绍兴社会经济发展的鼎盛时期，以越州（绍兴府）城为代表的绍兴地区城市又获得进一步的发展。建炎三年（1129），越州第一次成为南宋的临时首都。后以州治为行宫，越州第二次作为南宋的临时首都，越州成为南宋的政治、经济中心。绍兴元年（1131），越州升为绍兴府，后南宋迁行，仍以绍兴为陪都。时在宋廷宣布的40个"大邑"中，绍兴不仅名列其中，而且位居前茅。陆游《嘉泰会稽志·序》云："今天下巨镇，唯金陵与会稽耳，荆、扬、梁、益、潭、广皆莫敢望也。"其时，位于浙东运河与钱塘江交汇处的西兴镇，是连接浙江各地与杭州的重要交通枢纽，苏轼《东坡奏议·乞相度开石门河状》载："自湄、台、明、越往来者皆由西兴径渡"。又与杭州南郊大型草市隔江相对，陆游《渭南文集·法云寺观音殿记》载："富商大贾，掋舵挂席，夹以大橹，明珠大贝，翠羽瑟瑟之宝，重载而往者，无虚日也。"往返于越州的人员和货物运输日日不绝。绍兴作为南宋的陪都、两浙东路的治所，又是浙东运河上一个重要的交通枢纽，成为了仅次于杭州的综合性大都市。晚宋时，为解决不断增长的人口与土地资源和在发展商品经济与所需生产资料之间的矛盾，绍兴城内外众多湖泊以及山区被过度田垦、开发，就连千百年来"有八百里之回环，灌九千顷之膏腴"又具防海塘之功的鉴湖也不能免，《宋会要辑稿·食货》载：鉴湖"今官豪侵占殆尽，填淤益狭，所余仅一衣带水耳"，人地矛盾日益突出，出现了如陆游《农家叹》中所语"有山皆种麦，有水皆种秔"和《喜雨歌》所描写的"十年水旱食半菽，民伐桑柘卖黄犊"的景象，绍兴地理环境和产业结构的改变，使绍兴在全国的产业优势开始消失，一些传统优势产业如制瓷、丝织和造纸等在宋代以后相继衰落。

元代（1271~1368），绍兴市镇继续兴盛。其时，绍兴各地市镇继续保持了两宋以来的发展势头，带动了农村集市贸易的进一步活跃。刘基《诚意伯文集·出越城至平水记》载："竹木薪炭凡货物之产于山者，皆于是乎会，以输于城府，故其市为甚盛。"地处绍兴城东南镜湖南岸的平水市，形成于唐代中后期，历宋至元，逐渐发展成为会稽县南部山区竹、木、薪、炭等物对外流通的集散中心。

明清时期（1368~1911），绍兴地区商业集镇进一步繁荣，并随着手工业的发展，商品数量和商品资本明显增加，期间出现了资本主义生产关系最初的萌芽。明初，绍兴生产商品化程度较前提高，尤以大宗商品为甚。如绍兴所产的茶叶、酒之类，都是当时市场上大量流通的重要商品。时人王仕性《广志绎·江南诸省》云："杭州省会，百货所聚，其余各郡邑所出，则湖之丝，嘉之绢，绍之茶之酒……皆以地得名。"明中后期，绍兴地区由于人多地少，传统产业如丝绸、棉布所需原料得依靠外地输入，丝织业大为衰落。万历《绍兴府志》载："今罗绫绉縠，越中绝无织，惟绢纱稍有焉",自给自足的自然经济对市场形成依赖。其时,杭嘉湖三府商业继续维持着宋元以来的上升势头,使绍兴在全国乃至浙江的地位有所下降,但城乡商品交易仍保持繁荣,且成一定规模。明弘治间韩国学者崔溥《漂海录》记载:其时绍兴府城"其阛阓之繁,人物之盛,三倍于宁波府矣"。至明后期,逐步形成以农耕为主,兼以茶、酒和锡箔加工等商品生产以及输出劳务的产业格局,绍兴新兴集市上交易的商品,基本以当地百姓所需日常消费品为特色,万历《绍兴府志》曰:乡间集市"旬中一二日,或二八,或三七聚。然只日用常物耳,无珍奇。府城内外最为盛,次余姚、次萧山、次上虞,若新昌则无市"其时,绍兴已有专营蚕丝和绸缎买卖的商人,经营采用外包加工式的资本活动。

明末清初,绍兴手工业生产始形成一定规模,出现了诸如东浦的酿酒业,城区南门一带的锡箔作坊,齐贤、华舍一带的机坊。至清初顺治年间(1638～1661),久经兵火,农村凋敝,原以发展起来的手工业和商业受到严重摧残。康熙年间(1654～1722),农工商业逐步恢复和发展。《康熙会稽县志》载:"农贾工作之徒,皆著本业,不以奢侈华丽为事"。历经雍正,到干隆五十七年(1792),绍兴地区集市发展到77个。晚清,从中央到地方政府的经济政策都明显地开始转轨,从传统的"抑末(工商业)"转向"通商惠工"。光绪二十九年(1903)清政府成立商部后,制订、颁布了一系列旨在推动、保障民间工商业发展的政策和法令,直接催生了山(阴)会(稽)商务分会的成立,为嗣后振兴地方实业发挥了作用。其时,酿造业、锡箔业、手工制茶业等绍兴特色的手工业继续得到发展。

民国时期,绍兴商业又有较大发展。25年(1936),"绍兴城区商业有103个行业,计4887家,资本总额达940.1万元,年营业额4828.8万元"。绍兴沦陷后,战事不断,战祸所及,商业流通渠道不畅,市场萧条,加上国民政府大量发行金圆券,货币贬值,物价暴涨,商家无法经营,濒临绝境。抗战胜利后,商业虽有所恢复,然元气大伤。37年(1948)7月,据绍兴商会调查统计,仅有商店2471家,从业人员4518人。

中华人民共和国成立后,以四大家族为代表的官僚资本对全国商业垄断的地位彻底瓦解,中央人民政府即行建立全国统一的新型商业体系。1978年以前,国家实行高度集中的计划经济体制。与其相适应,绍兴商贸业由国营商业和供销合作社统购统销,实行的是国合商业"一统天下"的经营管理体制,国有与集体商业(包括供销合作社商业)的市场份额占98%以上,商品采用统购、派购、计划调拨、凭票凭本、定量供应、国家定价的方式安排市场,城乡商品流通渠道堵塞,市场商品长期短缺,商贸服务业作为末端产业,发展缓慢。

1978年12月中共十一届三中全会后,在中央"改革、开放、搞活"经济政策引导下,商品流通领域改革逐步开始。首先是改革商业管理体制,疏通城乡商品流通渠道;改革计划体制,扩大非计划商品供应;改革价格体制,开放商品价格。国有商业独家经营的格局被打破。绍兴城乡农副产品、日用工业品日趋丰富,城乡农贸市场陆续恢复，重新开放集市贸易，恢复与发展工业品自销。随着改革的深入，多种流通渠道，多种经济成分，多种经营形式的开放式的流通体制逐步形成，集体和个体商业网点以及商业人员大量增加，绍兴城区国营商业新建和改建一批颇具规模的商业企业，零售网点设置趋向合理。1984 年，全市有商业、饮食、服务网点33026 个，其中集体所有制商业零售网点 3708 个。总数比 1979 年的 7651 个增长4.32 倍，商业网点和人员的数量都超过了历史最高水平。社会消费品零售总额从1978 年的 3.68 亿元，增加到 1984 年的 10.47 亿元。

1985 年后，商品流通体制改革在管理体制、企业内部体制、批发体制等方面继续深化。全市商贸系统通过推行以经营责任制为主要内容的多轮次改革，企业活力不断增加，并涌现出一批具有较强经济实力、具有一定核心竞争力的商业企业集团和绩效优异的商业上市公司，具备了与省内商业竞争抗衡的能力。1987 年成立的绍兴市百货大楼股份有限公司，是浙江省第一家实行股份制的国营大中型零售商业企业。随着经济体制改革逐步推进，绍兴城乡市场繁荣活跃，乡镇工业兴起，与之相适应的专业市场应运而生。1988 年 10 月，全国首家室内专业市场——绍兴轻纺市场建成开业。1988 年后，绍兴市工农业生产进一步发展，商品供应状况不断改善，经营主体结构发生了根本性变化。生产要素市场开始出现。1990 年，全市专业市场发展到 60 个，市场总成交额 175873 万元，居全省 11 个市、地商品市场交易额第六位；全市商业零售机构中，国营和合作社商业占 6.44%，集体商业占 4.64%，个体商业占 88.92%。社会商品零售总额中，国营和合作社商业占 56.96%，集体商业占11.51%，个体商业占 31.53%。

20 世纪 90 年代，绍兴市商品流通体制改革进一步深化，在管理体制、企业内部体制、批发体制等方面继续向前推进，各市场要素有序流通，绍兴商贸业进入全面加速发展期。通过组建商业总公司，向政府职能转变过渡，将其行政职能剥离后，转为经济实体；通过对企业缩小核算单位，新老剥离，国有民营，企业重组等改革，使商业企业转变为国有控股、股份制、民营等多种经济成分并存、竞争、共赢的局面。绍兴市城乡市场繁荣，商品供应丰富，完全改变了长期供应偏紧的状况，消费品市场发生根本性变化，开始向均衡市场和买方市场转化。绍兴市城乡居民消费范围不断扩大，耐用消费品中的传统家电产品在城市居民家庭中得到普及，新兴家电产品的拥有比例逐年提升。

1992 年邓小平南巡讲话以后，迎来了市场建设的大发展时期，一批以产业为依托的专业批发市场相继建成，再生资源回收、废旧金属、旧货、二手车等交易市场先后建立，绍兴成了名副其实的商品市场大市。同时，外资开始进入绍兴餐饮、零售业；拍卖、典当恢复交易。1996 年后，新型零售业态和网上购物开始出现，超市、连锁、专卖店、社区综合服务中心、电子商务等的开设，改变了传统百货商店的零售市场格局，绍兴市零售业进入全新的创新变革时期。2000 年，全市社会消费品零售总额从 100 亿元迅速跃上双百亿新台阶，从 1996 年的 140.32 亿元上升到 2000 年的 215.36 亿元，其中批发零售业零售额从 1996 年的 102.34 亿元上升到 2000 年的 148.56 亿元。

2001 年开始的"十五"期间，绍兴市商贸服务业大力培育市场体系，服务业总量不断增加，商贸流通规模不断扩大，新型商业业态进一步发展，现代商贸服务业成为新的经济增长点。全市服务业占生产总值的比重由 2000 年的 30.7% 提高到 2005 年的 32.4%；服务业对 GDP 比重超过 30%；全市服务业增加值从 2000 年的 221.48 亿元到 2005 年的 481.40 亿元；全市地方财政收入中来自服务业的已达 55%，成为地方财政收入的主要来源。在传统服务业平稳增长的同时，现代物流、信息咨询、广告中介、文化娱乐、社区服务等产业成为服务业发展新亮点；连锁经营范围从百货、副食品开始向餐饮、医药等多个行业延伸；大型综合超市、购物中心、专业店等为代表的新型商业业态快速发展，传统百货商店为主导的局面完全被打破，绍兴市消费品市场形成了多种业态竞相发展的格局。

"十一五"时期，绍兴市大力完善商贸设施布局，积极推进项目开发建设，以构建大城市商贸服务业，逐步形成"一主"、"一副"、"两圈"的格局，商贸服务业实现跨越式发展。全市第三产业增加值年均增长 13.9%，居三产业之首，高于 GDP 年均增速 2.5 个百分点，三次产业结构由 2005 年的 6.4∶60.3∶33.3 演变为 2010 年的 5.3∶56.9∶37.8，第三产业增加值占 GDP 比重比"十五"末提高 4.2 个百分点。全市商贸服务业完成投资 21.47 亿元，年均增长 26.5%。全市实现社会消费品零售总额 3160.89 亿元，是"十五"期间的 2.11 倍，位列杭州和宁波之后，增幅连续五年在全省排名前三位。2010 年全市社会消费品零售总额达到 852.59 亿元，是 2005 年的 2.23 倍，连续六年进入福布斯大陆最佳商业城市地市级城市排行榜前列。批发零售、住宿餐饮业增加值达到 345.9 亿元，同比增长 15.7%，高出 GDP 增速 4.7 个百分点，占第三产业增加值的比重达到 32.9%，对 GDP 的贡献率达到 12.4%，继续保持国民经济第二大产业的地位。

二

绍兴对外贸易历史悠久，源远流长。自春秋至明清，绍兴均为名都大邑，人口众多，物产富饶，经济发达，市面繁荣，青瓷、丝绸、茶叶、黄酒、竹编、锡箔等名闻遐迩，畅销中外，商人足迹，几遍全球。

早在远古时期，栖息在浙东今宁绍平原（包括舟山群岛及以东平原）的越人先民的一支"外越"，就驾舟筏等原始海上交通工具，漂洋过海，到达朝鲜半岛和日本列岛，开辟了环东海、黄海圈地区的原始航路。

西周时（前 1046～前 771），浙东沿海于越人与东方海中的倭（日本）和南方的越裳（今越南北部）有了海上交通往来，开辟了东亚大陆架沿海岸航线。

春秋末期（前 506～前 476），越王句践积极开发东海交通，浙东沿海与东海各岛国及中国南北沿海岸航线，已畅行无阻，来去便捷。战国时（前 475～前 221）中国与日本、朝鲜、东南亚等国进行海上贸易，全国 9 个港口，浙江境内有句章（今宁波）、东瓯（今温州）、会稽（今绍兴）三地。其时，越王句践的船宫，是有文字记载的最早造船基地之一，其用戈船三百艘迁都琅邪，是中国最早的大规模海运记录。

东汉（25～220），浙江沿海东与日本、南与印度洋诸国交往逐见频繁，越窑青瓷经海路输出国外。及至三国（220～280），浙江海外贸易方式不限于官方，民间时有采用。两晋时期（265～420），浙江海上交通逐渐发达，浙东运河是其最主要干线，沿运河往钱塘江、曹娥江、姚江和甬江，并可循甬江通向外洋，南洋商人经这条海路通商往来增多。越产贡品除海运南洋外，还出洋日本和朝鲜。

隋唐时期（581～907），浙江地区的社会经济有了较快发展，杭州、越州（今绍兴）、明州（今宁波）、温州等港口城市的兴起，南北大运河的开通，造船、航海技术的进步，信风的利用，使沿海航线扩大到南洋各地。其时，越州造船业发达。《资治通鉴》卷一九九《唐纪十五》载，贞观二十二年（648），唐太宗又"敕越州都督府及婺、洪等州造海船及双舫千一百艘"。当时，越州对外贸易港口，最大、影响最广的是明州港。约在 7 世纪后期，中日间就已开辟出了一条由日本九州南下经夜久（屋久岛）、奄美（大岛）诸岛，横渡东海，到达中国扬州或明州登岸的东海航线，使两国间的贸易往来更为便捷。至 8 世纪时，中日之间在东海又开辟出一条新的航线，即由日本九州西北的值嘉岛（今平互岛和五岛列岛），向西横渡东海，到达扬州、苏州、越州、明州等地。《新唐书》卷二二〇《日本传》亦云："新罗（朝鲜半岛）梗海道，更由明、越州朝贡。"

五代（907～960）吴越国湖州、杭州、越州、台州、婺州（今金华）、括州（今丽水）等地都是造船基地，打造大量船只。为满足沿海贸易和海外贸易的需要，吴越国海船打造业很发达。当时往来中日两国船只，全是中国船，而中国船几乎都是吴越船。

至宋代（960～1279）以后，越州海船打造业逐渐衰落。

明代，对外交流不断。会稽县人马欢（约 1410 年前后在世），字宗道、宗远、汝钦，号会稽山樵，曾随郑和第四、第六、第七次航海。随其船队到过占城、爪哇、旧巷、锡兰、古里及今伊朗境内的忽鲁谟斯，并向西越过印度洋，到达波斯湾和红海口，任通译（即翻译），深受郑和器重，为明朝与西洋各国的友好交往做了许多工作，曾陪同苏门答腊等 10 个国家的使节到北京访问。著有《瀛涯胜览》，所记达 20 个国家和地区的地理、气候、物产、风俗、人情和历史等情况，是研究古代航海史的重要资料。

明清时期（1368～1911），绍兴主要输出商品为绍兴酒、茶叶、丝绸、腐乳、锡箔、烟叶等。民国时期，绍兴外销商品品种主要有茶叶、黄酒、丝（茧）、绸缎、烟叶、白术、锡箔、纸扇、大米、砩石、锌矿、桐油、茶油、棉花、腐乳、花边及水果、乌金纸等，尤以锡箔、绍酒、茶叶为大宗。后受战事影响，至民国末年，仅有茶叶、丝绸、花边、纸扇等商品少量外销。

1949年中华人民共和国成立至1978年，国家实行单一的计划经济体制。在这一体制下，绍兴对外贸易由国家统一计划和管理，并归口于商业部门，实行的是国合商业"一统天下"的经营管理体制，出口商品由商业、供销合作社收购，调拨国家及口岸专业公司出口，或由生产企业直接与口岸公司挂钩出口。绍兴外贸的任务是按国家计划组织出口商品生产和收购，没有独立的对外贸易经营权。

1973年，绍兴地区及绍兴、上虞、新昌、嵊县、诸暨五县相继建立外贸机构，对外贸易快速发展。除主要传统商品由省专业公司直接收购外，其他出口商品均由地区及各县外贸公司管理，组织收购，调拨出口。当年，全地区外贸收购额达1.02亿元，占工农业生产总值的7.6％。1978年12月中共十一届三中全会后，随着国家改革、开放政策的实施，绍兴各级党委和政府，领导全市人民进行拨乱反正，坚决把工作重点转移到以经济建设为中心的轨道上来，国民经济发展水平迅速提高，绍兴的对外经济贸易获得前所未有的发展。1979年开始，绍兴出口收购产品主供浙江省内各专业进出口公司出口。1980年，全地区外贸收购总值16409万元，创历史同期最好水平。1983年8月17日，绍兴市对外经济贸易局单独建制，结束了外贸机构长期附属商业部门的历史。1984年，全市首家中外合作企业成立，为举办"三资企业"迈出了历史性一步。1985年全市实到外资16万美元，实现了零的突破。同时，仅限于外资企业自产产品的自营出口起步。自1986年起，绍兴外贸机构通过投资入股联合开发等方式，大力发展贸工、贸农、贸技结合体，全市先后建立起一批省级以上农副产品出口生产基地。

绍兴市的进口商品，1988年以前由国家及省级外贸公司代理进口、分配、调拨。1979年，国家实行地方外汇留成制度，地方用留成外汇进口商品，可根据规定范围，报请国家计划和外汇管理部门批准，委托有关进出口公司代理进口。1985年始，地方留成外汇扩大，进口商品逐渐增多。

1988年2月开始，全国外贸体制实行改革，绍兴市承担了国家两轮各为期3年的外贸承包经营责任制。为配合这一改革，同年4月省经贸厅赋予首批绍兴市区4家专业进出口公司、5家县级综合进出口公司和6家生产企业进出口经营权。从此，改变了进出口贸易统由省级外贸专业公司独家经营的格局。当年，全市自营出口额786万美元，占全省自营出口总额比重0.4％，实到外资首次突破百万美元。同年12月31日绍兴海关经国务院批准设立。1989年7月15日绍兴进出口商品检验局成立。

1989年国务院对各类进出口经营企业进行清理整顿，1991年12月清理整顿结束。绍兴市被批准同意保留的仅有绍兴市进出口公司（由5家市区专业进出口公司合并）、绍兴县进出口公司和2家自营出口生产企业。1991年，绍兴市境外投资开始起步，市天然羽绒制品有限公司首开境外投资先河。两轮承包期，全市自营出口额从 1988 年的不足千万美元，到 1992 年超过一亿美元。1993 年，自营出口额达到 1.81 亿美元；成立外资企业数创历史之最，投资总额首次突破 10 亿美元，实到外资破亿美元，外资来源扩展到 28 个国家和地区，投资领域从二产扩展到一、三产业。1995 年全市自营出口 4.49 亿美元；新批三资项目 181 个；新办境外企业（机构）8 家（总数达到 32 家）；承建境外工程实现零的突破。全方位多层次的对外开放格局初步形成。

1996 年后，随着进出口经营权的逐步放开，绍兴市对外经营权企业逐年增加，带动了全市外经贸向宽领域、深层次发展。1996 年，第一家外商投资企业以实物形式到境外设置公司审批成功，首开绍兴市外商投资企业创办境外企业的先河；1997 年，成功分包菲律宾聚乙稀工厂桩基项目工程，成为全市第一只自揽并签约的境外工程承包项目。外经贸经营主体日趋多元化，1998 年全市综合外贸公司发展到 17 家；自营进出口生产企业增加到 117 家，仅当年新增 59 家，是 1997 年以前历年总数的仅一倍；直接从事自营进出口业务的三资企业增至 176 家。1999 年 2 月，浙江喜临门集团有限公司被外经贸部赋予进出口经营权，成为全省第一家获得外贸经营权的私营生产企业；浙江先永针织有限公司等 5 家个私企业成为全市首批经批准赴境外投资的私营企业。2000 年，全市自营进出口首次超 10 亿美元，其中出口 12.77 亿美元，占全省自营出口总额的 6.6%；外贸出口供货值 313 亿元，占全市国内生产总值的 40.1%，对外贸易已成为国民经济的重要组成部分。

2001 年中国加入世界贸易组织后，国家对外开放程度进一步提高，大量私营企业获自营进出口权，全市各级政府招商引资、选资力度进一步加大，利用外资质量不断优化。是年 9 月，绍兴县炎中贸易有限公司成为全国首家获外贸经营权的流通性私营企业。2003 年 6 月绍兴市招商服务局批准设立，专门从事全市招商引资活动。是年，全市 543 家私营企业成为进出口经营资格实行核准制和登记制的受益者。2004 年后，外贸经营权改为备案登记制，全市获权企业激增，直接体现为全市自营出口总额每 2 年上一个台阶。2004 年超 50 亿美元；2006 年破百亿美元；2008 年突破 150 亿美元；2010 年超 200 亿美元，占全省出口总额的 19.6%，在全国城市中排名第 18 位；进出口总额和出口总额均居全省第三位。绍兴市初步确立了外贸大市地位。

2010 年，全市新增投资总额 1000 万美元以上项目 98 只，实到外资 9.53 亿美元；107 家境外投资企业完成营业额 10.6 亿美元，带动出口 9.9 亿美元；承接服务外包合同签订额 5991 万美元；新登记备案企业 1690 家，累计获进出口经营权企业 10597 家；全年共组织 3183 家企业赴境内外参展 374 批次。在国有企业和外商投资企业进出口持续增长的同时，民营企业对外贸易发展迅速，成为对外贸易的重要经营主体。2010 年，绍兴市国有企业、外商投资企业和民营企业出口分别为 2.58 亿美元、7.09 亿美元和 124.65 亿美元，占全市出口总额的 1.2%、3.4% 和 59.1%。绍兴市已跨入浙江省外贸大市的行列。

是年 11 月，中共绍兴市委、市人民政府决定组建市商务局，将市对外贸易经济合作局的职责、市经济贸易委员会的内贸管理和对外经济协调职责、市政府商贸办公室（原挂靠市政府办公室）的职责，整合划入市商务局。市经贸委、市府商贸办在完成任务后，先后进行撤并重组和退出政府序列。自此，绍兴市内外贸行政管理职能实现了完全统一，绍兴市商贸服务业和对外经济贸易进入一个新的发展阶段。

三

境内商业、外贸发端甚早。民国以前，历代有关重要活动频见史料记载，足见绍兴商业、外贸在一省乃至一国经济中之影响力。2500 年来，绍兴"经济现象"除了自然环境禀赋外，多来自于对先祖长于思考、善于应对禀性的历史传承。然而，纵观社会经济发展历程，绍兴商业、外贸所走过的道路并非一帆风顺，伴随几多坎坷，既有令人瞩目的成就，也有不尽人意的地方，甚至遭受严重挫折和失误的教训，从中提供历史借鉴。

历史上，绍兴地区包括旧绍兴府属的山阴、会稽、萧山、诸暨、余姚、上虞、新昌、嵊县 8 县。其北部属浙江最富庶的宁绍平原，这里水网稠密，交通便捷，经济文化自古发达；南部多为山区，人稠地疏。水乡泽国、耕地相对不足的自然环境，使绍兴人自古多外出经商。先秦时期，绍兴地区交通相对发达，农业与手工业的自然发展促进了绍兴地区商品交换的出现，绍兴地区已有了商业的雏形。春秋战国时期，于越族创建了浙江史上第一个国家——越国。当时的中国，从氏族发展而来的各诸侯国家，商品交换首先在这国与国之间展开，由此来带动国内商品经济的发展。当时，越国就是通过大力发展国与国之间的商品交换和放手发展国内的商品生产及其交换，大搞外向型经济和搞活国内经济，为其霸业奠定了相当的物质基础。这是越国在春秋末期和战国初期迅速吞吴称霸，雄踞中原的关键。越国的社会经济水平虽然在句践时期有了长足的发展，但并未因此超越中原的发展水平，这就为以后越国的衰落留下了隐患。句践为了霸业的需要将越国的统治中心转移到中国北方，在北迁时带走大量的人口，造成后方空虚，句践死后不到 40 年，越国的霸业就衰落了。

到了东汉，由于北方人口迁徙过程中带来了中原先进的生产工具和生产技术，促进了会稽、山阴等地经济的发展。会稽郡的经济，从东汉开始发展，在东晋南北朝时期已经有了长足的进步，为隋唐时期越州经济的繁荣奠定了基础。此外，越州的自然条件，地理位置也都比较优越。由于气候温和，水量充沛，河湖众多，加之南有山林之饶，北有渔盐之利，间产蚕桑麻葛，既十分有利于灌溉农业的发展，又非常便于发展多种经营；唐代明州已成为重要的对外贸易港口，而越州与之毗连，近在咫尺，这为商业与外贸及手工业的发展具备了优越的条件。进入近代后，由于帝国主义的侵略和国民党政府的腐败，生产遭到严重破坏，农业经济原始落后，粮食不能自给；称得上拳头经济支柱的产业寥寥无几，拥有十几万人口的绍兴市区，因主要生产迷信品的锡箔业而被称为"锡半城"。主要经济产业也不外茶、丝和以传统"三缸"为代表之酿酒业、制酱业和印染业。特别是民国后期，战事频繁，境内经济萧条，传统外贸衰退。

古代越国霸业兴衰和近现代商贸业由盛及衰的历史昭示，落后的国家和民族，可以通过改革、开放，实行赶超式战略发展自己，但这种改革开放必须同本国、本民族的实际相结合，使经济发展、社会发展和人的发展同步，才能立于不败之地。除了人的因素之外，一地经济社会发展，离不开稳定的社会环境和适应发展的地域条件。

中华人民共和国成立后，党和政府通过发展国营经济和对私营商业进行社会主义改造，逐步建立起从批发到零售的国营商业和供销合作商业，形成了国、合商业为主导的社会主义商业销售网络。1950年至1957年国民经济恢复发展时期，国民经济各部门协调发展，全市商业工作欣欣向荣，人民生活显著改善，社会安定团结。1958年至1965年，由于新中国成立后国民经济的迅速恢复和发展，随之在生产上，追求"高指标"、"大跃进"，打乱了商业工作的正常秩序，导致经济全面下降，市场供应全面紧张。自1966年开始并延续十年的"文化大革命"，使刚刚摆脱困难并已渐入良性发展的商业经济，再次遭受更为严重的挫折。绍兴是"文革"重灾区，在此期间，商业工作几乎陷于瘫痪，商品供应不足、居民就业困难，生产和生活都陷入困境。十年"文革"使绍兴市社会生产力遭到惨重破坏，国民经济濒于崩溃。1976年10月粉碎"四人帮"后的头两年中，生产得到恢复和发展。但由于指导思想上"左"的倾向尚未彻底消除，国民经济又遇到新的挫折，被迫进行新的调整。

改革开放前30年之绍兴外贸，在以收购调拨供货出口的贸易形式下，绍兴因地处长江三角洲南翼出货便利的条件，积极承担国家下达的货源出口计划，全市各地都建有稳定的出口货源基地或在货源地定点设厂，基地和厂家是出口商品的生产单位，它们不直接与口岸公司发生关系（也有一些产品竞争力较强或产能过剩的企业，在国家收购计划外通过自找供货渠道将货源直供外省口岸专业公司），出口货源的组织经营按商品不同种类分别由商业、供销系统承担。为鼓励和扶持出口商品的生产与收购发展外贸生产，1960年代初，绍兴地区按省外贸部门要求在供口岸货源通道便捷地建立出口商品生产基地，确定基地的条件是比较大宗的商品，国外有稳定销路或有一定信誉的传统出口商品、比较有生产经验和加工能力、对出口有特殊需要或有独特风格的一些品种。出口商品基地项目的实施，在物资、资金匮乏时期，对鼓励和扶持外贸生产企业生产、促进绍兴外贸的生产和收购起过重要的作用。1973年根据国务院有关工作会议精神，为做好迎接浙江开口岸工作准备，是年，绍兴地县外贸机构随浙江省级外贸行政机构单独建制而开始设立。1984年后，绍兴市外贸按经营商品扩展为粮油食品、工业工艺、土畜产、活畜禽部（科），与省公司对口开展业务，按省经贸厅每年下达的外贸调拨计划，将收购的出口货源经加工、整理、挑选后调拨给省专业公司或直接供上海、广东、福建等口岸出口。这一阶段特别是1973年以后，绍兴所受区位优势（地处交通要道和枢纽，或沿海、沿边）条件的外部反射，虽加大了对外贸企业发展的步子，但因受其客观环境的制约，对区位优势的利用还未提高到战略的位置，外贸企业仅表现为量的裂变，外贸生产也主要依靠国家物资、资金的扶持，外贸未能在一个时期里获得快速发展。但这30年的实践表明，绍兴凭借其出口便利的区位优势，除直供省内一直是上海、福建等口岸外贸商品出口货源市之一，这也为下阶段绍兴如何做好利用区位优势加快外经贸企业发展这篇文章埋下的伏笔。

1978年中共十一届三中全会是伟大的历史转折，十一届三中全会后，绍兴市国民经济进入振兴阶段，繁荣兴旺，市商业、外贸战线干部职工坚决把工作重点转移到以经济建设为中心的轨道上来，坚持改革开放的方针，积极发展外向型经济，在生产发展的同时，城乡市场繁荣，人民生活显著改善。1980年代中期开始，绍兴抓住传统计划体制下短缺经济的机遇，利用市场优势，率先突破"三缸"（酱缸、酒缸、染缸），"锡半城"格局，市场经济随之兴起。同时，为改变国营供销社商业独家经营的局面，使流通结构与生产结构相适应，绍兴在商业体制改革中重点进行了以发展多种经济形式、多种经营方式、多种流通渠道，减少流通环节为主要内容的"三多一少"的改革。通过改革，调整所有制结构，转换国营集体企业经营机制，积极发展个私商业，形成了多元所有制竞争的格局。与此同时，经过"调放结合、控中有放、完善机制、整顿秩序、加强管理"等措施，逐步完成了以政府定价为主的价格形成机制向以市场形成价格为主的机制转换。改革开放后，绍兴依托区位优势不断完善基础设施和优化资源配置，对商贸、外经贸企业发展直入快车道起着保障牵引作用。1980年代提出了"接轨上海，融入'长三角'战略"；1990年代提出了"开放兴市"战略及"鼓励'借牌'开展进出口业务"等，为加快绍兴内外贸发展提供了战略保障和强有力的政策支撑。

这一时期，绍兴在国家政策的导向下，依据绍兴市实际，紧紧抓住机遇，充分利用区位优势，加快外经贸经营主体的培育，外经贸企业快速增长所创造的外汇，一部分资金用于改善全市电力、交通、通讯、能源等制约经济发展的"瓶颈"，取得了显著成效，区域综合经济环境进一步优化，吸引了更多的国际资金的流向。但同时在外经贸经营权下放地方后，一些外经贸主管部门在执行政策过程中，为扩大自营业务，让一些完全不具备经营条件的单位取得挂靠借权、借牌开展进出口业务，甚至违规操作，继而被追责，教训之深刻。

进入21世纪，绍兴提出了"大城市发展"战略、"工业立市、开放兴市、文化强市、合力建市"战略、"产业结构调整战略"以及"大城市商贸服务业发展"等统筹城乡发展战略，为更好地推进绍兴的科学发展指明了方向。同时，随着国内区域经济格局的进一步整合，全国外贸地域结构调整步伐也在进一步加快，不进则退，绍兴外贸的先发优势将逐步消退。展望后十年，随着全球经济一体化的融合，未来将有更多的机遇和挑战摆在了绍兴商务面前。

从商贸业看，要正确应对国际金融危机的深远影响，保持绍兴经济平稳较快发展；要以市场为导向，壮大产业规模，优化产业结构，拓展产业领域，多元发展商务中介服务业，形成较为完善的商务服务组织体系和竞争充分的商务服务市场体系；要实施扩大内需特别是消费需求的战略，要继续发挥投资对扩大内需的重要作用，保持投资合理有效拉动经济增长；要把发展现代服务业作为新的经济增长点和产业结构优化升级作为战略重点，大力发展区域物流和第三方物流建设现代物流仓储，形成多层次、网络化、信息化的物流体系；要加快培育现代产业集群，形成一批在全国甚至全球具有较强竞争力的著名产业品牌和特色产业集群；实施民生建设，绍兴要适度超前，走在全省前列。

从外经贸看，绍兴外经贸面对世界经济固有矛盾、国际金融危机的后遗症以及由此产生的并发症等新问题的相互交织，在国际市场需求低迷要获得可持续发展，要有足够而切实可施的应对机制，微观上需要将区位优势的高级要素再度上升到更高要素（创新利用和优化外贸发展服务环境），将区域比较优势转化为外贸出口核心竞争力优势。要深度开发绍兴出口市场对外经贸自然条件良好的区位优势资源，积极推动出口市场多元化战略，分散出口过度集中风险。要充分发挥绍兴"市场大省"优势资源，加快实现出口产业优化和商品结构升级，形成外贸出口竞争新优势，提升出口商品的技术含量、打造品牌、以质量取胜，已成为浙江外贸可持续发展的紧迫任务。要实施更加积极主动的开放战略，充分利用国际国内两个市场、两种资源加强区域合作，扩大开放领域，优化开放结构，提高开放质量，着力构筑全方位、宽领域、多层次对内对外开放格局，不断提高开放型经济发展水平。

绍兴古、近现代商业

（2017 年 8 月编入《绍兴市商务志》首二章；中国商务出版社出版）

第一章　古代商业

先秦时期，绍兴始有稻作、造船、制陶、纺织、酿酒等生产活动；城区都亭桥已有市集。春秋时期，随着农业和手工业的发展，商业有较大的进步。城市和聚落兴起，集市贸易日益繁荣，商品交换中金属货币正式流通，新兴的私人商业逐步形成。范蠡、计然助句践以商战灭吴图霸，为中华商学之祖。秦汉三国时期，绍兴成为全国 4 个最大的麻织中心之一，又是全国铸镜业的中心。两晋南北朝时期，会稽郡"丝绵布帛之饶覆衣天下"，越绫"比绢方线，既轻且丽"，被认为是衣料之上品，会稽已是米、绢的交易中心。成熟的越窑青瓷从原始瓷中脱胎而出，从此流行达千年之久。南北朝以后，绍兴丝绸业异军突起，越绫越罗风行全国；制瓷业崭露头角；纸张和茶叶生产规模扩大，产量增加，手工业呈现一派欣欣向荣的景象。隋唐时期，绍兴市镇进一步兴盛，较大规模市集开始出现，平水镇已是全省著名的茶叶集贸市场。其时，越州已有"醉乡"之称，产业发达，商贸繁盛。南宋时绍兴城市街衢已完全确立，紫金街（今府直街）等街区已初具商业街区雏形。明清时期，绍兴手工业生产呈现规模化，酿造业、锡箔业、手工制茶业声名远播。清末以始，西风东渐。绍兴工商团体应运而生。乾隆二十六年（1761），绍兴药业会馆建立，开越地工商团体之先河。光绪三十一年（1905），山会商务分会诞生。嗣后，各种商业同业公会相继建立。商会及其同业公会，于商界组织、协调、自律、维权、调研、联络、服务、公益等诸方面，均发挥了积极作用。民国时期，经历日军入侵，绍兴沦陷后，商业由兴而衰。

越地自古有崇商的传统。以范蠡为始祖的越商，在经历了六朝时期的迅速发展之后，到唐宋时已形成一支以越州商人为主的，并活跃在全国各地的商品营销队伍。他们与同时期的"胡贾"（经商的胡人。后亦泛称外国商人）"巴贾"（四川商人）

"晋商"（山西商人）"闽商"（福建商人）一样，是当时全国主要商帮之一，足迹遍及大江南北。"越商"这一名称最晚出现于中唐时期（766～827），韩愈所作《送僧澄观》诗曰"浮屠西来何施为，扰扰四海争宾士……越商胡贾脱身罪，珪璧满船宁计资"。"越商"作为一个群体已出现，其名称被写入唐诗。入宋以后，绍兴市集兴起，商业繁荣。明、清两朝，随手工业发展，商品种类增加，民族工业出现，绍兴商帮开始崛起。

第一节　春秋战国越国图强之商贾（前 770～前 221）

中国古代距今约 7000 年，活动于今长江以南东南地区的其中一个部族——于越，即春秋末年越王句践（前 497～465）所领越族。其地域范围包括今绍兴、宁波、金华、衢州等区域"全有浙之绍兴、宁波、金华、衢、温、台、处七府之地。其嘉、杭、湖三府则与吴分界。由衢歷江西广信府至饶之余干县，与楚分界"（顾东高：《春秋大事表》，1993 年 6 月中华书局）。《竹书纪年·卷下》载：周成王"二十四年（公元前 1001）于越来宾"。

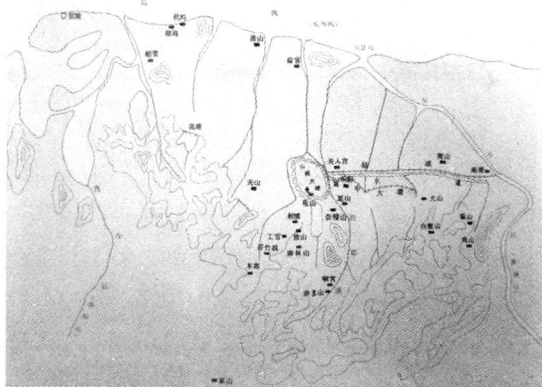

春秋越国主要经济军事基地分布示意图

早在西周初期，于越与中原汉族就有了友好往来。春秋中期，于越已与其相邻部族发生了密切的关系，事见《文献通考·卷二百六十三》"宣公八年（公元前 601）……盟吴、越而还"。其中"吴越为邻，同俗并土"（《二十五别史·越绝书》卷第六 p.31，2000 年 5 月齐鲁书社）（版本下同）、"吴越二邦，同气共俗"（《越绝书》卷第七 p.35），于越与北部的邻族句吴接触最为频繁，两族之间不仅边境接壤，而且风俗习惯相同，常为土地问题兵戎相见，使两族如伍子胥向吴王所谏言"夫王与越也，接地邻境，道径通达，仇雠敌战之邦。三江环之，其民无所移，非吴有越，越必有吴"。而且越国通向北方诸国的水陆通道其所处地理位置正好被吴国阻挡，成为越国发展商业的极大障碍，吴越之战不可避免。

在句践之前，古代越国的经济发展水平一直落后于中原各国。吴越相争初期，弱小的越国靠军事冒险，虽也侥幸取得几次小小的胜利，但终非经济实力雄厚的强吴之对手，在公元前494～493之间的一次战争，被吴王夫差大败，句吴军队包围了于越的最后基地会稽山，于越被迫求和，越王句践"军败身辱，遁逃出走，栖于会稽。邦为空棘，身为鱼鳖耳"。句践身为人质，以为吴王养马为条件，虽勉强保留了越的社稷，但越国的社会经济已被败亡殆尽。句践在句吴都城姑苏被囚禁三年，直到公元前490年才获得释放。从此，于越开始在今绍兴建立小城，作为国都，经过"十年生聚，十年教训"的惨淡经营，终于在公元前473年并吞了句吴。句践时期采取了一系列的社会经济措施，在短短10来年时间里迅速富强起来，其社会经济的发展赶上和超过了吴国，功在大力发展商品经济。

多种经营

句践从吴国养马返回后面对衰败凋敝的越国，一筹莫展。在越国大夫计然"省赋敛，劝农桑。饥馑在问，或水或塘。因熟积以备四方"（《越绝书》卷第四 p.22）的建议下，句践根据越地山水地形和自然资源分布，合理进行经济布局，开展多种经营。围绕着各个城邑和建筑物，兴修水利、修筑塘堤，大力发展种植业等经济活动。据《越绝书》记载，修建了富中大塘、炼塘、苦竹塘等塘堤，形成了富中里、富阳里、苦竹里等越国主要的粮食生产基地，在钱塘江边修筑的石塘、杭坞和防坞，用作海船和防卫基地。句践还在山阴大城周围其他的孤丘如麻林山、葛山、稷山、鸡山、犬山、豕山、白鹿山等进行种麻、采葛、种菜、养鸡、养狗、养猪、狩鹿各种农牧业活动，在会稽山下城下面的目鱼池中发展渔业，在海边的朱余制盐，在南林木客山采伐成木，在舟室制船，在锡山采木烧炭并采锡，在姑中山、六山、赤堇山等采铜，然后在炼塘进行冶炼。围绕着城市建设和经济活动的地理布局，越国还修建了山阴故陆道和山阴故水道，西从山阴大城东到曹娥江，成为贯通越国主要经济区的东山会平原的运输大动脉。

春秋战国时代，于越的陶瓷业已很发达。在浙江萧山的席家、观潭和绍兴的富盛，都发现了这一时期的印纹陶行业原始瓷同窑合烧的手工窑场。编织制品如越席和竹席也已有名。《荀子·礼论》谓："越席牀第几筵，所以养体也。"到汉代，会稽的竹席还是上贡品。《西京杂记》卷二有"会稽岁时献竹簟供御"的记载。

商品交换

时计然已认识到发展商品生产和商品交换的可能性和必要性，把发展商品交换看作是王霸之道推荐给越王句践，认为"时断则循，智断则备。知此二者，形于体万物之情，短长逆顺，可观而已。臣闻炎帝有天下，以传黄帝。黄帝于是上事天，下治地。故少昊治西方，蚩尤佐之，使主金。玄冥治北方，白辨佐之，使主水。太皞治东方，袁何佐之，使主木。祝融治南方，仆程佐之，使主火。后土治中央，后稷佐之，使主土。并有五方，以为纲纪。是以易地而辅，万物之常。王审用臣之议，大则可以王，小则可以霸，于何有哉？"（《越绝书》卷第四 p.22）。计然不仅认识到发展地区间（春秋末各国之间）商品交换是"王霸之道"，而且还提出了遵循和利用"四时变化，阴阳反复"的客观规律，来蓄积财富，推动商品交换的经营策略。他对越王说"太阴三岁处金则穰，三岁处水则毁，三岁处木则康，三岁处火则旱。故散有时积，敛有时领，则决万物不过三岁而发矣。以智论之，以决断之，以道佐之。断长续短，一岁再倍，其次一倍，其次而反。水则资车，旱则资舟，物之理也。天下六岁一穰，六岁一康，凡十二岁一饥，是以民相离也。故圣人早知天地之反，为之预备。故汤之时，比七年旱而民不饥，禹之时，比九年水而民不流。其主能通习源流，以任贤使能，则转毂乎千里外，货可来也。不习，则百里之内，不可致也。"越王虚心接受了计然的意见，实施了计然的大力发展商品经济的主张，使越国迅速富强起来。正如范蠡所说："计然之策七，越用其五而德意"（司马迁《史记·货殖列传》）。

开源通流

越王句践为增加社会财富听从计然、范蠡开源通流的建议。计然"兴师者必先蓄积食、钱、布、帛"（《越绝书》卷第四 p. 21）、"春种八谷，夏长而养，秋成而聚，冬畜而藏"（《赵烨《吴越春秋》p. 142，1999 江苏古籍出版社），国小民少的越国要在短期内迅速强盛起来，必须利用整个国家的力量，开源通流，要合理组织从播种、施肥、除草、收获、仓储等在内的整个生产过程，以增加社会财富。"八谷亦一贱一贵，极而复反"（《越绝书》卷第十三 p. 67），要搞好商品流通，必须通晓阴阳，明晰天时变化和作物丰欠、贵贱的变化规律。范蠡也提出"同男女之功，除民之害，以避天殃；田野开辟，府仓实，民众殷；无旷其众，以为乱梯"（《国语》卷二十·越语上）。越国在范蠡、计然经济理论和政策的指导下，努力发展工商，活跃经济，使越国呈现出生机勃勃的景象。其时，越国还开展了区域间借贷活动，采取"贵籴粟稿以空其邦"（赵烨《吴越春秋》卷第九）的计策，通过与吴两国间的商品交换，使越国日益富强。

金属货币

春秋时期，越国之金属货币已见史料记载。《史记》卷六七《仲尼弟子列传第七》载："越王大说（悦），许诺。送子贡金百镒，剑一，良矛二。"《越绝书·计倪内经》载："兴师者必先蓄积食、钱、布、帛。"《吴越春秋·句践阴谋外传第九》载："夫官位、财币、金赏者，君之所轻也。"《史记》所云"金百镒"，当为称量金属货币。20 世纪 80～90 年代，在绍兴经济开发区、城区塔山村大空溇、禹陵乡姜梁村先后出土青铜戈多批，数量达几千枚之多，每枚平均重 4 克左右，被称为"戈币"。

主要产业

春秋时期，绍兴的纺织手工业已经具有相当高超的工艺水平，纺织品种类之多见诸于文献记载的就有絺、绤、罗、縠、布、帛、丝等。《淮南子·原道训》载："于越生葛絺。"《毛传》："精曰絺，粗曰绤"。《周礼注疏》卷三十九载："贾人夏则资皮，冬则资絺"。《吴越春秋·句践阴谋外传》载："（西施、郑旦）饰以罗縠"。同书《句践归国外传》载："使女工织细布献之"，"以作黄丝之布，欲献之"。《越绝书·计倪内经》载："兴师者必先蓄积食、布、帛。"同书《记地传》载："使越女织治葛布。"这一时期绍兴纺织品的产量已相当可观。《吴越春秋句践·归国外传第八》记载，句践"使女工织细布献之"，一次"使大夫种索葛布十万"献于吴王。越地产大米，是酿酒的重要原料。河姆渡遗址第三文化层出土的甑，是一种炊器，它利用蒸汽使食物熟化；又有杯、垂囊式盉一类酒器出土。至越王句践时，"投醪劳师"，酿酒已兴。《吕氏春秋》曰："越王之栖于会稽也，有酒投江，民饮其流，而战气自倍。"（《水经注疏》卷四十）其时，古越人亦发明了原始瓷器的雏形——几何印纹硬陶。窑址以越都附近的绍兴、诸暨、萧山为多。

越国通过大力发展商品经济，恢复了国土，积累了财富，增加了人口，不过 10 年，其经济实力就赶上了强吴，句践越国时期，是绍兴历史发展的第一个高峰。史界谓"滨海之国，在北为齐，在南为吴、越。当时齐为雄国，太公昌率于前，管子经营于后，故齐冠带衣履天下；而吴、越尚沈于蛮夷之战。及春秋之末，吴越始大，通于上国。第吴之兴也，惟于军事上为切实之经营，不知经营实业为军事之后盾，故其亡也，市无赤米，其商业之腐败可知矣。越之兴也，十年生聚，十年教训，虽有勾践卧薪尝胆之功，

战国·印纹陶罐

实系计然经营实业之力。……越王善计然之言，修之十年，越国富厚，七年而沼吴。吴、越之兴亡，率由于商业，商业之于国，关系大矣。"（王孝通《民国丛书·中国商业史》p.35，1984 年 1 月上海书店出版社）子贡南游，破吴霸越；破吴霸越后，范蠡辞官北上，称陶朱公。此二人者，乃中国历史上第一代自有商人之代表也。商人之国，关系大矣。

第二节　秦汉魏晋六朝会稽郡之商业（前 221～公元 588）

"秦汉会稽郡，举今两浙之地皆在焉。"（宋·王楙《野客丛书》卷二十二）。秦汉时，浙江、福建及江苏、上海之一部组成会稽郡，而"吾浙之台、温、处三府，则实秦闽中郡之北土"（清·全祖望：《鲒埼亭集外编》卷四十九）。西汉时，位于江南地区的会稽郡其经济情况如司马迁在《史记》卷 129《货殖列传》所说的"楚越之地，地广人稀，饭稻羹鱼，或火耕而水耨，果隋蠃蛤，不待贾而足，地势饶食，无饥馑之患……无冻饿之人，亦无千金之家"，人口稀少，农业手工业落后，商品交换不发达。到了东汉，随着南方经济开发速度的加快，绍兴农业、手工业逐渐兴起，商品交换开始活跃，会稽郡境内商业活动，文献有零星记载。《列仙传》云蓟子训

"卖药于会稽市"。郡城都亭桥有大市，越人以此为市。东汉永建四年（129），吴、会分治，山阴成为会稽郡治，促进了商业的发展，境内商贸活动益见繁盛。上虞朱儁（东汉末期名将）母亲"尝贩缯（丝绸）为业"（《后汉书》卷七十一·皇甫嵩朱儁列传第六十一），"抱布贸丝"遍及城乡。除会稽郡城外，钱塘县在当时钱塘江两岸的诸县中，由于处在交通要道上，商贸往来较之他县频繁。史载东汉末上虞人17岁少年孙坚与其父共载船至钱塘，遇"海贼胡玉等十馀人，劫取商人财物，方于岸上分赃。行旅皆住，不敢进船"（《三国志》卷四六《吴书·孙坚传》，p.1093）。同时，会稽与岭南有着经济往来。东汉建初八年（83）"帝以侍中会稽郑弘为大司农。旧交阯七郡贡献转运，皆从东冶泛海而至交阯七郡贡献，皆从东冶泛海转运"（《资治通鉴》卷四十六）。与夷洲（今台湾）等岛屿人民也着有贸易往来。

进入六朝，绍兴的商贸进入了一个新时期。

商业萌芽和发展

魏晋六朝时期，建康（今江苏省南京市）凭据其政治中心的优势，以及三吴地区发达的经济基础，成为江南地区最主要的商业大都会。地处钱塘江下游的山阴（会稽郡治）因晋室南迁，带来大量北方移民，《晋书》列传第五十七记载："及玄盛东迁，皆徙之于酒泉，分南人五千户置会稽郡"。移民浪潮不仅给会稽郡属地区带来了大量的劳动力，使大批的土地得到垦殖，而且还带来了先进的劳动技术和劳动工具，使劳动对象得到扩大，促进了江南地区经济的发展，逐步改变了地旷人稀的面貌，商业逐渐繁荣。以保存南北朝地理类之文献记载："宣城（今在安徽省境内）、毗陵（今江苏省常州）、吴郡（今江苏省苏州）、会稽（今浙江省绍兴）……其俗亦同。然数郡川泽沃衍，有海陆之饶，珍异所聚，故商贾并凑"（《隋书》卷三十一《地理下》p.887，1987年5月台北鼎文书局），会稽郡被列为全国重要的新兴商业城市之一。东晋时期（317～420），山阴等地的商业市场已相当发达。如东晋王彪之在《整市教》中："近检校山阴市，多不如法，或店肆错乱，或商估没漏，假冒豪强之名，拥护贸易之利"（《初学记》卷二十四·居处部），商品市场已具备一定规模。六朝时期，在三吴和会稽地区新建了众多巨大的和以陂塘储水灌溉为特征的水利工程，而且开凿和连通了浙东运河和江南运河，使运河一带原荒废之地，变成了肥田沃土，便利了魏晋南北朝时期江南地区东南部的水上交通，使建康成了三吴、会稽等地物资聚散的经济中心。"江南之为国，盛矣！……考之汉域，惟丹阳会稽而已。自晋氏迁流，迄于太元之世，百许年中，无风尘之警，区域之内，晏如也。……地广野丰，民勤本业，一岁或稔，则数郡忘饥。会土带海傍湖，良畴亦数十万顷，膏腴上地，亩直一金，鄠、杜之间，不能比也。荆城跨南楚之富，扬部有全吴之沃，鱼盐杞梓之利，充仞八方；丝绵布帛之饶，覆衣天下"（《宋书》卷五十四《孔季恭传史臣曰》）。山阴自东晋以来即为商旅荟萃之地，市内店肆颇多。南朝时，山阴为会稽郡治所，刘宋时（420～479）"民户三万，海内剧邑"（《宋书卷八十《顾觊之传》；中华书局1985年版），山阴道上商旅往来，征货粮米，是两浙绢丝以及粮米贸易中心。

到南齐时（479～502），商人所贩运的货物中，当以粮食为一大商品。史书载："吴兴无秋，会稽丰登，商旅往来，倍多常岁"（《南齐书》卷四十六《陆慧晓传附顾宪之传》）。其时，会稽山阴小商贩多为行商，如刘宋时的官僚戴法兴，其父戴硕子以"贩紵为业"，法兴少时也"卖葛于山阴市"（《宋书》卷94《戴法兴传》）。南齐时傅琰为山阴令，曾有"卖针、卖糖老妪争团丝，来诣琰，琰不辨核，缚团丝于柱鞭之，密视有针屑，乃罚卖糖者"（《南齐书》卷五十三《傅琰传》）。又梁时的贺琛，山阴人，其父贺阳死后，"家贫，尝往还诸暨，贩粟以自给"（《梁书》卷三十八《贺琛传》）。魏晋南北朝时，官僚经商现象已较为普遍，会稽郡也不例外。如东晋末会稽王司马道子辅政，于府内园中穿池，筑山，"山池之间处处有肆，使婢酤酒卖肉于其中。道子将见幸，乘船至洒肆，辄攟入肆，买酒肉，状如市廛，以为笑乐"（《太平御览》卷八二八引《晋中兴征祥记》）。

会稽郡在农业和手工业发展的基础上，成为新兴的商业城市，士人兼营商业的情况很多，如南朝宋山阴人"（孔）觊弟道存，从弟徽，颇营产业。二弟请假东还，……辎重十馀船，皆是绵绢纸席之属。"（《宋书》宋书卷八十四·列传第四十四）

隋朝，会稽郡属地区的农业除了粮食生产以外，蔬果种植和禽畜饲养也比六朝有了发展，而且出现了商业化的倾向。

主要产业

魏晋南朝时期，会稽郡的丝织业进一步发展，青瓷制造业渐趋成熟，造纸业盛极一时。

会稽郡在东晋、南朝时期，丝织业已较普遍，宜蚕之处的养蚕技术已有提高，出产的蚕丝质量上好，永兴（今杭州市萧山区）、诸暨成为专门提供宫廷需要的丝质原料基地。葛布与麻布是江南百姓的主要衣饰原料，南朝的《全梁书·谢越布启》一书中，对越布有评价："比纳方绡，既轻且丽，珍迈龙水，妙越鸟夷"。其时，会稽纺织业已普遍成为农家的主要副业，诸暨产的丝绸质量很好，专门供应东晋朝廷。南朝齐代上虞人谢平以善于炼钢闻名，他创造了"杂炼生鍒法"，把生铁、熟铁混杂起来冶炼，炼就的钢质量甚佳，被后人尊为"中国绝手"。

六朝时期，绍兴酒进一步发展，梁代元帝萧绎在其所著的《金篓子》卷五中云："银瓶贮山阴甜酒，时复进之。"其时，会稽郡的制瓷业亦已相当发达。越窑主要分布在始宁、上虞、山阴等县，仅上虞一县就有30多处窑址，比东汉时增加了四五倍。这一时期出产的瓷器器型规正，腹壁较薄，胎色灰白或接近灰白，彩层均匀，釉色纯正，呈淡青色，制作工艺稳定，制瓷技术已达到相当成熟的程度。

在中国，西汉时已有纸。此后，北方造纸以河北、胶东一带著名，南方则以会稽郡独步纸林。两晋时，会稽有麻纸的生产，剡县（今嵊州）则有较大的藤皮纸生产作坊（潘吉星《中国造纸技术史稿》，1979年文物出版社）。史借载：东晋时"王右军为会稽内史，谢公（一作桓温）就乞陟厘纸（一作侧厘），库内有九万枚（一作五十万），悉与之，以此知会稽出纸尚矣。"（《嘉泰会稽志》卷十七"纸"p.7045）；

剡县盛产青藤、紫藤、蛟藤、葛藤等制纸原材料，同时兼之剡溪水清，亦宜制纸，时大文人张华在《博物志》中说："剡溪古藤甚多，可造纸，故即名纸为剡藤"。东晋范宁明确命令属下："土纸不可作文书，皆令用藤角纸"（《初学记》卷二十一，《纸》第七引）。

除此之外，会稽郡还有传统的盐业，仍在储余一带，仅供当地食用。

第三节　隋唐五代越州（会稽郡）之商业（公元 581～960）

隋开皇九年（589）废会稽郡。大业元年（605）改为越州。不过二年又复为会稽郡。14 年后改会稽郡为越州。隋至五代，在农业和手工业发展的影响下，越州的产业发达，商品集市进一步繁荣，已是江南有名的都市了。商业经济的发展，为越州在宋代的全面发展奠定了基础。

城市商业初步繁荣

由隋唐至五代，是中国古代城市发展的第二个高潮期。随着全国经济重心的转移，江南的城市发展呈现出与中原平分秋色之势，特别是五代十国时期，其城市发展水平已开始进入全国先进行列。宋人云："杭州在唐，繁荣不及姑苏、会稽二郡，因钱氏建国始盛。"（宋·王明清《玉照新志》，《宋元笔记小说大观》第四册 p.3968，上海古籍出版社 2001 年版）唐玄宗时的孙逖说："会稽郡者，海之西镇，国之东门，都会蕃育，膏肆兼倍。故女有馀布，而农有馀粟，以方志之所宜，供天府之博敛，篚丝苎缯金刀，浮江达河。"（清·董诰《全唐文》卷 312 p.3167，中华书局 1983 年版）"唐代，越州已初步形成由州城为中心连接所属各县城市的水陆交通，尤以水上交通最为发达；还可以通过浙东运河，与杭州、明州等城市相连，并于漕运相通，直达中原。唐代中期开始，由于大批士绅与工匠南迁，长江流域商业城市发展快速，国家的经济财政亦依赖南方的补给，当时的越州"西界浙河，东奄左海，机杼耕稼，提封七州，期间苴税鱼盐，衣食半天下"（唐·杜牧《樊川文集》卷 18 p.268，上海古籍出版社 2007 年版），是浙东七州的经济中心，有"会稽天下本无俦"（唐·元稹《元氏长庆集》卷二二《重夸州宅景色》）之说。其时，越州城已现大量富商，浙东观察使皇甫政曾于宝林寺"大设斋，富商来集，政又择日，率军吏州民，大陈伎乐。……百万之众，鼎沸惊闹……顷刻之间，到宝林寺，宝万之众，引颈骇观"。（宋·李昉《太平广记》卷 41 p.259，中华书局 1982 年版）实力强大的商人往往通过长途贩运赚足钱财，经营规模十分庞大。如"唐贞观中，有会稽人金林数往台州买贩，每经过庙下，祈祷牲醴如法，获利数倍"。（宋·张津《乾道四明图经》，《宋元方志丛刊》卷六 p.4899，中华书局 1990 年版）又载物资交易之各地富商："豫章郡左九江而右洞庭……由是越人、吴人、荆人、徐人，以其孥行，骆驿渐至大江之崖。于是乎宏舸巨鷁，触接舻舳。"越州商人被排在各地商人的首位。唐中后期，越州城已有人口 13.2 万，士、农、工、商、仕宦、僧尼道姑和一般市民各色人等，应有尽有，越州继续保持着较快的发展势头。及至五代，越州城除了一般性的商业活动外，手工业已逐渐成为城市经济不可缺少的组成部分，城内手工作坊林立，行业齐全，"实为东南一大都会"（《宋元方志丛刊·宝庆会稽续志》p.7091）。会稽、山阴、诸暨、余姚、萧山、上虞、剡、新昌等县，城市市场日益发展起来，与苏州齐名，号称"苏会"（宋·王明清《玉照新志》卷六）。

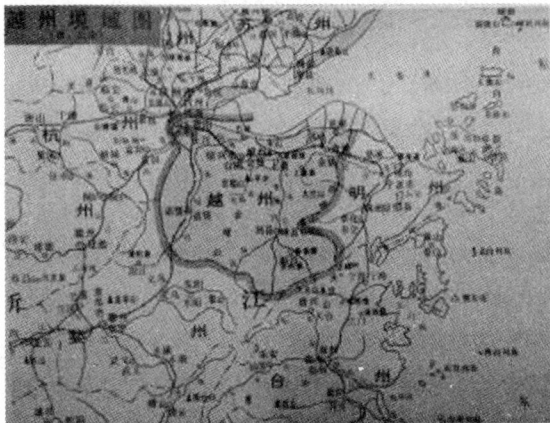

越州境域图（唐、北宋）

商品集市

隋唐五代前期，北方战乱频繁，南方局面相对安定，使得国中经济中心南移，北方先进的生产经验和资金大量涌入南方，南方经济发展逐步超越了北方。隋炀帝时期，京杭大运河开通，沟通了南北经济，促进了以杭州为中心的浙江地区经济发展，同时也促进了会稽郡（越州）城的经济发展，城乡集市贸易渐趋繁荣。

秦汉时，山阴县治已有市集。《嘉泰会稽志·列仙子》载"蓟子训，齐人，卖药于会稽市，乘青骡往来。"万历《绍兴府志》有"越大市，在都亭桥南。南汉时，越人与此为市，即蓟子训卖药处，宋时废"的记载。东晋山阴有民户三万，称"海内剧邑"，"征货贸粒"（《晋书》）。南朝齐时，"吴兴无秋，会稽丰登，商旅往来，倍多常岁"（《资治通鉴》卷第一百三十六）。南朝宋时"法兴少卖葛于山阴市"、郭世道"尝与人共于山阴市货物"（《南史》卷七十三·列传第六十三）。至唐代，越州经济在前代基础上有大幅度的发展，在州市所在地有市，县市所在地设市，非州县所设置了草市。其时，会稽的平水、诸暨县的枫桥已有固定的市集（集市）。自长庆三年（823）八月至大和三年（829）九月整整七年担任越州刺史的元稹，在其自撰的《元稹集·白氏长庆集序》记载："予于平水市中（镜湖旁草市，元稹自注）见村校诸童竞相歌咏，召而问之，皆对曰：'先生教我乐天微之诗。'固亦不知予之为微之也"。五代时，吴越国和平稳定，绍兴的封建商品经济进一步得到发展，越州的丝绸业、造纸业，尤以越窑的生产蒸蒸日上。其时浙东运河和一条由西郭直通大江桥与小江桥相连的"新河"已开凿。据《嘉泰会稽志》记载，运河自山阴县（今绍兴市西境）入萧山县，能行 200 石船。又自余姚县界，西入上虞县界，在上虞县长 53 里 60 步；又西入会稽县界，在会稽长 92 里，能行 200 石船。产品除小部分在本地销售外，大部分通过运河流向全国，输往国外，促使集市和市镇的发展。浙东运河的漕运，使隋唐时期越州的水上航运更加发达、货物运输和商贸活动的开展更为便捷，促进了唐代商业的发展。

产业发展

隋唐，随着劳动力的增长和农业生产的发展，越州地区的手工业生产也有了突飞猛进的发展，"至唐颇多，若编文纱、宝花纹等罗，白编、交绫、十样花纹等绫，轻容、生縠花纱，吴绢，丹砂石，蜜橘，葛粉，瓷器，纸笔"（南宋·施宿《嘉泰会稽志》卷五 p. 6799）。丝织业、造纸业和制瓷业在两晋南朝的发展基础上又进一步提高，另外还有酿酒、制盐、制茶等手工业和农产品加工业。五代十国时期，越州的丝绸、竹纸、青瓷等通过浙东运河销往全国及海外。

丝织业

隋及唐初，丝织业的中心是黄河流域。唐代中期以后，丝织业的中心逐渐向长江流域转移，同时经济中心也逐渐转移到江浙一带。越州发展最快，首先成为江南的丝织中心，丝绸贡品日益增加。史借记载：中唐天宝二年（743），广运潭（址西安）成，三百余艘漕船齐集潭中，每只船皆署牌写出郡名及船上所载各地特产，其中"会稽郡船，即铜器、罗、吴绫、绛纱"（《旧唐书》列传第五十五）。安史之乱以后，南北技艺交流频繁，大大加速了越州丝织业的发展。《元和郡县图志》卷二十六载越州"自贞元以后，凡贡之外，别进异文吴绫及花鼓歇，单丝吴绫，吴朱纱等纤丽之物，凡数十品。"《新唐书·地理志》卷三十一所载的越州长庆贡有：宝花、花纹等罗，白编、交绫、十样花纹等绫，生縠，花纱，吴绢。越州的丝织品向朝廷进贡之种类已达数十品，跃居全国第一，已成为全国丝织业的主要中心之一。唐朝末年史载"越州义胜节度使董昌……每十天向京师长安发送贡品一纲，有黄金一万两，白银五千铤，浙东绫绢一万五千匹，其他物品也都大体相当"（《资治通鉴》卷二五九），越州丝织品之丰富、产量之多。在质量上，"越姬乌丝栏素缎"（唐·欧阳询等《艺文类聚别集》卷四），越州丝织品在当时是极其名贵的精品，其品质"薄如蝉翼，飘似云雾"。唐代至吴越国时期，越州一带植桑养蚕的传统依然十分兴盛，尤其是越绫、越绢生产遍及民间，产量巨大，且远销海外。

制瓷业

从唐代起，越窑发展逐步进入全面鼎盛时期，"越窑"之名也因唐时称绍兴地区为越州而得名。最早见于唐代文献记载的是陆羽的《茶经》，书中多次出现"越窑"一词。其中说："碗，越州上，鼎州次，婺州次，乐州次，寿州次，洪州次。或者以邢州次，越州上，殊为不然。若邢瓷类银，越瓷类玉，邢不如越一也；若邢瓷类雪，则越瓷类冰，邢不如越二也；邢瓷白而茶色丹，越瓷青而茶色绿，邢不如越三也。"

至唐代中晚期，越窑青瓷烧制技术已日臻完美，出现了"似冰类玉"的密色瓷（一种碧青釉色瓷器，为越窑青瓷的上品），使唐代越州在青瓷烧制工艺上渐趋巅峰。至五代吴越国时期，越窑青瓷获得了空前的发展。由于吴越钱氏立国采取的是"奉事中原，保境安民"的基本国策，为极力讨好中原王朝，将越瓷作为重要的纳贡特产，从而加快了民间越瓷生产，生产规模得到进一步的扩大。据《宋史》、《十国春秋》、《宋会要》、《吴越备史补遗》、《两宋朝贡俸禄》等记载，自唐昭宗景福二年（893）钱缪任镇海军节度使起，至北宋太平兴国三年（978）钱弘俶"纳土归宋"，凡八十六年，始终把"其式似越瓷器，而清亮过之"（清·朱琰《陶录》）的秘色瓷器作为吴越贡物，仅钱弘俶在位时就入贡"金银饰陶（瓷）器一十四万事（件）"（《宋两朝贡奉录》）。

造纸业

东晋南朝时，会稽已有产纸。《嘉泰会稽志》载："王右军为会稽内史，谢公（一作桓温）就乞陟厘纸（一作侧厘），库内有九万枚（一作五十万），悉与之。以此知会稽出纸尚矣。剡之藤纸得名最旧"。据《唐国史补》卷下记载："越之剡藤笤笺、蜀之麻面、屑末、滑石、金花、长麻、鱼子、十色笺，扬之六合笺，韶之竹笺，蒲之白薄，重抄，临川之滑薄"，都是当时名牌之纸张。唐代，越之剡县藤纸已非常有名。剡藤纸以薄、轻、韧、细、白，莹润光泽，坚滑而不凝笔，质地精良著称，受到全国各地文人的喜爱，大量剡纸从越州交易到各地。从唐代起，纸张开始列入越州贡品。《新唐书》志三十一"地理五"载："越州会稽郡，中都督府。土贡：宝花、花纹等罗……石蜜，橘，葛粉，瓷器，纸，笔。"舒元舆云："过数十百郡，泊东洛、西雍，历见言书文者皆以剡纸相夸。"（清·董诰《全唐文》卷727p.7495，中华书局1983年版）《嘉泰会稽志》卷一七记有："古之剡藤名天下，今剡中楮纸浸有佳者，亦不在徽、池之下。"当时的剡藤纸常常是供不应求，当地纸工日夜砍伐占藤作造纸原料，以致纸源枯竭。到南宋嘉泰（1201～1204）时，剡县只能产少量剡藤纸了。随后越州竹纸兴起，剡藤纸随之衰落。至明代，明弘治《嵊县志》载："今莫有传技者。"剡藤纸从此销声匿迹，成为历史的记忆。

第四节 宋元明清绍兴府（路）
之商业（公元 960～1840）

绍兴宋时仍改越州。1129 年，宋高宗自杭州如越，第二年改元绍兴，始升为绍兴府。从南宋到清末，除了元朝的八十余年中，称为绍兴路以外，绍兴府的名称沿用不变。清代绍兴府属各县包括山阴、会稽、诸暨、余姚、上虞、新昌、萧山、嵊县。绍兴元年（1131）年，宋高宗下诏："因会稽（今绍兴府）漕运不继，移跸临安（今杭州）"。同年高宗至越州闻"上虞县梁河堰东，运河浅涩，令发六千五百余工，委本县令、佐监督濬治。既而都省言余姚县境内运河浅涩，坝堋隳坏，阻滞纲运，遂命漕臣发一万七千余卒，自都泗堰，至曹娥塔桥，开撩河身夹塘"（《宋史·河渠志》卷97，中华书局1977年版），浙东运河的越州和余姚段整治完成。隆兴元年（1163）"知绍兴府吴芾乞浚会稽、山阴、诸暨县旧湖，以复水利，及筑萧山县海塘，以限咸潮。从之。又开掘鉴湖。"（宋元·马端临《文献通考》卷六·田赋考六）浙东运河和境内湖塘的疏浚整治，带来了水运之便和灌溉之利，加速了浙东一带的经济发展。中华书局2001年出版的陈璧显学者主编的《中国大运河史》中说："大运河，不仅保证了南宋中央政府对各地赋税的供求，而且也是其布达政令、遣发军旅、疏通物资的重要通道。因此可以说，运河是南宋政权得以偏安江南的一个重要因素。"明、清两朝，资本主义萌芽，手工业工场兴起。绍兴主要是酒坊、机坊和锡箔坊。锡箔品，风靡一时，销数甚巨，有"锡半城"之称。丝绸业素有传统，明初尚专设织染局，后来亦远非昔比。唯绍兴老酒，久远不衰。

工商业之兴盛

入宋以后，伴随传统坊市制的瓦解，工商业活动逐渐扩散到城市的各个角落，绍兴地区诸多城市店铺遍布、市场林立，开始形成综合性的工商业区街区。南宋时，绍兴府形成了城北和城西南两个繁华的工商业集聚区，城内外市场众多，仅《嘉泰会稽志》和《宝庆会稽续志》明确记载和介绍有关情况时提到的市场就有12处之多，即照水坊市、清道桥市、大云桥东市、梅市、古废市、大云桥西市、龙兴寺前市、驿地市、江桥市、平水市、临浦市、五夫市。此外，还有一种特殊的市场形式——灯市，它是与地方风俗活动结合在一起的商品交易活动，其规模和影响较一般集市要大得多。如绍兴城东南2公里的开元寺前，北宋时每年正月元宵节都要举办大型集市，百物汇聚，场面宏大，吸引了周边地区的众多商人。宋代绍兴地区城市工商业的发展，在宋廷征收的商税额变化中也有反映。北宋越州城镇的商税的商税总额为12082贯，到南宋嘉泰初年增至21652贯，增长了79.21%（《嘉泰会稽志》卷五"课利"）。进入南宋以后，绍兴城市的商业更加繁荣，除一般性商业和手工业外，饮食、租赁、旅馆、仓储、借贷、娱乐、修补等诸多服务性行业和运输业、旅游业等也异常兴盛。绍兴商人已走南闯北，往返于全国各地。宋人王明清在其笔记小说《玉照新志》中对越商在汴京（开封）九市市面上的营销场面写到"越商海贾，朝盈夕充。乃有犀象贝玉之珍，刀布泉货之通，冠带衣履之巧，鱼盐果蔬之丰，贸迁化居，射利无穷。"又有诗曰湖北襄阳"日暮津头闻打鼓，越商巴贾卸船来"（元·元好问《翰苑英华中州集》卷七）。

元代，绍兴地区的生产商品化程度较前代提高。绍兴所产的丝织品、棉织品、茶叶、酒之类，都是当时市场上大量流通的重要商品。明人王士兴说："杭州省会，百货所聚，其余各郡邑所出，则湖之丝，嘉之绢，绍之茶之酒，宁之海错，处之瓷，严之漆，衢之橘，温之漆器，金之酒，皆以地得名。"（王士性《广绎志》卷四《江南诸省》，中华书局2006年版）

明代，随着手工业的发展，商品数量和商品资本显著增加，各地商人设立会馆，组织商帮，贩卖粮、棉、丝、茶、铁、绸缎、棉布、纸张、锡箔、瓷器等商品，自然经济在某些行业中开始崩坏。进入清代，随着商品生产的发展，绍兴商业进一步繁荣。绍兴城乡商业其特点是"夫妻店"、"连家铺"，或雇工三五人、工商结合的"前店后坊"。

产业之兴旺

宋代，绍兴地区的手工业较隋、唐、五代更为兴旺。其中丝绸、造纸、瓷器、科版印刷等，其技术水平接近封建社会的高峰，制茶、制盐等也有很大的发展。

纺织业

唐时绍兴的丝绸织品已名闻海内，到了宋代，继续有所发展，除了隋、唐以来的品种仍然存在外，在贡品中增加了绯纱和茜绯纱等名品。丝绸生产的盛况，史册记载较多，王十朋《会稽三赋》称"万草千华，机柚中出，绫纱缯郰，积缣匹"。《会稽缀英总集》谓绍兴"习俗农务桑，事织机，纱绫缯帛岁出不啻百万"。其时，棉花种植业已传入浙江，绍兴村乡棉纱、棉布、土纺、土织业亦随之兴起，遍及城乡民户，赖以维持生计。进入元代，在传统丝织业和苎织业获得进一步发展的同时，棉纺织业异军突起，逐渐成为与丝织业并驾齐驱的重要手工行业。

明代初年朝廷在四川、山西、绍兴等地，设置官办织染局，向机户低价摊派官用丝绸。明中叶以后，随着商品经济发展，绍兴丝绸织染等业手工业者大批外出，宁、绍诸郡之民，"什七在外"、"绍兴、金华二郡，人多壮游在外，如山阴、会稽、余姚生齿繁多，本处室庐田土，半不足供"（明·王士性《广志绎》卷四"江南诸省"），遂致本地丝织业停滞不前。至万历年间，出现了"今罗、绫、绉、縠，越中绝无，惟绢纱稍有焉"（万历《绍兴府志》）的局面。同时，太湖平原丝织业兴起，产区向杭、嘉、湖一带转移，绍兴丝绸逐渐趋于衰落。清朝前期，浙江西北的蚕织业更趋兴旺，绍兴仍相对见衰，惟三四种绢绸有较大影响"绉纱"，在康熙时花样日新，薄而不重，远近闻名；"绍纺"，质地厚实，仍优于嘉、湖等地；"榨酒绢"，供当地和外埠酿酒之用，产量极大；"纱筛纱"，供农家制作筛粉器具，相传初时嵊县西黎岙村人能织，"不传女子，只传新妇"。

置酒业

绍兴酒在宋朝以前品种不多。有文献记载的只有南北朝的甜酒和唐朝的缸面酒等，这些大多是在本地流行的。到了南宋，酒业渐渐发达，花色品种随之增加，出现了蓬莱春、瑞露酒、竹叶青等许多闻名海外的佳品。其时，酒人御库，酒满街头，绍酒所产以东埔为最，宋代朱翼中在其所著《北山酒经》云："东埔酒最良"。《文献通考》载：北宋神宗十年（1077），越州酒课税额在10万贯以上。《宝庆会稽续志》载："激赏库酒楼在照水坊"、"都酒务酒楼在莲花桥"，其时已设"卖酒交钱局"。元初，行酒醋课。世祖至元二十二年（1285），"改榷酤之制。"顺帝至元五年（1339），宋文瓒任绍兴路总管，放宽酒制，绍酒生产有所发展。元末，战乱迭起，灾荒连年，绍酒生产趋于衰落。

明代，绍兴酒业继续保持南宋盛况，山阴、会稽县农村普栽糯稻，置食粮于不顾，使"除却哦诗事事慵"的徐渭也发出"酿日行而炊日阻"的感叹。其时，绍兴酒增加薏苡酒、地黄酒、鲫鱼酒、豆酒等品种，其中以绿豆制曲所酿制的豆酒，最有名气，"府城酿者甚多，而豆酒特佳，东师盛行，近省地每多用之"（万历《绍兴府志》），绍兴酒已远销京师。其时，始有一批酒坊，有名者如东浦"孝贞"，湖塘"叶万源"、"田德润"、"章万润"等，四方闻名。

清康熙时，绍酒畅行天下，而名老酒者特行。干隆十六年（1751）高宗南巡，亲祭大禹，流觞兰亭，饮酒赋诗，相传此后皇帝祭陵要用 18 市斤装最优老酒 8000坛，绍酒生产迅速发展，又一批著名酒坊先后开业。清干隆年间，有精明的绍兴酿酒业主在上海最热闹的南京路开设酒店。咸丰、同治年间，战事迭起，交通阻隔，曾国藩创厘金，设通过税，酒业一度中落。其时，绍酒的专业化、商品化程度已很高。清人梁章钜在其《浪迹续谈》中语："今绍兴酒通行海内，可谓酒之正宗……至酒之通行，则实无他酒足以相抗。盖山阴、会稽之间，水最宜酒，易地则不能为良。故他府皆有绍兴人如法制酿，而水既不同，味即远逊。"从清代起，绍兴黄酒的品种渐趋统一，基本上确定为 3 个主要品种，即状元红、加饭酒和善酿酒。清代梁章钜在其所著《浪迹三谈》中云："绍兴酒如清官循吏，不参一毫造作，而其味方真，又如名士耆英长留人间，阅尽世故而其质愈厚，故绍兴酒不过五年者不可饮，搀水者亦不能过五年，此真深知绍兴酒之言矣。是则品天下酒者，自宜以绍兴为第一"

造纸与雕版印刷

宋代，两浙成为全国造纸业的重要中心，绍兴的造纸业在两浙又居于显要位置，越州印刷业发展，纸张需求增加，以竹为原料的竹纸生产兴起。越州竹纸以纸质精良、品类繁多著称。竹纸中以姚黄纸、学士纸、邵公纸为上品（学士纸以太守直昭文馆陆轸所制得名，邵公纸以提刑邵所制得名），展手、常使纸亦颇有名。越州竹纸具有纸质光滑，着墨润泽，书写流利，久藏色不变、虫不蠹等特点。南宋建炎、绍兴以前，书简往来多用之，尤为书法界所珍爱。苏东坡致程德孺，嘱买"杭州程奕笔百枚，越州纸二千幅，常使及展手各半"。后人在整理东坡帖刻时，"大抵竹纸居十七八"（嘉泰《会稽志》）。宋米芾《书史》称，越州竹纸"光透如金版"，用以习书，每日数十纸。并作《越州竹纸》诗，有"越筠万杵如金版，安用杭油与池茧"之句。

1971 年，绍兴城区出土鎏金塔一座，内藏印经一卷，卷首题有"吴越国王钱鏐敬造《宝箧印经》八万四千卷，永充供养，时乙丑岁记"字样。佛经礼佛图，线条明快，经文清晰，为境内迄今所发现的最早印刷珍品。宋代，越州竹纸质量称佳，又是全国三大镂版地域之一（《洞天清录》）。元、明时代，境内盛行雕版印刷，著名刻本有《歇庵集》，万历《会稽志》等。清代存世佳刻甚多，影响较大的有越中《行朝录》、山阴《王季重集》和古越文雅堂秘本《新时词调绣像十美图》等 10余部。

制茶业

据《宋会要辑稿》载"茶盛于两浙",南宋绍兴三十二年（1162），绍兴茶叶总产为38.5万斤，且名茶迭出，茶市遍设。宋人吴处厚《青箱记》云："越州日铸茶，为江南第一。""平水日铸茶、卧龙山端龙茶、天衣山之丁坂茶、陶堰岭之高坞茶、秦望山之小朵茶、东土乡之雁路茶、会稽山之茶山茶、兰亭之花坞茶、诸暨之石笕茶"（《嘉泰会稽志》卷一七"日铸茶"p.7047）为当时名茶。欧阳修《归田录》称"腊茶出于剑建，草茶盛于两浙"，"两浙之品，日铸第一"。与名茶相应的是茶市遍设城乡。陆游诗有"村墟卖茶已成市，林薄打麦唯闻声"；"兰亭之北是茶市，柯桥以西多橹声"；"园丁刹霜稻，村女卖秋茶"等描述。其时，会稽县平水日铸岭所产日铸茶，用炒青法（杀青）制作条形散茶（即撮泡茶），改蒸为炒，改碾为揉，改团饼为散茶，使茶形、茶质发生根本变革。日铸茶列贡品。陆游《安国院试茶》诗自注云："日铸则越茶矣，不团不饼，而曰炒青，曰苍鹰爪，则撮泡矣。"清茹敦和《越言释》云，境内之撮泡茶"宋时有之，且自我越人始之"，对全国制茶工艺改革产生重大影响。至明末清初，山阴、会稽两县对制茶工艺作进一步改革。山阴县张岱以日铸茶为茶胚，杂入茉莉，制成茉莉花茶，自称"兰雪茶"，是为境内茉莉花茶制作之始；会稽县平水一带，在继承日铸茶炒青法的基础上，首创炒青圆茶，亦称平水珠茶，进贡朝廷。清康熙年间（1662～1722），平水珠茶以"贡熙"（进贡康熙之意）之名，销英国伦敦市场。此后，会稽县所产平水珠茶产量日增，传统散茶制作减少。

制瓷业

绍兴的陶瓷工业在初唐崭露头角后，到唐末宋初达于顶峰，南宋以后开始衰落。据《十国春秋》载：在宋太祖开宝二年（969）、宋太宗太平兴国八年（983），钱俶曾两次向朝廷进贡秘色瓷器。宋太宗也曾经派遣他的殿前承旨赵仁济监理越州窑务，将越窑置于国家的直接管理之下。南宋以后，由于人口大增，上司得寸进尺，森林砍伐无禁，造成燃料短缺，加之茶饮之风兴起，丘陵被开辟成茶园，与窑场争地；与此同时，南北各地官窑增多，民窑林立，得利甚微，越窑渐趋衰微。两宋以降，越窑逐渐走向衰落，但民间的制瓷活动仍延续不断，只是其制作技术、生产规模和社会影响大不如以前。

制盐业

绍兴盐业，始于越国，盛于汉代。《越绝书》载："朱余者，越盐官也。越人谓盐曰余。"汉初，会稽为全国设盐官之二十八郡县之一。唐代，会稽有会稽东场、会稽西场、余姚场、怀远场、地心场五盐场，为全国海盐重要产区。宋代，绍兴有会稽三江、上虞曹娥、山阴钱清、余姚石堰四大盐场。当时，绍兴沿海海水清淡，钱清场六分为额，盐业趋于衰微。《嘉泰会稽志》载："盐，会稽亭卢煎盐以海潮沃沙暴日中，日将夕碱聚而苦之，明日又沃而暴之，如是五六日，淋碱取卤"。明代，鼓励盐民开垦新涨荒地，盐业复苏。洪武元年（1368），定引票、纲地、引地，分大小引，大引400斤，小引200斤。立聚团公煎制，山会两县，凡制盐之民，皆编充壮丁，以年至16岁成丁，逾60岁退丁，每丁拨与卤地、草荡，授予煮器，付予工本，交纳盐斤。万历年间，山会两县，钱清、三江、曹娥三场，共为60团11255丁。元朝承袭前代之制，对食盐实行禁榷专卖。元朝确立对江南的统治后，随即设置两浙转运盐使司，管理两浙地区的海盐生产和专卖。元大德三年（1299），又对两浙盐场进行合并整顿，由原来的44所减为34所，其中绍兴路有西兴、钱清、三江、曹娥、石堰、鸣鹤6所，分布于山阴、会稽、上虞、余姚等州县北部。

锡箔业

锡箔之起，箔界人士相传为洪武遗事。元末明初，朱元璋揭竿起事，军饷不济，征集民间神堂钱钵碎银，允待平定天下归还。天下一统后，而无此巨额银两，乃采用刘基（伯温）之意，用犯人把锡捶打成僵箔，糊折成元宝、银锭以示偿还。并下令将叛党、流寇尽逮入狱，囚禁于室，教以制造锡箔于江宁。初时，锡箔质地粗劣，且皆属朝中应用，及至明末以后，江宁以气候关系，不适制造，乃南迁浙江之杭、绍、甬诸地，而尤以绍兴制造为最精良，产额亦为最巨。后来扩至民间，多为祈神祭祖必须之物，品目众多，并相沿成习。

至清康熙年间，曾有禁造锡箔之议，因从业人员联名上诉，经派员查勘，终以"人之孝思，商人生计"，得以保存。干隆年间，锡箔业发展迅速，产品开始销往外省。史借载：东北海岸的船只把从东南海岸进口来的敬神用的金银箔运往山东和辽东等地（《中国近代对外贸易史资料》第一册 p.616；中华书局1962年11月版）。

市镇兴起与发展

北宋，越州"物产之饶，鱼盐之富，实为浙右之奥区也。"（《宋元方志丛刊·宝庆会稽续志》p.7091）北宋中期，商业经济的发展，绍兴地区以镇为单位的农村商业居民集聚区已基本确立。据《元丰九域志》卷五的记载，宋神宗元丰三年（1080），越州各县隶属地方行政的建制镇共有9个，分别是：会稽县的东城、曹娥、纂风、平水、三界，山阴县的钱清，上虞县的五夫，萧山县的西兴、渔浦。到了南宋，绍兴府成为南宋朝廷的陪都，特别是朝廷把王室的陵寝建在绍兴，更加提高了府城之地位，推动了地方经济的进一步发展和繁荣。其时，整个绍兴府（越州）的市镇约有50多处，其中鉴湖流域占了绝大部分，仅沿湖地区的草市（含村坊）就有30多处，平均约1000多户就有一处，形成了颇为密集的市镇集市网络。时，绍兴府城居民已是超过万户的大型城市，街衢整齐，市容繁华，商业发达，交通便利。

明代，随着商品经济的进一步发展，绍兴地区进一步繁荣起来，虽然杭嘉湖三府的空前发展，宁波、温州二府的兴起，使绍兴在全国的地位有所下降，但仍不失为东南首富之一，专门从事手工业、商业的集镇蓬勃兴起，社会经济呈上升态势。据《万历绍兴府志》记载：绍兴府辖8县内，已有6个较大的镇，而且都是名镇。绍兴府城乡间的集市，其规模以"府城内外最为盛，次余姚，次萧山，次上虞，若新昌则故无镇，成化中余姚王金三始兴之，后稍稍凑集"。明代中后期，绍兴府市镇已开始形成部分专业市镇。如山阴县平水市地处产茶区，成为远近闻名的珠茶和眉茶集散地；柯桥市、临浦市均有专门的米市，粮食交易十分活跃；会稽县的曹娥镇是典型的盐业市镇；又山阴县的柯桥市及周边地区，酿酒业十分发达，属于手工业市镇。

牙行和商帮

明代，来往于绍兴府、县城市和乡镇集市的商人，大概包括两类：一类是本地商人。一是由官僚和大地主家族组成的，依靠其雄厚的资本和地方势力开市设铺，从事商品买卖，既收购又出售，有店庄作基地。这类商人俗称"坐商"，其主人统称"店王"。二是曰贸易起家或靠地方势力支持开设的专门经商机构，多称"行"、"栈"，即"牙行"。另一类是外来客商。外地客商来绍兴采购商品，一般都不是直接到生产者的家里做交易，而是投靠店王和中间人，而且多数是通过中间商，即各式贸易行进行的。

与此同时，绍兴商人开始在上海兴起。明中叶时，因松江地区棉纺织业的高度发展，上海已成为东南沿海重要的吞吐港。浙东宁绍地区与上海仅一苇之航，又有密集水道与之相通，在前近代，上海已是绍兴商人活动重要区域之一。早在18世纪上半叶，浙江绍帮商人就有不少在上海经营柴炭业，"大抵钱庄之滥觞，实始于旅沪绍人所设之煤炭肆，兼营小规模之存放业务，积之稍久，各方称便，业务日渐发达，相继开设者日众，渐次形成钱庄之一专业"（中国人民银行上海市分行《上海钱庄史料》p.6，上海人民出版社1960年3月第1版）。康熙初年（1662）绍兴人靠同乡在京城当官、做师爷的关系，在北京最繁华的地段——正阳门外，开设银号、金店、钱铺。康熙四十九年（1710）还创立了北京著名的"正乙祠"的南银局会馆（《浙江省金融志》，浙江人民出版社2000年版）。此后，绍兴商人在上海主要从事锡箔业、绍兴酒业、柴炭业、钱庄业、豆业、染坊等业。雍正、干隆年间，绍兴柴炭店在上海丌始兼营货币存放业务，是为上海钱庄之嚆矢。（吴承寰《旧上海商业中的帮口》，《上海地方史资料》之三p.102，上海社会科学院出版社1984年版）清干隆初年（约1737年左右），浙绍炭业、钱业和豆业绅商在上海创建浙绍公所（上海博物馆《上海碑刻资料选辑》附录"清代上海主要会馆公所表"p.211～215），这是上海设立最早的同乡组织之一，标志着旅沪绍兴商帮的形成。以后绍商在上海经营的行业有所扩展，队伍也不断壮大。建隆年间，绍兴各大酒坊开始在上海开设行号，最早开设的是著名酒坊王宝和（设于干隆九年）。至19世纪初，绍兴帮已成为上海最具势力的帮口之一，他们基本上掌握了百业枢纽的钱庄业，以至钱业公所邑庙成了浙绍各业遇事公议的场所（1807年《上海县为浙绍各支店公捐中秋会告示碑》，上海博物馆《上海碑刻资料选辑》p.207）。成碑于道光十一年（1831）的《浙绍公所捐置义地姓氏碑》，登录的绍商捐资行业有浙绍豆业、浙绍钱业、浙绍炭业等，绍商个人或堂号捐资的多达210余家（《上海碑刻资料选辑》p.211～215）。

商帮是由行商们组织起来的行会组织。绍兴的商人行会至清代才有正式组织名称。

第二章　近现代商业

相对于古代商业，近现代商贸作为古代之后的两个历史时期之商业贸易，其与古代分期之界，是以鸦片战争为标志。自近代资本主义打开中国国门后，宁波辟为商埠。宁波开埠后，随内河航运，洋货陆续倾销到绍兴市场。其时，绍兴主要传统产业继续得到发展。同时，绍兴商帮始在上海金融界崭露头角。民国前期，随对外通商，洋广百货输入，境内店铺纷纷建立，商业购销较为繁荣。抗战爆发后，特别是沦陷期间，商市日趋凋蔽；抗战胜利后，商业短暂复兴，但实力大不如前，旋即由于通货恶性膨胀，陷入困境。

第一节　晚清之商贸（公元 1840～1911）

鸦片战争后，绍兴市场开始出现洋货，民族工业兴起，商品种类增加，行业扩大，专业分细。清宣统三年（1911），城内有行栈 290 家，其中米行 60 家、棉花行 27 家、煤油行 7 家；有商店 1719 家，计 74 个行业，如米业、酒业、酱业、茶食业、南北货业、百货业、绸布业、钟表业、金银业、油烛业、茶漆业、铜锡业等。《浙江经济纪略·绍兴县》载：其地商业"以丝茶为重，前清道咸间，五口通商，初许互市，彼时洋庄丝茶通销，贩售获利，商人起家者不一。自光绪丙子，洋庄丝茶失败，不能复振，商业因之衰落。"（《民国浙江史料辑刊》第一辑 p.206，国家图书馆出版社）同时，随上海开埠，绍兴商帮崛起。

农产品收购

茶行

18 世纪末欧美饮茶风大盛，茶叶已经成为日常生活的必需品。1842 年五口通商后，平水珠茶改由宁波而趋上海出口，会稽山区水陆转运的集散地——平水镇，以其优越的地理条件，悠久的茶叶流通历史和广阔的稽北茶区为腹地，成为全国重要茶市之一。山、会两县及嵊县、新昌、上虞，乃至诸暨、余姚的部分茶区都把产品运到平水镇进行加工、销售。绍兴茶叶由茶栈精制运往外洋者，获利殊巨，至光绪二十二年（1896）绍兴茶栈增至 16 家，上虞、嵊县、诸暨等县均有增无减（实业部国际贸易局《中国实业志·浙江省》第七编 p.159），主要集中在平水、汤浦、章家埠，以便从曹娥江、绍兴内河运往杭州和上海。

丝行

据宣统二年（1910）《山阴县劝业所报告书》称：因山会产丝无多，丝行、丝贩均向诸暨采购，除供两邑销用外，还转手运销上海。自邻邑设立丝厂直接运销上海后，两邑丝行唯收买上门丝货，对客买卖，每值一元收取佣钱卖客三分、买客一分而已。丝价一般须由丝行垫发付给卖客，买客则约期归还丝行。遇到丝货滞销或新丝上市，买主稀少则由丝行暂行囤收。

棉花行

清末，曹娥、三江、安昌等农村集镇与余姚、萧山棉花交易繁盛，仅安昌"木棉之利，岁登数十万"（清道光《安昌记》）。瓜沥为沙地区棉花收购主要集散地，沪、杭、徽等大批商人在镇上开设棉花行庄，多为沪商开设。从余姚以西至上虞夏盖山一带出产之棉花，经宁波港出口美国、日本。

传统产业之发展

绍兴黄酒业、锡箔业、制茶业、酿酱业、缫丝业等绍兴特色产业，在晚晴继续得到发展。

黄酒业

晚清时期绍兴酒业更为兴盛，酿酒作坊遍布山阴、会稽城乡。光绪年间（1875～1908），山阴、会稽有酿坊1300余家，向官府报捐数为18万缸，农户家酿约6万缸，以1缸310公斤计算，合计年产约7.44万吨，仅贮存三年以上的陈酒就有3.6万余吨之多。酿酒坊集中在东浦，该镇有3000多住户，酿酒户占三分之一。咸丰时，东浦酒达到全盛时期，仅东浦镇北的赏祊村就有酿坊100多家，比较大的有28家，时文史学家、诗人李慈铭有"东浦十里闻酒香"的记写。绍兴酿坊重视黄酒品质。东浦"王宝和"、"越明"、"贤良"、"诚实"、"汤元元"、"陈忠义"、"中山"、"云集"，阮社"章东明"、"高长兴"、"善元泰"、"茅万茂"，双梅"萧忠义"、"潘大兴"，马山"谦豫萃"，马鞍"言茂元"，城区"沈永和"等，嵊县浦口镇"茂记"、"钰记"酿坊都名享一时。为改良酿酒，防止掺水着色之弊，致使饮酒者患风湿之病，王绍淇研究化理，改良制造，拣用上白糯米，采选九龙甘泉，配合猪苓、泽泻、茯苓、山楂、虎骨、木瓜诸药，每缸以400斤为准，装贮玻璃瓶式，分大小两等，大则2斤，定价龙洋3角；小则1斤，定价龙洋1角5分，层封牢固，名曰"美众卫生酒"，劝业道亦批给了商标。

宣统二年（1910），南洋劝业会在江宁（今南京）揭幕，这是中国首次举办的大型博览会。浙江和绍兴的地方政府将包括绍兴酒在内的土特产品送样参展，绍兴沈永和墨记酒坊酿造的善酿酒和绍兴马山谦豫萃酿造的加饭酒，分别获得了清政府颁发的"优等奖（二等奖）"和"金牌奖"（三等奖），为绍兴酒争得了首次国际性奖牌。

锡箔业

绍兴锡箔业，兴于明，盛于清。晚清时，绍兴府城及山会两县成为全国最大的锡箔生产基地。随着绍兴锡箔业盛行，绍兴城区从事锡箔业的人数十分可观，有"锡半城"之称。据宣统三年（1911）统计，从业人员3.1万多人，其中有打箔工人8000人，杂工（包括浇锭子、排纸、裁约、做块头等）2000人，扑粉工（大多数为童工）400人，褙纸、砑纸、揭中锭、揭十分的男女工2万人，外加1000多人的箔坊、箔铺主的家属。据《浙江工业》载，光绪中叶，绍兴城内锡箔铺坊有170个焙笼（每焙笼年产锡箔 3000 块），约合 51 万块。山阴县年出锡箔 55 万块，价值 180.6 万银圆，并有漓诸纸锭 20 余万作，值 5 万银圆。光绪二十四年（1898）焙笼增至 333 个（约 100 万块）。绍兴生产的锡箔除部分内销外，大多从上海出口。据《会稽县劝业所报告册》载，清宣统年间（1909～1911），锡箔年出 160 万块，其中外运 140 万块，价值 130 万银圆。

制茶业

平水珠茶是绍兴茶农首创的一种炒青绿茶，在日铸茶炒青法的基础上，创制炒青圆茶，使茶的外形圆紧，呈颗粒状，色泽绿润、身骨重实、宛如珍珠，内质香高味浓，经久耐泡。平水珠茶，按其大小精粗，分成等级，主要有大珠、小珠两种。晚晴，平水珠茶畅销海外，深受欢迎。清人程雨亭撰于光绪二十三年（1897）之《整饬皖茶文牍》载"浙江平水绿茶，洋销颇广……查茶叶为土货出口大宗，关系商务税课，至为紧要"。

酿酱业

绍兴府城酿酱业之开办最早者，系创办于明崇祯十七年（1644）的"俞合兴酱园"。清代时绍兴酿酱业更趋兴旺，酱园作坊遍及城乡。其中山阴、会稽两县酿酱业犹为发达，较为著名的酱园有创办于乾隆年间的咸亨、沈通美酱园；创办于咸丰、同治年间的谦豫、同兴、谦益新、刘合兴酱园；创办于光绪年间的老顺泰、大兴、正德、同昌、鉴湖等酱园。据《南京市志》载：清同治年间（1862～1874），南京酱园业中，已有"花色众多"的"京（北京）、扬（扬州）、绍（绍兴）三邦风味"。清代中叶以后，绍兴人还通过"亲带亲、友携友"方式，向外拓展至杭州、上海、南京、北京、天津、沈阳、成都、西安、武汉、南昌、广州、桂林、香港及东南亚等地，开设酱园，生产销售腐乳、酱油等绍兴风味产品。光绪年间，绍兴酱园业界人士的足迹已遍及全国 21 个省、市的大中城市，开设酱园作坊达四五百家之多。

缫丝业

晚晴绍兴丝绸业相当发达，主要集中在山会两县的华舍、下方桥及府城城南府学宫周围和南街太平桥、钱王祠前、辛弄、柴场弄、和畅堂一带。绍兴丝绸业计有大小作坊 400 多户，年产各种绸缎 4 万余尺。1880 年，绍兴府有织机 1600 张，年产量 3.25 万匹。在全县的输出物品中，丝绸仅次于茶叶和锡箔，居第三位（《会稽县商业事项》，宣统三年上期抄本）。绍兴丝绸业的发展曾为外国势力所觊觎，19 世纪初期"一个中意关于商约的谈判于 1906 年 5 月在上海开幕。两个月后，意大利代表聂拉齐提出条约草案十一条，要求开放绍兴、无锡为商埠，插手于中国蚕丝事业，等等。……清政府拒绝给予意大利新利权，谈判于 10 月间破裂。"（中国社会科学院近代史研究所《帝国主义侵华史》第二卷 p. 172～173，人民出版社 1992 年版）

绍兴帮之崛起

绍兴地区自然环境素有"水乡泽国"之称，耕地面积相对不足，使绍兴人自古多外出经商。对此，文献屡有记载如"吾越素称泽国，人浮于地"、"吾越素称泽国，多谋食于他帮，由是童而习业，壮而远游"（光绪三十一年初稿《浙绍永锡堂征信录》，上海图书馆藏）、绍兴"男子旅外者众"（尹幼莲《绍兴地志述略》，1931 年刊印）。特别是入清以后，"修生养息，户口繁衍"，人地矛盾更为突出，外出经商形成风气。

绍兴商帮

上海开埠后，"泰西各国通商至沪，洋煤、洋炭汇市沪上"（《历叙煤炭公所缘起》，彭泽益《中国工商行会史料集》下册 p. 812，中华书局 1995 年 1 月版），进口煤炭业成为有利可图的新兴行业，许多绍帮旧木炭商及时转营进口煤炭业，绍兴在沪之商帮发展甚快。《浙绍永锡堂征信录》云：上海开埠后"巨舰星驰，众商云集，实都会之胜，而财利之数，郡之人竞奔走焉"。又云"沪地自辟洋场，番船商轮，星驰云集，而吾绍之人，于斯为盛"。如 19 世纪 70 年代的上虞人徐梁卿"素营颜料业"，任上海成丰颜料行股东兼经理，也为"颜料巨商之一"（前揭《上海市钱业调查录》第 38 号、43 号）。茶叶为上海开埠后一出口大众，上海的谦和、元吉、久成、仰记、震和等著名茶栈均为宁绍平水邦所设平水茶商宋瑞泰除开设瑞泰茶栈外，还开有带"瑞"字号的茶叶行号八九家，每年经营出口箱茶以万计，是茶叶界巨擘。金融业如王槐山 1869 年任汇丰银行首任买办；陈春润进台维洋行后升任买办；谢伯及任意商华义银行买办等；上虞人吴成和在上海开设吴成记丝行，"经营丝业起家"，后任上海百利洋行买办（《上海市钱业调查录》第 38 号）。

绍兴商帮还在一些外资工业中设股和向制皂、制药等行业发展，如在 1882 年由德商禅臣洋行为主设立的中国熟皮公司中，上海合泰煤炭号主、南市钱业董事陈乐庭（绍兴）占有较大投资。在 80 年代初中外合办的华兴玻璃公司中，上虞著名钱商经元善为 2 名中方董事之一。1911 年张梅轩（绍兴）与人创办南洋烛皂厂。同年，沈知方（绍兴）与人投资 4 万元设立中华制药厂，这是辛亥以前上海唯一一家民族制药工厂（上海市医药公司等《上海近代西药行业史 p. 121，上海社会科学院出版社 1988 年版》）。

绍兴钱帮

绍兴为中国钱庄业发祥地之一，并直接影响了上海钱庄业的发展。史借对上海钱庄的起源时云："大抵钱庄之滥觞，实始于旅沪绍人所设之煤炭肆，兼营小规模之存放业务，积之稍久，各方称便，业务日渐发达，相继开设者日众，渐次形成钱庄之一专业"（中国人民银行上海市分行《上海钱庄史料》p. 6，上海人民出版社 1960 年 3 月第 1 版）；又云："上海的钱庄是绍兴籍煤肆商人某，略有馀赀，兑换钱洋，并放款与邻近商店，以权子母。继而逐渐推广，独树一帜，此绍兴派钱庄之所由来也。吾国南方各省之钱庄多系此派之血统（潘子豪《中国钱庄概要（1931 年）》p. 33，秦润卿《中国通商银行五十周年纪念会讲话》）"。

明代中后期，境内商品交换日趋繁荣，内地货与外洋货同时流通于城乡市场。

随着商品流通市场的兴起和发展，境内货币种类增多，外国银元流行，出现制钱、饼银（银元）并用的局面，以兑换银、钱为业的钱摊、钱肆应运而生。尤以城乡手工作坊、农副产品加工业的兴起，绍兴老酒、茶叶、丝绸、锡箔大量生产，并销售国内杭州、宁波、上海、苏州、无锡等地以及东南亚、西欧、日本等国家和地区，金融行业继兑换银、钱之后，以借贷资金为主要业务的钱庄业逐渐兴起。钱市行业开始从"银钱贵贱"（即兑换比价），向"赊贷子息多寡"（即存放利率）和不同地区间的汇划业务发展。至清康熙、乾隆年间，境内商品生产更趋发展，一些经营老酒、丝绸、茶叶、锡箔生产和销售的酒坊、茶栈、箔庄，资本日见浓厚，与外地商行关系更趋密切，开始向杭州、上海、北京等地投资创办钱庄，成立行会组织。嘉庆年间，山西票号势力强大，然而"钱庄业在清朝以绍兴一派最有势力，当时阻止票号势力不能越长江而南者，此派之力也。"（王孝通《中国商业史》p.22，商务印书馆1936年版）

19世纪50年代初，上海南北两市的汇划钱庄还不过寥寥数家，1876年已达105家，达到前所未有的兴盛时期。特别是绍兴帮钱庄，多以经商起家，他们占据上海通商口岸优势，凭借手中财力，到绍兴等地收购老酒、茶叶、丝绸、锡箔等商品，经上海转运出口。咸丰、同治年间（1851～1874），绍兴人董庆章在沪、杭、甬等地经营丝、茶、典当，积资累万，先后在绍、杭、沪开设"镒"字号钱庄。同治、光绪年间，绍兴人张广川，"其先人以生意起家，绍兴之开店铺者，多行其资本。"

19世纪后半期至20世纪初，上海钱庄业涌现（任桂全总纂《绍兴市志》第二卷p.1322，浙江人民出版社1996年版）出一批叱咤风云的绍兴籍钱业领袖人物。如经芳洲（上虞）、胡小松（余姚）、屠云峰（上虞）、陈笙郊（上虞）、谢纶辉（余姚）、王冥生（余姚）、陈一斋（上虞）、刘杏林（上虞）、陈乐庭（绍兴）等。他们是上海钱业界"备受众望"的杰出代表，"举凡安定市面，救济工商，团结内部，改进业务，或福被社会，或泽遗后人"（秦润卿《五十年来上海之钱庄业》，中国通商银行《五十年来之中国经济》P.69，京华书局1967年版），在上海钱业界具有重要影响。绍兴帮还是上海北市钱业会馆的主要创办者，并在上海南北市钱业组织中占据重要地位。上海钱业早在乾隆中期就在南市邑庙创设同业组织钱业公所，上海开埠后，由于租界地区商业贸易的快速发展，上海钱业重心也由南市逐渐移至北市。南市钱业为重整雄风于1883年另建南市钱业公所，以协调南市诸钱庄业务。北市钱业则筹资12万两，于1889年创设占地16亩的北市钱业会馆。上海钱业自此出现了南公所与北会馆并立的局面。在北会馆的31名历任董事中，绍兴帮也占了相当比重，有经莲珊（上虞）、经芳洲、胡小松、屠云峰、叶丹庭（余姚）、陈笙郊、陈乐庭、王冥生、谢纶辉、陈一斋、胡稚芗（余姚）11人，占35.5%。

绍兴之钱庄

绍兴是古越国的都城，自古以盛产大米、丝绸、茶叶（平水茶）、黄酒、锡箔等商品闻名于世。绍兴人自古以来，外出当幕僚的甚多，也有一定的资金积累。当在明清时期商业高潮兴起时，许多官宦世家书香门第纷纷投资于钱庄、典当。绍兴的钱业市场形成也比较早。据董金鉴《吴太夫人年谱》（现藏北京图书馆）的同治二条说清咸丰、同治时期，"绍兴钱肆情形，大约以长期和随还两项为大宗，长期六对、月为率。一年凡两期，以三月底、九月底为到期。随还，随时收付计掉息，掉期今昔不同，咸丰年间，通行制钱为本位，故作钱掉，而复有银掉、洋掉。同治年间，改为"老洋"（即佛洋、本洋）为本位。搭用鹰洋，价短于老洋二百文，故改钱掉为洋埠，每月六期，逢五逢十开掉（逢二逢六尚有尾掉，掉息以钱计，每洋一元，率钱四、五文为中价，多至十文，少至一、二文不等。月底结算，始核作洋数。至光绪初年，老洋渐衰，鹰洋日旺，价目几相并。至三年改以鹰洋为本位，掉期每月改为九期，以三、六、九日开掉，掉息改钱计为洋计，以百元作数。大约每期以一、二角为中价，多至三角另，少至一分或五厘不等，每期滚算，不挨月结矣。通常以三月底起掉，至十二月二十三日止掉，每年约得八十期，按期议价，以昭一律。而钱肆与外行进出，存欠例有加除（如存应照价减成，欠应加成以资津贴）至年底偿清，此其大略也。钱肆于长、随两宗利益外，尚有现贴（现贴指现洋与划洋之间不同价格的贴水）、汇水、滚息等余利……又洋价亦今昔不同。咸丰间短至每元七百文，长至每元一千三百文。同治年间约每元一千二百余文。至光绪十年以外，每元一千一百五六十文。二十年以外，至每元一千文，至今仍之"。

绍兴的钱业公所在光绪之前已早有活动，其议事交易的场所，是在大江桥与小江桥之间的护国市（又名相公殿）的后进王佐寺内。光绪十年，新建钱业公所于蕺山之南笔飞弄内，光绪十二年正式落成，当时入会的钱庄有 42 家之多。据宣统二年（1910）《山阴县劝业所报告书》载："山邑金融机关与会稽合其枢纽，均在钱庄，两邑大庄二十七家、中小庄三十余家，大庄均设在城市，中小庄则柯桥、安昌、临浦等乡市均有之。从前山阴市价以钱为本位，近则以银元为本位矣，其议市价也由大钱庄主持，每日上午群集于钱业会馆，所议市盘有龙圆、墨银、宝银、杭汇、甬汇、现水、掉期等名目，从前亦议规元价目，以其近于买空卖空，现已不复议矣，龙圆七钱二分者，绍市（山会同在郡城，故称为绍市）不多见。最通行者为七分二厘及一钱四分四厘两种，其价之高下，悉视沪杭为涨落，大率正二三月最贱，年底最贵，余则贵贱不等。墨银之价常较龙圆略高，宝银者为纹银，与银元兑换之价，涨缩甚微。杭汇、甬汇为与杭州、宁波来往汇兑之汇价。现洋者，现银缺乏时，取用现银，当贴以升水，反是则小板去水（小板系墨银种类之名，此外尚有大鹰板、如意板，而小板最多），升水每百元至多贴至二元数角（此就平常而言，若银根特紧急时则尚不至此）。去水则多不过一角内外而已。掉期者，在沪甬谓之拆息，每月以二五八为汇划期，以三六九为议价期，实论存欠，须在二五八以前交割，然后三六九出价可以照算。规元则自不定价，悉听杭甬，有杭规、甬规之别，以卖买之种类而分别用之。"到清末民初"绍兴有钱庄 22 家；大同行钱庄股本为 3~5 万元，握有金融之操纵权，中同行股本 2 万或 1.6 万元，无议市价及开折息之权，小同行股本 1 万元或 6 千元，其范围势力较中同行尤为薄弱。"（陈国强《浙江金融史》p.78，中国金融出版社 1993 年 12 月第 1 版）

20 世纪初，由于商品经济的活跃和农村经济的破产，投资土地实行封建剥削难有可靠的保证，而投资工商业却有大利可图，绍兴地区的一些地主官僚把财富开始转而投资工矿业，更多的则经营商业、钱业等。如徐锡麟之父徐凤鸣，原是地主兼县吏，后来弃吏经商，在绍兴、东浦开设大生绸庄等店铺；又如曾任两淮盐运使、具有维新思想的汤寿潜，其大量财富不是购买土地，而是在绍兴开设钱庄。其时"绍兴一地就有大小钱庄四十余家。"（徐和雍等《浙江近代史》p.210，浙江人民出版社 1982 年版）绍兴的商业、钱业交前更加兴盛。

第二节　民国之商贸（公元 1912～1949）

鸦片战争后，绍兴市场开始出现洋货，民族工业兴起，商品种类增加。民国时期，绍兴商业又有很大发展。绍兴沦陷后，市场萧条，商业凋敝。抗战胜利后，尽管商业有所恢复，但元气大伤。由于内战接踵而至，战祸所及，商业流通聚道不畅，加上国民政府大量发行金圆券，货币贬值，物价暴涨，商家无法经营，濒临绝境。

商业贸易

民国前期，商业又有所发展。民国 25 年（1936），绍兴城区商业有 103 个行业，计 4887 家，资本总额 940.1 万元，年营业额 4828.8 万元。30 年（1941）4 月绍兴沦陷后，市场衰败，民不聊生。抗日战争胜利后，商业稍有恢复，然回天无力，加上内战爆发，纸币贬值，商业萧条。据 37 年（1948）7 月 21 日《绍兴工商报》载，绍兴商会调查统计，时有商店 2471 家，从业 4518 人。

粮油

民国时期，绍兴地区常年缺粮，其中，绍兴缺 5 个月左右，新昌不足半年口粮，上虞年输入 500 万到 1000 万斤，诸暨、嵊县平年不足，丰年补充杂粮方能自给。粮食流入量大，米市交易旺盛时，日流量在 5000 至 6000 石。各县米市大都在县城和集镇。绍兴城周围有五云、偏门、西郭门三条"米行街"，是绍兴城乡粮食交易的主要集散市场，新昌、嵊县等地粮商亦多赴此采购。县城以下较大米市，有绍兴柯桥、东关，诸暨枫桥等。柯桥为平原水网地带，盛产稻米，新粮登场，"乡货"大量上市，米市交易繁荣；枫桥是山农卖柴换米的集市，逢缺粮季节，上千山农赴集，贸易兴旺。民间有"柯桥千支撑杆，枫桥千根扁担"之说。

抗日战争前，全地区有粮行、米店 800 多家，其中，绍兴 400 家左右、诸暨 125 家、上虞 98 家、嵊县 40 多家、新昌 139 家。绍兴沦陷期间，运输受阻，粮食采购中断，米业衰落。抗日战争胜利后，粮食业有所恢复。35 至 36 年间，绍兴城区米业商号达 163 家，其中嵊县 103 家、上虞 92 家、新昌 119 家。然法币贬值，粮价猛涨，

35 年（1946）10 月，食米由沦陷前每石法币 50 元，飞涨至 285000 元。各县政府为平抑粮价，于 36 年（1947）复建民食调节委员会，由县长、县参议长、田粮处长、县商会理事长、粮食业公会理事长组成，县长任主任委员，主管粮食采购、平粜及赈济。但所供粮食不敷所需，时断时续，未能抑制粮价暴涨，民众积怨日深。同年 5 月 2 日，绍兴城区锡箔工人捣毁粮店 46 家、大米 600 余石及白篮、升、斗等工具。38 年（1949），国民政府滥发金圆券，粮价再度飞涨。1 月 31 日绍兴城区籼谷价每石 1000 元，4 月 20 日涨到 50 万元。其时，百业重货轻币，粮食业尤甚，粮商惜售，民众苦不堪言。

20 世纪 30 年代初绍兴西郭门外米行街

副食品

境内酒、烟、糖、糕点、肉食、禽蛋、蔬菜等副食品，素由南货店、糖糕店、酒店、肉店、蔬菜摊贩等分别经营。副食品货源，烟、糖因本地出产较少，多从境外调入；糕点、蔬菜等副食品，基本实现自给；绍兴酒、猪肉、禽蛋产量丰富，自给有余，大量调出境外，以至销往国外。

绍兴酒　民国时期，酿坊仍较普遍。据对民国 21 年（1932）绍兴酒运销量统计，其中销江苏 980 万斤、河北 100 万斤、湖北 70 万斤、福建 60 万斤、广东 30 万斤、山东 20 万斤、安徽 10 万斤、辽宁 10 万斤、吉林 8000 斤、江西 5 万斤、河南 4 万斤、广西 2000 斤（民国 22 年 9 月《绍兴商报周年纪念刊》"绍兴酒之现状与前途"）。其时，上海酒业市场以绍兴酒业规模最大，黄酒年销量一直占首位。经营方式，有自酿自销者如"王宝和"、"高长兴"、"章东明"等，以其雄厚家资，一面在家乡开设大酿坊，合家兄弟子侄一起经营酿酒业；一面派善交者坐庄沪上，开设酒店，兼营批发零售。所产绍兴酒，大都贮存三年再出运，并在上海备有仓库，储存十年以上陈酒，待价而沽，吸引富商巨贾选购。亦有代酿自销一类。这种酒店资金充足，但无酿坊，常与绍兴名牌酒坊建立供销关系，委托代酿绍兴酒（俗称"搭酒"），运抵外埠城市自销。酒店注重老酒质量和牌号信誉，工商互利。尚有一批依附大同行的小店，小本经营，资金紧缺，依靠大同行赊销进货。因货源由大同行供给，老酒质量好，故生意兴隆。此外，还有一批零星进货、小本经营酒店。这种酒店所进老酒牌号混杂，质量参差，但由于经营灵活，亦能维持生计。据1949年上海绍酒业同业公会统计，除里巷小酒店外，有登记会员249家。绍兴酒销售量，几乎占绍兴酒总产量的四分之一强。另外，在杭州有绍酒经销店近200家，在北京、天津、南京、宁波等地，亦均有绍兴酒的销售渠道。

20世纪30年代初开设在上海南京路上的"王裕和"酒店

烟制品 清末民初，机制卷烟进入绍兴市场，吸食者增多，传统吸烟习惯逐渐改变。专售卷烟的大中型烟店应运而生，在短时间里一大批零售烟号在绍城几条主要街上相继出现。其时，绍城区香烟店有"荣康"、"同富"（大街清风里口），"横兴福"（水澄桥），"三和兴"（大江桥塊），"干泰升"（清道桥口），"元丰"（县东门），金生泰（东街），"溶溶"（县前街），"郑永丰"（昌安门生聚桥），"藤友生"（偏门米行街）。其他县城开设的卷烟经销商店有上虞同春、同裕春，嵊县汪集丰，新昌鼎昌，诸暨元升、协和等。英美烟草公司、南洋兄弟烟草公司等在绍兴均先后设有代理机构。这一时期，绍兴市场上全部英美烟的批发业务由上大路"甡康烟公司"（英美烟公司在绍代理机构）全权经营（《绍兴文史资料》卷4"绍兴卷烟市场四十年"1909～1949）。抗日战争期间，因交通、社会等原因，境内卷烟市场出现异常现象。其时，绍兴卷烟从宁波、杭州进入，品种多，数量大；余姚、上虞、嵊县、诸暨等地则在绍兴进货；有的再经金华销往江西、重庆等地，绍兴一时成为卷烟集散地。嵊县曾因机制卷烟流通不畅，货源紧缺，有回乡工人引进屉盒式木制手工卷烟工具，利用本地产晒烟原料，自制手工卷烟投放市场，受到消费者欢迎。其后，仿效者蜂起，土制卷烟厂、坊多达120余家。产品除供本县外，还外销东阳、义乌、诸暨、萧山、余姚等县。抗日战争胜利，机制卷烟市场恢复正常，手工卷烟日渐萎缩。其时，烟制品由私商和个体摊贩经营，由建设科、商会管理，卷烟同业公会指导业务。1949年全国解放，上海英美烟草公司宣告结束，国产烟取而代之，完全占领了市场。

食糖 民国元年（1912），"恒豫泰"、"陶仁昌"南货店相继开业。至25年

（1936），绍兴城区南货店发展到 176 家。33 年（1944），绍兴城区有南、北货行 27 家。35 年（1947），城区南货业同业公会有会员店 55 家，商店按规模大小分等级，大同裕、陶仁昌、恒豫泰、信大裕、震孚等属甲级；悦来、朱荣记等属乙级；还有丙级、丁级、戊级。

糕点　境内糕点由茶食业、香糕业经营。民国 23 年（1934），茶食店 13 家，全年营业额批发 40260 元，零售 266000 元，其中，华泰茶食店销售额最高，批发 6760 元，零售 44629 元；同馥和、德和不经营批发，零售分别为 3.4 万元和 2.9 万元。25 年（1936），香糕店发展到 54 家。36 年，茶食业同业公会调查，有会员店 18 家，未入同业公会的商店 7 家，共 25 家。其时，绍兴城区茶食店、香糕店多为前店后场，自产自销。生产品种与经营范围有明确分工，香糕业以经营各式香糕、蛋包、蛋卷、椒盐烧饼、炒料糕、火炙片、月饼等品种为主。茶食业经营范围广、品种多，有糖果、糕点（不经营香糕）饼干、蜜饯、罐头、果露、汽水、生熟咸货（酱鸭、酱鸡、鱼干、香肠、酥鱼、牛肉、扎肉、卤煮豆腐干）等。

肉食　民国时期，较有影响的肉店有大江桥大兴昶和莫法记、大云桥谢元昌、狮子街口梁德、北海桥元和、府桥头恒昌、东街邹金江、长桥边凌生记、昌安三脚桥边叶德兴、偏门周大兴等。民国 22 年（1933），绍兴城区销售肉猪 25200 头，总值 20.43 万元，其中，本地收购生猪 8170 头，不足部分从兰溪等地购入。民国 35 年（1946），城区有猪行 5 家，鲜肉店 47 家，火腿、腌腊店 7 家。

食品加工　随着农业和手工业的发展，酱油和米醋等调味品的制作业，腐乳等豆制品业也相继出现。绍兴酱园的鼎盛期是在 20 世纪二三十年代，这一时期，各酱园的生产量都很高，其中最著名的是谦豫和咸亨两家酱园。略逊于谦豫、咸亨的酱园号是同兴、刘合兴、沈通美、谦益新号、鲍顺泰诸家。三十年代，城内的 9 户酱园共有资金三四十万元，调用钱庄等款六七十万元，每年制酱一万余缸，酒二千余缸，腐乳二十多万缸。位于乡区集镇的酱园有：柯桥宋文盛、东关恒昌、安昌仁昌、孙端福兴、漓诸和福昌、钱清松盛、寿康等。其中仁昌、宋文盛、恒昌范围较大，与城内各园，相差不远。其他较小，年制酱四五百缸，酒一二百缸，也制腐乳。1937 年抗日战争开始后，受战事影响，原料采购困难，特别是腐乳外销萎缩，该业逐步走向衰落。1941 年绍兴沦陷，各园经营规模大大缩小。1943 年城内原九家酱园，总产量为酱一千二百缸，腐乳一万五千坛，不及三十年代一户酱园的产量。沦陷时期和抗战胜利以后，户数虽有增加，但资力都不足，规模都不大。在此期间，先后开设的有：老顺泰（下大路，负责人许松龄）、大兴（大云桥，负责人王长茂）、裕源（东街，负责人鲁文产）、万利（昌安，负责人李国瑞）、正德（西郭门外，负责人严吾馨）、周永记（五云门外，负责人裘月珍）、还有稽山酿造厂（南街，负责人邵鸿书）、鉴湖酿造厂（偏门外，负责人许松青）、绍兴酿造厂（厂址设在投缪河，门市部设在东街，系学校老师们创办）。这些新增加的酱园和酿造厂中，老顺泰（前身即是鲍顺泰，因经营不善，无法支持，由许松龄等合伙接盘，改名为老顺泰）较为著名。1945 年 5 月绍兴解放前夕，市区共有酱园 17 户：谦豫、咸亨新、咸亨泰、沈通美（老通美）、新通美、刘合兴、老顺泰、谦益新号、大兴、同昌、裕源、万利、周永记、谦益昌、正德、鉴湖酿造厂、稽山酿造厂。

农副产品

境内农副产品种类多，资源丰富，主要有茶叶、蚕茧、棉麻、畜产品、干鲜果菜等。民国时期，农副产品多由私商收购经营，大多运销全国各地以至出口国外。

茶叶　民国 29 年（1940），毛茶生产地集中在绍兴平水、王化、王坛、富盛，诸暨绛霞，嵊县谷来、崇浦、石璜、雅安，新昌澄潭等地。是年，绍兴地区毛茶年产量为 11.15 万担。翌年，日军第二次侵占绍兴，茶叶减产，茶厂遭毁，经营机构破产，茶农投售困难，出现烧茶肥田现象。抗日战争胜利后，茶栈渐多。35 年 4 月，绍兴县茶业同业公会会员名册登记有 11 家，是年茶叶出口 4 万担。36 年，茶价惨跌，米价飞涨，每担细茶换不到白米 1 石（75 公斤），平水茶面临危机。38 年，绍兴地区茶叶种植面积仅 7.74 万亩，年产量 7.17 万担。

蚕茧　民国 6 年（1917），诸暨有 71396 养蚕户，年产茧 184.5 万斤，价值 88 万元，人工制丝 5.22 万斤。民国 7 至 17 年，嵊县每年约产干茧 100 万市斤，行销沪、杭等地。其时，境内蚕茧收购者，多为蚕区富户、官商和缫丝厂商，设茧行（站）和租行经营。民国 19 年（1930）年，嵊县有茧行 65 家，收鲜茧 240 万斤，烘干茧 100 万斤。民国 23 年，国民政府浙江省建设厅在新昌设蚕业改进指导所。翌年，诸暨推行合作烘茧。抗日战争爆发后，海运、内地交通受阻，蚕茧生产锐减。抗日战争胜利后，因茧价偏低，养蚕业陷入困境。民国 36 年，春茧产量仅 142.31 万斤。其时，浙江省政府成立蚕丝产销协导委员会，下设推广区和推广分处。绍兴地区为第十推广区，所属绍兴、上虞、嵊县、新昌、诸暨设分处，实行蚕茧产销管制。

棉花　民国 19 年（1930），立法院统计处调查，上虞、绍兴两县棉花生产较为稳定，其中上虞棉田面积为浙江省第六位，籽棉亩产量为全省第一位。抗日战争期间，国民政府对棉花采取统制政策，压价收购，棉农遂以棉田改种杂粮，棉花产量锐减。抗日战争胜利后，棉花生产有所回升。1949 年，绍兴地区棉花种植面积 3.05 万亩，总产量为 479 吨。

日用工业品

民国时期，日用工业品销售网点增加。民国 25 年（1936），绍兴城区有百货店 420 家、绸缎布店 65 家、铜锡铁杂件五金店 229 家、电料店 17 家、茶漆店 38 家、煤油店 79 家、文具店 24 家。

百货　民国时期，百货批发门售，遍及街市。据民国 25 年（1936）商业调查，时有百货业商店 420 家，资本总额 11.8 万元。著名的有源兴恒，资金 2.2 万元，年营业额 30 万元以上。批发商还有裕记、甡记、福生恒、顺大隆。民国中期，百货业经营波动较大，提倡国货，减少洋货销售。民国 22 年（1933），《绍兴商报周年纪念刊》载："该业近两年来营业比较各业更为减色，资本较厚之家，因营业衰落盛行其所谓减价拍卖政策，以资招徕，然卒因市面枯竭难以厚利，现该业营业较大者全县不过十余家，大小店铺合计虽尚有 100 家，然全年营业总额已由百万元降至 80 万元。"25 年（1937），百货业稍有发展，时有百货店 108 家、成衣 102 家、西装 12 家、鞋 80 家、扇帽 45 家、钟表眼镜 21 家、丝绒 28 家、藤器皮箱 24 家，然年销售总额仅 63.26 万元，经营非国货值 4.57 万元。抗日战争爆发后，战火连年，客商不至，百货业日渐衰落。28 年（1939）11 月 16 日，百货商业同业公会登记，时有会员 30 家，资金总额 10.65 万元。36 年（1947），同业公会调查时，有杂货店 21 家，店员 139 人，资本 2744 万元（旧币，下同）；衣庄 13 家，资本 1610 万元，其中济安衣庄资本最多，为 400 万元；厚昌协衣庄次之，为 180 万元。

1918 年前后绍兴某机户织布情景

纺织品　抗日战争前夕，绍兴城区绸缎布业店达 65 家，资本总额 160.21 万元，年营业额 151.33 万元，其中销售外国货 9.5 万元；棉花店 55 家，资本 4.44 万元，年营业额 11.39 万元。其时，布业以陶泰生布店居首，每月营业额数十万元。其他有大来升、谦泰、天祥、天吉、锦泰、杭大升、云章泰等布店，资金三四万不等。绸庄较大者有干泰昌、丰大、天生（系徐锡麟之父徐梅生开设）等。抗日战争开始，绸布业每况愈下。民国 35 年（1946），绍兴绸商业同业公会《商店概况调查表》记载，时有绸庄 10 家，其中绍兴绸庄最大，资金 1200 万元（旧币），店员 15 人。36 年，棉布商业同业公会登记，时有布店 36 家，多数分布在绍城大善寺、大善桥后街和利济桥一带。

五金　民国初期，绍兴城区五金商章泉记新号、章泉记老号、祥生顺东号、祥生顺西号相继开设。民国 20 年（1931）前后，正隆、荣康、惠记五金煤油店开设。25 年，城区有铜锡铁器杂件五金店 229 家（专业五金店仅 1 家），资本总额 4.73 万元，年营业额 28.76 万元，其中非国货营业额 1.06 万元。抗日战争胜利后，五金销售业无多大发展。民国时期，绍兴城区，其所需五金商品，部份由陆永兴等五金商店供应，市场需求量不大。

交电 民国初期绍兴城区始有发电厂，部分商号大户开始用电照明。民国10年(1921)，杨鼎兴五金电料店在城区清道桥开设，经营室内电料，品种约百余种。25年，城区共有电料店17户，资本总额7.33万元；年营业额16.24万元，其中经营非国货值2.36万元。其时，有自行车供赁行19户，资本总额5.56万元，年营业额2.34万元。27年，孔明（华明）电料行在城内花巷46号开业，专事批发，还自行生产电池批发，员工最多时达50余人。资金2.88亿元。日军入侵绍兴后，电料业一度闭竭。抗日战争胜利后，始恢复。36年6月，批发商越光电器行在城内上大路36号开设，经营电器材料、电池、室内电料，从业人员3人，资金1.1亿元。期间，余杭记电料店、明腾电料店、光明电料店、李六记电料店、大光明电料店、公明电料店等相继开设，以后日渐衰落。至1949年5月，绍兴电料业仅剩下较有影响的杨鼎兴电料店、越光电器行、华明电料行。

化工品 民国时期，茶漆业、颜料业较兴盛。民国25年(1936)，绍兴城区有茶漆店38家，资本总额8.53万元，年经营额21.95万元；油漆作坊15个，年经营额0.25万元；桐茶生油店8家，资本总额10.4万元，年经营额43.4万元；颜料店7家，资本总额1.45万元，年销进口颜料1.24万元，土染粉1.05万元。抗日战争时期，日军侵绍，茶漆、颜料业大都闭歇。34年10月，城区成立茶漆同业公会，时有会员店10家，其中清嘉庆、同治年间开设的老字号留存"悦茗"、"吴永泰"、"周永泉"、"瑞昌"等4家，资本达17.1万元；民国时期开设的留存"德昌"、"周恒源"、"鼎中祥"等6家，资本9.7万元。35年，成立颜料业同业公会，有会员商店80家，资本总额1860万元，其中"蒋荣济"居首，资本800万元，"五丰"360万元次之。此外，资本上百万元的尚有5家。颜料店均设在上大路一带，故旧有"颜料街"之称；茶漆店多设在利济桥、大江桥一带。

文化用品 民国成立后，随着学校兴起，经营文具的商店渐多。民国25年(1936)，城区有书籍文具店24家，其中独资经营21家，资本1.99万元，年营业额5.38万元，内含销售外国货0.34万元，占6.75%。商店经营来自上海、杭州的钢笔、铅笔、复写纸、蜡纸、圆规、三角板、球类等，毛笔大都自制自售。卜鹤汀、六也斋笔店出售毛笔生意较好，尤以卜鹤汀的"金不换"小楷笔，精良耐用，有口皆碑，深受鲁迅喜爱。35年1月，成立书纸业公会，有会员店46家。翌年，有书纸文具业店35家，其中以"美琪"资金1000万元最巨，晋昌泰、南山600万元次之。

生产资料

民国时期，境内工农业生产资料均由私营商店经营。其中，工业生产资料多由煤油、五金商店或行栈经营，营业范围包括钢材、条铁、化工原料、家用铁器、车料、电料、燃料等。

金属材料 民国时期，山阴、会稽两县盛产锡箔制品，对锡需求量较大，对钢材、生铁及其它金属需求甚小。铸、锻日用品和农具所需之生铁、条铁、铜等，由私营商行分散经营。

机电产品　民国时期，境内所需少量机电设备，由私营商业行栈供应。

化建材料　民国时期，境内化工原料、轻工原料和建筑材料（简称化建物资）的需求量较少，品种单一。主要为制皂用碱和民房建筑用砖瓦，多由私营商行分散经营，或由砖窑自产自销。

煤炭　民国时期，境内工业基础薄弱，所需煤炭不多，居民生活用燃料，主要靠稻草、木柴。1949年，绍兴城区销售煤炭482.25吨。

石油　民国初期，绍兴章泉记，正隆等五金煤油号开设。章泉记还在上海开设永源、杭州开设镇源、温州开设永顺福等煤油行。民国25年（1936），城区有煤油店79家，销售煤油油品牌号有美商美孚石油公司的鹰牌、飞马牌，德士古石油公司的T牌、红星牌，英商亚细亚石油公司的贝壳牌、僧帽牌。油料多向上海美商、英商处购进，从十六铺码头落船，用帆船运至绍兴后海头（孙端镇塘殿）上塘，再用大板船运回。有时也用火车载运（每车装载888听）。"元升"储油仓库设在西郭门外梅树牌坊徽州会馆内，"陆永兴"在五云门外建有煤油仓库。抗日战争时期，日军禁止中国商人经营石油，煤油业萎缩。抗日战争胜利后，国民政府将石油列为"战时经济管制"范围。38年（1949）5月，绍兴城区煤油商有陆永兴、元升、德丰、协和祥、鲍顺记、信源、正隆、中华等8家。

锡箔　锡箔是绍兴的传统特产。民国时期"绍兴产箔量为江浙两省的十之八九……锡箔制造其每年出产量，综合杭甬两地，为合国币三千五百万元，可与我国丝茶二项大宗出产相抗衡。制造者铺商会计一千五百馀家，其行销于上海者百分之四十，长江流域百分之十，华北百分之十，沪甬路百分之二十，其他如江西、安徽、杭江路一带及本省各处，广东、福建百分之二。"（胡廷玉《绍兴之锡箔》，民国22年9月《绍兴商报周年纪念刊》P.50）"绍兴锡箔工业遍及全县，而城区各乡最盛。据调查，1930年代初期境内"锡箔制造分箔作、箔铺、褙纸户、矸纸作四种；贩卖分箔庄、箔店、箔客三种；经营原料者，则有铲锅作、纸栈等。箔作，以锡料制成锡页，绍兴计有一千余家，工人约2万……箔铺，以锡页加以纸片使成锡箔，并以所成之锡箔卖给箔庄，此种箔铺，绍兴有七百家，但亦往往兼设箔作。褙纸户系代箔铺以锡页加褙于纸中之户，是手中工作，大都女工任之，绍兴散布四乡，计有八万人……矸纸作为矸光锡箔坯之作场，绍兴约5000家，工人达25000人……箔庄为代客买卖之箔商，绍兴在20年前，计四十余家，现有20余家，皆在城内"（民国22年11月实业部国际贸易局编《中国实业志》第七节"锡箔业"）。刊于民国35年之《浙江工商年鉴》载："浙江之绍兴为手工制造锡箔之最大产地，每年产量，虽历有盛衰，据最近调查，每月在10万块左右。……绍兴全城区人口，共有三十余万，而直接间接籍箔业为生者十余万人。"锡箔从明初开始生产，到中华人民共和国成立后消亡，历时600多年，对绍兴的社会、经济、文化产生过重大影响。

1918 年前后绍兴某箔坊箔工操作"劈纸花"

废品回收 绍兴城区废品回收小贩，多集中于堕民聚居地的"三埭街"（永福街、唐皇街、学士街），坐商则集中于城区大坊口至斜桥一带；山阴、会稽农村，集中于嘉会乡迎驾桥、马山乡西安桥、安昌镇彭家溇和城东则水牌等地。小贩肩挑货郎担、手执拨浪鼓，沿街走村，以饴糖、衣针、发夹等小商品，换取破布、破鞋、鸡毛、鸭毛、鹅毛、废铜、旧铁等。换回后，经过分类整理，大块布做补丁布，小块布做鞋底布和里衬布；鸡毛用于串鸡毛帚；废钢铁多售于打铁铺。其他各县，情形相类。

医药

明清及民国时期，境内中成药，均由各大药店加工自制，以零售配方为主，也有兼营拆兑者。主要品种为传统丸散膏丹、药酒花露，均按局方和处方配制。绍兴城区震元堂、天宝堂和"十大家"（天芝堂、存仁堂、光裕堂、利生堂、天益堂、老三瑞、人和堂、惠和堂、至大、天禄堂），以及嵊县鹤年堂、上虞天芝堂等药铺，都"前店后场"，自制中成药。震元堂自制品种达 324 种，其传统品种有小儿回春丹、百草神曲、参贝陈皮、愈风酒、大补药、驴皮胶、版胶等。鹤年堂自制品种亦达 200余种。

西药，于清末传入绍兴府境。民国 3 年（1914），绍兴城内万国药房创办，始有西药专营和兼营机构。专营西药房批零兼营，也有兼营西药配方者。批发对象主要为各类医院及私人医生，零售则多为一般顾客。药房经营有各类国产和进口的针、片、水、粉等剂型药品，大店品种达千余种，小店则在一二百种之间。货源来路，大店多自行向沪、杭、甬等地批购，并自制自配红药水、碘酒、痱子粉、哥罗颠等出售。小店多向本地同行拆兑进货，或通过捐客（中间人）购买。为解决药品进货价格问题，绍兴西药房共同组织西药联购组，统一向外地采购进货。各店再根据货单向联购组进货。

清末民初，西药传入绍兴。民国 3 年（1914），绍兴地区第一家西药店万国药房，在绍兴城内轩亭口开业。4 年（1915），上虞百官良西药房开业。同年，神州医药会绍兴分会成立。此后，药店经营品种发生变化，有专营中药店，有专营西药店，亦有中西药兼营者。6 年（1917），绍兴城内老福林堂，东南药房、华德药房相继开业。8 年（1919），绍兴同善施医局、仁寿局成立。9 至 16 年，诸暨县药业会、嵊县医药研究社、诸暨生生药房、嵊县崇仁维康药房、上虞丰惠回春药房和绍兴县药业同业会等先后成立或创办。33 年（1944），新昌有中西药店 45 家。35（1946）年 1 月，绍兴县成立新药商业同业会，是年全县有中药店 137 家、西药店 17 家。37 年，诸暨有中药店 128 家、西药店 11 家。

钱庄业之盛衰

清王朝寿终正寝后，民国政府比较注重振兴实业，制定了一系列旨在推动农工商矿牧渔各业全面发展的政策法令，加以第一次世界大战期间西方资本主义国家输华商品大量减少，民族工商业获得了持续快速发展，其发展余势一直持续到二十年代中期。

旅沪绍帮钱庄

与此相应，上海钱庄业也从辛亥革命后的低谷得到迅速恢复和发展。1912 年，上海汇划钱庄只有 28 家，1917 年增至 49 家，1920 年为 71 家，1926 年达 87 家（中国银行上海市分行《上海钱庄史料》p.188，上海人民出版社 1960 年 3 月第 1 版），达到这一时期的最高数。以后由于西方经济危机对中国的冲击、新式银行的快速发展及"九一八"事变等因素的影响，上海钱庄数逐渐下降，但资本总额有所增长。绍兴帮钱庄在这时仍占举足轻重的地位。辛亥以后至抗战前夕，绍兴帮钱庄家数在上海钱业中一般占 50%左右，大部分年份在 45%以上，其中 1921 年达到 55.1%；绍兴帮钱庄的正附资本额大部分年份占上海钱庄资本总额的 45%左右，绍兴帮几乎撑起了上海钱业的半壁江山。1912 年至 1934 年，上海钱庄数从 28 家增加到 62 家，增长 121.44%，正附资本额从 110.8 万两增至 1783.5 万元，增长 12.94 倍；期间绍兴帮钱庄家数从 14 家增加到 31 家，增长 121.43%，与上海钱庄增长率持平，然绍帮钱庄正附资本额从 49.4 万两增加到 787.9 万元，增长 14.94 倍（陶水木《近代旅沪绍兴帮钱庄研究》p.8，绍兴文理学院学报第 21 卷第 1 期），高于上海钱庄资本的平均增长率，"宁绍帮仍握钱业之牛耳"（魏友棐《十年来上海钱庄事业之变迁》，钱业月报 1933 年第 1 期）。这一时期，绍兴帮中涌现出一批在上海钱业界有影响的杰出英才，如任钱业公会总董的永丰庄经理田祈原（上虞），任钱业公会主席的同余庄经理邵燕山（诸暨），任钱业公会主席的滋康庄经理何衷筱（上虞），任钱业公会副主席的安裕庄经理王鞠如（绍兴），任钱业公会副董的承裕庄经理谢韬甫（余姚），钱业常委裴云卿（上虞）、王怀廉（余姚）等等。

20 世纪 30 年代初期，西方资本主义国家爆发世界性经济大危机。世界银价暴跌，中国白银由滚出转向流入。同时，因农产品出口滞销，农村白银又流向上海，上海市场银洋存底一时大丰。1933 年 4 月国民党政府实行废两改元货币政策。实行废两改元，与各地钱庄业关系很对钱业利益影响极大。随着"法币政策"的施行，国民党政府实现了对民族资本银钱业的全部大，特别是上海的钱业界，上海原使用规元，主要是由于现洋短缺，不敷周转时，可以通过同业内部划拨规元。实行废两改元后，现洋不敷，银行可以发行纸币，而钱庄没有发行权就造成周转困难，控制，由此引发地产价格狂跌，同时由于物价的暴跌，市面的凋零，钱庄被客户倒欠的款项越来越多，1935年钱业大恐慌爆发，绍兴旅沪帮钱庄陆续倒闭，钱庄业已完全处于衰落的境地。

本埠钱庄

辛亥革命前后，因政局动荡，绍兴的钱庄有四五家闭歇。"一战"发生后，绍兴经济迅速发展。尤其是绍兴的一些传统产品如丝、茶、棉、锡箔、黄酒、酱作等，都有长足之进展。市内电话开通，华光电灯公司建成通电，杭甬铁路通车，内河航运、公路都很快发展起来。至1917年统计，绍兴的大众贸易（丝绸、茶叶、酒、箔、茧、棉、盐）出口，多达1400万至1500万元，进口物品（布疋、火油、纸烟）近1000万元（陈国强《浙江金融史》p.204，中国金融出版社1993年版），商业空前繁荣，钱业空前发展。据民国25年9月北京经济讨论处《经济周刊》刊载："现绍兴商业逐年兴盛，故钱业亦随之而发达，十四年份计绍兴城内外及柯桥镇共有大小同行四十六家"。1920～1935年，绍兴"城区有大同行29家，中同行3家，小同行28家，小小同行5家。开设在柯桥镇的有7家，安昌镇的有6家，华舍镇的有2家"（袁振康《记绍兴钱庄业最繁荣时期的面貌》，1987年《绍兴文史资料选辑》第3辑p.131）。钱庄的兴盛发展势头，一直持续近20年。"浙省钱业，以杭州宁波绍兴温州最为发达。"（《中国经济调查报告华中编第二种·中国实业志》第4册"浙江省"p.14，宗青图公司1934年版）。

此后交通银行、中央银行、中国农民银行等，相继在绍建立分支机构，出现钱庄与银行互相竞争局面。民国23年绍兴交通银行营业报告称："银行之兴起，正复未穷；同业之竞争，势却愈烈，而绍兴金融掌握，尚在钱业，盖历史久远，有以致之。"是年钱、银两业，仍以钱庄业致利最丰。日军侵占东北，绍兴经济每况愈下，茶叶、丝绸、老酒、锡箔等主要产品，内销不畅，外销停滞；市场萧条，商店倒闭时有所闻；钱庄放款难收，倒帐日增，陷入困境；银行兴起，竞争加剧，钱庄业务大批向银行转移。加之废两改元和法币推行，钱庄数十年间赖以获利的划洋虚元本位制从根本上开始动摇。民国25年交通银行营业报告称："自币制改革后，银行以法币为单位，钱庄仍以'绍洋'为基本法币，取款时除贴现外，更取手续费，各业遂与银行往来，钱业无现币交易，业务受一大损失。"各银行又以其地位和优势，相继开办储蓄业务，大量吸收存款，钱庄资金来源日趋缩小，开始全面衰退。及至日军侵绍时，钱庄业进入停顿状态，仅存的25家钱庄，全部闭歇。抗日战争胜利后，虽略有恢复，但因内战爆发，再次陷入瘫痪，长达数百年历史且对绍兴乃至江南经济产生过重大影响的钱庄业，从此一蹶不振。

附记　民国中期绍市城区各商贸之情形

（刊载于民国二十四年十一月绍报）

　　银楼业　年来金饰物已为摩登女郎所遗弃，因之该业大受打击。自易成银楼倒闭后，尚剩天成、宝成、信成及火珠巷之元泰等，每日生意均少。但日来因金涨关系，妇女莫不出金兑现，收盘一百一十元，暗盘售价须一百念五元，各银楼莫不大获巨利。此次中央取消现币实行法币集中现银，对于该业首当其冲，前途大可虑也。

　　彩桥业　自农村崩溃工商业凋敝以来，虽喜庆仪式也莫不求俭。近年来，各乡间多抢亲之举，营业益衰。据该业中人云：每月中只出货三、四次，而每场十五元算亦不过六十元。但每月开销至少须八十元，故收付不相抵。

　　嫁妆业　本城嫁妆店多至三十余家，除稍有声誉之西营王祥元、县东门朱恒义寿记等外，营业均尚不恶，如普通松树秫向马江配到只须四、五元，而一经油漆后竟须八、九元云。

　　提庄业　提庄业与衣庄业集中横街一带及县前，而年来农村破产，各市镇之批发奇形清淡。所存之货大有堆积如山之概，各庄不得已除削低码价外，添设门籍出清货色。

　　广货业　广货业所售泰半为化妆品，尤以外货充国货，故颇可获利。

　　帽　业　自呢帽盛行后，秋帽已无人顾问矣，幸有少数商界份子仍不脱古风，惟销路大遭打击。

　　丝线业　本市丝线业近年来亦非常清淡，除丝线购买力不强外，其副业如毛线、毛绒等品亦较往年冷淡。

　　丝　业　该业在十五年前为极盛时代，营业之佳为各业之冠。不料，后之人造丝倾销，天然丝一落千丈，该业首当其冲，丝行倒闭者屡有所闻，勉强维持开设者亦只横街诚泰等五、六家。

　　染　业　城中染坊自政府令迁城外后，门庄生意减去一半，加以江西染坊新近设立者如雨后春笋，因江西染坊价廉，故营业颇佳，致该业一落千丈。而批发生意因布业清单亦受影响，城中之震旦、张茂德等全靠染西式尚能赚钱。

　　制服业　自缝纫机发明后，制造衣服甚为便捷，工价之廉与裁缝足差一倍，且出货迅速，故营业甚佳。据业中人谈，该业除备几部缝纫机外，其余生财装饰极简，故获利之佳，可称小工业之翘楚。

　　鞋店业　本城鞋店，除大马路景泰、洪泰较有声誉外，其余小鞋店亦如林立，因鞋业成本较轻，尚能获利。年来自受社会不景气影响，鞋业生意亦衰落。

五金业 该业除煤油、火柴、香烟、面粉外，其余所售之品颇能获利，又兼此次东非战争发生后，金价狂涨，外汇奇缩，致煤油、火柴、面粉相继大涨。新近香烟（指天桥牌）亦有一百廿五元（五万支）加之一百三十五元，连税二百十五元，获利之佳占商业魁首。

印刷业 该业本轻利重，年来因商业凋敝，商界莫不以抄盘为号召。因此，印刷品如招纸等，销路极广，故尚能获利。印刷局约有四十家。

纸　业 纸业所售分国产纸、洋纸两种，近因金涨汇缩，洋纸价增一、二倍不等。本城各洋纸商莫不大获其利，而国产纸反趋衰形，如毛六元书等市盘续跌，存货山积，莫不亏耗成本。

书局业 因本县交通便利，各学校之书籍均直接向上海商务、中华及世界等书局订购。而小说之类，近年来书摊多如林立，虽书本敝劣而价特廉，故营业减去不少。

笔墨业 自自来水笔、钢笔为学生界之必需品，国产毛笔业大受打击。本市如丁三品、卜鹤汀、陆星槎等笔店均呈非常清淡，幸各乡批发生意尚佳，俯售之墨亦同受洋墨影响焉。

书画业 书画、扇牋庄年来尚称发达，若辈除代写礼对幛等外，尚担任代粘纸壁及装饰，营业亦未见大旺，惟有礼对一成销路极佳。

扇　业 该业现虽不应时，然今岁春夏之销路据该业中人谈，只销外帮（如三界、百官等）要减做五分之二，而本城门市亦大受打击，厥因泰半箔业不发达，致如牛心纪心（即芭蕉纸扇）等减销，惟较白鸟竹骨扇尚可一观。

片布行 所谓片布行有头发、牲畜毛、破布等，在三埭街不下二、三百家，本可渔利，惟所进货物皆系针及糖或豆所兑来，奈年来外销不畅。如销天津之鸡鸭鹅毛（鹅毛尚畅）竟减五分之二，而市价亦如瀑布下泻，幸鸡毛另靠一种用处作穿担帚之用，市上销路尚称不恶。至于破布等件，行销各县亦稍减色。

茶漆业 本县茶漆店全系安徽人所设，除茶叶为人民必需品外，而油漆一项泰半靠批发生意。近因购买力薄弱，一切木件用品莫不以旧充新，致各嫁妆店亦趋冷淡。因此，漆销未旺，营业减少十二分之二。

油行业 该业范围之大不亚于米行，除麻油为日常用品销路仍旺外，其余菜油、豆油、青油、香油等均靠批发。今夏自桐油各洋庄搜办后，市价大昂直达八十四元，讵（岂料）未一月因新油上市，外销不畅，顷致低仰，现度桐为四十五元，每百斤亦只需三十二元四角，较前几差半数。

镬（锅）业 本城著名何万祥镬店近营业平淡，今岁批发较往年少做二成。

煤炭业 煤球本市各商户素不用惯，除茶馆、酒菜馆采用外，其余各业均鲜人问津，故炭业虽售煤，而销路较炭业少四分之三。惟日来天气已转寒，火炉正需煤球，销路已稍起色。至于炭一种，商民除烧柴外为必需之品，尤以下冬销路最畅。

砖瓦业 本县人口叠增，屋宇不敷，故一切荒地空基咸建造房屋，因此砖瓦销路亦随之发达。惟年来大马路一带翻造西式房子,一切材料泰半舶来,致国产砖瓦突遭落户,而产处瓦窑头出货又踊,故市价一落千丈,较往年跌百分之二十。

铜锡业 铜锡二业行销不如往年,且是项货物泰半靠喜庆购置嫁奁之用,如此社会购者减少。自英人在沪收购旧铜后,本市铜业亦纷纷将所存旧铜载申销售,获利不少。而锡业亦日来点锡大涨,存货旺积者,莫不利市三倍。

锭箔业 此业原系迷信消耗,查该业箔块经劈就后,即可照样糊成元宝纸锭等。近年来,因箔价衰落,故该业获利极佳,而捐款虽重,因开销裕如,营业无甚影响。

西药业 药房颇能获利,此次金价飞涨,各种西药存货颇夥(多),且自航空券代售除每条得佣外,尚有中奖后之酬劳费可取也。

国药业 国药业如本城水澄桥下震元堂虽称划一,惟药价过昂,只配上等阶级所主顾,余如天芝、天宝堂、颐素堂、利胜堂、光裕等(均宁波人所开)营业均尚不过恶。至于利息方面,据业中人谈,因成本颇轻甚能获利。

参行业 该业集中在上大路一带,营业均尚佳,惟较往年已减少十分之三,幸该业颇获利颇佳,且每日开销有限,故均能维持。

酒店业 著名绍酒销路,虽因农村破产行销不如往年,而城中小酒店栉比,营业仍甚闹忙。

烟叶业 本烟叶获利水烟、潮烟、旱烟,本县虽香烟盛行,而国货烟叶行销亦仍未减。

烟 业 自杭产旱烟被福建皮丝及绵泰打到后,不料自洋风传绍,香烟大盛,令之妇女甚至七、八岁小孩莫不口含香烟,形态自若。本县以五百万人口计算,若有十分之二吸烟,则一百万人吸烟,每日每人吸二支,每支以六厘算,则每日须一万二千元,每日耗费之巨,已可惊人。故本市同富烟公司及荣康店每日营业非常发达云。

肉店业 肉业有鲜肉、腌业之分。鲜肉业每日营业较前减四分之一。至于腌肉,因价较鲜肉廉,故尚不致十分衰落。

北货业 北货即为水果,该业之渔利除霉烂外,其余红利之佳不亚于南货业。但自近年来高等雇主极鲜,而摆水果摊者比比皆是,益致门可罗雀。

茶食业 茶食售品获利之佳,尽人皆知。惟亦受时势影响,致高档食品行销不畅,而低档之品,前以铜圆大跌,关系致亏耗,成本未见起色。

糖色业 自失业人增多后,糖色摊挑卖者,街头巷尾触目皆是,故现各业虽甚淡,惟该业营业反形增加。至于获利方面,因日来白糖高涨稍受影响外,其余炒花生等类均尚不恶。

香糕业 香糕业集中在水澄巷一带,因出门者大部分以是品作馈送品获路点,故销路甚佳。

炒货业 该业本轻利重,故街头巷尾咸有设立。据该业人言,销路最大为罗汉豆,惟利较薄。次之为花生及砂核桃、瓜子、苏豆、香榧等,尤以在年底边极盛一时。

年糕业 瞬届腊月年糕业已将重整旗鼓，本市该业之多，可与豆腐业齐驱并驾，惟上半年营业甚清，而下冬生意之盛连夜工作。本城负盛名之年糕业当推丁大兴，远至南京、上海等处均皆之名，据该业下冬销数约在万斤以上。

点心店 绍兴点心以馄饨、馒头、切面为主。本市馄饨店除城南白鹤街妇女皆知之八三馄饨店外，尚有清道桥下味鲜美，因肉质丰厚，故雇主皆知之。惟年来营业不佳，一班失业者纷纷挑担叫卖，街头巷尾触目皆是，且价格竞争减售每碗六铜圆（店中须十二铜圆），除下午稍有雇主外，晚上门可罗雀。至望江楼之馒头尽人皆知，惟今岁营业亦稍减色。至于切面如中华面店等，因苦力人加多，为求经济生活，解决泰半喊十六铜圆之小面，故生意尚未逊色云。

茶馆业 茶馆业原为一班箔司息足之处，而本县茶馆除民众茶馆为正当娱乐场所外（因茶价较贵，故营业亦趋清淡），其余如适庐为上级社会所进出，如第一楼及已倒闭的之鼎新，皆为买卖丝绸之交易场。至于心心、鸿乐园等，因起档之茶皆只三、四铜圆一碗，故啜名者尚称拥挤。

豆腐业 该业为贫民必需之品，故该业尚兴隆。本城豆腐店之多，几如密网，除豆腐、油豆腐、千张、素鸡外，尚售一种豆腐干，而尤以柯桥茅万泰最著名。

鱼业 本县靠捕鱼为生者，除安昌门外则水牌，全村其余及靠买卖者，为数亦夥。而鱼行鱼摊销路除喜庆丧事须购用外，平时莫不求俭，致滞销不畅。因之，市价亦逐渐减跌，就鲢鱼一种而言，往年须售一角四五，今岁只须一角一二云。

鸡鸭蛋 鸡鸭蛋本为中国出口大宗，频年以来，因受国际间之倾轧，致行销大减。自意阿战事开始后，因意国至中国收买，才使寂寞已久之鸡鸭蛋业突欣欣向荣，而市价亦趋提高。本市各蛋商除多量向乡间收取外，纷纷运往沪杭一带待善价而沽，故获利颇厚云。

照相业 年来照相业异常发达不下廿余家，该业材料颇省，故出息甚佳。

镶牙业 年来镶牙业奇形发达，因少年女士莫不以此作装饰，故该业盛行获利颇佳。

理发业 是业本轻利重，除所入开销外尽为所余。自欧风东渐，上海实行烫发以来，绍市亦不落后，惟女者尚鲜现市，上理发店烫发起码六元多则一元，故该业只要一天有十个顾主已敷开销。

黄包车 本县风俗素称简朴，故本地雇佣黄包车者，除有紧急事务及少数纨绔子弟雇坐外，实鲜人问津。近年来，又兼觉民戏院停演，车业益致清淡。该业虽新近车工会之组织车费减为十六零五角，每日三角半，惟拉车者仍不能维持。每日须拉得一元除交车费外，勉强维持生计。

脚踏车 脚踏车本为便利跑路者，而今一班年少籍出风头而作兜圈子之用，因此，该业发达如青云直上。查是业一部车，只须念天有雇主，即能获利，而资本已可获得，惟纳捐须每月一元，尚有修理一部，额外收入亦颇可观云。

会展调研篇

七大优势振兴浙江会展业

（原载 2003 年 3 月 12 日《国际商报》）

会展业作为对外经济、文化交流的窗口，对带动区域经济发展、塑造良好城市形象、获取更多商机、促进信息生产和交流起着重要的作用，它已成为世界上许多发达国家国民经济的新的增长点。改革开放以来，中国会展业以年均近 20％的速度递增，行业经济规模逐步扩大，特别是北京、上海、广州、天津、厦门、南京近年会展业的快速发展，已成为国民经济发展的新亮点。浙江地处长江三角洲，毗邻中国经济中心上海，交通便捷、市场发达、人文环境优越、旅游资源丰富、会展设施逐步完善，已具备了发展会展经济的基本条件，前景诱人。

1. 区位优势。浙江省毗邻上海，而上海作为覆盖整个长江三角洲辐射面的经济大都市，其经济、贸易、金融中心的国际地位已日益显现，随着全球经济的快速发展，整个长江三角洲地区以它雄厚的发展基础、良好的发展态势和强大的市场辐射能力有望成为新的国际发展资源的汇聚点；加之目前上海 2010 年"世界博览会"的申办成功，将为我省展览业迎来更大发展的契机。

2. 经济优势。纵观世界会展经济的发展情况，城市会展经济的实力和发展水平是与该地区的综合经济实力、人文及基础环境水平相适应的。2002 年浙江省国内生产总值（GDP）高达 7670 亿元，GDP 增速居全国第 3 位。作为省城杭州市的国内生产总值达到 GDP1780 亿元，经济总量继续保持居全国大中城市第八位，副省级城市第三，省会城市第二的位次。浙江省经济实力的强大，将为会展经济的进一步发展创造更大的商机。

3. 资源优势。浙江素有"市场大省"之称，在全国确立了两大优势：一是门类全、专业性强；二是规模大、辐射力强。而杭州、宁波、温州、绍兴、义乌等发育完备的城市特色市场在全国乃至世界享有盛誉，潜伏着巨大的能量，可操作的会展题材十分丰富，充分利用特色资源，良好的物质载体，将为有效打造一批品牌展览蕴藏商机。

4. 人才优势。目前，全省拥有全日制高校 38 所；有国家级、省级重点学科和重点扶植学科 100 多个；博士流动站 13 个。而在杭的浙江大学更是人才济济，科研力量雄厚，被誉为中国高校中的"航空母舰"。近年，为促进经济发展，杭州、宁波等城市相继推出一系列鼓励各地人才落户的创业政策，雄厚的人才教育优势，为发展会展经济提供了得天独厚的有利条件，奠定了浙江会展经济发展的软件基础。

5.旅游优势。浙江素有"文物之邦、旅游胜地"之称。自汉至现代，浙江籍文学家载入史册者逾千人，约占全国文学家的六分之一。特别是"五四"运动以来，出现了伟大的文化巨人鲁迅、茅盾，以及柔石、殷夫、郁达夫等文学名人。浙江旅游资源丰富，风景名胜古迹比比皆是，其质量和总量居全国首位。全省现拥有涉外饭店450家，其中星级饭店310家，是全国旅游热点之一。这些为浙江发展会展经济形成了良好的环境氛围。

6.设施优势。会展设施是会展经济发展的必备硬件要素，从浙江办展规模与现有会展场馆规模来看，基本相适应。届时投资20亿元、总建筑面积4.9万平方米的杭州国际会议中心和杭州和平国际展览中心的建成，将为浙江会展经济发展更多了一个拓展的空间。

7.可进入优势。浙江毗邻上海，而上海是目前国内、国际展览业争夺的热点城市，上海展览市场正处于整合阶段，价格和成本不断向国际化靠拢，这使许多展览公司将资本外移，从而将给浙江会展业的发展带来更多的机遇。

根据浙江的区位优势和悠久的历史文化、丰富的旅游、会展资源、逐步完善的会展硬件设施以及不断发展的经济实力和潜在的市场，浙江省要在今后三、五年内赶上国内会展经济大省是完全可行的。但由于浙江会展业起步较晚，又缺乏高素质的专业展览人才和展览业管理水平，其组织管理、办展规模、品牌展会、配套服务总体还停留在一般的水平，与上述城市存在相当大的距离，成为制约浙江会展业进一步发展的瓶颈。在中国加入WTO后国内展览市场逐步加快向世界开放的趋势下，浙江展览业要突破制约"瓶颈"，做好与向国际转轨的准备，需要加强与国外展览机构的合作，运用有效手段引进他们的理念、技术和管理，才能追赶国内先进会展城市和加快与国际接轨的进程。

1.培养高素质的专业展览人才，塑造名牌展览公司，促使会展经济的质量和效益不断提高。根据浙江省实际情况，可先采用联合办学的形式，对现有人才进行培训，如省内知名展览机构与高校相关专业以优势互补的方式举办系列讲座，还可邀请国外会展专家和世界著名的展览公司举办专业讲座。目前，已有学院把展览专业课程纳入高校教育体系，专门为浙江会展事业培养后备力量。

2.确立名展效应，加强国际合作。缺少名展效应仍是浙江会展经济走势不坚的区域。品牌展览是推动区域会展经济发展不可或缺的手段，从国际会展业发展规律来看，凡会展业发达的地区和城市，其会展业都有一个或几个过硬的品牌。浙江可利用的会展资源客观上要优于国内其他一些会展大省，目前浙江打得响的品牌展览，主要有宁波国际消费品博览会和义乌中国小商品博览会，打造适合浙江经济特色的品牌展览其发展空间还很大。为此，要提高会展品牌占有率除要加大专业人才的引进力度和完善硬件设施外，加强与国际会展组织的合作十分必要。浙江要加快品牌培育，可考虑与国际展览机构进行项目的共同开发或引进外资。入世后，外商仍不能在中国注册成立独资的展览公司，但可成立合资公司，通过引进和走出去以及学习他们对会展市场的把握程度，可以有序地推出一批适合浙江经济发展的几大主导产业，以省会杭州为中心可推出的有西湖博览会、最佳人居环境展、国际美丽产业展、国际中医药与植物药展、休闲经济国际论坛、国际教育展、中国丝绸文化节、国际茶博览交易会、书画篆刻系列展等。加强与国外权威行业协会和代表性企业的联系和合作，国内一些形成品牌名展的实践证明，取得他们的支持是实现展览会品牌化十分重要的条件。

3. 在展馆建设上要有科学规范，避免小而散，走国际化、专业化、大型化、品牌化、网络化之路，同时搞好展馆甚至整个城市的硬件设施建设。缺乏规模会展场馆一直是制约浙江会展经济发展的瓶颈，从省际来看，浙江省会展业较发达地区现有场馆设施基本与该地区办展规模相适应，但要想举办单项展览面积在 5 万平方米、展位在 2000 平方米以上国际标准展位的大型展览，却只能望洋兴叹了。以会展"龙头"城市杭州为例，目前可供开展国际会展活动的专门场馆主要集中在浙江世贸中心、浙江展览馆和浙江科技馆，但因其场馆规模偏小而无法满足国际规模展览的要求，一些可望发展成为品牌的展览因此而不得不降低办展规格，极大地制约了区域性会展业的发展。从省内各地现有展馆设施与其办展规模来看，客体错位也是造成规模展馆缺失的一个原因，一些地方建馆规模与所在地区的综合经济实力不相协调使之总体利用率下降。象浙江横点国际商贸城国际会展中心虽有面积 9.07 万平方米，可设置 2800 多个国际标准展位的展馆，但因受其交通条件、会展资源等制约，办展效果明显不及其他地区，致使良好的硬件设施大打折扣，鉴此，做好展馆的建设与其区域经济中的合理布局和会展市场的定位十分重要。针对我省情况，目前杭州正在为打造国际休闲城即将竣工的杭州国际会议中心，其载体效应，对提升杭州在国际上的知名度无疑将产生积极的影响。但同时，绍兴、海宁、永康等有巨大会展潜在效应的城市，也应加快与这一地区经济发展水平相适应的场馆建设，为打造浙江系列名展创造条件，充分发挥会展全方位的拉动作用，把浙江以杭州为中心，宁波、温州、义乌、绍兴、海宁、永康等城市为依托建成一个具有强大经济实力和较高国际知名度的区域性会展城市，提升浙江整体知名度。

浙江会展业发展前景

（原载 2003 年《新商务》杂志第 3 期）

一、会展经济的效应

会展业属于第三产业，在西方一般被称为会议展览业，包括会议和展览两个基本组成部分。在宏观经济部门中，会展业属于服务业，它的发展是一国国民经济发展、特别是第三产业发展的重要标志。会展经济，即是以会议和展览活动作为发展经济的重要手段，通过举办大规模、多层次、多种类的会展活动，带来源源不断的商流、物流、人流、资金流和信息流，创造商机，吸引投资，推动商贸旅游业的发展，进而拉动其他产业的发展，并形成一个以社会活动为核心的经济群体。会展经济作为宏观经济增长的"助推器"，从国内外会展业情况看，它的发展可给一国或一地带来显著的经济、社会效益。

1. 产生直接的经济效益。会展经济与经济总量相适应，一地区的经济总量越大，会展经济所创造的利润率越高，约在 20％至 25％以上，因而成为一地区的支柱产业。从国际上看，一些发达国家已将会展业作为支柱产业加以扶持。瑞士的日内瓦、德国的汉诺威、慕尼黑、杜塞尔多夫、美国的芝加哥、法国的巴黎、英国的伦敦、意大利的米兰以及新加坡等这些世界著名的"展览城"，会展业为其带来了巨额的利润。如美国一年举办的 200 多个商业会展所带来的经济效益超过 38 亿美元，法国博览会和专业展览会每年的营业额可达 85 亿法郎、交易额高达 1500 亿法郎。从国内看，被誉为"中国第一展都"的广州，2002 年第 91 届中国出口商品交易会成交额超过上届 133 亿美元，创造可观的经济效益。

2. 带动相关产业发展。会展经济不仅本身能够创造巨大的经济效益，而且还可以带动交通、旅游、餐饮、住宿、通讯、广告等相关产业的发展。据专家测算，国际上展览业的带动系数大约为一比九，而在展览强国具有一比十的带动效应。国际上先进国家发达的第三产业都与历来重视国际性会展规模与展次分不开。在我国，如'99 昆明世博会的成功举办，其带来的社会效益为世人共睹。昆明世博会仅投资建馆就达 16 亿元，而相关的基础设施和环境治理的投资多达 200 余亿元，新建和扩建城市街道 690 条，建成 20 多座立交桥和 10 座人行天桥，将交通、住宿、餐饮、旅游等行业串成一条消费链。

3. 创造就业机会。据专家测算，每增加 1000 平方米的展览面积，就可以创造近百个就业机会。1996 年在德国汉诺威举办的世界博览会，曾为当地创造了 10 万就业机会。在我国，'99 昆明世博会带动了相关行业的 40—50 万人就业。

4. 提供经济、便捷的营销活动场所。据英联邦展览业联合会调查，展览会是优于专业杂志、直接邮寄、推销员推销、公关、报纸、电视会议等手段的营销中介体，通过一般渠道找客户，需要成本 219 英镑，而通过展览会，成本仅为 35 英镑。在我国，于 2002 年 10 月在深圳举办的第四届中国国际高新技术成果交易会推出的客户服务中心，为参展商和观众提供了快捷、高效的"一站式"服务，加快了高新技术成果的交易和转化，进出口成交总额 20.54 亿元。

5. 树立企业形象。参加国际专业会展对树立企业形象和提高自有品牌知名度关系紧密。国际上的很多知名公司都是通过这一渠道来展示自己的。如德国的汉诺威展览公司通过在上海举办著名的汉诺威办公自动化展（CeBIT），成功地迈出了世界性扩张的第一步。我国的海尔电器即通过参加国际专业展览会而推动其产品走向世界的。

6. 提升城市知名度。会展经济的一个重要特点，是它具有强大的集聚力和辐射力，成为其独特的魅力。如 2001 年在南京举办的第十一届全国书市，不仅创下了图书订货总数 8.08 亿元的历史纪录，更主要的是显示了江苏作为文化大省、南京作为文化古都的风采，它和第六届中国艺术节一起向世人展示了"文化江苏"，与经济领域的活动一起，共同向世人展示江苏形象，提高了江苏的知名度，增强了江苏在全国乃至全球文化、经济领域的影响力。

二、浙江会展业发展前景

会展业作为对外经济、文化交流的窗口，对带动区域经济发展、塑造良好城市形象、获取更多商机、促进信息生产和交流起着重要的作用，它已成为世界上许多发达国家国民经济的新的增长点。改革开放以来，中国会展业以年均近 20％的速度递增，行业经济规模逐步扩大，特别是北京、上海、广州、天津、厦门、南京近年会展业的快速发展，已成为国民经济发展的新亮点。浙江地处长江三角洲，毗邻中国经济中心上海，交通便捷、市场发达、人文环境优越、旅游资源丰富、会展设施逐步完善，已具备了发展会展经济的基本条件，前景诱人。

1. 区位优势。浙江省毗邻上海，而上海作为覆盖整个长江三角洲辐射面的经济大都市，其经济、贸易、金融中心的国际地位已日益显现，随着全球经济的快速发展，整个长江三角洲地区以它雄厚的发展基础、良好的发展态势和强大的市场辐射能力有望成为新的国际发展资源的汇聚点；加之目前上海 2010 年"世界博览会"的申办成功，将为我省展览业迎来更大发展的契机。

2. 经济优势。纵观世界会展经济的发展情况，城市会展经济的实力和发展水平是与该地区的综合经济实力、人文及基础环境水平相适应的。2002 年浙江省国内生产总值（GDP）高达 7670 亿元，GDP 增速居全国第 3 位。作为省城杭州市的国内生产总值达到 GDP1780 亿元，经济总量继续保持居全国大中城市第八位，副省级城市第三，省会城市第二的位次。浙江省经济实力的强大，将为会展经济的进一步发展创造更大的商机。

3. 会展资源优势。浙江素有"市场大省"之称，在全国确立了两大优势：一是门类全、专业性强；二是规模大、辐射力强。而杭州、宁波、温州、绍兴、义乌等发育完备的城市特色市场在全国乃至世界享有盛誉，潜伏着巨大的能量，可操作的会展题材十分丰富，充分利用特色资源，良好的物质载体，将为有效打造一批品牌展览蕴藏商机。

4. 人才教育优势。目前，全省拥有全日制高校 38 所；有国家级、省级重点学科和重点扶植学科 100 多个；博士流动站 13 个。而在杭的浙江大学更是人才济济，科研力量雄厚，被誉为中国高校中的"航空母舰"。近年，为促进经济发展，杭州、宁波等城市相继推出一系列鼓励各地人才落户的创业政策，雄厚的人才教育优势，为发展会展经济提供了得天独厚的有利条件，奠定了浙江会展经济发展的软件基础。

5、历史文化及旅游优势。浙江素有"文物之邦、旅游胜地"之称。自汉至现代，浙江籍文学家载入史册者逾千人，约占全国文学家的六分之一。特别是"五四"运动以来，出现了伟大的文化巨人鲁迅、茅盾，以及柔石、殷夫、郁达夫等文学名人。浙江旅游资源丰富，风景名胜古迹比比皆是，其质量和总量居全国首位。全省现拥有涉外饭店 450 家，其中星级饭店 310 家，是全国旅游热点之一。这些为浙江发展会展经济形成了良好的环境氛围。

6、会展设施比较优势。会展设施是会展经济发展的必备硬件要素，从浙江办展规模与现有会展场馆规模来看，基本相适应。届时投资 20 亿元、总建筑面积 4.9 万平方米的杭州国际会议中心和中国轻纺城柯桥国际展览中心的建成，将为浙江会展经济发展更多了一个拓展的空间。

7、可进入优势。浙江毗邻上海，而上海是目前国内、国际展览业争夺的热点城市，上海展览市场正处于整合阶段，价格和成本不断向国际化靠拢，这使许多展览公司将资本外移，从而将给浙江会展业的发展带来更多的机遇。

三、对策建议

根据浙江的区位优势和悠久的历史文化、丰富的旅游、会展资源、逐步完善的会展硬件设施以及不断发展的经济实力和潜在的市场，浙江省要在今后三、五年内赶上国内会展经济大省是完全可行的。但由于浙江会展业起步较晚，又缺乏高素质的专业展览人才和展览业管理水平，其组织管理、办展规模、品牌展会、配套服务总体还停留在一般的水平，与上述城市存在相当大的距离，成为制约浙江会展业进一步发展的瓶颈。在中国加入WTO后国内展览市场逐步加快向世界开放的趋势下，浙江展览业要突破制约"瓶颈"，做好与向国际转轨的准备，需要加强与国外展览机构的合作，运用有效手段引进他们的理念、技术和管理，才能追赶国内先进会展城市和加快与国际接轨的进程。

1. 培养高素质的专业展览人才，塑造名牌展览公司，促使会展经济的质量和效益不断提高。会展业界的竞争与其它行业一样，归根到底是人才的竞争。中国加入WTO以后，会展业面向国际接轨的问题已被提到了议事日程。为规范展览市场，提高会展市场化、专业化水准，目前，由国家经贸委制订的国内会展行业的第一个专业性展览会等级划分和评定标准——《专业性展览会等级的划分及评定》的行业标准版已进入送审阶段，不久将出台；另外，中国贸促会拟于2003年开始在展览行业中对办展经理人执行资格认证制度。以上两项措施，事关会展从业人员高素质队伍建设。从浙江省会展业情况看，缺乏高素质的专业人才是制约浙江会展经济持续发展的因素之一，为与上述制度相接轨，培养一批熟悉展览业务，富有管理经验，有强烈责任感和事业心的展览人才和塑造名牌展览公司已成为当务之急，这需要有一个中介机构来承担。据知，广州市已洞察到这一问题，近日广州大学中法旅游学院挂牌成立，开设会展和商务旅游专业，为国内首创。根据我省实际情况，可先采用联合办学的形式，对现有人才进行培训，如省内知名展览机构与高校相关专业以优势互补的方式举办系列讲座，还可邀请国外会展专家和世界著名的展览公司举办专业讲座。待条件成熟后，逐步把展览专业课程纳入高校教育体系，专门为浙江会展事业培养后备力量。

2. 确立名展效应，加强国际合作。缺少名展效应仍是浙江会展经济走势不坚的区域。品牌展览是推动区域会展经济发展不可或缺的手段，从国际会展业发展规律来看，凡会展业发达的地区和城市，其会展业都有一个或几个过硬的品牌。浙江可利用的会展资源客观上要优于国内其他一些会展大省，目前浙江打得响的品牌展览，主要有杭州西湖博览会、宁波国际消费品博览会和义乌中国小商品博览会，已为世人所瞩目，但屈指可数，要打造适合浙江经济特色的品牌展览其发展空间还很大。为此，要提高会展品牌占有率除要加大专业人才的引进力度和完善硬件设施外，加强与国际会展组织的合作十分必要。浙江要加快品牌培育，可考虑与国际展览机构进行项目的共同开发或引进外资。在加入WTO的协定中，中国政府并未对展览业开放作出承诺，根据外经贸部有关规定，入世后，外商仍不能在中国注册成立独资的展览公司，但可成立合资公司，通过引进和走出去以及学习他们对会展市场的把握程度，可以有序地推出一批适合浙江经济发展的几大主导产业，以省会杭州为中心可推出的有最佳人居环境展、国际美丽产业展、国际中医药与植物药展、休闲经济国际论坛、国际教育展、中国丝绸文化节、国际茶博览交易会、书画篆刻系列展等。加强与国外权威行业协会和代表性企业的联系和合作，国内一些形成品牌名展的实践证明，取得他们的支持是实现展览会品牌化十分重要的条件。

3. 在展馆建设上要有科学规范，避免小而散，走国际化、专业化、大型化、品牌化、网络化之路，同时搞好展馆甚至整个城市的硬件设施建设。缺乏规模会展场馆一直是制约浙江会展经济发展的瓶颈，从省际来看，浙江省会展业较发达地区现有场馆设施基本与该地区办展规模相适应，但要想举办单项展览面积在 5 万平方米、展位在 2000 平方米以上国际标准展位的大型展览，却只能望洋兴叹了。以会展"龙头"城市杭州为例，目前可供开展国际会展活动的专门场馆主要集中在浙江世贸中心、浙江展览馆和浙江科技馆，但因其场馆规模偏小而无法满足国际规模展览的要求，一些可望发展成为品牌的展览因此而不得不降低办展规格，极大地制约了区域性会展业的发展。从省内各地现有展馆设施与其办展规模来看，客体错位也是造成规模展馆缺失的一个原因，一些地方建馆规模与所在地区的综合经济实力不相协调使之总体利用率下降。象浙江横点国际商贸城国际会展中心虽有面积 9.07 万平方米，可设置 2800 多个国际标准展位的展馆，但因受其交通条件、会展资源等制约，办展效果明显不及其他地区，致使良好的硬件设施大打折扣，鉴此，做好展馆的建设与其在区域经济中的合理布局和会展市场的定位十分重要。针对我省情况，目前杭州正在为打造国际休闲城即将竣工的杭州国际会议中心，其载体效应，对提升杭州在国际上的知名度无疑将产生积极的影响。但同时，绍兴、海宁、永康等有巨大会展潜在效应的城市，也应加快与这一地区经济发展水平相适应的场馆建设，为打造浙江系列名展创造条件，充分发挥会展全方位的拉动作用，把浙江以杭州为中心，宁波、温州、义乌、绍兴、海宁、永康等城市为依托建成一个具有强大经济实力和较高国际知名度的区域性会展城市，提升浙江整体知名度。

抓住机遇　发挥优势
主动接轨上海会展业

（原载 2003 年 4 月 11 日省外经贸厅《外经贸信息》（研究与建议版），抄送外经贸部、省政府领导参阅。录载时有删节）

上海作为我国新经济中心，又被国际展览联盟主席称为"亚洲会展之都"，是国际商品、技术和贸易进入中国市场的桥头堡，上海已成为中国会展业的强大引擎。特别是世博会的成功申办，巨大的商机展现在眼前，中国企业纷纷将关注的目光投向上海，对于浙江来说，这正是一个加强对外交流合作、拓展外向型经济发展的最佳机会。"抓住上海举办 2010 年世博会的机遇，大力发展旅游会展业"，这是今年 3 月浙江省委工作会议对我省会展业接轨上海、积极参与长江三角洲地区合作与交流的主要任务的明确定位，浙江会展业将迎来一个发展新机遇。作为世博会举办地近邻，浙江会展业凭借其产业基础优势要在三、五年内实现大跨度飞跃，应成为我们的中短期战略目标。认真分析和主动应对，对于我省会展业高起点接轨上海具有积极的现实意义。

1. 区位优势。在地理位置与其区域经济发展关系上，浙江地处长江三角洲，毗邻中国经济中心上海，交通便捷，市场发达，而上海作为覆盖整个长江三角洲辐射面的经济大都市，其经济、贸易、金融中心的国际地位已日益显现，随着全球经济的快速发展，整个长江三角洲地区以它雄厚的发展基础、良好的发展态势和强大的市场辐射能力有望成为新的国际发展资源的汇聚点，受其服务贸易资源性影响，将为我省会展业迎来更大发展的契机。在资源配置与其利用程度上，浙江自然资源丰富，综合利用程度高，素有"市场大省"之称，在全国确立了两大优势：一是门类全、专业性强；二是规模大、辐射力强。而杭州、宁波、温州、绍兴、义乌等发育完备的城市特色市场在全国乃至世界享有盛誉，潜伏着巨大的能量，可操作的会展题材十分丰富。市场发达的支柱是产业，充分利用特色资源，将为有效打造一批品牌展览蕴藏商机。

2. 经济优势。纵观世界会展经济的发展情况，城市会展经济的实力和发展水平是与该地区的综合经济实力、人文及基础环境水平相适应的。2002 年浙江省国内生产总值（GDP）高达 7670 亿元，GDP 增速居全国第 3 位。作为省城杭州市的国内生产总值达到 GDP1780 亿元，经济总量继续保持居全国大中城市第八位，副省级城市第三，省会城市第二的位次；宁波市国内生产总值 1500.3 亿元，经济总量在全国副省级城市中位居第六；温州市实现国内生产总值 1055 亿元。浙江省经济实力的强大，将为会展经济的进一步发展创造更大的商机。从经济连动关系来看，浙江会展业经过近几年资源性整合，一批新兴会展城市正在迅速崛起，其东南部的宁波、台州、温州、义乌以其民营企业所占全省企业的绝对份额及其规划布局相对合理、贸易色彩浓厚、产业结构影响大和各具特色的优势，四个城市 2002 年 GDP 位居全国同级城市前列，具备了良好的贸易投资环境。经一项最新资料显示，当前在中国南、北、东三大"会展战略生态群"中，宁波、台州、温州在 2003 年至 2004 年内将巨资新建和在建场馆的城市，正在竞争与合作中结成联盟，并初步形成了"浙江东南部会展战略子生态群"，从而由第三层次会展城市进入到第二层次，标志浙江省梯度发展城市会展业已具备得天独厚的条件。

3. 人文优势。在文化优势上，浙江素有"文物之邦、旅游胜地"之称。自汉至现代，浙江籍文学家载入史册者逾千人，约占全国文学家的六分之一。特别是"五四"运动以来，出现了伟大的文化巨人鲁迅、茅盾，以及柔石、殷夫、郁达夫等文学名人。浙江旅游资源丰富，风景名胜古迹比比皆是，其质量和总量居全国首位。全省现拥有涉外饭店 450 家，其中星级饭店 310 家，是全国旅游热点之一。这些为浙江发展会展经济形成了良好的环境氛围。在人才优势上，目前，全省拥有全日制高校 38 所；有国家级、省级重点学科和重点扶植学科 100 多个；博士流动站 13 个。而在杭的浙江大学更是人才济济，科研力量雄厚，被誉为中国高校中的"航空母舰"；在专业设计人才方面有浙江美院为后盾。近年，为促进经济发展，杭州、宁波等城市相继推出一系列鼓励各地人才落户的创业政策和构筑专业前沿阵地，浙江经贸技术学院已于 2001 年招收我国首批会展专业 100 多名学员，雄厚的人才教育优势，为发展会展经济提供了得天独厚的有利条件，奠定了浙江会展业发展的软件基础。

4. 载体优势。以中心城市为依托的会展机构及其兴办展会日趋活跃，近年来一批新兴专业展览公司相继注册成立。据统计，2002 年底，注册在杭的会议及展览服务公司、办事处增近百家。2000 年—2002 年三届杭州西湖博览会共推出 135 个展览、会议和活动项目，实现贸易成交 225 亿元，协议外资 18 亿美元，引进内资（不含房地产项目）223 亿元；参观人数达 1180 万人次。宁波"浙洽会"连续举办四届，签订的外资协议额由第一届的 20 多亿美元扩大到第四届的 51 亿多美元；2002 年开始举办的首届日用消费品博览会成交额 5.1 亿元。义乌中国小商品博览会自 2002 年起由国务院批准升格为国际性博览会，第七届仅外贸出口订单达 2 亿美元。其他区域，如宁波服装节、绍兴黄酒节、温州轻工博览会、余姚塑料制品交易会、金华花木交易博览会、永康五金科技博览会、海宁皮革博览会及嵊州领带、诸几袜业展等成交活跃，影响大，从而将给浙江会展业的发展提供强大后劲。会展设施是会展经济发展载体的必备硬件要素，从浙江近年建馆情况来看，呈现规模扩大的趋势。据不完全统计，截止 2002 年底，全省专业性会展场馆约 25 所，有国际标准展位约 8500 个，其中 1 万平方米以上的场馆有 6 所。正在兴建或列入规划建设的会展场馆约 40 万平方米，项目建成后可新增国际标准展位 2 万余个，加上在浙办展的成本较上海低，专业观众多，这些将为浙江会展业发展更多了一个拓展的空间。

浙江会展业发展基础优势明显，会展经济正在成为各地培育的一大产业。然而浙江会展业现状还存在许多不足：虽然每年有大大小小的展会几百个，可是在全国乃至世界都叫得响的品牌却寥寥可数；虽然杭州、宁波等城市每年要举办各种各样的展览，可是至今在全国会展城市的第一梯队中排不上号。据统计，2002 年，我省各地共举办各种展览会、博览会 400 多个，平均每天有 1 个以上，其中，带"国际"字号的占 25% 至 35%，带"中国"字号的占 5%，属于重复办展的占到 40% 左右。

"重量不重质"，是浙江会展业的一大隐忧。很多展览会虽然挂着"国际"两字，真正的国际参展商却很少，这样的展览会并不能发挥一个国际性展览会的作用，带来提高产品知名度、开拓市场等效应。会展经济有一个"1∶10"的效应：会展业能带动旅游、餐饮、购物、广告等其他行业，如果会展业受益 1 元钱，那么其他行业受益的就是 10 元钱。但如果参展商和买家仅局限于一个地区，那么对经济的拉动作用也就十分有限。

浙江会展业的另一个问题是展览场馆不足。就拿省会城市杭州来说，现有的专业展馆只有 5 万平方米左右，全省可以做专业展览的实用面积加起来不足 20 万平方米，仅为上海的四分之一。展览场馆的缺乏又进一步制肘了展览业的发展与档次的提升，上千个摊位的大型展览，根本没有地方可以容纳。目前浙江展览公司的实力也不强。据统计，浙江带"会展"字眼注册的公司大约有 200 家左右，如果再加上展览、广告、设计、工程、运输等从事与会展有关的公司，浙江就有 300 余家。这些大大小小的公司共同分食浙江会展业这块"蛋糕"，仅能"吃得了"，但尚无能力组织上档次、有品牌的展会。

浙江会展业虽然存在种种问题，但并不意味着没有提高档次的可能。如今，主要城市积聚精品展览的优势正在显现，如已举办 12 届的浙江国际纺机展、国际建材展、温州国际鞋机展，外商展位都超过 30%，都是可培育的展会。更重要的是，浙江会展业正面临前所未有的发展机遇。2006 年，杭州将首次迎来一个世界级的旅游盛会——世界休闲博览会。2010 年，上海举办的世博会对整个长三角地区的城市都是一个机会，一个以上海为核心的会展城市群将迅速崛起。根据浙江的区位优势和悠久的历史文化、丰富的旅游、会展资源、逐步完善的会展硬件设施以及不断发展的经济实力和潜在的市场，浙江省要在今后三、五年内赶上国内会展经济大省是完全可行的。但由于浙江会展业起步较晚，又缺乏高素质的专业展览人才和展览业管理水平，其组织管理、办展规模、品牌展会、配套服务总体还停留在一般的水平，与先进会展城市存在相当大的距离，成为制约浙江会展业进一步发展的瓶颈。在中国加入 WTO 后国内展览市场逐步加快向世界开放的趋势下，浙江展览业要突破制约"瓶颈"，做好与向国际转轨的准备，需要加强与国外展览机构的合作，运用有效手段引进他们的理念、技术和管理，才能追赶国内先进会展城市和加快与国际接轨的进程。要使这些机遇成为现实，浙江会展业必须从观念、硬件、软件、经营理念四个方面来提升。

首先是观念接轨，要尽快找到差距，对浙江的会展业进行正确定位。宁波服装节、温州轻工博览会、余姚塑料制品交易会……各种有产业依托的展览是浙江会展业的一笔财富。但是，还要花大力气吸引国际参展商和国际买家，只有真正做到让大量的国际商家参展、订货，才可能带动相应的吃、穿、住、行、用的消费，才能提升影响力。像义乌国际小商品博览会，之所以拉动了当地经济，就是因为有 20％以上的国外参展商，有真正的国际买家。

其次是硬件接轨。至 2010 年，杭州起码需要有 10 万平方米左右的展览面积，也就是还要再增加 5 万平方米。在世博会期间，上海的会展业不可能吸收所有的参展商，那些不能够挤进上海的参展商就会因为成本、交通、旅游等因素选择杭州、宁波等地，只有在硬件上提前与之配套，才不会出现"即使满出来，你也没杯子盛"的尴尬。

再次是软件接轨。全省需要有一个统一协调的机构扶优扶强，避免重复办展。要加速会展人才的培养，现在会展业人才缺口很大。估计到 2006 年，杭州需要会展业高级管理人才 80 至 100 人，到 2010 年，需要 200 人。

最后是经营理念接轨。专业化、国际化品牌会展的发展是会展业的一个方向，上海已经逐步形成了一批较高水平的专业性定期国际博览会，其中三分之二为专业展。浙江要依托市场大省的优势，通过国际化的运作，走专业化、品牌化的道路。应对措施：

1. 培养高素质的专业展览人才，塑造名牌展览公司，促使会展经济的质量和效益不断提高。会展业界的竞争与其它行业一样，归根到底是人才的竞争。中国加入WTO 以后，会展业面向国际接轨的问题已被提到了议事日程。为规范展览市场，提高会展市场化、专业化水准，目前，由原国家经贸委制订的国内会展行业的第一个专业性展览会等级划分和评定标准——《专业性展览会等级的划分及评定》的行业标准版已出台；另外，在展览行业中对办展经理人执行资格认证制度。以上两项措施，事关会展从业人员高素质队伍建设。从浙江省会展业情况看，缺乏高素质的专业人才是制约浙江会展经济持续发展的因素之一，为与上述制度相接轨，培养一批熟悉展览业务，富有管理经验，有强烈责任感和事业心的展览人才和塑造名牌展览公司已成为当务之急。根据浙江省实际情况，近期可先采用联合办学的形式，对现有人才进行培训，如省内知名展览机构与高校相关专业以优势互补的方式举办系列讲座，还可邀请国外会展专家和世界著名的展览公司举办专业讲座。待条件成熟后，逐步把展览专业课程纳入高校教育体系，推广国际化会展管理标准化，加强会展人力资源建设，为浙江会展事业培养后备力量。

2. 确立名展效应，加强国际合作和对会展资源的优化配置。品牌展览是推动区域会展经济发展不可或缺的手段，从国际会展业发展规律来看，凡会展业发达的地区和城市，其会展业都有一个或几个过硬的品牌。浙江可利用的会展资源客观上要优于国内其他一些会展大省，目前浙江有义乌国际小商品博览会、杭州西湖博览会、宁波国际消费品博览会，这些都刚起步，处在培育阶段，要打造适合浙江经济特色的品牌展览其发展空间还很大。为此，要提高会展品牌占有率除要加大专业人才的引进力度和完善硬件设施外，加强与国际会展组织的合作十分必要。浙江要加快品牌培育，可考虑与国际展览机构进行项目的共同开发或引进外资。入世后，外商仍不能在中国注册成立独资的展览公司，但可成立合资公司，通过引进和走出去以及学习他们对会展市场的把握程度，可以有序地推出一批适合浙江经济发展的几大主导产业，以省会杭州为中心可推出的有最佳人居环境展、国际美丽产业展、国际中医药与植物药展、休闲经济国际论坛、国际教育展、中国丝绸文化节、国际茶博览交易会等。加强与国外权威行业协会和代表性企业的联系和合作，国内一些形成品牌名展的实践证明，取得他们的支持是实现展览会品牌化十分重要的条件。同时，要依托浙江东南部发达的传统专业市场优势，发挥区域产业优势，对各展览馆和主办单位已有和即将开发的会展资源进行整合，培育各自具有特色的品牌展览会，重点培育专业展览会，实现资源的效益最大化，联合发展区域会展经济市场，走区域会展经济特色发展之路。

3. 建立自律性的行业组织。入世后，对外开放的步伐正进一步加快，服务贸易壁垒将逐步被撤除，浙江会展业要加快与国际接轨，应像上海、山东等省市将国际会展行业组织导入建设性轨道，通过制订行业运作规范、服务标准、行为准则，增加展览市场透明度，协调展览活动，规范展览市场，避免重复办展、多头办展，按照国际惯例导入自由竞争、优胜劣汰的市场机制，淡化行政干预，建立公平、公开、公正的展览环境和竞争秩序，浙江展览业才能赢得健康发展的空间。

4. 在展馆建设上要有科学规范，避免小而散，走国际化、专业化、品牌化之路，同时搞好展馆甚至整个城市的硬件设施建设。从省际来看，浙江省会展业较发达地区现有场馆设施基本与该地区办展规模相适应，但要想举办单项展览面积在5万平方米、展位在2500个国际标准展位的大型展览，现在还有困难。以会展"龙头"城市杭州为例，目前可供开展国际会展活动的专门场馆主要集中在浙江世贸中心、浙江展览馆和浙江科技馆，但因其场馆规模偏小而无法满足国际规模展览的要求，一些可望发展成为品牌的展览因此而不得不降低办展规格，极大地制约了区域性会展业的发展。从省内各地现有展馆设施与其办展规模来看，客体错位也是造成规模展馆缺失的一个原因，一些地方建馆规模与所在地区的综合经济实力不相协调使之总体利用率下降。像浙江横点国际商贸城国际会展中心虽有面积9.07万平方米，可设置4000多个国际标准展位的展馆，但因受其交通条件、会展资源人才等制约，办展效果明显不及其他地区，致使良好的硬件设施大打折扣，鉴此，做好展馆的建设与其在区域经济中的合理布局和会展市场的定位十分重要。针对浙江省情况，杭州已建成 4 万平方米的杭州和平国际展览中心，其载体效应，对提升杭州在国际上的知名度无疑将产生积极的影响。但同时，宁波、温州等不仅在硬件上提升，软件会展人才聚集要加快速度，把浙江以杭州为中心，宁波、温州、义乌等城市为依托建成一个具有强大经济实力和较高国际知名度的区域性会展城市圈，提升浙江整体知名度。

通过努力，到 2010 年，我们或许能拿到上海世博会 10％至 15％的展会，浙江的会展业也将会登上一个新的台阶。

浙江会展业调查报告

——从长三角看我省会展业发展优势、存在问题及其应对建议

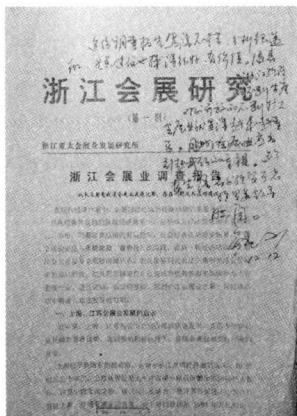

（原载 2003 年《浙江会展研究》第一期）

2003 年 12 月 12 日历时三个月完成的 12000 字调研课题《浙江会展业调查报告》送省政府后，得到省府领导的肯定。是日，钟山副省长在调查报告首页上批示："这份调查报告写得不错，分析很透彻，8 点建议也写得很好，有价值。随着浙江经济的不断发展，对外开放的不断扩大，会展业就显得越来越重要，同时，会展业应当引起我们的重视。这个报告请省外经贸厅、省经贸委领导同志阅"。

在现代经济体系中，会展活动已成为经济活动的重要方式之一，在一些区位条件优越的区域经济体系中，甚至成为经济发展的主要推动力。当前，随着非典疫情的有效控制，社会经济活动逐步恢复，中国会展业正进入重整旗鼓、蓄势待发的阶段。在新一轮经济活动中，浙江会展业要寻求新经济增长点，需要借鉴同处长三角洲先进会展城市的成功经验，把发展思路定位在挖掘城市优势资源来加快培育本省会展产业。通过调研，如定位准确，预测浙江会展业在新一轮经济活动中将进入加速发展的时期。

一、上海、江苏会展业发展的启示

近年来，上海、江苏两省市会展业得以快速发展，其基本经验是依托城市资源优势，在政策的积极扶持下，实现会展业向支柱产业的转变。

上海位于我国东南部沿海，是整个长江流域经济圈的龙头。20 世纪二三十年代，上海就曾经是太平洋沿岸一座经济繁荣的国际性大都市。这里中西文化交融，现代与传统结合，使许多外资进入中国往往首选上海。伴随着浦东的开发，使上海的经济从 1990 年开始经历了 13 年的高速发展，如今已成为中国最具现代化气息和

城市综合实力的大都市。加之上海已成为金融中心，政策环境相对宽松，竞争优势更加明显，许多大型跨国公司都选择落户上海，甚至将亚太中心或公司总部移至上海，使上海成为中国走向世界、世界了解中国的窗口。AAPEX 会议的召开、"世博会"申办的成功及正在投入巨资大规模进行的配套设施建设，得益于上海市政府对城市的明确定位。为申博，上海市政府两次以市长为代表出席了 129 次和 130 次国际展览局大会。原上海市市长徐匡迪指出，上海举办世博，有利于国际展览局，有利于中国，有利于世界。上海市政府在积极宣传申博的同时，以申办主题"城市——让生活更美好"为指导思想，注重城市的现代化和生态化，打出"天蓝、水清、地绿、居佳"的口号，并在顺利实施之中。上海之所以一举成为全国会展大市和国际会展城市，除便利的交通条件、良好的城市基础设施、辐射华东地区的大城市影响力等客体因素外，在主体上有政府政策支持及依托全国巨大市场份额和顶尖产业优势如汽车制造、生物工程、微电子等行业，使其导向支柱产业成为现实。

江苏省地处长江下游，是华东地区仅次于上海的大商埠。江苏省会展业的发展起步于 80 年代初。1986 年南京市开始有了第一个展览会，当时只有一个改建的临时性展览馆；苏州市的展览业开始于 90 年代初，当时可使用的场馆只有苏州国际贸易中心展馆。随后徐州、连云港、常州、昆山等市也先后建成 7 个中小规模的展览馆和展览中心。2000 年以后，随着江苏省三大国际展览中心的建成并投入使用，江苏会展业的发展有了显著的提高。尤其是南京国际展览中心建成后，在不到一年半的时间里，先后举办了世界华商大会、国际中小企业年会等国际性、全国性、区域性等展览、会议、活动 38 个，展出面积约 50 万平方米，标准摊位 2.7 万个，特装面积近 10 万平方米，从软、硬件方面经受了国际性大型会展的考验，使南京的会展业达到了国内二流会展城市的水平。江苏省、南京市的会展业取得的成绩其主要来源于：一是政府重视。2002 年，在南京市十二届人大五次会议上，南京市政府首次把大力发展会展经济作为年度经济建设的十件大事之一写入政府工作报告中。在省委、省政府政策的大力扶持下，南京市投资 30 亿元在河西新区占地 1300 亩建设南京奥林匹克体育中心，充分体现了江苏省各级政府领导班子对大力发展会展经济的高度重视。二是产业优势。江苏省工业实力雄厚，以省城南京为例已建成以石油化工、电子信息、汽车摩托车、机械仪表和生物医药等 5 大支柱产业为主导，拥有 36 个工业行业、200 多个工业门类、2000 多个大类产品的综合性工业体系，成为华东地区重要的综合性工业基地，为南京发展大型会展业开辟了广阔的市场空间。

表一：长三角地区展览综合比较表

项目＼地区	上海	江苏	浙江
展馆数（个）	8 个 20 万 M²	19 个 18 万 M²	25 个 16 万 M²
250 个摊位展会数（个）	650	400	250
可培育品牌展会数（个）	25	18	11
UFI 国际品牌	1	／	／
展览公司（家）	510	350	300

二、浙江优势比较

上海、江苏两省市会展产业的形成及其快速发展，最主要的两大因素是来自经济和政策的贡献。从经济地位看，上海作为长江三角洲的中心城市，起着引领这一地区经济发展的"龙头"作用，其各项主要经济指标遥遥领先，稳居首位；江苏作为长江三角洲的北翼省域，依靠其支柱产业优势，成为其经济快速增长的强劲驱动力。从政策条件看，两省市政府积极的扶持力度，对推动会展业跨越式发展起着推波助澜的作用。那么，位于长江三角洲南翼的浙江，在政府逐步加大政策扶持力度的同时，利用发育完备的市场条件和特色产业优势及会展活动主体走强的态势，浙江会展业在新一轮经济中如何缩小与上海的差距、与江苏比翼齐飞是否完全可能呢？浙江优势分析：

1. 发育完备的市场体系——会展经济的强大磁场。

市场是资源配置的重要实现方式，供给与需求的矛盾运动促进要素跨区域流动，使均匀实现成为可能。没有市场经济体制的建立和完善，就没有会展产生的形成和发展。浙江省自然资源丰富，综合利用程度高，素有"市场大省"之称，在全国确立了两大优势：一是门类全、专业性强；二是规模大、辐射力强。如宁波服装市场、义乌中国小商品市场、绍兴中国轻纺市场、温州鞋机市场、金华花木市场、永康五金市场、海宁皮革市场、嵊州领带市场、诸暨袜业市场、南浔建材市场、浙东名茶市场在全国乃至世界负有盛名，而杭州的旅游市场其蕴藏的巨大发展潜力更是不可估量。这些特色鲜明、所见规模的市场体系是会展经济赖以形成和发展的条件，义乌中国小商品博览会 2002 年升格为国际性博览会便是依靠市场先发效应回报的结果，义乌小商品市场的兴起已有 20 年的历史，自 1995 年起，义乌市每年都举办小商品博览会，而且规模一年比一年大，档次一届比一届高。据统计，近 3 年来，"义博会"已将小商品销往 140 多个国家，出口额 12 亿美元，其中自营出口三年翻两番。"义博会"一届又一届地举办，使"义乌"这座非中心城市声誉鹊起，成为中国区域会展城市的"典范"。绍兴中国轻纺市场于 1988 年开业，该市场发展迅速，为进一步提升区域市场品位，1996 年开始，绍兴邀请省级主办单位每年在柯桥举办国际性纺织机械展，纺机展的连续举办，加速推动了市场对外影响力，使绍兴一个久不见传的小县城名播远扬，自 1992 年开始，中国轻纺城商品交易额一直名列全国百强市场第二位，仅次于义乌的中国小商品城。目前，轻纺城正在大规模投资兴建展馆，建成后的绍兴世贸中心将推动"中国轻纺城"向"国际纺织品贸易中心"迈进。从其他区域市场条件看，会展成交活跃、影响大是一个趋势。浙江发达的市场体系，对会展经济正在形成强大磁场。

2. 优势明显的特色产业——借梯登高的会展资源。

一个地区或城市展览业的发展，与当地产业发展状况有很大的关系，江苏展览业依托雄厚的工业产业优势顺利实现了这一扩张。浙江省纺织、服装、轻工、工艺、皮革制造产业发达，总体规模优势明显，市场占有率高，许多产品的产量居全国第一，并在世界商品生产中占有十分重要的地位。如温州有眼镜企业 1000 多家，产值 45 亿元，迅速成为国内具有重要影响的生产基地；嵊州年产领带 2.8 亿条，产量占世界五分之一；海宁年产皮革 1600 万件，产量占全国四分之一；诸暨大唐年产织袜 60 多亿双，产量占全国的 65％以上，占世界产量的三分之一强，销售额 80 亿元；萧山年产羽绒及制品 2 万吨，产量占全国三分之一，销售额 20 亿元；海宁马桥经编产业用布占全国总产量的一半以上。其他如杭州的丝绸与茶业、宁波的服装业、诸暨的珍珠业、温州的制鞋业、绍兴的黄酒业、余姚的塑料业、永康的五金业其知名度饮誉全国。伴随产业结构的调整和升级，浙江省的高新技术产业逐渐走坚，2002 年杭州湾地区的计算机和通讯软件业销售额，仅次于深圳、北京，列全国第三位。据调查，县域产业在工业经济中的比重进一步提高，2002 年全省 1/3 以上的县（市、区）达到 50％以上，其中占 50％—70％的有 17 个县，占 70％—90％的有 12 个，占 90％以上的有 2 个。块状产业经济的发展，提高了浙江产业市场占有率和竞争力，据国家统计局对全国 532 中主要工业产品调查，浙江有 56 种特色产品产量全国第一，居前 10 位的有 336 种，占总数的 63％。随着产品档次的不断提升，主导产业不断扩大，构成了"小资本、大集聚"区域特色产业，目前全省年产值超亿元的各类特色产业区块有 500 多处，涉及 100 多个大小行业和 20 多万家企业，产值占全省工业总产值的 65％左右。这些特色产业优势，是浙江可培育品牌展会的特有资源，充分利用它，浙江展览业发展的空间还很大。

表二：　　　　　　　　　　浙江省有影响展会近三年成交情况表

年份 / 项目	2000		2001		2002	
	展位数（个）	成交额（亿元）	展位数（个）	成交额（亿元）	展位数（个）	成交额（亿元）
义乌国际小商品博览会	1300	38.56	1405	43.68	1500	51.02
宁波国际日用消费品博览会	215	10.98 亿美元	378	10.03 亿美元	1750	5.11 亿美元
上海华东出口商品交易会浙江馆	304	2.36 亿美元	553	3.69 亿美元	528	4.13 亿美元
杭州西湖博览会	7034	69.61	8121	74	8783	81.59
温州轻工产品博览会	561	6.7	572	2.8	1224	33.2
绍兴纺织品博览会	310	9.58	338	12.94	426	10.22
总　计	9724	234.92	11367	247.3	14211	252.72

3. 不断壮大的展览主体——会展行业的逐步成熟。

浙江展览业市场自20世纪90年代初建立以来，经过10多年的培育，其活动主体已有当时的数家发展到目前在册的300多家，特别是近年来，在主要城市一些具有办展雄厚实力的专业会展公司的加盟，给浙江展览市场注入了活力。为加快会展产业化步伐，一些主要会展城市已先后将建立行业协会列入了政府工作方案。据对各地调查，目前全省已成立会议展览业协会3个，即杭州市会展业协会、宁波市会展业协会和温州市会展业协会。各地共有协会会员单位167家，其中杭州市47家、宁波57家、温州市63家；专业会员单位中，注册资金在100万元以上的有12家（其中300万元以上的6家，专业展览公司仅浙江远大国际会展公司1家）、50万元以下的121家。会展业协会的成立，为浙江省区域城市构筑起了规范、有序的会展业市场，通过制订统一的行业规范，定期召开会议，举办各种业务培训班，出版专业性刊物，交流信息，推广先进和科学的管理方法和经营方式，对展览会的组织者进行资格评估，对展览会重要数据予以公正审计等方式直接进行管理，并通过整合相应地提高组织区域性专业展览会水平和档次，促进会议展览业的技术进步。如温州市会展业协会自2001年5月成立以来，较好地发挥了会员企业同政府部门之间的桥梁和纽带作用，为会员企业服务，维护会员企业的合法利益，加强会展行业自律，提高会展业的管理和服务水平，促进了温州市会展业健康有序地发展。2002年该协会共组织举办各种展览26个，总计展位数7095个（其中境外1369个），总成交额55.53亿元（其中现场成交额17.32亿元、协议成交额2.26亿元、意向成交额35.95亿元；全市创展览业总产值约7000万元左右，带动其它相关产业6.3亿元，全市展位数比 2001 年增长 9.2％、成交额增长 50.33％。据对各地协会统计，2002 年全省协会单位举办展览会总成交额达到 173 亿元（其中杭州市 82 亿元、宁波市 36 亿元）。2002 年全省会展产值 59 亿元，其中 300 人以上的专业会议有近 900 个（在杭州召开 445 个，有的宾馆一年接待会议 100 多个），产值近 36 亿；全省展览业直接产值 23 亿元。借助行业管理协会来实现行业自身的自我约束与自我调节，是浙江专业市场逐步走向成熟的标志。

表三：

2002 年浙江会展业情况调查表

运作情况 \ 行业协会			杭州市会展业协会	宁波市会展业协会	温州市会展业协会
展览	会员单位（家）		47	57	63
	注资册金	300 万元以上	1	5（宾馆）	
		100 万元以上	4	2	
		50 万元以上	42	16	63
	组展数（个）		110	24	26
	产值（亿元）		10.12	2.21	0.7
	成 交 额（亿元）		81.59	36.2	55.53
	相关产业拉动值（亿元）		50.6	11.5	6.3
会议	300 人以上会议（个）		445	266	187
	产值（万元）		17.8	10.6	7.5
	相关产业拉动值（亿元）		90	53	37
总计：2002 年会展业产值 59 亿元					

注：1. 相关产业拉动值除温州高于 1：5 外，其它均以 1：5 计算；

2. 展览会以 250 个以上标准展位计算；

4. 日益明显的会展效应——关链产业的拉动作用。

浙江省交通便利，旅游资源丰富，餐饮休闲业发达，会展业对关链产业的拉动作用巨大。以杭州为例，目前杭州展览公司一个国际标准摊位对外报价：内宾 5000 元，外宾平均 2000 美元左右，其所带来的外地客商约为 10 人（展商 2 人、参观商 8 人），平均每人在杭停留时间内宾为 2 天、展商 6 天。

据此，内宾参展的一个标准展位消费金额为 16320 元；外宾参展的一个标准展位消费为 69720 元；一个摊位相关消费 2650 元。现按内、外宾逐一作静态量化分析。

如表：

内宾	消费	一个摊位消费金额为16320元，其中：
		住店：250元/人/天×（8×2）＝4000元。
		餐饮（包括客户宴请）：100元/人/天×（8×2）＝1600元。
		交通：（市内交通50元/人/天×16）＋（返程交通800元×8人）＝7200元。
		购物礼品：100元/人/天×（8×2）＝1600元。
		游览：30元人/天×（8×2）＝480元。
		文化娱乐：60元/人/天×（8×2）＝960元。
		医疗保健：15元/人/天×（8×2）＝240元。
		其它服务：（洗衣、理发、美容、照相、修理等）：15元/人/天×（8×2）＝240元。
外宾	消费	一个摊位外宾消费金额为8400×8.3美元＝69720元
		住店＋餐饮＋交通消费：平均400美元/人/天×6×2＝4800美元。
		购物礼品消费：平均200美元/人/天×6×2＝2400美元。
		杂费：100美元/人/天×6×2＝1200美元。
相关消费		一个标摊的相关费用2650元
		物流费用：运输300元、仓储100元、邮政50元、展位特装修500元、展览器材100元，总计：1150元。
		展商与参观商银行费用：100元。
		展商与参观商信息费用：广告500元、咨询200元、书报出版物100元、通讯600元，总计：1400元。

全年组展250个展会，平均每个展会摊位250个，内宾占摊位数80%，外宾占摊位数20%。

拉动系数＝一个摊位的收入/一个摊位的平均价

＝（16320＋5000）×80%＋（69720＋8.3×2000）

×20%＋2650/5000×80%＋8.3×2000×20%

＝37290/7320

≌5：1

全年会展带来的相关收入＝7320×250×250×5≌23亿元。

注：以上拉动仅指展会直接收入，不包括展览贸易成交及交流与引进高新技术所产生的链接经济效益。

会展业与相关产业关系图

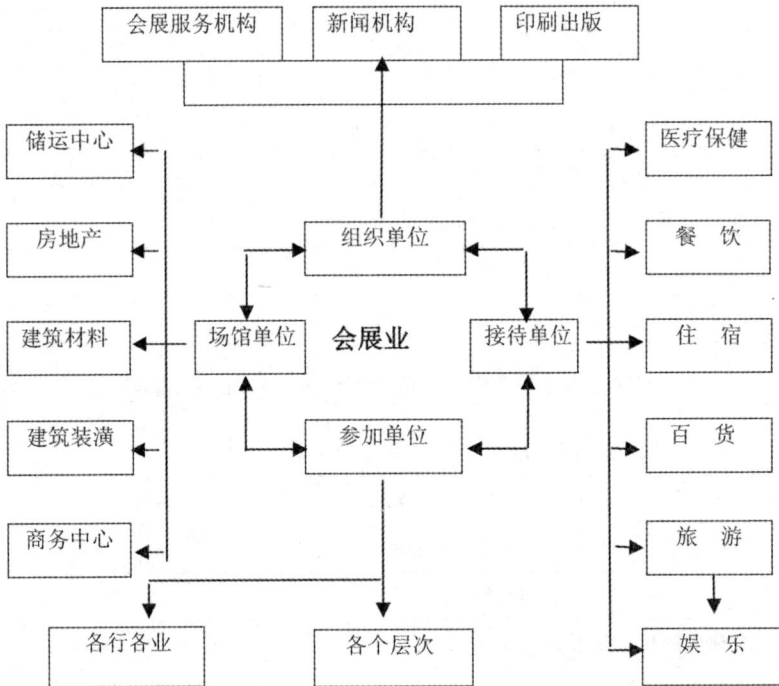

三、浙江存在问题分析

浙江会展业发展存在的主要问题。浙江属中国沿海经济发达地区，具备会展业发展条件得天独厚的区位优势和经济资源竞争优势，但由于浙江会展业起步较晚，结构体系尚不成熟，加之缺乏有效的市场化运作手段，整体水平与周边省相比仍存在一定的差距。主要表现在：

1. **缺乏管理规范。**目前，我省会展业依然存在缺乏统筹规划、宏观调控和行业自律的问题，小、散、乱的现象突出。展会的多头审批，一些地方并不具备优势条件盲目办展，导致同一项目重复办展，展会规模小，档次底，市场的无序竞争现象还普遍存在。如 2002 年"国际车展"在绍兴和杭州两地同时举办，由于汽车对绍兴的市场拉动力小，专业观众少，展会效果与杭州形成鲜明反差。据最新调查统计，2002 年，我省主要会展城市（杭州、宁波、温州、义乌、永康、绍兴）共举办各种展览会、博览会 163 个，平均每 3 天有 1 个，其中，带"国际"字号的 58 个，占 35％；带"中国"字号的 36 个，占 22％；省级展览的 31 个，占 19％；其它 38 个，占 24％。以上属于重复办展的占到 40％左右。从各地举办的一些展会看，很多展会是以当地政府的名义举办的，企业参展不是以市场需求为导向，不能完全体现公开、公正、优胜劣汰的市场竞争原则；有的则是为了完成政府下达的任务，会展的成果也含有很大的水分，使参展者的利益无法得到保护。政府部门的过多介入，打破了公平竞争的展览市场，客观上助长了无序竞争。一些地方会展中心的建立虽改善了办展条件，由于没有很好定位，不是把展会的优良服务放在首位，而是只顾眼前利益，把展会的名称放大了许多，办展偏离了方向，没有按展览的客观规律来办展。同时，由于管理体制不顺，出现了各行各业竞相办展，甚至媒体都来办展，造成水平参差不齐，极大地浪费了资源，不利于会展业的健康发展。虽然，一些地方建立了行业协会，但协会的作用没有得到真正充分地发挥，制约了协会工作的进一步开展。

2. 缺乏品牌支撑力。一个成功的展会一定有其存在的大市场背景——发育充分的主导产业。浙江发育完备的产业优势与江苏相比，从我省依托产业办展情况看，除个别城市已激活成为区域会展城市外，一个主要的原因是，许多展会的活动主体缺乏对会展产业资源的营销策划和有效利用——从粗放经营转变为集约经营，从单纯依靠量的扩张转变为依靠质的提高。许多地方办展追求的是大而杂，混淆了展销与展览的区别，把展览会降格为集市贸易，没有把产业优势通过细分市场，准确定位，形成鲜明的主题和特色，从而破坏了会展形象而导致失败。其次是品牌化、专业化、规模程度不高。品牌化和专业化是互为促进的，当今展览会其突出特点是专业化分工越来越细，然而我省许多地方办展依然还未摆脱传统型综合性展会，造成展会品位下降。浙江是块状经济发达的省份，几乎每个县市都有自己的特色产业所形成的专业市场，这是会展业发展可贵的一笔财富，而许多地方不是按照这个特点来发展会展业，不是过"博"，就是多"节"，还没有形成具有浙江特点的品牌展览会，目前省内具有的一些品牌展览会，仅是处在培育阶段。在以综合优势对城市会展功能拉动上，浙江比之江苏省滞后，还没有像南京国展中心以举办规模较大的国际国内展博览会为主、昆山国展中心以举办国际商务和长期展示品牌的个性化展览为主、连云港国展中心以立足欧亚大陆的东桥头堡和带动苏北地区开放型经济发展的明确定位。

3. 缺少专业场馆。展览场所是举办会展的先决条件之一，从我省各地建馆情况看，虽然近年来陆续造了些展馆，但大多数展览场馆缺乏统一布局，单体面积小、功能单一、设施落后，能适应举办大规模国际展览会的现代化展馆寥寥无几。如省会城市杭州，现有专业展馆只有 4 个，建筑面积 6 万平方米，国际标准展位 3000 个；宁波虽有 4 个展馆，但除宁波国际会展中心外，规模都偏小，建筑面积加起来不足 7 万平方米，合计国际标准展位 3500 个；温州却仅有 1 个展馆，即温州国际会展中心，建筑面积 7.27 万平方米，国际标准展位 1300 个，这与区域会展城市的发展要求极不相适应的。据不完全统计，全省现有专业性展馆 20 多所，单体面积在 1 万平方米以上的仅有 6 所，可以做专业展览的实用面积加起来也不足 16 万平方米，国际标准展位 8000 个，仅为上海的八分之一、江苏的四分之一；而像上海新博览中心符合国际标准的展馆则一个也没有。由于缺少专业场馆，客观上限制了与国际展览业、参展商的合作与交流，影响了展览业的规模发展。

表四：　　　　　**杭、宁、温三市办展、展馆、面积对应表**

地区	举办展（博）览会数（个）					场馆		
	全年	其中				建筑面积（万 m²）	国际标准展位（个）	馆数（个）
		国际	中国	省级	市级			
杭州市	110	32	16	28	34	15.95	3000 个	4
宁波市	24	6	15	3		13.6	3500 个	4
温州市	26	10	3		13	7.27	1300 个	1
合　计	160	48	34	31	47	36.82	7800 个	5

注：以上不包括杭州西博会标"中国"字的展会。

4. 缺少专业人才。 在以上海为中心的一体化区域会展向国际化大都市迈进过程中，长三角会展经济领先全国的后发之力正在显现，与其相适应，浙江省会展人才特别是对高级经营管理人才的需求也提出了进一步的要求——专业程度越高对运作人才的综合素质要求也越广泛。目前全省有主营会展业务的企业约 300 家，按平均每家需求量 20－30 人计，共需专业人才近 6000－9000 人，其中所需中级人才 1800 人、高级管理人才 600 人，而目前长三角会展业对语言和公关人才需求较大，尤其是高素质的人才更是缺少。

表五：　　　　　**2002 年长江三角洲会展都市圈人才需求调查表**

会展企业数（家）	上海	江苏	浙江	平均每家人数	所需专业人才	其中		
						初级 20％	中级 15％	高级 5％
1160	510	350	300	30	35000	27900	5300	1800
浙江省会展专业人才需求				30	9000	6600	1800	600

四、应对建议

促进浙江会展业发展的几点建议。浙江省毗邻上海，从政治、经济、文化、科技、对外开放的程度等多方面与国际性大都市上海都存在着一定的差距，江浙两大领域各具优势。在未来三、五年，浙江要使会展业成为支柱产业，与江苏同享"世博"快餐，应从加强政府宏观调控、优化资源配置入手，加大会展经济连动发展效应。会展经济的发展为城市的服务贸易注入了极大的活力，第三产业的连动效应将会越来越大，既是无烟工业又是朝阳产业，会展业的良好发展趋势均为各地市领导重视。针对我省明显的区位优势和对外贸易发展优势，除在硬件上在主要区域加大投建国际标准的规模展馆力度和在软件上出台一系列鼓励措施和优惠政策以吸引展会组织者和参展商外，政府要以招商引资、国际贸易、国际航运、劳务输出与国际展览、国际会议同时列为浙江省对外开放的支柱，撑起浙江全面开放的新框架，要充分利用毗邻上海、靠近台湾、交通便捷、资源丰富的区位优势，加大力度主动接轨上海会展业和积极扩大与亚太地区的展览合作。

要鼓励块状经济企业参加各种交易会和展（博）览会，组织开展好以国际采购为主题的浙江特色商品展览会，力争主要商品市场和特色经济区域的块状经济成为国际采购商的生产基地和供货基地，使浙江会展业的发展驶入快车道，更好地为社会经济环境提供服务。主要建议：

1. 设立会展经济发展专项基金。是否可将其列入省政府财政预算。专项基金主要用于以下几个方面：支持国际性大型定期专业展览和会议的申办；会展的宣传及品牌培育；对会展进行政策性补贴；对促进会展经济发展作出突出贡献的人员进行奖励；鼓励境外优秀会展机构落户浙江推行相关行业标准；进行会展网络等信息服务体系的建设；培养专业人才及进行理论研究等。

2. 对于在浙品牌展会给予专项资金补贴或税收减免优惠。目前，全球经 UFI 认定的品牌展 661 个，其中中国 26 个（包括香港地区 10 个），而浙江一个都没有。鉴此，对专业品牌展会宜制订优惠政策，在政策上和资金上予以积极扶持，使展会在专业化的基础上不断扩大规模和提高档次，有利于参与国际竞争。

3. 对在浙举办的会议和展览项目注册登记。会展是包涵知识产权的一种经济活动，它集文化、历史、技术、传统于一体，是会展地文化、技术品牌的体现，具有专利性，对会展名称、标志进行注册登记，可依法保护其知识产权。

4. 鼓励在浙高校和职业教育机构开设会展专业课程。浙江人文环境优越，教育优势明显，为发展会展经济提供了得天独厚的有利条件，在杭、甬等主要会展地高校和职业教育机构开设会展专业课程，对培养会展业专门人才，提高全省整体会展经营管理水平将起到积极的推动作用。

5. 简化相关手续，优化会展环境。随着对外经济技术合作与交流的深入开展，在浙举办国际性会展项目将会逐步增多，为减少展品在港口截留时间，形成快速通道，在展品运输环节上对海关手续予以简化，加速境外展品在浙的通关速度，同时外经贸、工商、税务、商检、公安等部门应统一协调，提高办展效率，以吸引更多国外会展机构参展。对各地特别是主要会展城市规划、市政管理、环境保护、公共交通等应当采取措施改善会展场馆的周边环境，为会展的举办提供服务和措施保障。

6. 完善政府决策系统，设立会展业研发机构。浙江会展业起步较晚，管理不顺、场馆不足和低档次重复办展严重困扰了行业发展，特别是在会展理论研究、组织运营管理、应用现代高科技手段办展等方面都还处在较低水平，与同处长江三角洲地区的江苏省还有较大差距，尤其是缺乏高素质的专业人才，成为制约浙江会展业进一步发展的瓶颈，这与我省的综合经济实力、人文及基础环境水平在全国所处的地位是极不相适应的。为加快浙江会展业发展，高起点做好与上海"世博"经济接轨准备，迫切呼唤与其相适应的研究政策法规的机构。设立研发机构，对我省会展业的发展，完善政府决策系统，培养会展专业人才和高级管理人员、开拓国际市场、促进浙江省会展业健康有序地发展，将起到积极的推动作用。

7. 筹建全省统一的行业协会。 作为国家经济和贸易发展战略中的一个重要环节，在国际上，展览业普遍受到各国政府的高度重视，几乎所有发达国家都设有相应的国家级展览管理机构，如德国的 AUMA（德国展览委员会）、法国的 CFME－ACTIM（法国海外展览委员会技术、工业和经济合作署）。同时，在一个成熟的市场经济中，政府管理企业的职能会更多地通过非政府的行业管理协会来实现。目前在市场经济较成熟的一些欧美国家和个别亚洲国家和地区，政府管理展览行业的职能已经和展览行业协会紧密结合在一起。行业协会既是展览企业的代言人，也是贯彻政府意图，执行政府政策的可靠助手，它们在规范展览市场、提高展览会的组织水平和质量、促进展览业的繁荣发挥着积极的作用。目前在国外，比较有影响的国际性行业协会是 UFI，即国际博览会联盟。此外有美国展览管理协会（IAEM）、英国展览业联合会（EFI）、新加坡会议展览协会（SACEOS）和香港展览会议协会（HKECOSA）等等。国际上的成功经验和做法有益于我们拿来借鉴，针对我省实际，近年来我省各地举办的展览活动蓬勃开展，展览市场越做越大，但作为行业或产业只能说是初具雏形。因为当前我省乃至全国展览活动的行政管理体制和大多数展览活动的组织方式、管理方式与市场经济的要求相差很远，作为一个行业或产业的一些基本要素不是很完备，比如市场主体的发育、行业的专业化水平、行规行约的形成、行业协会的作用等等，常见的模式是"政府搭台、企业唱戏"，主要是靠行政力量办展。由于体制原因和长期的惯性，行政办展仍然是当前举办展览活动的主要方式，这在很大程度上制约了展览会的市场化运作。我国加入 WTO 后，国内展览业面临着严峻的挑战，浙江省要尽占展览资源优势加之行业规范以及行业标准的系统支持，走在全国前列，应尽快筹建全省统一的领导机构或行业协会。展览业是一个特殊的行业，它涉及面广，投资大，风险高，周期长，一个展会项目，从立项到展出，一般需要 4－6 个月运作期，出国展一般需要 12 个月时间，行业协会参与规范势在必行，它的行业自律规则，经会员单位讨论通过后成为大家所共同遵守的制度。在协会体制下，各展览公司必须制订出全年展览计划，避免互相竞争，扰乱展览市场。省级行业协会将担当起全省展览行业之间展览项目开发的协调、组织工作，使我省展览业市场逐步走向有序竞争、健康发展的道路。

8. 加快利用现代信息网络技术开展网交会。 互联网时代的到来，给展览业带来了新的契机，网上展览成为展览业的新风景和新亮点。结合当前实际，浙江省要做好新一轮招展、招商工作，应改革传统交流方式，加快向网络与电子商务平台的转变，这也是为与国际接轨的需要。从长远看，网上展览前景不可估量，目前虽然只是实物展览的补充和配角，但随着信息技术和电子商务的进一步发展，网上展览有望后来居上，成为现代展览业的主体，现在做起，我省展览业可以借助互联网赢得后发优势，聚集新的竞争力，实现会展经济向更高层次整体推进。

浙江会展业：非典影响及应对

（原载 2003 年《浙江会展研究》第二期）

自非典型肺炎（SARS）在中国及世界一些国家和地区流行，作为贸易服务领域的前沿阵地——会展业首当其冲。四月中旬我省发现输入性临床诊断病例后，许多原定计划举办的展会相继被迫取消或延期，给浙江会展经济带来了重大损失。经对杭、宁、温及义乌的专业行业协会问卷调查和摸底，非典对正在加速发展中的浙江会展经济与会展产业产生冲击，其负面影响已突现。

首先，对城市会展经济的影响

鉴于会展活动是一种群体活动，通过人流带动商流、物流、资金流、信息流。出于安全考虑，避免人群大面积流动而造成非典型肺炎疫情蔓延，按照国家对"非典"防治工作的要求，要求严格控制各类大型公共活动的举行，为切断疾病在各类活动中交叉感染的可能性，浙江省紧急启动预防控制传染性非典型肺炎应急预案，停办或延办各类大型展会。由此直接导致持续登高的浙江展览业滑坡，进而影响浙江城市会展经济产业链。四、五、六月份本是会展业的黄金季节，从杭州来看，原 5 月 15 日开展的第二届国际汽车展、全国旅交会等 10 个展会因非典影响后延或取消。"非典"对西博会筹备工作影响明显，各展会在招展招商和邀请工作的衔接上普遍遇到了困难，有的原已有参会意向的客人改持观望态度，目前新发出的邀请函很少收到回复。而影响最大的是 17 个国际性项目，原计划邀请国外来宾、团队或向国际招展，因邀请和招商困难，已在调整计划或取消计划。即使"非典"在近期能够得到有效控制，境外代表参会大幅度减少已成定局。其它像 2003 年杭州西湖国际烟花大会、快乐杭州——中国杭州西湖狂欢节、2003 中国（杭州）美食节等活动，在"非典"警报未解除前，难以开展对外招商。为防 SARS 传播，宁波原计划于 4 月 24 日在亚细亚展览中心举办的"第二届中国（宁波）旅游商品展览会"被停办；延期展会有时尚五月展、宁波徐霞客开游节等十几个展览活动，以上造成的直接经济损失上千万元。温州已筹备一年多时间的第三届（温州）国际鞋类皮革制品贸易展览会等 5 个大型展会全部停办或延期。义乌原定在 4—8 月举办的 8 个展览会被取消后，给义乌国际消费品博览会的招展招商工作带来很大困难，势必直接影响展会举办活动。浙江是全国旅游热点之一，受非典影响的浙江会展业，所牵动相关服务行业效益的下滑，除北京、上海、广州外与全国其他省份相比较，其幅度更大，对城市经济效益和社会效益产生的负面影响也更深。

其次，对会展活动主体的影响

会展活动主体包括举办商和参展企业。从举办商来看，各类展会的停办或延期，原投入资金及招展招商工作的付之东流，使展会组织者、场馆经营者蒙受巨大损失。浙江远大国际会展有限公司原计划出展的中东汽摩配（迪拜）展、马来西亚第四届中小工业国际展览会、澳大利亚消费品展览会、日本东京国际家居展、香港春夏时装展等10个展览取消后，加上展位数急剧下降的德国杜塞尔多夫展、美国拉斯维加斯时装展、日本东京五金展等8个展览会，直接受损进200个展位。全省出国展览估计损失近1500个展位，对出口成交造成一定的影响。杭州"博鳌西湖国际茶文化节"、"2003杭州天堂酒会"和全国旅交会旅游汽车展的取消，承办运作单位的损失超过100万元。浙江世贸中心与和平国际会展中心两家企业目前营销工作已停顿，由此造成的直接损失（协议展位费）累计达到1043.4万元。浙江展览馆停办10个展览损失120万元。温州原定在五月举行的9个展览会，各展览公司前期已投入资金1427.2万元，被停办或延期后造成直接损失1049.5万元。从参展企业来看，各类展会的停办或延期，给企业实现市场销售目标产生很大影响，其直接和间接损失更是难以估量。温州各地因展会的延期和停办，致使展示设备企业的销售额直线下降，预订的合同取消，仓库内展览物资无法运出，其损失达300万元。

据不完全统计，全省出国展受影响近1500个标准摊位，直接经济损失达1千多万元；国内展览直接受损近8千多万元。二项合计受损近1亿元人民币，从拉动经济看，达9-10亿人民币。

面对突如其来的非典冲击，浙江会展业遭受重创的持续影响已不可避免，但也应该看到，这种影响在空间上不存在区域性问题，而是全国性的普遍现象，乌云过后必然是晴空一片，随着非典疫情的逐步控制，中国会展业正进入重整旗鼓、蓄势待发的阶段，浙江会展业要做好迎战前的准备，应在时间上抓住当前行业休整的有利时机，积极调整工作方向，化危机为契机，化被动为主动，全力以赴抗非典，千方百计谋发展，众志成城，便能克服困难，共度难关，把非典造成的损失减少到最小程度。应对措施：

一、**加强管理。**利用停展、延展期空档练好内功，加强内部管理和设施维护，有意识、有计划地开展相关业务培训和ISO质量认证，努力提高从业人员的业务素质和抵御突发事件的能力，以备新一轮机遇的来临。目前全省会展业的有识之士正在积极实施员工业务培训计划，如浙江远大国际会展有限公司通过专家授课、实例分析和集体讨论，使员工在更高层次上获得新一轮充电的机会，得到省外经贸厅有关领导的高度评价。

二、**深化改革。**鉴于SARS疫情的特殊性，限制人员双向流动的防疫措施将在一定时期内持续，要做好新一轮招展、招商工作，应改革传统交流方式，加快向网络与电子商务平台的转变，这也是为与国际接轨的需要。目前中国小商品城会展中心正在做此方面的工作，为参展商在网上搭建虚拟平台，促使企业有更多的贸易成交渠道，如今年10月份的义博会不能如期举办，拟以"在线义博会"的形式开展网交会。杭州市将有部分的中小企业开拓资金用于网上参展。

三、**完善机制。**SARS导致主办商和参展企业两败俱伤，对此我们要理顺当前工作环节，完善自身运作机制，一方面，对参展企业要加强引导，认真做好停办或延期展会的后续工作，向参展企业做好说明解释工作；另一方面，通过这次非典事件，为避免突发事故尤其是一些不可抗力因素带来的损失，部分展览活动可考虑通过保险的方法来规避风险。

四、**促进发展。**要利用休整期间，深入调查研究，了解掌握国内外会展业发展动态，改进营销手段；根据国家、省有关信息、政策变化，及时调整对策，加强与企业的网上联系，做好招展的基础工作，以备一旦形势好转，积极组织企业走出去，扩大成交；保重点客户、保渠道、保市场，加快展览地区、结构调整，增强市场竞争力。切实巩固主要展览会，积极拓展"非典"影响不明显的地区市场，主动挖掘新展览资源，为拓展"非典"后浙江会展业发展空间作准备。

会展业发展需要理论指导

（原载 2004 年 3 月 3 日《国际商报》）

近年来，随着我国经济的持续增长和城市化的推进，会展业开始崛起，特别是沿海发达地区，会展经济以其对相关产业的巨大带动作用成为许多城市新的经济增长点和社会发展新亮点。浙江省属中国沿海经济发达地区，具备会展业发展条件得天独厚的区位优势和经济资源、旅游资源、人文环境资源优势，伴随上海"世博"的申办成功，各地会展活动蓬勃开展。然而，浙江会展业的发展势头虽猛，但其总体水平还停留在量的扩张上，未能在质上集聚竞争优势效应，已成为制约浙江会展业进一步发展的瓶颈，不利于专业市场做大做强，一个重要的原因是缺乏符合行业特点的科学理论支撑。

世界行业发展史表明，一个没有成熟理论支撑的行业是幼稚和脆弱的。浙江会展业较之周边沿海省市起步晚，目前所举办展会大多过于散、小、乱，在以综合优势对城市会展功能定位上，还没有从理论上加以系统论证，形成统一的认识，会展实践依然面临许多新问题。会展经济是市场经济的产物，属于国民经济中部门经济范畴，同时又是城市经济的组成部分。作为市场经济的产物，会展经济必须具有符合市场经济规律的经营管理体制、市场运作机制和行业协调规范；作为部门经济，会展经济必须具备较为充分的部门经济理论依据、较为完备的政策体系，以及在整个国民经济中的准确定位和相应的教育人才培养体系；作为城市经济的组成部分，必须纳入城市发展体系和规划，与城市基础设施建设、经济发展水平、历史文化传统、生产和消费结构相协调一致。综上所述，涉及一个根本性的问题——理论指导。

会展学理论体系的研究意义在于：开拓新的科学领域，突破信息学、管理学、组织行为学、旅游学、艺术学的各自局限性，揭示会展活动的形式多样性，对会展活动规律形成全面正确的认识，填补这些众多母体学科之间的鸿沟，丰富和发展原有概念的内涵，具有知识增值作用；有助于解决有关会展事业发展的重大综合性社会问题，为政府部门关于会展管理职能的正确划分界定、会展产业政策的制定、会展学科研的管理、会展学人才的培养提供科学依据；为会展业内人士的经营管理工作指明科学方向。

根据我省实际，当前亟待以科学理论的指导涉及会展实践方方面面。如何在场馆建设、管理机制、组织手段、配套服务等方面缩小与国内一流会展城市水平的差距；如何解决多头办展、重复办展、展览规模小、市场秩序不规范等问题；如何扩大展览市场的规模和容量、搞好展览市场中外价格的并轨；展览协会如何履行相关职责，规范展览市场；如何处理展会涉及的知识产权问题；如何创办名牌展览会、塑造名牌展览公司；如何对待展览诚信道德、有效观众和展会票房等问题；如何搞好会展教育培训工作；如何解决会展信息建设滞后问题；如何处理网上会展与现场会展的关系等问题，都需要会展学理论进行深入探讨，形成共识，付诸实施。

在新一轮经济工作中，为积极实施刚刚闭幕的省十届人大二次会议《政府工作报告》中提出的"积极推进服务业现代化，促进会展业加快发展"的战略决策和在实际贯彻中更好地提供理论支撑指导实践，以科学的发展观抓好落实，满足会展业对更深层次和更高水平服务的要求，建设和发展既符合国际会展业发展趋势，又具有中国特色的会展经济理论，提供即时准确的会展信息和大量的会展经济数据，培育成熟的会展培训项目，使会展理论研究为整个会展业的发展提供助力，加强会展理论研究指导工作，已是当务之急。

解读《通知》——"国际展"
不能想办就办

（原载 2004 年 4 月《中国会展》杂志第 8 期）

国务院虽然取消了在境内举办对外经济技术展览会主办和承办单位资格的认定，但举办国际展会仍需要审批，只是根据展览面积的大小分属不同的部门来审批或备案。

2003 年非典过后，浙江省会展业与全国一样呈现恢复性的快速增长，各地办展活动此起彼伏，各种展会频频亮相，给会展业以千帆竞渡的发展走势。然而，在业界红火的背后，却是一些主办单位为求急功近利而施行的不规范运作手段，违规办展现象屡见不鲜，已极大地影响了展览市场的正常秩序。

近一个时期以来，不少参展企业反映他们所参加的一些不是展览公司主办的展会名不副实，征询这些展会是经哪个主管部门批准的。据了解，类似情况今年各地发生了多起，有浙江省，杭州市甚至于区县里都有。而目前一个明显的趋势是，自去年下半年以来，媒体办展逐渐增多，特别是带有"国际"字号的展会被受到青睐，而对被实施和将要被实施的展会，一些主办者并不是按国家有关的审批程序办理。据了解，目前在全国由媒体主办的一些国际展依然是未经主管部门批准，擅自挂"中国××国际展"，是引起参展企业不满的主要原因之一。媒体违规行为已严重损害了正在有序发展中的国内展览业市场，如这种现象任其继续存在，国内中国展会质量下降和重复办展问题将不可避免和长期共存，不利于办展环境，不利于公平竞争，不利于市场化运作，更不利于品牌展的培育，后患无穷，令人担忧，不能不引起有关部门的重视。

在展览业市场已大幅放开的今天，媒体单位是否与具有办展实力的专业展览公司一样具备主办国际展的资格姑且不论，单就举办国际展过程中必须严格履行国家规定的审批程序提出意见。根据国发（2003）5 号文，商务部虽取消了在境内举办对外经济技术展览会主办和承办单位资格的认定，但展会项目仍是需要审批的，而且商务部在今年对展会项目的管理有进一步的加强。2004年2月海关总署、商务部联合下发署监发（2004）2号文"关于在我国境内举办对外经济技术展览会有关管理事宜的通知"，其中规定：各地单位主办对外经济技术展览会（国际展），须由所在省、自治区、直辖市外经贸主管部门审批，并报商务部备案。各地打有国际字号的展会均需经所在地省级外经贸主管部门批准、商务部备案才可举办。文件重申了即使举办面积在1000平方米以下的国际展，也须报省级外经贸主管部门备案，海关凭主管部门备案证明办理相关手续。

这个文件，对媒体和其他企望不按规定审批程序举办国际展的单位再次敲响了警钟。其实，自1997年以来，国务院和商务部（原外经贸部）就规范举办国际展活动多次下发过文件，那么，为何中央三令五申，地方违规现象屡禁不止呢？很值得我们深思！加强展览市场规范管理和加大对违规办展整顿力度，已势在必行。

对会展业人才稀缺、管理滞后的思考

（原载 2004 年 9 月《中国对外贸易·中国展览》杂志第 7—8 期。录载时有删节）

2003 年，尽管遭受非典影响，但自下半年以来，浙江省会展业与全国一样呈现恢复性的快速增长，且发展势头强劲，许多地方都看中了会展经济这块"蛋糕"。各地积极发展会展经济，借此带动其它相关产业链和提高城市品位，其指导思想本无可非议。然而在实际运作中，就当前会展业现状来看，一些地方甚至在某些主要会展城市，除规定的常年展外将展览与展销会等同，展期相近、展题雷同的展会屡见不鲜，重量不重质的现象相当突出，而且有越演越烈的趋势，导致好的展会被分流，差的展会被投诉，造成展览会低水平和和无序竞争的局面。这不仅严重阻碍了会展城市化进程，而且与会展城市经济规则背道而驰，由于缺乏有效宏观规划，浙江省办展水平在全国业界依然停留在二流偏下等次，其中一个重要的原因是人才匮乏和会展业管理的滞后。

一、近期浙江省办展情况

据对主要会展城市杭州、宁波、温州三地调查，2003 年共举办各类展览 176 个，比 2002 年增加 16 个，平均每两天中有一个，其中，冠有"国际"名称的 52 个，占 30%；全国性的 29 个，占 16%；其它展览 95 个，占 54%。从展览项目分类情况看，以杭州为例，在 122 个展览中，生活消费类展览比例最高，占 19.01%，其次是书画艺术类，占 16.53%，机械仪表类占 12.4%（其中工业类为 4.96%，医疗器械类为 3.31%，造纸印刷类为 2.48%，纺织机械、照相器材类分别为 0.83%），建材装潢类占 6.61%（其中建材类、家庭装潢类分别为 3.31%），房地产类、人力资源类分别占 5.79%，连锁经营类占 4.13%，工艺品珠宝类、科研教育类分别占 2.48%，体育健身类、绿色环保类比例较低，分别占 0.83%。总的看，目前杭州展览的展题比较集中于生活消费品、家庭装潢、房地产等热点内容。

从展览数量、质量、规模看，三地基本情况是规模均上台阶，数量、质量各有侧重。在数量上，除温州全年办展 21 个，比 2002 年实际减少 5 个外，杭州、宁波均比 2002 年有所增长，分别增加 12 个和 9 个；在展览规模上，三地均比 2002 年有明显提升，全年总展位数达到了 70.56 万平方米，其中杭州 50.18 万平方米、宁波 12.52 万平方米、温州 7.86 万平方米；在展览质量上，除宁波有效实现资源整合基本解决了重叠办展问题外，杭州、温州重复办展现象依然存在，特别是杭州尤显突出。2003 年，分属不同展题但同类的展会在杭州就有 8 个，属重复办展的有 24 个。分述如下：

1. 以建材为展题的 6 个，其中冠有"国际"名称的 4 个、"全国"的 2 个，即 4 月 10 日"第四届浙江国际建筑装饰材料及装备贸易博览会"，9 月 11 日"2003 浙江国际高层建筑产业博览会"、"2003 中国（杭州）国际住宅及建筑装饰博览会"，9 月 21 日"2003 国际建筑装饰精品浙江贸易博览会"、3 月 12 日"2003 第十三届全国建筑材料及装饰精品展"、9 月 17 日"第九届全国建材秋季交易会"。

2. 以服装为展题的 4 个，即 9 月 30 日"2003 浙江品牌服装特卖会"、10 月 16 日"2003 江浙沪精品服装展销会"、11 月 12 日"2003 中国（浙江）轻纺行业库存商品展销会暨 2003 中国（浙江）品牌服装、服饰特卖会"、12 月 15 日"2003 年服装展销会"。

3. 以特许经营为展题的 3 个，即 3 月 20 日"2003 年春季特许经营（浙江）展览会暨招商投资洽谈会"、8 月 22 日"2003 年浙江第三届特许经营展览会"、10 月 1 日"2003 年秋季特许经营（浙江）展览会暨招商投资洽谈会"。

4. 以房地产为展题的 3 个，即 1 月 1 日"2003 浙江省首届房地产交易会"、"2003 沪苏杭房产品投资展览会"、5 月 16 日"浙江省第十届房地产展销会"。

5. 以医药保健为展题的 2 个，即 3 月 26 日"浙江国际医药、原料及制药工业展；生物技术实验室设备及健康产品展"、9 月 12 日"第三届中国（杭州）国际医药及保健产品博览会"。

6. 以印刷机械为展题的 2 个，即 2 月 23 日"2003 国际包装印刷机械展"、11 月 12 日"2003 浙江印刷机械展览会"。

7. 以美容美发为展题的 2 个，即 4 月 18 日"2003 国际美容美发化装用品（杭州）展览会"、10 月 27 日"第五届美容美发展"。

8. 以纺机为展题的 2 个，即 3 月 18 日"2003 年浙江省第十二届国际纺织机械展"、9 月 4 日"中国（杭州）国际面辅料、家用纺织品及服装设备展览会"。

温州重复办展 2 个。

二、存在问题剖析

浙江旅游资源丰富，产业优势明显，市场体系完备，具备会展经济形成和发展的环境条件。经过一个时期的培育，目前浙江省会展业市场总体呈规模性快速增长发展势头，个别区域的自律机制和资源整合工作初见成效。但同时由于缺乏有效宏观规划，浙江省会展业整体运作仍然面临许多问题，一个突出的现象就是低水平重复办展、主办单位缺乏自律机制。有些完全没有办展经验和实力的公司巧立名目，利用各种途径，买来一个承包权，采取各式各样的"包装"，为展览会"乔装打扮"，挂上时髦的招牌；有些展览会的组织者请来几家合资企业参展，打上外方招牌，就成了国际展；有些同类展览会在一个地区重复举办，有的则是一个展览会挂上几个不同的招牌招展，见机行事，名不副实。种种现象已极大地影响了展览市场的正常秩序。

浙江会展界在行业管理上，虽有杭州、宁波、温州等主要会展城市成立了行业协会，并且大多工作开展的有声有色，但作为资源整合利用程度较高的展览市场，由于缺乏统一规划，浙江块状经济品牌产品、共同市场资源优势依然在散、小、乱的载体下运作，各地同一展期、同一内容的展项频频出现，全盘起来全省重复办展的现象就显得相当突出。2004 年 3－6 月份，仅以纺织面料为展题的展览就有 4 个（其中国际展 3 个）：第二届宁波国际纺织面料辅料纱线展览会、2004 嘉兴国际服装面料辅料展览会、2004 第二届中国（杭州）纺织机械及针织设备展览会、2004 绍兴国际纺织针织机械及印染设备展览会。此外，媒体办展现象逐渐增多，特别是带有"国际"字号的展会被受到青睐，而对被实施和将要被实施的展会，一些主办者并不是按国家有关的审批程序办理。

会展业的发展离不开产业和市场两大因素，浙江省产业基础雄厚、市场份额占有率高，2003 年，全省共有商品交易市场 4036 个，实现成交额 5591 亿元，比上年增长 11.9%。其中，亿元以上市场 463 个，年成交额 4457.03 亿元，比上年增长 14.5%，浙江省作为市场大省继续位居全国前茅。2003 年全国有 26 类产品的 153 个产品品牌被评定为"中国名牌"，其中浙江省 33 个，占全国总数的 21.6%；在已进行的全国三届"中国名牌"产品评定中，浙江省共有 50 个产品品牌被评定为"中国名牌"，浙江"中国名牌"数量占全国总量的 15.0%，即七分之一强，位居全国前列。浙江有许多全国知名的服装品牌，"雅戈尔"、"洛兹"、"太平鸟"、"步森"四个品牌为衬衫类的"中国名牌"，"雅戈尔"、"罗蒙"、"培罗成"、"报喜鸟"、"法派"、"庄吉"、"杉杉"（在上海注册）七个品牌为西服类的"中国名牌"。浙江服装"百强"企业数量名列全国第一，地区分布十分广泛，宁波 11 家，温州 10 家，绍兴 10 家，杭州 8 家，嘉兴 5 家，金华、台州、湖州各 1 家，服装品牌在浙江遍地开花；纺织面料、丝绸、黄酒、工艺制品、计算机软件畅销全国。目前从全省整体办展情况来看，主要是单纯依靠量的扩张，还没有转变为依靠质的提高。许多地方办展追求的是大而杂，混淆了展销与展览的区别，其结果是导致了散、小、乱，把展览会降格为集市贸易，没有把产业优势通过细分市场，准确定位，形成鲜明的主题和特色，从而破坏了会展形象。其次是品牌化、专业化、规模程度不高。品牌化和专业化是互为促进的，当今展览会其突出特点是专业化分工越来越细，然而浙江省许多地方办展依然还未摆脱传统型综合性展会，造成展会品位下降。如统一规划，可选择纺织、服装、轻工、工艺、高新技术产业作为会展业发展的突破口，逐步组织进行培育，经过若干年，发展成为浙江省在全国颇具规模和影响力的专业展。

三、直面中国展览业人才稀缺问题

据了解，目前类似的低水平重复办展现象不只是浙江一地，在全国各地都有不同程度的存在。它一方面反映了政府对会展业管理的滞后，另一方面也折射出中国展览业人才的稀缺，这种状况如任其继续存在，国内展会整体质量下降和重复办展问题将不可避免和长期共存，不利于办展环境，不利于公平竞争，不利于市场化运作，更不利于品牌展的培育。人才稀缺问题，不仅反映在内展上，更多地集中在外展中。

鉴于出国展览各个生产要素，如展览场地的租赁、招展、设计和施工、运输报关、产权保护和广告宣传以及后勤安排等，都需要通过与外国相关行业的合作，其对国际化、专业化程度提出了越来越高的要求。近年来，我国所涌现出来一大批专业办展单位，包括国营的、股份制的、民营的和中外合资的展览公司，连同贸易机构和商协会一起，日益成为本国出展业的经营主体。但与此同时，与国外大型跨国展览公司相比，目前我国展览从业人员的专业技能和管理水平整体还较低，服务意识不强，甚至违轨出展。组展单位和个人绕过现行的关于出国办展的管理规定，直接以零售为目的，大规模组织当地生产厂商和个人以旅游、探亲访友等名义赴国外参加和举办展销会有之，在国际上造成许多不良影响；展销团货物未按照有关规定缴纳关税和增值税有之，导致货物被禁止销售；有的国家禁止展览会上零售物品，因对其不了解，盲目组展者有之，结果货物被禁止销售；展销人员凭因私护照办理旅游签证赴国外进行展销活动有之，故被当地警方制止。凡此种种，究其原因，组织者和参展者对出国展览缺乏基本的了解，出国办展游离于正规机制之外，组织者在不具有出国办展专业知识和技能的条件下，违轨办展，不规范操作，是其根本原因所在，同时也反映出目前我国出国展览队伍良莠不齐、人才稀缺的突出问题。

2003年6月17日，由中国贸促会、外交部、商务部、公安部和海关总署五部门会签的《关于进一步加强出国举办经济贸易展览会管理工作有关问题的通知》正式下发。对照以往的管理办法，《通知》重申了国办76号文件的精神，即2000年11月7日国务院办公厅下发的《国务院办公厅关于出国举办经济贸易展览会审批管理工作有关问题的函》。按照这个文件规定，其中一条是组织企业出国参加和举办经贸展览会的单位，应该具有出国办展的专业知识、经验和技能。《通知》中凸显出一个新特点，也是和上述问题的查补密切相关，就是加强公安部和海关总署对出国展相关的审批管理和各驻外使领馆加强对出国展团工作的指导。综合文件出台背景和精神实质，藏锋于《通知》背后的是我国展览界当前急需要解决的现实问题不能不面对了，加强对出展（包括组展、参展）人员的培训，全面提高出展水平已迫在眉睫。从组展方面看，目前国内有出展权的办展单位已有200多家，出国参展正在从过去的供不应求向供过于求发展；同时随着我国加入 WTO，国外的一些展览公司相继在中国成立合资公司或独资的展览咨询公司，虽说目前国外展览公司组织中国公司出国参展受到审批制度和以上客户基础的限制和影响，但出国展览的资格审核早晚要放开，与之相配套的外事、外汇管制也进一步放宽，企业将越来越多地脱开中间组展环节独自到国外参加展览会，这样，对出国展览组织者从硬件设施到软件服务上都提出了更高的要求，组展单位的当务之急是提高服务质量、深化服务内涵、实现规模效益。从参展角度看，出国参展对于国内企业来说虽已不是新名词，但如何实现出国参展，许多企业尤其是中小企业并不很清楚，有些企业只是将许多开辟国内市场的办法简单地搬到国际市场的开拓上去，由于不了解出国展览的特点、要求、管理制度，很容易误入展区，损失惨重，如果能通过多种渠道宣传出国展览的要求和操作流程，指导企业尤其是中小企业选择有组展资格同时具备组展能力的展览机构，帮助他们开拓发展思路，走上规范化出国办展参展的路子，由此引发的一些事端就可避免。

当前，会展市场形势的快速变化对会展企业经营管理水平和从业人员的要求不断提高，对我国各展览公司、组展单位的管理水平和人员素质提出了很高的要求，而我国展览业的人员构成现状并不理想。各展览公司、组展单位的管理者多是从其他行业半路出家转行而来，普遍缺乏会展方面的系统理论知识和国外先进的会展经营策略，懂展览又精管理的人才更加欠缺。为此，加快建立适合我国国情的会展人才培训机制已成当务之急。

三、各地行业协会扫描

会展业协会的基本作用是促进业内企业的沟通和信息交流，制定行约行规，协调会展资源整合，开展数据统计和展会评估，建立培训体系。

据调查，目前全国各地已挂牌成立的省市级会展行业协会有北京、上海、山东、广东、江苏、深圳、河南、湖南、沈阳、福州、西安、厦门、杭州、宁波、温州、济南、成都、昆明、郑州、长春、大连等 10 多个。这些协会通常是该地区会展业走向成熟的标志，一些协会则是针对当前行业不正之风为加强对会展企业市场行为规范应运而生的。这些行业协会虽然成立时间先后不一，运行机制成熟条件不同，但它们在不同程度地推进这一区域会展业发展所起的作用已是不争的事实，像上海、北京、广东、大连、南京、深圳等会展发达地区是会展业与行业协会协调发展较好的区域；而像湖南、重庆一些会展业相对落后地区，也正以加强行业协会工作职能为己任，在拉近与"后起之秀"会展城市的差距呈现着咄咄逼人的态势。

1. 北京国际会展业协会

北京国际会展业协会成立于 1998 年 6 月，经过 6 年的发展，协会在加强行业自律和发挥协调功能其手段逐步完善。近期协会最大成果是协助北京发展和改革委员会制定并发布了《2004－2008 北京会展业发展规划》，其远期目标已经列入十一五规划中。目前该协会正着手启动两大主要工作：会展业立法和成立北京市会展业发展协调委员会，前者有望成为全国最早出台的会展业专门法规，后者将成为协调北京市和驻京中央机构整合会展资源的重要力量。届时，因困扰北京多年的会展资源分散问题将得到极大改善，这无疑将促进北京会展业的快速发展，在与其他会展中心城市的竞争中占领"制高点"。

2. 上海会展业协会

上海市政府十分重视行业协会建设，2002年年初，市政府一号文、二号文，全部围绕行业协会的建立和发展。不仅如此，为保证行业协会建设，上海市政府还专门成立了行业协会发展组，成为上海市一个独特的、新的政府职能部门。在这种大背景下，上海会展行业协会与其他许多协会一样，在筹备阶段即得到了市政府的充分重视，市政府两位副秘书长亲自担任会展行业协会筹备小组组长，下面有全市7个委办主要负责人担任筹备小组成员，从而使得迅速、顺利完成。2002年4月25日上海会展行业协会正式揭牌成立，上海市市长亲自到场，为会展行业协会揭牌，与以往有些协会不过是政府部门挂的又一块牌子不同，上海会展行业协会完全按照市场化原则运作。它跨领域、跨区域、跨所有制，把会和展融在一起，把国有、民营、合资、独资企业合在一起，行业协会成员没有一名政府官员。上海会展行业协会成立后，上海市政府立即将国际展览会的协调职能委托给协会，从而使全年上海国际展会一盘棋统筹，避免了重复办展、展期重复、时间冲突及各种不规范行为。另外，对展会期间出现的各种问题，如个别展览企业缺乏诚信、不公平竞争等投诉，均由展览协会出面进行了处理。目前该协会有会员单位96家，会员单位的业务范围基本涵盖了会展及相关领域，年营业额占上海市会展业营业额的60％以上，主要会展企业基本聚拢在身边，协会在规范会展市场方面发挥着重要的作用。

3. 广东会展业协会

广东是中国会展业发展最早、会展经济最活跃的地区之一。不仅有"中国第一展"广交会、深圳高交会等知名展会。仅广州地区每年举办展会就有上百个，其中国际展会占总数的三分之一多。此外，广东每年组团出国参展达数十个之多。这些会展活动，给社会商品的流通提供了一个极好的渠道，极大地促进了内外贸发展。然而，火红背后却存在着无序竞争，重复办展等问题，为此，广东会展行业协会应运而生，于2001年9月28日正式成立。协会成立后，在支持公开、平等竞争，反对不正当竞争及欺诈行为，改善、优化广东会展业市场环境，提高会展业质量和效益，发挥了积极的作用。目前，广东会展业总体趋势正朝着良性循环方面发展，展览项目呈现品牌化，如广交会、深圳高交会、珠海航空展等，饮誉全国。

4. 大连会展业协会

大连会展业协会成立时间虽然较晚，但启动这项工作却于1996年就开始。大连市政府早在1992年就开始深入研究会展业对城市社会经济的综合影响，并于1994年把会展业列入城市发展的战略规划，提出了建设国际著名展览城市的发展目标。

1996年，大连市委、市政府提出，把发展展览业作为实施外向牵动战略的重要举措，作为完善口岸城市功能的新兴产业，并专门成立了展览工作领导小组办公室，在会展行业协会成立前，担负起行业管理和协调沟通的职责。在每个重要展览会举办前，会展办公室都要召开各部门参加的协调会，由主办方上报困难，协商解决。展会闭幕后，主办者还必须就该展会的有关情况，向会展办公室提交一份总结材料，作为争取下一年主办资格的依据。国内会展业频繁发生的重复办展、恶心竞争等问题，在大连得到了解决。

5. 湖南会展业协会

与上述地区相比，湖南的会展业起步较晚，虽然姗姗来迟，但近几年发展速度之快，在全国也是少见的。在短短的几年中，湖南不仅兴建了一批设施先进的会展场馆，同时，金鹰节、全国糖酒会、农博会、国际服装服饰博览会等在省内的举办也打出了湖南会展一批抢眼的招牌。相对于正在快速发展中的会展经济，湖南的会展管理体制比较落后，要进一步提高办展质量显得心有余而力不足。湖南每年举办的展会很多，但是上规模、上档次的却很少，知名的会展品牌更是寥寥无几。由于办展雷同，"撞车"的情况严重，导致恶性竞争，会展上出现假冒伪劣产品，展览承办人卷款潜逃，少数职能部门借会展索要费用等事件也是有发生，严重影响了湖南会展业的声誉。针对湖南会展业存在的种种问题，湖南省政府领导非常重视，2001年2月，省政府常务会议听取了有关部门的专题汇报，并形成了会议纪要，明确将发展湖南会展业作为经贸工作重点并批示组建湖南省会展业协会，2002年9月5日正式挂牌成立。协会成立以来，在维护湖南会展业的健康发展做了积极的工作。目前，协会正以更积极的姿态，筹划组建湖南会展经济宏观规划专家组，以期拉近与二类会展城市的差距，全力打造一个全新的"湖南会展"。

四、建议、措施

综上各地行业协会机构设置及其工作开展情况，启示一：协会组织作为政府与企业的"桥梁"，在行业发展中发挥着不可替代的作用，是会展业发展到一定阶段的产物；启示二：一区域的政策配套机制是与这一地区的行业发展水平相适合的，一个会展行业协会组织职能相对健全的区域，也是会展业相对发达地区；启示三：在市场社会化程度还不充分条件下，一种经济形式的社会活动，当它偏离经济轨道时，就需要政府出面干涉，会展业作为新兴的经济形式，在其发展过程中必然会遇见有悖于市场经济规律的"活动断层"，这就需要有一个能行使政府职权的权威组织来进行规范，而这个组织是一个政府能充分授权的行业机构；启示四：一地区协会工作的好差取决于所在政府的重视程度，政府对协会工作的重视和支持力度越大，则协会的协调管理职能越强并能进一步推动这一地区会展业的发展；反之，则越弱。

由此，依据生产力和生产关系相互依存作用的原理，一定的生产关系的建立，是以一定的生产力状况为其基础和前提的，当生产力在发展中获得了新的性质的时候，也就必然要求新的生产关系与之相适应，要求生产关系的更新；当生产关系适合于生产力状况的时候，它为生产力的迅速发展提供广阔的场所，而当生产关系不适合于生产力状况的时候，它就会阻碍生产力的发展，成为生产力进一步发展的桎梏。实践证明，上海、北京、广州等会展业发达地区，固然与其所处的经济、政治中心地位有关，但它们相对完善的政府支持决策系统，在引领这一区域会展经济在全国的主导地位，起着不容忽视的作用。近年来，大连、深圳的会展经济之所以能够蓬勃发展，除协会管理职能定位准确外，更重要的是得益于政府的重视和支持，配套政策、法规及时跟上。即使像湖南经济欠发达省份，政府也开始注意加强对本省会展业的管理。为此：

一、应尽快促成中国会展业协会的形成，并加强对各地协会工作的指导

在市场经济区域中，协会组织在行业发展中发挥着不可替代的作用，从我国展会活动行业组织的发展现状看，目前，北京、上海、山东、广东、江苏、深圳、杭州等地虽然已经注册成立了地方性的会展行业协会，但这些协会仅在各自行政区域发挥作用，加之一些协会在实际职能方面与市场经济规则下的的协会相比，还有很大差距，全国行业组织建设仍表现为会展业快速增长与管理滞后的矛盾。会展业与其他行业的协调工作应该成为宏观管理的重点。会展业的综合性很强，能否协调好相关行业之间的工作，将直接决定会展业的自身效益和社会效益，因而成立全国会展行业协会，并吸收地方协会为其分支机构，共同构建"浙江省会展协会网络组织"，已经成为推动会展业中长期发展工作的当务之急。

二、应加快推行从业人员资质认定标准，建立国家认可的资格认证体系

鉴于全国性的会展行业协会尚未成立，没有部门牵头组织规范；没有部门对展览业进行全国性的统计和分析；没有部门统揽国际、国内展览界之间的横向交流与联系，无法提高展出水平；没有部门筹划展出人员培训，人员素质无法提高；没有部门对展览业进行调研，无法从实践提升成理论。随着我国组展单位和办展数量越来越多，"人"的问题也越益成为困扰业界的主要方面，针对我国会展人力资源建设缺乏战略性总体规划和缺少规范运行机制，承担提高从业人员整体素质的任务、推行会展业从业人员资格认证体系，需要有一个被业界共同认可的组织机构来运作，协会应该扮演重要角色。全国会展业协会建立后，经商取得人事部或劳动部同意，授权各地协会与当地省人事、劳动部门合作，共同开展从业人员资格认证体系。资格认证前的培训，由全国协会和地方协会会同教育、研究、资深展览机构联合进行，高起点地培训会展人才应建立完善我国自己的展览教育体系。

2003 年浙江省出国展览调查报告

（原载 2004 年《浙江会展研究》第四期）

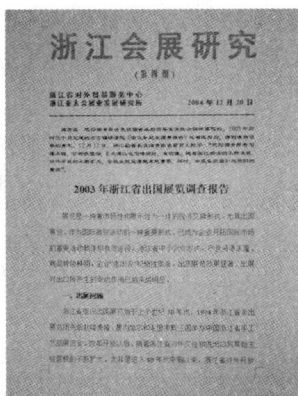

展览是一种兼市场性和展示性为一体的经济交换形
式。尤其出国展览，作为国际商贸活动的一种重要形
式，已成为企业开拓国际市场的重要活动载体和有效途
径。浙江省中小企业发达，产业资源丰富，商品特色鲜
明，企业"走出去"积极性高涨，出国展览效果显著，
出展对出口所产生的牵动作用已越来越明显。

一、出展回顾

浙江省组织出国展览始于 20 世纪 70 年代，1974 年浙江省派出展览团先后赴喀
麦隆、塞内加尔和毛里求斯三国举办中国浙江省手工艺品展览会。改革开放以后，
随着浙江省对外交往和进出口贸易自主经营权的不断扩大，尤其是进入 80 年代中期
以来，浙江省对外开放力度不断加大并伴随省内专业展览公司的成立，赴境外办展
逐步增多。1985 年 11 月 1—15 日省经贸厅和省贸促分会联合组织"中国馆"，首次
参加第 22 届巴格达国际博览会；1986 年 11 月 17—20 日省外经贸厅组织省级 9 家外
贸公司首次赴澳大利亚举办"浙江省出口商品展销会"；1987 年 3 月 27 日—4 月 5
日省外经贸厅、省贸促分会与美国美华集团联合首次在美国洛杉矶市举办综合性
"浙江省出口商品展览会"；1989 年 9 月 4—7 日省外经贸厅和省贸促分会在荷兰乌特
列支市首次举办"浙江省出口商品洽谈会"；1990 年 6 月 11—16 日省外经贸厅和省
贸促分会联合组织的"浙江省出口商品展览会"首次在联邦德国汉堡市举行。据统
计，1985—1991 年浙江省重要经贸团组赴境外举办重大展览项目 17 个；1992—2000
年发展到 289 个（年平均 32 个），出展国家也扩展到加拿大、法国、巴西、奥地利、
匈牙利、俄罗斯、挪威等 20 多个国家。进入 21 世纪，浙江省出国展在数量、规模
和办展主体不断扩大。2001 年全省有关部门组织出展摊位达到 1000 多个，摊位数量
据全国榜首，占全国的 1/10。2002 年全省有关部门组织出展摊位近 2000 个。

二、2003 年出展情况

2003 年上半年尽管遭受 SARS 重创，但经过"非典"洗礼后的浙江出展活动更加多姿多彩，2003 年浙江省出国展在举办内容和规模又上新台阶。据调查统计，全省外经贸（含贸促会）共组织参加境外展览会项目 200 多个、出展摊位达到 3500 多个、成交额 13.5 亿多美元；浙江企业参加中央部办、商会、协会组织的出展摊位近 2000 个；企业自行参展的摊位约 1000 多个。三者相加，全省出国参展摊位共计 6000 多个，占全国的 1/4。走出去举办出国展览有力地拓展了国际市场，推动了对外贸易的发展。2002 年以来，浙江省已连续两年一般贸易出口位居全国首位，其中出国展览对出口的影响率已超过 50％，新出口订单 70％来自于参加国外展览会上获得。据调查，进出口企业 90％的客户是从展览会上结识，3％是在互联网上结识，7％是经行业人士介绍或通过其它途径结识。从参展内容看，参展商在国际上有影响的博览会中所占的比重逐年上升，出国展览在促进贸易业务方面的作用日益为企业所重视和认识。

2003 年各地出展情况如表：

出展情况一览表

地区	展位数（个）	参展面积（平方米）	成交额（万美元）
杭州市	350	3150	21000
宁波市	900	8100	46000
温州市	812	7308	1140
省　级	850	7650	51000
其它地市	631	5679	16561
合　计	3545	31887	135701

2003 年浙江省出国展览呈现以下特点：

一是浙江以一般贸易为主，企业出国参展积极性高，2003 年全省出口 371.8 亿美元，其中一般贸易出口 305.4 亿美元，比去年增长 39.8％，居全国第一，浙江外贸出口之所以能持续快速增长、再创佳绩，主要得益于以一般贸易为主的拓展市场快及出国参展和多种贸易方式并重的外贸出口格局。

二是民营企业已成为出国参展的主体，2003 年全省拥有进出口经营权企业 12858 家，其中民营企业占到的比重达到了 36％，出口 151.99 亿美元，民营企业已成为浙江外贸的主力军，依靠出国参展的政策支持力度，民营企业境外参展开拓国际市场成为其重用手段。

三是以欧美传统市场占绝对数量的出展格局没有改变，欧洲展会占 42％，香港地区、日本及东南西亚占 22%，美国占 16%，南美占 8%，非洲占 2%，其它占 10%。

四是浙江企业在大型展览会尤其是服装、消费品、机电产品、五金、面料、轻工展参展企业数量占到全国参展企业的三分之一或一半以上；出国参展产品档次正逐步提高，进入主流 20% 国际展会。

五是已有 5% 的企业参加展览会后，设点促销开拓市场，以延续展览会的效果，如参加巴拿马展览后，经考察，它的自由贸易区，其政策各方面都对企业开拓南美市场有利，企业即在巴拿马设办事处或注册公司。阿联酋的情况也一样。

三、对出国参展的定位思考

出国参展作为出口企业直接接触买家的重要渠道，是企业打开国际市场公认的一条捷径。一直以来，浙江企业对国际市场变化的关注往往多于对自身产品的认知，故欧美发达国家常常被许多企业所青睐，也因此成为主要的出展目标市场。欧洲展尤以德国、意大利、英国、法国是我省企业出国办展最集中的地区。德国是传统的展览强国，不仅因为德国的展会涵盖各个行业，数量众多，更重要的原因是德国的展会国际性很强，很多展会都是全球范围内行业里领先的导向性展览会。1994 年，中国去德国参展人数不足 400 人，2003 年已是 4900 多人，参展企业达 1400 多家。如杜塞尔多夫 GDS 专业鞋展，1994 年仅 6 家企业参展，2003 年增加到 130 多家，其中浙江占 30%。世界上 20 大展览会 15 个在德国，科隆、杜塞尔多夫、法兰克福、汉诺威、墨尼黑的展览会是浙江企业向往参展的目标市场。

另外，如意大利每年约举行 40 个国际交易会，约 700 个全国和地方的交易会，展出内容几乎涉及了各个生产领域，如时装业、家具与室内装饰业、机床和精密机床、木材加工和纺织机械等都把国际博览会作为向国际扩展的跳板，这些高水平的展览会使意大利成为浙江企业开拓国际市场的重要渠道。法国每年举办全国性国内展和国际展约为 175 个，其中专业展 120 个左右。法国大型展览会的国际参与程度正在不断提高，有些世界著名的展会，参展商超过总数的 50%，是吸引浙江企业参展的一大成因。

美国展览业以其规模大、反映世界最新科技及商品内销售渠道而独具特色。美国每年举办净展出面积超过 500 平方米的展览会约 4000 个，总面积约 4000 多万平方米，参展商 100 多万，观众超过 7000 万，美国展会在世界的影响力成为浙江企业共同关注的出展市场。

由此可见，欧美发达国家作为浙江企业最主要的出展目标市场的地位已不可动摇。但也应该看到，随着世界经济一体化的不断发展，各国之间经济上的互补性越来越强，为各国带来经济利益上的空间也越来越大，浙江企业要获得深度发展，除立足国内外两个市场外，在国际上也应适应多元市场。中东、东盟、俄罗斯、非洲等国相对于欧美市场各有其特殊性和代表性，可进入空间很大，公司选择哪个国家的展会参展应根据本企业产品结构、市场拓展战略而定，浙江企业尤其要重视开拓新市场。如以单一资源经济拉动整体经济的中东石油国家贸易市场，没有欧美市场严格的产品要求规范和质量标准，因此最适合中小型准备开拓海外市场的浙江企业；发展中的东欧、俄罗斯市场，目前仍旧处于一种市场不规范的阶段，先进的市场经济机制和调节杠杆没有形成，早期的计划经济特征和转轨后的混合经济结合，造成市场的不稳定性和不安全。对浙江企业而言，目前除传统欧美市场外，宜发展和开拓的首选市场为中东国家市场，其次为东盟，最后为非洲市场。东欧和俄罗斯市场可逐步培育。

四、可供拓展的市场空间

1. 东盟国家在未来十年中是最具活力、最能带来商机的贸易多边市场。如马来西亚是中国在东盟中最大的贸易伙伴，2003 年双边贸易额突破 200 亿美元。马来西亚华人华侨人口不到 500 万，约占人口的 20%，但却控制了 40% 的经济。该国人均 GDP 达到 4000 美元，经济实力强，有一定的消费能力，而且是东盟经济最活跃、转口贸易最发达的地区。马来西亚比较有名的展览会有家具展、重型机械展、汽配车展、两年一度的电子产品展（轮流在吉隆坡和槟城举行）。浙江的机电产品、电子产品、家用电器等在马来西亚有市场。待时机成熟时，可在马来西亚举办高档次的浙江产品（马来西亚）展览会。"

其次越南，近年来随着经济的发展，各种展会项目举办数量呈逐年上升趋势。由越南国家贸易部主办的"河内国际贸易展览会"，每年举办一次，是越南规模最大的综合性国际贸易展览会。越南市场的潜力相当大，主要表现在农机、化肥、服装加工及中药产品方面。越南是一个以农业为主的国家，但农业机械技术落后，产量不足，需要进口大量的农业机械。越南受中医的影响，对中药有着很强的依赖性，但是，制药技术落后，这对浙江的中药生产企业是个很好的商机。越南市场蕴藏着相当多的发展机会，浙江省的各类企业应认真分析自身产品特点与越南市场的实际情况，有计划、有目标地参展，不断开拓越南市场。

2. 非洲市场消费结构与浙江产品结构十分吻合，互补性强，潜伏着巨大商机。如喀麦隆地处非洲中西部，政局稳定，经济发展较快。作为中非国家经济与货币的共同体的重要成员，喀麦隆对中非其他国家和地区市场具有较强的辐射能力，浙江的传统出口商品如纺服、面料、鞋、箱包和档次高、质量好、附加值高的产品如小家电、摩托车、灯具、低压电器、建材等，非常适合当地消费，参展对开拓中部和西部非洲市场具有良好的前景。

其次刚果（布）位于非洲中部西海岸，它与多数非洲原法属殖民地国家一样，缺医少药，药品全部依靠进口。浙江出口商品的中药材、中成药及医药原料、西成药医药产品在刚果具有广阔的市场。由于刚果首都布拉柴维尔地处连接几个中部国家交通枢纽的重要位置，产品不仅可以在有 278 万人口的刚果（布）销售，还可以通过陆路和水路（刚果河水运）销往邻国刚果（金）、中非共和国、喀麦隆、乍得、加蓬。这些周边邻国的医疗卫生状况和药品市场情况与刚果情况相似，加强对这一地区展览项目的引进，可以为浙江带来巨大的潜在市场。

3. 位于欧、亚、非三大洲的结合点——中东地区是个庞大的消费市场，长久以来形成的贸易风气给展览带来了生机。

阿联酋在中东地区素有"香港"的美称，其贸易活动辐射周边 30 多个国家和地区，是中东最重要的、也是最开放的自由贸易区，世界上许多国家都把阿联酋作为拓展中东、北非的滩头阵地。中东地区有 15 亿人口，也是世界人口增长最快的地区，市场潜力巨大，到阿联酋参展，能为浙江省扩大机电产品的出口创造机会。开拓阿联酋、北非（埃及）、西非（拉各斯）各类型的专业国际展览，以多种方式、多种渠道尝试和探索拓宽中东和非洲市场的途径，将使浙江产品在中东、非洲大有作为，对浙江企业拓展商机意义深远。

4. 位于北欧的瑞典，其家用纺织品国内生产规模很小，主要依赖进口；同时芬兰、丹麦、挪威等国家用电器、手工工具需求量与日俱增，组织企业走出去可给浙江产品进入北欧市场创造良好机遇。

此外，结合浙江产业结构的调整和升级，可逐步开发出口贸易附加值高的机械类、化工类、IT 方面以及建材类的展览项目。

五、出展面临的主要问题及对策

目前，出国展面临的主要问题：

一是我国当今在市场主体多元化、计划经济逐步过渡到市场经济的时代，出国展览仍实行计划经济年代的审批制，已与目前国际贸易主体多元化、出口资格登记制相违背。随着我国授予外贸公司外贸经营权限制的放宽和外贸经营权实行登记制，也必然要求出国展览的经营权逐渐放开。目前，中国贸促会是全国出展项目的审批主管部门又是组展商，集裁判和运动员于一体，这样的审批管理部门缺乏以协调和服务者的身份对组展单位进行行业引导和提供咨询服务，又制约了出展业中投诉机制的建立，对违规单位缺乏有效的监督和约束手段，使参展者和组展者之间难以妥善处理彼此产生的争议和纠纷，挫伤了企业参展的积极性。这与我国加入 WTO 后出展业面对服务贸易自由化、同国际市场全面接轨相悖的。

二是民营企业、外资企业已逐步成为出口主力军，企业将越来越多到国外参加展览会，而外事等部门对参展人员服务手续复杂，使许多本有参展意愿的企业望而却步。应放宽对参展人员在外事、政审、外汇等方面出境的限制，并简化出国审批手续，方便企业走出去。

三是去发达国家尤其是世界顶级展览会参展，主办方已有限制中国企业参展的苗头，如德国科隆五金展从 2005 年开始改为二年一届，主要原因是中国参展企业比例不断增加，改届的目的是主办方不愿将展览会办成中国企业的展览会；与此同时，其它不少欧洲国家也开始削减中国企业参展名额，或者从企业品牌、参展面积、特殊装修、认证要求、报价等方面提出多种附加条件，审核标准不断提高，对此应有心理准备。

四是全球展会目前处于三分之一展会供不应求，三分之一正在成长，三分之一开始培育探索，多数知名度较高、展出效果较好的展（博）览会的摊位数量远远满足不了参展企业的需求，加之发达国家尤其是美国签证时间长、签出率低，影响了企业参展。

五是组展资格取消以后，许多注册资金10万的企业加入做出展业务，一旦参展企业在展品报关运输、人员签证等出了问题，企业逃之夭夭，风险较大。有的组展公司层层代理，对所组织的展览了解程度不够，一些效果较好的展览项目争取不到摊位，而某些实际效果并不很好的展览项目又频频推出；有的地面接待服务工作不到位，使其服务成本提高，影响了企业参展；有的组展单位之间又不惜血拼，展开白热化竞争，无形之中抬高了摊位和服务价格，使参展成本大大提高，损害了企业利益；而众多组展单位又竞相参加品牌展项，形成一窝蜂倾巢而出的现象，导致同类企业参展产品类同、相互压价、企业参展效果差。

针对以上问题，除要进一步加强与境外权威办展机构的合作，为企业争取到更多热点展会、知名展会的摊位，更好地为企业扩大出口服务，组展单位应在注重巩固传统市场的基础上，积极开辟新市场和在进一步提高服务质量上下功夫，促进贸易方式从量到质的转变。其对策：

一、浙江要进一步扩大对外开放和实施深度走出去拓展空间，应在巩固现有欧美展览主战场的同时，积极培育正在成长的专业展会，开拓新兴的国际市场。与欧美国家不同，欧美市场的成熟性必须要求企业有相当的实力和产品质量保证，加之发达国家对共同目标市场日益激烈的竞争态势。中东、东盟、非洲市场作为后进市场有着相当的发展空间，中小出口企业适应程度比较快。浙江企业应以战略眼光来看待这些市场。针对主流国际展会的新变化，打出品牌或集约参展，加大展位装修，以整体新形象出现在大型展会上，必将会使整体浙江产品形象提高，获得更大的参展效果。

二、利用有限的中小企业国际市场开拓资金提高出展项目品质、办好认证等通行证，努力到国际专业展上去设摊、找客户。要加大力度优先支持面向非洲、中东、东欧和东盟等新兴国际市场的拓展活动，支持中小企业取得质量管理体系认证、环境管理体系认证和产品认证等国际认证。通过市场开拓资金的使用导向，充分调动我省各中小企业开拓国际市场的积极性，提高中小企业自觉开拓国际市场的意识；综合运用出国参展补贴等各种政策手段，放宽对参展人员在外事、政审、外汇等方面出境的限制，并简化出国审批手续鼓励企业走出去；同时，参照德国、英国、新加坡及香港地区的一些做法，对参展企业在摊位租金、特殊装修、广告、展品运输、旅行交通等方面予以财政补贴，以减轻出国参展的经费压力，从而提高企业的参展积极性，并在国际市场上寻求更多的贸易机会。

三、逐步建立出展中介组织的资质评审制度。目前，国家尚未建立起本行业规范的服务标准体系，使一些本不具备出展组办条件或资质的中介组织扰乱了出展活动，如变相买卖、转让批件，服务质量低，不具规模，重复撞车等。随着中国展览业运行机制的逐步成熟，规范和加强行业的协调和管理势在必行，按照展览业发达国家的做法，这个协调和管理的机构——协会，行使行业协调、行业规范和资质标准的制定和实施会员服务、争端解决等职能，切实担负起整合与发展浙江出国展览的重任。建议在省外经贸厅指导下，成立浙江省国际会议展览协会，以推动浙江出展业尽快步入健康发展的轨道。

会展经济带上的城市群

——浙江与广东两省会展发展情况之比较

（原载 2005 年 6 月《中国展会杂志》第 6 期）

位于长江三角洲南翼的浙江和位于珠三角的中国南大门的广东，在经济实力、民营经济、出口贸易方面有很多的相似之处，在会展业发展方面，浙江在政府逐步加大政策扶持力度的同时，利用发育完备的市场条件和特色产业优势，会展业有了长足的发展，而广东依托雄厚的制造业基础、便利的国际市场渠道以及悠久的经商传统，已经成为中国三个重要的区域展览中心之一。但综观浙江与广东会展发展，其发展条件、现状与呈现态势是不同的。对浙江与广东会展业进行比较分析，对两省会展业的健康发展是有一定的意义的。

一、浙江与广东会展发展条件比较分析

1. 浙江、广东经济快速协调发展是会展业发展基础

2004 年浙江省生产总值跃上万亿元的新台阶，成为继广东、江苏、山东之后全国第四个经济总量突破万亿元的省份，比 2003 年增长 14.3%。全年进出口总额创历史新高。一般贸易出口幅达到 36.7%。私营企业出口成为新的增长点，出口额达到 149.4 亿美元，占全省的出口比重达 1/4 强，增长 88.2%。第三产业增加值为 4382 亿元，比上年增长 13.9%，对 GDP 的增长贡献率为 35.6%。其中交通运输、仓储及邮电通信业增加值增长 17.6%，批发和零售贸易、餐饮业增长 12.2%，金融保险业增长 9.8%，房地产业增长 8.8%，其他服务业增长 16.0%。

2004 年，广东提前一年实现"十五"计划的经济总量预期目标；财税收入稳步增长，金融运行平稳；全省完成生产总值 16040 亿元人民币，比上年增长 14.2%，其中第一、二、三、产业分别增长 4.2%、18.4%和 10.4%。全年进出口总额创历史新高。第三产业发展水平取得新的提高，交通运输、旅游业增长较快，现代流通

业发展势头良好。鼓励发展以商务服务、物流、会展为代表的生产服务业已经明确列入了议事日程之中。

表一：
2004 年浙江、广东相关经济指标对比表

内容 省份	浙江	广州
国民生产总值（亿元）	11243	16040
全年进出口总额（亿美元）	852.3	3571.3
比上年增长%	38.8	26.0
其中：出口（亿美元）	270.7	1915.6
比上年增长%	39.8	25.3
实现贸易顺差（亿美元）	310.9	259.9

2. 优势明显的特色产业——借梯登高的会展资源

浙江省纺织、服装、轻工、工艺、皮革制造产业发达，总体规模优势明显，市场占有率高，许多产品的产量居全国第一，并在世界商品生产中占有十分重要的地位。如温州有眼镜企业 1000 多家，产值 45 亿元；嵊州年产领带 2.8 亿条，产量占世界五分之一；海宁年产皮革 1600 万件，产量占全国四分之一；诸暨大唐年产织袜60 多亿双，产量占全国的 65％以上，占世界产量的三分之一强，销售额 80 亿元；萧山年产羽绒及制品 2 万吨，产量占全国三分之一，销售额 20 亿元；海宁马桥经编产业用布占全国总产量的一半以上。2004 年浙江有亿元商品交易市场 497 个，位居全国第一；市场成交额为广东的四倍，浙江仍是当之无愧的市场大省。浙江的旅游资源十分丰富，结构也很全面，4A 级景区列全国第一。这些特色产业优势，是浙江可培育品牌展会的特有资源。

广东有着强大产业依托，如遍布珠三角的加工业和制造业基础。资料显示，改革开放几十年来，珠江三角洲一直是一个重要的出口加工基地，主要是各类消费品的加工出口；近几年来，珠三角地区又不断提升和改进自身的产业结构，已逐渐晋升为高增值型的"世界工厂"。像东莞就有"国际制造名城"之称，东莞借助其产业优势，成功举办了电博会、家俱展、服装展等，厚街也成为小镇也成办大展的楷模，形成会展业的"厚街"现象。这些遍布珠三角的强大产业依托，就是广东会展经济能够得以快速发展的经济基础。

3. 地理位置分析

浙江位于长江三角洲南翼，境域天然港湾众多，形成了以宁波、温州、舟山、乍浦和海门五大港为主的港口群，对开辟海外交通，开展海外交往，自然条件优越。浙江境内的钱塘江、甬江、瓯江、浙东运河和京杭大运河等内河交通与陆上交通，不仅沟通了浙江腹地，而且连接了江南、华北广大地区。长江三角洲因其城市大部分地处沿海，经济国际化程度比较高，加之直接受上海会展经济的有力辐射和带动，对整个长三角地区会展发展具有一定的助跑作用。作为处于长三角洲黄金水道尽头的区域，浙江借助上海会展经济的强劲推动力，在迎接"世博"机遇的同时，有望催生一批中心会展城市。

广东会展经济能够得以快速发展还得益于广东省毗邻香港和澳门的地理区位优势。尤其是大都会广州，早已是中国南部经济、文化的中心城市；又是中国南方重要的海空大港和交通、通讯中心；在市场经济环境下，中国的大部分经济活动，完全可以通过广州，通过广东，通过整个珠三角地区走向世界。另外，优越的地理环境，也使广东成为一个重要的物流市场。广东省政府出台的《广东省现代物流业"十五计划"》，将进一步推动以广州—深圳为轴线的珠江三角洲，更快的成为国内和国际双向物流和海陆空立体物流相结合的现代物流中心。

4. 会展业硬件环境

展览场所是举办会展的先决条件之一，浙江省近些年来虽然也造了些展馆，但大多展览场所缺乏统一布局，单体面积小、功能单一、设施落后、竞争力不强，多数展馆只具备承办一些低档次、小规模的展览，不具备接办大型展会的能力，即使目前有杭州国际会议展览中心这样一个可算得上大型的会展场馆，但由于该区域的城市建设还不成熟，周边商贸、娱乐、酒店等服务配套设施几乎是空白，导致其作为会展中心的利用率太低，只有将部分场馆作为汽车销售之用。据不完全统计，浙江现有专业性展馆20多所，面积在10000平方米以上的仅6所，主要集中在杭州、宁波、温州和义乌，而标准展位在2000个以上的展馆一个都没有，可以做专业展览的实用面积加起来也不足16万平方米，国际标准展位8000个。由于缺少专业场馆，客观上限制了与国际展览业、参展商的合作与交流，影响了展览业的规模发展。

广东办展条件优于浙江，广东有全国最大的会展场地。以广州为例，广州正规的展览馆有中国对外贸易中心（集团）流花路馆、中国对外贸易中心（集团）琶洲馆、广州市越秀区锦汉展览中心、广州市三鹰实业有限公司花城会展中心、广州东宝展览中心。广州国际会展中心，展览面积达70万平方米，是目前仅次于德国汉诺威展览中心的世界第二大会展中心。广东展览馆展览面积从规模、结构基本合理，从2万平方以下到10万平方米以上基本上是梯型，可满足不同层次的展览要求。

表二：　　　　　　　　　　浙江、广东主要城市展馆及可供展览面积情况表

浙江（杭、甬、温）		广东（穗、×、×）	
展馆名称	可供展览面积	展馆名称	展馆面积
浙江世界贸易中心	14000	中国对外贸易中心（集团）琶洲馆	160000
杭州和平国际会议中心	20000	广东现代国际展览中心	53000
杭州国际会议展览中心	100000	广州市锦汉展览中心	32000
浙江展览馆	3500	深圳会议展览中心	110000
浙江省国际会议会展中心	3000	深圳中国国际高新技术成果交易会展览中心	36000
浙江图书馆会展中心	1000	佛山市华夏陶艺博览成有限公司	12000
杭州市工人文化宫	1064	东莞国际会展中心	27000
宁波国际会展中心	42000	汕头林百欣国际会议展览中心	8000
宁波亚细亚展览中心	10000	中山火炬开发区国际展览中心	35000
宁波新闻文化展览中心	5000	中国出口商品交易会流花路馆	120000
宁波城市展览馆	4500	佛山市顺德前进会展中心	24000
温州国际会展中心	35000	中国国际航空航天博览中心	50000
温州展览馆	4000	广州花城会展中心	40000
		中山星宝国际会展中心	7000
		广东东宝展览中心	6000
		阳江市新华物业管理有限公司	10000
		新会展览中心	5000
		广州番禺贸促展览中心	22800
合　计	243064		757800

注：面积单位：平方米

5. 举办各类大型会展的丰富经验

经过几年的培育，浙江出现一批名牌展，如"中国义乌国际小商品博览会"、"浙江投资贸易洽谈会暨宁波国际日用消费品博览会"、"杭州西湖博览会"；以地方

特色产业为依托的专业性展会有"中国轻工博览会"、"中国纺织品博览会"、"中国塑料制品博览会"、"中国皮革博览会"等专业性展会,并逐步成为浙江会展业中的第二主力梯队。展会的辐射面由一般区域性向国际性发展,每年6月份举办的"浙洽会"、10月份举行的"义博会",对宣传浙江及浙江商品起了很大的推动作用。这些展的成功举办,为浙江积累了办展的丰富经验。

广东已形成以广州、深圳为核心,包括东莞、珠海、顺德、惠州、汕头、阳江等在内的会展城市群,广东省近年来培植了在国内外具有影响的多种定期展会:如广交会、高交会、珠海航空展、东莞电博会、东莞的服装博览会,广州国际照明展、广州博览会、美容美发博览会等,也成功举办了许多大型国际国内活动项目:如第九届全国运动会、顺德中国花卉博览会、第二届世粤联会,capc会议等。这些展会不仅给广东带来无数商机,也为广东省成为中国乃至世界级会展经济中心提供了有益的探索经验。

二、浙江与广东会展发展现状比较

据商务部有关部门的统计,2003年,在全国的展览总收入的86.35亿元中,广东为32.4亿元人民币,占全国的比重超过37%。浙江为11.4亿元,占全国的比重超过13%。从专业展览公司分布看,截止2003年底广东876个,浙江114个。目前浙江已经初步形成了以杭州—宁波为中轴,包括温洲、义乌、绍兴、余姚、台州的会展经济城市群。广东形成广州—东莞—深圳为中轴包括佛山、珠海、汕头的珠三角会展经济带,以两届广交会为切入点的两个展会高峰期,以民营展览企业为主力,包括设计搭建、展馆服务、展品运输、展会咨询,以及其他延伸服务,例如广告印刷、酒店餐饮、娱乐旅游为一体的"第三产业消费链"和相关产业簇群。

1. 展览会比较

据对浙江省会展业调查,2004年共举办各类展览345个,平均每天接近有一个,其中,冠有"国际"名称的56个,占16.2%。从主要会展城市杭州、宁波、义乌的展会情况看,规模化路子和以城市功能定位的色彩逐步增加。杭州展会展题主要集中在书画艺术、教育科技和生活消费类。宁波展览项目中,经贸性展会所占比率较高,以轻工产品、日用消费品为主。义乌则依托全国最大的小商品集散地和出口基地的优势,以义乌为品牌的展会逐渐增多,像五金电器、针织服装、玩具、绿色食品、家具、文体用品、工艺品、印刷包装、美容美发器材化妆品等国内外大型专业展会纷纷落户义乌。总体上看,目前杭州展览的展题比较集中于休闲与生活消费类,宁波相对集中于外向型较强的展会,义乌则借助连续成功举办中国小商品博览会的影响力,较好地实现了品牌延伸效应的扩张。

表三：   **2004 年杭州展览分类情况一览表**

相关指标 展览类别	总计			
	展览个数 （个）	占举办展览总数 的比例（%）	办展个数 （个）	所占比例 （%）
生活消费类	25	11.2	25	16.3
书画艺术类	81	36.3	36	23.5
建材装潢类	12	5.4	12	7.8
房地产类	9	4	7	4.6
人力资源类	8	3.6	8	5.3
教育科技类	30	13.5	13	8.5
环保体育类	1	0.4	1	0.7
其他类别	57	25.6	51	33.3
合　计	223	100	153	100

　　根据对广东 18 个展览馆举办展览会情况的调查，2004 年，广东地区的展览会数量 336 个，其中 5000－20000 平方米的有 145 个，占 43%；20000 平方米以上的有 60 个，占 18%。广东目前展览会主要集中在广州、深圳、东莞。广州举办展览 116 个，国际展比去年同期增长近六成。"国际建筑材料展"、"华南家具展"、"广博会"、"美容美发展"、"国际汽车展"的展览面积均在 10 万平方米以上。2004 年深圳政府部门注册登记的展会 65 个左右，1 万平方米以下的 50% 左右；1－3 万平方米的 40% 左右；3 万平方米以上的展会约占 10% 左右。如高交会、国际家具展览会、中国（深圳）国际服装展、深圳国际礼品展、深圳住宅交易会、深圳国际珠宝展等。2004 年，东莞共举办展览展销会 60 多个，展位 35916 个。东莞电博会、中国（虎门）国际服装交易会、国际名家具（东莞）展览会是东莞的三大展会。从展题内容看，展览会集中的行业主要是广东具实力的行业，这说明展览业的发展与行业发展要求是吻合的。

表四：   **2004 年广东展览主要行业分类情况一览表**

展览类别	展览个数（个）	占举办展览总数（%）
纺织、服装、皮革、鞋类和有关设备	34	11
自动化、机械、机床、五金材料、模具、 食品仪表、测量和有关设备	34	11
食品、饮料、烟草、公共餐饮、饭店和有关设备	21	7
运输、交通、车辆、会展和有关设备	20	6
电子、电气、多媒体和家用电器	21	7

展览类别	展览个数（个）	占举办展览总数（%）
玩具、礼品、工艺品、日用品和有关设备	21	7
消费品和服务产品	25	8
合　计	176	52

表五：　　　　　　　　　　**2004 年浙江、广东主要城市展会情况表**

省份	所在城市	举办展（博）览会数（个）				拥有国际品牌展会（通过 UFI 认证）
		全年	其中：展出规模			
			国际	占比	20000 平方米以上	
浙江	杭州市	223	28	12.5%	4	
	宁波市	39	12	30.7%	7	
	温州市	35	7	20%	2	
	合　计	297	47	15.8%	13	
广东	广州市	158	63	39.9%	39	
	深圳	65	21	32%	15	
	东莞	63	17	27%	9	
	合　计	286	101	35%	63	

2. 展览公司情况

浙江展览业市场自 20 世纪 90 年代初建立以来，经过 10 多年的培育，其活动主体已有当时的数家发展到目前在册的 300 多家，特别是近年来，在主要城市一些具有办展雄厚实力的专业会展公司的加盟，给浙江展览市场注入了活力。专业会员单位中，注册资金在 100 万元以上的有 12 家（其中 300 万元以上的 6 家，专业展览公司仅浙江远大国际会展公司 1 家）、50 万元以下的 121 家。

广东在工商局登记的经营范围内包含会展、展览、展示、展销的展览公司已近万家，主营会展业务的 2000 多家。其中，广州市经营范围内包含会展、展览、展示、展销的公司有 1362 家，主营展览业务的 353 家，深圳经工商注册具有展览策划、展览设计、展览搭建及展览相关服务的公司有 236 家。广东目前展览公司一般规模较小，投资方向未形成多元化，更未形成规模经营。

3. 会展教育、研究机构、培训市场

浙江人文环境优越，教育优势明显，为发展会展教育提供了得天独厚的有利条件，2002 年浙江经贸职业技术学院首先设立会展与广告专业；浙江旅游职业学院开设了会展管理专业；浙江大学城市学院设立会展与广告专业；浙江万里学院会展经济与管理专业；浙江树人大学会展管理专业；浙江育英职业技术学院会议与展览管理专业；浙江科技学院会展管理浙江商业技术职业学院开设的会展设计专业已被列入 2005 年招生计划。其中浙江大学城市学院与澳门科技大学合作，浙江树人大学与香港理工大学合作。

广东有广州大学中法旅游学院在旅游管理专业下开设了会展与商务旅游（中法项目）及会展经营管理专业方向；中山大学在旅游与休闲专业开设了节事与会展管理方向；广州二商学校在市场营销专业开设了会展与营销方向；广东省商学院旅游学院。另外据了解，中山大学管理学院、华南理工大学旅游学院都在计划开设会展经济与管理专业。其中广州大学中法旅游学院是由广州市政府与法国教育部共同签署协议组建成立。

会展研究机构方面浙江在全国名列前茅，涌现出了像浙江亚太会展业发展研究所、浙江大学城市学院会展研究所、浙江万里学院会展研究所、浙江科技学院中德合作贝克会展研究所、浙江经贸职业技术学院东方会展研究所等一批科研实力雄厚的专业机构；广东的会展研究机构不完备，目前广州大学广州发展研究院成立了会展产业研究所，有研究人员 5 人，副高以上 3 人。

浙江会展培训市场主要立足本省，各研究机构在培训项目上均发挥自身优势，取得较好的社会效益，如浙江亚太会展业发展研究所旨在为全省中小企业开拓国际市场服务举办的研讨培训班，深受与会者欢迎，在业界产生一定的影响。广东的会展培训市场刚刚起步。广州大学旅游学院开展了一些培训项目，如对会展酒店东方宾馆的系列化培训、东盟博览会的人员培训；交大与侨鑫集团在广州有"会展策划与管理"的培训；商务部培训中心在深圳开展的"国际会展策划与营销高级研修班"；深圳市赣冠职业培训中心开展的"会展职业上岗证书培训辅导站"比较而言，目前的会展培训仍只是短期的培训，会展企业大量需要的职业化人才的系统培养基本上还是空白。

4. 会展行业协会

浙江为加快会展产业化步伐，一些主要会展城市已先后将建立行业协会列入了政府工作方案。目前已成立会议展览业协会 3 个，即杭州市会展业协会、宁波市会展业协会和温州市会展业协会。各地共有协会会员单位 167 家，其中杭州市 47 家、宁波市 57 家、温州市 63 家；专业会员单位中，注册资金在 100 万元以上的有 12 家、50 万元以下的 121 家。另外，浙江省国际会展协会正在筹办之中。会展业协会的成立，为浙江省区域城市构筑起了规范、有序的会展业市场，通过制订统一的行业规范，定期召开会议，举办各种业务培训班，出版专业性刊物，交流信息，推广先进和科学的管理方法和经营方式，对展览会的组织者进行资格评估，对展览会重要数据予以公正审计等方式直接进行管理，并通过整合相应地提高组织区域性专业展览会水平和档次，促进会议展览业的技术进步。

2001 年 9 月，广东会议展览业协会正式成立。广东会议展览业协会是由中国国际贸易促进委员会广东省贸促系统的各分会、支会及有关企事业单位、社会团体和个人联合发起，自愿结成的行业性、地方性、非营利性协会。佛山市会议展览业协会于 2004 年 8 月正式成立。据了解广州市会展行业协会、东莞市会议展览业协会也已经进入筹备阶段。深圳市会议展览业协会成立于 1989 年，现有会员 138 家，由深圳展览及会议业的主办机构及各相关服务公司组成。目前协会成立了新闻中心，下设一报一刊一网站。两年来，深圳市会议展览业协会做了六个全国第一：2003 年出台了全国第一个会展业行规；2003 年创建了全国会展协会的第一个网站；2003 年实行了全国第一个展览装修招标；2004 年出台了全国第一个展装企业、设计、施工资质评审标准；2004 年成立全国第一个展览服务联盟；2004 年研发出全国第一套具有国际一流水平的会展管理系统。

总体而言，目前浙江、广东协会自身建设仍突出存在体制不顺，缺乏活力的问题。与行业协会性质要求的代表性、自主性和非盈利性，以及运作所要求的规范化、国际化、专业化仍有较大差距。

三、浙江与广东会展发展定位策略

1. 浙江、广东会展特点分析

浙江会展业的发展特点：一是会展业发展与产业发展相互促进，如义乌国际小商品博览会就是对其小商品市场的促进；二是会展产业遍地开花，主要城市涌现出了一批会展品牌。如义乌国际小商品博览会、宁波国际日用消费品博览会、杭州西湖博览会、温州轻工产品博览会、绍兴纺织品博览会等、永康五金博览会、诸暨袜业博览会、嵊州中国领带节、海宁皮革博览会、台州中国塑料交易会、中国日用商品交易会、中国汽车工业博览会；三是政府引导作用明显。浙江有一定影响的展览会都是政府导向型展览，如杭州西湖博览会、宁波浙江贸易投资洽谈会、义乌国际小商品博览会。政府办展影响大，对行业发展有一定作用，但不利于市场长期发展；四是民营展览公司力量较小，未形成规模经营。另外会展利用外资力度不够，国际知名的展览公司结盟浙江较少；五是展馆设施面积不够，不能满足浙江快速发展的会展需要；六是浙江会展人才培养、研究是在全国的前列，但没有形成自己的研究特色。

广东展览业的发展特点：一是会展业发展速度快，会展总量大，涉及行业多。广东会展业近十几年出现了迅速发展的局面，呈现了跳跃式上升趋势。二是涌现出了一批会展品牌。广东省的会展业在发展中不断扩大规模、提升档次，创造出一批名牌展览。除了"中国第一展"广交会以外，深圳的高交会相继成为国内会展业的著名品牌外。各地还成长出一批在行业与地区有较大影响的专业会展品牌，如美容美发展和国际家具博览会、建材、照明等展会，以及服装展、黄金珠宝首饰展、钟表展、玩具礼品展，还有电脑资讯、汽车展等。三是政府主导型的展会是一大亮点。2004 年，政府首次主办的展览会有：中国国际中小企业博览会、中国国际音像博览会、以及深圳的中国文化产业博览会、广州制造业装备博览会等。这些展览会由于规格高、投入大、宣传多，已经出现就格外引人注目。四是展览公司一般规模较小，投资方向未形成多元化，更未形成规模经营。广东会展民营主体发展快，从展览中心机构到展览组织者，民营与股份公司开始唱主角。五是展馆设施明显改善。室内展出总面积达到 1200000 平方米，位居全国各省市的第一。广东地区的展览馆配套服务设施欠佳，并且已经存在展馆建设过热的问题。六是广东会展人才培养方面与会展业发展速度与规模不相称，广东目前只有会展经营管理专业方向，还没有像北京、上海有正式的会展经济与管理专业，另外广东会展培训主要是短期职业培训，职业化人才培养则基本上还是空白。

2. 浙江、广东会展战略分析

浙江要使会展业成为支柱产业，其发展战略为：

一是利用长江三角洲的区域经济地位，要充分利用毗邻上海、靠近台湾、交通便捷、资源丰富的区位优势，借助紧密的经济区位联系和丰富的旅游资源，通过城市之间相互协调和配合，以及长江三角洲各城市高度国际化发展会展业，加大力度主动接轨上海会展业和积极扩大与亚太地区的展览合作；二是利用"世博"的推动作用，从加强政府宏观调控、优化资源配置入手，加大会展经济连动发展效应；三是针对浙江明显的对外贸易发展优势，在出展方面加大发展，以招商引资、国际贸易、国际航运、劳务输出与国际展览、国际会议同时列为浙江省对外开放的支柱，撑起浙江全面开放的新框架；四是要结合产业优势，鼓励块状经济企业参加各种交易会和展（博）览会，组织开展好以国际采购为主题的浙江特色商品展览会，力争主要商品市场和特色经济区域的块状经济成为国际采购商的生产基地和供货基地；五是在硬件上在主要区域加大投建国际标准的规模展馆力度和在软件上出台一系列鼓励措施和优惠政策；六是在人才培养方面避免全面开花的局面，有层次、差异发展。总之。浙江要进一步加强以宁波、温州的制造业展会，杭州的休闲、会议、旅游三位一体的会展的发展格局。要加强大型国际会议的举办，通过将会展业定为动力产业，提高科技含量，加强区域合作，将实现浙江经济向更高层次整体推进。

广东会展业发展的主要思路是：以科学的发展观为指导，依托广东的制造业特别是 9 大支柱产业的优势、外源型经济以及与国际市场联系密切的优势、位于中国—东盟自由贸易区和泛珠三角两大经济圈交汇点的区位优势，推动展览业的全面发展。具体为：一是理顺体制关系，注重运用经济的、法律的手段进行调控和监管；二是尽快制定展览业的规划，以及产业政策，明确重点会展城市，加强会展城市之间的展览事务协调、加快展览业的法制化建设，建立和完善展览业的法规政策体系、规范展览市场的秩序，制定并执行行业服务的规则；三是加强商协会的自身建设，重视发挥贸促会、以及商协会等相关中介服务组织的作用。完善包括协会、标准、统计、培训、调查在内的展览公共服务体系；四是加强对知名的展览企业和展会的扶持和保护力度；五是积极推动与香港澳门展览业的合作；六是结合其它生产服务业例如物流业、商务服务等，吸引更多的国外的展览企业落户广东，提高广东展览业国际化的水平。

区域会展经济现象与发展定位
——2004 年浙江会展业调查报告

（原载 2005 年《中国对外贸易·中国展览》杂志第 7 期）

步入新世纪以来，随着会展业对国民经济拉动作用的日益明显，全国各地特别是一些产业、旅游资源发达地区都把发展会展业纳入政府工作报告或写进本地的发展规划之中。在政府大力倡导和积极扶持下，中国主导会展城市集聚北京、上海、广州一统全国的传统格局开始有所松动，一批新兴会展区域异军突起，其深层原因便是市场发挥越来越重要的资源配置作用，出现了像南宁、大连、深圳、成都、昆明、义乌等拥有国家级会展资格的主办城市，通过举办相关大型活动，在招商引资、扩大开放、拓展产品市场、增加地方知名度、促进地方发展发挥了积极的作用。浙江省会展业依托文化旅游资源和块状经济特色资源在所举办活动中，专业化规模展会比重逐渐上升，整体水平比 2003 年更进了一步。

一、浙江省会展区域扫描

近年来，随着我省产业结构的优化，产品生产能力的提高，城市功能的完善，以及包括旅游市场在内的服务业的发展，以办节办会为主打品牌的会展活动，在各地竞相争艳，形成了东、北、南、中四个会展区域。

1. 区域会展现状

在各区域的主力会展中，北部地区以杭州的"西湖博览会"独占鳌头、海宁的"中国皮革博览会"和"中国家纺博览会"联袂唱戏，东部地区以宁波的"中国国际日用消费品博览会"和"国际服装节"双双领跑，南部地区以温州的"中国轻工产品博览会"独树一帜，中部地区以义乌的"中国国际小商品博览会"独领风骚、绍兴的"中国国际纺织品博览会"、永康的"中国五金博览会"、台州的"中国塑料交易会"、"中国日用商品交易会"和"中国汽车工业博览会"精专搭台。从展会特点和区域分布来看，以经贸、科技、文化为主的综合性展会基本集中在杭州、宁波、温州，专业性展会则全部落户在中部地区。

2. 会展经济区域已形成

会展产业的形成和发展是一个必然的历史和经济过程。当会展产业在整个宏观体系或区域经济体系中起关链作用，带动相关产业发展，其联动效果、经济贡献都远远超越本产业范围，成为增量资产与增值资本的主要创造力量时，一种新的经济形态——会展经济便形成了。会展经济以其低投入、低污染、高效益、多回报等为特点，是会展产业发展到一定阶段形成的跨产业、跨区域的综合经济形态。浙江省自 90 年代后期以来，特别是近几年，全省各地，尤其是在一些商贸业繁荣地区，各种类型的国际国内技术交流会、商品交易会、信息发布会、经济研讨会等会议逐年增加，多种集商品展示、交易和经济技术合作等功能为一体，并具备信息咨询、投资融资和商务服务等配套功能在内的综合性展览展销和经济博览会，其数量和规模不断扩大，并已在我省经济生活的多个方面开始产生重要的影响。除一年一届的义乌"中国国际小商品博览会"在国际上具有较高知名度外，杭州"西湖博览会"和"中国国际日用消费品博览会"在国内外也具有一定的影响力。2004 年，第十届中国义乌国际小商品博览会交易额 74.3 亿元，共有 24 个投资项目成功签约，总投资 2.23 亿美元，协议利用外资 1.24 亿美元；第六届中国杭州西湖博览会贸易成交额 89.64 亿元，协议利用外资 7.2 亿美元；第六届浙江贸易洽谈会和第三届中国国际日用消费品博览会签约项目 251 个，总投资 58.53 亿美元，协议利用外资 28.35 亿美元。经过多年的培育，"义博会"、"西博会"、"浙洽会"已发展为浙江省三个标志性展会，它们对旅游、经贸、交通、物流、房产、广告等相关经济的带动作用明显，以杭州、宁波、义乌为龙头的三大会展经济区域已经形成。

3. 两大会展区域东重北轻

全省四大会展区域中，中部地区发展最快，东部地区紧随其后，北部地区蓄势即发，南部地区相对滞后。在东部和北部两大会展区域中，浙江投资贸易洽谈会和西湖博览会以各自的主题背景而相似的展题定位，使副省城市宁波会展的国际知名度盖过省城杭州市，形成了东重北轻的会展区域格局。

从历史发展成因来看，依托港口区位优势和人文资源优势是宁波与杭州共创主牌展会的合点所在。宁波、杭州素为中国东南对外贸易通商口岸。唐代，宁波（时称"明州"）与扬州、广州并称中国三大贸易港口；宋时，明州与广州、泉州同被列为全国对外贸易三大港口重镇，杭州（时称"临安"）与广州、明州并举全国最重要的贸易港口，有主管海外贸易而名重一时的"三大市舶司"。鸦片战争后，宁波被辟为全国"五口通商"口岸之一；杭州也于道光二十二年辟为通商口岸。开埠后，洋货大举倾销浙江内地。民国期间，为鼓励兴办民族工商业，提倡国货，浙江省在国内外多次举办博览会、物产会。民国 18 年（1929 年）6 月 6 日—10 月 20 日，杭州举行的西湖博览会在国内外产生了广泛影响。由此可见，宁波凭借其对外贸易口岸的开放度和依存度赋予展会以更多招商引资的特点，而杭州则利用中国会展业发祥地西湖的知名度和美誉度赋予展会以更多商务旅游的特点。

从行业发展现状来看，一个会展区域的相对成熟是以国际品牌展先发效应为主导的。宁波"浙洽会"和杭州"西博会"同为国际性的大型综合性展会，但从国际影响力来看，西博会不及浙洽会，原因是对专业买家——国际采购商吸引力不够。2004年宁波"浙洽会"直接来自境外客商7972人，而杭州"西博会"直接来自境外客商远不及这个数。从国际品牌先发效应来看，将"西博会"列入区域性国际品牌展尚不能定论，目前只是处在培育阶段，以杭州和宁波为中心的两大会展区域显得东重北轻。

二、2004 年浙江会展业状况

1. 展览数量、面积大幅增加

据调查，2004 年我省杭、甬、温等地共举办各类展览 345 个，平均每天接近有一个，其中，冠有"国际"名称的 56 个，占 16.2%；全年举办展览面积 183.23 万平方米，其中杭州 81.38 万平方米，宁波 45.37 万平方米，温州 15.74 万平方米，义乌、绍兴、台州、永康、海宁等城市 37.74 万平方米。展会数量、面积大幅提增，成为 2004 年我省展业最主要特点。

表一：　　　　　　**2004 年杭、甬、温三城市举办展会数量、面积与上年实绩对比表**

年份 地区	2003		2004				
	举办展览 （个）	展览面积 （平方米）	举办展览 （个）	较上年增长 （%）	展览面积 （平方米）	较上年增 长（%）	2000 平方 米以上
杭州	122	50.18	223	82.8	81.38	62.2	4
宁波	33	12.52	39	18.2	45.37	262.4	7
温州	21	7.86	35	66.7	15.74	100.3	2
合 计	176	70.56	297	68.8	142.49	201.9	13

表二：　　　　　　**2004 年杭、甬、温等城市举办国际展会情况一览表**

地区	举办展（博）览会数（个）		
	全年	其中	
		国际	占比
杭州市	223	28	12.5%
宁波市	39	12	30.7%
温州市	35	7	20%
义乌市	24	5	20.8%

地区	举办展（博）览会数（个）		
	全年	其中	
		国际	占比
绍兴市	1	1	100%
台州市	19	3	15.8%
永康市	3	/	/
海宁市	1	/	/
合　计	345	56	16.2%

2. 主要城市展题定位呈现差异化

从主要会展城市杭州、宁波、义乌的展会情况看，规模化路子和以城市功能定位的色彩逐步增加。杭州展会展题主要集中在书画艺术、教育科技和生活消费类。宁波展览项目中，经贸性展会所占比率较高，以轻工产品、日用消费品为主，特别是第 27 届全国制药机械博览会展出面积达 58360 平方米，展位 5069 个，创造了全省会展业单项展会规模之最。义乌则依托全国最大的小商品集散地和出口基地的优势，以义乌为品牌的展会逐渐增多，像五金电器、针织服装、玩具、绿色食品、家具、文体用品、工艺品、印刷包装、美容美发器材化妆品等国内外大型专业展会纷纷落户义乌。总体上看，目前杭州展览的展题比较集中于休闲与生活消费类，宁波相对集中于外向型较强的展会，义乌则借助连续成功举办中国小商品博览会的影响力，较好地实现了品牌延伸效应的扩张。经过几年的培育，浙江出现一批名牌展，如"中国义乌国际小商品博览会"、"浙江投资贸易洽谈会暨中国国际日用消费品博览会"、"杭州西湖博览会"；以地方特色产业为依托的专业性展会有"中国轻工博览会"、"中国纺织品博览会"、"中国塑料制品博览会"、"中国皮革博览会"等专业性展会，并逐步成为浙江会展业中的第二主力梯队。展会的辐射面由一般区域性向国际性发展，每年 6 月份举办的"浙洽会"、10 月份举行的"义博会"，对宣传浙江及浙江商品起了很大的推动作用。这些展的成功举办，为浙江积累了办展的丰富经验。

表三：　　　　　　　　　**2004 年杭州展览分类情况一览表**

展览类别 \ 相关指标	总计			
	展览个数（个）	占举办展览总数的比例（%）	办展个数（个）	所占比例（%）
生活消费类	25	11.2	25	16.3
书画艺术类	81	36.3	36	23.5

续上表

相关指标　　　　　　　　　　　　　展览类别	总计			
	展览个数（个）	占举办展览总数的比例（％）	办展个数（个）	所占比例（％）
建材装潢类	12	5.4	12	7.8
房地产类	9	4	7	4.6
人力资源类	8	3.6	8	5.3
教育科技类	30	13.5	13	8.5
环保体育类	1	0.4	1	0.7
其他类别	57	25.6	51	33.3
合　计	223	100	153	100

3. 存在问题

调查数据显示，2004 年浙江展会数量和展览面积均远远突破上年同期水平，办展数量甚至已超过中国会展名省广东（2004 年为 336 个），呈现快速发展的势头。但就会展业的竞争力和效益水平而言，与同处沿海地区的城市相比，我省会展业在量的迅速增长和总体规模扩张的同时，依然存在不少问题。

一是展会规模小、秩序差。从展览规模上看，杭州举办的 223 个展会中，展览面积在 5000 平方米以上的为 54 个，仅占展会总数的 24.2％；而温州展会规模则明显过小，在所举办的 35 个展会中，展览面积在 300 平方米以下的就占了 21 个，占展会总数的 60％以上；与杭州、温州相比，宁波规模性展会所占比例较上年增加，在所举办的 39 个展会中，展览面积在 10000 平方米以上的有 19 个，占展会总数的 48.7％。展会规模偏小，说明浙江会展业仍然未能走出重量不重质的怪圈，许多展会仅是不作为、凑热闹而已，对会展市场的培育总体还不够成熟。另一方面，由于会展主办主体复杂又缺乏资质条件的约束，加上展览业务人员素质普遍还偏低，我省会展市场秩序差乱的现象还没有得到完全遏制，由于没有严格的资质条件限制，造成了一些会议和展览水平低，组织管理混乱，鱼龙混杂的局面使会展市场的信誉度严重受损。如发生在今年四月中旬由杭州赛德会展有限公司主办的第二届浙江国际城市园林、景观及建筑设计博览会最终成为一出骗局，就是一例。

二是展馆设施落后。展览场所是举办会展的先决条件之一，目前省内已建展览场所大多缺乏统一布局，单体面积小、功能单一、设施落后、竞争力不强，多数展馆只具备承办一些低档次、小规模的展览，不具备接办大型展会的能力，即使目前有杭州国际会议展览中心这样一个可算得上大型的会展场馆，但由于该区域的城市建设还不成熟，周边商贸、娱乐、酒店等服务配套设施几乎是空白，导致其作为会展中心的利用率太低，只有将部分场馆作为汽车销售之用。由于缺少专业场馆，客观上限制了与国际展览业、参展商的合作与交流，影响了展览业的规模发展。

三是与同等城市比较，差距拉大。从生产要素、腹地经济优势、旅游基础设施、法制健全透明度和城市基础设施等影响会展中心竞争力主要因素指标来看，与同处长三角的江苏省会城市南京比较，我省省会城市杭州在智力密集程度、基础设施、经济区位、产业集群指数等方面固然具有较大的优势，据中国社科院对全国43个内地城市的会展竞争力所进行的排名，2004年杭州位列第五位。然而，严格来说，城市会展竞争力不等同于会展业生产力。会展竞争力指明了已具备发展会展业的条件，具有了这种竞争的优势；会展业生产力则是指实际具备了这种发展会展业的能力，强调的是结果，属于已经实现的范畴。从城市发展会展条件看，杭州竞争力优势恰恰表明了与南京的实际差距在拉大。杭州得天独厚的会展资源名闻全国，但由于会展专业人才缺乏，企业能承办高层次展会能力的缺指可数，总体市场运作能力偏弱，加上市场规范不够，大多集中于举办低档次的展会，制约了杭州会展业的发展。据相关统计，2004年南京举办各类展览154个、会议4000多个，有来自50多个国家和地区、200多万人次来南京参会参展，其中如"宁交会"、"新展会"、"名城会"、"重洽会"、"金洽会"、"汽配展"等规模大、层次高、专业强的品牌展会崭露头角；南京会展业排名从2003年全国的第10位上升到第5位，仅次于北京、上海、广州和深圳。在管理协调方面，南京市会展办实行会展一站式服务，涵盖了市容、工商、公安等多个部门集中办公，保证展会的质量与数量同步发展。排名榜数字，不应成为可以引以为荣的资本，它只道出了一个理由，发展会展业，杭州已具有较强的竞争力和较大的潜力空间。

四是缺乏宣传力度。从大的方面说，目前我省的展会对外推介主要集中于几个传统项目，一些已处于培育当中的展项缺乏足够的宣传推介力度，致使国内外展商和卖家对我省一些极具潜力的展会了解不够，知之甚少，造成展会信息闭塞，知名度长期上不去，结果仅办成一个地区性的展览会。从小的方面看，目前我省一些有实力的展览公司在宣传手段上并不是无投入，但更多地不是把宣传的力度放在行业最具权威的机构上推介展览项目，而是盲目宣传公司自己，结果让参展商和卖家记住的是展览公司而不是展览项目。

表四：　　　　　　　　杭、甬、温三城市展馆及可供展览面积情况表

展馆名称	可供展览面积（平方米）
浙江世界贸易中心	10000
杭州和平国际会议中心	20000
杭州国际会议展览中心	100000
浙江展览馆	3500
浙江省国际会议会展中心	3000

续上表

展馆名称	可供展览面积（平方米）
宁波国际会展中心	42000
宁波亚细亚展览中心	10000
宁波新闻文化展览中心	5000
宁波城市展览馆	4500
温州国际会展中心	35000
温州展览馆	4000
合　计	237000

三、2004 年出国展览

随着国家取消对出国办展组展单位的资格审定，组展单位自主出国办展的机会逐渐增多，与此同时，出国办展在促进贸易等方面的作用日益为企业所接受和重视，浙江省出国参展数量和参展商在国际上有影响的博览会中所占的比例较去年均有上升。据调查统计，全省外经贸（含贸促会）共组织参加境外展览会项目 400 多个，比上年增加一倍，出展摊位达到 4200 多个、成交额 22.3 亿多美元；浙江企业参加中央部办、商会、协会组织的出展摊位 2000 多个；企业自行参展的摊位约 1000 多个。三者相加，全省出国参展摊位共计 7000 多个，占全国的 1/4 强。

2004 年浙江省出国展览特点：

1. 企业参展意识强烈，展览会集聚效应明显

随着出展带给企业贸易机会空间的加大，一些参展企业更愿意付高额的参展费，甚至以黑市价购买摊位参加世界顶级展览会，而对当地政府组团参加有摊位费补贴或全补贴的一般名气不大的展览会积极性不高。因而在世界顶级的展览会上，浙江省比较优势产业明显，参展团组庞大，有时面积占全国的一半以上，如五金展、汽配展、家纺展、服装展、户外休闲产品展等；参展企业参展知识及参展水平提高，辨别展会的能力提高，由政府要我出去变我要出去。

2. 出国参展同"走出去"相结合

企业参展目的性由起先的找进口商型向找合作型转变，通过参展扩大出口额；同时，通过参展考察市场设立分公司和找当地市场合作伙伴共同开拓市场，成为有实力和有开拓精神的企业的另一个参展目的之一。

3. 企业对开拓新兴市场心情迫切

由于欧美市场相对饱和，企业对新兴市场的开拓热情高涨。企业想参加法兰克福家纺展，但同时想参加土尔其家纺展、巴西家纺展；企业想参加科隆五金展、拉斯五金展，但有实力的企业更想参加墨西哥五金展、巴西五金展、俄罗斯五金展；

企业想参加拉斯汽配展和法兰克福汽配展，但同时又对墨西哥汽配展、中东汽配展、巴西汽配展感兴趣。同时对开拓非洲市场积极性很高，但又苦于找不到好的展览会。

2004 年各地出展情况如表：

出展情况一览表

地区	展位数（个）	参展面积（平方米）	成交额（万美元）
杭州市	687	6183	30000
宁波市	1000	9000	50000
温州市	450	4050	42000
省　级	1285	11565	45000
其它地市	835	7515	56300
合　计	4257	38313	223300

四、浙江会展经济发展展望

浙江省要在今后五年内将会展业成为推动区域经济发展的一大产业支柱，必须坚定不移地实施会展业"品牌特色"战略。除继续巩固和发展"义博会"、"浙洽会"、"消博会"、"西博会"等品牌展外，要充分借助 CEPA 提升服务贸易的平台和杭州即将举办世界休闲博览会的契机，一方面要加强与港澳会展机构的合作，同时大力整合会展资源，走差异化、特色化之路，将浙江打造成为集休闲商务、投资贸易、国际采购为一体的会展大区。

1. 展览业机遇多于挑战

2006 年至 2010 年，世界经济秩序的变化将给浙江会展业带来良好的发展机遇。一是 CEPA 之后，香港商贸服务业将进一步带动浙江商贸服务的发展，促进浙江市场营销以及品牌战略的开拓，同时香港也能更好的利用浙江制造业的特有优势，促进香港经济的发展，实现双赢局面。二是 2006 年世界休闲博览会在杭州的召开，将极大地提高浙江的国际知名度，推动杭州会展产业结构的优化和转型升级。三是 2008 年奥运会的举办，必将在全国各地掀起发展会展旅游、争创会展旅游品牌的热潮。浙江要主动接轨和服务 2008 年北京奥运会，为积极开拓奥运特许商品市场做准备，借助会展业大力发展旅游商品，以实现会展业与旅游业的对接。四是 2010 上海世博会的举办，必将打造一个长三角的"世博圈"，地处长江三角洲地区的杭州、宁波等地将会是上海世博会的最大受益者之一。浙江省毗邻上海且具有发展会展产业竞争优势资源，有望成为发展区域性品牌展的基地。

2. 展览行业协会呼之欲出

浙江省会展行业近年发展迅速，2004 年杭、甬、温三地共举办展会 297 个，比 2003 年增加 121 个，增幅 69％；全省会展经营公司增加到近 400 家。在会展行业快速发展的同时，法规滞后、人员素质偏低是目前浙江会展业软筋面临的最大问题，这集中反映在内展特别是来华展上。商务部虽取消了在境内举办对外经济技术展览会主办和承办单位资格的认定，但展会项目仍是需要审批的，而一些主办单位硬是绕过这道环节，于是展会题材重复频频出现，造成资源浪费，更有甚者，办展货不对板，存在欺诈行为，对我省会展业形象已构成很大威胁。抓紧成立以企业为主体的全省性会展行业协会，加快制定行业规章，健全协会的组织体系、管理体系和服务体系，增强协会的服务意识和行业自律作用，充分发挥其对本行业的协调、服务、指导功能已成为业界最大呼声。随着进一步转变行政职能，正在筹备中的浙江省国际会展协会也将呼之欲出。

3. 政府直接管理逐步减少，政策扶持力度加大

市场体制的改革促使浙江省展览业不再是原有的"政府搭台，企业唱戏"的形式，而是"政府引导，市场运作，经贸唱戏"互促共进，政府直接参与的展览会将逐步减少，但给予会展经济政策性扶持的力度将不断加大，专业组织和行业协会随之逐步到位，他们将承担大量的展览行业管理和社会服务职能。展览专业组织和行业协会将通过制订统一的行业规范，定期召开会议，举办各种业务培训班，出版专业性刊物，交流信息推广经验，对展览会的组织者进行资格评估，对展览会重要数据予以公正审计等方式直接进行管理，并会通过整合相应地提高组织区域性专业展览会水平和档次。浙江将在更广的领域、更深的程度上参与经济全球化，加快发展会展经济，抓紧制订浙江省会展业发展规划，着手培育有实力、市场化运作的专业会展公司。改革会展管理体制，制订各项扶持政策，鼓励政府部门和社会、企业、民间多方招展，积极与国际展览业开展高起点的合资合作，逐步把浙江建成有特色、有影响的全国常年性专题会展基地。

4. 区域性品牌展览会将是浙江会展经济的特色

浙江省毗邻上海，从政治、经济、文化、科技、对外开放的程度等方面与国际性大都市上海都存在着一定的差距，但从产业集聚、港口区位、旅游资源条件上已具备举办国际性大型品牌展会，主要是杭州、宁波。从现有的各种条件来看，建设区域性品牌展将是浙江发展会展经济的重戏。浙江是经济大省、市场强省，自身需要各类区域性品牌展，随着我省将在更大范围内和更深程度上参与经济全球化进程，对外经济贸易和技术交流活动必将大幅度增加，这也将扩大展览市场的发展空间。杭州要进一步做好"西博会"主题，要与2006年国际休闲博览会进行对接，将休博会主题功能向西博会延伸，打响"休闲会展、商务会展"的品牌，围绕人的生活质量提高和杭州城市性质的展示，引国外名品，聚民族精品，与上海形成合理分工，使西湖博览会真正成为国内外有影响的会展旅游活动。宁波要充分利用港口区位优势和海洋资源优势，要依托宁波在服装、机械、化工、模具、汽配、五金、文具、家电等方面的产业基础优势，进一步发挥"消博会"、"浙洽会"、服装节等大型展会在宁波会展业中的"领头羊"作用，把发展与宁波经济关联度较高的高新技术产业和支柱产业的专业展会作为新型展会的重头戏，逐步扩大国际性展会的比重。

义博会对区域经济发展影响与分析

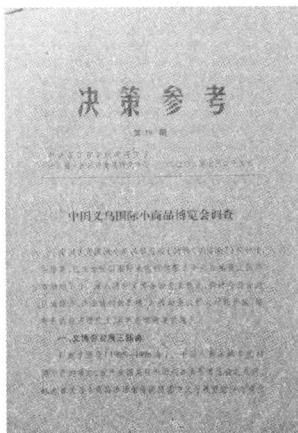

（调研报告《中国义乌国际小商品博览会调查》被浙江省委政研室、浙江省人民政府发展研究中心主编的《决策参考》录用，报送省委、省人大、省政府、省政协领导，各市委书记、市长参阅。同时报厅课题《义博会对区域经济发展影响与分析》获省外经贸厅"浙江省外经贸 2005 年调研成果奖"三等奖）

【内容提要】中国义乌国际小商品博览会（简称"义博会"）经过十年培育，已成为在国际上有着广泛影响力、对国际采购商极具吸引力和帮助企业直接登上国际市场的平台。深入地研究义博会发展的轨迹，对于探讨会展对区域经济、产业结构的作用，发展新的经济增长点，推动浙江经济对外开放和发展，有着十分重要的意义。本课题在对义博会发展环境深度探究和对其区域经济影响分析的基础上，总结出了义博会三条成功经验：一是政府层面，加强了引导与服务；二是企业层面，坚持了市场化运作；三是展会层面，突出了贸易辐射功能。义博会模式下的这一成功实践经验，对我省会展业发展的启示至少有以下三点：第一，必须充分利用自身资源，扬长避短；第二，必须以市场化、专业化、品牌化要求运作展会；第三，要以展促贸、以会展带动区域经济。

义博会的成功实践经验，提示了一个城市如何利用自身资源，采用适合自身发展的载体，用市场化、专业化、品牌化来进行运作，优化了产业结构和带动整个区域经济发展。

【关键词】义博会　区域经济　会展研究

20 世纪 80 年代初，坐落在中国东南沿海中部的小镇——义乌，以它昂首的身姿在浙江大地上率先掀起商品经济的浪潮，谁能想到，它便注定要在中国创造一个神话。13 年以后，当由小商品市场孵化出的中国义乌国际小商品博览会（简称"义博会"）又经过 10 年培育和精心呵护，这神话不但变为现实，而且接连演绎了多个神话，义博会正以它商机无限和魅力无穷越来越吸引全世界的经济眼球。第十一届义博会 5 天展览交易成交额达 80.98 亿元人民币，比上届增长 10.9%，其中外贸成交额为 6.61 亿美元，占总成交额的 65%；与会专业观众共 83363 人，其中境外客商 14269 人，比上届增长 15.9%，分别来自 158 个国家和地区，其中欧美客商占 40% 以上。这一组组数据表明，义博会已名副其实成为我国第三大出口商品展。2005 年 9 月，国家商务部部长薄熙来考察义乌国际商贸城，说"研究中国市场经济不能不来义乌"，给予高度评价。深入地研究义博会发展的轨迹，探讨会展业对区域经济、产业结构的影响，发展新的经济增长点，推动浙江经济对外开放和发展，具有一定的启发。

一、义博会发展轨迹及其特点

义乌市位于东经 120°4′、北纬 29°19′，是一个既不临海也不沿边的县级市，自 1982 年小商品市场正式开放、1995 年开始举办国内规模最大的中国义乌小商品交易博览会，2002 年开始升格为由国家商务部、浙江省人民政府、中国国际贸易促进委员会、中国轻工业联合会、中国商业联合会主办的国际性展会，成为中国唯一经国务院批准的国际小商品类展览会，也是商务部参与在县级市举办的唯一展会。10 年来，义博会参展商不断增多，展区规模不断扩大，日均客流量也不断攀升，总成交额从 1995 年的 1.01 亿元，提增到 2005 年的 80.98 亿元，与中国小商品城互促共进，并带动了周边地区一大批相关日用消费品制造基地的发展壮大。义乌能迅速成为中国小商品的集散中心和展示中心，一年一度的义博会功不可没。

中国义乌国际小商品博览会从最初依托区域市场而生到今天"走向世界、服务全国"，在短短的 10 年时间里，义乌会展业从无到有、从小到大，并使义博会迅速成为在国际上具有一定影响力的展会。它的发展轨迹可分为三个转型阶段：**1. 起步阶段（1995－1996 年）**。首开集贸市场举办大型博览会之全国先河，同时博览会得到国内贸易部的大力支持，开始向全国性展会迈进。标志着义乌市场由传统经营方式实现与向展览贸易相结合的市场营销功能创新的发展战略性转移。**2. 提升阶段（1997－2001 年）**。义博会得到省政府的大力支持并由地区性展会提升为全国性展会。经过五年的培育，义乌巨大的市场影响力和辐射力不断扩展，展会外向度和国际化程度不断攀升，同期专业展览机构的组建和会展中心的启用。以此为标志，义乌会展业步入了一个新的历史发展时期。**3. 跨越阶段（2002－2005 年）**。升格为国家对外贸易经济合作部（现改为商务部）主办的义博会已经受到中外各方面的关注，经过四年阶段式跨越，博览会境外客商的专业化程度历届有了显著的提升，国际贸易观众的结构构成比例有了量与质的变化，义乌市场外向度和义乌城市国际知名度进一步提增。义乌作为中国最大的商品集散地及在国际小商品贸易中的地位通过博览会充分凸显出来。

义博会发展轨迹，为我们清晰地描述出了其快速成长的历程。它规模一届胜过一届，档次一年上一台阶，且能做到持续不衰、又反哺市场，其特点或其中的奥妙在于：走的是一条符合商品市场经济发展规律的路子。透过义博会 10 年发展的轨迹，可以解读出会展业发展的某些规律。

1. 依托市场

1982 年，义乌率先创办了小商品批发市场，20 多年来，坚持兴商建市发展战略，以专业市场繁荣发展推进市场化、工业化、城市化和国际化。自 1991 年以来，中国小商品城市场的成交额连年蝉联全国工业品批发市场榜首。义乌迅速发展成为全球知名的商业城市。义乌市场现有面积 260 万平方米，商铺 5 万余个，经营 34 个行业、1502 个大类、32 万种商品，日均 20 万的客流量，构成了一个庞大的买家群体。浙江省乃至全国的轻工业制造基地同义乌市场 10 多万家日用品生产企业的经销商，构成了庞大的卖家群体；5 万个商铺如同一个个市场脉络的触手，把义乌与国际市场紧紧连接在一起。义博会就是依托市场应运而生的，义乌独特的市场优势实现了商品展示、市场交易和经营效益的有机结合，且正在被越来越多的国内外买家、卖家们所青睐。应有尽有的小商品和市场效益，是在义乌举办国际小商品博览会的最大优势，也是义乌打造"全球最大超市"的核动力。

2. 产业支撑

义乌依靠"兴商建市"战略，在浙江中部崛起。十余万户义乌经商大军经过十多年打拼，积累了雄厚的资金。20 世纪 90 年代，在政府的引导下，这些商业资本被引向工业生产，发展自己的产业基地，一大批工业企业在这里兴起，很快成为浙江中部地区的"经济高地"，义乌优势产业迅速崛起。服装：全国四大衬衫产地之一，日产衬衫 120 万件，其中大陈镇日产衬衫 60 万件，为"中国衬衫之乡"。袜业：义乌浪莎、梦娜、芬莉 3 家公司列入全国最大袜业企业行列，"浪莎"为全国袜业中国驰名商标。饰品：全国三大饰品产地之一，产量占全国市场份额 70％以上，产品 60％以上出口，"新光"饰品公司为全国最大饰品生产企业之一。拉链：产量占全国 1/4，销量占全国市场 1/3 强，"伟海"公司为全国最大拉链生产企业之一。毛纺：全国绒线主产地之一，产量占全国 30％以上，"真爱"公司为全国最大毛毯生产企业之一。工艺品：企业 1300 多家，产量占全国市场 60％以上，年产值 30 亿元人民币，"华鸿"、"王斌"公司为全国最大镜框生产企业之一。制笔：全国圆珠笔、中性水笔、活动铅笔的主产地之一，有企业 400 多家。印刷：全国最大印刷产地之一，拥有德国海德堡 4 色、5 色机 50 多台，企业数量 600 多家，年产值达到 20 亿元人民币。这样具有较大市场竞争力的产业基础成为义博会强大的产业支撑，是义博会发展的基础。

3. 展贸结合

历届义博会，在一连串骄人的成交额背后，便是一条条与国内外市场相连的贸易大通道。无论是升格后的"国际博览会"，还是之前地区性的"博览会"，这一贸易辐射功能从未因此而曾减退过。升格后的"义博会"更是扩张了这一功能。吸引国外买家，国际采购商数量大、参会目的明确、下单率高是义博会最成功之举。义博会始终抓了外商组织工作这根主弦，因此，每年来义博会的外商其目的都很明确。有人与广交会作了比较，2005 年第 98 届广交会 28808 个摊位、17.7 万客商，客户享有率 6.1%；义博会 3000 多个摊位、14269 外商，客户享有率 4.8%；广交会展位费 2.5 万元/个，义博会展位费 7600 元/个，两展相比，享有客户率的成本义博会要低。义博会强大的贸易辐射功能与国内外市场相呼应，使义乌逐步成为在国内国际都有相当知名度。如今，提起"义博会"，人们就会想到义乌，而提起义乌，人们也会自然想起"义博会"，"义博会"几乎成了义乌向外打响的名片。

4. 注重专业

义博会以全力打造国际性小商品交易的专业化服务平台为己任，在连续 11 届的举办中，始终把展会的专业化运作和参展商质量放在首位。它最可贵之处，每届展会档次的攀升都是在努力总结前届经验基础上不断加以推进的，义博会依靠专业化走向成熟，专业化让义博会更具吸引力。2005 义博会对专业产品展资源进行了全新整合，突出重点行业，将 C 馆确定为综合精品展区，其他 7 个馆分别设立为工艺精品、化妆用品、电子电器、电子商务、针织精品、皮具箱包、文体用品、玩具、山海协作等展区。义博会按行业设立展馆，突出了专业性布展，更有利于外商寻找相应的产品，以最快的速度找到需要采购的商品，让专业买家对口专业卖家。在本届义博会上，涌现了海尔、英雄、凤凰、TCL 等 17 家国家级名牌企业，其中如依波精品、青岛海尔、深圳富安娜等 10 余家企业都是首次慕名前来参展。不求量的盲目扩张，但求质的快速提升，是出自义博会举办单位频率最高的一句话，也成为最重要抓手。2005 义博会由于实行了严格的准入制，实际报名参展企业数 2989 家，申报展位 4717 个，最终只确定 1700 家企业进场参展，义博会参展门槛一届比一届高，目的是吸引更多有实力的展商参展。2005 年 6 月，经过全球展览业协会理事会（UFI）的批准，义博会的举办展馆——义乌梅湖国际会展中心成为这个全球最大会展组织的正式会员，标志着义博会的组织运营能力得到了行业最高水准的认同。正是一届比一届专业化，义博会由原来的区域性展会发展成为国际性展会，参展企业档次和客商的外向度都不断提高，成为目前国内最具规模、最有影响、最有成效的小商品专业展会，也成为继广交会和华交会之后的全国第三大知名展会。

表一：　　　　　　　**历届义博会展览面积、参展企业、贸易成交情况一览表**

年份	届次	展览面积（平方米）		展位（个）	参展企业（家）		国外买家（人）	成交额	
		总面积	其中：境外参展面积		总数	其中境外		亿元	亿美元
1995	一	5000	/	348	179	/		1.01	
1996	二	16000	/	534	448	/		2.83	
1997	三	20000	/	666	547	/		8.3	
1998	四	20000	/	705	673	/		28.6	

续上表

年份	届次	展览面积（平方米）		展位（个）	参展企业（家）		国外买家（人）	成交额	
		总面积	其中：境外参展面积		总数	其中境外		亿元	亿美元
1999	五	33000	/	1100	980	/		35.2	
2000	六	33000	/	1300	1100	/		38.56	
2001	七	48500	/	1405	1026	/		43.68	
2002	八	46500	3750	2291	1100多	150	5668	51	2.58
2003	九	60000	10512	2336	1510	420	10212	62.2	4.46
2004	十	70000	12211	3000	1700	488	12312	74.3	5.63
2005	十一	90000	16400	3200	1700多		14269	80.98	6.61

表二：　　　　　**2002－2004年义博会境外贸易观众结构、地区分布一览表**

届次	境外贸易观众结构构成比率％							境外贸易观众分布地区构成比率％					
	进口商	批发商	代理商	分销商	制造商	零售商	其它	亚洲	欧洲	美洲	非洲	大洋洲	其它
八	49	18	15	8	3	2	5	69	14	12	3	2	
九	39	16	14	9	12	6	4	66	13	14	5	2	
十	48	20	12	7	7	4	2	62	13	14	7	2	2
十一	40	20	15	10	10	4	1	57	18	16	6	3	

二、义博会发展环境

义博会发展轨迹，为我们清晰地描述出了其快速成长的历程。它规模一届比一届大，档次一年上一台阶，义博会何以能够迅速发展，或者说是在什么条件下，通过什么方式得以迅速发展起来的，这值得深入考察探究，找出其规律与模式，以对其它的专业市场形成借鉴作用。

1. 自然条件、文化、历史和传统

义乌耕地资源稀少，林业资源匮乏，能源和金属矿产短缺，经济上历来没有国有大工业的支撑，又没有大城市经济的辐射和带动。如此的自然资源状况，使得义乌不可能像省内其他一些县市那样发展传统轻纺业和开辟旅游业。义乌人要生存，最好的选择是扬长避短，发展小商品手工业。在这样的背景下，义乌在经济发展的

最初阶段顺理成章地选择了小商品经济。

社会发展的的实践和理论都证明，文化对经济发展的意义十分重要。著名社会学家马克斯韦伯就非常强调能够促进市场经济发展，并且与市场经济的发展相适应的资本主义精神，认为这种精神"不单是那种随处可见的商业上的精明，而且是一种精神气质"。会展经济所以能在义乌率先迅速发展起来，在于义乌具有这种发展会展经济超前意识的商业传统和文化。义乌商业传统由来已久，有几千年的文化根基、文化观念的影响，这种影响的发端可追溯到二千多年前在当地流行的一种叫"拨浪鼓"的艺术样式。据考证，拨浪鼓始于周朝，本是一种老少皆宜的玩具，后世的货郎担们把它演化成沿途叫卖的象征。义乌的廿三里被称为"拨浪鼓之乡"，拨浪鼓文化源远流长。数百年来，当地农民世代相传，用本地土产红糖熬制成糖块、肩挑糖担、手摇拨浪鼓，去外地走串换鸡毛，肥田或补贴家用，形成了远近闻名的"敲糖帮"。拨浪鼓摇出了义乌"敲糖换鸡毛"的传统，也养成了勤耕好学、刚正勇为的义乌精神。义乌经商意识和商业文化的交互发展，最终形成了义乌商业文化中最有利于商品经济发展的商业意识和义乌精神——甘为人先、吃苦耐劳、实事求是、开拓解放。改革开放以来，敢为人先的义乌人，坚持实事求是、大胆解放思想，率先开放个体业从事小商品市场的民间贸易，是与义乌传统商业意识和创新发展精神一脉相承的，这种民间贸易形式集市场与展销为一体，已初具展览会的形态，便是义乌会展经济现象的早期萌芽。

2. 小商品专业市场兴起

23 年前，义乌与全国一样，在农村全面推行了家庭联产承包责任制，标志着第一步改革在农村取得了突破和成功。在突破和成功面前，义乌经济社会发展的优势究竟在哪里？敢为人先的义乌人，经过审慎的思考，首次提出"允许农民进城经商，允许长途贩运，允许城市市场开放，允许多渠道竞争"的新政策，从实际出发，催生了义乌市场的适时诞生，于 1982 年 9 月 5 日开放小商品市场。这是在义乌经济社会发展史上可谓里程碑式的战略决策，给义乌经济社会发展带来了机遇和希望。经过两年时间市场培育和发展，1984 年一个拥有 1800 个摊位按经营门类排成 40 行的第二代义乌小商品市场诞生。小商品市场的迅速发展，要求经商的农民不断增加，1986 年 9 月第三代小商品市场投入使用。义乌市场的进一步发育，带动了周边产业带的形成，出现了一批"塑料村"、"服装村"、"袜子村"、"玩具村"等专业村，形成了前店后村的良性循环。由此，也开始了义乌市场向全国辐射的发端。随着市场商品流量的提增，催生了第四代市场的诞生，使义乌市场的摊位总数上升到 15000个。1995 年，在"以商促工，工贸联动"的思路下，义乌商人开始了办企业的高潮，从而为商业的持续繁荣提供源源不竭的支持。为适应市场更高层次发展要求，实现"创建国际商贸城"的宏伟构想，2002 年 10 月拥有 7000 多个标准摊位的第五代小商品市场——国际商贸城一期竣工投入运行。现建成运营的国际商贸城一、二期市场总建筑面积达到 200 万平方米，成为全球规模最大的专业市场。

从第一代露天市场——第二代棚架市场——第三代室内市场——第四代店门市场——第五代商城市场，依托庞大的小商品市场，是义博会历届不衰的强劲驱动力。义博会发展轨迹就是整个义乌专业市场发展壮大的历程，义乌独特的专业市场优势实现了以贸促展、以展带贸和市场经营的有机结合，不仅加快了义乌会展业的发展，激活了会展经济的一池春水，也使义乌打造"全球最大超市"的梦想成为现实。

3. 政府因势利导

义博会除了自然条件、义乌传统商业文化和商品大市场背景外，政府因势利导起着重要的作用。义乌小商品市场经营小商品，在八、九十年代主要针对农村市场和城乡集市。1995 年，为改变义乌产品走低端市场的命运，义乌市人民政府与当地一家市场发展企业，开始关注展会活动对市场营销所带来的积极作用。当年，义乌市人民政府作为主办单位举办了第一届"义博会"。第一届"义博会"的成功举办为市场发展带来了具有里程碑意义：一是以市场为媒举办博览会开了全国之先河；二是开始形成市场与会展互动发展的战略性理念；三是义乌市场利用展会活动实现了市场的节奏性扩张；四是利用展会活动引进的名优新产品以此提高商品质量档次和市场品位；五是展会提高了义乌小商品市场的影响力。第二届至第七届在义乌市人民政府的多方努力与推介下，中央各部委及省政府都参与了义博会的组织，规模逐年扩大，经过 6 年的培育，2001 年义乌市委、市政府就将"义博会"作为城市经济发展战略课题组织邀请了浙江省著名高校的专家、学者进行了论证。多年来，在义博会举办中，政府定位思路明确，没有错位和越位，只做了它该做的外围工作。比如，义乌城市资源、公共资源的开发与建设，义乌城市与"义博会"的宣传与推介，"义博会"与义乌市场的互动发展，"义博会"对义乌会展业的整体带动作用，义博会期间的治安、交通、后勤接待、文艺晚会等公共事务非企业所能胜任的，都由政府出面解决。依靠"兴商建市"发展起来的义乌市，深知市场服务的重要性，市政府组织有关部门对市场内的同类商品实行划行归市，让经营户公平竞争。市委、市政府还从增强服务意识，提高办事效率，改进工作作风入手，对外商的管理、居住、公司审批、出口报关、社会治安，提供主动、快捷、优质的服务。同时加大公共资源管理扶持力度，创造良好的会展配套环境。对集团公司全额投资 1.5 亿元的中国小商品城会展中心专业展馆建设，义乌市政府给予大力政策扶持，一是土地成本价出让，二是建设贷款政府贴息 4 年，三是展馆外围市政建设政府负责。

由于政府不直接对具体的展览事务进行参与，而是通过间接协调的方式提供展会以相关的服务与支持，从根本上解决了机制与体制的约束与限制，"义博会"因此有了健康发展的根本保障，从中也体现出符合国际会展业的市场化运作，体现了政府在会展业中的重要作用。

4. 国家支持

义博会首届成功举办到发展成为全国乃至国际上有影响力的展会，除了地方政府适时引导调用其公共资源支持可成长性展会是其重要原因之一，离不开国家的扶优扶强。义博会历经七届后，从第八届起一举成为全国重量级展会，与地方政府的引导参与程度密不可分，更与国家的支持休戚相关。开放后的义乌小商品市场，经过 20 年的培育，已发展成为中国重要的专业市场之一，受到国家有关部委的广泛关注和支持。为充分利用国内外贸易国内外两个市场、两种资源，通过博览会将国际竞争中的中国小商品比较优势转化为竞争优势，2002 年升格为国家级的国际性展会，以"面向世界、服务全国"为办展宗旨：一是集中展示改革开放以来中国小商品贸易取得的巨大成就，以及在技术创新方面取得的成就；二是加强中外小商品生产企业之间的信息交流与沟通，为中国小商品生产企业提供对外的窗口和平台；三是促进中外小商品贸易的发展与合作，为推动中国企业尽快融入世界市场，适应全球经济一体化发展趋势提供更多的机会。2004 年第十届义博会更是得到了国家商务部、外交部的大力支持和帮助。商务部全力支持义博会的各项工作，加大义博会的对外宣传推介力度；同时经外交部批准，世界各国和地区的客商可以凭义博会外商专用请帖，在我驻外使领馆办理来华签证，为义博会参会客商开辟一条方便、快捷的绿色通道。国家的支持，无疑对义博会快速成长起到了推波助澜的作用。

综上所述，从义博会催生和发展环境看，自然因素、文化历史传统、商品市场兴起是促成其快速成长的内因条件；政府引导、国家支持推动是外因条件。作用于义博会的内外因条件表现为相互依赖的关系，义博会催生和发展的环境如果没有适应其培育的土壤为前提，那么，无论外因如何起作用也无法推动其快速发展。

三、义博会对区域经济、产业结构影响分析

义乌以义博会为载体发展会展经济。经过 10 年的培育，义博会已成为我国经贸类展会中有一定影响的国际性贸易盛会，使其成为我国中小企业展示形象、信息交流、合作贸易的重要平台，既促进了产业结构调整、市场品位的提升，扩大商品出口和带动了企业走出去，又催动浙江中部地区生产要素的融合，日渐显现出品牌效应，其服务贸易的作用和展会的国际化程度越来越明显。

1. 反哺市场

义博会发端于义乌的小商品市场，而义博会的成功举办，对市场的发展起到了良好的促进作用，1995 年第一届义博会后一年中，中国小商品城内名优产品总经销、总代理商数量，由此前的 300 多家激增至 2000 多家，大幅提升了商品质量和市场档次，市场成交额也由上年的 124.5 亿元猛增到了 187.3 亿元。伴随着展会规模、主办规格、展览效果不断扩大和提高，义乌巨大的市场影响力和辐射力、丰富的工商业资源、举足轻重的小商品流通地位等，其作用都得到了淋漓尽致地发挥。义乌市场规格、品位的每一次提升都与博览会有着直接的关系，几乎是每一次义博会举办单位都把组织国内外名牌产品、引进国外客商参展当成是首要的工作，提高专业化程度和做好服务当成是必要的工作。正是因为名牌产品和外商的大量参展，使得义乌市场上的商品档次逐年提高，市场的外向度也不断提升。目前，义乌整个市场的

外向度达到 50％以上。而在这些小商品当中，义乌制造产品所占比重正进一步加大，如玩具等许多义乌制造产品的比重均超过总数的 1/3 以上。市场催生了博览会，博览会又加快了市场的发展和提高了市场的档次，义博会的成功打造反哺了专业市场的发展，市场、博览会形成了一种良性互动关系

2. 促进产品结构的优化

义博会依托市场应运而生又繁荣了市场，并带动了周边地区一大批相关产业带的崛起。义博会举办以来，参展商不断增多，展区规模不断扩大，日均客流量不断攀升，牵动了义乌产业链的不断延伸和商品结构的不断提升。伴随着义博会的一届届举办和义乌产品在市场上所占份额的逐年加大，依托市场得天独厚的先发优势和强大的要素集聚功能，一家家脱胎于家庭手工作坊、打上"义乌制造"烙印的企业脱颖而出。国际化的专业博览会充分发挥了小商品名城义乌的产业特色和集散地优势，促进了展贸合作与产业的对接，有力地推动了义乌小商品生产的发展。目前义乌全市工业企业已达 1.5 万余家，小商品来料加工基地 32 个，形成了文教用品、五金家电、工艺饰品、针织服装、袜业毛纺、拉链玩具、印刷礼品等 20 余个在全国具有影响力、主导力的核心产业群。据浙江省工商行政管理局统计，2004 年义乌市场发展呈现了良好态势，市场成交额达 266.87 亿元，同比增长 7.5％，列全省首位。

通过博览会，一些没有前途的产业部门和生产将被市场淘汰，一些新兴产业部门却能得到迅速发展，产品结构优化，市场需求旺盛。义乌巨大的市场影响力和辐射力、丰富的工商业资源、举足轻重的小商品流通地位，其作用都得到了充分地发挥。

3. 加快企业树品牌创名牌步伐

义博会在促进产业规模发展的同时，也催生了一批品牌的创立。1995 年中国小商品城名优新小商品博览会的举办，标志着义乌市场由追求量的扩张开始向质的提高阔步迈进。在首届博览会上，来自上海、广东、福建等轻工业发达地区的名优企业，纷纷向义乌经营户抛绣球寻求总经销、总代理商。第二年，中国小商品城内名优产品总经销、总代理商数量，就由此前的 300 多家激增至 2000 多家，大幅提升了商品质量和市场档次，市场成交额也由上年的 124.5 亿元猛增到 187.3 亿元。随着展会规模、主办规格、展览效果不断扩大和提高，义博会成为展示义乌本地企业形象亮相的最佳舞台。为强化品牌意识，义乌专门出台创品牌奖励政策，对被评为全国驰名商标、浙江省著名商标和市知名商标的企业，分别奖 100 万元、10 万元和 3 万元。令出如山，义乌企业浪莎公司获得中国驰名商标后，如期领到了市政府颁发的 100 万元奖金。2002 年，中国袜业首个驰名商标"浪莎"把内衣秀现场设在了义博会的展馆。2003 年，梦娜、宝娜斯、双童、银尔、河马等一大批义乌企业以脱颖而出的气势展示形象和实力。2004 年的义博会将品牌概念引入展会，着力优化参展商品结构和参展主体，严格按照参展资格标准筛选参展企业。2005 义博会更提高了准入门槛，对列入商务部"重点扶持和发展的名牌出口商品"、拥有国家驰名商标或省（市）著名商标和通过 ISO 等国际质量体系认证的名牌商品或企业参展优选并享

有展位费优惠。准入制的采用，有利于提高义博会的整体档次，对于义乌的企业来说，这无疑是促进企业上规模、上档次、创品牌的一剂良方。近年来，义乌大力推行品牌战略，引导企业上档次、出特色、创名牌、拓市场，在"义博会"的示范效应与政策引导下，通过举办中国国际五金电器博览会、中国（义乌）文体用品贸易博览会、中国义乌工艺品、礼品贸易展览会等展（博）览会正逐步打造一批具有全国影响的专业性展会，帮助企业吸收先进的生产经营理念，提升产业水平和服务品质。目前全市已拥有注册商标由 2002 年的 3655 个增加到 2004 年 9201 个，其中中国驰名商标 1 个、省著名商标 31 个、金华市知名商标 70 个；被列为中国名牌产品 2 个。

表三：　　　　　　　　　2002－2005 年义博会带动产品创立品牌情况调查表　　　　　数量单位：个

注册商标时间（年）	注册商标数量	其中：品牌商标						列中国名牌产品	
		中国驰名商标数量	商标名称	省著名商标数量	商标名称	市知名商标数量	商标名称	数量	产品名称
2002（历年数）	3655	1	浪莎	9	梦娜等9件	13	丹溪等13件		
2003（增加数）	2545			7	梦娜等7件	19	宝娜丝等19件		
2004（增加数）	3001			10	新光等10件	22	真爱等22件	2	能达利、浪莎
2005（增加数）	3469	17	TCL	29	华鸿等29件	28	双童等28件	10	海尔、英雄

4. 引导企业走出国门

义博会与义乌市场形成的国际商贸业，推动了整个经济外向度的提高。国内外贸机构和外商的大批涌入，直接拉动了小商品外贸出口，市场国际化程度也显著提高，形成了外贸流通公司、本市生产企业、"三资"企业并驾齐驱的自营外贸出口新体系，出现了兄弟省市外贸公司入市组货、外商直接采购、外企代理订单采购、经商户代理自营出口、外商委托采购或一头在义乌供货、一头在国外市场销售的多元化、多渠道的市场外贸出口新格局，呈现了千军万马搞外贸的可喜景象，市场外向度趋势明显。2004 年，自营出口达到 86624 万美元，比上年增长 18.03％。其中生产型企业自营出口 46650 万美元，比上年增长 54.02％；自营出口超千万美元的生产型企业达到 14 家，比上年同期增加了 7 家。现常驻义乌的外商代表机构增加到 463 家，占全省的 1/3，产品出口到 180 多个国家和地区，出口中东份额有所下降，欧美、日本等区域的外商明显增多，美国跃居成第一大出口国，出口占 14％。

义博会已成为企业实施走出去和引进来的最佳平台。通过博览会结识客户，不仅使经商人员大踏步走出省外，更带动了一批企业在境外设立分市场和人员出国经商。据义乌市外经贸局资料统计，目前全市登记在册在境外经商办企业 29 家，主要集中在中东、俄罗斯、南非等地。同时，依托市场和产业优势，义博会带动了专业展会的发展，出现了一批有一定规模和影响力的专业展会。2000 年义乌的专业展会只有一二个，2001 年会展中心启用后，专业展大幅度增加，专业展会项目和展览面积都快速上升。专业展会由 2001 年的 11 个，增加到 2004 年的 23 个，展览面积 18.5 万平方米，国内外观众和采购商 18.3 万余人次，实现成交额 108.9 亿余元。2005 年专业展会达到 27 个，展览面积 26.2 万平方米。博览会的连续成功举办架起了连接五大洲的市场桥梁，使义乌市场充满了无限的商机，一些国内外知名品牌企业把参加小商品博览会看成是打开产品销路的"金钥匙"，纷纷抢占义乌中国小商品城这个"桥头堡"。以博览会为载体，在引导商品、商人、市场和企业走向国际，参与市场竞争的同时，大力推进市场功能创新，率先实行网上交易，使义乌小商品走出国门有了永不落幕的博览会。

外资引进也取得了突破性进展，实到外资从 1998 年的 206 万美元，逐年增至 2004 年的 12.2 亿美元，同比增长 64%，列金华市各县市之首、浙江省第 10 位。

表四：　　　　　　　　1998－2004 年义乌市外向型经济发展情况一览表

年份	小商品城成交额（亿元）	增长率（%）	自营进出口企业（家）	自营进出口（万美元）			外商办事处（家）	
				总额	其中：出口	增长率（%）	总数	新增数
1998	153.4	5.8		2414	2285	8.1		
1999	175.35	14.3		6616	4317	93.6		
2000	192.99	10.1		13553	10623	141.6		
2001	211.97	9.8		23803	20864	96.4	89	
2002	229.98	8.5	139	45424	40717	95.2	132	43
2003	248.27	8.0	228	78817	73389	80.2	221	89
2004	266.9	7.5	394	98784	86624	18.03	412	191

表五：
1998－2004 年义博会推动企业在境外设立分市场情况调查表

年份	届次	分设地区（数量单位：家）							
		亚洲地区	主要国别名称	欧洲地区	主要国别名称	美洲地区	主要国别名称	非洲地区	主要国别名称
1998	四							2	尼日利亚、南非
2001	七					1	美国		
2002	八			2	意大利俄罗斯	3	美国		
2003	九			1	意大利	1	巴西		
2004	十	5	香港阿联酋	3	德国法国俄罗斯	2	加拿大巴拿马	1	加纳

表六：
2004 年义乌在境内外经商人员情况调查表

项目 ＼ 国境	出省（境内）	出国（境外）
企业总数（家）	3142	140
总人数（人）	21814	359
务工人员数（人）	9050	175
经商地注册资金（亿元）	14.60	

表七：
1998－2004 年义乌市利用外资情况一览表

年份	利用外资协议金额（万美元）	实际利用外资额（万美元）	增幅（%）	"三资"企业数（家）	
				总数	新增数
1998	1418	206		41	7
1999	2233	368	78.6	48	12
2000	1219	757	105.7	60	21
2001	1512	1005	32.8	81	33
2002	7300	2055	104.5	114	57
2003	23585	7243	252.5	171	93
2004	12600	12200	1684	233	62

5. 推动城市发展

随着义乌会展业的迅速崛起，义博会对于义乌城市建设的拉动效应显著。以义博会的举办为动力，全市一批重点工程先后建成使用，与会展业相关的交通运输、邮电通讯、金融服务、旅游接待、口岸联检、娱乐购物、人员素质培训等软硬件综合环境日趋完善，提升了城市品位；同时，城乡一体化进程加快，城市越长越大，也越变越美。目前全市已建立通达全国 250 多个城市的公路、铁路、航空、水运货运网络，日吞吐货物在 5000 吨以上，而海关、商检的一条龙服务，使外贸货物可以通过上海港集装箱码头和宁波北仑港码头直接运往海外，大大加快了小商品出口通检的速度。据统计，10 年前义乌市区面积仅为 3.5 平方公里，2000 年为 26.7 平方公里，到 2004 年则达到 50 平方公里；城市框架延伸至 80 平方公里，并以年平均 5－6 平方公里的速度推进。2004 年新增城市绿地 630 万平方米。在第五代市场国际商贸城所在地，原本是一片阡陌纵横的农田，如今已是上下 6 车道、广场宽阔、高楼林立、商贾云集的现代化城区。这实实在在的景象，无不吸引着业界的眼球，2005 年 3 月 16－18 日在义乌举办"中国会展财富论坛暨 2004 年中国会展产业年度评选颁奖盛典"期间，来自全国及香港、澳门地区的会展界精英们在参观义乌商贸城后深深感慨道：以前只是闻其所闻，今天亲眼实见，义博会对义乌城市发展的贡献实在太大了。

成功会展活动的实践表明，会展活动能引起人口流动和城市规模的扩大，改变区域要素结构，引起区域资源配置内容和方式的改变，调整区域经济结构。大型涉外会展活动，会引起人口的跨区域甚至跨国界流动，在一定时期内改变区域的人口构成，进而改变区域的消费结构，刺激区域经济结构调整；同时为举办会展而兴建的场馆、交通、服务等配套设施，成为城市基础设施建设的重要组成部分，为城市发展、环境改善和招商引资奠定了良好的基础，以适应经济长远发展的需要。这种推动效应在义乌得到充分地体现。

6. 带动浙江中部经济快速发展

义博会与义乌市场形成的国际商贸业，推进了义乌经济格局的变化。在义乌国际商贸城的商品海洋里，由各区域特色产品链接的浙江"块状经济"，几乎都能在这里找到影子。"块状经济"加专业市场，是浙江经济的一大特色，它把千家万户的生产与千变万化的市场有机结合起来，推动农村商品经济的快速发展。国际商贸城对商品信息、物流和贸易集聚辐射的效应，使一些传统的商品生产基地开始改变流向，向义乌中心市场集结。"接轨义乌"，现已成为周边县市的共同战略，许多县市都把快速通道修到义乌，拉近与义乌的距离，以尽快接受义乌市场的辐射。武义、磐安、金东区，甚至衢州、丽水等地一些县市，还在义乌设立政府办事处，希冀能在市场源头捕捉到机遇，搭上这列经济发展的快车。目前义乌市场的辐射范围已从浙中地区扩到衢州、丽水及浙赣闽的交界地区，乃至更远的区从域；扩散方式从单一的来料加工转向资金、技术输出和产业链延伸；扩散的领域商品加工发展到旅游开发、物流建设和人员培训。这种产业、市场和要素连接在一起的"新块状经济",便是"义乌经济圈"新扩散点。市场与产业的这种跨区域融合,使市场功能和产业优势都得到最大限度的发挥,并形成了共生共荣的"经济生态",成为浙江省经济格局中一个重要的"板块"。通过博览会与义乌市场所形成生产要素的跨地区融合,义乌已经成为浙江中部地区最大的"经济枢纽港",产生了极大的极化效应和辐射功能。义乌市场这种能量的快速集聚和持久释放,有力推动了浙江中部区域经济的形成和发展。

成功会展活动的实践表明,会展活动能引起人口流动和城市规模的扩大,改变区域要素结构,引起区域资源配置内容和方式的改变,调整区域经济结构。大型涉外会展活动,会引起人口的跨区域甚至跨国界流动,在一定时期内改变区域的人口构成,进而改变区域的消费结构,刺激区域经济结构调整;同时为举办会展而兴建的场馆、交通、服务等配套设施,成为城市基础设施建设的重要组成部分,为城市发展、环境改善和招商引资奠定了良好的基础,以适应经济长远发展的需要。这种推动效应在义乌得到充分地体现。

四、义博会经验借鉴意义

义博会一枝独秀,年年举办,长盛不衰。10年历程表明,义博会之所以能创造中国区域会展城市快速发展的神话,在于义乌市把会展业作为支柱产业加以培育,在短短的10年间,建立起了有效的会展经济机制,通过举办博览会、建立小商品生产基地、优化市场经营环境等措施,在拓展国内市场的同时,努力占领国际市场,使外贸出口成为义乌中国小商品城新的经济增长点,推动了义乌经济的迅速发展。在义博会模式下的这一成功实践经验,对于当前我省乃至全国正在大力开发中的会展业市场,其最有意义的启迪在于:

1. 政府合理规划与定位

相比长江三角的上海、杭州、宁波、温州等沿海城市,义乌区位优势不十分明显。然而义乌这样一个县级市,不仅打造了全球最大超市,还使义博会成为我国第三大出口商品贸易展,这不仅得益于义乌本身的产业基础,更重要的是当地政府转变传统经济增长方式,探索出了一条实现经济社会的持续健康发展的新路子。义乌市场的兴起、发展和壮大,是政府实施经济可持续发展战略规划与定位的结果。历届市委、市政府都紧紧地咬定"兴商建市"这个目标,既从未放弃和动摇过又不急速求成,这才有了市场稳定发展的政策环境,一个个企业凭借市场,创造了发展的神奇速度。从马路市场、棚架市场到室内市场、门店市场,再到现代化商城市场的建立,直至打造出国家级的专业博览会,义乌展会取得了从商品集市到商业展览,再到现代展会的本质进步,促进了当地产业的良性发展。市政府高度重视"义博会"对义乌经济发展的重要作用,在一年一度的政府工作报告中都将举办好义博会作为政府一项非常重要的为民办实事的工作内容,将义乌会展经济作为未来发展中的六大行业之一,科学地实施了以会展带动城市品位和扩大贸易成交决策,从而全面落实了对会展产业的政策引导与宏观调控及会展组织管理，为"义博会"的成功奠定了坚实的基础。政府在义乌的经济建设中，定位明确，始终起到的是一个服务和引导的作用。政府的这一定位，反映在宏观经济运行中，就是理顺政府与企业、市场和社会的关系，推动政府工作重心加快转移到调节经济、市场监管、社会管理和公共服务上来，提高办事效率和工作透明度；反映在微观经济运作中，即以强化服务，创造良好的硬件环境，提供便利的城市配套服务为己任，将义博会朝着"产业化、专业化、国际化"的方向培育与发展，使其打造成为最具规模、最有特色、最具实效的国际化的展示、交易、信息平台，成为促进义乌经济社会发展的重要平台。每年政府对义博会组织形式、内容管理、资金预算、工作方案的重组与规划，工作连续性、系统性、升级性、可持续发展性都进行实时跟踪，并专门成立由市委办、市府办、工商、外经贸、财政、交通、公安等部门组成的展览领导班子，各职能部门各司其职，各负其责，以确保义博会每年都有新的发展与提高。此外，政府积极做好义博会贸易观众的组织工作，在境外举行大型的新闻发布会，把一年一度的博览会当成是扩大对外交流、接轨国际市场，招商引资，提升城市品位的展示平台。由于有效地实施了战略与战术的分离，从根本解决机制与体制的约束与限制，义博会因此有了健康发展的根本保障。

2. 充分利用自身资源，扬长避短

随着经济全球化趋势和科学技术发展的日新月异，市场在国民经济中的作用日益增强，信息的传播和拥有以及市场要素的聚集，越来越成为企业发展的关键因素。通过博览会可以充分利用国内外两个市场、两种资源，有利于将国际竞争中的中国小商品比较优势转化为竞争优势。义博会能在义乌这样一个弹丸之地发展成一个国际知名展会，正是基于这种合理定位。

义乌是中国小商品集散地，一个典型的例子，一个生产圆珠笔笔尖的家族企业，其生产的圆珠笔笔尖占了全球市场份额的 70％。这类小商品企业所经营的产品虽然很不起眼，却创造了义乌特色产业。在这些特色产业的基础上，义乌培育了全国乃至东南亚最大的小商品市场，这样的产业基础成为义博会强大的产业支撑。从义博会发展背景看，当八十年代初，在义乌全市上下奋力推进国际性商贸城市的建设进程中本着"为市场找产品，为产品找市场"，引导传统市场功能创新和市场营销方式改进，寻求尤其适应以市场为导向的义乌产业结构的多种服务贸易结合点，义乌市政府看准了将身边资源变成经济增长方式的一种最佳活动载体，作为义乌经济发展的一个新的经济增长点——会展业应运而生。以小商品定位的第一届义博会的成功举办为市场发展带来了历史性机遇，为此，在展会组织过程中，主办单位更多地注重参展商质量。与其他很多展会常常是贸易商参展不同，在义乌参加义博会的企业，99％都是制造商。因此，义博会的采购都是源头采购，成本较低，这是对买家最大的吸引力，也是境外客商最为看重的。在义博会上，虽然展出的都是小商品，做的却是大文章。为了紧紧抓住买家，义博会专门设立研究机构进行客户关系管理方面的研究。同时，导入数据库客商管理系统，对展商企业发展、成长性进行分析，以提供给客户更好的资料。在义博会良好载体作用下，目前贸易观众的回头客比例是47%，这个数据已经达到了国外一些名牌展会的水平。

3. 以市场化、专业化、品牌化要求运作展会

从义博会发展轨迹看，义博会展览面积、贸易观众、成交额三个衡量展会质量的指标历届都有创新，是与市场化、专业化、品牌化组合运作手段导入展会主题分不开。义博会对资源开发要求有助于义博会品牌推广，义博会的大多数参展企业，是产品市场竞争力强、出口优势明显、高附加值的生产企业，近几年参展知名企业、品牌企业达到30%以上。2004年第十届义博会更是对参展企业提高了准入门槛，在第一道保证性展位准入条件中，设置了要求有自营进出口权；列入重点扶持和发展的名牌出口产品；拥有国家驰名商标或省、市著名商标等7条标准。从专业展会组织看，与很多展览讲求规模、组展时主要精力放在如何组织更多的参展商、先做大展会不同，义博会走的路子是先做强，再做大。义博会强调，贸易观众的组织是整个展览的灵魂。因此，义博会在服务上更加细化，如为贸易商提供一些如商务旅行安排，贸易机会撮合，商务咨询，网络查询等增值服务；反过来进一步提升了展会品牌效应，提高了参展产品增值含量。在政府的政策引导下，义乌会展业正沿着国际化、专业化和定期化的道路前进，推动了相关产业快速、健康发展。

会展经济赋予了义乌城市新的发展内涵。除一年一届的中国义乌国际小商品博览会（国内规模仅次于广交会、华交会）外，近年来举办各类展览活动增多，已形成了若干定期举办的专业品牌展会，如中国义乌国际小商品博览会（简称"义博会"），义乌袜业内衣服装工业设备展（简称"袜机展"），中国义乌（国际）五金电器博览会（简称"五金博览会"），中国（义乌）玩具及儿童用品博览会（简称"玩博会"），义乌住宅产业博览会（简称"住博会"）等20多个与产业高度关联的专业展会。义博会带动了专业展会的发展，依托市场和产业优势，出现了文体用品展、五金电器展、针织服装展、玩具礼品展等一批有一定规模和影响力的专业展会，2004年专业展中，展览面积超过7500平方米、展位数在400个以上的有6个，占全年专业展总场数的35%左右；国内外观众和采购商达28.3万余人次，实现成交额34.6亿元。

表八：　　　　　　　　　**2005年义乌举办的展会基本情况**　　　　　　　面积：平方米

序号	展会名称	面积
1	2005年义乌汽车展览会	10000
2	2005年义乌印刷包装设备及器材展销会	4500
3	2005年中国义乌玩具及儿童用品博览会	5500
4	2005年中国义乌工艺品、礼品贸易展览会	4500

序号	展会名称	面积
5	2005 义乌第三届（国际）针织、纺织、制衣工业技术与设备展览会	4500
6	2005 义乌第三届（国际）塑胶工业、机床模具展览会	5500
7	2005 中国（义乌）文体用品贸易博览会	5500
8	第二届中国国际五金电器博览会	16500
9	第 95 届中国日用百货商品交易会	17500
10	服装展	4500
11	第四届义乌住宅房地产、商铺交易会	5500
12	2005 中国（义乌）小家电、家庭用品及家庭装饰品展览会	3000
13	2005 中国（义乌）国际时尚饰品、辅料及设备博览会	10000
14	2005 中国义乌国际纺织品面料及辅料展览会	3000
15	义乌市人才交流会	8000
16	2005 中国（义乌）旅游用品、休闲商品博览会 2005 中国（义乌）箱包拉链暨皮革制品展览会	4500
17	2005 中国义乌国际包装设备材料展览会	4500
18	2005 中国义乌秋季汽车展	12500
19	浙江省农村青年劳动力转移就业推介会	7500
20	2004 中国义乌国际小商品博览会	90000
21	2005 秋季时尚服装、服饰博览会	4500
22	第五届义乌住宅房地产、商铺交易会	5500
23	2005 年第六届义乌国际袜子、针织及服装工业展览会	7500
24	2005 中国义乌现代建筑装饰材料、厨卫洁具博览会	4500
25	义乌市百名专家千名企业对接活动	2500
26	中国义乌国际工业博览会	5500
27	服装展	4500
合计面积		261500

4. 以展促贸、以会展带动区域经济

义乌利用自身资源，用 20 年的时间成功跨越了集贸、批发两类业态，实现了展览展示与洽谈接单、电子商务的有机结合。目前国内市场多数还处于从集贸向批发过渡的阶段，义乌却已上升到全新的会展经济业态。会展业的发展给义乌带来了国际化的商贸业，进而推动了义乌产业的国际化，使整个义乌的经济外向度有了很大的提高。义乌小商品市场的外向度达 60％以上，义乌城市的外贸依存度由 2001 年

9％上升到 2004 的 31.3％。统计资料显示：自 1995 到 2004 年，义乌市 GDP 总量从 90.5 亿元增至 282 亿元；人均 GDP 从 12648 元增至 33942 元人民币，按现行汇率折算已超过 4000 美元，标志着义乌市经济实现了又一次历史性突破，综合实力由此迈上一个新的平台。1998 到 2004 年小商品城交易额从 153.4 亿元增至 266.9 亿元，自营出口额从 2285 万美元增至 8.7 亿美元，实际利用外资从 206 万美元增至 1.2 亿美元。

开放型的经济带动了义乌市现代物流业的加速发展，全市现有国内外货运经营单位 600 多家，国际知名船务公司、货代公司、外轮代理公司纷纷入驻义乌，全球最大的 10 家海运集团已有 8 家在义乌设有办事处。据统计，2004 年义乌总货运量达到 2337.84 万吨，出口小商品超过 30 万个标准集装箱，其中金华海关义乌办事处共监管出口 9.8 万个标准集装箱，比上年增长 256％，吞吐量约 150 万吨。义乌国际物流中心设有海关报关、检验检疫、配套监管仓库、查验场地、熏蒸消毒场、GPS 全球卫星跟踪定位系统、电视监控系统等。2005 年义乌已被浙江省政府确定为浙江"大通关"建设重点之一，与萧山国际机场和宁波港共同成为浙江三个"大通关"建设重点，已开通的义乌—宁波北仑港"异地报关、口岸放行"的直通关模式，已初步具备"陆路口岸"的基本功能。通过各类会展活动在义乌的举办，义乌小商品出口到世界 180 多个国家和地区，义乌已成为国际性小商品集散中心和外商重要采购基地。

义博会的成功实践经验，提示了一个城市如何利用自身资源，采用适合自身发展的载体，用市场化、专业化、品牌化来进行运作，优化了产业结构和带动整个区域经济发展。

五、义博会发展方向

义博会经过多年煅炼和打造，已成为义乌经济发展链条上一个闪亮的节点。作为一个国际性的商贸盛会，事实证明义博会是成功的，也是活力四射、前途无量的，它成功实践经验最积极的因素，是适时地为我们提供了有益的借鉴材料。义乌会展业得到市委、市政府的高度重视，其发展方向已明确定位在以建设国际性商贸会展城市为目标，以国际化、专业化为方向，坚持走自我壮大和多元合作办展相结合的路子，力争用 5 年左右的时间形成以义博会为龙头，以 4 至 5 个大中型的品牌会展为支撑，以 20 至 30 个中小会展为主体的展览格局。在这一思路总框架下，义博会的发展战略目标是：

1. 打造中国专业化国际商贸平台

义博会历经十一届，已积累了丰富的展会经验和客户资源，与同类出口商品贸易展之比较优势，能连续举办 11 年，且展会外向度历届提升，除少数几个国内重量级展项外，全国不多见。而依托义博会的不仅是全球最大超市——庞大的小商品市场，而且背倚的是广阔的外贸产销内陆港——价廉物美、流通便捷的小商品集散地，比较国内同类出口商品贸易展所秉承的条件，绝对优势显而易见。义博会要抓住这一有利于成为全国同类展会单打冠军的条件，进一步加大展会对外贸易力度，提高展会贸易手段和运作质量，依托义乌小商品市场集聚辐射优势，在巩固国内市场的同时，应特别注意国际市场的发展，把义博会从商品营销转变成品牌营销，积极构建国际营销代理网络，要吸引更多的国内、国际知名连锁超市落户，把义乌作为一个连接世界市场的采购基地，形成以义博会为龙头，与义乌市场和产业相关联、多门类、强辐射的会展业格局。再经过三、五年的培育发展，将义博会打造成市场与会展协同发展的独具特色的中国专业化国际商贸平台。

2. 走差异化路子

义乌会展已让国人瞩目，但义乌要持久地延续会展城市魅力，就必须充分张扬自己的个性，走差异化道路，形成"人无我有、人有我优、人优我专"的竞争格局。从全国主力会展城市来看，北京、上海、广州凭借其政治和经济中心的地位，决定了其对会展需求具有很强的吸引作用，由于上述区域内中心城市在区域城市内的城市等级不同，各自城市功能不同，它们在各自会展发展中也显示出不同的特色。北京作为首都，其具有比其他城市更多的象征意义和展示作用，具体到会展上则对于会议的支持更为明显，反映在展会上具有"重展示，轻交易"的特征。上海会展业多出于对国际大都市形象展示的考虑，除大区品牌展会"华交会"外，大量国外品牌会展在上海发展，无疑使得上海会展的市场定位与北京、广州形成了一定的错位。与之相比，广州会展业有下滑的趋势，广交会的存在虽然奠定了广州作为重要会展城市的地位，但广交会仅为一枝独秀。从长三角南北两翼来看，杭州、南京两省省城作为第二会展层次，其态势咄咄逼人；在省内，义乌、宁波、台州、温州同处第三层次会展城市区域，目前各城市之间会展业的竞争十分激烈，且会展主题同质化。义乌的会展业应定位于既要与北京、上海、广州形成明显的错位而无竞争压力，又要在长三角区域独树一帜而无竞争对手的差异化发展路子——紧紧围绕小商品市场和特色产业经济的优势，先做专业性、区域性会展中心城市，再求更大突破，规划先行、政策促动。要借鉴国际会展经验和充分利用 UFI 认证手段对具备独立办展条件的"义博会"的行业展区加以引导、培育，适时与"义博会"分离，开拓新的品牌展览，实现会展产品创新，既可以缓解义博会展位紧张的压力，也可增强展馆场地利用率，更避免了长江三角会展主题同质化，坚持以特取胜。

3. 逐步形成办展新格局

义博会七年磨成一剑，十年煅成一钢，已显示出强大的生命力。但义博会又是深根在本族土地上由传统模式演化而成的区域盛会，尚未与国际知名展会进行对接。义博会要融入世界强展之林，应逐步形成办展新格局，强化国际会展品牌意识，主动加强与国内的各类会展专业组织及国际展览局、国际展览业联盟和国际知名展览公司的联系和合作，充分利用比较优势，鼓励、吸引更多的展览项目来义办展，通过内引外联，培育特色专业展会，增强义乌会展城市实力。品牌是会展业发展的灵魂，是实现可持续发展的关键，要增强义乌会展业在国内、国际的竞争力，实施品牌化战略是必由之路。同时，要拓展企业"走出去"载体，高度重视出展工作，通过义博会延伸项目帮助企业出境参展，在国际知名展会上，以义乌企业的整体形象亮相，以此来提高义乌在世界上的"名声"，同时也拓展义乌会展业发展空间。义乌会展业目前处在快速发展的时期，必须在高起点、高档次上下功夫，坚持以质取胜。

相信，经过若干年的磨砺，义博会一定会发展成为具有国际深度影响力和自主知识产权的品牌展会。

参考资料

2004《中国会展》第 22 期·贾军·中小城市发展会展初探

2005 央视中国报道·义乌：年轻的中国经济"梦工厂"

从义博会看国际会展业对浙江区域经济影响分析

（2005 年 5 月 19 日被省外经贸厅《研究与建议》第 87 期（总第 782 期）录用，并抄送国家商务部、省政府领导参阅）

中国义乌国际小商品博览会（简称"义博会"）经过十年培育，已成为吸引国际采购商和帮助企业直接登上国际市场的平台。深入研究义博会发展的轨迹及会展业对区域经济、产业结构的影响，对推动浙江经济对外开放，具有一定的启发。

一、义博会十年成果

1. 义博会发展三部曲

（1）起步阶段（1995－1996 年）。首开集贸市场举办大型博览会之全国先河，并得到国内贸易部的大力支持。标志着义乌小商品市场由传统经营方式与展贸结合向现代市场营销战略转移。**（2）提升阶段（1997－2001 年）。**义博会得到省政府的大力支持，并由地区性展会提升为全国性展会。经过五年的培育，新会展中心的启用后，步入了一个新的历史发展时期。**（3）跨越阶段（2002－2004 年）。**升格为国家商务部主办的义博会受到中外各方面的关注，经过阶段式跨越，博览会境外专业客商有了显著的增加，国际买家的构成比例有了量与质的变化。

2. 义博会成就

中国义乌国际小商品博览会从最初依托区域市场而生到今天"走向世界、服务全国"，历届成功举办，对扩大商品出口，提升小商品制造业，促进区域经济发展发挥了积极的推动作用，已成为目前国内最具规模、最有影响、最有成效的小商品专业展会，先后被评为 2002 年度中国会展业十大新闻事件、2003 年度中国十大新星会展，2004 年度中国最具有魅力会展城市。10 年来，义博会参展商不断增多，展区规模不断扩大，日均客流量也不断攀升，总成交额从 1995 年的 1.01 亿元，提增到 2004 年的 74.3 亿元，与中国小商品城互促共进，并带动了周边地区一大批相关日用消费品制造基地的发展壮大。

开放的义博会在吸引国际采购商、扩大贸易、拓展国际市场历届都有新的突破。2004 年第十届义博会在展位数量、境外客商人数以及专业观众等 3 个衡量展会最重要的指标上都创下了历史新高：展览总面积 7 万平方米，比上届增加 1 万平方米；到会客商 82667 人，与上年同比增长 17％；其中境外客商 12312 人，比上届增长 20.6％，分别来自 142 个国家和地区。此外，英国、德国、日本、丹麦等 22 个国家的使领馆官员，麦德龙、欧尚、乐购、上海联华等 15 家跨国零售集团到会。5 天展期实现展览交易额 74.3 亿元人民币，比上届增长 19.5％，其中外贸交易额为 5.63 亿美元，占总交易额的 62.9％，比上届增长 26.2％；参展企业达 1700 家，分别来自 20 多个国家和地区以及国内 26 个省、市，比上届增加 200 家。义博会期间，共有 24 个投资项目成功签约，总投资 2.23 亿美元，协议利用外资 1.24 亿美元。据客商登记资料统计，境外到访客商中高达 38.6％是多次参加"义博会"的常客，而首次参加"义博会"的境外客商也高达 60％以上。

这届义博会创下了多个第一：第一次设立电子商务区，共有 GOOGLE、中国国际电子商务网、中国制造网、慧聪网、网上广交会、阿里巴巴以及新加坡环讯等 23 家知名电子商务网站参展；第一次对展位实行统一装修，其中特搭展位占 41.6％，展会档次再次提高；第一次设立定点采购区，麦德龙、欧尚、乐购、上海联华 4 家连锁超市分别组织了强大的采购员队伍，在定点采购区与参展商面对面洽谈，并与 1200 多家企业实现了贸易配对；第一次承办了商务部主办的全国性高层论坛会议，对中国民营企业的商务发展进行了探讨；第一次创办了英文会刊《YIWU TODAY》，在服务参会外商、扩大义博会国际知名度等方面发挥了积极作用；第一次专门开辟"山海协作专区"，让省内欠发达地区的企业有了一个直接登上国际市场的平台，义博会的辐射圈进一步扩大。所有这些变化都表明，义博会以及义乌市场的国际影响力正在逐步加大，并开始了从低端市场的占领对高端市场的渗透的转变。

二、义博会对区域经济、产业结构的影响

1. 促进产品结构的优化

义博会依托市场应运而生又繁荣了市场，并带动了周边地区一大批相关产业带的崛起，牵动了义乌产业链的不断延伸和商品结构的不断提升，一家家脱胎于家庭手工作坊、打上"义乌制造"烙印的企业脱颖而出。目前义乌全市工业企业已达 1.5 万余家，小商品来料加工基地 32 个，形成了文教用品、五金家电、工艺饰品、针织服装等 20 余个在全国具有影响、主导的核心产业群。

通过博览会，一些没有前途的产品和产业将被市场淘汰，一些新兴产业得到迅速发展。

2. 加快企业树品牌创名牌步伐

义博会在促进产业规模发展的同时，也催生了一批品牌的创立。义乌专门出台创品牌奖励政策，对被评为全国驰名商标、浙江省著名商标和市知名商标的企业，分别奖 100 万元、10 万元和 3 万元。2004 年的义博会更将品牌概念引入展会，着力优化参展商品结构和参展主体，严格按照参展资格标准筛选参展企业，对国际、国

家和省级认定的名牌商品或企业参展优选并享有展位费优惠。采用品牌产品准入制，提高义博会的整体档次，目前全市已拥有注册商标由 2002 年的 3655 个增加到 2004 年 9201 个，其中中国驰名商标 1 个、省著名商标 31 个、金华市知名商标 70 个；被列为中国名牌产品 2 个。

3. 引导企业走出国门

义博会与义乌市场形成的国际商贸业，推动了整个经济外向度的提高。国内外贸机构和外商的大批涌入，直接拉动了小商品外贸出口，市场国际化程度也显著提高，形成了外贸流通公司、本市生产企业、"三资"企业并驾齐驱的自营外贸出口新体系，出现了兄弟省市外贸公司入市组货、外商直接采购、外企代理订单采购、经商户代理自营出口、外商委托采购或一头在义乌供货、一头在国外市场销售的多元化、多渠道的市场外贸出口新格局，市场外向度趋势明显。2004 年，自营出口达到 8.6 亿美元，比上年增长 18.03%；常驻义乌的外商代表机构增加到 410 余家，占全省的 1/3，产品出口到 180 多个国家和地区。通过博览会结识客户，不仅使经商人员大踏步走出省外，更带动了一批企业在境外设立分市场和人员出国经商。据统计，截止 2004 年底全市在境外经商办企业人数达 359 人，主要集中在中东、俄罗斯、南非等地。

4. 推动城市发展

随着义乌会展业的迅速崛起，对城市建设的拉动效应显著。与会展业相关的交通运输、邮电通讯、金融服务、旅游接待、口岸联检、娱乐购物、人员素质培训等软硬件综合环境日趋完善；同时，城乡一体化进程加快。目前全市已建立通达全国 250 多个城市的公路、铁路、航空、水运货运网络，日吞吐货物在 5000 吨以上，而海关、商检的一条龙服务，使外贸货物可以通过上海港集装箱码头和宁波北仑港码头直接运往海外，大大加快了小商品出口通检的速度。据统计，10 年前义乌市区面积仅为 3.5 平方公里，2000 年为 26.7 平方公里，到 2004 年则达到 50 平方公里；城市框架延伸至 80 平方公里，并以年平均 5—6 平方公里的速度推进。2004 年新增城市绿地 630 万平方米。

三、义博会成功经验的启迪

义乌市把会展业作为支柱产业加以培育，建立起了有效的会展经济机制，在拓展国内市场的同时，努力开拓国际市场，使产品出口成为义乌中国小商品城新的经济增长点，推动了义乌及整个金华地区经济的迅速发展。

1. 强大的贸易辐射功能吸引更多专业买家

吸引国外买家，国际采购商数量大、参会目的明确、下单率高是义博会最成功之举。有人与广交会作了比较，2004 年广交会 27800 多个摊位、17 万客商，客户享有率 6%；义博会 1700 多个摊位、12312 外商，客户享有率 7.2%；广交会展位费 2.5 万元/个，义博会展位费 7600 元/个，两展相比，享有客户率的成本义博会要低。

义博会强大的贸易辐射功能与国内外市场相呼应，使义乌逐步成为在国内国际都有相当知名度。

2. 以市场化、专业化、品牌化要求运作展会

义博会展览面积、贸易观众、成交额三个衡量展会质量的指标历届都有创新，主要是与市场化、专业化、品牌化组合运作分不开。一是以提高"义博会"参展企业准入门槛，增加知名企业和品牌产品的参展比例，突出品牌化。二是在产品结构方面，突出小商品特色，集中展示市场竞争力强、出口前景好、优势明显的日用消费品，组织专业买家和观众，突出了专业化。三是要吸引国际、国内知名会展企业来义乌办展，吸引国际参展商，同时吸引更多的国际专业买家到展会现场，促进主体多元化。义博会多数参展企业产品市场竞争力强、出口优势明显、附加值高，近几年参展知名企业、品牌企业达到30％以上。在服务上更加细化，如为贸易商提供一些如商务旅行安排，贸易机会撮合，商务咨询，网络查询等增值服务；反过来进一步提升了展会品牌效应，提高了参展产品增值含量。在义博会这一品牌展的带动下，已催生出20多个与产业高度关联的专业展会。

3. 以展促贸，带动区域经济

义乌利用自身资源，用20年的时间实现了展览展示与洽谈接单、电子商务的有机结合。会展业的发展给义乌带来了国际化的商贸业，进而推动了义乌产业的国际化，义乌小商品市场的外向度达60％以上，外贸依存度由2001年9％上升到2004的31.3％。统计资料显示：自1995到2004年，义乌市GDP总量从90.5亿元增至282亿元；人均GDP从14105元增至突破40000元人民币，按现行汇率折算接近5000美元，标志着义乌市经济实现了又一次历史性突破，综合实力由此迈上一个新的平台。

开放型的经济带动了义乌市现代物流业的加速发展。据统计，2004年义乌总货运量达到2337.84万吨，出口小商品超过30万个标准集装箱，其中金华海关义乌办事处共监管出口9.8万个标准集装箱，比上年增长256％，吞吐量约150万吨。2005年义乌已被浙江省政府确定为浙江"大通关"建设重点之一，与萧山国际机场和宁波港共同成为浙江三个"大通关"建设重点，已开通的义乌—宁波北仑港"异地报关、口岸放行"的直通关模式，已初步具备"陆路口岸"的基本功能。通过各类会展活动在义乌的举办，义乌小商品出口到世界180多个国家和地区，义乌已成为国际性小商品集散中心和外商重要采购基地。

义博会的成功实践经验，提示了一个城市如何利用自身资源，采用适合自身发展的载体，用市场化、专业化、品牌化来进行运作，优化了产业结构和带动整个区域经济发展。

2005 年浙江会展发展的现状与思考

（原载 2006 年《政策了望》杂志第 5 期）

2005 年，当全国各大中城市竞相争创"中国会展名城"的时候，从冷静和理智中一路走来的浙江会展业，已脱去了往日的几分稚嫩，显得更加成熟了。她把当前发展的眼光紧盯在挖掘资源潜力上，不盲目跟风攀比，使浙江省会展业继续保持稳步发展，整体水平比 2004 年又迈进了一步。

一、区域会展发展加快

2005 年浙江会展市场经过一年的精心呵护，已进入发育期，在所形成的三大会展经济区域中，杭州、宁波、义乌会展业背倚旅游、港口、商品大市场，在自身资源特色上倾力做作文章，其龙头的作用和盟主的地位更加突现，而且变得越加绚丽多姿了。

1. 北部地区

中国杭州西湖博览会进一步发挥它的龙头带动作用。第七届西博会上，参与人数共 672.37 万人次，实现贸易成交额 80.84 亿元人民币；协议利用外资 7.27 亿美元，引进内资 87.28 亿元人民币；展览专业客商达 24.79 万人次，比上年增长 9.9%，专业客商占观众数的比重达 17.3%，比上年提高了 5.8 个百分点。除西博会功能不断延伸、档次和影响力进一步提高外，2005 年会议数量急速增长（承接和举办各类会议 3255 个，接待境外会议代表 28191 人）和第三届"全球化论坛"的成功举办，使杭州这座风光秀丽的城市由此将更多进入国际社会的视野成为年度最大亮点，杭州城市历来缺乏承接高规格国际会议的历史也从此改写。

2. 东部地区

中国国际日用消费品博览会日益显示出了它的贸易领航作用。第四届消博会由中国商务部首次与浙江省政府联合主办，展会各项指标均创历届之最，共设展位 2200 个、参展企业 1260 余家、到会境外客商 6200 名；成交额 7.02 亿美元，比上届增长 7.8%，开始誉有"中国消费品第一展"之名。借助消博会效应作用，宁波市积极引进一些适合宁波实际的成熟展会，2005 年 8 月出台的《宁波市展览业管理暂行办法》对此提出的发展思路，在宁波年轻的会展史上可谓具有里程碑的意义。一年中，先后有多个"国字号"展会落户宁波，使宁波市展位数在 1000 个以上的展会达到 12 个，"国字号"展会突破 10 个，出现了前所未有的良好局面。

3. 中部地区

中国义乌国际小商品博览会的展贸引领作用已远远超越其地域的范畴，已成为名附其实的国际性展会。第十一届义博会 5 天展览交易成交额达 80.98 亿元人民币，比上届增长 10.9%，其中外贸成交额为 6.61 亿美元，占总成交额的 65%；与会专业观众共 83363 人，其中境外客商 14269 人，比上届增长 15.9%，分别来自 158 个国家和地区，其中欧美客商占 40%以上，开始成为我国第三大出口商品展。义乌积极实施品牌战略，在"义博会"的示范效应与政策引导下，通过举办"国字号"正努力打造一批具有全国影响的专业性展会。2005 年共举办 27 个与产业高度关联的专业展会，与义博会一起，接连创下多个神话，开始向会展区域之都高歌迈进。

从三区域会展经济发展现状分析，杭州作为省会和旅游城市，举办以文化、休闲为主题的高规格展会有着其他城市不可取代的优势，但相比之会议，在未来的几年中杭州省会优势对于会议的支持将变得更为明显。宁波作为港口和工业城市，具有十分强大的经济实力，同时其作为单列城市的城市定位十分稳固，这将对宁波会展市场的发展起到积极的支持作用，宁波未来几年发展以经贸为主题的会展业空间十分巨大。义乌作为不临海也不沿边的县级城市，从表面上看自然条件先天不足，但经过近几年的城市基础设施建设和得到国家有关部门的大力支持，它实际拥有和享有的自主经营支配权已集聚了后发优势，加上有全球最大的国际商贸城作后盾，使义乌有望在若干年后成为国际会展都市。

二、2005 年浙江会展业状况

1. 展览面积增量远超办展数量

据调查，2005 年我省杭州、宁波、温州、义乌等地共举办各类展览 430 个，比上年增加 85 个，平均每天 1.17 个，其中，冠有"国际"名称的 67 个，比上年增加 11 个，占 15.6%；展览直接收入近 3 亿元人民币。全年举办展览面积 261.57 万平方米，比上年增加 61.85 万平方米，其中杭州 83.73 万平方米，宁波 60 万平方米，温州 10.89 万平方米、义乌 24.3 万平方米，其它地区（绍兴、台州、永康、海宁等城市）80.8 万平方米，办展数量、展览面积增长幅度分别为 19.4%和 30.9%。展览面积增量远超办展数量，成为 2005 年我省展业最主要特点。

2. 单项展览面积放大，办展质量提高

从杭州、宁波、温州、义乌展会情况看，对会展资源的整合和开发所带来的反哺效应已表现出积极的因素。

杭州展览市场在经历前几年的快速发展后，在竞争中日趋成熟，已进入重组和

洗牌期。2005年,杭州市举办展览总数比上年减少18个,但展览总面积比上年增加2.35万平方米,单个展览平均展览面积比上年增加517平方米,展览规模4万平方米以上的展览有2个,2至4万平方米的展览有4个。一些品牌影响力弱、效益不佳的中小型展会逐渐退出了市场,规模在5千至8千平方米的展会数量比上年减少13个,同比下降52%。同时,"首届中国国际动漫产业博览会"等大型展会的成功举办,不仅有效推进了杭州会展业的升级发展,也提高了杭州对大型展会的承接能力。

表一: **2004年杭、宁、温举办展会数量、面积与上年实绩对比表**

内容\地区	2004		2005					
	举办展览（个）	展览面积	举办展览（个）	其中		较上年（%）	展览面积	较上年（%）
				国际	占比			
杭州市	223	81.38	205	34	16.6	−8	83.73	+2.9
宁波市	54	45.37	85	8	0.94	+57	60.5	+33
温州市	35	15.74	32	7	21	−8.6	10.89	−30.8
义乌市	24	19.5	28	8	7.8	+17	26.15	+34
其 它	24	37.74	50	10	20	+108	80.8	+114
合 计	360	199.73	430	67	15.6	+19.4	261.57	30.9

注:单位面积(平方米)

宁波市努力创造良好办展环境,一方面加大对会展资源的整合力度,先后将9个展会进行整合,举办有一定规模的文具礼品、汽车、电子和家电等展会,提升了展会档次;2005年1000个展位以上的展会9个,同比增长29%,2000个展位以上的展会6个,同比增长50%。同时积极推进举办展会向全国先进行列迈进,取得明显成效,其中浙洽会消博会和服交会被评为"2005年度中国十大知名品牌展会",住博会、家博会、游洽会、机博会、塑博会荣获"2005年度中国(行业)最具影响力品牌展会",家电展、车博会荣获"2005年度中国百佳优秀品牌展会"。

温州市展览业除举办传统展会("轻工博览会"、"迎春福商品展销会")和新开发展项("汽车展"、"医疗器械展")外,加大对专业展的扶持力度,2005年模具展、皮革展、印刷展是以温州特色产业为依托所举办的专业展,其中"模具展"摊位达到850个,比2004年增加170个,同比增长25%,预计2006年摊位数将突破1000个。

义乌则借义博会外向度和美誉度,带动了专业展会的发展,出现了文体用品展、五金电器展、针织服装展、玩具礼品展等一批有一定规模和影响力的专业展会,2005年在所举办专业展中,展览面积超过5000平方米的有15个,其中超过10000

平方米以上的有 5 个，创历年之最。

单项展览面积放大，办展质量提高，成为 2005 年我省展业最新亮点。

三、存在问题

2005 年我省会展业在深化会展资源整合利用和进一步规范市场秩序中稳步发展，但从会展可持续发展的环境和条件来看，还存在着一些不容忽视的问题。主要是：

1. 展会绩效与先进城市存有较大距离

杭州、宁波市的综合经济实力均名列全国大中城市前列，与其相呼应的虽然两地通过举办西博会、消博会等一系列大型展会，极大地推进了杭州、宁波市会展业的整体发展，成为两城市新的经济增长点。但从自主培育展会看，专业化、品牌化、国际化水平不高仍是一大难言之隐，这在省会杭州市显得尤为突出。2005 年杭州市共举办 1 万平方米以上展会 17 个，除"汽车展"、"自行车展"、"家纺展"、"建材展"等少数几个展会外，其他由企业自主培育成熟的品牌展会项目较少，同时，全年承揽的全国性和国际性展会项目数量增长不快，面向普通消费者的展销会数量仍较多，展会绩效与先进城市存有较大距离。

2. 无序竞争和重复办展现象仍然存在

2005 年，由于市场过度竞争，我省行业协会所在杭州、宁波、温州三城市会展市场无序竞争和重复办展现象仍然不同程度地存在，杭州又尤为突出。如建材类展会全年共举办 9 个，房产类展会共 7 个，重复办展给有限的展会资源造成了浪费，降低了展会的规模效应和品牌效应；另一方面，骗展骗会、虚假宣传等扰乱市场秩序的现象也依然存在，导致展商上访、罢展罢会事件时有发生，损害了杭州会展业在国内外的形象，这与省会城市的改革开放步伐和充满经济活力的城市地位极不相称的。宁波、温州全年重复办展数分别为 5 个和 3 个。

3. 会展市场秩序不够规范

目前，我省在商业会展的实际运行中，由于各地会展行业缺乏统一规范的运作机制，对展会的立项是按照主办单位的隶属关系进行分渠道、分级下批的管理办法，而各个展览公司的做法，是以企业利益为核心，这样，很可能导致同一主题的展会在相同或相近的时间、甚至是相同的展览同时得到审批，从而使重复办展、盲目竞争等难以避免。

4. 场馆设施跟不上会展发展步子

会展中心是会展产业发展的前提和基础，从目前我省主要会展区域场馆设施情况看，宁波、义乌与这一区域的会展业发展水平相适应，增馆、扩馆工程已纳入政府工作规划之中，相比宁波、义乌，杭州市的会展场馆设施建设明显滞后，由此与高档次会展的需求的矛盾已凸显。如在所有场馆中要数最有发展前途的杭州国际会议中心，如今场馆虽然能够勉强使用，但是留下许多隐患：缺少中央通风系统，地下线路不通，照明配套不方便，2 楼的配套会议场所尚未装修无法启用等，2005 年共承接 7 个展览，展览面积 17.9 万平方米，展馆使用率低下。而其它现有场馆也各有缺憾：世贸会展中心太小，和平会展中心经营方向带有不确定性。由于现有展馆配套设施不完善，给招展引会带来了较大难度，成为制约杭州会展业可持续发展的瓶颈问题。

四、2005 年出国展览

随着国家对出国展新规的制订和"走出去"的政策扶持，浙江省各地自营进出口企业特别是中小企业和新增经营企业，运用国家和地方扶持政策，参展热情高涨，除参加由当地所在外经贸机构组展外，通过多种渠道赴境外参展，出展摊位数和贸易成交量均比 2004 年大幅增加。据调查统计，2005 年仅浙江省、市外经贸（含贸促会）组织参加境外展览会出展摊位突破 5000 个，达到 5603 个，贸易成交额 30.4 亿美元，出展摊位数和成交量均比上年增加 22％和 36％；浙江企业参加中央部办、商会、协会组织的出展摊位 2300 多个；企业自行参展的摊位约 1200 多个。三者相加，全省出国参展摊位共计 9100 多个，占全国的三分之一。

2005 年浙江省出国展览特点：

1. 顶级展会仍为参展企业首选

浙江块状经济明显，产业结构相对稳固，企业"走出去"愿望强烈，产品参展目的明确，对展会对路、成交好的展会不惜重金连续参展，如"法兰克福消费品展"、"法兰克福家纺展"、"拉斯维加斯礼品及消费品博览会"、"美国纽约家纺展"、"德国科隆五金展"等，国际知名展（博）览会的参展规模和数量进一步扩大。

2. 利用扶持政策参展和自行出国参展并重

利用政府开拓国际市场基金政策，一些中小企业更愿意参加由当地外经贸局组织的展会和新兴市场的专业展；同时在当前互联网和市场经济条件下，由于出国参展信息多、渠道多、选择快，一些有实力的中小企业更多是有选择地自行参展，直接向规模大、服务好、专业性强的展览公司报名，一般不经过当地外经贸机构备案。

3. 大中型展团数量增加

随着我省外经贸工作的快速发展，对外经济交往不断加强，上规模展团明显增多，全年出国参展展位在 30 个以上的中大型团组有 15 个，其中 50 个展位以上、百人参展的展会有 11 个，如香港秋冬时装节、香港五金展、法兰克福礼品办公用品展、香港春季电子展、拉斯维加斯五金展、科隆 SPG 展、沙迦中国商品展、印度中国商品展示等展会。

4. 新兴展览市场得到拓展

为了促进我省出口市场多元化战略和有重点地开拓发展中国家新兴展览市场，

浙江企业参展地域已遍及中东、东盟、拉美、东欧、非洲等地。如宁波市在以上地区，全年共完成出展项目数 28 个，展位数达 180 个，规模较大的展会有印度孟买中国商品展、迪拜家电五金展、莫斯科汽配展等。

表二：　　　　　　　　　　　**2005 年出展情况一览表**

地区	展位数（个）	参展面积（平方米）
杭州市	237	2133
宁波市	2600	23400
温州市	460	4140
省级	1766	15894
其它地市	540	4860
合　计	5603	50427

五、2006 年浙江会展经济发展思考

2006 年世界休闲博览会与中国〔杭州〕国际动漫产业博览会双双在杭州举办，为我省会展业迎来了千载难逢的发展机遇，但也带来了更大的挑战。浙江应放眼未来，明确目标，制定措施，迎接挑战。

1. 打造世界休闲动漫产业名城

休博会与漫博会的举办，将进一步提升浙江省和杭州市的国际知名度，促进与世界各国尤其是发展中国家休闲科学和动漫文化的交流与传播，推动我省区域产业结构的调整。为此，浙江要紧紧抓住当前机遇，将会展业提升为支柱产业，强化其对经济的推进作用，以这两大平台作为会展业发展突破口，凭借西湖美景和中国美院的国际影响力和会展资源，带动投资贸易洽谈、经济合作交流向宽领域发展，以展促贸，实现对休闲、动漫产业的全覆盖，使休博会、漫博会成为浙江服务贸易新经济增长点。

2. 制订新一轮会展业发展目标

目前浙江会展区域发展极不平衡，除了会展资源可凭因素外，与各地的重视程度不无关系，浙西南的温州、绍兴等产业基础不错的城市，会展业却出现连年滑坡现象。要加快发展浙江会展业，应构建以杭州、宁波为中心，中部地区为重点发展思路，加快发展以国际化、专业化、贸易型为主的会展业，以西博会、消博会、义博会为龙头，带动其他具有产业和区域特色的会展业的发展，培育新的全国性、国际化的会展品牌，从产业链、从区域发展、从战略上考虑浙江会展业的整体发展和规划，逐步形成由浙东北向浙西南梯度推进的会展发展新格局，把无污染、高效益的"绿色产业"展览业作为服务贸易领域内的一个重要方面，制订新一轮会展业发

展目标,并将会展业作为循环经济加以扶持。

3. 加快促成全省性会展行业协会成立

从展会情况看,近两三年来,我省各地举办的大大小小的展览会每年都有 300 多个,且年均以 20％幅度递增,但规模不足 1 万平方米的占 95％以上,上规模、上档次、形成品牌的展览会可谓是凤毛麟角,而在这大量的展览会当中,主题重复的现象又十分严重。再从管理层面看,商务部、贸促会、国家工商行政管理局、海关总署、国务院办公厅以及电子工业部、机械工业部、科学技术部、建设部等,都从不同侧面出台了有关管理办法,由于"展"出多门和办展单位过滥,又缺乏沟通和协调,无序竞争助长了低水平重复办展,其直接后果是展商分流、规模小、效益差,参展商不知所措,外商更是难以决策。因此,加强对会展行业的调研和立法,应有专职部门深入调查研究,并尽快立法加以规范,以制订出符合浙江会展业实际情况的具体政策和管理办法。目前浙江省国际会展业协会正在加紧报批之中,希望省有关部门给予全力支持并在主管部门指导下尽快开展工作。

从长三角服务贸易发展要求
探讨区域展会发展定位

（原载 2006 年《中外会展》杂志第 6 期）

进入"十一五"时期，长三角发展面临的外部环境和内部条件正在发生新的变化，必须加快推进新一轮经济转型，核心是大力推进经济增长方式和发展模式转型，积极探索新型服务贸易路子，在市场集聚和规模的竞争优势基础上，着力打造以会展产业和知识产权为核心的服务贸易平台，为区域性会展发展定位寻求积极答案。

长江三角洲包括上海和隶属江苏、浙江的 16 个地级以上城市，是我国人口最稠密、经济最发达、人民生活最富裕的经济区域，2005年实现 GDP33859 亿元。作为中国经济版图上一道独特的风景线，以上海为中心的这一地区经济持续快速增长和国际影响力的提高，正在吸引全球越来越多的眼光。国际经验表明，一区域制造业发展到一定阶段后，其附加值和市场竞争力的提升，更多地要靠服务业来支撑。具体而言，在人均 GDP 从 2000 美元向 3000 美元发展的转型期，产业结构将趋向高级化，明显呈现出一产比重持续下降，二产比重稳中趋降，三产即服务业比重持续上升的趋势。2005 年上海人均 GDP 增至 6389 美元，与发达的第三产业走在全国先列成正比；浙江、江苏二省人均 GDP 分别为 3363 美元和 3038 美元，这一数字正逸出上述"转型期"的指标区间外，这意味着江、浙已进入经济结构战略性调整的重要时期，推进经济结构的调整，促进经济增长方式转变和增强综合实力越来越依赖服务业的发展。党的十六届五中全会通过的《中共中央关于制定国民经济和社会发展第十一个五年规划的建议》，在强调"珠江三角洲、长江三角洲、环渤海地区，要继续发挥对内地经济发展的带动和辐射作用"时，还特别强调要"加强区内城市的分工协作和优势互补，增强城市群的整体竞争力"。会展服务业作为现代新经济增长方式，加强区内城市的分工协作和优势互补，增强城市群的整体竞争力，同样具有重要意义。

首先，会展业的发展基础是市场，产业特色则取决于城市的功能。国内外成功展会不无昭示，一座城市能否成为国际会展中心，与其产业基础和产业支撑、经济的辐射力和影响力、服务业水平密切相关。义乌，作为浙江省的一个县级城市，义乌中国小商品博览会升格为国际性博览会便是依靠市场先发效应汇报的结果，它对我国会展业发展的启示至少有三点：第一，必须充分利用自身资源，扬长避短；第二，必须以市场化、专业化、品牌化要求运作展会；第三，要以展促贸、以会展带动区域经济。义博会的成功实践经验，提示了一个城市如何利用自身资源，采用适合自身发展的载体，用市场化、专业化、品牌化来进行运作，优化了产业结构和带动整个区域经济发展。从发达国家会展业走过的历程看，任何一座展览中心城市都不可能包揽一切会议和展览会，而扬长避短、错位竞争和分层次竞争，是其决胜之道。

从长三角服务贸易发展要求
探讨区域会展发展定位

其次，会展业健康发展取决于对会展产业知识产权行为的规范。由于我国知识产权工作起步较晚，基础较弱，不能满足国际经济一体化形势发展的需要；又由于利益驱动，监管不严等原因，知识产权侵权，假冒和盗用的现象时有发生，尤其在我国各类展览会中，涉及知识产权的问题更加突出，长三角地区也不同程度存在这种现象。这种知识产权侵权、假冒和盗用行为，不仅给知识产权所有者和广大消费者造成损害，而且还扰乱了会展行业的正常秩序。规范会展知识产权行为，维护会展市场秩序，促进会展产业健康发展应成为长三角携手共同遵守的准则。世界强展之所以为世人所瞩目，严格执行对会展产业知识产权的保护，是其强劲生命力所在。

综合上述成功经验和发展要求，长江三角洲二省一市，在经济结构上既有相似性也有互补性，在迎接"世博"面临着共同的机遇、共同的责任、共同的目标，三地紧密合作，在构筑以上海为中心、江浙两地为依托的"长三角"经济板块、"长三角"国际制造业基地、"长三角"国际会展城市群等方面共同发挥积极作用，凭借其政府支持力度大，起点高，规划布局相对合理，贸易色彩浓厚和区位优势、产业结构影响大和独具特色，合力打造以上海为会展都市的长三角经济圈，实现优势互补、联动发展，把发展思路定位在挖掘城市优势资源错位发展和切实履行对会展产业知识产权的保护，做强世界第六大城市群指日可待。

从长三角都市圈看浙江会展业
发展准入条件

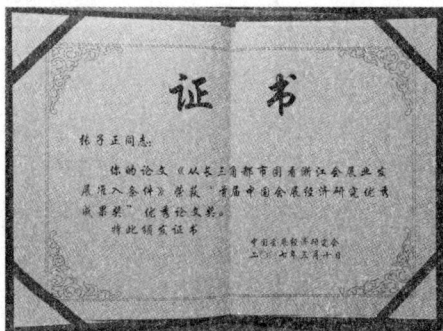

（入选《2006 首届中国会展经济研究
会学术年会论文集》并获"首届中国会展
经济研究优秀成果奖"优秀论文奖）

综观世界会展发展史，一地区会展经济的发展速度和规模是与该地区的综合经济实力成正比的，会展业的发展取决于经济的发展。长江三角洲包括上海和隶属江苏、浙江的 16 个地级以上城市，是我国人口最稠密、经济最发达、人民生活最富裕的经济区域，2004 年实现 GDP 占全国 1/5 以上。这一地区以仅占全国 1％的土地面积、5.8％的人口，创造了国内生产总值 28775 亿元，占全国 21.08％；财政收入 4760 亿元，占全国 18.1％；出口总额 2045 亿美元，占全国 34.5％。在国内生产总值中，长三角区域产业结构总体保持"二三一"格局，第三产业比重明显提高，一、二、三产业增加值占生产总值的比重分别为 4.5％、55.7％和 39.8％。第三产业比重超过 40％的城市有 4 个，分别是上海、南京、杭州和无锡。作为中国经济的"最亮点"，以上海为中心的这一地区经济持续快速增长和国际影响力的提高，为其提供了发展会展经济良好的基础优势条件，长江三角洲正越来越受到海内外的瞩目。

一、长三角三省市经济形势比较

1. 上海经济总量稳居首位，江浙两大领域各有优势

上海作为长江三角洲的中心城市，起着引领这一地区经济发展的"龙头"作用。2004 年长三角地区人均 GDP 达到 35147 元，比 2003 年增加了 5914 元。从江浙沪三个板块看，上海稳坐老大位置，人均 GDP 达到 55306 元，比上年增加 8589 元。从人均财力看，江苏不敌浙江。2004 年长三角 16 城市实现财政一般预算收入 2420 亿元，比上年净增 447 亿元。按户籍人口计算，2004 年长三角地区人均财政一般预算收入 2955 元，比上年增加 532 元。从江浙完成情况看，浙江总量明显好于江苏，江苏增

量快于浙江。江苏 8 市实现人均财政一般预算收入 1898 元，比上年增加 370 元；浙江 7 市实现人均财政一般预算收入 1904 元，比上年增加 257 元。从 16 个城市人均情况看，上海、苏州、杭州分列前 3 位。

另据国家统计局公布的 2004 年度全国最发达的 100 个（市）名单中，上海、浙江、江苏列入其中的县（市）分别有 3 个、30 个和 18 个，合计 49 个，其中 47 个均属长江三角洲地区，占总数的 47%。

2. 浙江省城市居民可支配收入高于江苏，但经济总量和人均数与江苏存在一定差距

2004 年浙江 7 市人均 GDP31363 元，比上年增加 5164 元；江苏 8 市为 31042 元，比上年增加 5542 元。江浙差距正逐步缩小。分城市看，人均 GDP 苏州位居榜首，达到 57992 元，上海退居次席，无锡以 52825 元排第 3 位。杭州（39174 元）、宁波（38858 元）名列 4、5 位。16 个城市中有 9 个城市人均 GDP 超过 30000 元。人均 GDP 江苏处于领先位置，而收入却落后于浙江，主要是由于基础设施建设，尤其是十运会场馆的建设拉动了全省 GDP 走高，但由于去年物价上涨幅度高，民营企业不如周边地区发达，江苏人的收入水平和浙沪还是拉开了距离，人均消费性支出，江苏落后。2004 年，长三角 16 城市居民家庭的消费支出呈稳步上升态势，但各城市在消费水平及增长幅度上存在较大差异。16 个城市人均消费性支出均值接近万元，达到 9685 元。消费支出最高的为台州市，人均达 13052 元，消费支出超过万元的还有上海、宁波、杭州、嘉兴、绍兴和舟山 6 市，受收入影响，江苏多数城市的人均消费支出低于浙江。从企业核心竞争力来看，浙江尚不及江苏，在国家统计局公布的 2004 年全国百强县（市）中，浙江省虽然总数第一，但排名前 10 位的仅占 2 席，且位次靠后，规模普遍较小，而江苏却占了 6 席，且位次靠前。

二、长三角经济在会展业发展中的地位

1. 江浙沪会展经济考察

上海位于我国东南部沿海，是整个长江流域经济圈的龙头。20 世纪二三十年代，上海就曾经是太平洋沿岸一座经济繁荣的国际性大都市。这里中西文化交融，现代与传统结合，使许多外资进入中国往往首选上海。伴随着浦东的开发，使上海的经济从 1990 年开始经历了 15 年的高速发展，如今已成为中国最具现代化气息和城市综合实力的大都市，许多大型跨国公司都选择落户上海，甚至将亚太中心或公司总部移至上海，使上海成为中国走向世界、世界了解中国的窗口。上海之所以一举成为全国会展大市，除便利的交通条件、良好的城市基础设施、辐射华东地区的大城市影响力等客体因素外，依托全国巨大市场份额和顶尖产业优势如汽车制造、生物工程、微电子等行业，使其导向支柱产业成为现实。

江苏省地处长江下游，是华东地区仅次于上海的大商埠。江苏省会展业的发展起步于 20 世纪 80 年代初。2000 年以后，随着江苏省三大国际展览中心的建成并投

入使用，江苏会展业的发展有了显著的提高。江苏省工业实力雄厚，以省城南京为例已建成以石油化工、电子信息、汽车摩托车、机械仪表和生物医药等 5 大支柱产业为主导，拥有 36 个工业行业、200 多个工业门类、2000 多个大类产品的综合性工业体系，成为华东地区重要的综合性工业基地。目前，南京和苏州的多数产业都是和上海联动的，逐步形成一体化的沪宁产业链，特别是在南京、苏州、无锡等地的跨国公司加工基地，将直接从设在上海的总部获益，为上述地区发展大型会展业开辟了广阔的市场空间，使南京的会展业达到了国内二流会展城市的水平。

浙江省会展业始于 1982 年，是年 7 月浙江省贸促会在杭州首次举办"日本工业缝纫机展览会"。1985 年以后，随着浙江省国际广告公司、浙江省国际展览公司的成立，举办国内外展会逐年增多。据统计，1982 年至 1991 年浙江省外经贸系统赴境外举办展会累计 19 个（平均每年不足 2 个），1992 年至 2000 年发展到 289 个（年平均 32 个）；1982 至 2000 年举办国际来华展 71 个。从全省办展情况看，自 20 世纪 90 年代后期以来，随着各地经济的快速发展和专业展览公司的相继注册成立，加速了会展业的发展。据调查，2004 年，浙江省主要会展城市（杭州、宁波、温州、义乌、永康、台州、海宁、绍兴）共举办各类展览 345 个，平均每天接近有一个，其中，冠有"国际"名称的 56 个，占 16.2%；全年举办展览面积 183.23 万平方米，其中杭州 81.38 万平方米，宁波 45.37 万平方米，温州 15.74 万平方米，其他城市 37.74 万平方米。浙江省举办展会虽然近年有较快发展的趋势，但除一年一届的义乌"中国国际小商品博览会"在国际上具有较高知名度外，就会展业的竞争力和效益水平而言，与同处沿海地区的城市相比，我省会展业在量的迅速增长和总体规模扩张的同时，依然存在不少问题，目前省内的一些所谓品牌展览会，仅是处在培育阶段。在以综合优势对城市会展功能拉动上，浙江比之江苏省滞后，还没有像南京国展中心以举办规模较大的国际国内展博览会为主、昆山国展中心以举办国际商务和长期展示品牌的个性化展览为主、连云港国展中心以立足欧亚大陆的东桥头堡和带动苏北地区开放型经济发展的明确定位。

2. 浙江会展经济发展的准入空间

在新一轮经济活动中，浙江会展业要寻求新经济增长点，需要借鉴同处长江三角洲先进会展城市的成功经验，把发展思路定位在经营城市和挖掘城市优势资源来加快培育本省会展产业。利用发育完备的市场条件和特色产业优势及会展活动主体走强的态势，浙江会展业在新一轮经济中振翅缩小与上海的差距、与江苏比翼齐飞是否完全可能呢？通过调研，如定位准确，预测浙江会展业在新一轮经济活动中将进入加速发展的时期。浙江优势分析：

（1）发育完备的市场体系——会展经济的强大磁场

市场是资源配置的重要实现方式，供给与需求的矛盾运动促进要素跨区域流动，使均匀实现成为可能。没有市场经济体制的建立和完善，就没有会展产生的形成和发展。浙江省自然资源丰富，综合利用程度高，素有"市场大省"之称，在全国确立了两大优势：一是门类全、专业性强；二是规模大、辐射力强。如宁波服装市场、义乌中国小商品市场、绍兴中国轻纺市场、温州鞋机市场、金华花木市场、永康五金市场、海宁皮革市场、嵊州领带市场、诸暨袜业市场、南浔建材市场、浙东名茶市场在全国乃至世界负有盛名，而杭州的旅游市场其蕴藏的巨大发展潜力更是不可估量。这些特色鲜明、所见规模的市场体系是会展经济赖以形成和发展的条件，义乌中国小商品博览会 2002 年升格为国际性博览会便是依靠市场先发效应汇报的结果，义乌小商品市场的兴起已有 20 年的历史，自 1995 年起，义乌市每年都举办小商品博览会，而且规模一年比一年大，档次一届比一届高，10 年来，义博会参展商不断增多，展区规模不断扩大，日均客流量也不断攀升，总成交额从 1995 年的 1.01 亿元，提增到 2005 年的 80.98 亿元，与中国小商品城互促共进，并带动了周边地区一大批相关日用消费品制造基地的发展壮大。绍兴中国轻纺市场于 1988 年开业，该市场发展迅速，为进一步提升区域市场品位，1991 年开始，绍兴市邀请省级主办单位每年在柯桥举办国际性纺织机械展，纺机展的连续举办，加速推动了市场对外影响力，使绍兴一个久不见传的小县城名播远扬，自 1992 年开始，中国轻纺城商品交易额一直名列全国百强市场第二位，仅次于义乌的中国小商品城。目前，轻纺城正在大规模投资兴建展馆，建成后的绍兴世贸中心将推动"中国轻纺城"向"国际纺织品贸易中心"迈进，成为继义乌区域国际会展城市又一个国际性品牌。杭州发达的旅游市场成为长江三角洲地区国际休闲会展中心城市，已是不争的事实。从其他区域市场条件看，会展成交活跃、影响大是一个趋势。浙江发达的市场体系，对会展经济正在形成强大磁场。

（2）优势明显的特色产业——借梯登高的会展资源

一个地区或城市展览业的发展，与当地产业发展状况有很大的关系，江苏展览业依托雄厚的工业产业优势顺利实现了这一扩张。浙江省纺织、服装、轻工、工艺、皮革制造产业发达，总体规模优势明显，市场占有率高，许多产品的产量居全国第一，并在世界商品生产中占有十分重要的地位。如温州有眼镜企业 1000 多家，产值 45 亿元，迅速成为国内具有重要影响的生产基地；嵊州年产领带 2.8 亿条，产量占世界五分之一；海宁年产皮革 1600 万件，产量占全国四分之一；诸暨大唐年产织袜 60 多亿双，产量占全国的 65% 以上，占世界产量的三分之一强，销售额 80 亿元；萧山年产羽绒及制品 2 万吨，产量占全国三分之一，销售额 20 亿元；海宁马桥经编产业用布占全国总产量的一半以上。其他如杭州的丝绸与茶业、宁波的服装业、诸暨的珍珠业、温州的制鞋业、绍兴的黄酒业、余姚的塑料业、永康的五金业其知名度饮誉全国。伴随产业结构的调整和升级，浙江省的高新技术产业逐渐走坚，同时块状产业经济的发展，提高了浙江产业市场占有率和竞争力，据国家统计局对全国 532 中主要工业产品调查，浙江有 56 种特色产品（电缆、粉末冶金制品、液压元件、排油烟机、丝织品、减速机、眼镜、轻革、印染丝织品、人造板、二次加工装饰板、泵、电工仪器仪表、轴承等）产量全国第一，居前 10 位的有 336 种，占总数的

63%。随着产品档次的不断提升，主导产业不断扩大，构成了"小资本、大集聚"区域特色产业，目前全省年产值超亿元的各类特色产业区块有 500 多处，涉及 100 多个大小行业和 20 多万家企业，产值占全省工业总产值的 65%左右。浙江企业品牌产品数量众多，在已进行的全国四届"中国名牌"产品评定中，浙江省共有 82 个产品品牌被评定为"中国名牌"，浙江"中国名牌"数量占全国总量的 15.0%，即七分之一强，位居全国前列。据国家统计局对全国 532 中主要工业产品调查，浙江有 56 种特色产品产量全国第一，居前 10 位的有 336 种，占总数的 63%。随着产品档次的不断提升，主导产业不断扩大，构成了"小资本、大集聚"区域特色产业，目前全省年产值超亿元的各类特色产业区块有 500 多处，涉及 100 多个大小行业和 20 多万家企业，产值占全省工业总产值的 65%左右。这些特色产业优势，是浙江可培育品牌展会的特有资源，充分利用它，浙江展览业发展的空间还很大。

（3）不断壮大的展览主体——专业市场的逐步成熟

浙江展览业市场自 20 世纪 80 年代中期建立以来，经过 10 多年的培育，其活动主体已有当时的数家发展到目前在册的 300 多家，特别是近年来，在主要城市一些具有办展雄厚实力的专业会展公司的加盟，给浙江展览市场注入了活力。为加快会展产业化步伐，一些主要会展城市已先后将建立行业协会列入了政府工作方案。据对各地调查，目前全省已成立会议展览业协会 3 个，即杭州市会展业协会、宁波市会展业协会和温州市会展业协会。另外，浙江省国际会展协会正在筹办之中，会展业协会的成立，为浙江省区域城市构筑起了规范、有序的会展业市场，通过制订统一的行业规范，定期召开会议，举办各种业务培训班，出版专业性刊物，交流信息，推广先进和科学的管理方法和经营方式，对展览会的组织者进行资格评估，对展览会重要数据予以公正审计等方式直接进行管理，并通过整合相应地提高组织区域性专业展览会水平和档次，促进会议展览业的技术进步。借助行业管理协会来实现行业自身的自我约束与自我调节，是浙江专业市场逐步走向成熟的标志。

（4）配套职能的积极提升——研究机构的应运而生

鉴于我省会展业现状与全国先进会展城市还存在着较大的差距，特别是在会展理论研究、组织运营管理、应用现代高科技手段办展等方面都还处在较低水平，尤其是缺乏高素质的专业人才，成为制约浙江会展业进一步发展的瓶颈。培养一批熟悉展览业务，富有管理经验，有强烈责任感和事业心的展览实务、理论人才已成为当务之急。为适应 WTO 要求，加快浙江会展业发展，浙江省第一个会展专业研发机构——浙江亚太会展业发展研究所已于 2003 年成立。浙江亚太会展业发展研究所已与国内外会展机构建立了合作渠道，具有较雄厚的师资，拥有全省长期从事组展和布展的优秀专业人士和高级专业经营管理人才，熟悉国外办展的一整套流程，具有国际参展、办展的丰富实践经验。研究所主要从事会展业发展研究、会展项目企划与推介、会展高新技术开发与应用、会展专业知识培训、参与国际交流与合作、提供会展和外经贸信息咨询服务等。目前研究所开展的一些课题调研已引起省政府有关部门的关注，多次作为参阅件送省府领导和商务部。研究所的成立，对提升浙江省会展形象和知名度，为省内企业开拓国际市场，发展外向型经济将产生积极的推动作用。

三、合力打造以上海为会展都市的长三角经济圈

1. 上海会展经济的辐射力，将为长三角提升一批会展都市

就中国目前几个经济区域的经济发展状况来看，以上海、南京、杭州、宁波、苏州为代表的长江三角洲城市群，汇聚了中国 5.8% 的人口和 21.08% 的国内生产总值，堪称中国经济、科技、文化最发达地区之一。作为长三角洲区域经济的龙头，上海以其人才、科技、信息、金融、市场、航运等方面的优势，使会展经济整体实力在全国居于前列，与北京比相上下，而且大有超过北京之势。2001 年因举办 APEC 会议，空前提升了上海会展城市的国际形象和知名度。因此，上海是名副其实的中国一级会展中心城市。在"十五"规划中，上海提出"十五"末要建成亚洲特大型国际城市，经济总量接近亚洲经济中心城市的水平，并强调国际航运中心的建设，筹划建设 21 世纪采购中心。可以预见，在上海加快向国际化大都市迈进的过程中，上海将成为亚洲乃至世界会展中心城市，并以其与周边城市紧密的经济区位联系，通过各城市之间相互协调和配合，形成一体化区域会展经济，使长江三角洲会展经济产业带与德国的慕尼黑、法兰克福、杜塞尔多夫、科隆等城市一样，成为亚洲最大的会展城市群。长江三角洲因其城市大部分地处沿海，经济国际化程度比较高，加之直接受上海会展经济的有力辐射和带动，长三角强劲的经济发展势头将催生一批中心会展城市，其中杭州、宁波、苏州等城市发展成为二级会展城市将变为现实。

2. 优势互补，联动发展，做强世界第六大城市群

21 世纪是城市的世纪，据专家称，到 2025 年全世界会有逾 6 成的人口住在城市。而长三角城市群被认为是世界第六大都市圈，正在快速发育成长；在这个只有不到 10 万平方公里的土地，却集中了近半数的全国经济发达县，聚集着近百个工业产值超过 100 亿元的产业园区。然而，一个不争的事实是，"长三角"虽然经济总量很大，却没有真正意义的国际经济中心。按照国际标准，称得上国际经济中心的城市、具备世界级都市圈的条件是其 GDP 必须占全国 GDP 的 15% 左右，而目前上海的 GDP 是全国的 5%，上海经济每增长 1 个百分点，对全国 GDP 的带动作用相对不是太大。从行政区划意义上，上海市远远达不到国际经济中心的要求。据有关专家测算，如果按照现行的行政区划，上海市的 GDP 要达到 15% 的比例至少还需要 40 年；但是，如果把江、浙、沪的 15 个城市作为一个城市群，目前整个长三角已经创造出占全国 21.08% 的国内生产总值，而且，近年来江、浙两省的经济增速都超过了上海（浙江 2004 年 GDP 增速 15.5%%，江苏增速为 15.9%%），上海要确立国际经济中心的地位，离不开江浙这两个重要组成部分。同样，江苏、浙江也离不开上海，

上海以其中国经济、贸易、金融中心地位对江、浙起着辐射和带动作用。江、浙两省作为同处长三角黄金水道尽头的区域，在经济结构上既有相似性也有互补性，在迎接"世博"面临着共同的机遇、共同的责任、共同的目标，两地紧密合作，在构筑以上海为中心、江浙两地为依托的"长三角"经济板块、"长三角"国际制造业基地、"长三角"国际会展城市群等方面共同发挥积极作用，凭借其政府支持力度大，起点高，规划布局相对合理，贸易色彩浓厚和区位优势、产业结构影响大和独具特色，实现优势互补、联动发展，做强世界第六大城市群。

参考资料

2004 年浙江会展经济发展报告 · 《浙江会展研究》第 10 期 · 2005

《浙江省外经贸志》 · 中华书局，2001

解读浙江东部会展城市的快速崛起
——从消博会成长性因素分析看区域会展发展定位

（原载 2006 年《浙江会展研究》第三期）

中国国际日用消费品博览会（简称"消博会"）举办五年来，与浙江投资贸易洽谈会（"浙洽会"）互促共进，相得益彰，使浙江东部甬城——宁波市的国际知名度持续走强，这颗镶嵌在浙东沿海城市的会展明珠正越来越受到世人的瞩目，它最大的成功不仅吸引了众多展商、客商的到来，而且更是叫响了城市品牌。借鉴成功展会实践经验，深入分析消博会成长性因素，对于当前正在深入探讨的区域会展发展定位，推动区域经济发展，具有一定的认识意义。

一、消博会成长性因素分析

第五届消博会各项指标均创历届之最，共设展位 3000 个、参展企业 1550 家、到会境外客商 7100 名、成交额 9.1 亿美元，其增量分别是第一届的 122％、93.8％、208.7％、78.1％。消博会短短五年，当不少城市都在为会展定位问题一筹莫展之时，它何以能后来居上，成为"日用消费品中国第一展"。通过对其成长性因素分析：除了政府重视加强对其引导外，凭借其历史文化底蕴和自身资源优势办出特色展会，是消博会最成功之举。

1. 历史、文化

宁波历史文化源远流长，经久不衰。早在汉代开通的海上丝绸之路和近代出现的足及海内外的宁波商帮，是宁波历史文化开放性二个最主要的特征。这种具有先进性和开放性的历史文化，与宁波经济社会的发展有着必然的联系，具有内在的推动作用。而历史传统和商帮文化的共同发展，则赋予了宁波人民以更多爱国精神、创业精神、开放精神和创新精神。这种精神正是社会主义市场经济体制下推动经济发展所必须具备的。

（1）历史传统

宁波，素为中国东南对外贸易通商口岸。春秋战国时期，中国与日本、朝鲜、东南亚等国进行海上贸易，全国 9 个港口，其中句章（今宁波）港地位显赫，已经成为具有军事和商贸双重功能的重要港口。隋唐，明州（今宁波）始为日本贸易船舶出入之地，中日商船往来停泊，在全国各口岸，以明州为最盛，开始成为重要的对外贸易港。北宋，明州、临安（今杭州）与广州并举全国最重要的贸易港口，有主管海外贸易而名重一时的"三大市舶司"。南宋定都临安后，明州港的对外贸易地位更加突出，逐成为与东洋国家进行海上贸易的主要口岸，"凡中国之贾高丽（今朝鲜）与日本诸蕃之至中国者，唯明州一港"。元代，宁波港海外贸易日见频繁，已发展到东南亚、西亚、地中海、非洲等国家和地区，也是元朝与日本、朝鲜进行海上贸易最主要口岸。当时，中日之间出海港，元朝是庆元（今宁波），日本是博多，"所有商船皆往来于这两港之间"。明代，中日贸易通商指定港口承元朝，仅宁波一港。清初驰"海禁"后，清政府在宁波设立的"浙海关"，是当时全国四大海关之一。

纵观历史，源远流长的海上丝绸之路，宁波不但是与世界各国、地区进行交通贸易的名港大埠，而且是开展国际间文化交流的重要窗口。

（2）商帮文化

宁波素有"儒商摇篮"、"商贾之乡"之称。影响遍及海内外的"宁波帮"是中国近代最优秀的商帮之一，他们既是宁波文化精神塑造的成果，是宁波文化精神的最直接体现，更是宁波文化精神的实践者和创造者。他们以诚信著称，以开拓为本，永远保持着发展进取的优良传统，保持着旺盛的生命力。今天在人们的心目中，"宁波帮"不仅仅是工商业者的成功典范和优秀代表，而且已经成为一种文化现象，人们把它概括为"儒商文化"，是宁波丰富的历史文化的重要组成部分。宁波帮成了一种文化的符号。在宁波帮的身上，体现了宁波历史文化的精华。他们之所以能够成功，之所以能够发展到今天而经久不衰，它的本质的一个原因就在于宁波帮是吸取了宁波历史文化的营养，是宁波深厚的文化底蕴所赋予宁波人的一种独有的精神特质的激励和导向。这种精神特质其精髓和最大的人文特征就是"诚信、务实、开放、创新"。

宁波文化最本质的特征是符合社会历史发展要求的。宁波帮人士正是吸取了这种精华，在人类社会的发展过程中，就可以创造很多成果。

2. 产业支撑

宁波的会展业最显著的特点是背倚产业优势，这既与上海的商业经济中心地位有区别，又不同于杭州以文化休闲为主的城市特色。宁波产业优势明显，目前已初步形成了石化、能源、钢铁、造纸、修造船等 5 大临港支柱产业，以及电子信息、装备制造与关键机械基础件、汽车及零部件、新材料与新能源、纺织服装、家用电器、精密仪器仪表、精细化工与生物医药、模具、文具等 10 个重点优势行业。依托产业特色，依靠相关制造业产业背景优势，是宁波会展业发展的基础。

（1）优势工业

全市已形成服装、塑料、铝制品、轴承、模具、文具等 100 多块具有相当规模的特色经济。而且其中的部分行业，如：服装、塑料机械、汽车零件等，已在全国同行业范围内占据了较为明显的优势。有七大代表性行业产值已占工业总产值比重为 50％以上。宁波是中国最古老的工商业城市之一。改革开放后，宁波充分利用国家赋予 14 个沿海开放城市的政策优势，充分依托深水良港的资源禀赋优势，着力推进工业结构战略性调整，工业经济迅猛发展，取得了令人瞩目的成就，逐步形成了区域特色鲜明的现代工业体系，并涌现了一大批在国内外有一定知名度的优势骨干企业和名牌产品。目前，宁波市工业类中国驰名商标达到 11 个、中国名牌产品达到 35 只、省级名牌产品达到 150 只；雅戈尔、波导、奥克斯、维科等 12 个品牌荣登中国 500 最具价值品牌排行榜，其中，"雅戈尔"以 89.61 亿元的品牌价值成为纺织类的第一品牌，也是浙江省价值最高的品牌。产品质量和市场占有率稳步提高，全市各级品牌产品实现销售产 1470.46 亿元，占规模以上制造业的比重达到 34.12％。2005 年，宁波市实现工业总产值 5936.7 亿元，比上年增长 18.4％。其中规模以上工业完成总产值 4721.44 亿元，在全国十五个副省级城市中，列深圳、广州、杭州之后，居第 4 位。在最新揭晓的 2005 年中国城市竞争力排名中，宁波的综合竞争力居全国第 6 位。

（2）高新产业

宁波市在立足优势工业产业的基础上，充分发挥对外开放先发优势，积极参与国际分工，主动承接国际产业转移，大力发展外向型经济，2005 年宁波港完成货物吞吐量 2.69 亿吨和集装箱吞吐量 520.9 万标箱，分别列大陆港口第二位和第四位。自 1999 年宁波市实施科教兴市"一号工程"以来，高新产业发展就步入了快速发展的轨道。据统计，2001 年到 2005 年宁波市规模以上企业高新技术产品产值从 303 亿元增长到了 1475 亿元，年均增幅达到 37.3％，规模以上企业高新技术产品产值占规模以上企业工业总产值的比重从 2000 年的 20.8％增长到 2005 年的约 33％。其中，2005 年，全市高新技术产品产值达到 1531 亿元，比上年增长 35.48％。在出口商品中，代表更高附加值的机电产品与高新技术产品成为拉动出口高位增长的主要商品。近年来，宁波市加快发展新兴产业，以 IT、新材料、光机电一体化等高新技术产业为主导，同时加大用高新技术改造服装、纺织、家电、普通机械等传统优势产业力度，高新技术产业规模不断扩大。高新技术产业持续快速发展，促进了产业结构调整升级，市级以上高新技术企业从 1999 年的 66 家增长到 2005 年的 294 家，其中国家级高新技术企业从 1999 年的 9 家增长到 2005 年的 66 家。全市规模以上企业高新技术产品产值从 1999 年的 195 亿元增长到 2005 年的 1475 亿元，年均增幅达到 40.1％，高于全市工业的平均增长幅度。新产品开发项目从 1999 年的 634 项增长到 2005 年的 1400 多项。全市专利授权量从 1999 年的 1217 件增加到 2005 年的 3985 件，年均增长 21.9％。这些高附加值的小家电、针织品、服装、文具、灯具、塑料制品等商品都享有国际市场，宁波已悄然成为中国乃至世界重要的日用品生产基地。在 2005 年的出口总额中，日用品占五成以上，其中有 10 多种日用品的出口额超亿美元。在近期中国商务部公布的 2005 到 2006 年度重点培育和发展的 190 个名牌中，宁波就有 20 个品牌榜上有名，其中 19 个就是家电、服装等日用品品牌。

宁波一方面利用高新技术改造传统产业，创造传统产业的新优势，另一方面依托传统产业发展集聚和培养起来的人才、资金、技术等生产要素来加快发展高新技术产业，两者互促共生，使宁波产业的比较优势突露出来，形成核心竞争力。

3. 在改革中求发展

消博会举办五年来，它的城市边际增效作用和对外辐射功能不断增强，一个年轻的展会能在展界崭露头角、脱颖而出，得力于承办者符合自身办展实际的改革发展思路。

（1）国际化特色

宁波市政府通过举办浙洽会、浙交会、服装节等知名展会带动城市经济发展的实践中形成共识——发展国际化的城市离不开会展，发展会展更离不开国际化品牌。2002 年 6 月，经浙江省人民政府报国务院批准，创办了中国国际日用消费品博览会，与浙洽会同期举行。首届消博会以"立足浙江，面向全国，辐射世界"为办展思路，旨在为"入世"后的浙江企业提供日用消费品进出口贸易平台。作为浙江省及宁波市扩大投资贸易的有效载体，组委会一开始便将国际贸易商的参与程度作为衡量"消博会"能否取得成功和有效的重要环节来抓。首届消博会初步确立了国内高档次商品博览会的形象，共有来自美国、英国、日本等 40 个国家和地区的 2300 余名贸易客商参会，展会国际化程度显现，为其今后的发展奠定了良好的基础。第二届消博会以"打造精品、铸造诚信、以优创牌、以质取胜"为主题，在总结前一届经验的基础上，进一步加大贸易客商的邀请力度和吸引包括国际连锁超市在内的更多的买家到会采购洽谈，力争办出成效，使其构筑成为一个推进浙江和宁波全方位、多层次、宽领域对外开放的平台。2003 年尽管遭受"非典"影响，本届消博会依然成绩斐然，共成交 6.1 亿美元，比上届增长 19.6％；境外参展商 3500 人；家乐福、欧尚、乐购、好又多、和记黄埔、麦德龙、新一佳等 18 家国际采购集团到会集中采购成为一大亮点。第三届消博会在内容安排上继承了前几届传统板块模式，在活动的安排、组织形式、目标要求上体现了与时俱进、开拓创新的要求，提出了客商为本的办会理念和突出重点、注重实效的办会方针，客商邀请在进一步扩大规模的同时，努力提高参会客商的质量和共享水平；在形象展示和贸易展览上，将"浙江制造"

引入展会主题；按照"立足浙江、服务全国、面向世界"的办展思路，通过对所有摊位进行特装和举行专场采购推介会，进一步突出了国际化特色。本届消博会到会境外客商 5278 名，国际商业连锁巨头采购商 12 个，来自 109 个国家和地区。第四届消博会以打造"精品、名品、新品"为主题，在提高档次，办出特色上下功夫。在摊位设置上，增加了境外摊位、省外摊位和宁波市以外的城市摊位比重，增加了名企、名品、新品参展摊位的比重。境外展区突出了消博会专业性特点及浙江中小企业和民营经济的特色，结合国际买家对展会的需求，搭建了融供求双方在洽谈、签约、订货、下单为一体的面对面交易平台，充分为国际买家提供了一条龙采购服务，力争使其打造成家门口的"广交会"。第五届消博会以打造品牌展会为目标，突出"中国制造"，来自 103 个国家和地区的 7100 余名外商到会采购，比上届增加了 11.4%，其中欧美客商数量明显增加。本届消博会共设摊位 3000 个，比上届增加 800 个，参展企业达到 1550 家，参展商品突破 10 万种，成交额 9.1 亿美元，比上届增长 29.6%。

（2）专业化水平

消博会前身为浙洽会的一个组成部分，是伴随国家经济结构调整和宁波市依据产业发展特点在不断改革中脱胎而出的，消博会平台的形成和提升是专业化定位的结果。1999 年首届浙洽会设家纺服装、电子家电、轻工工艺三个展区，定位以投资洽谈项目为主，到会者 90% 为宁波当地贸易商。为扩大进出口贸易，提高贸易专业层次，达到以贸促商、以投资带动贸易，在第二届浙洽会上，开始确立了专业化方向，将贸易部分移植纳为其中重要项目的浙江省出口商品交易会（简称"浙交会"）同时举办，到会参展人员中来自外地与宁波本地的客商已平分秋色。到第三届浙洽会与之同期举办的浙交会上，专业化程度和参展商质量比上届明显提高，到会参展者来自宁波市以外的客商不仅超过了三分之二，而且首次吸收了省外和国外企业参展，以及上海、四川、广东、北京、江苏等省市的 40 多家企业设展。2001 年，随着国家对进出口经营权的放开，宁波进出口企业激增到几千家。鉴于浙江省、宁波市出口的 70% 以上的产品为日用消费品，在出口格局中，一般贸易出口占到 90% 以上，这就决定了本地企业"一半在外"，需要自己开拓市场的特性，而利用展会推销自己是企业起步阶段最有效的手段。2002 年经国务院批准与浙洽会同期举办的消博会，则标志着浙洽会向专业化迈出的一大步，从而赋予洽谈会具有实质意义的投资与贸易色彩。首届"消博会"设专业馆、品牌馆、机电馆和五金馆，展出的产品，包括家纺服装、家用电器、轻工工艺三大类消费品，一大批全国各地的名、特、优产品，包括海尔电器、雅戈尔衬衫、杉杉西服、布利杰 T 恤、喜得宝真丝织品、浪莎袜子、双鹿电池、司迈特电器、广博文具等外经贸部重点支持和发展的出口名牌商品纷亮登场。第二届消博会又向专业化迈进了一步，展馆采用按行业性质划块布局，共设家用电器、轻工工艺、国际买家、家纺服饰、食品土畜五大展区，这使消博会的对外贸易功能更趋广泛性和专业性。浙洽会和消博会的融合，促进了投资贸易的有机结合，推动了投资贸易的互动共进，有利于实现投资带动贸易、贸易促进投资的良性循环，有利于进一步提高浙洽会的知名度，进一步扩大消博会的影响力。第三届消博会按照"细化专业，淡化区域"的国际展览思路，将上届五个专业展区细化为家纺、服装、家电、轻工、工艺、食品六个专业展区，展出日用消费品 10 万余种；同时，提高参展进入门槛，参会企业都要经过组委会严格的资格认证，展会专业性得到进一步体现。第四届消博会在扩大规模的同时，进一步突出专业性，对综合分类后的六大展区中的境外展区导入国际买家、电子商务和外贸服务三大功能，充分体现了专业展区与打造"浙江先进制造业基地"的相关产业领域相对接。第五届消博会在继续保持双向投资对接洽谈、贸易展览、开放与发展论坛和人才科技合作交流四大板块的同时，首次举办对外经济合作项目签约仪式暨境外投资说明会，首次设立浙江国际友好城市投资洽谈区和举办跨国公司总裁圆桌论坛，使展会的国际化、市场化和专业化水平进一步提高，开放性、创新性和实效性进一步增强。

（3）品牌创新效应

出口品牌是核心竞争力和知识产权的集中表现，能充分体现区域经济实力和国际竞争力。消博会为宁波市企业展示品牌形象、打造自有品牌提供了良好的舞台。通过消博会平台，带动了宁波市企业走上自主创新品牌之路。外贸是宁波的金名片，全市有外贸企业 5000 多家，并以每年 1000 家的速度在迅速增加。但是全市只有 200 多家企业在国外注册商标。5000 对 200，悬殊的比例折射出宁波外贸粗放经营的现状，为洋品牌打工尽管可以换来部分的订单，恶果却是只能赚取第一链的加工费，永远处于价值链的末段。出口价值之低，关键就是缺少品牌的附加值，贴牌之痛让宁波市政府、企业逐渐意识到外贸出口只有打造出品牌才是真正的出路，当务之急就是从贴牌走向创牌。引导企业自主创牌，政府政策扶持必不可少，创新成了第五届消博会展出的一个主题，这在展馆设置的宣传牌便能反映出来，"从慈溪制造走向慈溪创造"，这是该市第一次提出如此响亮口号，它表明了宁波市企业的出口增长方式正发生着转变，慈溪众多出口企业正向提高品牌价值和科技创新水平方向努力。在贸易展览方面，本届消博会增加了进口展的内容，更加注重进出口贸易的协调发展。同时，大力推进浙江现代服务业和面向世界著名跨国公司的招商，加强品牌企业的招展，积极开展人才、智力和技术的引进，为提升浙江的对外开放水平，转变浙江开放型经济增长方式搭建大的舞台。本届消博会上品牌荟萃，有 80 个国家级品牌、150 个省市级品牌集体亮相，浙江省和宁波市几乎所有的国家级和省市级日用消费品出口名牌与会。良好的创新氛围，推动着企业成为创新研发的主体，全市境外注册商标件数从 1998 年的 290 件，猛增到 2005 年底的 1996 件，增加了 5.57 倍。

4. 强化管理和服务

消博会由一个区域性展会快速成长为真正意义上的全国性专业博览会，给宁波市的经济发展注入了新的活力。精心保护和培育品牌，强化对展会的管理和服务，是历届消博会"可持续发展"的有力保障。

（1）加强规范

消博会作为浙江东部走向"中国制造"出口品牌的专业展会，注重提高参展企业质量和商品档次，积极与国际接轨，用世界通行的游戏规则办事，得到中外参展商家的支持认可。组委会对选择参展企业有着严格的规定，要求报名企业必须是符合外贸资格的公司或厂家，交易方法必须遵循国际惯例。组委会每天派出15名工作人员，在展区巡查，发现销售假冒伪劣产品、侵犯知识产权及私下转让摊位等违规行为，立即予以制止查处。对违规企业，一旦被发现或接到举报，查实有违规行为，就先发出"违规通知书"，要求自查自纠，仍不改正的，组委会就要采取查封摊位、当场清场、回收代表证、没收样品等相关行动，并联合有关部门将其列入黑名单，今后不准其参加消博会。按照国际博览会的通行做法，相应出台了一系列行之有效的办法和措施，确保了展会向健康、有序、公平、合理的规范化方向发展。

（2）后勤保障

举办展会，操作性强，影响力大，涉及面广，一牵而百动，需要后勤服务及时跟进，为参展企业解决实际困难，给予全方位的帮助。为做好消博会的现场组织协调工作，做到安全有序，组委会事先制定了详细的工作计划和方案。一是成立了现场协调办公室，承担展务协调、业务统计、知识产权保护、证件办理、宣传报道、接待联络、安全保卫等工作。二是加强现场服务，组委会与机场合作，实行24小时值班制，对参加展会的展品样品，设立专窗报检，快检快放；宁波市外经贸、检验检疫、海关、工商、金融、税务、贸促会等部门在展馆内设立服务点，接受客商咨询和提供相关服务；组委会还按国际通行做法，对境外参展的团队和货物样品，代办报关、检验检疫、运输和布展等，提供一条龙服务。三是做好安全保卫，会同公安、消防、场馆共同组建安全保卫小组，启用电子安全门。同时，组委会还与所有参展单位签订安全参展责任书，层层落实安全管理制度和措施，为参展商提供良好的展会环境，使展会的服务档次不断提升。

二、区域会展经济发展定位

宁波深厚的商业文化底蕴和"轻、小、集、加"的传统产业特色成功彰显了以日用消费品为展题，在做足展题凭借其对外贸易口岸的开放度和依存度赋予展会以更多招商引资的特点，而展会的持续走强靠的是在改革中不断创新和发展。宁波发展会展经济的成功之路，为我国区域性会展经济发展定位提供了诸多可借鉴的启示，具有一定的认识意义。

1. 扬长避短，立足于挖掘本地会展资源

打造区域性会展业，应根据城市文化传统、产业和消费特点，立足于挖掘本地会展资源，创办自己的会展品牌，发挥已有优势条件，扬长避短，办出具有本地特色的会展经济。

（1）城市历史文化传统

依据会展经济可发展评价指标，一区域所处地理位置、经济实力和基础设施条

件是影响区域会展竞争力最主要的因素。如果说，这个评价指标使用了绝对的定义，那么许多先天优势并不具备的城市就注定了与会展业无缘。因为被提名能有资格列入评价对象的城市必须拥有这三项竞争指标为先决条件，而大多数腹地中小城市既无缘区位优势、更无发达经济实力，如想要分得会展一杯之羹几乎成了一种奢望，过于将这个评价指标绝对化不利于后进城市的作为。而对大中城市特别是沿海经济发达地区，上述这些因素条件由与生俱来的自然形态规划于良好的基础设施均已具备，只是差别而已，这个指标对于这些城市而言，其意义已甚乎其微。随着会展经济功能的延伸和其它产业向会展领域的逐步渗透，区域会展业发展条件已有了许多变数的成分，特别是对于地理位置、经济实力和基础设施条件欠佳的中小城市而言，要积极与当地城市历史文化传统相结合融入会展经济，必须坚持走特色之路，不适为一个可尝试的途径。

其实，每一座城市都有自己的特点，都是历史的产物，都有着不同于其他城市的历史文化传统，在每一座城市的背后都隐藏着丰厚的人文历史与典故，历史文化的积淀其本身就是一笔丰厚的经济遗产，只是如何去发掘的问题了。在一切事物的发展中，特色就是竞争力，对于没有大城市绝对优势的大多数中小城市而言，历史文化就是最大的特色，因为会展业本身需要依附较强的人文色彩。中国国家历史文化名城是现实与潜在旅游资源的富集区，拥有极其丰富的历史人文旅游资源、自然旅游资源和社会旅游资源。截止目前，在全国已批准的99座中国国家历史文化名城中，其中有43座被批准为中国优秀旅游城市，这些城市文化产业丰厚，旅游资源丰富，具有人气集聚和集散的功能，在中国旅游网络体系中有着特殊地位和价值。丰富的旅游资源和鲜明的地方特色是城市作为会议休闲场所的得天独厚的优势，拥有丰富旅游资源的城市可以通过举办各类专业性的贸易展览会、大型论坛或者各类旅游节、文化节，来发展城市会展经济，犹如国外著名会展中心城市日内瓦、新加坡、拉斯维加斯同时也是著名旅游胜地。全国各大区域和城市特点不同、优势不一，如充分利用历史文化产业优势发展会展业，必然带来会展运作方式的个性化，并呈现出精彩纷呈的繁荣局面。

（2）产业和消费特点

会展业的发展基础是市场，产业特色则取决于城市的功能。国内外成功展会不无昭示，一座城市能否成为国际会展中心，与其产业基础和产业支撑、经济的辐射力和影响力、服务业水平密切相关。从发达国家会展业走过的历程看，任何一座展览中心城市都不可能包揽一切会议和展览会，而扬长避短、错位竞争和分层次竞争，是其决胜之道。

产业作为会展业发展的基础，是城市培育会展品牌的先天优势。实践证明，中小城市依托产业特色在发展会展经济中走在全国的前例已不再是一个神话。大城市凭借其领先全国的区位、经济、设施及其城市规模优势实现其会展功能的扩张同样在一些中小城市得到体现。如我国东莞、义乌等城市会展经济的发展就基本是以产业为依托的。东莞地处珠三角经济圈的中心地带，近几年，一万多家外商企业云集东莞，使东莞的加工制造业形成一定的规模，为东莞会展业的起飞也有了坚实的产业基础，并形成了一批名牌展会：规模居全球第四的东莞国际电脑资讯产品博览会、虎门国际服装交易会、中华国际家具展览会、毛织展和玩具展等；已连续举办十届的义乌国际小商品博览会使义乌这座小城市声誉鹊起，成为中国区域会展城市的典范。背倚优势产业，拓展行业会展是我国内陆中小城市发展会展经济的最有效途径。中小城市发展会展业还必须与当地产业的消费特点结合起来进行，如在许多旅游资源丰富地区特别是要在旅游消费上做足文章，即使在我国的西部地区，许多中小城市都拥有着独特的历史文化背景和人文地理景观，这足以成为这些城市发展会展经济的最有利资源。借此依托旅游产业发展休闲会展，或以会展带旅游，或以旅游促会展，或发展轻型会展业，或以会议带展览为主攻目标，靠会展和旅游提升第三产业。或许再过若干年后，在我国旅游圣地又能落户数个像凭借旖旎风光和良好黄金海岸的小镇博鳌拥有亚洲经济论坛那样的国际级展会。

2. 找准展现展会主题魅力

展会主题的设立关系到展会的整体效果和展商根本利益。一个有生命力的展会，不仅是通过对市场进行细致而科学的分析并准确把握市场需求的基础上，根据产业发展的方向倾力体现特色，也体现在展会的主题魅力中。

（1）充分揭示展会亮点

如果说，展会是一系列由围绕商品交易内容组成的躯体，那么其主题则是它的灵魂。这个主题要经过精心策划选定，而不是随便由兴致而定。准确而鲜明的主题可以对参展商带来题材的约束，大家在同一个主题下组织参展，展会的主题性、指导性才会更为明显。展会作为会议的一种特殊形式，成为企业、团体展示形象和实力的必要手段之一，为企业所青睐。在经济发达地区，一年到头车展、房展、现代生活方式展再加上其它类型展，大大小小的展会接连不断，各种展会让人应接不暇。而在经济欠发达地区，又常常困于身边资源而苦于找不到支撑点，缺少成长性展会，更缺名牌展、精品展，尤其缺乏独具地方特色的品牌展，市场竞争力不强。作为营销传播活动的形式之一，怎样才能把展会办的成功，使参展企业获得最大利益，也成为主办单位关心的问题。立足区域特点，整合资源优势，做好主题文章，探寻出一条链动社会经济快速发展的新路子，是每一个展会所必须优选予以考虑的，尤其对经济欠发达地区而言。消博会选题定位是依托历史文化名城和传统产业特色，在宁波举办的，属浙江省独一无二的、旨在为适应中国"入世"后的企业提供日用消费品进出口贸易机会的国际性、专用性博览会。这个选题既与宁波"东方大港"的历史地位相称，又亮明了展会题旨，且很好体现了宁波产业市场特性。由于选题准确，主题鲜明，举办目的与内容一致，展会在促进宁波市和浙江省当地贸易发展、企业和客商之间进行贸易信息沟通和提高企业进行国际贸易的本领与研发能力起到了很好的作用，促成其成为优秀产品推广的有效平台和促进国际交流、商贸往来的重要渠道。会展的特色化每一个会展举办地在自然资源、民族民俗、历史文化、土特产品、主导产业方面各具特色，与之为揭示相对应的会展亮点准备了条件，因此确定的会展主题、具体运作手段彼此应具差异性，鲜明的特色意味着强大的生命力。

（2）整合极具潜力资源

品牌展会是城市发展会展经济坚实的基础，是经过培育后在一定区域内具有较高的知名度和较大的影响力，普遍被业界获得肯定和认可。目前，我国具备品牌展会的区域分布极不平衡，主要集中在沿海经济发达地区，对于经济欠发达地区，培育和发展具有潜力的展会，应成为其发展会展经济、提高会展市场竞争力的战略任务。城市会展业的发展需要城市经济、社会、环境及外部条件的全方位配合，与上海、北京、广州等大城市相比，我国中小城市在区位、商贸、设施等方面，并不存在绝对优势，但中小城市发展会展的相对优势依然存在，这些相对优势便是可培育的极具潜力的会展资源。一是产业基础。全国各区域城市特点不同、优势不一，但各自所具备的产业基础条件是一样的。改革开放二十多年，各城市的产业经济都得到了一定的发展，我国有许多中小城市积极抓住改革开放的大好机遇，发展本地的特色产业，已取得明显成效。依托地方特色，以特色产业为基础，大力发展会展业特色化和差异化战略，是中小城市与会展中心城市市场对抗的有利武器。二是依附中心城市。在我国所形成的五大会展经济带上，由于区域优势产业的差异，这五大会展经济带的行业优势定位也各不相同。我国中小城市的会展基础薄弱，所以在会展发展过程中，应该有效地借用区域内会展中心城市的区位优势、产业优势、交通优势等，达到促进本地会展业发展的目的。三是政府的优惠政策和产业支持。我国的中小城市由于规模小、灵活度高，可以为会展业的发展提供灵活的优惠政策和产业支持。而大城市由于发展的经济点较多，将会展作为优先发展产业的机会较少，这就为中小城市的会展提供了很好的发展机遇。四是丰富的旅游资源和历史文化背景。我国各地名胜古迹比比皆是，对旅游品牌展会的塑造具有得天独厚的资源优势。在我国的西部地区，许多中小城市都拥有着独特的历史文化背景和人文地理景观，这足以成为这些城市发展会展经济的最有利资源。尤其要进一步发挥国家历史文化名城的优势，有效地利用地方的特色，或是优美的自然风光，或是悠久的历史文化，找到其他城市无法取代的区域优势，全力打好"文化牌"，在发掘地方丰富文化内涵上下功夫，充分整合旅游资源，遵循差异化、个性化的原则，在全国旅游会展这块大蛋糕中分得一份，拓展出自己的一方天地。

（3）目标既定办出成效

依据本地资源在科学确定了会展业的目标和发展方向后，如何办出成效，是一个严肃的课题。首先必须考虑的是以会议业为发展重点，还是以展览业为发展重点或是两者并重？如是重点发展展览业，又必须考虑的是重点发展专业（贸易）类展览会，还是消费类展览会或者是综合类展览会（博览会）？一个刚起步的会展城市必须根据自身的优势和特点有针对性地从中做出选择，找到自己的分工，形成自己的特色。但无论哪种类型的展览会，一个成功的展会首先取决于以下三个要素：一是专业观众。衡量一个展会的潜力，不但要看参展数量，更要看与会人士质量。专业观众数量多，质量好，参展商将对展会作出较高的评价，并愿意参加下届展会，还会吸引其他潜在参展商参加，越来越多的高质量参展商参加展会，又会吸引更多的专业观众，从而使专业观众的数量及质量得到不断的提高，展会也将不断进入更高的水平和级别。二是贸易成交。衡量一个展会的吸引力，不但要看人气，更要看签约。要将商品展示和投资洽谈结合起来，重点抓好签约项目的落实，通过贸易投资进一步扩大"走出去"和"引进来"，以实现投资带动贸易、贸易促进投资的良性循环。三是客商服务。展会在推广和实施过程中，主办方要为参展商和观众提供良好的服务；对展会要进行认真、客观的评价，听取参展商、专业观众的意见和建议，不断总结经验，在改革中力求发展，为参展商和观众带来新的价值空间。如重点发展会议业，要与文化旅游相结合，可以制定一些措施，吸引国内外若干有影响力的专业会议到本地举办，也可以多举办一些"会""节"合一的活动。

各个区域城市的经济状况、地理位置、人文环境、产业基础、商贸的发达程度各异，如何根据本地区的实际情况因地制宜，制定适合自己的会展经济发展战略，全力打造培育一批"单打冠军"和"领航旗舰"，正确的选题，逐步的培育，能够有所成就。

三、消博会快速成长对我省各地会展借鉴

进入"十一五"时期，与全国一样，浙江省发展面临的外部环境和内部条件正在发生新的变化，必须加快推进新一轮经济转型，核心是大力推进经济增长方式和发展模式转型，积极探索新型服务贸易路子，在市场集聚和规模的竞争优势基础上，着力打造以会展产业和知识产权为核心的服务贸易平台，为区域性会展发展定位寻求积极答案。

1. 浙江会展区域要实施全面发展战略，首先要明确会展业发展定位：依托各地特色市场集聚辐射优势，以领先全国的产业为支撑，以会展国际化、专业化、规模化为发展方向，把服务贸易水平提高到一个新的发展阶段，使浙江会展区域的代表展会成为企业走出去的有效平台。其次加大政策扶持力度。在财政、税收、资金投入等方面认真研究发展会展业的鼓励性政策，尽快将浙江区域正处于培育阶段的展会做大做强；大力鼓励各类会展专业组织按照市场经济原则独立或协作办展，提高浙江会展经济的质量和水平。再次强化品牌意识，培育各类特色展会。要增强浙江会展业在国内、国际的竞争力，实施品牌化战略是必由之路。国际会展业的成功经验表明，展览会的健康发展需要有一个良好的市场发展和运作环境，对于一个新兴的国际性展会，政府动用适当的行政资源给予扶持，并不悖于市场规律。消博会，正是政府的有力支持和培育，使它已形成了相对稳定的参展企业群，形成了相对稳定的国际采购客商群几个基本目标。浙江会展业目前正处于快速发展的时期，

要在高起点、高档次上下功夫，坚持以质取胜。

2. 随着我省集群产业圈的兴起，一个个以集群产业圈为源动力的专业展会脱颖而出，一些传统展会虽渐成气候，但尚缺乏明确定位，新展会更是一筹莫展。杭州"西博会"从已举办的几届看，虽盛况空前，但由于受硬件制约和配套服务牵制，在国际上的影响力和美誉度与其展会本身具有的丰富历史文化内涵和经济贸易功能有着相当的距离。西博会要在继承传统展会功能的基础上加体发展与世界休闲博览会的亲密对接，"展"加大服务贸易功能，"会"利用自身具备的优美城市环境和自然优势，争取更多在上海的跨国企业、国际机构来杭举办奖励会议、采购会议、产品推介会议、学术研讨会议等国际性会议；在展题方面，发挥特色，加大专业展会规模。温州轻博会要进一步发挥制造业基地优势，加大对国际采购商和参展商的组织赴展，致力于将国际轻工行业的先进技术、优势产品、优势企业汇聚温州，把更多的温州轻工产品推向世界，使之成为让世界了解温州、让温州走向世界的有效捷径。其它像正处于培育中的展会如绍兴轻纺展、永康五金博览会、诸暨袜业博览会、嵊州中国领带节、海宁皮革博览会、台州中国塑料交易会、中国日用商品交易会和中国汽车工业博览会等，要立足人无我有，人有我优，从而实现以城市为单位经营会展、最终实现公共资源有效配置。

3. 会展业健康发展取决于对会展产业知识产权行为的规范。由于我国知识产权工作起步较晚，基础较弱，不能满足国际经济一体化形势发展的需要；又由于利益驱动，监管不严等原因，知识产权侵权，假冒和盗用的现象时有发生，尤其在各类展览会中，涉及知识产权的问题更加突出。这一现象在我省各地的一些展会中也不同程度地存在。这种知识产权侵权、假冒和盗用行为，不仅给知识产权所有者和广大消费者造成损害，而且还扰乱了会展行业的正常秩序，给国际社会造成极坏影响。规范会展知识产权行为，维护会展市场秩序，促进会展产业健康发展应成为我省各地携手共同遵守的准则。唯其如此，通过展会平台可以将更多的国内外资本和客商"引进来"，带动更多的浙江企业和产品"走出去"，提高浙江的对外开放水平，增强浙江区域经济的综合竞争力，推动浙江经济的持续、快速、健康、协调发展。

附表：   历届消博会统计数据

届数	展位（个）	参展企业（家）	境外客商（名）	成交额（亿美元）	主办单位	承办单位
第一届	1350	800	2300	5.11	浙江省人民政府	宁波市人民政府
第二届	1515	900	3500	6.10	浙江省人民政府	
第三届	1646	1040	10345	6.50	浙江省人民政府	
第四届	2200	1260 多	6200	7.02	国家商务部 浙江省人民政府	浙江省外经贸厅
第五届	3000	1550	7100	9.1	国家商务部 浙江省人民政府	

党建工会篇

增强实效，破解新经济组织党建工作难题

——商务局系统非公经济组织党建工作的实践、探索与思考

（获绍兴市直机关党工委"2012 年市直机关党建调研课题"二等奖）

随着经济社会发展的多元化，越来越多的非公经济组织应运而生，从业人员不断增加，目前非公企业已占全国企业总数的 70％，全国 80％以上的城镇就业岗位由非公企业提供，非公有制经济组织已经成为吸纳新的就业的主要渠道，成为发展社会主义市场经济的重要力量。对于非公有制经济组织在经济领域的作用已被人们所公认，但在开展党建尤其对加强党的建设这个问题的认识却不太一致，由此直接影响到党员队伍素质的普遍提高，既削弱了党在新经济组织中的领导力量，也削弱了企业发展的凝聚力、创新力。加强非公企业党组织和党员队伍建设，解决非公企业党建工作所面临的突出问题，破解难题，成为新时期党建工作研究的重要课题。本课题通过组织对本系统所属非公企业党建工作的问卷调查、实地考察、座谈会等形式调研的基础上，对成功经验和存在问题进行总结分析，进而对符合行业实际的非公经济组织党建工作模式提出意见和建议。

一、局所属非公企业党员队伍和党建工作现状

目前，商务局党委下辖基层党组织（支部）15 个，共有党员 167 名（包括预备党员 3 名）。其中：非公企业党支部 8 个，党员 57 人（包括预备党员 2 名），占党员总数的 34％

1. 党员比例和队伍结构。8 家非公企业共有从业人员 437 人，党员所占比例 13％，其中女党员 12 人，占党员总数的 21％。党员从业岗位结构上，管理人员 26 人，专业技术人员 29 人，所占比例分别为 46％和 51％；文化结构上，主要集中在大专以上层次，其中大学本科 12 人、专科 27 人，所占比例分别为 12％和 43％；年

龄结构上，以中青年层次为主，35 岁以下 5 人、36 岁至 45 岁 22 人、46 岁至 54 岁 19 人，所占比例分别为 8.8％、38.6％和 33.3％。

2. 支部考评情况。2012 年 4 月上旬，我局直属机关党委根据市直机关党工委"基层党组织分类定级工作会议"精神和要求，组织实施，对应实行分类定级的 8 个党支部进行考评定级，结果如下：指标分值 80 分以上（先进）支部 4 个，其中 90 分以上 1 个；60－79 分（一般）支部 4 个。考评结果基本反映了各支部实际工作情况。

3. 党建工作现状。近年来，各支部在发挥党组织作用效能上，除个别支部能把党建工作与"两新"组织自身特点相结合、与生产经营活动相结合设计"人才队伍培养"外，大多数支部的党建工作尚处在积极的探索当中，但也有一些支部的党组织工作不能很好到位，甚至仅有名而无实。综合起来，主要有下面几种情况：一是将马克思主义的辩证思想积极贯穿到党建工作中，使经济与党务达到互促共赢；二是重视党建，但主要是为完成面上的工作，开拓和创新性不够；三是经济工作没有与党建工作协同发展，党组织发挥作用的空间只停留在促进非公经济组织的发展上，党建工作明显滞后于经济工作。

二、成功经验和存在问题

根据调查走访，结合基层党组织分类定级工作情况，近年来局属非公企业党支部在组织建设中，围绕经济工作积极探索，特别是在党建基础比较好的非公企业中支部书记的高度重视，组织建设取得新突破，积累了成功经验。但同时我们在调查中也深刻感受到，在非公企业由于财产完全归业主个人所有，生产经营具有自主决策、管理、经营和自负盈亏的特点，决定了其利益主体的多元性，这种多元性的结果，必然给党组织工作的定位带来复杂化和高难度。与全国各地非公企业党建工作普遍存在的问题一样，就局属非公企业党建工作整体而言，由于上述原因，党的影响力和渗透力还不够高，发展还不平衡，存在的问题和困难还很多。从调查的情况看，党建工作基础比较好的非公企业党建工作要强于党建工作基础薄弱的非公企业；非公企业主兼支部书记于一身的非公企业党建工作一般好于分职的非公企业；非公企业主是党员的非公企业党建工作一般好于非公企业主不是党员的非公企业。

（一）成功经验

商务局所属 8 家非公企业党组织建设，一直来走在前列和做的比较突出的是绍兴市亚东进出口有限公司（以下简称"亚东公司"），并由此成为本系统非公企业党建工作的示范窗口。该公司是在 2000 年由公有制企业转制而成的非公企业，在转制后一个时期的党建工作基本保留沿袭了转制前的模式，嗣后针对企业转制后出现的新情况和新问题，对党的工作及活动进行了创新和发展，走出了一条以促进企业经济发展统领党建工作的新路子。主要成功经验：

1. 以科学发展观为指导，与时俱进抓党建

亚东公司在刚转制的前几年，企业的所有制关系发生了变化，对成为私营企业后的党建工作仍需不需要像转制前那样的一如既往，在认识上曾一度有过疑虑，企业都是以追求经济效益最大化为目标，而党建工作是以增加企业成本为代价，在私营企业还要不要开展党建。因此，在急遽的社会经济转型期到来当企业发展直接决定个人命运时，对党建工作的认识更多的是对经济利益层面的思考，客观上也没有一种现成可鉴的答案。随着改制后各方利益关系的深刻变化带来的不和谐和矛盾，在实际工作中开始体现，企业要想进一步发展，必须有一个适应当前社会经济特点的核心抓手来凝聚人心，支部及时开展了认识上到位，提出了党组织要敢于放弃不合时宜的观念和做法，以科学发展观为指导，以党组织强身健体为抓手，凭借长期以来党的组织工作，亚东公司董事长兼支部书记十分注重党员品牌和团队效应，把吸收党员充实到团队作为企业重要的经营战略，公司现有员工 35 人，其中党员 13人，所占比例 37%，党员都是一线的骨干，在进

出口业务中担当着重要的角色，当受国际金融危机持续影响、外贸订单减少的情况下，党员千方百计保订单，使企业取得了明显的经济效益，把党建工作和企业生产经营有机融合、相互促进。

2. 树立围绕经济发展开展党建工作的观念，赋予党建工作以新内涵

针对当前非公企业普遍存在的党组织发挥作用难和党组织工作对企业影响力不够的"两难"问题，我们将这次课题调研的重点放在"非公企业党建作用应该如何发挥"和"非公企业党建工作与生产经营活动两者间的关系认识"实践进行探索。亚东公司拓宽党建领域并赋予其新内涵的经验给了我们有益的启示。

一是围绕生产经营做好党建定位。转制后的亚东公司在实践中渐渐认识到，非公企业虽然是以赢利为目的的经济组织，但不论什么形态的组织，人的因素总是第一位的，作为调节人的因素的基本力量，意识形态具有决定的作用，非公企业同样需要党建，关键是在新形势下如何定位的问题。对此，亚东公司董事长兼支部书记章焕铨这样认为，非公企业党组织要作为企业发展的政治保证和引导促进力量来开展自身工作，要从指导思想上跳出"就党建抓党建"、"就组织抓组织"的自我循环，转变为"围绕经济抓党建、抓好党建促经济"的良性循环，把党的工作着力点放在支持和促进企业经济发展上来，这一直是公司的党建思想。亚东公司党组织建设之所以能走在同行前列，遵循的就是非公企业党组织紧紧围绕企业生产经营发展轨道这个中心开展党的工作。目标定位明确，找准了党组织活动方式与生产经营活动的有效结合点。

二是把党建发展目标和企业发展目标结合起来，拓宽党的工作范围。亚东公司支部不仅能按照党建工作要求，定期组织党员活动并给予充分的人、财、物的支持，而且能根据党的工作需要，引导好行政决策层正确认识党组织与政治目标的一致性、经济利益的一致性，确保了非公企业党组织作用的发挥。具体做法上，公司每项重大决策形成前，都要先经支委研讨，提出建议；在定期召开的支部会上抓业务，将业务建设融入到组织建设中，发挥协调沟通各方的作用；在董事会扩大会议上抓党

建，为企业的可持续发展提供有力的思想政治保障。转制以来，亚东公司在进出口业务上依法经营，政治上锐意进取，保证了组织建设和经济建设的良性循环，获得社会和主管单位的好评。

三是尊重和确保职工群众的主人翁地位。亚东公司虽然是私营企业，但并不盯在如何争取自身利益最大化层面，而是将经济利益和维护职工群众切身利益结合起来。党组织坚决站在维护职工群众根本利益的立场上，帮助他们解决实际困难和问题，成为职工群众的"主心骨"；同时，贯彻落实好《公司法》、《工会法》等法律法规，帮助他们消除"雇佣者"思想的模糊认识和消极社会心理，与公司形成合作型劳资关系。在亚东公司，无论是与管理层座谈还是与员工沟通，都有一种春风荡漾的感觉，置身在宽松和谐的氛围当中。

3. 抓好班子和党员队伍建设

"打铁还需自身硬"，这是在亚东公司调研时与支部座谈听到的频率最高的一句话。亚东公司党支部一直以来高度重视班子建设，坚持"双向进入，交叉任职，精简增效，有利协调，便于管理"的工作思路，对有业务业绩的有意识地进行培养，尽力把那些党性强、懂经营、会管理的党员骨干选配到班子中来，充实到公司中层干部岗位上去，公司现有 4 个中层骨干为清一色党员。在配齐配强党支部班子和党务干部的基础上，着力加强发展党员工作，坚持成熟一个发展一个，五年来共发展党员 4 人，基本上每年发展 1 人。在班子与党员关系的定位上，亚东支部有自己独到的认识，章焕铨这样来比喻："党员在非公企业的身份存在多元化，政治上是党员，管理上是经营者，代表不同身份，目标是一致的，都是以生产经营效益为目标；班子在非公企业所起作用，政治上是标兵，经营上是尖兵，起着导向标杆作用，十个指头弹好钢琴，主心骨核心是党员"。因此，反映在工作上，平时要求党员说话做事与普通职工不一样，以言行作表率，起好先进模范作用，如一次与工会组织红色旅游，路上一位职工病倒，这时有人喊了一声："党员同志到哪里去了？"危难之时大家最先想到的是党员，从一个角度说明了亚东公司党员在职工群众心目中的地位和信任感。

立足业务抓党务、立足经济抓政治，非公企业党组织只有一手抓经营管理，一手抓核心建设，才能实现党务和业务、政治和经济的双促双建。亚东公司党组织的实践证明，围绕经济抓党建，无疑就是牵住了非公企业党建的"牛鼻子"。

(二) 存在问题及原因分析

商务局所属非公企业党建工作在探索非公经济组织党组织发挥有效作用途径，摸索出了提升和拓展党建工作水平和内涵的新路子，取得了初步成效，积累了经验。但从调研和实践情况来看，局属大部分非公企业在党组织建设上仍存在问题不少，既有共性，也有个性。归纳起来，主要有以下几个方面：

1. 生存压力削弱党建工作的力度

从对局属各非公企业调研的情况看，生存状态不稳固影响党建工作开展的力度是最为普遍性的一个问题。特别是当前受国际金融危机持续影响，一部分非公出口企业抵御风险的能力相对较弱，生存和竞争压力大，艰难度日，虽然业主也认同党建工作的重要性，但还是不愿意将更多精力和资源投入到党组织建设上，削弱了党建工作的力度。

2. 党组织活动不能正常开展

从调查情况看，这种现象主要表现为两种境况：一种是有党员而无法正常开展组织生活，原因是一些党员的组织关系不按时接转，会议召集困难或组织活动联系不上，党员数缺席（如富众汽车销售公司、同人经贸有限公司），造成党内的组织生活和党内活动无法正常开展；一种是人和组织关系都在，由于忙于经济工作（如光大进出口公司）或企业面临破产（越都大酒店），导致组织生活不能正常开展。

3. 流动党员和退休党员不愿接转组织关系

据调查发现，目前我局所属非公企业党组织在党员管理上，存在两种对立形式的"两难"现象，即流动党员不愿意将组织关系转入和退休党员不愿意将组织关系转出。不愿转入有两个原因：一个是流动党员基本为年轻人，其组织关系大多在乡村，乡村党组织活动内容较丰富且带来较多实惠；另一个原因是流动党员认为自己以后会更换工作单位，将组织关系转来转去不方便。不愿转出的原因是退休党员对原工作单位比较有感情，精神上有依托，人虽融入到了社区但也情愿将组织关系继续留在原单位。这样就造成"流出地管不了，流入地管不着"的现象。

4. 发展党员工作难度增加

根据调查摸底，在局属非公经济组织党建工作开展的比较好的企业，职工对入党的积极性比较高，但有相当一部分企业的职工表示没有入党的愿望。对此，一些企业支部书记表示，现在企业里发展党员工作有了新的变化，遇到新问题，许多年轻人表示不愿意入党，他们认为在企业里工作不同于在行政单位工作，党员身份对个人成长的作用不大，抱着无所谓的态度，从而增加了党员发展工作难度。

5. 组织活动经费不足

目前，我局所属非公企业党组织的活动经费全来源于企业拨付，一些党建基础和经济效益较好的企业业主兼党支部书记明确表示对党建活动所需经费全力保障。但有些规模小、效益差的企业党组织基本的活动开支就难以保证，原因是现行党组织的活动经费没有法定保障，物质来源依附于非公经济组织，而开展党组织活动会占用企业的生产经营时间，增加企业的生产成本，导致党组织活动无法正常开展或内容不够丰富，在一定程度上限制了党建活动的正常开展。

三、意见和建议

上述存在问题，既有外部的因素，也有自身的原因，主观和客观因素并存。从外部因素来说，非公经济组织特别是受国际经济大气候支配下的私营外贸出口生产企业，国际经济环境的变化会直接影响企业的经济效益，增大企业的生存压力，进而影响党组织工作的正常开展；从自身原因来说，非公企业党组织缺乏有效载体和活动形式的单一，使党组织缺乏吸引力。针对以上存在问题，提出意见和建议如下：

（一）在用人观念和运行机制上，要有所突破和创新

非公企业作为经济实体，必然要受到市场经济负面效应的影响，在企业主与支部书记分职的情况下，经济利益最大化驱使业主不可能无条件为党的活动无偿提供支持，党组织工作会受到一定程度的制约，突出表现在可利用的行政资源和财力资源上，党建工作就会滞后于经济工作。要改善这种状况，需要从用人观念、运行机制两方面着手：一是在用人观念上要进行突破，适应非公企业小、散和流动性大的特点，在30人以下的非公企业，党支部书记一般应由党员业主兼任，这样可以增加非公企业干部队伍的含"经"量，为非公企业干部队伍建设增添新的生机与活力；二是在运行机制上，要坚持标准和规范操作，实行党员非公企业主兼任支部书记只是在用人指导思想上进行拓宽，但支部书记的标准不能降，同时在选拔党员非公企业主担任支部书记的过程中，一定要考虑党员非公企业主的主观愿望，符合其用人标准，这样非公企业中较为优秀的人物担任支部书记以后，工作热情会得到进一步发挥，工作空间会得到进一步拓展。

（二）要加强调查研究，增强实效，为非公企业经济工作提供服务和保障

针对目前非公企业普遍存在的党建工作滞后于经济工作的现象，在基层组织层面，要积极参与企业管理，支持企业合法经营，合理调处各种利益关系和矛盾纠纷，形成发展合力，为企业经济发展发挥保障作用；在企业所在区域党政部门层面，要深入一线，作艰苦细致的调查研究，从企业的实际出发对非公企业党建工作存在的问题进行具体分析和探究，根据党建工作要求，指导和鼓励非公企业开拓创新，并在政策上给予支持和扶持，为非公企业的发展创造更好的内部机制和社会环境提供服务和保障。

（三）要改进党组织的活动形式和工作方法，以增强吸引力

党员发展难和非公企业流动党员不愿将组织关系转入，很大因素在于党组织自身缺乏吸引力和感召力，这就要求非公企业党组织在活动形式上，紧密结合企业实际，注重结合非公经济组织中心任务因人而异、因企而异、因地制宜地开展工作，达到生动活泼。一是要坚持在企业文化建设中发挥主导作用，用健康向上的企业文化占领职工的思想阵地，潜移默化地把党建工作融入到凝聚团队精神上，充分调动职工的积极性；二是积极开展党员示范岗、示范窗口活动，发挥党员的模范带头作用；三是开展"优秀党务工作者"、"优秀技术能手"、"优秀共产党员"等评选活动，以增强党员荣誉感、归属感和职工对党组织的吸引力。在工作方法上，通过建立党组织和党员联系职工、定期走访制度，开展送温暖等活动，帮助职工解决实际困难，增强职工对党组织的向心力和信任感。

（四）要加强党建工作经验交流，抓好典型示范

中小型非公企业涉及面广，牵动各行业，归口各系统，党建工作平台各自为阵，迫切需要互相学习和交流。对此，地方党组织要对非公企业党建工作加强指导和引导，把培养典型、示范引路作为推动工作的重要方法，通过不同层面非公企业党建工作经验交流会和开展"党建示范窗口"、"党员示范点"，既要注重树立非公企业党组织、党员、党务工作者等不同层面的先进典型，又要注重从不同行业、不同类型的非公有制企业中培养树立典型，力争推树出更多不同类型、不同特色的"叫得响、立得住、推得开"的党建工作示范典型，并不断加以培养、树立和宣传，以充分发挥典型的示范、引导、辐射和带动作用，使我市非公企业党建工作整体提高到新的水平。

（五）按照中央有关文件，加大经费投入力度

调查显示，党组织活动经费无保障，是非公企业普遍存在的现象。因此，各级党组织要贯彻落实好中办发（2012）11号文和中组部对经费保障和非公企业党费返还制度的规定，将非公企业党组织工作经费纳入企业管理费用，对企业党员交纳的党费全额返还企业党组织、还可从各级党组织留存党费中按一定比例支持非公企业用于开展党建活动，加大经费投入力度，特别是要加大对党建基础设施建设的投入力度，建立党务干部专项工作津贴制度、外出培训报销制度、年终考核奖励制度等等，使党组织活动经费问题得到基本解决，进一步调动广大基层党务干部的工作积极性。

二〇一二年八月十五日

倾心沟通——解读新时期职工
民主管理的企业行为

（原载 2005 年 11 月 1 日全国总工会《工会信息》
第 21 期）

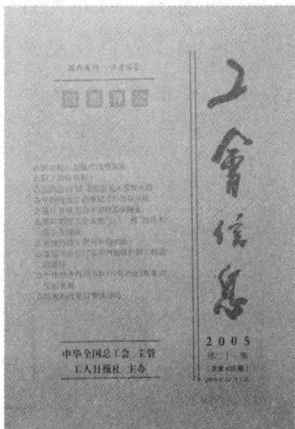

在信息和知识已成为最重要社会战略资源的今天，沟通，在企业管理中的作用越来越显得重要，它不仅仅是企业与外部的信息交流，企业内部沟通与企业经营的成败也存在着千丝万缕的联系。沟通能给管理者提供各方面的管理信息，尤其是正确直接的信息对管理者提高管理效率和经营水平意义重大，它既反映在管理者对企业经营管理所持的认识态度上，更体现在职工参与企业民主管理的过程中。倾心沟通，是沟通的更高形式，它常由实施沟通的主要一方来实现，指管理者由被动向主动方面转变，用心坦诚与职工讨论有关工作进展情况、潜在的障碍和问题、解决问题的办法措施以及管理者如何帮助职工等信息的过程，是在企业内部为赖以获得信任感和安全感开辟道路鼓励职工参与企业民主管理的有效形式。以下笔者拟结合实际就沟通对职工参与企业民主管理的积极引导作用进行探讨，以期在实践中获得更具体的认识。

职工民主管理，是企业职工以劳动者的身份通过一定的方式参与企业内部事务的决策过程。在这种民主管理中，职工是以劳动者的身份即非股东的身份以一定方式影响、参与企业管理方的经营管理决策行为。目前，在我国企业中职工民主管理实现形式依据的是《职工代表大会条例》、《企业法》、《公司法》和《劳动法》，这些法律法规赋予企业行使民主管理的权利，通过立法形式明确了职工民主管理的主要途径。这种建立在法的基础上的规定性，集中反映了人民当家作主的社会主义政治制度特点，体现了职工的根本利益和主人翁地位。毫无疑问，依法行使职工民主管理权利的主体与企业经营管理者和企业行政决策行为的客体表现为相互依赖、相互合作的和谐劳动关系，不存在对立倾向。其实，在现代企业制度条件下，随着公司法人治理结构的完善对企业治理结构发展要素的不断齿合，客观上要求在企业内形成团结合作又相互制约以调动各方面积极性的生机勃勃的局面，职工参加民主管理，不单是工会自身维权的要求，也是企业内部工作机制趋利的需要。由此促使企业管理层经营思维、经营方式、人力资源管理模式的改变，职工更多参与民主管理——依靠职工办企业成为当今现代化大生产的趋势并更多地为企业管理者所认知，他们总是希望职工对企业的发展全力去关心并在职工那里获取更多相关的信息，以期在实施绩效目标过程中获得支持和配合。在这里，职工参加民主管理已不是套在管理者头上的"紧箍咒"，而是增强企业凝聚力的"粘合剂"，提高经营管理水平的"润滑剂"。

那么，如何更好引导职工参与民主管理，除了有法可依外，从管理者角度将人性化元素导入——倾心沟通，不失为有效形式。笔者所在单位浙江省对外贸易服务中心（以下简称"外贸中心"）的实践经验，证明这一形式对激励职工创造性进而推动企业发展效果明显。

外贸中心所属远大公司是浙江省会展行业规模最大的龙头企业，主要承办各类专业性展（博）览会、布展工程及为全省外经贸企业开拓国际市场提供相关服务。鉴于公司担负着为全省外经贸企业多出口创汇提供服务的职能，是对外服务的一个窗口。为此，公司管理者非常注重"以人为本"开展工作，定期与不定期地与职工进行交流，在沟通中取得与企业、与自己和下属有关的信息并将自己的想法和需要及时传导给职工。管理者沟通方法主要通过以下方式进行：一是会议沟通，在年度和半年度召开的职工大会上，将重大决策问题、生产经营管理方面的重要问题、与企业领导班子建设和党风廉政建设密切相关的问题等作为企务公开的主要内容，提请职工讨论并做好会议记录；在每月召开的中层干部会议上，将上月的财务报表进行公示，通过财务分析对如何进一步提高经济效益进行出谋献策；在每周召开的部门经理工作会议上，行政一把手（董事长兼总经理）将最近一周的工作情况进行通报，然后在听取各部门情况汇报后对本周工作已形成或重新调整后的思路作出规划，作为一周工作考核目标，使中心的议事决策机构经常保持各种信息的畅通。二是书面沟通，每周周一由办公室负责对各部门在经营管理中存在问题所提建议和意见形成的书面材料进行汇总，送达行政一把手，行政一把手及时做好信息反馈并已成为一项制度。三是口头沟通，经常性地开展谈心活动，倾听职工对公司发展的建议，包括制度建设、领导作风等，使职工深切感到"主人翁"的地位。四是提案沟通，公司积极鼓励职工为企业发展献计献策，其"金点子"被公司所采纳，对推动公司发展有较突出贡献者，被列为年度先进工作者评选对象之一，由此极大地提高了职工参与企业决策的积极性，2003、2004年先后有5人因"金点子"提案被采纳而受到公司表彰。五是网络沟通，通过互联网，职工所有的思想动态都可及时到达行政一把手提供的个人电子邮箱上，为职工更经济、更快捷地反映问题、提建议创造了条件。六是媒体沟通，通过编印内部刊物《浙江会展研究》和《国际商务内参》，既交流了企业内部信息，又促进了横向与纵向信息的沟通。

远大公司建司以来的短短几年中（2001年建立），已先后通过ISO9001：2000国际质量管理体系认证和美国 ANSI/RAB 国际认证，并经美国国际展览管理协会（IAEM）批准成为该组织会员，目前公司已被列入中国著名展览公司之一。公司的持续健康发展，显然管理者更深谙沟通在经营管理中的积极作用。沟通，应用与企业中，即管理者与职工对话。其重要作用是能够前瞻性地发现问题并在问题出现之前解决掉，还在于，它能把管理者与职工捆绑在一起，管理者与职工经常性就存在和可能存在的问题进行讨论，共同解决问题，搬掉障碍，达到共同进步和共同提高的目的。

信息和知识经济的发展要求企业职工具有灵活性、创造性、积极性。现实情况是，职工能够参与和过问企业事务、能以群体意志形式拥有企业资源支配权、能决定企业经营管理的大政方针，他们就会把企业的命运和自己的命运结合起来考虑，就会想通过自己的智慧、言行和其他努力使企业更繁荣起来。企业在谋求决策的科学性的过程中，更重要的是求得员工对决策的理解，定期与员工进行事业的评价与探讨，吸收他们的意见和建议，支持职工群众当家作主，做到自觉公开决策事项，听取职工群众的意见，集中职工群众的智慧，接受职工群众的评判和监督，以建立上下畅通的言路，真正实行"以人为本"科学民主决策，减少和避免失误。只有协调好管理者与职工的关系，增进彼此的信任与理解，让职工感到自己是企业的主人，感到自己的意见、建议、关心会对企业运作发生影响并最终和个人利益直接相关，广大职工才会在企业中充分发挥出自己的积极性和创造力。

与新形势下企业民主管理工作相适应，职工参加民主管理不能仅理解为是工会单方面依法行使的权利，职工民主管理参与程度与企业经营效益紧密相连，实际已表现为一种唇齿依附关系，一个具有深邃目光的企业主都会接受这个现实。沟通作为一个重要的管理技巧在管理活动中的运用非常广泛，其收效明显，它更多地体现了一种人性关怀，符合真、善、美的人性价值趋向，给人以信任感和安全感，企业管理者应该结合自己的管理时间不断探索和提高沟通技巧，把职工当作家人一样与之倾心沟通，以架起相互理解、相互信任、相互支持的桥梁，推动企业不断向前发展。

美育研讨篇

论美育对核心价值观构建的
特殊作用和实践意义
——从意识的本质探索"美的规律"对
提升公众认知度的潜在路径

On the aesthetic education on the
construction of core value the special
role and practical significance
—— from consciousness to explore the essence
of " law of the beautiful " to enhance
public awareness of the potential path

(2012 年 7 月获绍兴市委宣传部、社科联"我们的价值观大讨论"征文比赛优秀奖)

【摘要】在深入推进社会主义核心价值观大众化建设的今天,面对国内社会发展新情况和国际上意识形态领域的复杂形势,塑造社会主义核心价值观相比改革开放初期时的价值观塑造更呈复杂化和具挑战性。因此,揭示意识的本质来认识社会环境、个人因素对人们的价值取向所具有的制约与影响作用用以指导实践,以此利用人类意识活动中积极的方面可能获得与审美活动相一致的稳固的共同价值取向路径,是时代面临的一个重要课题。本文以审美活动和美育为研究对象,对提升社会主义核心价值观的公众认知度所起的重要作用进行探索和实践性论证,指出潜在的路径。

【Abstract】in advancing the socialist core values popularization construction today, facing the social development new condition and international ideological field complex situation,shaping the core values of the socialist reform and opening up when compared to the values that shape is more complicated and challenging. Therefore, to reveal the nature of consciousness to awareness of the social environment，individual factors on peo-ple's value orientation has the restriction and effect to guide the practice，the positive as-pects of human consciousness may be obtained and aesthetic activities consistent with the solid common value orientation path，is facing an important issue. Based on the aesthetic activities and aesthetic education as the object of study，to promote the socialism core values in the public awareness of the important role of exploration and practice argumen-tation，point out the potential path.

【关键词】意识　美育　价值观　路径

［Key words］consciousness aesthetic values Path

当前，我市正在广泛开展的"我们的价值观"大讨论活动，是深入学习贯彻党的十七届六中全会、省委十二届十次全会和市委六届十三次全会精神的具体措施，也是继 2007 年开始的在全国一些主要城市开展社会主义核心价值观大讨论活动的延续和深入。今天，在党的十八大召开前期由全民参与的"我们的价值观"大讨论活动，预示我国社会主义新文化思想建设将迎来又一个春天。但同时我们也必须看到，当今塑造社会主义核心价值观相比改革开放初期时的价值观塑造更呈复杂化和具挑战性。作为 20 世纪八十年代的大学生和与"文革"、改革开放一起走过来的历史见证人，笔者深感在社会进入加速转型期的今天，要科学推进社会主义核心价值观大众化建设，需要从思想意识源头上早做文章，做好文章，以收到事半功倍的效果。20 世纪八十年代中期，当"五讲四美三热爱"活动在全国范围深入开展时，笔者就萌生写一本配合"五讲四美"活动的有关青少年审美教育书稿的想法，后来由于工作调动频繁加上各种学习和应考，此计划也就搁浅，但通过审美来阐述自己思想的想法却一直没有停止过。如何认识改革开放以来各阶段社会变迁与人们的价值取向，如何把握事物内在发展规律用以指导社会主义核心价值体系建设实践，如何通过有效路径把社会主义核心价值观转化成广大社会成员的价值追求和自觉行为，这些都是我们当前及今后必须面对的和解答的课题。笔者借此次"我们的价值观"大讨论平台以自己多年学习心得结合个人的生活实践和经验，从意识的本质对美育提升社会主义核心价值观公众认知度潜在路径进行探讨，以期引发人们对此问题的关注，并希望对有意于此研究的同仁起到抛砖引玉的作用。

一、中国改革开放以来社会转型期所处不同阶段特点与人们的价值观

关于对中国社会转型期起始时段的划分，目前学术界观点尚未趋于一致，有从 1840 年的鸦片战争开始，也有主张从 1949 年中华人民共和国成立开始，但多数学者已趋同于 1978 年中国才开始进入了真正意义上的社会转型期。至于对改革开放以来社会转型期的特点概括和起始时间点的划分，学术界尚无涉足。为便于梳理和理解，本文对改革开放以来三十五年按社会发展变化特点将其划分为三个阶段：1977 年——

1988 年为第一阶段（社会转型革新期）；1989 年－2000 年为第二阶段（社会转型发展期）；2001 年－2012 年为第三阶段（社会转型加速期）。

（一）1977 年－1988 年的社会转型革新期

"社会转型"最基本的概念，是指社会从传统型向现代型转变的过程。具体而言，就是从农业的、乡村的、封闭的半封闭的传统型社会，向工业的、城镇的、开放的现代型社会的转型。这一阶段是中国现代性转型进程中具有重要意义的时期，"文革"结束和"新时期"开始，俨然一道分水岭，划开了旧的主权主导期和新的文化主导期。从高考制度恢复、开展全面拨乱反正和启动改革开放到全面对外开放，中国仅用了 10 年时间完成了现代化建设的基本路线和工作重心根本性的转移。这一时期表现在文化思想领域，以 1977 年刘心武的短篇小说《班主任》发表为标志，由此揭开了中国新时期思想启蒙运动的序幕。在告别了"文革"十年思想禁锢、文化作品凋零，伴随新思想、新文化春天的到来，人们对知识的渴望如"久旱逢甘霖"，同时开始重新思考一些大的思想文化问题，参与社会热点问题讨论的热情随之喷发，因此当 1981 年中央"五讲四美"的口号一提出来，很快就为公众所接受，并成为社会生活中一个公认的指导原则。而后的对人生价值观的思考，在广大人民群众特别是在大学生中形成共识，"把失去的青春夺回来"，成为那个时期中国青年价值观的主流。

（二）1989 年－2000 年的社会转型发展期

"八五"期间除前三年由于受到国内外各种社会事件的影响改革开放步子趋停，以 1992 年邓小平南巡谈话为标志，中国社会转型进入了一个新的历史时期。这一时期，随着市场经济体制的逐渐形成，国民经济市场化、社会化程度明显提高，中国的改革开放进一步推进，形成了总体开放的格局。邓小平南方谈话中关于判断社会进步与发展的"三个有利于"的论述，打破了长期困扰人们的一些思想禁锢，这意味着社会的主导价值取向又一次发生了重大变化，使人们的思想得到了更大程度的解放，思想活动有更多的独立性；同时，市场经济的热潮深刻地影响到中国人民的日常生活，随着改革的深入，许多深层次的矛盾不断暴露出来，使相当多的人开始变得浮躁，对金钱物质的追求和崇尚个人奋斗，成为当时人们津津乐道的话题和人生价值的主要尺度，人们越来越倾向于经济利益和自我实现并重，于是社会上出现了全民炒股、教师下海、机关工作人员经商、第二职业、傍大款等现象，对个性自由的追求是建立在利益驱动之上，尚未形成明确和清晰的价值观。

（三）2001 年－2012 年的社会转型加速期

这一阶段以中国加入"世贸"为起点，综合国力大幅提升，市场经济进一步搞活，收入分配方式、就业方式和生活方式更加多元化，民众的话语权和监督机制随着民主法制建设的不断完善和互联网的快速发展，有了更加充分的自由和参与权，中国改革开放步入发展加速期。社会这种多元化的发展方向，使人有了更多的选择和自由的空间，从而使社会价值观也呈多元化的态势，反映在价值观上也随之多元和多变。另一方面，在社会各个领域都得到不同程度优化的同时，也不能回避这样一个现实，就是社会上引发和出现的大量问题，使矛盾复杂性加大，有的触及到深层次，如社会公共资源分配不公、贫富差距拉得过大、新贫困层和新弱势群体由小变大、犯罪率居高不下、腐败现象广为蔓延等等。在这种负面效应加之90年代人们普遍存在的拜金主义、个人主义心态，许多主流价值被遮掩和消解，基本的是非、善恶、美丑界限被杂乱无章的多元价值混淆，社会在很多方面一定程度上丧失了基本的价值取向，导致人们怀疑历史、社会冷漠、颠覆传统、信仰缺失、道德失范、思想混乱等等，出现了不择手段，甚至违法手段获取利益。这样，从经济利益矛盾波及到政治利益，甚至影响到不同利益群体的人生观、价值观、政治观。

从以上三个不同阶段社会转型期及其人们的价值观变化分析，第一阶段的转型是一个明显的转型期，中国社会实现了最根本性的变革，即以"阶级斗争为纲"向"以经济建设为中心"的转变，是与过去决裂而又开启未来的时代，是一个质变的概念。这样的时代，需要思考，需要精神，需要人文关怀，20世纪80年代的人们特别是青年是这样做了。第二阶段延续了第一阶段发展导向，中国开始实现从80年代以政策改革为导向的阶段转变以体制改革为导向的阶段，是一个量变的概念。这个阶段社会体制开始实行全面整合和转型，市场经济的完全确立，人们的思想观念变得现实了许多。第三阶段是对第二阶段的深化，是中国经济体制改革向纵深领域发展和与世界经济接轨的提速期，突出表现在经济的迅速崛起和快速发展；同时互联网的普及网络信息的良莠不齐加上社会上道德沦丧事件的轮番上演和一些媒体的误导，美丑不分，善恶不辨，在审美价值观还没有完全建立起来的情况下容易使人们，尤其是出生在80年代、90年代的青少年对基本价值取向产生疑惑和迷茫。

通过分析，笔者深刻思考着这样一个问题，即人们的价值取向与其所处社会环境究竟表现为一种怎样的关系，其中是否客观存在着与"美"的审美活动相一致的稳固的共同价值取向，美学（美育）对价值观的形成是否具有独立的意义。

二、价值取向与人们所处社会环境的既相互联系又相对独立

价值取向是指人们把某种价值作为行动的准则和追求的目标，是个体在处理各种关系时所持的基本价值立场、价值态度以及所表现出来的基本价值倾向。价值取向其实质就是价值观在思想意识形态所表现出来的指向性。个人的价值观一旦确立，便具有相对的稳定性，形成一定的价值取向和行为定势，是不易改变的。

（一）两者的相互联系

价值观决定价值取向，一个人的价值取向同时又反映了价值观，价值取向决定价值观的中心思想。价值观通过人们的行为取向及对事物的评价、态度反映出来，是世界观的核心，是驱使人们行为的内部动力。价值观作为一种意识形态在人们的形成过程中，不可避免地会受到其所处社会环境的影响。一般来说，当处在一个社会新阶段或者说社会革新式转型期，由于新旧机制边界明确，顺应时代发展潮流，

与大众追求目标趋于一致，提出一种激发、鼓舞、理想色彩比较浓厚的价值观，人心相向，容易形成共识和被大众所接受（如我国改革开放初期阶段）。而当社会的改革向宽度和深度进发时，伴随经济体制的变革、社会结构的变动、利益格局的调整，抑或在一些领域改革的不到位，会引起人们思想观念的变化。如我国的改革开放进入第二个阶段以来，在经济硬实力不断增强的同时由于文化软实力的发展没有及时地适应这种发展，加之政治体制改革的滞后和价值体系的缺失，进入发展加速转型期的中国社会，各种潜在的矛盾暴露出来，导致社会思想领域正确的与错误的、先进的与落后的思想观念相互交织，呈现出多元、多样、多变的特征。

（二）两者的相对独立

价值观与人们所处社会环境的相互联系，表明了一个人的价值观的形成离不开一定的历史条件。但这种联系在具体形式上又表现为相对的独立性。价值观属于意识形态的范畴，正如社会存在决定社会意识，社会意识具有相对独立性原理一样，一种价值观的产生还受到个人主观因素的影响，具有相对独立性。如上所述，在这一联系过程中，由于个体认知水平、自我意识、兴趣、情感、社会角色和生活经历的不同，虽然同处一个社会环境，人们的思想观念却有正确与错误、先进与落后之别，个体的价值取向表现出如此大的差异性。而当我们用历史的眼光从"联系"的一连串链条中加以考察，由于自主意识参与到活动中，人们的价值观会超前或滞后于当时所处的社会环境，乃至表现为两种截然不同的观念，即一种是先进的、正确的价值观有助于社会的进步；一种是落后的、错误的价值观有碍于社会的进步。如上所述，每一阶段的社会改革总是对前一阶段的扬弃，由一个个个体组成的代表社会或群体的传统价值观会不断地受到新价值观的挑战，这时的人们同处在这样一个转折期，社会环境条件不变，却形成了不同的价值冲突。究其原因，这是人们所处社会那个阶层所代表的落后和先进的思想的激烈碰撞所致，客观上是社会发展矛盾运动的必然结果，这种价值冲突的结果，总的趋势是前者逐步让位于后者，符合社会历史发展的客观规律。而价值观趋向多元化其实质是对价值观的迷失，缺失对事物的判断力，摇摆于正确与非正确、合理与不非合理之间，其根源一方面具有社会环境的因素，一方面又有个体认识上和情感性的因素，其形态仍是相对独立性表现。

因此，价值观的形成，既受到人们所处的社会环境的制约，又受到个人自身主观因素的影响，具有相对的独立性。

（三）社会存在与社会意识相互关系对构建社会主义核心价值观的现实意义

1. 社会存在决定社会意识和意识相对独立性解读

"社会存在决定社会意识"这一历史唯物主义原理，是建立和研究各门具体社会科学的根本理论原则，为我们客观地研究社会历史发展规律提供了依据。社会存在和社会意识的概念按其研究对象角度和范畴的不同，可分为广义和狭义两种：广义的社会存在包括一切社会现象，凡是与人类社会有关的一切，不管是物质现象还是非物质现象都是社会存在，是社会意识的属概念，社会意识不过是社会存在的一部分；狭义的社会存在指人们的生产实践活动以及社会经济基础、经济形态，而社会意识仅指建立在经济基础上的观念（思想）上层建筑。本文使用的是狭义的概念。"社会存在决定社会意识"，说明了意识（精神）不可能同存在（物质）相脱离，人通过物质实践，将外在对象转化为内在意识的一部分，即认识了对象的规律性。"社会意识具有相对独立性"是这一原理的客观辩证命题，这一命题的重要意义在于，它揭示了人们为需求满足的实现以及与这种实现目标相一致所进行的方法和手段的选择，即对于自然界的意识不再像镜子反映对象那样被动、毫无选择，而是主动地针对自己实际生活过程中的种种矛盾，以能动地但也因此而体现着特定的阶级立场、价值取向与政治倾向的态度，要求现实生活及社会关系"应当"怎样。需要说明的是，对于"社会意识具有相对独立性"命题的研究，一直以来学术界视角多注重于理论意识，而对于理论意识的低级形式社会心理重视不够。意识（精神活动）的相对独立性表明，人的意识（精神）转化为物质的运动过程，还有其精神性的实践活动内容，主要有两个方面。一个内容是在感知、想象、情感、理解中改造对象和创造对象，它常常成为由精神活动转化为物质实践活动的桥梁。精神实践活动的另一个内容是人在精神领域进行自我改造、自我塑造、自我创造，这主要是指人对自己的精神、自己的心灵、自己的性格等等进行改造、塑造和创造。这个活动过程常常是通过人自己的生命体验、情感体验和意志磨练而进行和完成的，而且其中充满着幻想和想象。这是精神实践活动更重要更根本的内容，因为它是人自我完善、自我完成的主要途径，也是人深化自己本质的直接实践。审美——艺术正是如此。绝大多数艺术特别是那些表现性强的艺术，如音乐、绘画以及以抒情为主文学（特别是抒情诗）等等，都是直接表现人的生命体验、情感体验，都是直接抒发"性灵"，表现"童心"。通过这样的抒发和表现，深化和升华人的本质，改造和塑造人的灵魂，实现人的自我完善、自我完成。

对此，笔者认为，忽视社会心理的作用，把理论意识仅仅看作是对社会存在的直接反映，会使社会意识的相对独立性意义弱化，不利于在社会意识内部找到社会意识发展的内在矛盾，不能从本质上揭示社会意识发展的根源和动力。

2. 社会主义核心价值观解读

价值观是社会成员用来评价行为、事物以及从各种可能的目标中选择自己合意目标的准则。核心价值观是对价值观的进一步凝练和升华，更深层次上升为一种观念性的理念、一种理想境界。社会主义核心价值观从属于社会主义核心价值体系，是社会主义核心价值体系的核心和灵魂，构建社会主义核心价值体系实际上就是构建社会主义核心价值观。社会主义核心价值观是社会主义核心价值体系的内核和最高抽象，体现社会主义的价值本质，决定社会主义核心价值体系的基本特征和基本方向。党的十六届六中全会首次明确提出的"社会主义核心价值体系"科学命题，标志着我们党对中国特色社会主义的认识已经从制度层面深入到价值层面，深化了对共产党执政规律、社会主义建设规律和人类社会发展规律三者辩证统一性认识，明确了社会主义的发展模式、制度体制和目标任务。构建社会主义核心价值体系内容经过十七届六中全会进一步阐述和近一个时期对核心价值观所作提炼的逐步完善和发展，目前提出的一些理念已初具核心价值观雏形。这些词语表述集中起来主要有"文明、富强，为公、诚信，人本、仁爱，民主、法制，公平、正义，团结、和谐，开放、包容"十四个关键词。这些关键词，词义虽然各不相同，但词性是一致的，集中体现了与社会发展要求相一致的进步和真善美，符合全国各族人民的共同愿景。

3. 指导意义

历史唯物主义这一根本原理，深刻揭示了意识的本质特点，对当前正在深入开展的社会主义核心价值观大讨论具有积极的指导意义。社会存在决定社会意识，表明了社会主义核心价值观不能在头脑中自然生成，而是在一定社会环境的基础上产生并随着社会环境的变化而变化。这就要求我们在推进社会主义核心价值体系建设过程中，加强文化倡导和适度、科学地灌输，用大众文化潜移默化地影响人们的思想观念、价值认同；通过文化"化人"，能够春风化雨，在消费精神文化产品中受到社会主义核心价值观的熏陶，在享受和谐健康向上的精神家园中实现社会主义核心价值观的大众认同，增强社会主义意识形态的吸引力和凝聚力。在面对国际范围内意识形态领域复杂形势和较量，"在意识形态领域的斗争，本质上是社会主义价值体系和资本主义价值体系的较量。"（胡锦涛《在中共十七届三中全会第二次全体会议上的讲话》）这就迫切要求我们的思想政治教育工作者加强对我国价值主流意识形态的宣传和维护，对于加强社会主义核心价值体系建设、增强社会主义意识形态的吸引力和凝聚力、全面推进中国特色社会主义伟大事业，有效抵御西方思想文化渗透，切实维护我国意识形态安全，具有重大而深远的指导意义。社会意识的相对独立性，说明了人类特有的精神实践活动表现为改造世界的能力以及人们在认识指导下能动地改造世界的活动。深刻理解这一原理，可以帮助我们更好地认识人类意识活动中积极的方面可能获得与审美活动相一致的稳固的共同价值取向——"审美活动就是人所进行的具有全人类意义的一切活动"（《美学》【苏】尤·鲍·鲍列夫著，乔修业译。第 20 页）

三、审美活动具有的全人类意义价值

审美活动作为人把握世界的特殊方式，是一种最具主体性特征的人类活动。所谓主体性，指的是人所具有的自主、主动、能动、自由、有目的地活动的特征。在审美活动中，这些主体性特征比其他人类活动更加强烈。审美活动从本质上看是出自于人的内在需要，与欲望、兴趣等感性生命的要求相联系，是为达到自己需要的满足而进行的活动，是一种价值活动。审美活动属于美学的范畴，其落脚点是审美教育（审美主体的提高）。

（一）美学是研究人类审美活动的科学

美学是从人对现实的审美关系出发，以艺术作为主要对象，研究美、丑、崇高、滑稽、悲剧、喜剧等审美范畴和人的审美意识，美感经验，以及美的创造、发展及其规律的科学。简言之，美学是研究人类审美活动的科学。它反映了人的终极关怀和追求，但它又与哲学不同，它把这种终极关怀和追求溶入诗意之中，用生动感人的形象去打动人的情感，因而它更易被人所接受。"与美学相比，没有一种哲学学说、也没有一种科学学说更接近于人类存在的本质了。他们都没有更多地揭示人类存在的内在结构，没有更多地揭示人类的人格。因此，对于解释全部存在的一部分来说，对于这个世界的人的方面来说，与其说伦理学、宗教哲学、逻辑学、甚至心理学是核心的东西，还不如说美学是核心的东西。"（《艺术的意味》【德】莫里茨·盖格尔著，艾彦译。第 194 页）美的本质问题，是美学的基本问题，也是美学首先要解决的根本问题。

1. 美的本质

歌德曾经说过："美和自然一样丰富多彩。"（《歌德谈话录》第 132 页，朱光潜译，人民文学出版社出版）。几乎与歌德谈话录出版同一时期，马克思在他的《1844年经济学——哲学手稿》中提出了"人也按照美的规律来建造"的著名论断（《马克思恩格斯全集》第 42 卷，人民出版社，1971 年版，第 97 页）。那么，究竟什么是美，也即美的本质是什么，要探讨这个命题必须把它放在中西方美学思想史的大背景下来认识和阐述。美的本质——这个美学之谜，千百年来曾经扣住多少学者和哲人的心灵！中外古今历来哲学家、美学家都试图给出美的本质的确切定义，但至今仍众说纷纭，莫衷一是，还没有一个学术上趋于一致的标准答案。纵观西方美学史，对美的本质曾经提出了各种不同的看法，归纳起来主要有四种模式：一是以柏拉图、黑格尔为代表的从精神上探索美的根源；二是以亚里斯多德、车尔尼雪夫斯基为代表的从物质世界中探索美的根源；三是以代·立普斯、里希特尔为代表的从主观上探索美的根源；四是以狄德罗为代表的从主客观关系中探索美的根源。然而，这些从不同角度所作的阐述，给出的答案却相去甚远，甚至完全相反。正如列夫·托尔斯泰所说："'美'这个词儿的意义在一百五十年间经过成千的学者的讨论，竟仍然是一个谜。"（列夫·托尔斯泰《艺术论》第 13 页）中国的美学研究，直到 20 世纪初期受西方美学思想的影响，才开始真正意义上的探寻，与西方美学研究相仿，对美的本质的探究，就基本的倾向来看，当代学术界的争论形成的代表性学说也可归结为四种模式：一是以吕荧和高尔泰为代表的主观说；二是以蔡仪为代表的客观说；三是以朱光潜为代表的主客观统一说；四是以李泽厚为代表的客观性与社会性统一说。"美是什么"这个问题为何如此难解，这是因为美的现象的无限多样性和差异性，掩盖着美的本质的一般性和共同性；因为人们对美的感受的相对性和变异性，掩盖着美的本质的普遍性和客观性。正是由于美的本质与人的本质、人类的历史发展这些困难而复杂的问题联系在一起，使得美的本质成为美学史上的难解之谜。

综合中西方各派别学者对美的本质所作的阐述和所下定义，不难看出，以上观点的指导思想都是建立在不同体系的哲学基础之上，因而所得出的结论注定不会走到一起。主观说（精神）和客观说（物质）脱离美的关系探寻美的本质，必然会使自己的理论走向极端。即使像主客观统一说，其指导思想虽然是以马克思主义的意识形态论和实践论为哲学基础，却没有将这一原理贯彻到底，依然存在相互矛盾。倒是李泽厚先生的观点比较中肯。李泽厚先生的美学思想肯定了美感的社会性、直觉性和情感性，又综合了美的客观性与社会性，提出了"一种具有社会内容的美感形态"（《美学三书》商务印书馆，2006）。据此，笔者再作进一步深入，尝试从客观物质的自然属性适合人类生存和发展并能由内而外引起感官共鸣的现象中寻找美的根源，揭示美的本质。全部人类社会发展史表明，在人类社会产生以前，美已客观地存在于物质世界中，只是当这种美一旦适合人类生存和需要，符合事物发展的客观规律，美才成其为美，美才有独立的意义。美的本质是自然属性、社会属性与心理属性三者的有机统一，是一种真、善相联系的、体现人的本质力量的并通过宜人的感性形式显示出来的客观特征与状貌。

2. 爱美人性

爱美人性是指人类所具有的对美好事物向往和追求的品性，是人区别于其他动物的基本特质，既有自然的属性，又有社会的属性，还有心理的属性，是由美的本质所决定的。俗话说"好美之心，人皆有之"。就是说不管是谁，人人都有一种喜爱美好事物的心里倾向，都有一种欣赏美好事物的欲望要求。只须稍加观察和自我检点，我们任何一个人的日常生活内容，从梳妆穿戴，购物旅游，再到阅读欣赏，都时时体现自己的心理需求，爱美、求美的大量事实俯首即是，不胜枚举。可以说，人们的全部生活史就是一部爱美史。

那么，人如何具有这样的爱美、求美的品性呢？从生理的浅层次上来说，这是人的感官在起作用。然而，审美倾向对于纯感官生理的满足，永远不能上升到审美享受的境界。就拿最能体现直觉感官的"顺眼"和"顺耳"分析，人们习惯说某些东西看上去"顺眼"和听起来"顺耳"，某些东西看上去"不顺眼"和听起来"不顺耳"。遇见"顺眼"的东西和听到"顺耳"的声音，大家都爱看、爱听，感到很喜欢；遇见"不顺眼"和听到"不顺耳"者，大家都不爱看、不爱听，感到不喜欢，甚至讨厌。这是因为人们所遇到或听到的各种对象——人、物、事的形象、声音，呈现于人们面前，作用于人的感官，即被看到、听到被感觉到的时候，当下直接所引起的一种舒服或不舒服。例如：过分单调而缺乏适当变化，或者过分复杂混乱而缺乏条理秩序的色、线、形及音响，都会使人看到、听到时不舒服。总之，只有恰到好处的光、色与音响，才被感觉到舒服，亦即"顺眼"、"顺耳"，不别扭。由此可见，所谓"顺眼"、"顺耳"与否，指的就是对事物的色、线、形及音响等，作为感官刺激物，给予（作用于）人们的感官的刺激（包括其质量与程度），是否恰到好处，是否恰相适应。凡属对于人们的感官恰相适应者，人们便觉其"顺眼"、"顺耳"；反之亦然。换言之，凡属对于人的感官不闹别扭者，人们便感觉它们"好看"、

"好听";反之,便感觉它们"不好看"、"不好听",甚至"难看"、"难听"。

无可否认,这种情况实际乃是一个人都在自己的日常生活中,几乎每日每时千百次地反复经验过,并且还在不断继续经验着的客观事实。不过因为实在太寻常,人们多半都未特别加以注意罢了。

那么,是否凡属"顺眼"、"顺耳",也即"好看"、"好听"的对象,一律尽都就是所谓"美的"呢?其实不尽然,事实并非那样简单。"顺眼"和"顺耳",无非仅仅限于外界刺激物作用于感官,只在感官上所直接引起的一种适应或不适应而已。那种"舒服"或"不舒服",亦即不别扭或别扭的感觉,实际还只是偏重于生理性的生理反应。那种"感觉"对于客观事物(对象)的反映,实际还只涉及事物的现象、形式,远未涉及事物内在本质方面的种种内容、意义。所以,那还不过只是一种"快感"或"不快感"而已,并非真正的"美感"或"丑感"。为能获得真正的"美感",仅求"顺眼"、"顺耳"还不行,应当更进一步提高到"愉悦"的程度才是。也就是说,审美活动永远不能停留在视听感官的层面上,视听的魅力最终要感动心灵,必须实现眼与心、耳与心的贯通。因为真正"美感"(反面为"丑感")的性质,原本属于内容意义丰富得多的一种精神上的愉快喜悦,并非仅仅只是单纯感觉上的舒服或不别扭而已。要把"舒服"或"不别扭"上升到"愉悦"(美感)层面,美育在审美活动中具有十分重要的意义。

(二)美育是审美活动的落脚点

审美活动作为人类的多样性活动中的一项特殊活动,表现为人们的日常生活中的欣赏及艺术欣赏的过程,运用自己的审美感观去直接把握对象的审美特性,并进行情感体验。美育,又称审美教育或美感教育,是以艺术和各种美的形态作为具体的媒介手段,通过审美活动展示审美对象丰富的价值意味,直接作用于受教者的情感世界,从而潜移默化地塑造和优化人的心理结构、铸造完美人性,提升人生境界的一种有组织、有目的的定向教育方式。在审美活动中,美育对引导人们树立正确的价值观具有十分重要的导向作用。

1. 审美活动与价值观(人生观)

审美活动是随着审美现象的丰富而不断丰富的,在日常生活中,我们每天都不可能离开审美的活动,审美的氛围。审美的丰富性已经进入到我们日常生活的方方面面、甚至每个角落。我们现在生活中的一切,吃、穿、住、用,每一个方面、每一件东西上都有审美因素,可以说审美的现象是无处没有渗透进来。文艺活动作为人的精神活动方式是最能够体现审美活动的特征和基本规律。文学艺术的领域异常广泛,包括文学、戏剧、电影、电视、美术、音乐、诗歌、舞蹈、建筑、雕塑、书法、杂技等多种门类,都成为我们审美的对象。文学艺术的本质和功能是多方面的,它的思想教育和道德熏陶的功能正蕴涵于美的艺术形象中,是通过读者和观众对艺术形象的审美而实现的。在审美活动中,健康的审美人格的建立十分重要。基于各人的感觉、认知、情感、价值、信仰、性格、气质、能力、兴趣、倾向等因素构成一个整体，成为人的较为稳定的心理结构和心理功能。但由于人与人的情况和条件不同，会对同一审美对象的反映正确与否，深刻与否，强烈与否，往往也会出现明显的差异，甚至同一个人面对同一审美对象，在不同的时候、不同的条件下，也可能会出现完全不同的审美感受。这不仅因为人们的审美活动依赖于审美对象的刺激，而且还依赖于审美主体本身的心理内容和个性特点，并受到个人后天的社会实践、文化教育、社会文化的影响和制约。根据马克思主义关于人类几种基本活动类型的划分，审美活动属于精神实践掌握，由此可以确立马克思主义美学的这样一个基本观念，即艺术主要不是属于对于世界的"精神掌握"，而是属于"精神实践掌握"，这充分说明无意识在构成人格以及在导致人的实践行为发生中的地位的重要。这个概念在培养人格无意识这一点上，审美具有其他一切精神手段所无法起到的作用。因为美作为以感性的形象向人们显乐的合目的性和合规律性的愿景，是不经理智分析、判断而直接诉诸人的感觉和体验的，因而它对人的影响也是潜移默化的，它深入人的心灵而却不为人所觉得。这样，审美不仅可以把理性的告诫化为心灵的感动，而且通过美的情感对人的塑造，还可以把客观对象所显示的美转化为审美者的人格的美，它的功效也比理智的教育要深入而持久得多。因为理智的教育是带有强制性的，是出于对规律性的认识而使人们不得不予以承认的，所以它的方式一般也只能是说服；而审美的作用则是让人们感动、体验，它能把人们对规律性、目的性的认识化为内心膺服和爱，相对于认识这种浅层次的接受来说，这是属于一种深层次的接受。所以它不仅影响人对社会人生的认识，而且还会改变人们的志趣、态度、气质。这种人格无意识在人的活动中的作用就要稳定持久而有力得多。这种高尚人格的形成对于一个人之所以重要，就是由于观念的东西总是随着时代、外部环境的变化而不断变化的，而当一个人有了高尚的人格，他就能在这种变化中坚守自己的正确选择，自己的理想、信念，对于潮流保持一种清醒的认识和态度，不致于完全跟风赶潮、随波逐流、变得毫无操守。通过审美活动具有的这种审美品质在塑造社会主义核心价值观的今天，显得尤为重要。这样一种审美品质，当把这一目标化为自己的人格无意识之后，才有可能坚定不移、义无返顾地朝着这一目标勇往直前。

然而，我们面对的又是这样一个现实，当代人特别是在大学生中间审美趣味媚俗的现象有增无减，从笔者偶尔收听的晚间电台情感类节目中，经常能听到在校大学生打进热线咨询人生观方面的话题，对学习目的性不明确和对事物缺少辨析能力占有很大的比重。这种现象虽然是世界观问题，但根本原因还是与平时主观审美趣味的低俗化有很大的关系。如经常选择一些低格调的大众影像物品使学生的审美趣味向低层次滑坡；崇拜体艺明星在某种程度上体现了部分学生对奢华风光生活的向往，迎合了部学生企图不劳而获心理空虚的特点。如此低层次的趣味，不仅导致学生审美趣味的"畸趣"化、审美素质的退化和审美能力的弱化，更重要的是导致其精神世界的世俗化、功利化和平庸化，造成价值观念的混乱和人格的畸形，降低其社会责任感。对此，美育应是责无旁贷的责任。

2. 美育是提高国民素质的重要措施和路径

美育是教育的一个重要组成部分，是人类认识世界、按照美的规律改造人们主观世界，实现人类自身美化的一个重要手段和重要途径。美育的基本任务是提高和培养人们对现实世界（包括自然和社会生活）以及整个文学艺术的鉴赏和创造能力，引导人们树立正确的审美观，帮助人们提高审美能力，培养人们的审美创造力，塑造完美的人格，使人们变得高尚、积极，在思想感情上得到健康成长。

美育的本质特征决定了其具有不同于其他教育手段的特殊功能，对人们健康价值观的形成具有独立的意义。"高尚之艺术，能使人心感悟而渐进于至真、至善、至美之境地；美育，为人类精神自我完成之重要一端。"（《潘天寿谈艺录＞第 1 页》）审美教育能使人的感情和理性会在不知不觉中达到融洽，全面发展个性，从而使人具有完美的人格、美的人性。美是以真、善作为前提的，美育也是如此，也是以真、善作为前提。离开真、善就没有美，也就没有了美育。从德育、智育、美育的关系上看，三者既有联系，又有区别。在实际生活中，德育、智育与美育三者虽各有特点，但又是相互渗透的。正如王朝闻所说："德育、智育、体育与美学的关系不是一种加法，而是一种化合，前三育离不开美育，美育的作用渗透在前三育之中。"德育中包含了美育，因为在德育中培养人的高尚品德实际上涉及人的精神美、心灵美。智育中也渗透着美育，如在科学领域中往往伴随着美的鉴赏，体现了智育与美育的联系。同样，在美育中也包含了德育，鲁迅说过："美术之目的，虽与道德不尽符，然其力足以渊邃人之心情，崇高人之好尚，亦可辅道德以为治。"（《鲁迅全集》第 7 卷第 723 页）蔡元培也讲过："美育者，与智育相辅而行，以图德育之完成者也。"都说明在审美教育中包含了德育。美育和德育、智育在教育事业中是一个有机的整体，但又各有自己的特点：一是以情感人，理在情中。在现实生活中的一些矛盾，有时理性上觉得对，但情感上不一定接受；有时情感上喜爱，但从理性上看是错误的。美育的特点就是要是人不仅在理论上认识到是正确的，而且在情感上产生热爱，从这个意义上看（情感与理性的统一）美可以说是善的升华。二是寓教于乐、寓教于美，于美的享受中受到教育。寓德育于美育之中，寓教育于娱乐之中，也就是寓教育于美的享受之中，往往会收到意想不到的结果。三是倾心赏美，潜移默化，受教育于不知不觉之中。所谓"随风潜入夜，润物细无声"，在不知不觉中接受教育，才能收到最好的美育效果。四是美育贯穿于人的终身，渗透到人的生活的各个领域。

美育的这一本质特征又决定了美育不仅仅是艺术知识和技能的教育，而且体现了一切教育活动当中的教育艺术或教育方法。这就要求教育工作者在美学教育实践中做到两个建设：一是教育体系建设；二是自身素质建设。从教育体系建设来说，要根据不同年龄段特点进行施教，要把培养高尚道德情操的内容融入到审美认知教育中去，而不是单纯地培养人的道德意志；要将美育渗透在智育中去，使美育成为开启想象力的一具心锁。从教育工作者自身素质建设来说，教师是美的传播者，做到"以美育美"尤为重要。美育教师除了要有满足学生健康的审美情趣、良好的审美意识及审美能力外，必须具备教育艺术的个人素质，主要体现在"三美"上，即教师的语言美、教态美、板书美。教师的语言艺术水平直接关系到课堂教学的质量，规范的语言和标准的普通话是最基本的条件，自然流畅的语调，抑扬顿挫的节奏，富有表情的讲解，能直接打动学生的心灵，美的语言悦耳动听，学生不仅兴趣盎然，而且容易入耳入心，能使学生置身于良好的学习环境，保证教学信息在传输的过程中发挥最佳的效能。教态美包括仪容、风度、神情、目光、姿势和举手投足等等。教态是无声的语言，它能对有声语言起到恰到好处的补充、配合、修饰作用，可以使教师通过表情让语言的表达更加准确、丰富，更容易为学生所理解。板书美不仅体现在书写美，还体现在创造板书的形式美，可以强化课堂教学效应。精心设计的色彩搭配、和谐美观的板面，更能激发学生的审美情趣和创造意识，也是课堂美育教学的一个重要内容。

值得提及的是，以上主要是针对学校特别是中小学校的审美教育，除了学校教育，家庭中启蒙式审美教育是一个不可忽视的环节，其影响和作用在某种程度上甚于学校的教育，具有特殊的意义。对此，笔者深有体会（下面专题介绍）。

由此可见，美育在内容、方式、途径、效果上都有自己独特的特征。这种教育的目的是培养健全高尚的人格，塑造完美理想的人性，创造合理美好的人生。应该说，所有教育的最终目的都是如此，但只有美育才是达到这一目标的最直接的途径。

四、家庭启蒙式审美教育的特殊意义

所谓启蒙式是相对于启蒙而言，是指一个人出生后从前辈那里最初学得的基本的、入门知识，但前辈的这种授受常常掺和着随意性，还不是真正意义上的明确的启蒙活动，然而却会给孩子产生很大影响。事实上，对孩子来说，家庭就是启蒙教育的代名词，因为父母就是孩子的第一任老师，是孩子人生的第一所学校，父母的一言一行对孩子的个性、品质和健康成长起着极其重要的作用。因此，认识什么是启蒙式教育在某种程度上比认识启蒙教育更为重要。而家庭中的启蒙式审美教育，对孩子的审美观、价值观的形成和个人发展更具有重要影响，有着特殊意义。为进一步论证美育对价值观的形成具有的独立意义和家庭启蒙式美育具有的特殊意义给予实践性理论支撑，笔者以亲身的经历、体验和感受，结合个人生活实践，对影响自己价值观的形成和人生发展的轨迹进行梳理和总结。虽然笔者的体验和感受有其个体的因素，但与审美活动和审美教育的本质是一致的，符合客观规律，因此也可以把它看作是对本文核心观点的补充和佐证。

笔者延续至今的绘画、音乐、文学、朗诵爱好源于家庭的影响和学校的教育，并由此确立了个人的成长道路。可以说，绘画、音乐、诗歌和文学对我以后的发展方向和价值取向的确立具有决定性作用，但四者又各有侧重，又相互联系。

绘画

记得笔者在还未上幼儿园时母亲一次在玻璃门窗上用手指划出一个人的侧面形象，让我十分好奇，这便是自己以后与绘画结下不解之缘的开始。绘画不只是因为它丰富了我的生活色彩和精神生活，更为重要的是，它奠定了我的"美的规律"的审美观和培养了客观全面看问题的习惯。绘画的基础技法素描，要求始终从整体出发观察和刻画形象，始终使局部服从整体特征；油画，是由色彩、造型、构图三要素组成，色彩讲究色调、对比关系（如色相、纯度、明度、面积，讲的都是一般与个别的关系）的统一与协调，造型讲究形体、体积的准确，构图讲究结构稳定、比例协调、均匀对称。这些技法的训练和运用，让我很自然地将这种观察方法也应用到了实际生活工作当中，从而建立起了"美"的审美观和看待问题的辩证观。同时，对中外美术作品资料的大量阅读，又帮助了形象思维和创新思维能力的提高，学到了如何用眼睛观察生活和在生活中提炼主题、表现主题的方法；同时获得了在其他教科书上所没有的启人心智的人生哲学新思想，这些思想火花，闪耀着深邃哲理思辨的思想光芒。在我18岁那年的学习笔记里，其中摘录的两段话至今依然是自己生活学习上的宝典。"所谓'笔触'，即是艺术家的一种表现手法。它是空想的天才家和徒具虚名的美术家所爱玩弄的，它和反映客观自然没有关系，不过是为了显示个人的戏法巧妙不同而已。'笔触'无论怎样娴熟，应当不外露，否则，只能造成错觉，使一切生动的事物冰结凝固。结果是，不是描绘对象，二是表现技巧、手法，不是表达思想，而是为了露一手。"、"摈弃那些所谓上流社会用以消磨时光的无聊玩意儿吧，朋友的圈子要小一点，要和你有同样的个人爱好和生活经验，都有从事艺术的情操；文学和科学能占去你的全部时间，使你成为一个非凡的新人，这种乐趣的源泉是取之不尽的。"（《安格尔论艺术》苏联艺术科学院，1962年）这些谈话内容虽是指向绘画艺术，但其中所蕴含的思想哲理同样适用于社会生活。可以说，绘画和绘画理论对我延续至今的审美观、辩证观和对美好事物执着追求的个性是童年至少年时期所奠定的基础。

音乐（歌唱）

记忆中第一次听到美妙的歌声的第一个启蒙老师也来自母亲。印象最深刻的是她经常唱的一曲"洪湖水浪打浪"，让我百听不厌，这便是我以后热爱歌唱的起点。与绘画一样，唱歌不仅使我的生活变得多彩，情趣变得高雅，而且让我充分感受到了歌唱艺术抒发情感和表达意境具有的独特魅力，在艺术的表现中凝聚蓬勃向上的精神力量和团结协调的和谐氛围。我的歌唱生活由童年受感染的无意识爱好，到少年时期进入文宣队成为班里唯一的独唱选手，再到参加工作后在专业老师的指导下参加各种独唱演出，始终追随着一个主旋律。歌颂祖国、热爱生活、赞美劳动是我选歌的主题要求，这与绘画对自己审美观的形成有着一定关系。一首好的歌曲，它的词本身就是一首诗，一篇好散文，它包括了文学、音韵的美等诸多美学价值，在歌唱中能充分体验音乐的愉悦和获得美妙的心灵感受。而让我真正领悟歌唱艺术的真谛，是在参加省级专业团体合唱团（业余）第一次在排练厅聆听和声示范训练的感受。那一刻，我被人声合作竟能产生如此优美和谐的立体共鸣深深感染了，这震撼力量至今仍深刻在心里。合唱，不仅体验着和声共鸣那温婉流水般的纯美境界，而且体验着合唱艺术所创造的优美意境，那意境是人们心灵合作的默契啊！正是那种融合和默契、和谐与纯粹，把自己的声音恰如其分地融入集体的声音中去，淹没自我却又感知有自己贡献的一份力量存在，才使得合唱产生如此撼人魅力。与那来自心灵共鸣的温婉和声一起，引领自己进入了一个催人向上、纯美无暇的音乐圣殿。沐浴在这个能洗涤灵魂污垢的艺术殿堂里，顿觉感情升华了，心灵变得纯洁了，情操变得高尚了，胸怀变得宽广了。歌唱对笔者提升境界和陶冶性情功不可没，与绘画一起，相得益彰。

文学

笔者对文学的爱好，起步于长篇小说，但真正引领我进入文学殿堂的是我的老师。一方面是受老师的鼓励，记得当时我选读了周立波的《暴风骤雨》，于是对小说中环境对人物性格烘托的表现手法发生了兴趣，其作文常常被语文老师作为课堂范文，由此增加了我对写作的兴趣，后来选择汉语言文学专业和从事准学术研究，与在高中时打下的基础有很大的关系；还有一方面就是老师课外知识丰富，语言流畅，普通话规范，讲解深入浅出，引人入深，加上旁征博引，能给学生以直接的熏陶和感染。笔者从小学到高中的十年正是"文革"的十年，这十年教育园地一片荒芜，是老师引领改变了我个人发展的轨迹。文学不仅为我撑起了工作的支点，而且也撑起了精神的支点，这种支点化为了对人生价值观的深沉思考，这也是自己在大学专科和本科毕业论文分别选择了刘心武的《班主任》和巴金的《随想录》对当代文化思想的贡献作为论题视觉的原由，而且我把这种目光依然投射在文化思想领地，关注文学作品的寓教于乐。一篇集思想性艺术性于一体又适合教育的优秀文学作品，对引导学生提炼价值观和提高写作能力意义极大。笔者对一篇散文的情结和感悟便是来自这种思考：

散文，以其精粹精辟，形式自由，运笔之间往往不局限于一人、一事、一物，而是展开丰富的联想，或写人记事，或回忆，或移情，深入挖掘，由小见大，由此及彼，来揭示生活的真谛。刊登在1985年9月10日《人民日报》上的"记得那盏小油灯"是一篇题旨显豁的精短散文，这篇散文也是早年笔者指导女儿作文如何谋篇布局，如何遣词造句，如何托物言志的范文。虽然仅有820个字，但散文写作特点所包含的基本元素都已具备，是适宜中小学语文教育用来指导学生作文的佳品范文。它没有一些散文名家在遣词造句上的刻意雕琢，而是融情寓文，感情真挚，语言生动，注重表现思想感受，或直抒胸臆，或触景生情，在状写事物时倾注作者的深情厚意，字里行间都洋溢着炽热激情和浓烈的诗情画意，赋予事物拥有了思想和灵性，文章运用象征和比拟的手法，把思想寓于形象之中，顺理成章地完成言志的使命，具有强烈的艺术感染力；它更没有一些散文作品的随意挥洒，而是从生活的真实感受出发，注重表达对人生的感悟，通过描写客观事物来寄托和传达作者的某种感情、抱负和志趣，将外在事物与内心情感相融合，使散文有了强烈的情感，优美的意境。文章以记忆中的"小油灯"贯穿全篇，"小油灯"在这里已不仅是一般意义上的照明工具，而有更深的象征寓象：它包含希望和力量，凝聚着人间的爱和温暖，更象征了光明的前途。文章由小见大，由此及彼来揭示生活的真谛，是一份不可多得的活教材，其题旨对于生活在当代的中小学生还具有其他范文所不可替代的积极意义——用真情教育儿孙后代珍惜时间，其蕴涵的思想、艺术魅力，如细细品味，无论作文立志，一定能够受益其中，得到启迪和美感。

朗诵

笔者对朗诵发生浓厚兴趣也源于高中学习阶段的多次校演和下乡演出，虽然当时主要是配合政治宣传的需要，但朗诵作品的主题和内容都是积极向上催人奋进的，这对我人生观的建立起着潜移默化的作用。

如果说绘画培养了自己的审美观和看问题的辩证观，音乐陶冶了情操和悟得了融合和谐的品质，文学滋养了看问题的深度，那么，朗诵艺术则为我竖起了人生价值观的坐标，在艺术的熏陶中占有一席之地。记得第一次登台朗诵的作品是茅盾的散文《白杨礼赞》，我全身心地投入参与作品意境的朗诵，得到老师和同学们的肯定。从此，朗诵成了我心爱的"事业"，无论是在学校还是走上工作岗位后，只要有适合参加朗诵的活动，我都会积极参加。这种强烈的表现欲望，与其说是这种艺术形式在内心产生强烈共鸣激起的一种情感冲动，还不如说是急切想把作品的"诗意"——社会、思想、生活意境通过自己的二度创作传递给听众。这个时候，自己的心境与作品意境二而为一，完全超度了自我，凝聚成崇高的精神力量。这种精神的力量，能使我在融情于声的同时不断自觉地修正自己的世界观、人生观、价值观，在实际生活中我也是这样做了。朗诵，不仅提高了自己的赏析能力，更重要的是让我懂得了怎样做人、如何做人的道理。从个人的亲身体验，在贴近心灵寓教于乐的作用上，朗诵艺术比绘画、音乐、文学相对要强。这是因为朗诵作品的素材大都提取于诗歌或散文，而诗歌（散文）是有着强烈的情感，生动的形象，深邃的意境，凝炼的语言，抑扬顿挫的节奏韵律，读来朗朗上口，可以有效地激活文字的表现力和感染力，激发起听众内心的情感活动。朗诵不仅锻炼了我的普通话，还帮助了我歌唱字正腔圆的表现力，而且从诗歌素材里练达出的真善美又为自己的文学修养和绘画创作提供了多种多样的养料，丰富了内心世界，进一步提升了精神境界，内心变得坦荡敞亮。朗诵，是朗诵者的艺术再造，是朗诵者唱给文本的歌，是朗诵者为文本谱的曲，是朗诵者以文本为蓝图，向听者描绘的理想国；朗诵，是朗诵者以文本为桥梁，跨越内心的河，进入艺术殿堂的生命之旅。可见，有声语言在这里并不比文字语言逊色，这里再创作比创作本身还更加受到喝彩。

五、结语

通过揭示意识的本质与这种本质相联系的价值观在社会转型期不同阶段的表现和美育对人们意识作用路径的分析、挖掘和剖析，以及对如何有效实现这一路径的积极探索，提出了当前以及今后在推进社会主义核心价值观大众化建设需要从思想源头构筑美育精神长城的任务。这也是我国改革开放的总设计师邓小平《在中国文学艺术工作者第四次代表大会上的祝词》所指明的"我国历史悠久，地域辽阔，人口众多，不同民族、不同职业、不同年龄、不同经历和不同教育程度的人们，有多样的生活习俗、文化传统和艺术爱好。雄伟和细腻，严肃和诙谐，抒情和哲理，只要能够使人们得到教育和启发，得到娱乐和美的享受，都应当在我们的文艺园地里占有自己的位置。"（《邓小平文献》第 2 卷，人民出版社 1994 年版，第 210 页）这一任务，要求将美育作为单独学科纳入国民教育体系和精神文明建设全过程中，特别是要重视对学生的美育认知教育，寓教于乐，尤其要将绘画作品分析和诗歌（朗诵）赏析植入中小学学课教育中；要根据不同年龄段有侧重地因材施教，要从娃娃抓起，加强对孩子家长认识家庭启蒙式审美教育的关键性阶段的引导；在教育中要重视对学生实施鼓励性评价，促使学生发现自己、发展自己，看到自己的力量。这一任务，更要求教师重视自身素质建设，育人先育己，这是放之四海而皆准的真理。美育的积极作用所要求的这一根本任务，对构建社会主义价值体系和提升核心价值观公众认知度具有积极的指导意义和实践意义，并将产生深远的历史意义。

【参考文献】

　　[1] 曾燕波：当代中国青年的价值进步（《文汇报》2008 年 9 月 22 日）

　　[2] 杜书瀛：马克思主义美学中的艺术位置（《马克思主义美学研究》）2007 年 6 月第 10 辑）

2012 年 4 月 18 日

文学评论篇

揭开新的篇章之后

——试析刘心武以《班主任》为代表的第一个十年小说创作对文学视角的拓展

刘心武的名字早为人们所熟知，自 1977 年 11 月在《人民文学》杂志上发表标志新时期文学开端的短篇小说《班主任》之后，他的小说创作如离弦之箭，一发不可收，在文学的土地上耕耘出了一朵又一朵奇葩。《班主任》发表距今，虽已过去了整整 30 个年头，当我怀着复杂的心情重读这篇穿透现实生活、具有练达目光的短篇小说，今天依然感到新鲜和耐人寻味。翻读刘心武早期 10 年间的创作，他的作品始终贯穿着一条长长的主线——挚着于我们的社会、我们的人民，从平凡的生活素材里提炼出一个个严肃的社会课题，表现出纵深的历史感和深邃的哲理。如果对刘心武的《班主任》及其他作品作一检视的话，我们对作家这支蕴蓄文学锐气之笔所伸触的宽阔视野在他小说创作中达到的深度，又会有许多新的发现。本文拟从《班主任》所涵盖的丰富内容和蕴含的哲学思想以及初露不落窠臼的艺术探索锋芒来探讨刘心武小说创作中多维视角的拓展。这对于当今文学创作如何贴近实际、贴近生活，反映人民心声，更好地为社会服务，具有一定的认识意义。

一、《班主任》是作家对当代生活作出敏锐反映，呐喊着尖锐的社会问题而成为新时期文学的代表作，以此标志中国新时期文学的开始，刘心武因之一举成名，并逐渐成为八十年代文学中具有贯穿性和代表性的作家。如果说对现实社会的敏锐揭示是刘心武小说创作的一个突出特点，那么鲜明的议论——充溢于其间的真挚的责任性、强烈的情感渲染，可以说是《班主任》语言的一个特色。虽然作家总喜欢越过场面和情节将小说的思想直接说出，也因之常常遭到评论界的抨击和不满。诚然，《班主任》议论过多，从文学审美的角度看，有损作品的文学价值。它虽直奔主题，但它毕竟是初暖还寒的文学荒漠中直奔现实主义主题拨开了十七年"主题"禁区而呈新质的开拓者文学，是全民族的思想解放运动在文学上的先声，对整个文思创作的扭转与开拓具有启蒙的意义，有着震人聪耳的作用。我以为，这一切并不能简单地与《班主任》艺术缺憾划等号，相反倒是形成《班主任》思想锋芒和峻切艺术格调的有益因素。描写和表现普通人，着力反映他们的精神面貌和社会个性，是《班主任》又一异于同时期小说创作新人耳目的文学视角，而小说所体现出来的对一种健全的、美好的人与人之间关系的执着追求，是《班主任》对文学表现"人性"的创作雷区的实际突破。刘心武说："我尊重现实主义。在现实主义的诸多功能中，我对心灵建设这一条特别倾心"。《班主任》可以说是作家这一创造思想自觉实践的产物。张俊石是一个"平平凡凡、默默无闻"的中学教师，然而他又是先进力量的代表，是美好人性的积极体现者，他始终职守于人类灵魂的"工程师"，于七十年代又一次呼喊出"救救孩子"的悲愤声音。作家无意之中写出的这样一个合乎情理的人性因素，是对当时具有普遍性但又尚未被人察觉的社会问题予以否定的一个有力佐证。张俊石的出现，正是那个时期对"四人帮"加给千千万万人民教师诬蔑之词最先亮出的一个极好回答，给新时期文学注入了新鲜的空气和血液，奏响了美的乐章，扩大了表现"新人"的文学视野。

如果说张俊石是一个在教育界"拨乱反正"、全力挽救被"四人帮"戕害的孩子的典型形象，那么谢惠敏形象的塑造，在整个社会主义文学的人物画廊中，则具有十分独特的文学首创性和深刻的社会功利性。作家曾在谈及谢惠敏形象的社会影响时说："我接到了不少这样的信，来信者说自己就是宋宝琦或谢惠敏"。谢惠敏形象的积极意义在于：它第一次概括了在社会主义社会发展进程中出现的受"左"的思想窒息、被扭曲了的人的现象，把本来都被简单地歌颂着的、主观上也沉浸在"纯洁性"中的纯红色的人物，放在新时期的理性显微镜下加以透视，指出了这一类人往往没有意识到自己的真正本质的"可笑而又可怜"的本质，有着形象所不能包括的思想深度。这种不露声色的艺术探索精神在刘心武的创作中始终贯穿着。《班主任》的成功，是作家多年养成"班主任"的职业习惯和文学家的使命感促成他练达敏感地观察问题的好眼力。因此，当文学处在历史的交叉点上，时代自然会选择刘心武作它的先锋。

《班主任》是新时期文学当之无愧的发轫，但同时，它也是刘心武迄今为止小说创作集成的勃发点。《班主任》的成功之处使它奠定了作家整个作品群的基调，从中可以清晰地看出刘心武小说创作的多维视角在他作品中流动扩展变化的轨迹。

二、继《班主任》之后，刘心武凭着他那一双智慧的眼睛和那支能曲尽其意的笔，透过一个个特殊的角度，从我们司空见惯的生活细节中，从纷繁万象的现实社会中摄下了一幅幅画面，并从中寻找出一个个新的社会命题，历经不衰。如果把刘心武反映社会问题的小说连成一线的话，便可捉摸到作家那根和着时代一起跳动的脉搏。粉碎"四人帮"的头几年，爱情这个在社会生活中正常的人与人之间的感情，还没有在舆论上得到它应有的位置。刘心武的《爱情的位置》紧紧抓住了现实生活中这种不正常现象，把世俗以为合理的、人们司空见惯而不以为非的婚姻模式的荒谬性鲜明地剥露了出来，从而更带有了严肃的哲理性和积极的战斗性。《醒来吧，弟弟》中对弟弟的撕心裂肺的呼唤，是刘心武对那种"暂时失去了理想、陷入虚无主义和怀疑主义的青年人"的一个真实写照。小说尖锐地揭示了造成彭晓雷的这种"世人皆浊我独清，世人皆醉我独醒"的观念危机，对于怎样理解、导泄这种情绪使之纳入建设性的征途，仍是一个延续性的重要社会问题。同是反映现实生活，刘心武能从不同角度的切入，开掘出富有时代气息的新意来，注重于对生活中的更深潜的东西的渗透。曾获得全国奖的《我爱每一片绿叶》针对当时思想解放运动发展进程中及时提出了一个人们习以为常、见怪不怪，但又确实关系到维护社会主义制度下人民的正当权益问题。而曾被拍成电影参加法国"三大洲电影节"的中篇小说《如意》，则是作家在思想解放运动进一步深化而找到的一个能够触动千百万人民思想感情的媒介点。小说真实地反映了人的善良本质与恶劣环境之间的矛盾，预见性地提出了随着改革事业的发展，整个社会将深感到建立一种正常的人与人之间互相宽容、理解和谅爱的关系的重要，这样便对于破除形而上学、庸俗社会学的影响，肃清极左思潮的公式化、概念化流毒有着深远的意义。随着现代社会的演进和知识结构的更替，传统的生活方式和文化基因已适应不了时代的发展，由于人口爆炸变成了杂乱无章的大杂院，林立的高楼和拥塞的交通，使得生活空间和心理空间变得狭小而烦躁，"开拓"人们的居住空间和心灵空间成了现代城市文明的一项重要内容，刘心武敏锐地发现了这个带有战略性的问题，于是写出了《立体交叉桥》这一名篇。小说从正面揭露了矛盾的冲突，把笔触深入到了北京市民最本质的生活方面，由此让我们从中看到了自己的影子，作品所反映的虽然是北京这样一个特定的城市（人口密集、住房拥挤），但就这些不断升级的矛盾而言，在全国的大多数城市中都不同程度的存在着，具有代表性。《公共汽车咏叹调》则是以实录的形式及时切入了人们生活中最关心的问题，咏出了当时我国改革中复杂的、富于敏感性矛盾的时代奏鸣曲，叹出了人们在打破大锅饭之后所惊、所喜、所忧、所盼的变奏曲。若将1988年第三期《人民文学》上发表的短篇小说《白牙》一起检视的话，作家所具有的对社会问题的高度透视力不能不被称道。作品对在深化改革时期，仍有一股为维系个人小天地而在心安理得于改革之外的不正常现象作了犀利的透视和尖刻的讽刺。不难看出，《班主任》的独特视角是刘心武小说创作中的原素，并不断加以拓展，阅读他的作品使我们看到在"为今天引领中国人民进行伟大改革的党和政府分忧"（刘心武《生活的创造者说：走这条路》1978年5月载《文学评论》）的责任心和历史感。

三、"议论"作为文学观念的辅助手段，在刘心武作品中显得异常耀眼，几乎成了作家创作风格的重要方面。自《班主任》后，他的小说语言便与哲理性议论结下了不解之缘。刘心武在创作回顾中说："就《班主任》而言，缺点其实是很多的，如后半部比较松散，石红这个人物还欠丰满，某些议论显得冗长而不够精当……"虽然他的话更多地着眼于人物的刻画，提出了对"议论"本身精辟超越的目标，显现出哲理思考的光芒。尽管作品中某些思辩性议论显得沉闷松散，无意中剥夺了读者回味思考的空间，但作为刘心武小说创作中的思辩视角，它与人物互相补充，从而使读者对作家那和生活的浪潮一起涌动的真知灼见所折服。《我爱每一片绿叶》中作家在主人公出场前篇首用了一个富有生活哲理的抒情议论："我常想，只要是绿叶，不管大的、小的，形状标准的，形状不规范的，包括被蛀出了斑眼的，它们都在完成着光合作用，滋养着树。"作者在这里以绿叶作比，讲出了人世间的一个深刻道理，从而增加了人们对魏星的理解。《5.19长镜头》为了揭示渭志明父子间内心难以排解的矛盾而对"浅思维"所作的剖析，含蓄丰富，析理透彻，发人深思，使人透过生活表象，迅速把握矛盾的实质。《如意》第八节中当贝勒府的"格格"同情于一个受折磨的洋神甫的仆人，使人替石义海解下拴他的绳儿后，颇为激情地对空间与时间作了思辩性的议论，深刻精辟，以此增加了作品的纵深感和历史感。而在长篇小说《钟鼓楼》中，作者又常常以现身说法作理性的、思辩的反思（议论）。作品对"浅思维"及其成因的剖析，蕴涵着深刻的哲理，把读者引向一条通往人物灵魂深处的九曲回廊。此外，作家还把这种思辩化入到了似乎十分随便、拉杂的漫议琐谈之中。如对卢宝桑身上的"硬乞精神"所作的大段哲理性议论，都很有启迪意义。这种议论，大都穿插在作者感情激越的地方，而这些地方，又恰恰是作品中人物情绪高昂或内心矛盾激烈的时期。这些议论，或长或短，与事物融为一体，得到升华，不仅增强了作品反映生活的能力，并且也增强了它的感染力。

四、在刘心武的小说中，难以找到高大非凡的英雄人物，所有的都是生活于社会下层的一些最普通、最平凡的人。然而，作者在这些人物的平凡、日常生活中，致力于挖掘他们的人性美，也主要是从伦理道德的角度去透视社会和人生，是刘心武创作中的又一特色。这一文学视角的拓宽是《班主任》的继续和发展。一方面它仍保留着《班主任》的浓重的痕迹——对社会问题观察的敏锐度；另方面又是对《班主任》思考问题的系列延伸——更多地着眼于社会的人与人之间的关系，通过心灵的碰撞，挖掘他们心灵深处的黄金。作家在回顾《班主任》创作时说："在小说里，我虽然用'平平凡凡、默默无闻'这样的词汇来形容张俊石，但在我的心目中，在我通篇的立意中，我是把他当作一个英雄人物来对待的。"可见，刘心武已把普通人提高到了英雄人物的位置上，从而决定了他的创作是注定要为普通人、下层人民立言。作家在另一篇对《班主任》之类振臂一呼式小说的反思时又说；这样的作品"已远远不能满足他们的要求，把自己的心紧贴着读者的心去听吧。"显然，刘心武已感悟到了《班主任》的不足——仅"等同于政治和政策的宣传家。"正反两方面的经验决定了刘心武的创作必然要做普通人的"良知"。《我爱每一篇绿叶》则是刘心武拓宽创作路子的界碑。小说中的魏锦星是一个极为平凡的中学数学教员，他教学认真，工作踏实，有"背负着冷眼与误解"仍勤恳工作的人性美。这正是千百年来我国普通劳动着所具有的美好品质。《如意》中的主人公石义海是一个貌不惊人、表情呆板，丝毫"引不起我们注意"的中学老校工。但生活中常常遇到这样的事：闪光的未必是金子，而莹洁的美玉又往往包藏在粗糙的岩石之中，石大爷有颗金子般的心，在那个恐怖的"红八月"里，石大爷冒着被打成反革命的危险，给一个被活活打死的"资本家"的尸体覆盖上了一块塑料布，在石大爷看来"人对人不能狠得过了限"。多么善良的心地。作家所努力挖掘的恰恰就是普通劳动者宽广优美的内心世界。《钟鼓楼》则从另一个角度写了具有不同思想层次的人们的性格和命运的"芸芸众生"，小说写了近四十个人物，都是生活在社会下层的一些最普通、最平凡的人物。然而作者更多地赋予他们正常善良的人性内容。作家正是通过写这些人物的命运和遭际，写人物的性格和心灵，写人与人之间心灵碰撞，揭示了这些普通人对美好生活的向往和追求的本性。

五、无庸置疑，"议论"作为小说的元素只是作为形象性的辅助手段，而刘心武在表现深刻主题时对艺术表现手法的不断拓宽，却成就了他小说的成功。翻开《班主任》之后的作品，清楚地表现出作家在艺术手法的多种探求几乎很少依靠技巧的拐杖，而主要凭借生活实感、社会视角的领路。《如意》是作家把哲学家的眼光和文学家的眼光结合起来，开始了对人的丰富性、完整性的不懈探寻，从而"塑造了石义海这个在新时期文学画廊中，可以说是独特的'这一个'，具有典型意义的人物形象。"如果说《如意》还多少有些把任务当作作家主观观念的号筒的话，那么在《立体交叉桥》中的主要人物侯勇、侯锐、侯莹等人物的塑造，就基本上克服了这个弱点。作家把笔触深入到了这些人物的内心深处，揭示了他们丰富复杂的性格特点以及性格的复杂交叉，塑造出具有文学价值的活生生的艺术形象。长篇小说《钟鼓楼》标志着刘心武创作道路的进一步拓宽，作家已经较为成功地把握了人的观念、行为与家庭、社会、时代、个人经历以至性格气质、生理机制错综复杂的关系并且运用社会学的整体描述方法，勾勒了几个不同层次的市民群体，使小说中的市民典型直接与市民群体相观照，达到了深化典型人物的目的，同时也丰富了人物的典型化表现手法。

与这一时期我国读者的审美心理和艺术需求相一致，要求文艺能与他们的地位、命运、职业和生活联系得更为紧密些，刘心武两篇纪实力作《5.19长镜头》和《公共汽车咏叹调》的相继问世，使之在真实性问题上走出了传统现实主义的路子，进入更加开阔的天地。毫无疑问，刘心武是一位实践着"从来不把自己限定在一条路子上"（刘心武《关于长镜头哈咏叹调的自白》1978年5月载《文学评论》）的作家。1986年刘心武在《收获》杂志中开辟的《私人相薄》专栏便是作家力图扩大文学功能、使它成为现代社会的人们进行情感交流的手段所作的积极探索和有益试验，这就把小说反映生活、服务于精神文明的路子大大拓宽了。综上所述便可见，为急速捕捉在社会变革过程中产生的新生事物，作家对仓碎而至的题材那种应对是如的艺术表现手法也就不难理解了。

六、刘心武在《班主任》集子后记中说："我坚信，只有植根在生活的沃土之中，用真情实感、真知灼见浇灌的艺术之花，才能有持久的感人力量。"这一语道破了刘心武小说创作的秘密，同时也道破了《班主任》之所以如此耐人寻味的原因。刘心武小说创作中多维视角的意蕴之所以如此丰富、淳美、耐寻，得益于他的理论与实践的紧密结合：和着时代跳动的脉搏，立足于现实社会，既要揭露其阴暗面，又要表现光明面；既要看到逆流和斗争的曲折性，又要反映主流和时代发展；既要在艺术上不断刻意创新，又要照顾到中国普遍读者群，只有当作家的思想充满现代意识并且渗透进他的血肉之躯，他才可能找到一条与当代生活相契合的艺术通道。作为曾被刘心武小说震撼过来的读者，我衷心期待着新世纪文学再有第二个刘心武出现。

试论巴金《随想录》对当代
中国文化思想的贡献

2005 年 10 月 17 日，巴金走完了他人生最后的路程，一代文学巨匠从此告别了世人。巴金虽然走了，但他的思想精神传递却没有因此而终结。今天，当我怀着对巴老的深深敬意重新翻阅一直伴我书柜的五集《随想录》合订本，巴金晚年闪耀的伟大人格力量和体现的时代精神又一次深深打动了我的心。已故文学家冯牧称赞它是"一部无论在思想上、艺术上都是十年文学中具有文献价值、艺术价值的重要著作"，是"反映了时代声音的大书"（巴金《随想录》五集笔谈，《文艺报》1986 年 9 月 27 日），我以为是切中肯綮的。《随想录》的最大特点是在丰富的内容、睿智的思想锋芒和峻高的人格力量中时时闪现出哲理的光辉，由此带给我们许多有益的启示。作为文学作品，《随想录》以真诚的精神革新了当代文化思想，它的问世，一扫"伪散文"娇情做作、虚构拔高的恶浊文风，使散文"写真话"、"抒真情"的现实主义风格得以恢复并丰富了文学意蕴。本文拟从《随想录》所体现的价值力量、时代品格以及艺术特色来探讨其对当代文化思想的贡献。

———

《随想录》是巴金晚年用心血凝成的一部老人精神和人格的独立史，作为"一部真诚倾心记录时代、思考历史、富有勇气和责任性的大作"（翟泰平：《巴金与历史同行的文学大师》，《文艺报》1997 年 9 月 11 日》），其思想内容蕴涵的博大精深所体现的历史文献价值和社会价值，有异于同时期那些有关的回忆录、散文及其其它文学作品。

"文革"是波及十年的一场空前浩劫和"史无前例"的内乱，给党、国家和人民带来了沉重的灾难。一些为革命做出卓越贡献的老一辈无产阶级革命家含冤逝世；一大批文思敏捷、才华横溢的文艺家被迫害而死；还有不少人身心伤残只好饮恨终生；而更多的人则是怀着余悸惴惴不安的苟活。《随想录》就是一座揭露"文革"罪恶的"博物馆"，是作家十年间亲身经历悲惨遭际的实录。这里既有对于那些溘然离世的党和国家人以及文艺家的深沉怀念，也有对林彪、"四人帮"罪恶行径的痛斥，并不时流露出对过去历史和当今现实的忧患意识。如果把这许多篇什剪辑在一起，便可在再现"文革"腥风血雨的历史中看到作家对国家、对人民的命运和前途深沉思考一颗激烈博动的心。我国已故著名剧作家曹禺曾感言："在十年动乱中他（巴金）受到了无可言诉的折磨，他的身体和心都伤了。他的文章使我愤怒，使我禁不住流下眼泪，也使我清醒。"（《六十年来——巴金文学创作生涯60年展览感言》，《人民日报》1987年11月18日）曹禺的话有助于我们进一步人事巴金全人及其作品反映历史内容的深刻性。

《随想录》彻底暴露了"文革"对人尊严肆意践踏的罪恶。"文革"始，巴金瞬间由"堂上客"变成了"阶下囚"，"我的黑名字正是'文革派'、造反派需要的箭垛和枪靶"（《病中集·我的名字》p.618）。嗣后，作家所遭受的炼狱式磨难便接踵而至。《怀念萧珊》等篇什是作家用血泪记写的一段屈辱史："在我靠边的几年中间，我所受到的精神折磨她也同样受到……任何人都可以责骂我、教训我、指挥我。从外地到'作协分会'来串连的人可以随意点名叫我出去示众，还要自报罪行……任何人都可以闯进我家里来，高兴拿什么就拿什么。"（《随想录·怀念萧珊》p.19）《随想录》中的许多篇什在追忆和缅怀在历次政治运动中惨遭迫害含冤去世的文艺界精英而痛惜，丽尼、冯雪峰、方之、老舍、赵丹、茅盾、丰之恺、满涛、傅雷、叶以群、李健吾、胡风这些闪闪发光的名字，他们"本来还可以为我国人民继续创造精神财富，但是都给不明不白地赶上了死路。多么大的损失！"（《无题集·人道主义》P.699）。"文革"把人的愚昧和人性扭缺推崇至及，对此，《随想录》给我们提供了一幅幅刺人心痛的画面："十多年来流行过的那一整套……例如早请示，晚汇报，跳忠字舞，剪忠字花，敲锣打鼓半夜游行等等"（《随想录·一颗核桃的喜剧》P.60）；"一手拿'红宝书'一手拿铜头皮带的红卫兵和背诵'最高指示'动手打人的造反派的'英雄形象'"（《探索集·"没什么可怕的了"》p.299）"至今仍象恶魔般地在作家惊梦中出现。"在这一段时期……我不得不把朋友忘得干干净净，我真正被孤立起来了。即使在大街上遇见熟人，谁也不敢跟我打招呼。"（《无题集·"紧箍咒"》p.706）这荒唐可笑、有悖伦理的"文革"现象，今天看来令人百思不解，却正是那个时期的真实写照。《随想录》记录的是巴金亲历亲见的种种事实，祖露的肉体和精神的累累伤痕，对于揭露在我们今天看来不能理解的那个时代的恶行，无疑具有很高的文献价值。然而，《随想录》并不停留于感性的善恶判断和正义的愤怒声讨上，其深刻之处在于着意探索了"十年浩劫究竟是怎样开始的？人又是怎样变成'兽'的"，从人心和文化心理结构的高度，并处处结合着历史的反思进行深层的探索。劫后余生的巴金，终于爆发出痛不疾首的呐喊："是年'文革'并不是一场噩梦，我床前五斗橱上萧珊的骨灰还在低声哀泣……至于'文革派'如何化作'虎狼'，一纸'勒令'就使我们丧失一切。"（《病中集·我的日记》p.621）于是作家紧紧揪住那段历史不放，为了弄清"文革"发生的原因，为了防止以后又有人把"文革"当新生事物来"大闹中华",为了不让子孙后代再遭受灾难,他呼吁"建立一座'文革'博物馆,用具体的、实在的东西,用惊心动魄的真实情景,说明在二十年前在中国这块土地上,究竟发生了什么事情?!"(《无题集·"文革"博物馆》P.823)。这是一个人民的老作家身怀着忧国忧民的强烈责任感发出的铜钟般谏告!

"文革"已经像噩梦一样过去了。中国的大多数青少年,已不知"文革"为何物,世界上许多人至今仍不理解中国为何会发生"文革"怪事。"文革"一类悲剧还会在中国重演吗?还会在世界上的其他地方发生吗?巴金很担心,我们也不敢肯定。为了避免重蹈"文革"悲剧覆辙,巴金才日夜揪心地前思后想。他不愧是"中国知识分子最优秀的代表,中国作家的领袖人物"(《语重心长》,《文艺报》1986年9月27日)。《随想录》记写的一幕幕屈辱史和作家发出的警世之语,对于全国人民同心建设社会主义强国的今天,其意义极为深远:从社会学的角度它提出了健全法制的迫切性;从人文学的角度它教导人们树立人的尊严意识和自觉性。因为,现代文明世界的前景就是要摆脱物的桎梏把人放到最为重要的位置上去,使人的价值得到充分的尊重而不是漠视,人的尊严得到弘扬而不是被践踏,人性、良知都将得到升华而不是沦丧、变态,人们生存发展的权利得到保护而不是摧残。如果从人类发展的历史来考察,就会发现,在越是发达、文明程度越高的国家里,其法制、人的尊严意识越是普遍得到重视和加强,对于正在迈向世界强国之林的中国当然不应例外。从这个意义上说,《随想录》在根本上为制止今后不发生类似的灾难作了思想上的启蒙。

<h1 style="text-align:center">二</h1>

《随想录》除独特价值外,其对文学的最大贡献是对当代"随笔"的复兴以及恢复了散文"说真话"、"抒真情"的现实主义优良传统,使中断了多年的"五四"散文精神——人,人情和人性,人道主义和人文精神得以衔接、延续。

新中国成立以来,文学本应回到自身的规律上,获得正常的发展,但由于"左"倾思想的干扰,不停的政治运动,即使"十七年文学"用力最多的散文(杂文)作家作品,也已转化为说古语喻今、吞吐躲闪的小品、札记、寓言或说理文了,在宽容、中庸的形态中,来寄托他们对现实生活缺陷的敏感、关切。"文革"中,文学命运更是厄运当头,文学成了紧跟形势、配合运动的宣传工具。人们看到的是粉饰现实,不真实的人的现象,虚假的文风、夸饰"歌德"文学达到顶峰。"文革"后,文学回到自身的规律上,由于对那些粉饰现实的御用文学的逆反心理,也由于人们对这场"浩劫"所做的历史反思,于是伤痕文学、反思文学、知青文学、寻根文学纷纷出现,带来了新时期文学的繁荣。但这更迭纷呈的文学现象和文学思潮中,却缺少自审意识,它们往往站在旁观者的立场上对历史、现状作理性的批判,从而忽略作者自身所沉淀的传统文化的基因，因而未能进入更高的审美境界，在自审、拷问中去揭示"文革"这场社会悲剧和人们的心灵悲剧。我以为，新时期"真话文学"的到来，固然是文学良知的回归，但真话文学不应仅仅停留在"真话"上，它还应包含着对个人、历史的自审意识。巴金的《随想录》却以自己对十年"文革"浩劫的反思，完成了对一生为人为文的自审，完成了为新文学导向的使命，也完成了对自己文学道路的最后建造。真正负有时代意义的真话文学首推《随想录》。

巴金为人真诚，从小接受了"对人要真实"（《巴金文集》第 7 卷 p.313）的教育，作为做人的基本原则。后来从事写作，他又再三说，这与他的生活中所走的路是相同的："无论对于自己和别人，我的态度永远是忠实的。"（《〈真话集〉后记》p.506）在十年浩劫中，巴金同许多善良的人们一样，丧失了讲真话的权利，吃够了谎言的亏，粉碎"四人帮"后，他更大声疾呼：文学要讲真话。并在《随想录》创作中坚持了这个原则。"讲真话"，这貌似常识但却带有革命性的呼喊，真是切中时弊，振聋发聩，赢得了人们热情的赞赏和深深的思考。

《随想录》是作者敢于直面人生、正视现实，向读者袒露自己的内心世界，通过自我揭发和自我否定，用亲身的实践提倡说真话的一部不能多得的文学珍品。"讲真话，把心交给读者"，围绕这一总体原则，巴金指出："作家并不是高高在上，象捏面人似地把读者的灵魂随意捏来捏去。他也不是俄罗斯作家笔下的末等文官，在上司面前唯唯诺诺，低头哈腰。"（《无题集·再说"创作自由"》）"作家的最大目标是人类繁荣，是作者的幸福。"（《核时代的文学——我们为什么写作》p.889）作家要"勤奋写作，使自己变得更善良、更纯洁，对别人更有用，而且更勇敢。"（同上书，P.892）也就是更勇敢地面对自己的敌人，更鲜明地表达自己的憎恶。因此，抒真情、写真实、说真话，就成了对作家下笔时最基本的也是最本质的要求。

五集《随想录》里，作者是从两个方面实践自己的写作原则的：一是坦诚地承认自己曾经把个人安危置于是非之上，以致说了假话：每次运动过后"我越来越接触不到别人的心，越来越听不到真话。我自己也把心藏得很深……只想怎样保全自己……我相信过假话，我传播过假话，我不曾跟假话做过斗争。"（《探索集·说真话》p.271）在他成了"批斗对象"后，恐惧感加深了，"在那样的日子里我早已把真话丢到脑后，我想的只是自己要活下去，更要让家里的人活下去，于是下了决心，厚起脸皮大讲假话。"（《真话集·说真话之四》p.458）因轻信做过荒唐事：1966 年9 月以后"我完全用别人的脑子思考，别人大吼'打倒巴金'！我也高举右手响应……我甚至因为'造反派'不谅解我这番用心而感到苦恼。"（《真话集·十年一梦》P.379）直至"有个短时期我偷偷地练习低头弯腰、接受批斗的姿势，这说明我是心甘情愿地接受批斗，而想在台上表现得好"。（《真话集·怀念丰先生》）毫不掩饰他当时的精神面貌。二是以真诚的感情反映历史和现实种种矛盾。巴金热切地希望我们的国家能够兴旺发达，我们的民族能够进步、向上，整个人类就会变得合乎理性，但他更为某些社会现象畸变，道德、文化的堕落担忧。《随想录》中作家以清醒的思考深刻暴露封建、迷信给人带来的恶果："人们习惯了讲大话、讲空话、讲废话，只要长官点头，一切都没问题"（《随想录·"五四"运动六十周年》）。《一颗核桃的喜剧》揭示了我们的现实生活中另一种封建专制遗毒的表现，即有人喜欢充当送核桃的皇太子及其羽翼下培植的吹牛拍马者。这正是我们可悲的现实。巴金热切关注文学事业，对违背创作规律随意挥舞"批评"的大棒，他明确指出：打开一部中国文学史，"那么多光辉的名字！却没有一首好诗或者一篇好文章是根据'长官意志'写成的……尼古拉一世统治时期出现了多少好作家和好作品，试问哪一部是按照'长官'的意志写的？"（《随想录·"长官意志"》p.44）巴金关心知识分子的命运，从老舍同志的惨死教训中发出"请多一点关心他们吧，请多一点爱他们吧。你要挨到太迟了的时候。"（《探索集·怀念老舍同志》p.189）意味深长，令人深思。显示了他崇高的历史责任感和真实自然的人格光辉。

我以为，巴金的《随想录》之所以倍受社会关注，其贡献在于作家以文学之笔书写了人心之魂——真话，并不体面的真话。他的大有助于我们认识过去，因而也有助于今后。其实，"讲真话，把心交给读者（人民）"，小至每一个作家的个体劳动，大至一个国家的政治生活，这是都应该遵循的基本原则。因为一个国家，一个民族，一旦真话畅通，假话失灵，那就会把基础建在磐石之上。那样，国家就能大治，社会才能真正安宁，百业才能俱兴，民族才能立于不败之地。由此，《随象录》对真理的呼唤，对当前社会主义建设的新的历史条件下具有深远的现实意义。然而，《随想录》的社会贡献，不只是停留在一般讲真话的意义上，更重要的是作家自己以崭新的当代意识重新审视那一段苦难的岁月，将心灵的解剖刀毫不留情地刺向自我，这是何等清醒的、无情的自我解剖意识！巴金的伟大，正在于他以高度的历史反思意识，清醒地看到了自己的历史局限，从而突破和超越了这种历史局限，告别了这种历史局限，完成了自己认识自己、自己超越自己的历史性飞越。我们的国家、我们的民族，最需要的就是这种自觉的历史反思意识，最需要的就是多一些像巴金老人那样的作最直率、最无情的自我解剖的勇士，从告别过去、否定旧我中寻找新的自我和继续前进的力量，完成超越自我的艰巨任务。这是《随想录》对我们所作的最有益引导。

三

真诚，是巴金高尚的人格，也是他散文创作的灵魂。他的散文不重雕饰，任凭自然，明白如话；不重外表，而重心灵，重精神世界，又常于感人动情之中阐入哲理。他所追求的是"更明白地、更朴实地表达自己的思想。"（《探索集·探索之三》p217）在散文艺术形式的运用上，巴金有着与众不同的见解和看法，即"艺术的最高境界，是真实，是自然，是无技巧。"（《真话集·探索之三》218）并在作品中坚持了这一美学原则。无技巧境界说虽是他晚年写《随想录》时才明确提出的，其中一个因素不无与《随想录》这种随笔表现手法有关，但这里至少包涵三层含义：其一是强调作品的内容是否达到了生活的真实与感情真实的和谐有机的统一，强调文学要真切地而不是虚假地，自然地而不是造作地反映生活的本质与时代特征；其二是"无技巧"并不是抛弃技巧，更非说技巧在文学创作中没有自己的地位和作用，而是强调艺术形式与文学技巧不要硬性化，机械地附在作品上面，要水乳交融地溶化在作品所表现的现实生活中，要自然天成；其三是"无技巧"的前提是作家须有对生活独特的理解和体验，实际上是对作家深入生活、在作品中反映生活的真实性提出的更高要求。只有当作家对生活的把握程度与客观世界一致时，"无技巧"才有独立的意义。由此看来，讲真话，不说谎，真实地反映社会生活，创作出具有撼动读者心灵的人的文学，才是巴金无技巧境界说的命意所在，并形成《随想录》创作的基调。其艺术特色主要有：

坦诚直露、直吐胸臆。《随想录》是巴金心灵的喷吐，坦诚、英勇的自我解剖贯穿全书。以自责写"文革"，以自责写亡妻故友，这正是作品撼动人心之处。巴金为自己过去的人云亦云、盲从感到羞愧，为不能保护老舍感到"惭愧"；他甚至为连一条小狗都无力保护而感到"羞耻"。其实，巴金何责之有？他自己蒙难受辱，惨遭厄运，却把历史的责任都揽在自己身上，这是何等高贵的人格和阔大的胸怀！巴金针砭时弊不留情面，愤激直言。如他在《衙门》中大声疾呼："高衙内、杨衙内以及各式各样的衙内都是中国封建主义的土特产。"真是一针见血！

处处有"我"，贯穿始终。巴金写作的鲜明特点是喜欢用作者讲话的口气来写文章，里面常有一个"我"字。《随想录》中的文章也不例外，他把个人的经历、忆念、感受、自责、爱憎、复杂的思想感情与曲折的人生道路，都一泄无余地倾注于笔端。有的篇章，尽管里面的"我"不是作者自己，事情也并非亲历，如"骗子三谈"，但其中饱和着作家的感情色彩和客观评价，使读者的心灵受到震撼，情感受到冲击。

含蓄隽永，富于哲理。《随想录》中的诸多文章内涵深邃，有时仿佛在向人们讲述一个娓娓动听的故事；有时似乎在淡淡的笔触中描摹风物，或笔锋陡转，或信手拈来，或借题发挥，便十分自然地阐发了令人回味遐思的哲理，锋芒毕露地嘲讽了丑恶的事物，使读者顿感痛快淋漓，心胸豁然。

寄情于物、借物抒意。《随想录》中作者常把感情寄托于事件，在叙事的过程中写出自己的内心感受。《怀念萧珊》和《再忆萧珊》在深沉的感情回忆历历在目的往事中，写出对患难与共几十年的妻子的怀念。如当"她"癌细胞已经扩散住进医院以后，还表现的十分"坚强"，与巴金一起度过"最后的平静的时刻"，"眼睛很大，很美，很亮"，去世如同"沉入梦乡"。即使在"文革"收场以后，巴金还每夜"听见床前骨灰盒里她的小声呼唤，她的低声哭泣"。作者对自己的家庭的、同志和朋友的在"文革"期间伤心断肠的悲剧的回忆，并不是要把读者引向消沉，而是在提醒读者不忘这段历史的教训，表现了作者对今后美好生活的追求。这种悲中有壮的真情表白，不但鲜明地表现了作者的个性，也使作者叙述的事件获得了灵气。

寓情于景，情景交融。《随想录》中的景，有自然景色，但更多的是特定的场景和作者的心境。他获得"第二次解放"以后，仍然住在原先的楼房里，每天清早在院子里散步，看到的不再是繁花似锦，而是"衰草"、"垃圾"、"化粪池"等"满园的创伤"。这"满园的创伤"正好衬托了他心中的创伤。面对此景，作者为不能保护一条小狗而感到羞耻："我瞧不起自己，我不能原谅自己！"更进一步，作者写出了自己的心境："这样的煎熬是不会有终结的，除非我给自己过去十年的苦难生活作了总结，还清了心灵上的欠债。"《随想录》中的自我解剖，正是他还清欠债的努力。

在语言技巧的运用上，质朴自然、亲切流畅是《随想录》的突出特点。《随想录》不追求华词丽句，不崇尚豪言壮语，不讲求外表声势，不渲染美艳色彩。它着意于自然质朴，意之所到，信笔流走，用普通的词句和平实有力的叙写，表现出诚恳、亲切、舒展畅达、优美妩媚的风韵。如在《愿化泥土》中，写作者在巴黎凯旋门附近四楼透过白纱窗帷看下面安静的小巷时的心境：

我看到的不是巴黎的街景，而是北京的长安街和上海的淮海路、杭州的西湖和广东的乡村，还有成都的街口有双眼井的那条小街……每天早晨都是这样，好像我每天回国一次去寻求养料。

由目睹异国的街景而联想到祖国、家乡的有关景象，作为一个酷爱祖国、故乡、人民的老作家，这是很自然的事。他以朴实、真淳的笔墨抒写出来，其内涵深情也就自然流露了出来。语言是思想感情的外衣，作家不以矫饰做作的话语作文，尤显真诚、恳切、不虚不假，尤其能够有效地传达真挚、实在、深厚的思想感情，产生一种有如水净沙明、清可见底的感人的艺术效果，在朴实流畅的叙述中竟而达到"无技巧"的艺术境界。

四

巴金的《随想录》以作家的实践精神实现了为人与为文的高度统一。人有人品，文有文品。人格的高低与人品的优劣有着密不可分的关系。文学创作虽然是以生命体验为基础，以情感的驱遣为动力，以生动的感性形式为特点的，但文学价值主体本身的道德素养、思想境界问题，对于文学价值的产生，却是一个十分重要的因素。作家是人类的灵魂工程师，它的众多社会作用中的一项重要作用，就是净化、美化人的灵魂，提高人的精神道德境界。如果创作主体灵魂是猥琐的"猬薄"的，要想创作出具有崇高精神境界的作品，实在是难以想象的。而对于像巴金"我写作如同在生活……作品的最高境界是写作同生活的一致"（《我的文学》P. 316）的作家，却又是以其崇高的道德人格和高品位的艺术追求在二十世纪中国文坛，在几代读者心中产生巨大影响的。

《随想录》是巴金晚年被文化界称之为"讲真话的书"。"把心交给读者",是巴金文品的核心。作为一位蜚声世界的作家,他获得的世界性荣誉是无人可比的,但他没有沉浸在晚年的清闲和荣誉中,更为执着地关注着对人生、现实的思考,渗透着对祖国、人民的赤诚挚爱,并把这种爱处处化作外在的行动。在《随想录》中,真诚是贯穿作品的感情基调,说真话、讲真实是他创作的准则,追求真、善、美是他的审美取向。巴金多次谈到自己所从事的一切写作、生活以至全部爱和恨都是"为了希望对国家、对人民有所贡献。"(《探索集·再谈探索》p.210)"我唯一的心愿是:化作泥土,留在人们温暖的脚印里。"(《病中集·愿化泥土》p.542)他人格中的正直、善良、真诚、仁爱的品格,既是他作文的情感依据,又是他做人的准则。而巴金崇敬的先贤们的无私奉献精神,又贯穿着巴金的人生道路,使巴金的为人和为文得到和谐的统一。他是这样说的,也是这样做的。

新中国成立后,"巴金是一位自愿不领国家工资的著名作家和一家大型刊物的主编,也是不享受任何级别待遇的作协主席。"(李新民:《世纪的良心·巴金人格论》p.149,上海文艺出版社1996年4月)巴金从所接触的世界闻名都市里拥有的丰富文化和历史资料中引出思考:"我们有一个丰富的矿藏,为什么不建设起来好好地开采呢?"(《真话集·现代文学资料馆》p.346)当现代文学馆址得不到落实时,巴金深切怀念他一生敬重的先生(鲁迅):"倘使先生今天还健在,他会为文学馆的房子呼吁,他会帮助我们把文学馆早日建立起来。"(《病中集·再说现代文学馆》p.520)为此,他不顾年老体弱,为建立中国现代文学馆奔走呼号,并毫不犹豫地做出选择:"在所有的旧作上面,不再收取稿费。我要把它们转赠给新成立的中国现代文学馆。"(《病中集·谈版权》p.592)巴金以实际行动将自己多年积蓄的稿费20万元及国外的奖金捐赠给了中国现代文学馆,还捐赠了大量的珍贵藏书和资料。这一切,浸透着一个老人对祖国文学事业的一片苦心、一片忠诚。那时的巴金年已九旬,却时刻没有停止对祖国、人民的关注。他为希望工程捐款,为灾区解囊,凡是力所能及的事情,他都乐此不疲。即使在他九十五岁高龄时,仍念念不忘为青年作家做点实事。针对一段时间创作数量很多,但精品甚少引起一部人批评的情况时,巴金对作协的领导说:"数量多也是一件好事,既不要浮躁,也不要批评数量太多,还是应该引导青年作家多出作品,出优秀作品,要对他们多支持"(《巴金说:要对青年作家多支持》,《文学报》1998年12月3日)并要作协领导将这话一定带给其他同志,身体力行支持青年作家。他把爱分给每一个人,把真诚倾注给每一个读者,他的几百万字的作品是中国文化的瑰宝,与他的人格相辉映,为二十世纪的中国文坛谱写了一曲为文和为人的最和谐的乐章,是作家留给我们最可宝贵的精神财富。

五集《随想录》内容涉及时事、政治、社会、道德、人生、文学、艺术、教育、怀人、友谊等等。然而,无论是广博的社会掠影,还是悲壮的人生经历,无不是作者追求真理、与读者共呼吸的精神实录,而其中所透视出的历史与社会的底蕴,形成了对旧秩序的严正挑战和冲击，是和各阶层潜在的和鲜明的变革要求相呼应的，完全一致的。《随想录》从开篇到结稿，适时地完成了它应负的历史使命，与同时期出现的另一些重大的或重要的文学现象不同，它之所以产生深广的影响和具有重大的意义，不仅在于深厚的思想内容、新的文学观念、新的艺术技巧和新的创作方式，更重要的是以沉郁而执着的真诚精神、个性精神、人道精神影响了中国文坛，显示出当代文学发展的新风貌，在引导巨大转折时期的文学理论和文学创作流向方面，产生了积极的作用。而作家真挚地抒写心灵的冲突和思想的历程，用作品表现自我人格，又不仅丰富了中国当代文学真诚的精神个性，而且成为当代作家中写作同生活的一致、做人同为文一致的优秀典范。所有这些，都构成了《随想录》对当代文化思想的独特贡献。

前言后记篇

《浙江省对外贸易指南》前言

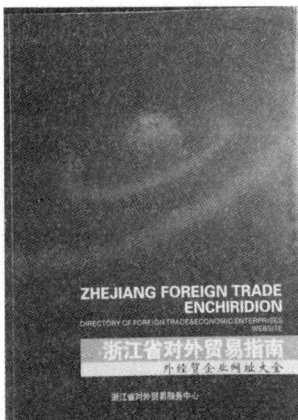

（原载 2005 年《浙江省对外贸易指南》工具书扉页）

信息技术的迅猛发展，特别是互联网技术的普及应用，使得电子商务的发展成为当今信息化最重要的领域之一。为加快我省网上投资平台和社会信息化建设步子，帮助企业利用有形媒体扩大对外宣传和提供互动的贸易机会，浙江省第一部系统介绍浙江区域经济优势和外贸企业营销网络的大型工具书——《浙江省对外贸易指南》（外经贸企业网址大全），经过 10 个月的编纂，现面世。这是浙江省对外贸易服务中心继去年编纂出版广获社会好评的《浙江省对外经济贸易地图集》之后的又一部力作。

《浙江省对外贸易服务指南》（外经贸企业网址大全）（以下简称"指南"）以服务企业为宗旨，力求为企业开拓市场提供切实有效的帮助。本书内容有四大板块组成：

在第一板块"综合篇"中，对浙江外经贸、区位优势、投资环境、块状经济特色放在一个动态的背景下来介绍，使读者在开篇对浙江外经贸和地域经济有一个完整的了解。

在第二板块"经济篇"中，对浙江省各地优秀诚信外经贸企业、开发区、工业园区、强市（县）名镇、出口产品的介绍，除采用图文并茂的形式赋予页面以直感性和可读性外，特别加强了内容的时代性，将最新的产业成果奉献给读者。

第三板块"企业名录"中，通过对企业及其产品的介绍，为读者寻求贸易合作提供了翔实的信息源。

第四板块的"企业网址"是一个提供外经贸企业信息的完整版，除分类介绍企业机构、网址、常用搜索引擎外，还列有法人代表、EMAIL 地址、电话号码、经营产品、商标或企业标志，大大扩展了企业的信息量。

以上各篇，分则独立，合则成体，内容丰富，信息量大，具有很强的实用性和可操作性，是一部集指导性、实用性、服务性为一体的专业工具书。

《绍兴市对外经济贸易志》后记

（1993 年 8 月上海大百科全书出版社出版）

《绍兴市对外经济贸易志》经过两年多的编纂，终于问世。

1989 年 8 月 29～31 日，绍兴市地方志编纂委员会召开第一次修志工作会议，具体落实《绍兴市志》的编纂任务。市经贸局负责承修"外经外贸"篇。借此机会，市经贸局决定编纂《绍兴市对外经济贸易志》。10月 10 日，市经贸局发出"关于《绍兴市对外经济贸易志》编纂的前期实施计划"，建立以徐福堂为主任，来菊英、丁毅、汤正根（兼主编）为副主任的编纂委员会，并设编纂办公室。10 月 26 日，编纂办公室正式开始工作。11 月上旬拟出本志篇目提纲。根据篇目要求分头搜集资料，先后在全市和杭州、宁波、上海、南京等地档案馆、图书馆查阅资料，并走访有关单位和人士。据统计，共印发征集文稿 496份，走访、调查 207 个单位，约 1200 余人次；查阅档案 1323 卷，历代志书 136 卷，著作、报刊 2463 册（本）。直接查看针对性资料文字达 1.5 亿以上，摘录资料卡片3667 张，抄、印原件资料 3000 余份，实际字数在 200 万以上。

1990 年 10 月，进入志稿撰写阶段。翌年 2 月初，"大事记"征求意见稿送交各编委及有关单位、人士审阅，陆续写出其他篇章送审稿。到 1991 年 6 月底，已全部完成专志初稿，7 月上旬召开评审会。全书前后六易其稿，部分章节达 7 稿之多，最后以 5 篇、16 章、58 节，约 50 万字定稿付印。

本志在编纂过程中，得到省经贸厅、市委、市府、市编志委的关怀指导及有关单位、史志界同仁的帮助支持。省经贸厅厅长王洪良、市长张启楣为本志题词，省经贸厅办公室主任徐福堂（原市经贸局局长）、市经贸委主任李锡根为本志作序。《绍兴市志》主编任桂全为本志稿审定了部分篇章。市编志委翻译张华芬为本志目录、概述作了英文翻译。中国第二历史档案馆、浙江省档案馆、宁波市委和市府档案馆、绍兴市档案馆、绍兴县档案馆、上海市图书馆、上海市社会科学院图书馆、江苏省图书馆、浙江省图书馆、浙江农业大学图书馆、杭州市图书馆、绍兴鲁迅图书馆、绍兴师专图书馆、绍兴鲁迅纪念馆等省内外 328 个单位和 14 位人士为本志成书提供了资料（本局所属在外），在此深表感谢！

《绍兴市对外经济贸易志》内容纵贯古今，涉及面广。为准确完整地记述本市经贸活动全貌，编写人员作出了极大的努力。但由于新中国成立前史料分散匮乏，新中国成立后外贸机构建立较晚，经营体制变化较多，给搜集资料、编写志书带来了一定困难。虽竭尽努力，仍有不少缺漏，加上编辑人员水平、经验所限，纰缪不当之处，恳请读者指正。

《绍兴市对外经济贸易志》编纂办公室

一九九二年六月

《世界商标设计探密》后记

（列入"九五"国家重点图书出版计划，1998年1月浙江人民美术出版社出版）

《世界商标设计探密》一书，从收集资料到编著出版，经历了十分艰难而坎坷的路程，今天终于和广大读者见面了，令我万分欣慰！

本书著者李继渊先生是数十年从事商标设计和研究工作的学者，同时也是我的尊师。作为他的助手，我（本书英文资料翻译）深知此书分量的厚重，书中的每一帧图形、每一行文字，无不凝聚着编著者对繁荣商标文化研究的苦心良意和诚笃之心。本书的资料收集工作起步时间较早，为保证资料的准确性、权威性，书稿中的所有外国商标图志都直接由国外原版本广告资料编译而成，内容详尽周全，代表性强。值得记述的是，在样稿正式送交出版社之前，在老师书屋对书稿作最后修订的那天晚上，静谧的灯光下，当我重新翻阅着一张张早已为我所熟稔的用手工绘制成的商标图案，强烈的感触又把我带回到了那难忘的岁月。原稿中已经过精心编排的一枚枚大小均匀、线条流畅、黑白分明的标识，那是老师用汗水辛勤笔耕的结晶啊！虽然多少年过去了，但那画稿上的墨色依然乌黑，依然散发着熟悉的香味。当时囿于复印条件，老师终年夜以继日、深居简出，其间经由他亲手绘制的各类商标图形就有千枚以上，经分类整理堆积起来的画稿藏盒足有一米之高，全部稿件前后'历时达八年之久。他为潜心编好书呕心沥血，倾注了大量精力；更为可贵的是，老师在著书中所体现的严谨治学态度和敬业精神，令我终身难忘。原稿本在早几年业经有关出版部门通过编审，但因当时他手头尚有许多新版资料未及编入，文字部分又不肯轻易脱手，加上后来部分原稿又遭散失，虽出版社屡次催稿，终未敢送稿付印。直至今日，才真正付诸实现。

值得庆贺的是，此书及著者本人虽沉默了多年，但一经问世，便亮出了一般著述中未曾涉及的课题：一项魅力商标的设计定位，其奥秘在哪里？是从内容出发还是只顾形式？编著者通过对各国大量商标的研究、剖析和探讨，从内容出发并充分地加以论证。本书选题角度新颖、观点独到、可读性强，它的出版对商标设计者开启思路、拓展视野、提高设计水平都会有所裨益。

一九九七年八月　于杭州

《绍兴市商务志》后记

（2018 年 1 月中国商务出版社出版）

2012 年 9 月 28 日，中共绍兴市委办公室、绍兴市人民政府办公室联合印发"关于《〈绍兴市志（1979—2010）〉编纂工作实施方案》的通知"（以下简称《通知》），绍兴市二轮修志工作拉开序幕。绍兴市商务局作为《绍兴市志·内外贸卷》和《绍兴市商务志》承编单位，十分重视此项工作，从组建班子到编纂完稿付印都有领导、有组织、有计划、有措施，保证了各阶段工作的顺利开展。《绍兴市商务志》编纂工作大致经历了三个阶段。

一、组织实施（2012.10～2013.6）

《通知》下达后，局着手落实编修人员和办公场地。2013 年 4 月 3 日，在局分管领导韩洪江主持下，召开由修志人员参加的首次编志办公会议，规划进度和明确任务要求。为加强对修志工作的组织领导，确保第二轮修志任务的完成，4 月 7 日成立了以局长章光华为主任的《绍兴市商务志》编委会及其编纂办公室（实施主编负责制）。嗣后，编纂办着手开展工作，拟定方案，草拟篇目大纲，组织业务培训。4 月 18 日，向各县（市、区）商务局，局各处室、直属各单位印发"关于《绍兴市商务志（1979—2010）》编纂工作实施方案的通知"和"编写篇目大纲（征求意见稿）"。4 月 22 日，修志小组一行 3 人开始赴市档案馆收集资料。6 月 21 日，局行文向各有关单位印发《关于征集〈绍兴市商务志〉入志资料的函》。为扎实推进商务系统修志各项工作，6 月 27 日上午，市商务局在 6 楼会议室召开由各县（市、区）商务局、各开发区（园区）、局属各单位及相关单位分管领导和联络员参加的《绍兴市商务志》编纂工作会议，韩洪江副局长就全面启动《绍兴市商务志》二轮编修作总动员和工作部署，标志《绍兴市商务志》编纂工作全面启动。

二、续修绍兴市志（2013.6～2015.12）

根据《绍兴市志·内外贸卷（1979－2010）》承编任务和要求，按照局编纂工作实施方案，编纂工作会议后，编纂办全体修志人员由内而外投入资料收集工作，先后赴绍兴市档案馆、绍兴市图书馆、绍兴文理学院图书馆、柯桥区档案馆等专业资料馆查阅资料；向绍兴市工商局、绍兴市电子政务中心、绍兴市统计局等35家单位征集资料。是年，编纂办全体人员由副局长韩洪江带队先后2次赴各县（市、区）商务局检查指导工作。为加强商业资料收集工作力量，同年9月借调1名原商业系统有编志经验的同志帮助工作。至2014年4月，集中资料收集工作基本完成，共查阅档案28700余份，拷贝针对性扫描文件3720份，摘录资料卡片2456张，共计收集资料1750余万字。是月，鉴于商业局一块资料收集工作基本结束，原商业系统孙传忠、陈永新二同志离开编纂办结束工作。同年8月，原商业系统纪建国同志因外单位另有任务亦离开编纂办结束工作。根据编纂办编写分工，张子正同志负责编写"内贸卷"八章（其中"商贸体制章"系纪建国完成的资料长编稿）、原外经贸局张华芬同志负责编写"外经贸卷"四章。经过近一年的编纂，市志专业卷初稿于2014年12月完成并通过初审。2015年5月25日通过复审。后根据初审意见，经过近半年的修改补充，于2015年5月25日召开复审会并通过评审。6月，原外经贸局许建卿同志因局另有任务安排结束编纂办工作。10月10日，市志"内外贸卷"以13章52节137目26万字终审稿送交市志办。12月15日将全套修志资料移交市志办，标志《绍兴市志·内外贸卷（1979－2010）》续编工作的全面完成。

三、编纂《绍兴市商务志》（2016.1～2017.8）

2016年1月，《绍兴市商务志》编纂工作正式全面启动。2月，张华芬同志结束编纂办工作。至此，编纂办原商业、外经贸工作人员先后陆续离开。根据工作需要，张子正同志全面挑起了专业志的资料收集和编写，在近一个月时间里，先后近赴柯桥区档案馆蹲点、远赴南京第二历史档案馆阅档；平时边编写边搜集资料。经过近一年时间的编纂，全30章连同"概述"120万字专业志初稿完成并刊印装订成册。11月8日，在分管副局长周晓东主持下，召开由局各处室，各区（市、县）商务局、原商业、外经贸系统退休老同志、相关入志单位评委和省、市地方志专家参加的评审会，一致通过初审，认为是一部传世之作，将成为绍兴志界的一个里程碑。根据初稿评审意见，除增补横排缺项门类和理顺归属不当章节等存在问题外，需增写集中记述古近现代商业章节。张子正又经过半年时间的补充修改，于2017年6月10日完成复审稿，全书总成总成31章131节597目180万字送绍兴市地方志编纂委员会办公室审定验收。6月26日，接绍兴市地方志编纂委员会办公室批复，同意出版《绍兴市商务志》（上下卷），认为复审稿基本吸取专家的评审意见和建议，观点正确，内容翔实，重点突出，特色鲜明，基本符合志书出版要求。7月，根据市志办对复审稿提出的修改意见作最后修改定稿。10月交付出版社。

本志在编纂过程中，得到市商务局各处室，各区、县（市）商务机构及各入志单位、史志界同仁的帮助支持。绍兴市委党史室主任何云伟、《浙江通志》总编室副主任颜越虎、原绍兴市地方志办公室主任陈荣昌、原《绍兴市志》总纂任桂全为本志审定全部章节。浙江越秀外国语学院教师孙一德为本志目录、概述作了英文翻译；局综合处陈姗燕为本志制作部分表格图示。中国第二历史档案馆、绍兴市档案馆、柯桥区档案馆、绍兴文理学院图书馆、绍兴图书馆等25家主要单位和15位人士为本志成书提供了资料，在此深表感谢！

《绍兴市商务志》内容纵贯古今，横跨内外贸领域。仅就国内贸易而言，其中内贸、商贸部分系原商业系统（商业局、物资局、经济协作办）和原经贸委（计委、计经委）、市府商贸办、工贸国资工作职责，同时涉及工商、统计、城建、街道、协会等部门和单位，还涵盖各相关市场、商贸业基层组织，跨越商业管理机构撤并后内贸与商贸两个不同体制阶段，同时在商务局系统内部由于商贸机构职能设置各市（县）体制不一，在编写环节中，既要与原商业局档案接收单位做好工作衔接，又要与单独设立商贸机构的市（县）做好工作协调，还要向散存在系统外相关单位的档案和各入志单位做好资料落实，涉及的面广，量大，环节多，行业跨度大。为准确完整记述本市境域商务活动全貌，编写人员做出了极大的努力。但由于新中国成立前史料分散匮乏，新中国成立后外贸机构建立较晚，内贸体制变化较多，给搜集资料、编写志书带来了一定困难。虽竭尽努力，仍有不少缺漏，加上专业志编写集中一人后其精力、水平所限，纰缪不当之处，恳请读者指正。

《绍兴市商务志》编纂办公室

2017年10月16日

合唱艺术篇

合唱团，我精神的家园

——献给浙歌合唱团成立十周年手礼

（散文获"浙江歌舞剧院合唱团建团十周年征文比赛"一等奖）

十年，人类历史长河中一朵转瞬即逝的浪花；十年，中华五千年文明巨著轻轻翻过的一页。然而，这十年，对浙歌合唱人来说又是那么豪迈和奋进，它流着时光搭起的五线桥梁将二十世纪唱响的旋律一路高歌带入到了二十一世纪。浙歌合唱团的十年，是栉风沐雨的十年，是拼搏奋斗的十年，是春华秋实的十年。今天，当跨越世纪的钟声合着团庆十年的脚步悦耳响起时，我思想涌起的潮水似滚滚波涛，汹涌澎湃、急速奔流着，它促使我将合唱生活的感情经历诉诸于笔端，把我所认识的浙歌合唱团掏心给大家。

不瞒你说，在加盟浙歌之前，我对合唱这种艺术表现形式并不怀有特别的感情，而我愿意参加这个团体，纯粹原于一个很简单的动机，那就是为自己单身在杭工作寻找一个健康的娱乐处所。

记得 1997 年 9 月 13 日参加入团考试的那天，我是在所有应试者中第一个早早来到考场的考生，正如早早地来内心忐忑不安所驱动，对此心里并不踏实，本不抱多少希望的我当后来在录取榜上赫然有名时，我心头略过一丝欣慰，第一次有了行将融入这个高雅集体的家的复杂感觉。我对合唱艺术魅力的最初感受便是来自于进团后的第一堂课。那个晚上，当在一楼排练厅聆听老团员为我们安排的和声示范训练时，我被人声合作竟能产生如此优美和谐的立体共鸣深深感染了，这震撼力量至今仍深刻在心里。那堂课既是对我和声音盲的一次伟大启蒙，也成了引导我在合唱道路上一直走下去的原动力，由此便开始与合唱有了不解之缘。七年多来，在合唱的艺术殿堂里，我不仅体验着和声共鸣那温婉流水般的纯美境界，而且领略了合唱艺术的不断攀升，与团友们一起，在重大的艺术活动中演绎出了一曲曲欢乐流淌、辞旧迎新的美妙乐章，一次次把音乐会和全场观众的热情推向高潮。置身其中，我无不为当初的选择感到庆幸和自豪，它为我的业余生活架起了一道绚丽彩虹。

然而，仅以对艺术美的抒发决不是我思想感情的落脚点，因为合唱艺术所创造的优美意境，那是人们心灵合作的默契啊！正是那种融合和默契、和谐与纯粹，把自己的声音恰如其分地融入集体的声音中去，淹没自我却又感知有自己贡献的一份力量存在，才使得合唱产生如此撼人魅力。在这里，我急于想倾诉的，是我周身团友犹如对艺术真、善、美执着追求般那样闪现的心灵境界美，也是在合唱团的每一天，常常最令我感动着的一些故事。

在排练厅里或在舞台演出中，当团友为今天的准时到达顾不上扒口饭备着面包匆匆出现的时候；当患病的团员为了明天的好合拖着疲惫的身躯依然有他（她）身影的时候；当个人事务已计划在身的盟友为完成团部突击任务而宁愿牺牲个人利益列队同唱一首歌的时候，我心中油然会生发出对他（她）们的深深敬意之情。其实，在浙歌合唱团中，像这样有着无私奉献精神的合唱人的故事仅是平凡发生在我们身边的许多感人故事中的一个小小插曲，其他默默奉献的故事随处可拾：洪丽华不辞辛劳、甘当陪教、勇于发光的爱岗敬业精神，胡鸿勋长途跋涉、日夜兼程、风雨无阻的坚持不懈精神，各部声部长忠于职守、处事在前、甘为人先的乐于奉献精神……用不着繁琐举例，在我周围还有许多为着共同的目标默默无闻着的人们，不只是在团员中间，相似的故事同样写满老师身上。这些，都构成了我们合唱团赋予时代的最强音，与那来自心灵共鸣的温婉和声一起，引领我进入了一个催人向上、纯美无暇的音乐圣殿。听，那声音，是一首唱给社会的歌，是传递心灵的歌，是合唱团员用奉献作旋律演绎出的希望之歌，沐浴在这个能洗涤灵魂污垢的艺术殿堂里，任从双唇之间流淌出的心音在黑白的单色音符间倘徉，顿觉我的感情升华了，我的心灵变得纯洁了，我的情操变得高尚了，我的胸怀变得宽广了，它帮助我找回了自己的精神家园。

加盟浙歌以来，我越来越感觉到，合唱团的盟友有其纯朴的品质和天然的爱美禀性，他（她）们不求索取，只图艺术，是真正高擎人类文明火种的坚强使者。如果说，合唱团是浙江对外文化艺术交流的一个窗口，那么其团员的人格魅力则集中体现了这个团体具有的凝聚力和精神风范，是我创业故土人民精神文明的一个缩影，因为在团友身上我看到了杭州新世纪文明建设风采的希望。这就是我所认识的浙歌合唱团，我精神的家园。

十年，是一座里程碑，十年，更是新的起点。团友们，让我们携手并肩为共同繁荣浙江文化事业、共创新世纪杭州更美好的明天而再度同声高歌吧！

最后，借建团十周年之际，向曾为合唱事业作出贡献而已永远告别我们的徐增荣同志表示深切悼念！

写于 2004 年 10 月 31 日晚　杭州寓所

市直机关合唱团，我为你骄傲！

——献给合唱团建团五个月手礼

（原载绍兴市直机关党建网）

2013 年 5 月 22 日晚上，在非遗馆三楼大厅，五十多名来自市级机关事业单位的干部职工怀着对音乐的热爱聚集在一起，聆听市直机关党工委领导开场词，一个全新的市级文化团体正在问世。现场没有横幅、没有聚光、没有仪式，唯有专注的眼神、信赖的目光相交与清脆的掌声作伴，绍兴市直机关合唱团在机关党工委谢书记质朴而铿锵的语声中宣告成立。从那一天起，在经历了一次次团部活动，合唱团所展示的魅力和创造的奇迹，仅这短短的五个月时间里，却彻底颠覆了我原来的想象和看法。而这种感受，与我的上篇"合唱团，我精神的家园"有着完全不同的心历。如果说在浙歌合唱团和声丰富了我的生活色彩，那么在市直机关合唱团，和声则合出了生活的精彩。它再一次激起我心头千重浪花，促使我将合唱生活的感情经历诉诸于笔端，把我对市直机关合唱团的内心感受与大家分享。

与 16 年前加盟浙歌合唱团一样，我报名参加本团的初衷，也源于充实业余生活。所不同的是，浙歌是在《浙江日报》上招聘经声乐专家组考核录取，这次是市直系统单位组织报名入团。由于自己在浙歌合唱团期间曾得到省内外乃至全国一流合唱指挥诸如阎宝林、陈建勋、陈文祥、马革顺、曹丁、张国勇、林友声执棒合唱，经常参加省、杭州市举办的各种合唱比赛和一年一度的"新年音乐会"及与中外合唱团体进行交流与同台演出，接触的优秀团体多了，对市级又是系统却还是刚组建的合唱团，便怀有了许多偏见。心想，这个合唱团还带有俱乐部性质注定不会有所作为，爱混则混，不爱混就退。于是，在这种心境下，我又一次融入到了团体中。随着团部活动步入轨道，通过培训、排练、参赛三步曲，我原先对这个团所抱有的偏见，也开始由怀疑转向肯定，继而充满希望。这个心历的渐变过程由此给出两种截然相反的认知，完全否定了自我，与其说是受合唱团氛围的强烈感染，还不如说是被这个团体所体现的"骆驼精神"所折服。

月色朦胧/星光闪烁/一对骆驼行进在无边的沙漠/瀚海茫茫/寂静寥廓/驼铃声声从夜幕中飘过/遥望远方你怀着坚韧的执着/一步一步在希望中跋涉/面对风沙你忍着旅途的干渴/一程一程在希望中跋涉/春去秋来你穿过金色的岁月/迎着曙光你不停进取/不停奔波。如果把这首参赛合唱作品《大漠之夜》歌词所表现的意境将时间跨度浓缩成五个月，不就是对我们合唱团内在精神品质和成长足迹的最好写照吗？歌词分为三部分，每一部分主题的递进都可引申到这个团体、都可对应着找到自己的影子。

歌词第一部分描写了一队骆驼在昏暗的星夜下孤寂行进在荒凉无边的沙漠上，驼铃声声似一曲生命之歌传递出"沙漠之舟"那顽强的毅力和坚韧的抗争力。骆驼的这种负重远足知难而进的品格，与合唱团认准目标踏实进取的精神一脉相承。建团初期，面对缺乏音乐训练和合唱基础的音乐爱好者，要走出和声盲区直至整体被社会所认可，似茫茫沙海不知尽头在何处，但合唱团从老师到队员不畏艰难，不管背负多沉重，没有回头。每周二晚上从排练厅飞出的歌声似"驼铃声声"从夜幕中飘过，为了寻找希望中的"绿洲"，一步一个脚印向前走，令人遐想！

歌词第二部分表现了骆驼在恶劣环境下自强不息，无怨无悔，在希望中跋涉的精神力量。这种精神力量的博大厚重同样体现在合唱团中间。在备战参赛期间，宋老师的耐心指导、精心传授、激情执棒，面对挑战忍着旅途的艰辛，带领着团队似越过座座沙丘，一步一步在希望中跋涉；队员茹懿，有着骆驼般坚强不屈的意志，膝关节扭伤挂着双拐仍坚持参加排练和上台参加比赛；钢伴"小骆驼"，正值高二，学校学习任务繁重，为了给合唱增添色彩，甘心牺牲个人时间，默默充当"小驼铃"。

歌词第三部分赞美骆驼具有的稳健踏实的品质，为达到心中的一片绿洲，迎着曙光不停进取。骆驼的这种品性同样折射在合唱团身上。在获得省合唱决赛三等奖后的当下，合唱团没有陶醉在首战告捷的喜悦当中，而是把成绩当作激励和鞭策，更高要求自己，更清醒地认识到自己的诸多不足，要真正到达花香草绿的彼岸，走的路还很长，还很坎坷！合唱团当前正在实施的乐理知识培训补课工作，犹如骆驼把吃饱喝足的养料变成脂肪贮藏在驼峰里故能在挑战生命极限的环境中生存和负重远足那样，只有打实基础，储足养分，不停进取，不停奔波，才能追寻着最初的梦想。

团友们，当我用内心感受键入完以上三组文字时，你是否会与我产生共鸣，你是否认为《大漠之夜》歌词所演绎的意境也象征着合唱团成长的历境,你是否还会怀疑我所用"折服"二字的真诚?按键至此,让激扬的思绪化作理性的思考,我在追寻着这样一个问题,一纸空白的市直机关合唱团为何能在短短五个月时间里赶超已成立多年的兄弟团队,能在系列合唱赛事中市级脱颖而出、省级括目相看。这其中固然有天时地利人和的成分,但合唱团初战告捷的背后更有它必然的因素。总结起来就是六个关键字:平台、指挥、队员。

平台是合唱组织的构架。一个团体特别是合唱团体的发展,与组织单位的重视程度密不可分。合唱团自成立以来,一直受到组织单位的高度重视,并始终得到党工委领导的贴心关怀和热心鼓励,为合唱团提供了一个宽松、和谐、拓展的平台。这是合唱团精神支撑的前进动力。

指挥是合唱活动的灵魂。指挥的工作决定着团队的全局。与省级专业团体指挥相比,宋老师虽然没有他们那样的知名度,但他有他的合唱理念和教学方法,从心出发,以情导情,追求对音乐作品思想内容的表达并用自己的感情参与其中感染团员,赋予二度创作以美感和魅力,加上他的敬业精神,这是合唱团艺术攀升的最佳拍点。

队员是合唱活动的主体。没有队员也就没有合唱团。不同于社会上那些自愿组合、或虽有组织关系但工作基础不扎实的团体,市直机关合唱团成员大多来自各直属机关事业单位,有着个人明确的追求目标,看问题和接受新事物的思想大体一致,又代表着各自单位参加活动,对自身有很好的定位,团队凝聚力也更强。这是合唱团携手并进的力量源泉。

由此可见,有一个好的平台、好的指挥和好的队员,是合唱团得以健康发展的基本要素,而当"骆驼精神"与这三者要素完美结合、四而为一时,合唱成员的集体力量所迸发出的张力便可突破时间和空间,收到意想不到的效果,甚至可以创造奇迹。可以相见,在市级机关党工委的关怀和领导下,在指挥的出彩执棒下,合唱团歌者只要心有一种精神,心存一片沙漠,心系一片绿洲,在不远的将来,便会迎来一片阳光灿烂,为推动我市机关文化建设、打造文化强市再创佳绩。

市直机关合唱团,我为此而为你骄傲!

2013 年 10 月 20 日

词条警句篇

《会展大辞典》"演艺篇"词条

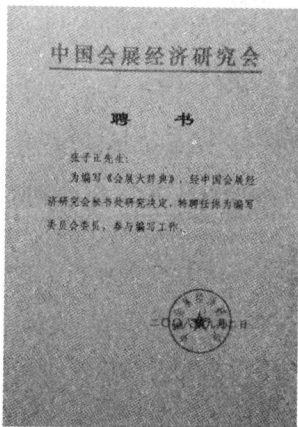

（受中国会展经济研究会特邀，负责承编《会展大辞典》（后改名为《会展词语手册》）"演艺篇"词条。《手册》于2012年1月由吉林出版集团、吉林电子出版社出版）

1. 【表演】biǎo yǎn

表演，即是由演员面对观众扮演角色并通过舞台行动而创造人物形象的过程。表演有现场表演和镜头表演两种。镜头表演专指影视作品，是由演员扮演影视剧中的人物，在镜头前创造剧中人物的过程，是通过屏幕间接地与观众进行的交流。现场表演是除了影视作品之外通过演员的演出而完成的艺术样式，是与人们社会生活联系最为密切的艺术现象，这里对"表演"概念的释义指的是后者。根据我国演出法规的规定，表演以直接或者借助技术设备再现或传递演出，包括音乐、戏剧、舞蹈、杂技、魔术、马戏、曲艺、木偶、皮影、朗诵、民间文艺以及其他形式的现场文艺表演活动。我国涉外表演法规对"表演"活动范围的界定还包括戏曲、动物表演、服饰和时装表演、武术及气功演出。"表演"最基本的义项谓戏剧、舞蹈、杂技等的演出，亦指把情节或技艺表现出来。如表演杂技。洪深《电影表演术》第一章三："表演的工具是身体。"由此延伸出以下两个义项①做示范性的动作。陈残云《山谷风烟》第四十章："到的人包括妇女们也传闻老周的枪法，想看看他的表演。"②谓做事不真实，好像演戏一样。赵树理《三里湾》八："你的进步只是表演给我看的!"在著作权法术语中，表演指演奏乐曲、上演剧本、朗诵诗词等直接或者借助技术设备以声音、表情、动作公开再现作品。再现在艺术作品中的生活化表演，要求演员对生活有深入的观察、深刻的理解、敏锐的捕捉能力和准确的提炼和选择本领，表演的多义性应是当代文艺表演的一种追求。

2. 【彩排】cǎi pái

"彩"的基本义项是颜色。彩排就是带彩排练，即正式演出之前或放在预演前的化妆排练，是按规范将表演的整个流程从头至尾走一次场。这一环节要求演员的表演和舞台赋予的环境融合在一个和谐的整体中，也即把一出表演节目中的许多片断、场景和各幕间衔接起来塑捏成一个艺术完整性的演出，导演随时以观众或批评家的身份，严格审查自己的一切处理。在此期间，导演均是以中心指导者的身份工作，有绝对的权威，尽量做到重大体，尽精微，务必使各项因素都能融合、和谐、统一、优美。①戏剧、舞蹈等在正式演出前的最后总排练。②节日游行、游园等大型群众活动正式举行前的化妆排练。彩排，也俗称"走台"，但比走台更严肃，走台可以多次也不一定要带妆，而彩排一般只是在正式演出前或在预演前进行，并且是化装排练，演、音、舞等演出人员全部到位，一切按照正式演出的要求在将要演出的现场实地一次性合成。如警句："人生没有彩排，每天都是现场直播。"为确保演出的成功，对于一些受众面广、影响力大的大型而重要的艺术专场的彩排环节已被人们越来越重视，有的按要求须经多次彩排。如 2008 年 8 月 8 日北京奥运开幕式前在鸟巢接连进行了四次彩排；"2009 年央视春节联欢晚会"节目直播前期经历了六次彩排，其目的是为确保直播演出万无一失。通过彩排，能及时捕捉到平时排练中不易发现的细节问题和不足，经过几轮调整和改进，使舞台效果能够在正式演出前趋于完美。如 7 月 16 日，北京奥运会开幕式进行首次带妆彩排后，针对彩排中发现的问题，以张艺谋总导演为首的开幕式主创团队，对开幕式方案进行了完善。

3.【导演】dǎo yǎn

"导演"既是动词也是名词。①排演戏剧或拍摄影视片的时候，组织和指导演出工作（作动词）：他导演过五部电影。②担任导演工作的人（作名词）：谢晋是中国著名导演。在作名词时它有广义和狭义两种概念。狭义的导演是专指电影导演，简称"导演"，是电影艺术创作的组织者和领导者，把电影文学剧本搬上银幕的总负责人。作为电影创作中各种艺术元素的综合者，导演组织和团结摄制组内所有的创作人员和技术人员，发挥他们的才能，使摄制组人员的创造性劳动溶为一体。他是集体创作的核心。电影导演在接受剧本后，首先在制片主任的配合下，安排影片的筹备工作。其任务是：组织主要创作人员研究有关资料、分析剧本、选演员、选外景、进行案头工作、创作分镜头剧本或导演台本、写作导演阐述等，统一主创人员的认识。然后，按照制片部门安排的摄制计划，领导现场拍摄和后期制作。一部影片的质量，在很大程度上决定于导演的素质与修养；一部影片的风格，也往往体现了导演的艺术风格。电影导演为塑造银幕形象而运用的各种具体的表现手段包括：1. 运用画面主体的动作和摄影镜头的运动，构成动的视学形象；2. 运用蒙太奇技巧来处理画面，组接镜头，以突出重点，渲染影片的节奏；3. 运用恰当的音乐，自然音响和人物的语言，与画面有机结合，以表达思想内容，丰富并加强形象的感染力；4. 运用电影时间和电影空间灵活的伸缩性，变换场景，扩大或压缩环境的规模和过程的容量；5. 运用光影，色调，色彩，以制造影片所需要的气氛；6. 运用数码技术和电影特技等科技手段营造现实中无法捕捉到的事物、景象和气氛。电影导演按其工作岗位和所承担职责的不同，有总导演、联合导演、执行导演、纪录片导演、副导演、助理导演之分。广义的导演泛指将剧本或台本创作为舞台艺术的主要创作者，是代表艺术总监具体落实舞台实践者。展会、节会、体育赛事中穿插有舞台节目其主创者导演都属于这一类。

4.【首演】Shǒu yǎn

首演，即首场演出、第一次演出之意。"首演"一词在不同的语景中具有不同的含义。在常规演出环境里表示剧目从创作生产到正式演出必须经历的一个环节，彩排、预演之后便进入首演，属正式演出。如"《文汇报》：于1977年又正式首演了弦乐合奏《二泉映月》。"首演时一般都向公众开放："2007年3月29日现代越剧《红色浪漫》在杭州剧院进行了首场公演。"但也有例外的，有的剧目只邀请专家和业内人员观看，尚不对外售票，属内部观摩演出："2007年3月24日晚，《印象西湖》举行了首场内部观摩演出。"但无论是内部首演还是公开首演，导演在首场演出后要广泛听取观众与专家意见便于对剧目不断进行完善这一点上是一致的。在特定演出环境地点里，"首演"更多传达了演员的自豪感和赋予剧目以里程碑的意义："2007年9月25日国家大剧院进行落成后的首场演出，最荣幸的当属中央芭蕾舞团的演员们，能参加首演，他们感到十分激动"。"今年5月组建的中国爱乐乐团，经过半年多的认真筹备和精心排练，将由中国爱乐乐团艺术总监、指挥家余隆执棒，于12月16日在北京保利剧院举行首演音乐会，奏响新世纪中国交响音乐繁荣发展的辉煌乐章。"

5.【演出】Yǎn chū

古词义比今义丰富：①演变：唐黄滔《误笔牛赋》："于是逐手摘成，随意演出，斯须亡堕落之所，顷刻见下来之质，"②偷偷地出行。《好逑传》第二回："［鐵公子］骑了一匹马，只叫一人跟着，竟暗暗演出齐门来，并不使一人知觉。"③表现。洪深《戏剧导演的初步知识》引言一："因此戏剧的演出必须有一个深切理解，而且真实同情与原做的主题。"今词义范围已缩小，其本义仅保留了第三义项并加以扩展，是指艺术团体或个人在特定时间和地点把音乐、戏剧、舞蹈、杂技、魔术、马戏、曲艺、木偶、皮影、朗诵、民间文艺等节目表现给观众欣赏。根据活动性质的不同，演出可分为营业性演出和公益性演出两大类。营业性演出是指演出的表演者或组织者以获取款、物或广告效益为目的的演出活动，包括以下方式：㈠售票或包场的；㈡支付演出单位或个人演出费的；㈢以演出为媒介进行广告宣传的；㈣有赞助或捐助的；㈤以演出吸引顾客和观众，为其他经营活动服务的；㈥以其他经营方式组织演出的。会展活动表现为经济活动，展会中开幕式（闭幕式）文艺演出多属于这一类。公益性演出是指艺术表演团体为配合活动内容需要在特定场所和地区进行的非营利性或免费的演出，包括纪念性演出、会议演出、慰问演出及庆典演出。

"表演"和"演出"词性和基本词义一样，都作动词，都表示演员把节目表现出

来给观众欣赏，但两词又各有侧重。"演出"强调把节目表现出来，应用的范围比"表演"也要广，一般具有五个要素，即

演出的组织者与表演者、演出节目、演出受众、演出时间、演出地点和场所；而"表演"则较侧重于技艺的展现过程，强调面向众人表现技艺，含有认真的态度色彩。

6. 【预演】Yù yǎn

预演，是剧目从创作生产到正式演出过程中的其中一个环节，按顺序，它在彩排之后、首演之前，就是在正式演出前试演的意思。①指电影、戏剧、晚会、时装表演、运动会开幕式等正式演出前的试演，常常带有审查的指向性。例：7 月 13 日，《天地社火》在西安市体育场进行了一场赴京前的现场版预演，奥组委成员专程来陕西审查节目。②指公开演出前的预备性演习。例：为提高教学质量，教师现场备课是必要的，通过教案讲课的全过程、某一部分或某项教材在课前进行教学预演，能使教师如临真实教学情境，对教学过程的每一细节周密考虑、仔细策划，为教学活动的顺利进行提供可靠保证。③指影片作商业性上映前的小范围内的放映。④预先演示。胡也频《光明在我们的前面》："那高涨的革命情绪，那预演着将来的斗争胜利的序幕，又使他欢喜起来了。"彩排、预演、首演三组词的涵义相互间既有联系又有区别。联系是表演主客体都具备了正式演出的要素，如带妆、现场实景、有观众欣赏。不同的是，彩排是全剧合成，侧重于节目的演练，使演员熟悉位置，适应舞台，对观众并不作严格的要求，一般不邀请电视直播；预演则照顾到全场的效果，包括观众入场和离场的有效组织，与观众的互动，对演出中可能出现的问题在这一环节中得到解决，注重实战演练，以营造出与正式演出相似的现场效果为己任，需要时电视参加直播；而首演属正式演出，经过彩排和预演，一台精彩的舞台艺术由此而诞生。

7. 【演艺经济人】Yǎn yì jīngjì rén

经济人，也称"中介人"，是指在经济活动中，以收取佣金为目的，为买卖双方实现市场交易而从事沟通、服务的独立中间人。演艺经济人，也即演出经济人，是文化经济人的一种。结合演出行业特点，演出经济人是指以从事营业性演出活动中代表经济对象，在演出相关的单位和个人之间进行沟通、宣传、谈判、代理签约、监督履约等的居间、代理活动为职业，以取得佣金为主要收入，在工商行政管理部门领取营业执照并在文化主管部门备案的经纪人员。演艺经纪人主要有两种，一种是个体的亲朋好友担任经纪人，一种是团体的经纪公司。演出经纪人的行业具有涉及领域宽、范围广、产品特殊和经营难度大等特点，特别是演出行业的社会属性特点，使得演出经纪人的素质要求更具高度。因此要求演出经纪人在一般经纪人所需要的素质基础上还要具有更突出的专业素质。它包括：①具有相当的文化素质修养

和艺术产品鉴赏水平；②具有一定的演出经纪理论水平；③对国际演出经纪经营知识有所了解；④具有较高的专业法律素质；⑤具有较强的市场运作能力；⑥对艺术生产和演出活动过程有深刻了解。对演出经济人资格的认定，2005年12月1日颁布的《演出经纪人职业资格认定暂行规定》：凡年满18周岁，具有高中以上文化程度的中华人民共和国公民申请从事演出经纪活动的，均可参加演出经纪人资格的培训，经考试合格后，发给《演出经纪人资格证》。演出经纪人职业资格考试，实行全国统一大纲、统一命题、统一组织的考试制度，原则上每年进行一次。演出经纪人资格证书由中国演出家协会负责制作，实行统一编号并在全国范围内通用。

8.【演出商】Yǎn chū shāng

指从事演出交易为主要业务范围的演出公司及既开展演出经纪业务又同时进行演出经营业务活动的演出经济人。要启动一个演出市场，或者说做为一个经营者进入舞台表演市场，在此模式下，演出商首先是根据自己的市场调查选定演出项目后与艺人或者艺人的经纪公司代理签订合同，然后负责艺员在本地的宣传、推广工作和寻求与各方的合作，包括场地、场租、票务、赞助、接待等，通过销售、推广、创意、融资、包装、组合等环节的精心策划，使演出项目取得成功。一名优秀的演出商应该是职业的、专业的演出评论人，知道他所选题的优点是什么，值得发掘的地方在哪里，把这些与观众需求相结合成功地走向市场，能够对艺人进行二度创作。演出商需要在项目选择上尊重市场和市场规律，尤其要对市场进行大量调研后再决定推广的项目，一场成功的演出，好的节目和演出商的市场推广各占50％。在我国，演出商作为独立的职业介入演艺市场还是近几年的事，它的催生，使演出市场的分工更加明细，许多国内外的优秀作品通过演出商的精心策划登山了舞台。演艺经纪人和演出商同为演出经纪机构的演出组织者，但他们所经营的范围不同，演出公司可以从事演出的策划、组织、联络、制作、营销等经营活动和演出的代理、行纪、居间等经纪活动；而演出经纪公司只能从事演出的代理、行纪、居间等经纪活动。

9.【演职员】Yǎn zhí yuán

表演者的总称，演职人员的简称。是指专门从事舞台演出活动的表演人员和工作人员。演职员绝大多数属于一定形式的艺术表演团体，也有少部分个体形式的演员。值得注意的是，在不同艺术样式的作品中对演职员的定义有内涵和外涵两种概念。内涵的概念指动用内在自我和外部元素去塑造角色形象的演员，我国于2008年12月颁布的《中国演出行业演员资质认定暂行办法》对演员作了如下定义：是指在中国境内从事音乐、戏剧、舞蹈、杂技、魔术、马戏、曲艺、木偶、皮影、朗诵、民间文艺以及其他形式的现场文艺表演活动的人员。而外涵的概念还包括编导、舞美、音效等后场制作人员，若是影视艺术则还包括制片人、摄像师、剪辑、造型设计、艺术指导、服装设计、化妆师、特技师等参与职员。这里的演职员指的是内涵的概念。目前，我国对演出行业演员资质的认定按照声乐、器乐、戏剧、舞蹈、曲艺、杂技六个类别进行，具备以下条件之一的个人无需参加专业考评，即可获得资质证书：①中等以上艺术学校（含综合性院校的艺术专业）文艺表演类专业毕业证书；②政府评定的演员专业职称。不具备以上条件的个人须通过省级演出行业协会组织的专业技能考评，方可获得资质证书。中国演出行业演员资质认定工作由中国演出家协会统一组织实施。从严格意义上讲，演员一般都应具有深厚的生活基础和熟练的表演技巧。在创作风格上，一般可分本色演员和性格演员两种，但无论哪种演员，在艺术创造中都必然具有自己的创作个性和创作风貌。

10.【剧场布置】Jùchǎng bùzhì

剧场是供演出戏剧、歌舞、曲艺等用的表演场所，主要由舞台与观众席两大部分构成。一般分为露天剧场和室内剧场两大类。剧场布置就是为最大限度地满足观众欣赏舞台表演艺术需要，为观众创造一个视听效果俱佳的环境，运用各种技术和手段，使观演功能服从于一个总体的构思，以营造新颖的、富有时代感的空间艺术的活动结果。剧场布置内容复杂，技术含量高，涉及灯光、材料、音响、美学等课题，对剧场布置最基本的要素是：①具有良好的视听效果；②创造高雅的艺术氛围；③建立舒适安全的空间环境；④选择适宜的布景材料。如对音效的设计，不仅要让观众能听到有足够响度和清晰的声音，而且还要求有音色优雅和环绕亲切的感觉，保持演奏者的原有风格，准确的传达给观众。如果能让观众，无论从视听上还是环境氛围上都能很舒适地品味舞台上的艺术表演，这样的观演空间才能满足人们的审美趋向。现代的人们在高度紧张状态下工作和生活，对于生活娱乐场所，除了观赏戏剧之外，还要追求安逸的心理要求，希望周围的环境能与自己和谐协调，富有亲切感、温馨感，并且观众在剧场内逗留时间较长，要求有一个舒适、安全的环境，和谐、华丽、生动的和富于感情色彩的空间，能让观众在此休息、欣赏，调整生理和心理的节律，平衡情绪，这就要求剧场具有本身的艺术性符合现代人的生活需求和情趣。

11.【舞美设计】Wǔ měi shè jì

舞台美术是戏剧和其他舞台演出的一个重要组成部分，包括布景、灯光、化妆、服装、效果、道具等。它们的综合设计称为舞美设计，其任务是根据剧本的内容和演出要求，在统一的艺术构思中运用多种造型艺术手段，规划出流畅的动线和表演区，设计一个合理的空间布景，创造出剧中环境和角色的外部形象，渲染舞台气氛，帮助导演传达剧中的意念给观众。舞台设计师即利用他的巧思，营造出剧场的魔力，让观众融入其中，随着剧情的起伏而呼吸。舞台美术兼有时间艺术和空间艺术的性质，是四维时空交错的艺术，具有很强的技术性和对物质条件的依赖性。它在艺术创作上属二度创造，具有从属（演员表演）的性质。在演出中它具有多方面的功能：

①通过人物造型和景物造型塑造人物形象；②创造和组织戏剧动作空间③表现动作发生的环境和地点；④创造剧情所需的情调和气氛；⑤通过形象的创造帮助演员揭示人物的内心世界和剧本所表现的思想内容等。舞台美术的这些功能，是历史发展的产物和结果。最早出现于演出中的是和演员直接有关的化妆、服装和随身小道具。后来才逐渐有了布景。演出进入室内后又逐渐有了灯光照明。在很长的历史时间，它主要是在演出中发挥"实用"性功能。随着各种演出技术条件的日趋完善，艺术造型手段逐渐增多，它的艺术作用也逐渐加强，艺术创作的价值和品位也愈来愈高，遂成为表演艺术中重要的有机成分。如2009年央视春晚文艺演出，为打造纯视觉舞台效应，春晚舞美设计大面积使用了高科技的LED技术，就连舞台的幕布也换成可伸缩的柱形装置，不仅可以当做大幕，还能通过投影和变幻展示不同布景，舞台效果的展示是全方位的，给观众以强烈的视觉冲击力。

12. 【舞台监督】Wǔ tái jiāndū

舞台监督，既是演出团体中的一种职务，在文艺演出过程中负责掌握舞台艺术各部门的总体组织与管理工作；也代表一个具体的人，指在文艺演出中对综合艺术各部门舞台合成、彩排、演出进行监督管理的人员。舞台监督是一台节目演出的总指挥，其职责是：①了解导演出艺术构思和综合艺术各部门的工作进程；②掌握综合艺术各部门的创作规律、特点和技术要求；③熟悉场地与场地空间及设备情况；④组织灯光、布景、道具装台对光，组织指挥布景道具迁换，组织指挥灯光、效果配制；⑤配合导演完成合成、彩排；⑥演出期间组织指挥演出有序、安全、有效地进行；⑦记录整理演出中出现的问题，提出解决的意见和方案。舞台监督责任非常重大，他直接对于演出起着决定性的影响与作用。一般说，根据工作需要应该从一出节目排演起，他就需与导演有密切联系，要熟悉导演所拟定的导演计划，经常与导演研究计划的安排。一个称职的舞台监督应具有较高的组织才能，丰富的知识和经验，办事公道、灵活、细致，处理问题沉着果断，在任何情况下都能保持冷静的头脑"压得住台"。舞台监督者的作用与导演的作用既有联系又有区分，两者的联系表现在导演的工作和工作程序是舞台监督工作和制定工作程序的依据；两者的区分就在于导演是全力以赴地去完成排演任务，保证戏剧演出水平，充分发挥演员们的演技才能，而舞台监督则是支配和处理舞台上的一切艺术事务，以保证演出的质量。

13. 【演艺市场】yǎn yì shì chǎng

对于"市场"一词的概念，人们有多种不同的解释。根据我国出版的《简明社会科学词典》和近年西方国家出版的《管理词典》的收录，"市场"一词通常有以下几种释义：①市场是商品买卖的场所；②市场是商品交换关系的总和；③市场是在一定的时间、地点以及一定的人群或企业之间决定商品交换数量与性质的条件；④市场指某一特定产品的经常购买者或潜在购买者；⑤市场指具有某些相同特点、被认为是某些特定产品的潜在购买者的人群或企业。市场有广义和狭义之分，广义的市场是指通过商品交换和流通所反映出来的各种经济现象以及由此联结起来的人与人之间的经济联系和经济关系；狭义的市场是指在一定的时间和一定的地点进行商品交换的场所或领域。这里的市场主要指狭义的概念，是指文化娱乐表现活动及服务以商品形式进入流通领域并实现交换的场所。演艺市场是文化市场的重要组成部分，它包含的范围广，品种、形式多样，文化内涵丰富，社会影响广泛，从某种程度上说，演艺市场的繁荣实际上已经成为文化市场繁荣最具影响力和最为明显的代表之一。目前，中国演艺市场的主体形成了演出团体、演出公司与演出场所三类演出经济实体分工配合、协作发展的主导格局；在横向上，除了国有演出单位外，集体、个人、中外合作合资等多种所有制形式的演出实体不断产生发展，出现了多种经济成分并存共荣的格局，传统的计划演出已经向市场演出转变，营业性演出已经取代计划性演出，成为演出活动的主要部分。演艺种类向多元发展，交响乐、歌剧、芭蕾、现代舞蹈和音乐剧，民族戏剧、民间歌舞，杂技、曲艺、木偶、皮影和通俗流行的爵士摇滚乐，以及夜总会、卡拉 OK 厅等娱乐场所的歌舞音乐表演等精彩纷呈，呈现竞相斗艳的局面。

14.【演艺活动的策划与包装】Yǎn yì huódòng de cèhuà yǔ bāozhuāng

演艺活动的策划与包装，简言之，就是一项艺术表演产品从完成到进入市场运用组合营销手段的运筹活动。这一过程，不仅要求演艺运营商拿出适合演出市场需要的节目，制定吸引观众的票价，方便观众完成消费过程，还要求演艺运营商控制其在市场上的形象，设计并传播吸引观众的多维信息，即进行必要的演出促销活动，包括演出市场营销研究、演出市场需求预测、艺术产品的定位定价、销售、广告、人员推销、销售促进、售后再服务等。其主要步骤一般是：①确定项目。包括演出内容、时间，确定主办、承办单位的关系；②分析市场机会。如对观众群的划分、他们的经济支付能力或让渡价值是多少？市场的规模有多大、观众期望的演出档期、运营商满足市场需求的的成本是多少等问题；③选择目标市场。通过分析各种市场机会并作出最后评价，运营商要最终选择适合本产品的目标市场；④设计市场营销组合。确定了目标市场，就要设计出为了满足这个目标观众群的需要而加以组合可控制的变量；⑤盈利能力控制预测。通过运用赢利能力控制来测定不同地区、不同演出档期、不同观众群体、不同演出形式的盈利能力，有助于运营商决定具体的演出市场营销活动是扩展、减少还是取消；⑥演出促销组合。通过盈利能力控制预测根据对演出的促销需要，对主要促销方式（广告、销售促进、宣传、人员推销）进行适当选择和综合编配；⑦市场运作。确定协办单位、赞助企业，做好票务销售。这一环节工作的好坏，是演出能否消除市场风险、取得商业运作成功的关键。演艺活动的包装指的是对演出团体、节目、演艺人员的形象设计。良好的包装会引起潜在群众的注意，增加市场机会，提高节目、演艺人员的档次，增加内在价值，提高市场竞争力。一项成功的演艺活动，除了项目自身具有的魅力外，精心独到的策划和包装起着重要的作用。

15.【演艺经济】Yǎn yì jīngjì

演艺经济是从经济学角度讲，就是演艺产品供求双方交换关系的总和，即在演艺产品交换过程中所产生的各种经济现象和经济联系。换言之，即根据市场需求组织演艺产品的生产，面向观众与市场和地域文化相结合，既注重充分发挥演艺业的思想教育功能、艺术欣赏功能，又注重深入发掘和运用演艺业的产业功能、商业功能和经济功能，通过举办专业性的或综合性的各种形式的演艺节会活动，拉长产业链，带动旅游、餐饮、广告等相关产业的发展，以此带来直接或间接经济效益和社会效益。目前，随着国家进一步加大对文化产业的扶持力度，我国各地的文化设施逐步改善，文化产品不断丰富，文化活动蓬勃发展，文化交流日趋活跃，走出了一条活跃城市、农村演出市场的新路子，促进了城乡经济发展和社会进步，实现了精神和物质的双赢，演艺经济的作用越来越明显。近年来我国包括演艺业在内的文化产业年增长速度保持在 15% 左右，其中以特色文化为主调的商业演艺与特色资源的迅速结合，带来的新兴演艺市场的勃兴，已经成为国内文化产业引人注目的新景观。如云南的少数民族原生态歌舞《云南映象》，演红大江南北；山东文博会大型晚会《齐风鲁韵》、《泰山魂》民族音乐会、《大羽华裳》中国戏曲服饰展，在文博会上齐放异彩；广西山水实景演出《印象·刘三姐》，不仅给观众留下了深刻"印象"，更给广西带来了财气，目前《印象·刘三姐》一年的票房接近两亿元，自然景区带来的为数众多的游客恰恰是源源不断的财源，演艺与自然景象特色产业相结合的模式开辟了"大旅游"循环经济效益。文化产业是现代服务业的重要组成部分，演艺业是文化产业的核心层产业，是具有广泛群众性从而具有广阔市场前景的产业，同时也是一项能源消耗少、可持续发展性强的绿色产业，伴随各地产业文化内涵的增加，它的经济功能将不断提升。

16.【演艺器材】Yǎn yì qì cái

演艺器材，是对舞台灯光、音响、视频等器具和设备的统称。它的作用最直接地体现在各类文艺演出、演出场馆及其他各类文化活动场所的应用中，其功能为各类大型文体盛事的开闭幕式打造视听盛宴，为各种专业演出场馆、娱乐场所等文化设施建设提供设备选用与技术支持。如声、光、电、烟幕、水幕等技术，这些技术的应用使演艺活动的质量得到了大幅的提高，艺术性也在技术应用中得到完美的体现。更为重要的是游客对新奇罕见的舞台技术、器材技术十分好奇，技术应用使演艺项目具有了非同一般的吸引力。演艺器材按类别分，大致可分为五大类：①音响类。如调音台功放室内音响、室外远程音响及线性阵列系列、均衡器、效果器、分频器、压限器、有线话筒、无线话筒、话筒支架等；②灯光类。如电脑灯、筒灯、

AC灯、成像灯、电脑灯控台、调光台、效果灯、激光灯、频闪灯、追光灯、摇头灯、天地排灯、硅箱、电缆、电源箱等；③视频类。如多媒体投影机、投影幕、视频控制器等；④舞台效果类。如冷焰火、喷火机、彩虹机、舞台烟雾机、雪花机、泡泡机、航空铝珩架、流动演出灯架等；⑤舞台展示类。珩架、脚手架、专业背景架、等离子、LED等。

17.【广场演唱】guǎngchǎng yǎn chàng

广场，是对应于街道来说的，特指城市中的广阔场地，是城市中人们进行政治、经济、文化等社会活动或交通活动的空间，通常是大量人流、车流集散的场所。广场特征：①空间特征。广场是由基面、边围、家具等物质要素围合所形成的空间，为市民提供了良好的户外活动场所，满足了人们休闲、交往、娱乐的要求，具有一定的主题思想；②共享特征。广场不仅是空间的载体，而且具有"共享"的特征，才有了"露天客厅"之称，是因为广场具有交往功能，在这个共享空间里，人们扩大交往，形成群体意识；③标志特征。在广场中或其周围一般布置着重要建筑物，往往能集中表现城市的艺术面貌和特点。广场具有的这些品质特征和丰富的文化内涵，赋予了城市文化广场具有娱乐休闲功能，为市民提供了良好的交往空间和环境，能够促进社会和谐发展。随着社会物质生活的日益丰富，人们对户外活动的空间需求不断增加，越来越多的人开始关注广场的空间品质，于是文化广场活动内容之一的广场演唱便应运而生。目前，在全国各地举办的大型巡演，各类展会、节会、赛会开（闭）幕式及歌会演唱大多是在广场上进行，有的在举办活动项目名称前冠以"×××广场"，如"激情广场演唱会"、"欢乐广场演唱会"等。广场演唱，能很好地实现歌手和观众的互动，让广大人民群众不断感受到广场文化活动带来的喜悦，充分体现群众文化的广泛性、多元性、普及性、交流性的特点，以此推动群众文化的快速发展。举办广场演唱会，不仅能丰富广大人民群众文化生活、提高群众文化素质，还能不断提升城市文化品位、树立城市形象，并进一步为构建和谐社会起到积极的推动作用。

（两条商务警言警句入选《2013 年全省商务系统廉政文化警言警句集锦》）

内贸外贸商贸，信念理念观念，一切勤为（为了）民生。

廉政为商，勤政为务，心系民生，百业即兴。

讲话祝词篇

2003 年中国会展业年度评选颁奖典礼晚宴祝酒词（代拟稿）

女士们，先生们，来宾们，朋友们：晚上好！

首先，允许我代表浙江省会展业界同仁们对 2003 年中国会展业年度评选颁奖典礼的成功举行表示热烈祝贺！对今晚出席酒会的全国各地会展界精英们，以及各位来宾朋友们聚会美丽的西子湖畔，表示热烈地欢迎！

同时，我想利用这个机会代表东道主，向组织本次活动的主办者为撮合浙江会展业与中国会展业对接所做的工作，表示衷心地感谢！

此次会展巨头汇聚杭州，不仅是我国会展界空前的一次盛会，而且对推动浙江会展业发展将产生积极的影响。

浙江省物产丰富，人杰地灵，会展资源优越，素有"市场大省、鱼米之乡、丝茶之府、文物之邦、旅游胜地"之称。而杭州是世界著名休闲之都，集聚会展载体优势。与此同时，一批会展教研机构应运而生，科研成果不断，已初步形成了会展教育、理论、实践相互渗透的科教体系。作为此次活动承办单位之一的浙江亚太会展业发展研究所，是浙江省对外贸易服务中心职能延伸机构，以面向我省和全国会展业发展战略需求，致力于会展业发展研究、组织和开展会展专业人才培训、参与国际交流与合作，举办会展学术讨论会议。通过此次参与合作，相信我们的工作会更上一层楼，浙江会展业会有一个新发展，中国会展事业会更上一层楼。

最后，让我们举起手中的酒杯，为本次颁奖盛典及系列研讨活动的圆满成功，干杯！

2004 年 3 月 11 日
于杭州西湖博览会博物馆

2003年12月11日接受《会展财富》杂志记者采访代拟稿

（原载2004年1月经济日报编《中国会展财富人物》一书）

问题一：中国会展业起步晚，与一些会展业发达的国家有一定差距，请问浙江远大国际会展有限公司何以能在竞争激烈的国际会展市场如鱼得水，取得不错的业绩？

答：浙江远大国际会展有限公司是2001年成立，虽然建司历史不长，作为浙江省外经贸系统延伸服务的办事实体和全省对外贸易服务的窗口，公司创建之初即把创优服务放在首位，提出"服务追求永远、诚信发展壮大"的口号，在思想建设、组织建设、制度建设、业务建设、队伍建设五个方面加强基础工作。同时大力推进公司品牌建设，2001年12月被外经贸部赋予出国（境）举办经济贸易展览会组办单位资格。为应对入世，全面提高公司综合竞争能力，使其管理上水平，服务上优质，企业上档次，在激烈竞争的市场经济中立于不败之地，公司积极推行以品质管理为核心的企业管理体系，严格执行国际质量保证体系，2002年8月，经美国ANSI/RAB国际认证中心认证，公司获得该机构颁发的EQAICC ISO9001：2000国际质量管理体系认证证书。这是继2001年浙江远大在全省外经贸行业率先取得出国办展"入场券"之后，又一张在浙江会展业中唯一拥有的具备此类国际质量管理体系认证资格的"通行证"，是远大公司为应对"入世"挑战和贯彻外经贸工作要求在会展领域的又一次重大突破。目前公司已建立起了一套包括招展、组展、展览工程、展具租赁、会展管理等在内的展览服务体系，使公司的整体运行机制已实现与国际接轨，社会和经济效益明显，获得社会各界好评。

问题二：目前的出国展面临的主要问题是什么？浙江省的出国展呈现出哪些特点？在国际展览公司能够独立进入中国市场招商或办展后，浙江远大的优势何在？

答：目前出国展面临的主要问题，一是当今在市场主体多元化、计划经济完全过渡到市场经济的时代，出国展览仍旧实行计划经济年代的审批制，已与目前国际贸易主体多元化、出口资格登记制相违背，应改为省经营权的企业登记。二是在私营企业、个体企业已逐步成为出口主力军的情况下，外事部门对参展人员服务程序应简化，方便企业走出去。三是目前去发达国家尤其是世界顶级展览会参展，主办方已有限制中国企业出展的苗头，其目的是主办方不愿将展览会办成中国企业的展览会，对此应有心理准备。四是发达国家尤其是美国签证时间长、签出率低，影响了参展单位参展。

浙江省的出国展呈现以下特点：一是浙江以一般贸易为主，出国参展积极性高；二是民营企业已成为出国参展的主体；三是顶级展览会尤其是家纺、消费品、五金、面料、轻工展参展企业数量占到全国参展企业的三分之一或一半以上；四是出国参展产品档次正逐步提高；五是企业参加展览会后，往往设点推广产品，以延续展览会的效果。

在国际展览公司能够独立进入中国市场招商或办展后，浙江远大提出"合作、竞争"，既要联合，又敢于竞争，以一流的服务质量、一流的员工素质、一流的办事效率以及对国内市场的把握程度并依托其规模优势取得与国际展览公司的强强合作，争取双赢。

问题三：您曾经说过，浙江会展业要分得上海世博会的"一杯羹"，就必须及早接轨上海，为此，浙江远大国际会展有限公司下一步战略步骤是什么？

答："抓住上海举办 2010 年世博会的机遇，大力发展旅游会展业"，这是今年 3 月浙江省委工作会议对我省会展业接轨上海、积极参与长江三角洲地区合作与交流的主要任务的明确定位。如果浙江能够抓住世博会带来的无限商机，必然能够促进我省会展业大发展、大提高。为此，浙江会展业要分得上海世博会的"一杯羹"，与上海共享世博盛宴，必须及早谋划，统筹安排。浙江远大公司工作已做在塑造品牌、引进人才、联合开发、以研带发目标上。目前，远大公司利用自身影响力已与新加坡国际知名展览机构的合作，对远大品牌展览项目的进一步提升具有积极的意义。借助亚太会展业发展研究所，以会展理论指导会展的实际运作，以会展业的发展促进会展理论的深化，达到联动发展，远大的优势地位加之依托市场大省的优势，联合其他同行，经过努力，到 2010 年，我们或许能拿到上海世博会 10％至 15％的展会，浙江的会展业也将会登上一个新的台阶。

问题四：对会展您既有多年的理论研究，又有丰富的实践经验，面对即将到来的 2006 年世界休闲博览会带来的发展机遇，您认为浙江会展业应从哪些方面做好准备？

答：在占世界人口五分之一的中国举办世界休闲博览会和世界休闲大会及相关会展活动，对推广人类健康的休闲活动，有着十分重要的意义。通过举办 2006 年杭州世界休闲博览会，可以提高杭州旅游城市和休闲之都的地位，扩大杭州在国际上的影响和知名度，大大促进杭州旅游经济、会展经济和休闲经济的发展，对杭州形成观光旅游、会展旅游和休闲旅游"三足鼎立"的新格局具有十分重要的意义和作用。面对即将到来的 2006 年世界休闲博览会带来的发展机遇，在未来几年，要使这些机遇成为现实，浙江会展业必须从观念、硬件、软件、经营理念四个方面来提升。

首先是观念接轨，要尽快找到差距，对浙江的会展业进行正确定位。宁波服装节、温州轻工博览会、余姚塑料制品交易会……各种有产业依托的展览是浙江会展业的一笔财富。但是，还要花大力气吸引国际参展商和国际买家，只有真正做到让大量的国际商家参展、订货，才可能带动相应的吃、穿、住、行、用的消费，才能提升影响力。像义乌国际小商品博览会，之所以拉动了当地经济，就是因为有 20% 以上的国外参展商，有真正的国际买家。

其次是硬件接轨。展览场所是举办会展的先决条件之一，从我省各地建馆情况看，虽然近年来陆续造了些展馆，但大多数展览场馆缺乏统一布局，单体面积小、功能单一、设施落后，能适应举办大规模国际展览会的现代化展馆寥寥无几。由于缺少专业场馆，客观上限制了与国际展览业、参展商的合作与交流，影响了展览业的规模发展。只有在硬件上提前与之配套，才不会出现"即使满出来，你也没杯子盛"的尴尬。

再次是软件接轨。目前，研究所已成立，协会正在筹备中，逐步用一个协调的机构扶优扶强，避免重复办展。要加速会展人才的培养，现在会展业人才缺口很大。估计到 2006 年，杭州需要会展业高级管理人才 80 至 100 人，到 2010 年，需要 200 人。

最后是经营理念接轨。专业化、国际化品牌会展的发展是会展业的一个方向，上海已经逐步形成了一批较高水平的专业性定期国际博览会，其中三分之二为专业展。浙江要依托市场大省的优势，不求量，要求质，通过国际化的运作，走专业化、品牌化的道路。

问题五：您认为一个成功的会展企业家应该具备怎样的素质？同时，您怎么样看待中国会展企业家？

答：一个成功的会展企业家同时应具有当代优秀企业家所共有的基本素质：有一套与企业经营管理密切相关的观念意识系统，其中包括资产意识、资本意识、竞争意识、风险意识、消费者意识、环保意识、创新意识、人才意识等等都是中国企业家必须具备的素质；二是企业家应当具有熟知国情、参与市场竞争的能力，中国的企业家首先要了解中国的国情及对加入 WTO 所面对的机遇与挑战等等问题有全面的、客观的认识和深入的思考，才能根据具体的国情和企业自身的状况作出合理有效的经营管理决策；三是企业家应当具有诚实信用的优秀品格，企业家的品格对企业信用的影响最大，而企业家的品格形成的首要因素是其个人修养；四是企业家必须具有敏锐的洞察力，能够准确地遇见市场需求的变化趋势和竞争对手的策略改变；企业家还必须具有果敢的判断力，能够根据各种市场竞争的形势变化来不断调整企业的决策，善于把握市场机遇。

中国会展企业家素质中不仅必须是上述各种规定性的统一，还必须具备一些常人很难具备的特质和功能，即最基本的特质和功能——创新。会展业是个极具挑战性的行业，与时代同步，与时尚一体，没有创新精神，很难办成一个展览，所以创新是会展业的灵魂，

2004 年 6 月 11 日接受《中外会展》 杂志记者采访代拟稿

记者问：目前中国展览业中的人才稀缺问题比较突出，那么出展单位对从业人员的要求是怎么样的？

答：展览是一种既有市场性也有展示性的经济交换形式。在古代，它曾在经济交流中起过重要的作用。在现代，它已成为企业市场营销富有成效的手段。尤其出国展览，作为国际商贸活动的一种重要形式，其作用在于：能为产品打开一个更加广阔的市场；能为企业寻找新项目和新的合作机会；能给业主增长见识，更新观念，开拓思路。因此，各国对出国办展活动都给予充分重视。

在中国，出国办展已成为企业开拓国际市场的重要活动载体和有效途径。我国出展业的开端是以 1951 年 3 月首次参加"莱比锡春季博览会"为标志的。据资料统计，1951 年至 1985 年的 34 年间，中国共举办了 427 个出国展览，它配合新中国政府的外交政策，促进同世界各国人民的友谊和宣传新中国的经济建设成就等方面发挥了独特的历史作用。1986 年，中国参加瑞士"巴塞尔样品博览会"首次采取了以展览为手段，以贸易成交和销售为主要目的的摊位式展览形式，展览的贸易性、专业性大大加强。随着中国与世界各国交往的日益增多，出国展览数量、规模和办展主体不断扩大。据不完全统计，2001 年我国有 90 个办展单位共赴 60 个国家举办经贸展览会和博览会达 400 个，展览总面积达到 12 万平方米。2003 年出国展览面积已达 18 万平方米。

鉴于出国展览各个生产要素，如展览场地的租赁、招展、设计和施工、运输报关、产权保护和广告宣传以及后勤安排等，都需要通过与外国相关行业的合作，其对国际化、专业化程度提出了越来越高的要求。近年来，我国所涌现出来一大批专业办展单位，包括国营的、股份制的、民营的和中外合资的展览公司，连同贸易机构和商协会一起，日益成为我国展览业的经营主体。但与此同时，与国外大型跨国展览公司相比，目前我国展览从业人员的专业技能和管理水平整体还较低，服务贸易意识不强，组织者在不具有出国办展专业知识和技能的条件下，违轨办展，不规范操作，对外造成了许多不良影响，同时反映出目前我国出国展览队伍良莠不齐、人才稀缺的突出问题。

2003 年 6 月 17 日，由中国贸促会、外交部、商务部、公安部和海关总署五部门会签的《关于进一步加强出国举办经济贸易展览会管理工作有关问题的通知》正式下发。对照以往的管理办法，《通知》重申了国办 76 号文件的精神，即 2000 年 11 月 7 日国务院办公厅下发的《国务院办公厅关于出国举办经济贸易展览会审批管理工作有关问题的函》。按照这个文件规定，其中一条是组织企业出国参加和举办经贸展览会的单位，应该具有出国办展的专业知识、经验和技能。综合文件出台背景和精神实质，藏锋于《通知》背后的是我国展览界当前急需要解决的现实问题不能不面对了，加强对出展（包括组展、参展）人员的培训，全面提高出展水平已迫在眉睫。从组展方面看，目前国内有出国展览组展资格的单位已有 200 多家，出国参展正在从过去的供不应求向供过于求发展；同时随着我国加入 WTO，国外的一些展览公司相继在中国成立合资公司或独资的展览咨询公司，虽说目前国外展览公司组织中国公司出国参展受到审批制度和以上客户基础的限制和影响，但出国展览的资格审核早晚要放开，与之相配套的外事、外汇管制也进一步放宽，企业将越来越多地脱开中间组展环节独自到国外参加展览会，这样，对出国展览组织者从硬件设施到软件服务上都提出了更高的要求，组展单位的当务之急是提高服务质量、深化服务内涵。

随着展览业的加速发展和竞争的加剧，国内企业选择具备组展能力的展览机构出国参展将越来越备受重视。近 20 年的从业经验告诉我，有一支高素质的专业队伍，是决定组展单位在经济市场中胜出的最重要条件。就浙江远大国际会展有限公司业绩而言，之所以能在短时间内脱颖而出，关键是企业一开始就按 ISO9001：2000 国际质量管理体系认证和美国 ANSI/RAB 国际认证要求培训，提高人员整体素质。鉴于展览和其他行业不同，展览人才是一种复合型人才，公司对出展人员的基本要求：一是具备外经贸知识，有良好的外语应用能力；二是有丰富的阅历，有从事展览的实践经验；三是有一定的组织能力和与外事、海关等多个部门的协调能力；四是具有吃苦耐劳和刻苦学习的敬业精神。公司自 2001 年成立以来，先后组织浙江企业参加巴拿马、美国、德国、沙迦、印度、日本、马来西亚、澳大利亚、喀麦隆以及香港等 50 多个专业展会，均获得参展商的好评。公司不仅内部对员工加强培训学习，还逐步对参展商进行培训，让企业从参展角度看国际展（博）览会，许多企业尤其是中小企业并不很清楚，有些企业只是将许多开辟国内市场的办法简单地搬到国际市场的开拓上去，由于不了解出国展览的特点、要求、管理制度，很容易误入展区，损失惨重，如果能通过多种渠道宣传出国展览的要求和操作流程，指导企业尤其是中小企业选择有组展资格同时具备组展能力的展览机构，帮助他们开拓发展思路，走上规范化出国办展参展的路子，由此引发的一些事端就可避免。

目前，就整个展览行业，人才稀缺问题依然困扰着组展单位，制约了出国展的做大做强。当前，会展市场形势的快速变化对会展企业经营管理水平和从业人员的要求不断提高，对我国各展览公司、组展单位的管理水平和人员素质提出了很高的要求，而我国展览业的人员构成现状并不理想。各展览公司、组展单位的管理者多是从其他行业半路出家转行而来，普遍缺乏会展方面的系统理论知识和国外先进的会展经营策略，懂展览又精管理的人才更加欠缺。为此，加快建立适合我国国情的会展人才培训机制已成当务之急。

针对我国会展人力资源缺乏战略性总体规划和缺少规范运行机制，承担提高从业人员整体素质的任务、推行会展业从业人员资格认证体系，需要有一个被业界共同认可的组织机构来运作，协会应该扮演重要角色。建议尽快组建全国统一的展览业协会，争取得到人事部或劳动部同意，并授权各地协会与当地省人事、劳动部门合作，会同教育、研究、资深展览机构联合进行资格认证前的培训，高起点培训会展人才。从长计议，应建立完善我国自己的展览教育体系，培养出适合于我国经济发展所需要的会展人才。

2004 年 11 月 12 日在浙江省国际会展业协会筹备会议上的讲话（代拟稿）

今年，浙江省对外贸易服务中心通过对省内外会展业的调查完成了《促进浙江会展业发展，建议成立全省行业协会》的调查报告，这也是为贯彻钟山副省长在我中心呈送省政府的《2002 年浙江会展业调查报告》一文中所作的指示精神而实施的一项重要工作内容。

通过对北京、上海、山东、广东、江苏、深圳、广州等省市的调查，这些地区的行业协会组织在推进这一区域会展业的发展扮演着重要的角色。上海、北京、广州等会展业发达地区，固然与其所处的经济、政治中心地位有关，但它们相对完善的政府支持决策系统，在引领这一区域会展经济在全国的主导地位起着不容置疑的作用。即使像湖南经济欠发达省份，自 2002 年 9 月 5 日协会正式挂牌成立以来，在协会工作的推动下，目前该省的会展活动开展得有声有色。当前，各地对成立行业协会的呼声一浪高过一浪。行业协会作为沟通企业与政府的桥梁和纽带，其最基本的职能是协助政府从事行业管理，解决会员企业的实际问题，提高行业整体素质，形成行业自律机制。在国外，展览历史较长或目前展览业发达国家，政府不大参与具体的管理，管理一般由具体操作部门组成的协会等组织来进行，政府只进行政策的扶持和资金上的补贴，以促进这个产业的健康发展。

近年来，我省各地举办的展会活动越来越多，展览市场也越做越大。由于受市场环境、行业自身迅速发展和国民素质等诸多方面因素的影响，我省展会低水平和重复现象还很严重，这与我省经济在全国的重心地位和具备的会展资源优势极不相称。要改善这种现状，它的前提是首先要把展览自身的行业组织迅速建立起来，用行规来规范操作、服务和价格等各方面，使我省展会尽早步入良性循环的轨道上来。在目前全国性行业协会未成立、暂时不能做到大而全的情况下，成立全省性的行业协会不失为一个行之有效的举措。事实上，如果直接建立全国性的行业协会，在协调各地区利益方面仍难免会出现一些不可预料的困难，它不能绕过区域协会，这种自下而上分层协调，应是全国各地区会展行业组织发展的方向。

2005 年 11 月 14 日接受《中外会展》 杂志记者采访代拟稿

一、目前中国正在掀起会展教育培训的热潮，有 60 多所院校开展会展学历教育，会展培训机构也比比皆是。面对这种现象您如何看待？

答：目前中国正在掀起的会展教育培训热潮，从积极因素来看，说明我们的会展学历教育和专业培训已逐步纳入院校教育体系形成规模，这无疑是件好事情。但由于众多院校缺乏对会展行业特殊性的了解，盲目办学、攀比办学，加上课程设置没有形成自己的体系，培养出来的学生由于缺乏对所学专业的足够认识，加之实践能力薄弱，这说明大学教育存在严重的教育误区。其实在会展行业中组展、服务、设计、礼仪等特色专业，包括会展管理、实务、统计心理学等等一系列的专业素质是会展职业经理人所必备的。还有目前各种会展证书的认定概念不清，从而很有可能导致三年后的中国会展行业证书泛滥。要使会展教育走持续健康之路，必须有一个权威机构牵头对会展教育进行整合，这样才能避免教育误区。

二、中国会展业的人才结构如何？在中国究竟有多少会展企业和人员需要培训？最需要哪些方面的培训？

答：就目前情况来看，中国会展业的人才结构布局各地是不平衡的，这也与我国会展业发展状况相吻合的。会展核心人才、会展业辅助型人才和会展业支持型人才主要集中在北京、上海和广州等沿海地区；二、三流人才则相对集中在中等会展发展城市。总之，目前我们的会展人才结构不尽合理，离国际化水平还有较大差距，中国会展业具有国际化、复合型、有创新意识、有实践经验人才极其缺乏。

在中国究竟有多少会展企业和人员需要培训？对这个问题，首先要了解中国现有会展企业和人员数。由于目前国内还没有这方面的统计，还是空白，因此全国范围不好说，但对于我们所处长三角洲地区而言，还是知数的。据我们亚太会展业发展研究所调查，目前该地区会展企业数近 2000 家，按平均每家 20 人计，约有 40000 从业人员，其中所需初级人才 20％，约 8000 人；中级人才 15％，约 6000 人；高级人才 5％，约 2000 人，合计约 16000 人需要通过培训解决缺口。培训重点主要是会展策划、经营管理和工程设计等应用类技术。

三、会展培训在课程设置方面是如何设置的，依据是什么？

答：会展是会议、展览等集体性活动的简称，它的外延很广，包括各种大型会议、展览展销活动、体育竞技活动、集中性商品交易活动等。以会展作为研究对象，是会展成为学科的基本前提。会展经济独特的运行规律决定了会展学科的复杂性，从会展所牵涉的知识领域来看，会展学科涉及到信息学、管理学、经济学、心理学、旅游学、建筑学、运输学、口岸学、艺术学、环境科学等众多学科，在综合中又兼具很强的专业性。从人才应具备的基本素质与能力来说，会展人才不仅应具备扎实的专业知识，还要有一定的文化素养，如文学素养、美学常识、心理学常识；不仅要有一定的策划、组织管理能力，还要有沟通协调能力、宣传推介能力以及筹资能力等。因此，会展培训的课程设置要区分不同层次的人才因材施教，依据的是会展与现代经济的密切关联由此决定了会展人才的培养要适应会展市场对人才的需求。

四、学历教育和商业培训各自优势在哪里？是否存在重复现象，对此您有何看法？

答：学历教育和商业培训各有优势，两者不可替代，更不能理解为重复。学历教育其教学计划、学制规定、课程设置、对教学条件的要求以及各教学环节的实施等，均严格按国家教育主管部门的规定操作，接受高等职业教育的学生在完成学业之后获得的学历文凭，国家予以承认。商业培训即非学历教育，它紧贴人才培训市场不断更新项目和内容，适应了不同层次不同领域不同群体不同时期的求学者的需求，为继续教育、岗位培训、任职资格培训和出国留学、求职就业、升学深造、考前辅导等提供了广泛而有力的智力支持，满足了人民群众提高科技文化知识的需要。

五、您所进行的的培训效果和反响怎么样？

答：由浙江省对外贸易服务中心主办、浙江亚太会展业发展研究所承办的"浙江省中小企业开拓国际市场研讨培训班"每年都在杭州举办，会展业务纳入其中项目，已连续举办三期。根据会后问卷调查，接受培训人员对主讲老师、特别是对具有丰富实践经验的企业高层经理人的授课尤感兴趣，反响强力，80%以上人员表示下次愿意再继续参加。

六、中国的会展培训现在以及今后应如何发展？

答：由于我国会展教育起步较晚，无论是在师资培养，还是在教材的规范和课程的设置方面都还不够完善。这不仅使会展人才的培养质量大打折扣，而且在专业设置、课程设置等方面都存在一定的问题。从对会展人才高质量培养规格的总体要求出发，现在及今后会展培训应定位在"博、深、精"。所谓"博"，是指要提供广博的知识，以适应不同内容的会展项目的要求；"深"，是要深入掌握会展各方面的专业知识和理论；"精"，就是要精通整套会展业的操作流程，培训时间最好是分期进行。在实际培训过程中，需要与会展行业需求紧密结合，走特色人才培养之路。这种"特色"主要表现在培养目标的细分化、课程设置的独特性以及培养模式的多样性等方面。

演讲文稿（自撰）

（2008年6月26日代表市外经贸系统参赛作品——"创新服务，发展开放型经济的法宝"，获绍兴市财贸工会"市财贸职工'讲文明、抓服务、促管理、增效益'演讲比赛"一等奖）

尊敬的各位领导，各位评委，同志们：大家好！

四月的天气，是春意盎然、百花争艳的季节。伴随着春的气息，市委、市政府关于深化政府职能转变的"两创"总战略似屡屡春风吹遍了全市大地。今天，当我站在这神圣的演讲台上，参加"讲文明、抓服务、促管理、增效益"这个主题演讲会，心情格外激动！它使我强烈地感受到，"讲文明、抓服务"与构建政府机关服务工作是时代的要求、人民的意愿。或许我们每一个人心中都会有这样一个愿望：当你为申报一个项目匆匆赶到办事大厅的时候，你希望遇到的是热情周到的服务；当你为解决一个疑难问题拨通主管部门咨询电话的时候，你会希望遇上像宁波海曙区市民服务中心胡道林那样的好公务员；当你在路上遭遇突发事件需要帮助的时候，你希望遇上像济南交警那样的好民警。我演讲的题目是《服务，提升形象的法宝》。

说到"服务"，我不由心潮澎湃，我的童年、少年时期就是在"为人民服务"的声声朗读中伴我成长的，在座的不少朋友和我一定有着相同的经历和感受。"我们的一切工作干部，不论职位高低，都是人民的勤务员，我们所做的一切，都是为人民服务。"1944年，毛泽东同志在追悼张思德同志大会上的讲演，写下了《为人民服务》这篇光辉的著作。1945年4月，毛泽东在党的七大所作的政治报告《论联合政府》中，还进一步提出了"全心全意为人民服务"这一宗旨。从此，"为人民服务"成为全党的行动指南。尽管60多年过去了，今天读来仍倍感亲切，语重心长。它一直是我们党行动的指针，只是在不同的历史时期，为人民服务有着不同的内涵。

在硝烟弥漫的战斗年代，在缺衣少食的艰难岁月，我们共产党人抛头颅、洒热血，自己少吃点也想着人民。民主革命时期，我们党最执着的为人民服务就是组织和领导人民打倒帝国主义，推翻封建主义，解放全中国。今天，战争已成为历史，共产党走上了领导和执政的位子，新的历史、新的任务、新的服务对象，都要求为人民服务要有新的内容，要体现新的特点，但为人民服务的本质没有变。今天的为人民服务，就是党领导全国各族人民把经济建设搞上去，使人民尽快过上富裕生活，满足人民的物质文化要求。朋友们，可以想一想，一个国家要发展，靠什么？靠社会的稳定；一个地方要发展，靠什么？靠企业的经济；一个企业要发展，靠什么？靠良好的环境。良好的发展环境哪里来？就靠我们政府职能部门为企业来创造。这就是"文明服务"对我们政府职能部门进一步改进机关作风提出的要求，要求对群众与企业的创新创业活动多服务，努力强化服务意识，改进服务方式，创新服务手段，牢固树立执政为民理念。在大力倡导全心全意为人民服务的今天，我们在座的各位朋友，我们全市所有机关工作人员都在自己平凡的岗位上以行动来实践为人民服务的承诺，而我们外经贸局当然也不例外！

我引以自豪地告诉大家，2007年，我市"三外"经济联动推进，外贸进出口、出口和进口总量均居全省第三位；实际利用外资首次超过10亿美元；新批境外企业中方投资额超过历年总和。以上骄人成绩的取得，有我们辛勤付出的汗水，有我们用优质服务播下的种子。每当基层工作需要的时候，总有我们外经贸局工作人员的相随相伴。投资项目，是我们服务的命令；外商和企业的忧患，是我们服务的责任。我们忘不了，企业项目申办人员面对我们全程式工作指导心表满意露出的一张张笑脸；我们忘不了，为上门的企业及时排忧解难唤来的一声声热情感谢；我们忘不了，为方便企业高效办事开通绿色通道所受到的声声好评。我们更忘不了，在市政府组织开展的"外经贸服务月"活动的日子里，从书面调查全面了解掌握企业生产经营中存在的困难和问题，到为企业寻找对策；从开展培训咨询帮助企业提高经营能力和水平，到谋划节会活动打造开放型经济发展平台；从组织人才招聘帮助企业化解人才紧缺矛盾，到协调企业推进问题的落实，都凝聚着我们优质服务的爱心。也因此，在全市开展的2007年度"企业评部门、群众评行风"活动中，外经贸局名列第四；并且连续5年榜上有名。

今天，"创业创新、走在前列"的号角已经吹响，我们外经贸局全体工作人员将以求真务实的精神，以廉洁高效的作风，力争做到更快、更优、更好地为企业服务，努力促进我局的行风建设再上一个新的台阶，为"创业富民、创新强市"作出我们应有的贡献。

同志们，朋友们！鲜红的党旗需要我们的付出才会更加鲜艳，璀璨的绍兴大地需要我们的奉献才会更加灿烂，推进创业创新，关键在党，关键在人。让我们从自身做起，用优质服务实现群众的绿色期待，心中时刻装着服务的法宝，以实际行动塑造起公务员的高大形象，在赢得人民的爱戴中，绍兴的明天将更加辉煌灿烂！

我的演讲完了。谢谢！

学科论证篇

浙江树人大学《国际会展》专业设置专家论证鉴定报告

（2003年9月7日出席浙江树人大学外经贸学院设置《国际会展》专业专家论证会后受课题组委托负责起草报告）

国际会展业作为一种经济存在形式已有150年的历史，在国际上，许多发达国家十分重视国际展览业的发展，仅德、英、法、意举办的国际性展（博）览会就占全球总数的2/3。我国会展业自改革开放以来，其发展势头以每年20％的速度递增，特别是北京、上海、广州、深圳、天津、厦门、南京、大连等地近年来会展事业迅速发展，已成为国民经济和社会发展的新亮点。浙江会展业起步较晚，与以上会展城市还存在着较大的差距，特别是在会展理论研究、组织运营管理、专业化、品牌化、现代化等方面都还处在较低水平，尤其是缺乏高素质的专业人才，成为制约浙江会展业进一步发展的瓶颈，这与浙江的综合经济实力在全国所处地位是极不相适应的。浙江会展业要参与国际竞争，以适应现代服务贸易发展需要，加快会展专业人才培养已迫在眉睫，为此，在我省大专院校开设会展专业十分必要。经充分论证，目前浙江树人大学（以下简称"浙江树大"）外经贸学院已具备了设置该专业所需的综合条件。

一、经调查，浙江省现有专业展览公司约300家，按每家需求10名专业人才计算，共需3000人左右，设置国际会展专业适应了这一专业人才的市场需求。

二、浙江省对外贸易服务中心所属浙江亚太会展业发展研究所和我省规模最大的专业会展公司——浙江远大国际会展有限公司等单位，目前已与浙江树大达成合作意向，愿为其提供实务教学师资和成为会展教学实践基地，同时利用与发达国家的会展行业和国际会展组织广泛联系的条件，以"引进来"和"走出去"的形式办学，可使树大国际会展专业的教学质量、毕业生素质都得到可靠保证。

三、从目前申报到培养需要的过程，经济全球化的发展速度正需要国际型的人才，抓住这一机遇，设置国际会展专业对于保障这一人才的需求十分适时和必要。

四、《国际会展》专业是一个新型的、开放的、多学科、综合性门类，浙江树大外经贸学院原系省外经贸厅直属单位，在国际贸易、商务英语、电子商务、装潢艺术、视觉传达、市场营销和管理等多个相关专业具有较好的办学基础和教学实践经验，已具备了完善的教学管理体系，为设置国际会展专业相关学科交叉提供了教学保障。

五、浙江树大外经贸学院拥有一支结构合理、素质较高、专兼职相结合的专业师资队伍，设置国际会展专业完全能满足办学条件及其发展需要。

综合以上条件，浙江树大外经贸学院设置国际会展专业是十分必要和切实可行的。

史志研讨篇

关于《省外经贸志》编纂工作情况及下阶段工作计划的实施意见

《省外经贸志》编纂工作在厅编纂委员会的组织领导下，经过全体修志人员的共同努力，现初稿（内部评审稿）除涉及部分入志单位因资料缺口无法入志外，按照原篇目内容设置要求已全部脱稿打印成册，为全面完成下阶段专志编纂工作打下了坚实的基础。

一、《省外经贸志》编纂工作基本情况

（一）任务和要求

1989 年 12 月 26 日浙江省第四次地方志工作会议召开，浙江省级专业志编写工作就此拉开序幕。1992 年、1993 年省人民政府地方志编纂委员会先后印发《关于编纂 < 浙江省志丛书 > 的若干意见》和《关于编纂 < 浙江省志丛书 > 的决定》，对省级部门的修志任务和目标作了统一规划。《浙江省志丛书》为一套大型系列丛书，由省编委会统一组织和领导，由省级有关部门协办完成，全书统一体例，各具特色，合则系列，分则独立；部门承担，分批完成。丛书出齐 82 种，《浙江省对外经济贸易志》列为其中一部，本厅（委）指定为承编单位负责编纂。在此基础上，省地方志编委会再编纂一部《浙江省志》（精编本）。根据上述精神，《浙江省外经贸志》的编纂工作便着手在系统内有计划地开展。

（二）编纂过程

1993 年 9 月 3 日，《浙江省外经贸志》编纂委员会成立，同时设立经贸志编辑室。1995 年 1 月专业志拟定编目大纲在反复修改的基础上经编委会审议通过，共设 10 篇、33 章、102 节，拟定初稿字数 60 万；记事时间下限至 1995 年。同年 8 月 8 日，本厅（委）印发《关于省外经贸志编写分工的通知》，规定各有关处室根据专业志设置的篇目大纲各自按其所属的职责范围分工负责撰稿，集中由编辑室（除另有编写完任务外）负责修改、通稿。嗣后，各处室投入力量分工撰稿，至 1998 年底陆续完成集中至编辑室。从汇总的稿件来看，除部分处室完成情况较好外，大部分尚不符合编写要求，这是由于这一工作是在人员兼职的情况下进行，客观上给稿件质量打了折扣。其问题主要有：1. 基础工作不实，资料依据不足，体例尚欠规范；2.

事件叙述缺少有机联系，时间表述概念过宽，反映历史深度不够。对此，编辑室工作在整个初稿成书过程中，对各处室送交的稿件按照专业志编写原则，从政治、体例、资料、文字四个方面进行把关，大致经历了资料挖掘和考证、修改补充调整、精编定稿三个阶段，于 1999 年 9 月脱稿打印成册。经粗略统计：五年来，编辑室共查阅厅内外各种文本档案 4230 卷宗，摘录资料卡片 1670 张，字数 50 万以上，直接查看相关资料文字 3000 万字以上；经对初稿补充、修改和撤换的字数累计 20 万以上，独立撰稿 34.5 万字。

（三）编辑室人员配置运行状况

1995 年 1 月编辑室专职人员正式确定到位，按内部分工，由原政研处离休老同志张秀琰负责新中国成立前篇目的编写，原业务处退休老同志朱婉珍负责进出口商品的数字统计工作，原外贸包装办佘佩岚同志负责"包装"章节的编写。1996 年下半年，部分处室稿件开始陆续汇总编辑室，为加强编纂力量，1997 年 3 月经厅领导同意，借用厅直属绍兴物资站张子正（1996 年 4 月起借调厅储基处工作）充实编辑室，负责通稿工作及主要篇目的编写。随着编志工作的深入以及其他客观因素，编辑室人员变化较大，1998 年 5 月张秀琰同志离职赴美探亲，佘佩岚同志也于同年 7 月离职退养。为加快编志进度，同年 9 月聘用外单位 2 人协助编辑室工作，1999 年 6 月聘用人员结束协助工作先后退出。现编辑室工作人员为 2 人，而实际从事文字工作的仅有 1 人。

（四）《省外经贸志》初稿基本情况

现初稿篇目的设置安排在实际编纂过程中，根据内容需要和体例要求适当作了调整，共设 10 篇、36 章、129 节；实际入志字数 73.6 万字（包括统计附录）；记载时限，上起东周（前 770 年）、下至 1995 年（部分延伸至 1998 年）。

1. 志稿质量评估

按照专业志编写要求，初稿突出反映本行业特点，全面展示我省外经贸工作发展轨迹和外经贸在各个不同时期兴衰沉浮的客观规律；记事务求达到思想性、时代性、科学性、资料性的统一。经改定后的志稿，其突出特点是加强了内容的叙述性、史料性和完整性，某些史实还填补了现存文本的空白。

（1）关于体例创新　初稿在体例安排上注重历史事件的开掘进行篇目设置，较为全面地反映了外贸的曲折历史以及行业管理的时代特征。如"新中国成立前"篇目突破一般外经贸志内容较单一的构架，将外贸、口岸、外资和洋行、商务考察单独成节，既照应了"新中国成立后"篇目设置，同时也突出体现了浙江对外贸易的历史地位。

（2）关于著述方式　专志是一种资料性的工具书，以向社会各界提供各方面的有用资料为己任。初稿对资料的选择，力求做到真实性、代表性和阶段性，同时按照志述"述而不论"的原则，寓观点于材料之中，在资料的选择、编排、叙述过程中，体现作者的立场、观点和价值取向。如"商品出口"章中"援越物资"一节，为了准确反映外贸与中越两国传统友谊的联系以及当时中国社会的时代特征，对此，志稿全系资料说话，中间仅用一句中性语言概括："'通知'把交货日期和政治任务紧密挂钩"，从而提高了资料立意。

初稿在质量上虽然用力不少，但通阅全稿，仍有许多不足。归纳起来主要有：初稿过粗，有些文字表述欠准确，一些句子还存在语法上的毛病，误字、标点错误较多，没有及时校对纠正；篇目安排缺少对精神文明建设内容的反映，如先进集体和先进个人，都有待完善。

2. 初稿缺口问题

《省外经贸志》初稿虽已编印成册，但离正式成稿还有一定的距离。主要为：

一是部分入志单位因资料缺口（见初稿目录"待补"）无法入志，给编志工作带来了很大障碍。按篇目内容设置，在志书中客观、准确地记述各地各级外经贸工作成绩，不仅是专业志担负的历史责任，也是外经贸工作的客观要求。为此，编辑室曾于 1997 年 7 月 25 日专门以厅办公室的名义，向省级各外经贸公司及各市（地）外经贸委（局）印发了《关于征集省 < 外经贸志 > 入志资料的通知》，要求收文单位配合编辑室做好本单位的资料搜集和填报工作。由于这一工作缺乏有力的号召加之某些单位工作基础的薄弱，至今仍无动作，拖延了编志进度，得设法采取一定的途径和方法予以解决。

二是现初稿记述内容下限为 1995 年，根据近年我省外经贸形势的快速发展和为便与省地方志编委会要求的续志断限时间接轨，打算这部外经贸志记载内容延续到1999 年底，因此 1996 年至 1999 年四年的资料尚需集中一定的人力和时间进行整理补充。

二、下阶段工作计划

按照省地方志编委会颁发的《关于编纂 < 浙江省地方志丛书 > 的若干规定》第10 条："严格执行审查验收制度，成稿后需先经本部门领导审查，然后组织专家评审，最后交省地方志编委会审定"的规定和本厅对专业志内容延伸续写的要求，拟定工作计划如下：

1. 采取措施，建立和健全入志单位的修志组织机构

按篇目设置，"机构"篇主要记述本系统各级各外经贸单位的机构沿革及其业务活动，而这部分内容主要由各单位自行掌握，需要依靠各单位提供资料予以配合才能完成。因此，要如期完成《省外经贸志》编纂工作，对各部门来说，首先必须建立和健全修志组织机构，将其视为一项义不容辞的指令性任务。在具体措施上，要做好"四个落实"，即主管领导落实、执笔人员落实、承担任务落实、完成任务落实。

2. 组织召开一次初稿评审会议

为确保志稿质量，初稿完成后，要召开评稿会议，在系统内广发征求意见，审

稿会的任务是组织有关人员对志稿内容进行评议审查、查漏补缺，提出修改和补充意见。结合本专志实际成稿情况，召开审稿会同时也是对资料缺口单位的一种促动，及时组织召开初稿评审会，对下阶段编志任务能否按计划完成关系极大。评审工作自与会之日起，拟定为3个月。

3. 做好初稿延伸续写工作

专志下限原定1995年，根据编委会意见，决定下限延伸到1999年（大事记延伸至2000年）。续写工作拟安排在评审会召开之后进行。为加速进度，续写工作拟聘请2－3名熟悉外经贸情况，有一定文字功底，愿意从事这项工作的退休老同志参与编写，全部续写工作计划于明年上半年完成。

4. 做好入志照片征集的组织工作

照片是现代志书不可缺少的部分，有价值的照片，是历史和现实的形象记录。按《省外经贸志》篇目大纲设置，入志照片拟定为100幅，编辑室已专门拟定了"入志照片收录范围及征集方案"的文，考虑到入志照片的收录任务重、要求高，这一工作应尽快纳入编志工作轨道，动员各单位力量做好推荐、提供、拍摄工作，征集工作拟在初稿评审会上一并布置。

根据以上初稿的评审修改、96－99年史料的续写编纂、照片的征集，以及全部初稿的审定，如充实人员力量，各方支持配合，力争在明年年底前完成。

《省外经贸志》编辑室

2000年6月25日

报送：厅领导、厅编委、有关处室

《杭州海关志》审稿浅见

(2002 年 10 月 30 日应邀出席《杭州海关志》专家评审会发言稿)

海关作为对外贸易进出口关卡管理的执法机构，在维护国家主权，创造良好进出口贸易秩序，支持国家经济的发展担负着重大历史使命。今 60 万字《杭州海关志》志稿的问世，是继《浙江省外事志》、《浙江省外经贸志》之后，又一部记录千年对外关系史的鼎立之作，与《温州海关志》、《宁波海关志》一起进一步完善了我省对外经济史志理论体系。通读全志，总体感觉：全书结构严谨，框架合理，资料翔实。

下面主要就志稿内容尚可商榷的地方谈下自己粗浅的看法，与各位老师、专家进行探讨：

一、本志目录按章、节、目、子目四个层次在整个篇目布局中失之平衡。单章篇目，如第一章共 7 节，1—6 节最小层次都到目，而最后一节（第 7 节）设置子目，不统一。其他如第六章、第九章均属类似情况。章与章之间也存在不平衡，如第二章、第三章、第四章和第七章基本设章、节、目三个层次，而第五章、第八章、第九章、第十章基本为四个层次。我认为，按本志篇目内容以设章、节、目三个层次为妥，方法是将子目均升级为目或存入附录内，可调整为，两种方案：一是设子目为目，如第一章第七节"中华人民共和国杭州海关"以下"内部机构"、"派驻机构"、"隶属机构"不单独设序目，仅作存目处理，对应以下子目均升至为目。其他章节均可作相似处理。二是所有各章一律改设三个层次，以下子目均编入附录索引中。

二、术语表述。第三章第二节"国际航行船舶"以下目表述为"进口"，是否可改为"进境"。因为此船舶"进口"概念易与对外贸易常用术语"进口"相混淆，外贸"进口"专指船舶进口，海关"进口"是指运载货物的运输工具过境，着眼点是船运货物，为更贴近行业特色，是否可表述为"进境"，同理，"出口"亦然。

三、大事记增删。新中国成立前记事有的朝代相距时间太长，补入 22 条，分别见 P7、P10、P12、P13、P16、P17、P18、P19、P21、P24、P25。新中国成立后大事记：1. 将行业史属首次事件补入，分别有 P26、P27、P28、P32 四条；2. 应增加内容，1984 年（P27）2 月 17 日沈德华为党组书记，与此相应，海关关长任命时间？

1994年（P33）1月18日杭州海关调整充实《杭州海关志》编纂委员会，前要有交待，应补充关志编委会成立时间；3月8日调整关区专业技术职称评审委员会，同理应补入职称评审委成立时间。从事件轻重来分，上述两条机构成立时间更重要。已分别题注。1982年（P27）7月1日杭州海关迁址曙光路5号，前要补入原办公地址。

四、人名职务称谓要规范统一。职务一律冠于姓名之前、机构之后，如"浙江省徐起超副省长、海关总署王斗光副署长"应调整为浙江省副省长徐起超、海关总署副署长王斗光…。

五、句子结构问题。P29、P30、P31、P32、P33、P34、P35、P36、P37、P38、P39、P40、P41、P42、P43、P44、P45、P46、P47等，均一一加注。

六、表格左上方应加表号。

七、机构称谓。P102应为浙江省粮油食品进出口公司。P229，1995年应为浙江丝绸集团。P236，1950年1月"国务院"应为政务院。P296，1992年9月"省外经贸厅"应为省外经贸委。P366"省市外经委"应为省市外经贸委。P397"杭州海关与浙江省检验检疫局"应为浙江省出入境检疫检验局。

八、事件存疑。P137"从1980年到1986年5月，杭州海关备案中外合资、合作、外商独资经营企业44家"。经查，浙江省最早独资企业为1987年7月9日成立的杭州立新装饰材料有限公司。P190"1994年12月温州至澳门航线开通"。经查，1995年经国家口岸办、国家民航总局批准，开辟大连——温州——澳门国际航线，同年12月29日举行首行。P286"民国后"，几年？请考查。

九、其他错字、漏字、别字、不规范用字、语法性错误等能发现的都已在志稿上一一标注订正。

《绍兴市商务志（1979－2010）》
编纂工作实施方案

为切实做好《绍兴市志·商务篇》、《绍兴市商务志（1979－2010）》的编纂工作，按照市政府关于做好地方志编纂工作的要求，结合商务系统实际，制定本实施方案。

一、指导思想

（一）以马列主义、毛泽东思想和中国特色社会主义理论体系为指导，全面、准确地记述改革开放 32 年来我市商务领域的发展变化、取得的成就及经验，为我市各级党政回顾历史、总结经验、探寻规律、分析形势、科学决策服务，为推进商务工作服务。

（二）坚持"大商务"观念，整合商务系统各单位、各领域资料，衔接外经贸行业史志资料，填补商业系统史料整理空白，编纂统一、完整的绍兴市商务志书。

（三）坚持"质量第一"的原则，实施精品战略。志书的质量标准为：观点正确，资料翔实，体例严谨，文辞规范，力求做到科学性、思想性、资料性的统一。

二、组织领导

《绍兴市商务志》的编纂工作实行编委会领导、编纂机构实施、组织市、县（市、区）两级商务机构和开发区力量配合协作的修志体制。

（一）成立以局主要领导为首的《绍兴市商务志》编纂委员会（已发文）。作为志书编纂领导机构，主要任务是：制定指导思想，确定编纂目标和任务，组建编纂机构，批准志书总体设计和编纂工作方案，下达承编任务，组织志稿鉴定验收。

（二）编纂机构职责。作为编写和办事协调机构的编纂办公室，主要任务是：制定史志工作计划，拟定篇目大纲，制定编纂工作方案；组织档案、图书报刊资料的收集整理与社会调查；落实各相关单位和部门根据编纂进展工作要求提供基础资料和电子文档的任务；承编志书和组织开展志稿的评送审。

三、工作步骤

鉴于改革开放后我国商业、外经贸体制变化较大，新增国内贸易一块增加了续志编写的工作量和难度，加上时间紧、质量要求高，需要各单位、各部门（处室）相互配合，共同推进。绍兴市商务志编纂工作进度安排，具体分为六个阶段。

（一）篇目大纲形成阶段（2013 年 4 月）。编纂办草拟大纲，各单位、各部门（处室）结合工作业务实际，对篇目大纲进行补充、完善和细化。一是在"节"以下充实条目、子目的内容，补充需要增加的章节；二是对内容归属不当或逻辑联系不紧密的章节进行调整。在此基础上完善形成正式的篇目大纲（附件一），经局编纂委员会讨论后，报市地方志办公室审核。

（二）资料搜集整理阶段（2013 年 4 月－12 月）。编纂办工作人员按篇目大纲内容及分工，由内到外收集档案资料、文字资料、口碑资料、实物资料等；同时通过征集等方法，向各有关单位、部门广泛征集现存的文件资料、统计资料、电子文档资料等。在此基础上通过考证、整理，形成资料长编，为后续编写志稿和审查志稿打下基础。期间，邀请市地方志编纂办专家对各单位专业志联系人举办一次专题培训。

（三）分篇初稿撰写阶段（2014 年 1 月－10 月）。编纂办按照篇目大纲内容，在资料搜集的基础上，根据各自任务分解要求编写相应条目、子目的具体内容，同时根据编纂内容需要，向相关单位和处室征集资料，在此基础上经审查、修改、整理、汇编，形成专业志初稿。

（四）总纂修改定稿阶段（2014 年 11 月－12 月）。初稿形成后将清样稿分送商务志编纂委员会委员和有关部门、单位审阅，征求意见。汇总审核意见后，编纂办作进一步的修改加工，按照续志的质量标准和编纂原则进行总纂合成；随后召开评审会，邀请相关领导、专家集中评审，提出修改意见和建议，根据修改意见和建议进行再度修改，并把修改好的初稿打印、装订成册。

（五）审查验收送审阶段（2015 年 1 月－3 月）。商务志编纂委员会召开会议对定稿进行初审验收，并将初审稿送市地方志办公室复审验收；编纂办根据复审验收意见修改正式定稿送市地方志办公室终审验收。

（六）印刷出版发行阶段（2015 年 4 月－6 月）：根据市级终审意见和建议进行修改、定稿，经同级地方志办公室批准，将市级终审定稿清样送出版社印刷、出版、发行。

附件 1：《绍兴市商务志（1979－2010）》篇目大纲（初稿）（征求意见稿）

附件 2：《绍兴市商务志（1979－2010）》各单位提供资料联系人名单（回执）

单位名称	联系人姓名	职务	联系电话	电子邮箱

　　注：各单位、各部门（处室）将确定的联系人名单（均以资料员入志）于 4 月 20 日前报局编志办。

二〇一三年四月十八日

对新一轮修志中利用外围资料的再认识

——以绍兴市区商业特色街（区）编写为例

（原载绍兴市志编辑部《修志简报》2014年第2期）

此轮修志，商务局同时承担了《国内贸易卷》章节的编写。作为主要章节承编者，笔者于20104年春节前完成第四章"商品市场"试写稿6万余字后，即进入第二章"商业结构"的编写。该章节所涉及绍兴中心城市13个商业特色街（区）的大部分历史资料，无法通过查阅档案的常规方法取得。因此，要在完全空白的基础上撰写与当时客观现实相吻合的志书内容，每一条街区的资料收集都是一个课题。为写好特色街，客观完整反映绍兴市区主要商业街区自改革开放至2010年发展变化过程，收集资料的方法和途径成了关键。

本文以绍兴市区商业特色街（区）编写为例，归结起来，资料收集主要通过以下十个途径（其中六、七、八兼具方法）：

一是利用已经整理的史料类书籍。主要有1996年版《绍兴市志》、2000－2011年《绍兴年鉴》和2009年版《绍兴六十年纪事》，对于商业街区内容而言，这三种史籍涉及内容虽不多，所记述的主要着重于城市道路建设，但其中的概括性定位记述如路长、路宽和起止段，能为笔者获得清晰的概念，解决了最基础的资料；

二是原商业局归档的年度总结和报告。这部分内容零星散见于1990年以前原商业局所属解放路商业网点的撤建，能激活笔者对当时街景变化的记忆，获得感性认识；

三是原市府商贸办未经整理归档的散存文件和电子文稿。这部分材料有对2009年以前特色街业态培育的政策和调研，虽然内容侧重不同，涉及街区也仅有2条，却为笔者提供了市区商业街建设的背景；

四是从原商业局高级统计师征集到的发表在出版物上的报纸剪贴。这部分内容主要是对1996年以前主要也是对解放路原商业局所属商业网点的撤建，可补充原商

业局归档文件背景资料的不足;

五是图书馆馆藏地方文献资料。这部分资料可见的主要是 2006 年 2 月西泠印社出版社出版的《绍兴街卷》和 1987 年 2 月浙江科学技术出版社出版的《绍兴实用大全》及一些文史资料,能帮助笔者获得绍兴街区建设的脉络线索;

六是利用互联网资源,节约时间成本(重点是方法);

七是有关单位征集的数据资料(有一个科学利用的方法);

八是实地调查和与相关人员座谈(同时属于方法的一种);

九是通过绍兴数字图书馆,主要是利用浙江网络图书馆检索;

十是通过与商业街区建设有关的外系统部门档案,主要是市府办、工商局、计经委、发改委、城建委,但涉及街区内容的主要是道路建设的协调会,作为背景资料也可入志。

利用网络收集资料和甄别征集到的资料是否可信,笔者分别采用不同方法:

一是利用网络。根据笔者个人经验,要快速收集资料,在链接信息点上,首先要明确利用目的,用准确、简洁的核心词,可快速获取信息量;其次要保证信息质量。例如一般把当时事件实录的新闻媒体作为收集资料首选。但对于报纸(日报、晚报、商报)新闻报道采编的信息必须有两种以上的资料相互佐证后才能使用。如记述杭州大厦润和购物中心入驻绍兴解放北路 515 号开业时间,笔者在网上搜索到 2004 年 10 月 22 日《绍兴晚报》有一则《绍兴杭州大厦润和购物中心明天开张》的新闻报道,我不满足于一言一词,于是直接电话联系润和购物中心办公室,说明去意后得到中心经理的配合,通过查档确定开业时间是 2004 年 10 月 23 日。又如在记述 2003 年 1 月 8 日绍兴家私城开业情况,《天天商报》等媒体将一起开业的 8 个家私企业的称谓"家具"与"家居"、"广场"与"城"混用,而且只记述 3 个企业,让笔者莫衷一是,无法下笔。最后通过追踪链接搜索,在专业网站上搜索到当天开业的现场照片,于是将不规范称谓加以更正并将 5 个家私企业补入。

二是对于从外系统征集到的资料特别是将要形成表式的数据,要经过仔细分析和充分消化,如发现数据与实际有出入,又得不到系统完整的资料,要及时调整收集方法,转向直接主办单位要资料。其中,涉及商业信息的资料可能会遇到阻力,需要笔者事先对所收集资料内容范围有一个明确的定位,以保存入志史料为最终目的,避免涉及敏感的商业机密话题,在把握好度的前提下与对方充分沟通与交流,取得对方的信任。如在记述"城西灯饰城"内容时,附表"2010 年绍兴市区城西灯饰城经营户一栏"由越城区商务局提供,但表中提供的信息并非摩尔城灯饰城内经营户,而主要是灯饰城周边的商业网点,与笔者目的不符,于是向越城区商务局求证资料,答曰灯饰城无意提供,还是从越城区工商局那里获得的。在资料求证无果的情况下,笔者自行前往实地了解,期间经过灯饰城所在辖区下大路社区——居上灯饰城(原摩尔灯饰城)业主,最终找到灯饰城管委会所属浙江永健置业集团总经理,得到对方配合,如愿以偿。

三是一些无法从档案馆、图书馆、互联网取得的资料但又是入志所必须的，需经过实地调查和座谈会形式进行。如在记述"仓桥直街"一节，附表"2010年仓桥直街特色门店一栏"，由绍兴市电子政务中心征集资料提供，该数据门店牌号从1号到335号，而笔者入志的仓桥商旅特色街是截取业态培育的那一段（城市广场宝珠桥处至人民西路酒务桥），电询绍兴市名城保护办公室和仓桥直街老外贸住户均说不清楚。又根据笔者以前知晓的情况和掌握的资料，2010年作为业态引进的"绍兴越艺馆"就坐落在仓桥直街41号（原绍兴市住房公积金管理中心办公址），及其他一些餐馆，而该资料不存。为弄清有着"绍兴古城第一街"之称业态分布详实情况，笔者于2月25日下午赴实地踏勘调查，将时间定格在2010年挨家将入驻仓桥直街业态培育路段的商户作了访问记录；同时搞清了业态培育路段的门牌起止号（1—275），删除了原征集表275号以后的商户，补入漏缺的经营户，完善了附表，还原了历史。又如编写"步行街"，征集资料附表一栏中将一些古玩市场老经营户漏记，如"老三斋"、"佳宝画廊"。经事先约定，笔者于2月28号下午通过与"越宝斋"等老经营户座谈，话题始终定位在2010年及以前，对步行街古玩市场业态在当时的状况有了更加清晰的认识，其口碑资料一部分，成为入志不可或缺的材料。

2014年3月14日

附文：
仓桥直街

仓桥直街，位于越子城街区内，府山越王台东侧，紧靠环山河傍河并行，系南北走向，北起城市广场宝珠桥东侧，南至鲁迅西路。北首街口有桥，旧时以其地近便民仓，因曰仓桥，街因桥而名。旧时，仓桥直街沿街多开设古玩玉器和红木器具的店铺。新中国成立后，街区统一取名为红旗路。**2001年，按照"修旧如旧、风貌协调"的原则**，对红旗路沿街民居作了保护修缮，"下店上宅"、"前店后宅"、"深宅大院"等传统居住空间格局及具有绍兴传统文化内涵台门建筑得到了保护（绍兴市民政局、绍兴市地名办《绍兴市区地图册》；2012年12月湖南地图出版社）。是为绍兴第一条修复的特色街。**同年9月30日，经绍兴市人民政府同意，将红旗路更名为仓桥直街**（绍兴市府办抄第322号；市档案馆档号：6721557）。街区河道两旁以水乡民居为主，大多建于清末民初，**街区总占地6.4公顷，建筑面积53892平方米，其中有各式台门43个**（2001年第5期《城市发展研究》p.62《绍兴仓桥直街历史街区保护》绍兴市历史街区保护管理办公室）。街区中心环山河上，有风格各异的仓桥、宝珠桥、府桥、酒务桥、西观桥、凤仪桥等古桥梁，集中反映了绍兴的传统建筑特色与民情风俗。

2001年市城建部门投资8000余万元，实施了仓桥直街和书圣故里1号街坊的修

缮保护。工程对街区内居民建筑按"修旧如旧、风貌协调"原则实施保护修缮，并对住户的卫生设施和各类管线统一进行入地改造和并入排污总网（2002 年绍兴建设局《古城新姿》），修缮后街区面貌焕然一新，又保持了两旁原有的建筑特色风貌。同年 12 月《绍兴历史文化名城保护规划》经浙江省人民政府批准实施。**2002 年 10 月 1 日**起，位于仓桥直街 41 号、144 号、142 号的越艺馆、黄酒馆、戏剧馆正式开馆。在越艺馆，其中一张"千工小姐床"是 1925 年由 3 位匠师和一位徒弟历经三年、耗时 4000 余工才完成的；黄酒馆内设有黄酒制作工具展示区、酒文化陈列室、工艺酒制作处、品酒处，游客可亲自体验制酒之乐；戏曲馆每天上午、下午各演一场戏曲，游客可在此听戏、品酒、饮茶、吃茴香豆（2003《绍兴年鉴》）。**2003 年 8 月 28 日**，仓桥直街获联合国教科文组织亚太地区文化遗产保护奖，评委会专家称"仓桥直街在保护历史文化名城绍兴的独特的水乡方面，迈出了重要的第一步，该项目在注重历史建筑风貌的同时，也改进了城市公共设施，成功地展示了绍兴历史文化名城的生命力，成为中国遗产的一个活生生的充满生机的展示地（2007 年 9 月 27 日首届中国人居环境高层论坛绍兴市副市长丁晓燕发言）"。座落在仓桥直街两侧的商业店铺涉及旅游、土特产、特色餐饮等，其旅游功能和商业特色已得到体现（2004《绍兴》；绍兴市商贸办文档）。**2004 年 9 月 11 日**，绍兴市人民政府印发《绍兴大城市商贸服务业发展规划纲要〔20042010〕》，确定仓桥直街为历史文化商业特色街区"在仓桥直街作为历史街区修缮保护和改造的基础上，以荣获联合国文化遗产保护优秀奖为契机，以富有特色的越艺馆、戏曲馆、黄酒馆、书画馆等，吸引外地游客，形成以展示绍兴历史文化及工艺品、礼品、旅游商品、古玩商品等为主的历史文化商业特色街区。"（绍政发〔2004〕60 号）2005 年，绍兴市在开展商业特色街培育建设中，提出了使仓桥直街成为特色风情街区的意见。

2006 年 9 月，《越王城历史文化保护区规划方案》出台，确定仓桥直街历史街区的性质为：绍兴市越子城历史文化保护区的部分，是以古越城市风貌为特色，以传统城市人居文化为内涵，集居住、商业、旅游等功能为一体的历史文化街区（2001 年第 5 期《城市发展研究》p. 62《绍兴仓桥直街历史街区保护》绍兴市历史街区保护管理办公室）。**2007 年**，绍兴市商贸办选择仓桥直街作为培育特色街区的试点，与财政局、工商局联合出台了《关于培育市区特色街的政策意见》，建立了特色街业态培育组，提出了业态培育要求（市商贸办"突出重点不断创新，推动商贸服务业又好又快发展"2007 年 10 月）。据 2007 年调查，当年仓桥直街有营业房 107 间，营业面积 5086 平方米。其中公有房 47 间，营业面积 3833 平方米；私有房 60 间，营业面积 253 平方米。在营业的业态中，有服装店 29 家，服饰店 7 家，餐饮店 14 家，日用杂品店 13 家，手工作坊店 8 家，茶楼 7 家，古玩字画 4 家，土特产店 3 家，其他经营户 22 家。**2007 年 8 月 21 日**，根据绍兴市人民政府关于《市区古城内河旅游开发建设方案》，绍兴市商贸办、绍兴市财政局、绍兴市工商行政管理局印发（绍市商贸〔18〕号）《关于培育市区商贸特色街的政策意见》，确定仓桥直街商业业态培育范围，北起城市广场入口处，南至人民西路酒务桥段，全长 590 米，总占地 2.4 公顷，建筑面积 9221 平方米；同时对业态培育导向目录标注了鼓励类、限制类和禁止类业态导向。其中，鼓励类业态包括地方特色茶楼、酒吧、小吃、中药铺、典当行及绍兴土特产品、古玩字画、工艺品、纪念品等特色旅游用品项目和绍兴老字号商店以及其他体现绍兴特色的商品和服务项目。限制类和禁止类业态被列为不予登记的业态范围，包括普通服装店、普通餐饮店、杂货店、美容美发店、其他无特色的商店以及污染或噪音严重的项目（2007.8.21 绍兴市人民政府商贸办公室、绍兴市财政局、绍兴工商政管理局《关于培育市区商贸特色街的政策意见》）。嗣后，商贸旅游特色街建设稳步推进。

2008 年，仓桥直街商旅特色街有购物店 12 家，餐饮店 23 家，服饰店 29 家，手工作坊店 3 家，其他经营户 28 家。这些经营商户中，与特色定位基本相符的 31 家，特色一般可保留的 54 家，与特色街不符的 22 家。同年 5 月 30 日，市政府就仓桥直街商旅特色街建设培育工作召开了专题协调会议。会议明确了各部门的职责，对不符合业态培育要求的门店提出了调整要求。（《2008 年仓桥直街商旅特色街进展情况》绍兴市商贸办）。12 月 9 日，绍兴市人民政府安排仓桥直街商旅特色街改造设计和亮化工程经费 441221 元（绍兴市府办抄单第 450 号；市档案局档号；672811404）。2009 年 5 月 25 日，绍兴老字号震元堂药店落户仓桥直街（2009 年 5 月 26 日《绍兴日报》第 6 版；裘浙锋："传统中药馆重现绍兴"）。随着黄酒馆、越艺馆、戏曲馆和书画馆的加入，使仓桥直街更添历史古韵和文化内涵，吸引越来越多的外地游客到此观光旅游，同时也带动了沿街店铺的商业价值，一条集居住、商业、旅游于一体的历史文化商旅风情街区基本形成。为整合古街业态，2010 年 2 月 20 日绍兴市住房公积金管理中心从仓桥直街 41 号迁址至解放北路。同年 8 月 3 日，仓桥直街被浙江省商务厅、省财政局确定为"首批浙江省特色商业示范街"。

绍兴古城第一街在成为典型商旅风情街的同时，两种与古色古香老街风貌不相协调的现象还在延续。一是在路宽不足 3 米的青石板上，自行车、电动车和机动车畅通无阻，常常让游客惊魂，不能尽心享受古街之美，给外地游客带去不好印象。让老街转型升级，让道于游客，已成为仓桥直街面临的最大课题。二是根据统计资料和实地调查，截止 2010 年，经工商注册登记入驻仓桥直街业态培育街区（宝珠桥至酒务桥 1275 号）有门店 107 家，其中茶楼 8 家、餐饮 16 家、服饰 13 家、箱包鞋类 4 家、信息咨询网络 8 家、土特产 4 家、食品 4 家、艺术品 2 家、客栈 2 家、摄影 3 家（2013 年 12 月市工商局、市府政务中心"入志征集资料"）。这些有数字的经营商户中，与特色定位基本相符的 39 家，与特色街不符的 25 家（房产多为个人所有）。

表 18-2-6　　　　　　　　2010 年绍兴市区仓桥直街特色店门一览

网点名称	双号		单号	网点名称
	2		1	
绍兴市越城区老街茶楼	4		街口	
绍兴市越城广客多茶楼	6		7	
绍兴市越城名城照相馆	10		9	绍兴市越城区古城茶艺馆
茴香茶楼	16		11	兄记面馆
山阴茶楼	20		15	绍兴特产
绍兴市越城区宝成轩茶坊	24		27	绍兴市越城清玩茶楼
绍兴市越城区章家茶楼	30		29	绍兴市城市广场会展中心有限
面酒店	52		31	公司
丰峰食品店	90			绍兴市越城区大江南特产馆
陈桥驿先生资料陈列室	96		37	糖烟酒店
水仙酒楼	98			绍兴市越城区天香阁茶楼
绍兴市越城唐师傅食品馆	110	仓	41	绍兴市越城红旗路招待所
绍兴市越城乡和头土菜馆	112		81	绍兴会稽山酒类有限公司仓桥
绍兴市越城屋里菜饭店				直街分店
绍兴市越城区寻宝记沸腾鱼馆	114		91	绍兴市越艺馆
东明楼餐馆	136	桥		绍兴市越城区绿色甜心饮品店
绍兴市越城区余氏酒行	138		93	绍兴市越城区新黑格玛摄影店
绍兴古越酒文化开发有限公司	140			绍兴市越城区鑫泰土特产店
绍兴戏曲馆			101	绍兴市越城乡和头土菜馆
浙江震元医药连锁有限公司震元堂老	142	直		绍兴市越城区鑫鑫浴室
药铺	142—		141	市雏鹰青少年业余武术培训
绍兴黄酒馆				中心
绍兴市越城区古越小东菜馆	144		141	市东方教育培训学校
古井副食品商店	166	街		市腰鼓协会
市历史文化名城研究会	172		141	绍兴市越城区凤一鸣音乐创作
绍兴市越城区状元轩土特产商店	190		141	研究工作室
绍兴市越城区状元轩酒店	194		1431	绍兴市越城越香快餐店
绍兴市越城区聚仙酒楼			191	绍兴市越城石门槛副食品商店
绍兴市越城慈良副食品店	194—2			工薪百货店
阿丘十碗头餐馆	196			
	232		201	
绍兴市越城区阿瓦山寨酒店	244			
绍兴市越城天长地久摄影店	254		213	
	266			

关于对《绍兴市志》"商贸服务业"
卷篇目设置的意见和建议

《绍兴市志》编辑部：

根据贵部对原"国内贸易"卷篇目新调整后的设置，统揽各章节，第一、二章，第五、六章，第八、九章，章名与其所属各节内容吻合，问题主要集中在第三章、第四章和第七章。现就这三个章节的设置分别提出以下意见和建议：

一、第三章"综合市场"共设四节，其中将"商业街区"作为设节领属，笔者认为不妥。其理由：

（1）按照2013年11月浙江省统计局编印的《批发和零售业统计报表制度》指标解释，"综合市场"，指经营生产资料、工业消费品、农产品等多种商品的综合性现货商品交易市场（p.75）。而"商业街区"，是指由多种商业业态（商店、餐饮店、服务店）组成的按一定结构比例有规律排列的繁华街道，是城市商业的中心区域或集合地带。2004年绍兴市政府首次将发展多功能的商业街区城市空间布局写入《绍兴大城市商贸服务业发展规划纲（2004～2010年）》，成为以后绍兴市城市建设大发展的纲领性文件。市场是进行商品交易的场所，着眼于经营活动；街区是城市经济生活的枢纽，着眼于城市功能。故两者没有直接的领属关系。

（2）商以城在，城以商兴，商业的发展依赖于城市的发展，而城市的繁荣则以商业发展为条件。商业街区是城市建设、城市繁荣的展示窗口，它体现历史文化、地域特色，反映城市风貌，浓缩着城市的精华。改革开放以来代表绍兴市商贸业快速发展的标志也主要体现在商业街区的繁荣推动城市的发展。将"商业街区"作为章下一级节次，降低了绍兴城市建设发展成就在商贸业服务中的地位。"商业街区"应升格提到章一级层次，与"综合市场"并列。第四节"零售商店"，其业态不能代表改革开放后绍兴商贸业发展特色，与各地存在共性，可不单独设节。

二、第四章"商贸行业"共设六节，其中将生产资料、日用工业品、副食品、民用燃料单独设节，笔者认为这与二轮修志重点反映绍兴商贸业发展特色要求不相符。其理由：

（1）上述节名在计划经济时代曾是商业工作重心，1984年后随着市场经济的进一步放开和居民生活水平的提高，民用燃料作为一个独立的油品种类已渐渐退出历史舞台，取而代之的是成品油市场；日用工业品、副食品等作为日常消费品逐渐由经营主体自进自销，统计口径也有所变化，且随着消费品市场的日趋活跃和专业市场的兴起，这些行业的生产经营组织结构已发生了很大变化，由传统的商业部门转向专业市场。对于这部分内容，本志稿已分散在"专业市场"和"综合市场"章节中记述了。

（2）1979年后绍兴市级国有商业从改、租、转，到2000年上述行业完成改制国有商业全部退出，全市商业没有统一的主管部门，要完整记述全市相关行业这32年史实，客观上存在相当难度。故上述各节单独设置已没有实际意义。

三、第七章"其他商贸业"共设三节（不含"餐饮住宿"节），从章名看，与第四章的关系为主副关系，即上位与下位或详与略的关系。若去掉"其他"两字，标题便与第四章重叠；若按现名，则将商贸服务业主要业态及政府重点培育的行业降低了地位。笔者认为，该章节名称与第四章实为同一个概念，用了"其他"两字来区分，将绍兴商贸服务业构成主体置于从属地位，章与章的关系不顺。主要问题：

（1）两章标题概念相同，之间又跳过两个章节设置，结构似缺乏严谨性。根据2006年12月出版的《浙江商贸业发展报告》对"商贸业"概念所作定义："是指有形商品在流通过程中所涉及到的行业部门集合，是与商品交换活动直接相关的服务行业。""商贸业"即商贸行业，与第四章"商贸行业"名称一致。若章节搭配按事物内部联系排列要求，第七章"其他商贸业"应紧接第四章。

（2）名正言传的商贸服务行业应包括娱乐业、社区服务、会展业、中介机构，而第七章将其作为"其他商贸业"设置，缺少按事物的内涵性质归类。其依据：《绍兴大城市商贸服务业发展规划纲要（2004～010年）》对商贸服务业范围的界定"包括传统商贸业、专业市场、旅游餐饮娱乐业、连锁经营、现代物流、电子商务、社区服务、会展产业等"；2006年12月出版的《浙江商贸业发展报告》对商贸业依据商品交换的业态不同，将其划分为"零售百货业、连锁业、电子商务业、物流配送业、专业市场、会展业、中介性商业机构等"（p.1），同时阐述了"浙江现代商贸业发展，以连锁业、电子商务、物流和会展四个现代商贸行业为代表。"（p.4）。

（3）生活性服务行业和生产性服务行业，作为商贸服务业的重要组成部分和绍兴市政府重点发展对象，另设"其他商贸业"节中记述，不能充分体现和反映改革开放后绍兴市发展商贸服务业的时代特色和地方特色。对重点行业应单独设节或合并设节。其依据：一是《2006浙江商贸业发展报告》中，根据浙江省情况（与绍兴市相关），将现代商贸、生活服务、特种商业列为商贸业三大门类。其中，生活服务业的重点行业包括餐饮、休闲娱乐、家政服务、美容美发四个；特种商业的代表性行业包括典当、拍卖、废旧汽车回收拆解、生猪屠宰四个。二是生产性服务业作为绍兴市政府主要发展对象已于2006年列入"十一五"规划纲要。2009年8月20日，绍兴市政府印发的《关于进一步促进绍兴市区商贸服务业加快发展的意见》，明确鼓励类商贸服务企业为批发零售、住宿餐饮、美容美发、休闲健身、保健足疗、娱乐歌厅、家政服务、专业市场。三是 2011 年 3 月 17 日发布的中华人民共和国国民经济和社会发展第十二个五年规划纲要，生产性服务业行下金融服务业包括租赁；商务服务业包括经纪代理、会展业。

基于以上理由，对本卷篇目设置调整建议如下：

一、将第三章第三节"商业街区"升格，单独设章，列为第四章。"零售商店"不单独设节

二、第四章"商贸行业"设"住宿餐饮"、"家政服务"、"休闲娱乐"、"美容美发"、"保健足疗"、"中介服务"、"租赁典当拍卖"、"其他商贸业"（维修印刻、洗染、照相录像）共八节。列为第五章。

三、"国内外展会与会展服务"作为商贸服务业重点行业和商务招商引资重要平台，将其调整到"对外及对港澳台经济"篇目中设置，列第五章第四节，标题相应调整为"商务会展与会展服务"。

四、第七章"其他商贸业"去掉。一增一减共设九章。

以上意见和建议，供编辑部研究讨论

2014 年 11 月 10 日

附：　　　　　　调整后的"商贸服务业"卷篇目设置

概述　简述发展过程、现状、规模总量、特色等，通率涵盖全卷。（2000 字内）

第一章　商贸体制

第一节　机构沿革；第二节　体制改革；第三节　商贸企业集团

第二章　专业市场

概述（400 字内）

第一节　中国轻纺城；第二节　新建专业市场；第三节　其他专业市场

第三章　综合市场

概述（400 字内）

第一节　大型商场、超市；第二节　集市贸易

第四章　商业街区

概述（400 字内）

第一节　中心城市商业街区（解放路商业区、中兴路商业区、胜利路商业区、上大路商业区、萧山街商业区、步行街商业区）；第二节　特色街区（鲁迅路商旅区、仓桥直街商旅风情区、府横街商区、东街商区）；第三节　家居中心区（城北家私商贸区、城西灯饰商业区）；第四节　柯桥商贸区

第五章　商贸行业

概述（400字内）

第一节　住宿餐饮；第二节　家政服务；第三节　休闲娱乐；第四节　美容美发；第五节　保健足疗；第六节　中介服务；第七节　租赁典当拍卖；第八节　其他商贸业（维修印刻、洗染、照相录像）

第六章　粮油贸易

第一节　粮油购销；第二节　粮油储备；第三节　粮油管理体制

第七章　供销合作商业

概述

第一节　农副产品购销；第二节　为农服务体系建设

第八章　公共资源交易

概述（原篇目第一节、第二节内容）

第一节　建设项目交易；第二节　政府采购；第三节　产权交易；第四节　土地招投标；第五节　交易信息化及监管（原两节合并为一节）

第九章　市场建设与监管

第一节　市场建设；第二节　电子商务；第三节　市场监管

关于对《绍兴市志·商贸服务业》篇目
调整新增扩容后字数处理的意见

《绍兴市志》编辑部有关领导、专家：

近期，按照贵部对联审稿（商务局承担部分）字数按 6 章×1.2 万字/章×1：1.2 设定的 7.2 万字要求进行压缩，要在原稿 50 余万字（虽是资料性初稿，毕竟也是从近 1000 万字资料中提炼而成），在实际操作中有相当的困难。这虽不会是一个绝对不变的数字，但也提醒笔者需要考虑的问题。

商务篇原名"国内贸易"归口商务局承编篇目共设四章，即第一章"专业市场"；第二章"商场超市"；第五章"商品交易"；第六章"商务服务"。

现调整后的"商贸服务业"篇共设六章，除第二章"专业市场"（第二节"新建专业市场"和第三节"商品购销"为新增）篇目未作大的改动外，其余五个章节都为新增。其中：第一章"商贸体制"、第三章"综合市场"（商场超市）、第四章"商业街区"、第五章"商贸行业"（中介服务、租赁、维修）、第九章"市场建设与监管"除括号外，整体为新增。

现将"商贸服务业"篇增加章节列述如下：

一、第一章"商贸体制"第一节　机构沿革（新增）；第二节　体制改革（新增）；第三节　商贸企业集团（新增）。

二、第三章"综合市场"第一节　商场超市；第二节　集市贸易（新增）。除"商场超市外"为新增。

三、第四章"商业街区"全章内容（新增）。

四、第五章"商贸行业"第一节　住宿餐饮（原旅委）；第二节　家政服务（原工商）；第三节　休闲娱乐（新增）；第四节　美容美发（原工商）；第五节　体育保健（原工商）；第六节　中介服务；第七节　租赁典当拍卖（其中"典当、拍卖"新增）；第八节　其他商贸业（维修印刻、洗染、照相录像，其中"印刻、洗染、照相录像"原工商局）。除"中介服务、租赁、维修"内容外，均为新增。

五、第九章"市场建设与监管"项下"散装水泥推广、商品猪基地建设、培育老字号、电子商务、生猪定点屠宰管理、酒类流通管理、药品流通管理"章节均为新增。

　　经统计对比，现调整后的篇目章节其增设的部分比原章节足足增加了 80％的容量，但成稿字数还是按原设置篇目规定的要求，章节扩充后，字数肯定会增加，既要增量又要压缩字数，按照精修的要求，适当增量不会受其影响，但若在原基数上超过 40％以上的情况下，需要认真研究和科学决策了。因此，对调整后形成的联审稿字数量应在原"国内贸易"篇设置的章节与字数比例范围内给出，原"国内贸易"卷共六章，字数 10 万，平均 1.66 万字/章。现"商贸服务业"（归口商务局）卷整合后在原有篇目的基础上足足新增了五个章节的内容，连同基础章节相加，实为九个章节，且章下设节容量大、涉及面广，多由需要单独设章而不让设章牵连堆积在一起。如按市志 239 章 331 万字数计算，平均为 1.3 万字/章，按此，商务局承编的九章字数也须相应调整为 14 万字（9 章×平均 1.3 万字×1.2％），最终成稿字数 11.7 万字（不计标点符号）。

　　以上内容，如无不实，请予研究考虑。期待回复！

2014 年 11 月 20 日

《绍兴市志》"对外经济贸易"
卷写作情况介绍

（2014 年 12 月 16 日《绍兴市志·对外经济贸易卷》评审会上的发言）

各位领导，各位专家、老师，大家好！

下面由我对外经贸卷写作情况作简要介绍。《绍兴市志》·对外及对港澳台经济卷的承编工作，自去年 4 月启动以来，在局领导的重视和相关处室的配合下，在市志办老师的指导下，经过编写人员的通力合作，于今年 1 月形成初稿，后经与张华芬老师多次对接，先后三易其稿，个别章节达 5 稿之多，于 8 月形成初审稿。8 月 20 日进入初审。后根据初审意见作修改补充形成现 5 章、20 节、60 目共 9.5 万字联审稿。

关于本卷写作情况，为节约时间，对于部门志写作一般和共性的东西我就不讲了，这里我就介绍一下个性的东西，基本能涵盖本卷整体写作情况：

一、篇目设置特点

本志稿根据事物的本质联系设置篇目，篇目几经调整，由原最初的三章，即外贸、外资、外径，增加为四章，即增加"体制"一章。再到联审前的五章，即增加"会展"一章，得以不断完善。

增加"外贸体制变化"一章，是基于对外贸易体制改革在中国经济体制改革中所处地位所决定，外贸体制改革将内部改革与对外开放连接在一起，集中反映了国家对外开放的发展走向，使得中国经济改革更加深刻。中国外经贸事业的一步步发展，归根到底在于外贸体制的不断改革创新所推动，绍兴市也不例外。因此，记述改革开放后绍兴市外经贸事业的发展，离不开改革开放政策对外经贸作用的大的时代背景。增设这一章，又与"商贸服务业"卷单独设有"商贸体制"一章在篇目结构内容上平衡协调。

增设"商务会展与会展服务"章，是由会展的商务性功能所决定。会展特别是境外会展作为招商引资、扩大出口、拓展市场的平台，将原设在"商贸服务业"卷调整到该卷后，使其内容更加完整，归属也更得当。

二、写作特点

一是与前志衔接，在章下小序概述。此轮志书是续修，为了体现事物的完整性和连续性，本志稿对1979年以前已存在后发生较大变化的事物，在章下小序作背景式概括交代，表明事物兴起的缘由，以提高记述的深度和广度（第一、五章）；对1979年以前已存在后延续一段时间的事物，从1979年开始记叙，严格按续志时间起点写（第二章）；对1979年以后发生的事物，从发生当年开始入笔，以明确与前志的关系（第三、四章）。

二是通过对志的增、删、调，来体现改革开放后外经贸发展的时代特色

增，即前志篇目中没有的，或是改革开放后新产生的事物及具有鲜明行业特色要记述存史的，在续志篇目中增加。如本卷新增第一、第五章，均是前志篇目中没有的；第二章增加了"出口基地"、"高新技术产品"、"文化产品"等节目；第三章增加了第一节"鼓励外商投资政策"、第三节"招商服务"、第五节"利用外资管理"、第六节"服务外包"；第四章增加了第一节"境外投资企业"。

删，即前志之后，事物性质已发生根本变化，或已经弱化的事类，续志篇目中不再出现。如第二章越瓷、腐乳、锡箔、花边等传统出口商品，改革开放后随着出口商品结构的升级换代，已不再作为绍兴市主要出口商品记述。

调，即随着行业的发展，某类事物由次要地位上升到主要地位，其分类归属与前志出现移位需要调整篇目的。如"来料加工"贸易在改革开放初期，将其作为利用外资的一种灵活方式。1992年邓小平南巡讲话后，中国加工贸易进入了一个新阶段，就全国而言，加工贸易在对外贸易中所占的比重上升很快，逐成为中国对外贸易中的主导贸易方式。按海关统计口径，本卷涉及这块内容也由前志的"利用外资"章节调整到"对外贸易"章节。

三、存在问题

某些地方还有明显的议论痕迹、表格设置不够简明、数字缺乏规范，其他如错字、漏字、别字、语病也有存在。请各位评委发表意见，纠谬补遗。

《绍兴市志》"商贸服务业"
卷写作情况介绍

（2014 年 12 月 24 日《绍兴市志·商贸服务业卷》评审会上的发言）

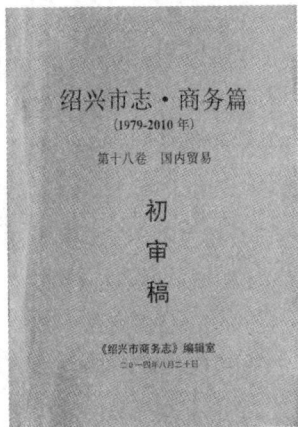

各位领导，各位专家、老师，大家好！

下面由我对"商贸服务业"卷写作情况作简要介绍。《绍兴市志》·商贸服务业卷的承编工作，自去年 4 月启动以来，在局领导的高度重视和相关处室、市各有关部门的积极配合下，在市志办老师的指导下，于今年 1 月起陆续完成初稿，至 8 月形成初审稿。8 月 20 日进入初审。后根据初审意见作修改补充和对供销、公共资源交易、烟草三部门资料通稿后，形成现 9 章、39 节、111 目共 14 万字联审稿。

一、关于写作过程

本卷章节，由内贸、商贸两部分组成。其归口编写是按 2011 年商务局成立后的职能范围划定，其中内贸、商贸部分系原商业系统和原经贸委（计委、计经委）、市府商贸办、工贸国资工作职责，同时涉及工商、统计、城建、街道、协会等部门和单位，还涵盖各相关市场、商贸业基层组织，横跨商业管理机构撤并后内贸与商贸两个不同体制阶段，同时在商务局系统内部由于商贸机构职能设置各市（县）体制不一，在编写环节中，既要与原商业局档案接收单位做好工作衔接，又要与单独设立商贸机构的市（县）做好工作协调，还要向散存在系统外相关单位的档案和各入志单位做好资料落实，涉及的面广，量大，环节多，行业跨度大。这些特点和其所承载的范围具体到写作过程，主要体现在三个方面即：采编合一、广征博采和实地踏勘。

一是采编合一。 本卷商务局承编的六个章节，一开始严格按"采编合一"的编写原则进行，将资料收集、长编编写和志稿撰写集中于一人负责到底，这样暨有利于编写者熟悉掌握不同部门资料沿革的系统性，加深对资料的认识、理解、消化和运用，又能把握整体结构框架便于采编有机结合起来和在更高的起点上补充充实新资料并及时对不同资料作出鉴定，缩短对资料考核、鉴别的时间，减少了采编分离"采"到"编"整合的中间环节和消化资料的过程，提高了工作效率。本卷商务局承编由原9章缩编成6章，共30节94目，篇目内容占"商贸服务卷"的80%，由于实行采编合一，加上跟进的工作节奏，保证了与市志办各阶段工作要求同步，为进一步完善志稿内容争取了时间。

二是广征博采。商务局承编的六个章节，涵盖经济领域与商品交换活动直接相关的服务行业和商业街区，资料收集无法通过查阅档案的常规方法获取，特别是对13个商业特色街（区）的记述，几乎每一条街区都作为一个独立的研究课题来实施。据统计，6章成稿的资料出处中，档案占比50%，其中2011年局形成的文档仅占2%，主要是涉及前年度的一些统计数据，98%是通过外系统获得；通过系统内定向征集形式的占比10%，主要是局相关职能处室掌握的文件、报告、文本和局属相关单位及各市（县、区）商贸机构提供的资料。此外，40%编写所需现实又无法提供的过渡史料和鲜活材料，是经笔者查阅文献书籍、报纸杂志、建群征稿、上门征集、电话约稿、互联官网、口述记录、实地调查和利用数字图书馆获得。

三是实地踏勘。本轮修志断限时间为2010年，对于一些重要的后又变化较大的商贸业态和商圈的记述无法从档案馆、图书馆、互联网获取资料，需要通过实地踏勘和座谈会形式进行。如作为1996年度绍兴市重点工程项目之一的绍兴建材城，缘何在2007年后逐渐衰落；1997年被绍兴市政府重点培育的古玩步行街，缘何在2005年后其业态逐渐消失；被誉为"绍兴第一街"和2003年获联合国教科文组织亚太地区文化遗产保护奖的仓桥直街，到2010年其业态培育路段的业态分布情况怎样。这里每一个记述单元都包含着起点、拐点和终点，都需要作客观的记述。为此，笔者先后进行了实地调查，通过访问辖区负责人和提供的经营记录及召开老经营户座谈会，还原历史，写入志稿。

二、关于与前志衔接的处理

一是卷名调整。由前志卷14的"国内贸易"调整为"商贸服务业"。调整后的卷名，外延有所限制，涵盖的范围更符合国民经济分类。商贸服务业，指的主要是长期以来由商务部门为主管理的、与企业商务贸易活动以及老百姓的生活密切相关的批发、零售、住宿、餐饮、租赁、居民服务业以及物流业、典当业、拍卖业和部分娱乐业等其他服务业。

二是内容调整。现志主要记述改革开放后绍兴商贸业发展特色，对前志计划经济时期的"副食品"、"日用工业品"、"生产资料"章节进行压缩或不再单独成章，调整到章以下节设"商品购销"。其理由：生产资料、日用工业品、副食品作为生产用具、原料和日常消费品逐渐由经营主体自进自销，统计口径也有所变化，且随着消费品市场的日趋活跃和专业市场的兴起，这些行业的生产经营组织结构已发生了很大变化，由传统的商业部门转向专业市场。对于这部分内容，本志稿除分散在"专业市场"和"综合市场"章节中记述外，单设一节与前志相衔接。

三、关于统计数据的处理

根据 2008 年中国地方志指导小组制定的《地方志书质量规定》，统计数据以国家统计部门公布的法定数据为准，统计部门没有统计的，采用业务主管部门的统计数据。本卷第二章"专业市场"表 18－2－3"绍兴市及各县（市、区）2008－2010 年亿元市场情况一览"中的 2010 年市场个数、成交额均采用了绍兴市统计局统计数据，经营户数统计局未作统计，采用市工商局的统计数据。另外新增的一家东街农贸市场，由绍兴市市场开发服务有限公司提供数据，经向统计局主管统计的沈处长征求意见，同意将东街农贸市场补入。

四、关于通稿章节篇目安排

第七章"供销合作商业"按市志篇目设置为二节，即"农副产品购销"和"为农服务体系建设"。从历史沿革看，供销合作社作为农村经济的重要组成部分和繁荣农村经济的重要力量，历来是国营商业的有力助手，在联接城乡市场担负着重要的角色。故将供销合作机构沿革单设一节"经济组织"入志。

第八章"公共资源交易"增加一节"机构设置"。同时将公共资源交易四块业务分别单独成节。共设六节。

"烟草专卖"内容在市志最后调整篇目中没有被列入，按事物属性归类，现设在第九章第四节"市场监管"节下成一目。

致张老师：

本月 16 日，您随联审修改稿一起发来的"关于对绍兴市志十八卷会审稿的意见"收到，因当时来不及细看稿件，对"意见"未能及时回复。20 日，又收到你"第 18 卷最终修改内容及理由"，虽然刚进入审稿，但觉得自己该有个态度，于是先行有了"逐字逐条认真阅读和仔细研究"的答复。

在接下来的一个星期中，对于你的修改稿连同"意见"和"理由"如答复所言我都做到逐字逐条认真阅读和仔细研究。就稿件而言，总体上本稿比前几稿处理更用力，也更符合志体，四章（"会展"除外）就以这次修改稿（1 月 22 日）为基础进行最后通稿作为《绍兴市志》13 卷给市里的联审终审稿。就"意见"和"理由"，既有合理的，也有可商榷的地方。现就稿件通稿情况和个别概念性问题向你作汇报和探讨，算是对"意见"和"理由"经全面吸收消化后的回访。

一、关于通稿

1. 概述。为与《商贸服务业卷》"概述"在体例上保持一致，本卷概述采用综述横陈式史志结合体，即在我原稿的基础上吸收了你的研究成果融会贯通概写而成。

2. 外贸体制改革章。该章基本保持你修改的内容和结构，只是对个别章名、节名作了调整。

一是章名用"对外贸易体制改革"，去掉"经济"两字。其理由是"贸易"实际已含有"经济"的含义；再者在规范性文档中，没有"对外贸易经济体制改革"一说。

二是将第四节"入世改革期"改成"入世变革期"。其理由是入世后绍兴市外经贸逐步与国际接轨并融合，得益于国家外贸体制改革的深化推进，结束了内外贸分离的历史，这在中国外贸史上是史无前例的，俨然成了新旧外贸体制的一道分水岭。言"变革"又区别于第三节的改革期。

3. 对外及对港澳台贸易章。该章只补充增加了最后一节"涉外机构"。包括"中国国际贸易促进委员会绍兴支会暨中国国际商会绍兴商会"、"绍兴国际商会"、"绍兴市外商投资企业协会"。

4. 利用外资及港澳台资金章。

一是将第二节第二目的"招商引资成果"还原到第一目"发展阶段分期"。其理由：一是先综述分期较合理；二是"成果"一词是总结体写法，不合志书编写要求，更不宜出现在标题上。

二是将第二节第一目"招商引资活动"，调整增加为第三节"招商服务"，将市招商服务局的内容集中在这一节反映，以重点突出市招商局的服务职能和招商成果。

三是第二节第二目"利用外资规模"下增设"实到外资"内容，同时将"项目分布"、"产业分布"、"外商地域分布"集中归入"利用外资规模"目下，层次更清楚。

5. 对外及对港澳台经济技术合作章。基本不作改动。

二、关于个别概念性名词

1. 国合商业。"国合商业"，即国营商业和供销合作社的简称。这个名词在计划经济时期的商业杂志、工作总结经常出现，并成为中央商业体制的专用名词。专业志要体现专业性，更要尊重历史，不能因为现在多数人不理解而人为回避。

2. 对外贸易体制变化。变化，即变迁、演变。如"对外贸易体制演变"想必就更容易被接受了。说"改革了才会变化"，这是按照事物发生的顺序而言，但用在文章标题上的立意却不一样，是着眼于过程还是结果。如若是过程，那应该定名为"变化或演变"；如若着眼于结果，那就定名为"改革"。"变化的过程"和"改革的结果"已是一对约定俗成的逻辑概念，否则"变化"一词在国语中就不存在了。哦，不好意思说的开玩笑了！

3. 外贸经营权下放至地方。此句只是说下放至地方，紧接后面的一句是"从此绍兴市外贸企业……"，并没有说下放至地方外经贸行政机构。可能是没看清楚整个句子，属于审题问题。

附上修改稿件（略）。

2015 年 1 月 28 日

《绍兴市商务志》"国内贸易"卷写作情况介绍

（2016年11月8日在《绍兴市商务志》上卷评审会上的发言）

各位领导，各位专家、评委，大家好！

下面由我对"国内贸易"卷写作情况作简要介绍。《绍兴市商务志》"国内贸易"卷的编写工作，自去年10月在完成市志·商贸服务业卷终审稿正式启动以来，在局领导的高度重视和相关处室、市各有关部门的积极配合下，于今年9月形成初审稿。总16章、69节、182目共62万字。

本卷记事，上限溯至事物发端，下限断至2010年底，重要事项如"大事记"、"机构沿革"延伸至2015年；编纂采用"横排纵述"，即依事物性质横排门类、按时间顺序从事物的发端写起，由远及近纵向记述，包括发生、沿革、现状三个阶段，以现状为记述重点。

一、关于篇目设置

绍兴历史悠久，物产丰富，享有"鱼米之乡"。在历史的长河中，绍兴商业曾有过相当繁荣的发展时期。为完整记述绍兴商贸业历史，体现大商贸编纂理念，本卷在篇目设置内容上既涵盖部门工作职能，又突破了部门框架，即归口编写是按2011年商务局成立后的职能范围划定，同时涉及工商、金融、文化、体育、统计、城建、街道、协会等部门和单位，还囊括各相关市场、商贸业基层组织，横跨商业管理机构撤并后内贸与商贸两个不同体制阶段。本卷共设16章，在第一层次的横排上，依据《国民行业分类标准》包含F门类中的"商业批发和零售业"、G门类中的"交通运输和仓储业"、H门类中的"住宿和餐饮业"、J门类中的"金融业"之典当、K门类中的"房地产业"之中介服务、L门类中的"租赁和商务服务业"、O门类中的"居民服务、修理和其他服务业"、R门类中的"文化、体育和娱乐业"、S门类中的"社会组织"。同时突出专业主体内容，加强国营商业的篇目比重，共设两章。

二、关于写作特点

本文所谓写作特点，即与一般专业志比较，是体现个性的而非共性的编写形式。

一是对国营商业记述方法的处理。国营商业，是国家公有制商业的主要部分，它们与中华人民共和国一块成长，为支持工农业生产和满足人民需要做出了积极贡献，在建国初期至改革开放 30 年中占有十分重要的地位。为系统记述市场经济转轨前国营商业利弊自在的客观事实，提炼成浓缩了那个时期的全部商业史，本卷在写作上运用了"点"、"线"、"面"的空间组合方式反映记述对象。即以"国营商业"章为"点"、"线"，以"国营商业企业"章为"面"。前者纵述事物发展的起始点、转拆点和终点，以及事物的重点、特点和亮点；后者并述事物在发展过程中的企业横断面及其兴衰。采用"点"、"线"、"面"的有机组合，能够清晰地展示事物发展兴衰起伏的主线脉络。

二是对新中国成立前后记述方法的处理。本卷在编写过程中，特别是新中国成立前史料，虽然笔者近到柯桥区档案馆、远赴南京第二历史档案馆查阅了所存的有关绍兴商业档案，但由于开放档案受限加之缺乏真正有价值的商业史料，给编写商业通志带来了困难。为解决这一难点，本卷使用"依时记述"和"先总后分"的手法来组织和统领资料。即资料充分的在章下单独设节，资料匮乏的在章下小序予以总述，然后对应进行分述，以弥补新中国成立前资料不足又自然与以下各节相衔接。

三是对书稿加强形象直观功能的处理。史志界历来有"无图不成志、有志必载表"的说法。图、表同为志书重要的体例与内容，本卷共录图表 273 幅，其中照片136 幅、各种表式 137 幅。本卷在记述具象性的商业街区、商场超市、餐饮住宿等章节多采用照片、图表与文字结合，随文插图，图随文走或表随文出，具有文字无法具有的形象力和说服力，既起到化繁为简、形象直观的作用，又可以清晰反映历史脉络增强对比感，还收到图文并茂的效果。

三、关于资料选编

本卷涵盖经济领域与商品交换活动直接相关的服务行业和商业街区，资料收集无法通过查阅档案的常规方法获取，从随文阔注可以看出，其中 70% 章节中的 60%以上的资料，是通过其它途径获得。这些资料都是有入志价值，其中相当一部分是经笔者甄别和考证后编入。

《绍兴市商务志》"对外经贸"卷写作情况介绍

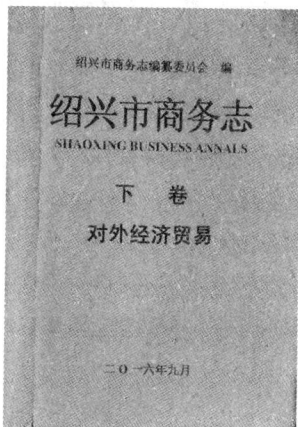

（2016年11月8日在《绍兴市商务志》下卷评审会上的发言）

各位领导，各位专家、评委，大家好！

下面由我对"对外经济贸易"卷写作情况作简要介绍。《绍兴市商务志》"对外经济贸易"卷的编写工作，自去年11月在完成市志·对外经济贸易卷终审稿正式启动以来，在局领导的高度重视和相关处室的积极配合下，于今年9月形成初审稿。总14章、50节、155目共50万字。

本卷记事，上限溯至事物发端，下限断至2010年底，"机构沿革"延伸至2015年。关于本卷写作情况，考虑到下午出席的评委较多，为节省时间，下面主要对个性的东西作概括性介绍：

一是篇目结构特色

《对外经济贸易卷》共14章，几乎囊括了我市对外经济贸易的所有领域和相关部门。该卷篇目结构在时空上以"体制"章为界，前后可分为相互联系的五个单元。第一单元以古代至改革开放前"通商"、"供货"两章领先；第二单元以改革开放后"三外"三章业务作为主干躯体，第三单元以体现改革开放特色依次为"口岸"、"开发区"、"商务往来"三章，第四单元辅之以"出口名牌"、"会展"二章，第五单元以"机构"、"队伍建设"殿后，最后列"人物"章。该卷各单元章节根据实际内容需要设置，如"出口名牌建设"在已出版的同类志书中一般不见此章节，但作为体现本地出口产品综合竞争力的内容之一入志，是志书赋予的责任，故横不缺项将它记述。又如作为全志"人物传"设最后一章，是一般地市级同类志书中所无的，如有大多也是以"人物录"编入。

二是载体运用特点

鉴于新中国成立前外贸史料缺载和本着"详今明古"的原则，本卷记述古代至改革开放前篇幅占正文总篇幅的15%，特别是古代至新中国成立前篇幅仅占正文总篇幅的 3.4%。为在有限的篇幅立体记述绍兴外贸发展史，首章以述体结合横写综述，分别从宏观、中观、微观三个层次，进行概括和叙述，将从古至新中国成立前近两千年绍兴外贸发展历程浓缩在 18 页纸中，既有纵向深度又有横向大量微观材料，避免了只见树木，不见森林的缺陷。以下各章对改革开放以前已存在的事物，在章下小序作背景式概括交代，表明事物兴起的缘由，以与第二章相衔接纵不断线。

三是资料彰显特色

本卷自境内有文献记载对外通商活动的东汉年间（公元 25～220 年）起始，直至下限 2010 年止。不论时代、经济形态及社会制度如何不同，始终有一条清晰的主线贯穿全志。即什么时候开放程度高，什么时候贸易就兴旺，地域经济就发展；什么时候跟不上开放步子，贸易就衰落，地域经济就趋缓。其中也不乏深刻教训，如对改革开放初期过度使用国家政策"借权"、"借牌"开展自营业务为日后的严重经济纠纷埋下隐患，给人以警示。

《浙江商务杂志》版面之我见

（2016年12月2日《浙江商务》杂志工作交流发言）

《浙江商务》杂志栏目设置合理，六个板块分别从不同角度通过深度报道、独家评论、工作交流、要闻传递、政策解读、业务运行引领读者全方位洞悉全省商务工作，而每期的"卷首语"将视觉放在宏观经济的大背景下进行透视，言简意赅，给期刊起到了画龙点睛的作用，是期刊出彩之处，在国内同行业为数不多的期刊中是较好的一本。但从更高要求来看，《浙江商务》杂志作为全省商务工作宣传交流的主平台和主阵地，其内容和形式尚有进一步改进的空间。下面谈谈自己的浅陋之见，不妥之处，请大家批评指正！

《浙江商务》杂志作为一本非消费性行业期刊，表明其核心特点是体现在它的行业性和专业性上。但目前尚未形成像一些兄弟单位办刊的品牌特色，如由上海市人民政府商务委员会主管、上海国际经济贸易研究所主办的《国际市场》杂志栏目设"中欧之桥"，由黑龙江省商务厅主管、黑龙江省对外贸易经济合作研究所和黑龙江省国际经济贸易学会联合主办的《黑龙江对外经贸》杂志栏目设"中俄经贸"，由广西壮族自治区经济贸易委员会主办的《广西经贸》杂志（已停刊）栏目专设"红水河副刊"，都是将刊物所在地独特的地域性经济文化结合起来，给人以耳目一新。

对于本刊当前需要思考的是，如何结合自身实际，寻求突破，谋求更好更快的发展。如何做到更好更快发展，那就是刊物要有准确的定位和鲜明的特色，以自身的品牌和特色优势赢得自己在行业市场中的地位。美国《新闻周刊》总裁曾有一句办刊名言，他把办好期刊的秘诀复述为三个定位。在2008年1月作家出版社出版王栋著《对话美国顶尖杂志总编》序言中说"每一本成功的杂志都有自己的灵魂，那就是与读者的精神世界相呼应的独特的编辑思想，而这种独特性中又必然蕴藏着普世的价值"，可见刊物如何定位的重要性。这里我将它概括成一句话：一本有影响力的行业期刊，对于读者群只有真正实现了要了解某个领域或者研究某个问题，必读某某期刊，这个媒体才实现了品牌定位。故从三方面考虑：

一是特色栏目。特色栏目的设定需要挖掘地域性文化资源，这个特色，即人无我有，人有我优。结合本刊栏目，可以增加"海洋经济"和"电子商务"二个栏目。

"海洋经济"是习近平同志关于经略海洋的战略思想，它起源于福建，成形在浙江。而其显著标志，就是确立了浙江建设海洋经济强省的大战略。国务院于2011年2月正式批复《浙江海洋经济发展示范区规划》，规划区包括浙江全部海域和杭州、宁波、温州、嘉兴、绍兴、舟山、台州等市的市区及沿海县（市）的陆域，共7市47个县（市、区）被纳入海洋经济发展示范区。有关港口贸易、物流基地建设均可纳入这一栏目。再者根据地域范围不同，可以将栏目定名为"港口经济"或"区域经济"。浙江又是电子商务大省，拥有像阿里巴巴和淘宝网全球规模最大的电子商务平台和网络零售平台。应该单辟一栏。

二是特色作者群。一个好的行业刊物背后，作者群除了主办单位外至少活跃着一个学术社团。在论坛类文章，应加强学者之间的横向联系，让有共同学术旨趣的学者凝聚在栏目周围，以栏目带动特色学术群体的形成。本刊最能体现作者群的栏目主要是"商务论坛"，以2016年第7、第10期为例，两期商务论坛栏目共7篇文章，除一文从《中国发展观察》杂志上转载而来外，其余六篇均出自刊物主管单位，而其中的"浙江文化服务贸易三季度高速增长近历史最高水平"一文，严格来说不属于论坛类文章，仅是情况通报而已。本刊可结合刊物定位，把特色栏目作为自己的优势栏目，有意识地进行培植，以扩大自己的作者群。

三是特色编排。从我们阅读的经验来看，一本期刊除了内容往往最吸引人的无非是那些编排新颖、美观、个性的版面。期刊的外在风格还体现在文字和图片的设计和编排上，还包括一些设计元素的运用，具体如版式、字体、字号、用色、图片、插画、阴影、边线，等等。本刊排版主要问题是字体运用上，如正文均用宋体，标题一律用类似微软雅黑字体，没有变化。字体的使用，一般原则是正文用宋体，标题可以灵活一点，用一点变体，但一些重要文章如的标题要庄重朴素，宜采用黑体；评论性文章和重要的文章正文宜用楷体。

总之，一个期刊要生存和发展必须有自己的特色。而一个刊物特色的形成，就是长期的个性追求的结果。个性是内在气质、思想、精神的洋溢。只有在一以贯之的个性追求过程中才能凸显出一个刊物的存在价值，才能避免刊物的一般化、平庸化，才能培养出与众不同的风格品位。

《浙江通志·对外贸易卷》初审稿意见

（2016 年 2 月 26 日《浙江通志·对外贸易卷》审稿意见函复）

沈处，你好！

通观《浙江通志·对外贸易卷》篇目稿，其设置基本能清楚地反映我省外经贸自古到今交替发展的历史脉络，足见编者用心之意。如对照专业志篇目编写要求，一些章节尚存在断线缺项或归属不当之弊，在不增加原词条的基础上可作进一步修改和调整。修订章节如下：

一、原稿篇目标题名《浙江通志·对外贸易卷》。分卷名"对外贸易"不知是笔误还是经省方志办同意，此名不能涵盖浙江外贸整个发展历史。"对外贸易"仅指改革开放前的外贸活动；改革开放后随着国家自营进出口审批权的逐步放开和外资、外经一起上，对外经济贸易才有了实际的体现。故标题名改成《浙江通志·对外贸易经济合作卷》。

二、卷章排列按属性作调整。原稿第五章"对外贸易企业"调整到第四章，置"对外贸易管理"之后；原第八章"进口贸易"调整为第六章，置"出口贸易"之后；原第四章"对外经济贸易机构"调整到最后章第十二章；原第十二章"对外经贸往来与发展"调整到第十一章，同时此章节涉及港澳台内容相对较独立，故章名改为"对外及对港澳台经贸往来"。

三、1. 第一章原稿节名词同义累赘重复，"开埠"即开辟为商埠，旧时指与外国通商的港口城市，已包含"对外"之意；另去掉"省"字不会有异议，节名更精炼。故改成"开埠前浙江海外贸易"。2. 为避免标题过长和"以时为序"突出不同阶段的事件属性，该章由原四节调整为三节，"目"以事件递进关系设置。3. 三节节名按不同时期外贸发展特点分别标为"海外贸易""对外贸易"、"对外经济贸易"。4. 原稿第四节第一目"对外贸易方式"划出归到第五章"进出口贸易"第四节，改换成"自主经营时期"，与"收购调拨时期"属性一致。

四、第二章"对外贸易体制"节数及节名不变，目数有 9 变成 8，第二节目名作改动后，层次清晰。

五、第四章"对外贸易企业"由原稿按经营项目分类调整为按企业性质分类，将经营项目分别置于企业之下，便于突出各类企业的变化发展状况和在我省外向型经济发展中不可替代的作用，由六节调整为二节。

六、第五章"出口贸易"由原三节调整为四节，即将原第一章第四节第二目"主要贸易方式"划入，增加"贸易方式"节。

七、第七章"出口货源与外贸品牌建设"第三节第一目下增加"中国名牌"和"浙江名牌"二个子目，以突出浙江品牌建设成果。

八、第九章"对外贸易服务"第一节第一目下增加"参加中国进出口商品交易会"、"参加中国华东进出口商品交易会"、"境内其他展会活动"三个子目；第二目下增加"参加重大展会"和"举办重大展会"二个子目。

九、第十二章"对外经济贸易机构"第一节下增设"市县（区）机构设置"一目。

现将篇目修订稿随文附上，请查收！

随感篇

性格→命运＝人生定律？

　　近一个时期以来，在一些场合常听人乐道的一句话"性格决定命运"。在上周周六晚上的同学聚餐上，当涉及个人酒风问题时，这句话也被同学联系起来上了餐桌。联想到原工作单位经常将"性格决定命运"这六个字作为对人明示的训条，而我又从来不认天命，这总让人感觉有"项庄舞剑，意在沛公"的意味，以"性格决定论"与人的精神生活对立起来。好在我明察及时，先走为上策，向上级主管部门打了要求调动工作的报告，毅然离开了那个我曾参与组建并在任职期间取得多项成果却不容得个性发展的单位，此后我的命运有了根本性的逆转。本来就不认天命，有了这样的亲身经历，使我对"性格决定命运"这一命题又平生了几分疑虑，至少是不能苟同，但现实却又能让世上那么多人把它当作人生的哲理来信奉，是我偏怀浅懑还是认识有误区，于是有了想探究一番的兴趣。近日浏览网页，当我在雅虎搜索地址栏键入"性格决定命运"这六个字，页面上竟跳出 174 万多条相关信息的搜索结果。我任意点击了七八条网址，这些文章虽观点鲜明，条理清楚，论述深刻，逻辑严密，但遗憾的是论据并不充分，缺少有机联系，没有真正反映事物的本质属性，完全避开了现实生活中客观存在的但又无法回避的矛盾现象，与实际生活有着一定的距离，令我兴致大减，不想再把时间浪费在无谓的阅读上。于是我关闭了所有网页窗口，开始了对这话题凝重的思考。

　　性格决定命运，真是人生恒固的定律？要在理论上论证它，如果用孤立的、静态的观点看问题，恐怕用上几十万言也难以对它能够作出令人信服的回答。经验告诉我们，缺少整体性和普遍联系的观点来观察和研究问题，其结果是不能按照世界本来的面貌如实反映客观现实。要检验这个命题的客观真实性，只有用辩证唯物主义的观点，采取实事求是的态度辩证地去对待。在这里我试图绕开一切繁琐的理论分析和推导，用一种近乎直白的语言和人们司空见惯的生活事例作一复写。

　　在破读这个命题之前，我们对"性格"和"命运"这两个概念先来作一个基本的解读。什么是性格？性格是一个人较稳定的对现实的态度以及与之相应的习惯化的行为方式，由于各人所处的客观环境不一样，所接受的熏陶不一样，加上自身身体素质的差异性，潜移默化，形成了各种各样类型的性格。简单地说，性格是指在对人、对事的态度和行为方式上所表现出来的心理特点，如英勇、刚强、懦弱、粗暴等。什么是命运？按照《现代汉语词典》释义，指人的生死、贫富和一切遭遇

（迷信的人认为是生来注定的）。遭遇，多指遇到不幸的或不顺利的事。认识了何谓人的性格和命运，也就认识了一个人的性格和命运不是先天就安排好的，它们在一定程度上受到客观环境的影响，包括个人的生活背景和社会的时代背景以及活动着（带有情感）的人们的思想观念与行为方式。这一现象同样适用于唯物辩证法关于事物普遍联系的原理。再来看"决定"一词的义项：①某事物成为另一事物的先决条件；②客观规律促使事物一定向某方面发展变化。放在这个命题中，无论取哪个义项，都没有改变事物固有规定的属性。既然性格的形成和命运的结局都有它各自的运动方式并与周围环境发生着联系，那么性格对命运是否具有必然的因果关系？要回答这个问题，只有从辩证唯物主义的物质运动相互关系中去寻找答案。物质运动观说明了物质是运动的物质，绝对静止、脱离运动的物质是没有的。"性格决定命运"这个命题，只有当它与周围事物处在孤立的、静止的条件下才能成立，它不受环境影响而改变，以一种公式化的路径对号入座就是了，什么样的性格注定什么样的命运，这种绝对化的性格决定论在人们的社会生活实践中实际是不存在的。

如果按照这个命题，世界上就不存在人生的大起大落，也不存在同有相似性格的人其命运却千差万别的现象。然而，现实中经常发生的事例比比皆是：一些人在原单位处处受到压制，而跳槽到另一个单位却如鱼得水；一些具有真才实干却不善阿谀奉承的人在官场上失意，而一些居心不良靠金钱贿赂的人却如日中天；一些人从国家利益出发，勇于揭发贪官，到头来却遭到暗算报复，甚至付出生命的代价。为什么一些忠于职守的人在关键问题上因一句真话被人利用而断送了前程；为什么在一个政权机构里，当没有产生对立面时，班子成员个个扬眉吐气，而当发生权力之争由他人取而代之时，原班子人马境遇却逆转直下，有的甚至成了阶下囚。难道他们的命运遭际一开始便是由性格决定了的吗？即使"知识决定命运"这个较为客观的命题也非全然，像"文革"期间，在"知识越多越反动"的口号下，知识分子被沦为"臭老九"，曾酿成多少人的悲惨命运。活生生的事例告诉我们，将绝对化了的"性格决定命运"作为人生定律，是缺乏科学依据的。人们固然可以列举出许多成功者和失败者与个人性格差异有关的事例，但我们不能因此而把它看作是决定命运的全部。从性格走向命运，这中间有一段及其复杂的过程，它因人而异，或机遇，或伯乐，或时势，或一次偶然犯错拒绝包容，都会走向事物的对立面。因此，把"性格决定命运"当作人生不变的定律不宜在单位团体中渲导，尤其是企业的领导。那些经常用性格决定论作为法宝的人，从某个层面上说，是以集团或长官个人利益为出发点，其中不乏自私。假如一个团队，人人都像鹅卵石一样无棱无角，这个团队便是长官或集团利益的牺牲品，团队里的每个人基本上是归属于利益的工具。如果这个团队性格各异，搭配合理，相互补充，岂不是更好。所以，好的集团单位不应提倡性格改变就导致命运的改变，而是在尽可能保证成员性格不变，多创造一些环境多创造一些机遇给团队的每一个成员，成员的命运当然会朝好的方向发展。处在复杂社会关系中的人的命运的变数很多，性格并不再起决定作用，只起着辅助作用。比较这个命题，也许"知识决定命运"更符合客观实际，但要将它作为人生定律在一定条件下似还存在缺陷（这里不再累赘）。据此将"知识决定命运"修正为"知识改变命运"才是我们应该积极倡导、遵循的科学人生观（定律）。

我与一篇散文邂逅的情结

　　我对散文这种文学体裁向来怀有特殊的感情，是因为它精粹精辟，形式自由，运笔之间往往不局限于一人、一事、一物，而是展开丰富的联想，或写人记事，或回忆，或移情，深入挖掘，由小见大，由此及彼，来揭示生活的真谛。

　　前些时候，为失而觅得一篇曾使我流连忘返的短小散文，经颇费周折后才通过在图书馆工作的朋友帮助如愿以偿。一篇小小的文章，何以让我痴情依在、情有独钟？事情还得从头说起。大约就是在 1985 年吧！一天，当我翻阅报纸时，一篇块面不大标题为"记得那盏小油灯"的散文吸引我一口气读完。嗣后，我把这方文章从报上小心翼翼地剪夹到我的珍藏书本中，一直伴着我的藏书，还不时地拿来赏阅。这样直到女儿读小学二年级教她作文时，我才用它作为指导女儿作文的范文来解读，并嘱咐她好好保存、空余时可拿出来感受一下如何谋篇布局，如何遣词造句，如何托物言志。于是这篇文章的剪报便从我的书柜接转到了女儿的书柜。前几年，女儿考上了大学，我又忆起了那篇散文，不知是因为当时女儿年小无心还是经过搬家遭散失，翻遍整个书柜终劳而无果。由于当时疏漏了剪报来源，没有附注出处，原文载自何报也就无从考证了。虽然那一纸剪报已不知趋向，但剪报上那满储作者浓浓激情给人以启迪和美的感受的笔墨，却依然流淌在我的心田，那七个加粗楷体标题字依然清晰地印记在我的脑海里。为了能重新获得这篇散文的原文，重新感受原文的意境，一个月前我通过各种网站引擎搜索，结果令我大失所望。但工夫还是不负有心人，经过使用各种方法，倒是搜索到了这篇散文的出处：1985 年 9 月 10 日发表在《人民日报》上，不久又编入《中华人民共和国教师纪念册》。既然都有了文章出处，一心想着更有纪念意义的藏册，接着我又搜索起网上书店，在"孔夫子旧书网"上终于有了我所要的纪念册。于是第二天我按网上汇款地址将书款从邮局汇出。约过了半个月见书未到，便去电询问，答复说汇款地址不是北京总店，而是安徽分店，最后不了了之。原想根据书店提供的汇款地址按图索骥总没问题，这样一折腾又耽误了半个月时间，于是我不得不把目标转向了图书馆，可是图书馆八十年代的过期报

纸资料又不全，最后经在馆中工作的朋友从馆藏的缩影本上为我复印才完事。如今，这篇失散十五年之久的散文剪报重又回到了我的书柜，伴我朝夕相处。

这是一篇题旨显豁的精短散文，虽然仅有 820 个字，但散文写作特点所包含的基本元素都已具备，是适宜中小学语文教育用来指导学生作文的佳品范文。它没有一些散文名家在遣词造句上的刻意雕琢，而是融情寓文，感情真挚，语言生动，注重表现思想感受，或直抒胸臆，或触景生情，在状写事物时倾注作者的深情厚意，字里行间都洋溢着炽热激情和浓烈的诗情画意，赋予事物拥有了思想和灵性，文章运用象征和比拟的手法，把思想寓于形象之中，顺理成章地完成言志的使命，具有强烈的艺术感染力；它更没有一些散文作品的随意挥洒，而是从生活的真实感受出发，注重表达对人生的感悟，通过描写客观事物来寄托和传达作者的某种感情、抱负和志趣，将外在事物与内心情感相融合，使散文有了强烈的情感，优美的意境。文章以记忆中的"小油灯"贯穿全篇，"小油灯"在这里已不仅是一般意义上的照明工具，而有更深的象征寓象：它包含希望和力量，凝聚着人间的爱和温暖，更象征了光明的前途。文章由小见大，由此及彼来揭示生活的真谛，是一份不可多得的活教材，其题旨对于生活在当代的中小学生还具有其他范文所不可替代的积极意义，用真情教育儿孙后代珍惜时间。

为使此散文蕴涵的思想、艺术魅力与大家分享，我将原文录入如下，如细细品味，无论作文立志，一定能够受益其中，得到启迪和美感。

记得那盏小油灯

夜晚，静谧而深邃，我凝视着案头明亮柔和的荧光灯，不禁想起了当年伴我夜读的那盏小油灯……

大约是 1951 年的初冬吧，我们四个初小刚毕业的孩子，因为乡村没有完小，辍学年半有余了。正当我们求学无门之时，同村的顾老师忘掉白天教学的劳累，欣然点亮小油灯，为我们补习功课，用紧张的节奏拨着一首明快恬静的时间曲。

小油灯的一缕青烟在四人合用的语文和《算术之友》上摇曳着。这是一盏没有玻璃灯罩、用墨水瓶自制的煤油灯。灯头炽热地燃烧着，仿佛一个光明的使者，闪动明亮的眸子，给我们送来光的温情。顾老师深入浅出的讲解，犹如脉动于深山幽谷的一条小川，汩汩地流进我们渴盼的心田。我们在迷离的灯影下，听着时间曲旋律的呼唤，驰骋在安谧而神秘的夜的世界，寻觅智慧的光点。小油灯熬红了眼睛，顾老师的脸颊也开始消瘦了。然而，艰难的耕耘终于有了收获，我们四人用大半年时间，完成了两年的学习任务，于次年暑期进城考取了县中。在攀登知识的"十八盘"中，我们快速地跨越了坚实的最低一级的石阶。

小油灯的光焰虽是微弱的，但它却为我们在求知的旅程中争得了时间。要不是顾老师牺牲自己的休息时间，抓住时机，及时给我们补习，也许我们至今还处在半文盲的愚昧混沌的状态呢！而今，我们四个人，有的在首都钻研尖端科学，有的在地方为农业现代化出谋献策，有的从事党史资料征集研究，有的在教育园地上培育希望之花。我们在奔驰的四化列车上，起着小小锣钉的作用。每当想到这里，怎能不忆起那盏小油灯，怎能不怀念那"甘愿作红烛，为人送光明"的顾老师！

如今，闪光的岁月已使白昼和黑夜同样明丽迷人，那盏伴我夜读的小油灯早已不知趋向了。但是，它那炽烈的火焰，连同顾老师那颗热烈燃烧的心，却依然在我心头亮着。渐渐地，我只觉得，联翩的思绪伴着眼前荧光灯的光束，凝结成一个执着的信念：金光灿烂的华灯固然值得赞美，但茅屋小舍的一豆灯光，不也值得回忆吗？凡是尽其所能，给世人点燃光明的，哪怕是极微弱的光，也会在人们记忆的星空中，闪烁着不灭的光华。

作者：孙士英

原载 1985 年 9 月 10 日《人民日报》

由歌唱咬字联想到的……

前几天，合唱团排练歌曲《旗正飘飘》，当唱到"枪在肩，刀在鞍，热血似狂潮"歌词时，有些人将"血"唱作 xuè 念，有些人则唱作 xiě 念，于是引发了小小的争论。由此让我联想到，这虽是歌唱中碰到的个别现象，但它实际涉及两个不同性质的问题，即歌唱中的咬字和多音字的辨读。

从歌唱咬字实践来看，我们的业余歌唱爱好者在演唱以 x 为声母或由多韵母组成的歌词时，常常达不到字正腔圆的要求。咬字，就是按照正确的发音方法和发音部位（五音），把声母（字头）咬准。"血"的声母 x 属擦音（牙音），发音时要求发音器官的两个部位接近，形成缝隙，气流从中挤出，摩擦成声，用力部位关键在牙上。唱这个字时容易将 x 声母咬死，而韵母 uè 又草草收场，要达到字正而腔圆，需要一道工序，将唱字分成字头、字腹和字尾来处理，唱时以出声、引长、归韵为方法。因为"希迁鹅"三个字音才能拼出"血"字，需要先把前面两个字拼一下（这方法前辈叫反切），"希迁"拼成"虚"，用"虚"作为音首，"虚鹅"拼成"血"，方法是咬准音首，舒展音腹为韵到音尾，无论字距的疏密或唱腔缓急，都必须按照程序完成，这样才能达到"字正腔圆"的目的，否则便囫囵吞枣难得其味了。这也是对歌字中所有念唱咬字的要求。

从多音字的误读看，这种现象在我们周围经常地发生着，还没有引起大家足够的重视，有必要作为一个专题来讨论。所谓的多音字，简言之，就是一个字具有两个或两个以上不同的读音，而意义或相同，或相近，或不同。"血"属多音同义字，这类字虽然不多（《审音表》只收 35 个），但造成误读的比率却挺高。多音同义字误读尚且如此，对在多音字中占数量最多的多音多义字误读的现象就十分普遍了。这样的误读，虽然只造成词义的瞬间转移或完全相反，掩盖着的只是读音不准，很容易被人忽视，但要是转换成文字的形式固定下来其结果会如何呢？举一个实例，2006 年 5 月《金陵晚报》曾以"一个多音字损失 6000 元，书写失误引麻烦"为标题，报道了一个因欠条上的多音字而令人损失 6000 元的案例。原文如下："小李借给同事朱某 10000 元钱，中途朱某先还了 2000 元，小李于是在欠条上加注'还欠款 2000 元'。此后，朱某便再也没有还钱。小李只得拉下脸皮要他归还剩余的 8000 元欠款，想不到朱某竟然称自己已经归还了 8000 元，只差 2000 元没还，还拿出欠条来，说上面写得很清楚——'还（hái）欠款 2000 元'。卞律师认为，对于'还'，有

huán 和 hái 两种读音，即两种字意，一字多解会引发歧义，这种情况如果发生在诉讼中就会使案件事实处于模糊状态。由于本案加注是小李所为，因此语意不明的责任应由小李承担，这样就会作出对其不利的解释，会按张某已经归还 8000 元尚欠 2000 元未归还进行判决。"因一个多音字书写不慎造成 6000 元损失，我们是否能从这个案例中引以为戒，尽量避免多音字的误读、误写，继而不再出现。要解决多音字辨读难问题，《常用多音字表》是最好的帮手，建议大家平时多看看《常用多音字表》，规范使用多音字，以纯洁祖国语言文字。（参见《辨字析词》怎样区别"血"（xie）和"血"（xue））

股市里面的哲理

我向来秉性纯厚，对自己认定的或认为不值得去做的事情，即使如何具有吸引力，也不会轻易改变初衷。就拿股票来说，早在5、6年前，当周围的同学、朋友、同事陆续成为股民一族，而我直到现在也不曾有过与股市亲密接触的念头。这一方面固然与我原先工作节奏快有关，另一方面是因为家有太太已在炒股，免了同室共戈难免失手的烦心不失为上策。因此，在太太炒股的历时十多年中，我始终与股市保持着距离，但从周围人的口中也会被动地接收一些股市行情预测走势的信息，却从来不曾轻信参与她的操作决策，只是提醒她掌握好度和节奏，用自己的直觉去判断。然而，一如说者容易做者难，平时她虽然也能自主决断，但一当行情扑朔迷离时就没了主张，常常偏信于人云亦云而举棋不定。特别是最近一段时间，她手上原已获利颇丰的股票盘子指数连续下滑，前天又是一个跌停板，由于持股数额不小，这可让她乱了方寸，昨天一大早就打开电脑边搜索网上信息边与她也在做股票的母亲通上了电话，听她那不断改变主意的时而通话声，真叫人哭笑不得！一会儿见网上有"看跌"的帖子就告知今天铁心抛掉手上所持股票，一会儿又见网上有"看涨"的帖子就改口决定不抛了，如此反复多次。于是，我凭既往的有限经验（10年前曾从事过2年期货交易）和对基本面的理解，跟她说：股票涨跌很正常，要是没有涨跌起落如一潭死水般平静你乐意吗？熊市时涨了还会再涨，牛市时跌了还会再跌，这是规律。但股票不会永远上涨和永远下跌，只是在这上下波动幅度空间中你没有掌握好度和节奏，只要股市存在你还会有很多机会，重要的是要善于不断总结经验和教训，用理性的思维去思考问题。

其实，依我所见，股市如同玄机暗伏的战场，如何洞中肯綮，里面蕴涵着许多哲理。哲学基本原理普遍适用于一切领域，从地球上的一粒尘埃到宇宙太空无所不包。以笔者体会，用哲学思维武装头脑，能使人狭隘的心胸变得无限宽广，看问题不再浮在表象，能深入到事物的内在本质。同样，用哲学思想指导炒股，能树立科学的世界观辩证地看问题，由表及里，由此及彼，从而揭开股市纷繁复杂的神秘面纱，避免盲目乱战。

世界的物质统一性和多样性告诉我们：世界是物质的，物质是第一性的，市场经济由无限丰富的物质所组成，而经济市场的运作必须以资金为条件，它统一于人们的经济活动中，股市要运转，离不开资金的介入。

矛盾对立统一关系，揭示了涨跌是股市运动中两种力量的对抗又统一，涨和跌互相依存，对立统一，没有涨，也就没有跌，失去一方，另一方就不可能存在，没有了矛盾，事物就消失，世界正因为充满矛盾，万物才得以发展。

偶然性与必然性相互依存又相互转化的关系告诉我们：投资者在股市中所有的成功与失败都是暂时性的，而非永久的。从长远时间的角度而言，只要投资者一天没有离开股市，那就一天不能确定自己最终是成功还是失败。一两次的偶然性成功不能证明自己是战无不胜的高手，偶然性的失败也不能证明自己注定是股市的失败者。

物质世界是普遍联系的整体性告诉我们：物质世界是普遍联系的，不是孤立的，股市行为被直接调控行业与非直接调控行业中上市企业之间的产品和资金具有互相关联性。

运动是物质的根本属性和存在形式告诉我们：物质是运动着的物质，没有不运动的物质，运动是永恒的，设想绝对静止的物质是形而上学的观点。市场今非昔比，炒股者要与时俱进，死捧教条只会走入死胡同。

胸中装有以上5个法则，人处风云变幻的股海里才会从容应对，保持良好的心态。炒股者最好同时也学一点哲学。

读报有感

　　今天轮单位值班，坐在办公室翻阅当天的《经济日报》，当我读罢第四版一篇题为"经济数据见证共和国辉煌历程"文章后，使我在兴奋之余也感到困惑。无庸置疑，共和国经过 58 年的历程，经济社会发展取得了举世瞩目的辉煌成就，综合国力明显增强，国际地位显著提高，全面建设小康社会又取得了新进展。但该文其中的一组数据似缺乏可比性。文章说"1952 年，全国职工平均货币工资为 445 元，而 2006 年达到 21001 元，增长了 46.2 倍……职工工资大幅提升"。这里姑且不说此数据提供的精确性如何（按此增比实际应该为增长了 47.2 倍）。如单从货币形式看，2006 年全国职工平均货币工资比 1952 年增长了 47.2 倍，这是客观事实。但我们不能以此作为衡量全国职工平均工资大幅提增的绝对参数。我们知道，物价的变动与货币工资的变动有关。货币工资实际表现为是名义工资。名义工资与实际工资的差别在于：实际工资是指职工用货币工资所能购买到的生活资料和取得的劳务的数量，它较确切地反映了职工的实际收入水平和生活状况。而名义工资只有当在生活资料价格和劳务收费不变的情况下，职工名义工资的增长就表现为实际工资的提高。如果考虑物价指数，以主要生活资料粮食、肉类为例：1952 年大米每百斤销价为 9.9 元，每公斤鲜猪肉才 1.04 元。如果将物价同比增长计算在内，全国职工平均工资增长幅度不再是 47.2 倍，该打折扣了。由此感发，要使经济数据分析具有说服力，必须建立在严谨、科学、全面的基础上。

绿 叶

——献给教师节

明天，九月十日是全国第二十四个教师节。今年的教师节，让我感觉氛围更加浓烈，原因是我的博客好友中多有教育战线的园丁，有的虽已退居二线，但他（她）们仍然奋战在教书育人的前沿阵地，像月亮那样把充满温馨的光洒向在黑暗中求索的人们。从他（她）们执着的闪光精神所透视出的，不就是曾给我知识的一个个教师的真实写照，它又把我的记忆倒回了学生时代。带着复杂的感情，在静谧的夜灯下，当我在整理大学生活所做的已在储藏室沉睡了二十多年的一叠叠文稿时，一篇"绿叶"的散文，让我眼睛一亮，眼前又浮现出我中学老师绿叶般的身影。在教师节到来之际，我把这篇文章录入博客，谨以此文献给我的博友——辛勤劳动的园丁教师们！谢谢你们，老师辛苦了！

听说我原班主任兼教语文的谢老师已退休了。在一个晴朗的星期天，我去母校宿舍拜访他……

当我步入校园，校内的花圃深深地吸引了我。那一簇簇开的分外热烈的鲜花，在绿叶的陪衬下，红的、黄的、白的……显得格外艳丽多姿，令人赏心悦目。

轻轻叩开谢老师的门，出来迎接我的是一位头发花白，额上深布皱纹的老人。

"谢老师！"我惊喜而亲切地叫了声。

"是你"老师惊讶道，"可准没把我忘了啊！"

随老师进入一间不十分宽大的坐厅，迎面有几个十四五岁的学生围坐在桌旁起劲地讨论着什么。

"谢老师，退休了连星期天也不休息！"我十分惊奇地问道。

"星期天还不是一样，学生学习任务重，星期天专为孩子补补课，总结总结一周的学习情况，做个家庭辅导老师也是我的一份职责。人退休了，思想可不能退休。"老师说话时的语气是缓慢而深情的。

话题很自然地转到了我的学习、工作……突然，我被老师窗口一只造型优美、做工精巧的浮雕花盆吸引住了，看得出房间里这唯一用来装饰的盆花草是老师的宠物了。然而我很快注意到，盆中种的不是一棵赏花草木，而是一株很平常的终年不成花的观叶草木。我有些费解，心想要是我，这样一棵毫不起眼的"无花草"早已弃之不用了，于是脱口道。

"老师，这精致的花盆配上一棵带朵的名花，该多好！"

这时，我发现老师微微收住了带笑的脸，只见他靠近窗口，右手轻轻抚摸着"无花草"绿绿的叶子，若有深思地说：

"别小看了这绿色的生命，它最朴实无华，不图虚名，求实际是它的本质……"

"不图虚名，求实际"我重复着这出自老师口中赋予哲理的话。

啊，我懂了。为什么这"绿"的主人这样深情地爱着它，是因为这"绿叶"的美丽品质无时不在老师身上体现着。望着"补课"的学生们，我的心深深地被谢老师默默奉献的精神所打动。谢老师不正像绿叶那样，只把绿的新鲜、绿的凉爽带给人间，而自己却从不争奇斗艳。

望着眼前这位银发丝丝普通而平凡的老教师，我的思绪回到了十年前的中学时代。

谢老师，早年毕业于复旦大学新闻系，后在上海某出版社任编审。一九六六年的"史无前例"由于出身不好，被当作"专政"的对象打成右派，曾在农村接受了五年的改造，后来被贬到绍兴第三中学教语文。然而就是这样一位饱尝了世态炎凉倍受生活磨难的普通教师，即使在"四人帮"残酷的政治斗争中，也丝毫不曾动摇对党对社会主义祖国、对教育事业的热爱和忠诚，保持了一位人民教师崇高的革命气节。记得当时上高中，正值"四人帮"倒行逆施，但谢老师仍是那样平静地站在讲台前，手执一本厚厚的备课笔记，深入浅出，认真仔细地讲完每一课，默默无闻地如绿叶一般忠于职守，吐露着新鲜氧气。

更令我不能忘怀的是谢老师教我写作文的情景。当时在"白专"的挂帅下，学校成了传播知识的殉葬地，教师被剥夺了教与育的权利。然而，有着对真、善、美执着追求的谢老师并没有因此停下手中的笔。记得有一天，我拿着一篇刚写好的作文给已在校办工厂劳动的谢老师审阅，谢老师急急看毕，轻声对我说："晚上到我宿舍里来"。以后的一些时间，就这样，在他窗帘紧锁的宿舍里为我批改作文。那时候，我错误地认为文章写得越多越好，修修补补拼凑够六页以上方肯罢休。针对这个问题，谢老师一边讲解，一边毫不留情地用红铅笔将文中的冗词赘句划去。批改完后，常要我当面轻读改后的文章，然后说道："对老师的批改，你有什么意见，可以提出来。"若遇到有疑问的句子，他总是反复认真地推敲。谢老师的身教言传使我明白了一个道理：文章的好坏与长短不成正比。

若没有老师当时给我无私的教诲，没有老师那绿叶般宽大的胸怀，也许现在我还成不了一名大学生呢！

望着窗外校园那打着朵儿美丽的花圃，突然，我对事物有了一个新的认识：艳丽的鲜花固然美丽，而这甘当陪衬的普通而平凡的绿叶不更值得赞美吗？

一条短信的导读

今天早晨起床下楼，一眼瞥见放在书桌上的手机有信息信号提示，我急忙打开信箱，那是昨天深夜当我已进入梦乡时我在宁波上大学的女儿发来的短信："爸爸，今天学校召开支部大会，批准我转正成为一名正式共产党员。"女儿发来的消息虽只有短短一句话，但从字里行间可以清楚地感受到她当时激动的心情。凝视着这条短信，我的思绪一下子在脑海里滚涌起来，眼前浮现出女儿成长轨迹的一帧帧清丽画面。幼小具有爱心的她长大后更突现了她纯洁无私、乐于助人的可贵品质，她今天的选择除了环境的熏陶外，更多的是她内心藏有一个执着的信念。当我被报时的钟声回过神来，猛然想起该立刻给女儿回个电话向她表示祝贺，但继而一想，还不如

发个短信更具深意。此刻，我的身份除了作为父亲外更多了一层关系，很自然让我与同志联系在了一起。于是我在手机键栏上郑重按出了十五个字："祝贺你！从此新的征程在你脚下延伸。"同样短短一句话，却凝聚着我对女儿的深情厚谊。这既是对她过去的褒奖，同时也是对她未来的叮嘱，想必女儿会读懂领会其意的。对于女儿所作的选择，我不想过多介入个人感情用豪迈壮丽的词语来评价，撇开这一切，能够真正让人感受到的便只有"信念"两字了。对于什么是信念？古今中外的学者、哲人从不同角度作过许多精辟的论述，但尽管表述内容各有侧重，然而对信仰在人生坐标中所处支点的角度却是一致的。信念是一个人生命中的一种执着，是一个人灵魂深处的一种不可战胜的力量，每个有思想的人都会有自己的人生信念，这些信念也可称做信仰、理念或人生哲学。在不同的信念的作用下，人们的心理、精神与

行为做事会表现出不同的特点。对于信念，没有绝对的好坏之分，最多有积极、中庸、颓废之说。信念与人生息息相关，它决定了做一个什么样的人，决定了这个人拥有什么样的品质，如果一个人静静地反思自己，就会发现自己的思想行为无一不受信念的支配，信念原来是自己人生旅途上如影随形的精神伴侣。坚定的信念不是从来就有的，信念总是徘徊于坚持与动摇之中，总是仿徨于前进与退缩之中，信念的失去固然有外在的迫力，固然有种种的无力与无奈，但主要还在于自己，外因永远靠内因才起作用。人生需要信念，有了信念，才可以使你拨开云雾，见到光明，见到希望；有了信念，才可以使你乘风破浪，驶向成功的彼岸。其实，每个人都有自己的信念，正如俄罗斯剧作家安东·契柯夫说过："每个人都生活在他的信念之中。"对于女儿的选择，虽然不能完全说明当代大学生的思想追求，但却反映了当代大学生的思想主流。由此感到，作为为国家建设输送栋梁之材的大学院校，不仅担负着培养高级专门人才的根本任务，而且还要担当培养新一代使之肩负起继往开来的历史重任。当代大学生是我国青年人中知识较丰富、思想较敏锐的群体，是祖国的未来、民族的希望，新世纪中叶基本实现富强、民主和文明的社会主义现代化重任，将历史地落在他们的肩上。当代大学生的思想觉悟如何，直接关系着社会主义改革开放和现代化建设的成败。对此，大学院校的组织工作要及时把握当代大学生积极向上的思想主流，进一步做好大学生组织发展工作，如何使我们的组织始终有源源不断的新鲜血液补充进来，不仅是一个重大的历史课题，也是一个迫切的现实问题。

吹响嘹亮号角　声声催人奋进

——绍兴市第八次党代会精神学后感

绍兴市第八次党代会于 2017 年 2 月 27 日至 3 月 2 日胜利召开，会议审议并通过了彭书记代表中共绍兴市第七届委员会所作的《勇立潮头谋新篇，勇当标杆创新业，为高水平全面建成小康社会而不懈奋斗》的报告。报告指出了今后五年全市工作的指导思想是：高举中国特色社会主义伟大旗帜，以邓小平理论、"三个代表"重要思想、科学发展观为指导，认真贯彻学习习近平总书记系列重要讲话精神，深入践行新发展理论，以"八八战略"为总纲，坚持"拆治归"，持续深入打好转型升级系列组合拳，以生态文明建设为统领，强化创新驱动，深化改革开放，注重城乡统筹，聚焦民生改善，着力提升绍兴产业品质、城市品质、环境品质、文化品质、生活品质，推进全面从严治党，勇立潮头、勇当标杆，为高水平全面建成小康社会而不懈奋斗。报告提出了今后五年的奋斗目标和主要任务，以"打造六个标杆，实现六大提升"为己任，其新使命和新蓝图让人振奋，这是一个鼓舞人心、催人奋进的报告，也是一个指导今后五年我市经济建设、政治建设、文化建设和社会建设的一个纲领性文件。

近两天通过原原本本反复学习报告，使我对报告的丰富内涵和精神实质有了许多新的认识，特别是对报告中提出的今后五年重点做好六项工作之一的"强化传承创新，着力提升绍兴文化品质"任务产生了强烈共鸣。报告具体阐述了彰显绍兴特色文化魅力的做法，指出"深入挖掘全市古镇、古村、古街的历史文化内涵……充分发挥党史、档案以史鉴今、资政育人作用，加强文献资料、文物古迹、文学艺术的保护利用。……提升绍兴文化的国际知名度和影响力。"这一将史学文化传承与提升绍兴文化品位之结合如此具体写入报告中，在历届党代会中尚属首次。这好似一曲吹响的嘹亮号角，对我的工作提出了更高的要求，催人奋进，鼓舞我向新的目标迈进。下面围绕《报告》这一工作任务，联系自身岗位实际，就如何把党代会精神贯彻落实到行动中，谈谈自己的感想和决心。

一是全面深刻领会报告内涵，用以更好指导工作

此次党代会报告所确定的奋斗目标和工作任务，起点定位高，目标任务和方向明确。今后五年绍兴要在高水平全面建成小康社会的基础上，确保全省第二方阵

"排头兵"地位，奋力向第一方阵全面进发。这是一种使命担当，也是一份庄严承诺，这就要求我们牢牢把握这一奋斗目标，拉高标杆，争先进位，努力创造一流业绩，在各自的工作岗位上为跻身全省第一方阵多做贡献。绍兴要实现向全省第一方阵全面进发的目标，需要站在全国全省高度，审视自身的发展，站在明天看今天，用超前的眼光和标准谋划今天的发展，以高标杆求高品位提升，以超常规求超越式发展，这样才能在与各兄弟城市的"比学赶超"中，争先进位、走在前列，书写高水平全面建成小康社会的崭新篇章。结合目前自己所承担的史志文化工作，对照报告提出的"打造和提升绍兴文化品质"的工作目标和任务，使我深深感到了当前我所承载的历史机遇是一生难逢，一种庄严的使命感油然而生。绍兴是中华民族的发祥地之一。绍属之地钟灵毓秀，地杰人灵，具有丰富的文化内涵和浓郁独特的地方特色，厚重的历史，绚烂的文化，凝聚成当代绍兴最大的财富和资源；绍兴作为国务院首批公布的国家级历史文化名城，又是"方志之乡"，成书于汉代的《越绝书》被公认为中国方志的鼻祖；绍兴自古崇商，自春秋时期"商人始祖"的范蠡开始，至民国时期逐鹿上海滩、控制金融命脉的绍兴帮，到21世纪叱咤风云、享誉海内外的越商，无不演绎出一幕幕傲人的商史。然而，作为具有悠久历史文化的名城和有着"中国方志之乡"、"中华商学之祖"之称的绍兴，目前却还没有一部完整反映绍兴商务工作的行业通史，这与绍兴所处的文化历史地位格格不入。为此，我要以报告为指针，以追寻绍兴商务的历史发展为己任，通过编纂，使我们从中了解祖先的智慧和创造，了解他们几千年来在古越大地上如何生息、繁衍、发展，努力反映我们时代的特点，使之资治当代、通鉴后世，名城出名志，写出一部在全省乃至在全国同行业中质量俱佳的一部专业志。

二是努力修好志书，无愧于历史和这个时代

目标方向已定，标杆尺度已设。《报告》已为我指明了工作的方向和标杆的尺度，作为数十年从事史志工作的一员，质量是我的工作生命线，严谨是我工作的一贯风格，写出一部无愧于行业、无愧于历史、无愧于时代的高质量志书，是我当之不让的责任。为此，我确立下阶段的奋斗目标和工作任务如下：

《绍兴市商务志》在去年9月份经省市二级修志专家评审后目前正进入修改、调整、补充工作难度最艰难阶段。按照市志编纂办审稿要求和对专业志寄予的厚望，为做好各项工作，目前我对《国内贸易》卷"古代、近现代商贸"章节的编写进度已过半，初稿为客观记述绍兴从古至今7000年商贸历史变迁，在写作手法上我注重用史实说话，通过各种途径搜集查阅到正史类文献数十部，共引经据典93处，使《绍兴市商务志》成为一部真正以事实说话的志书。按照《报告》确立的"努力为'浙江的今天''中国的明天'提供更多的绍兴素材和样板"的目标要求，此书的编纂将实现两个第一：一是力争在今年下半年完成，实现单人编纂160万字两年完成的修志记录；二是成书后的志稿经打磨有决心将成为为"浙江的今天""中国的明天"提供更多的绍兴素材和样板。

书信二则

钱华娟同学：您好！

　　关于邀请参加文学诗社的来函收悉。为把学得的知识转化为实践的产物，你们积极、大胆倡议，计划成立一个由电大学员参加的文学创作小组，我们表示十分赞赏！但鉴于我们尚未完成学业，唯恐对你们提出的倡议不能给予有力的支持，深表遗憾。但作为电大同学，我们很关心并很想知道你们规划中的创作小组的一些情况，或许在筹备中能为你们做些什么，如需请来信谈及，我们将乐意共同办好这个创作小组。

　　最后，我们衷心希望电大学员创作小组的筹备工作取得圆满并在今后创作中有更多更好的作品问世，为我们电大学员挣得光彩！

　　此致

敬礼！

1987 年 3 月 23 日

尊敬的黄文玲老师：您好！

从来电获悉，《中国乡镇》第二卷目前正抓紧编审中，我很高兴。为了维护入编单位的正当权益出好书，对于你们的辛勤劳动，我代表所有参加组稿的采编人员向您及全体编辑人员表示感谢！

在我表示由衷感谢的同时，也不能不袒露我对编辑部工作中存在的看法。如果不介意的话想我直言，对于编辑部的每一次通话、每一个反馈信息不是鼓舞了我，而是让我经受了由信任到疑虑再到失望的过程。如果认真思考一下我们就能发现，编辑部在工作期间的每一个初衷都偏离了它的方向：《采编人员名录》人手一册被否定；《采编通讯》每月定期出刊被废止；涉及出书事项等一系列重大问题从不主动、及时来电与我取得联系（出书时间更是一推再推）。试想，作为一项严谨的社科工作，在采编者迫切需要得到编辑部的有力配合和支持却得不到助力，抑或是对采编人员的不负责任。这一切，对于每一位稍有事业心的采编同行怎能不激起深深的疑虑和感到失望呢？尽管我话说得偏激了，或者自有编辑部的难处，但无论从哪个角度讲，这种工作方法都是不可取的。

令我稍感欣慰的是，如此书进展程度确像老师您所说的那样，那无疑在精神上是对我能继续参与编辑部以后各卷采稿工作的一个鼓舞。说真的，编辑部的工作由于一开始就陷入危机令我失望的太多，以至于一些已被谈妥决定入编的企业我不得不采取回避的方法，以维护我的名誉和尊严不受损，这对于我们双方的工作业绩来说，不能不说是一个很大的损失，由此能引以为鉴。希望编辑部能切实做好出书前各环节的衔接、协调工作，以一流的办事机构、一流的工作效率出一流的好书，尽快能与读者见面，为在新媒体宣传绍兴乡镇企业在改革开放后的异军突起切实担当起责任。

余言后叙。

1994 年 12 月 4 日

奖词鉴定篇

原绍兴市对外经济贸易
委员会工作鉴定意见

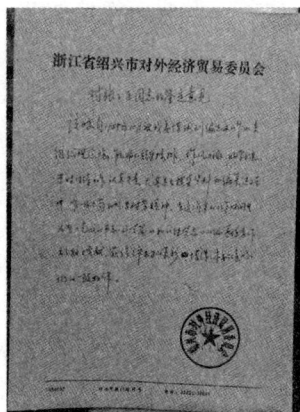

　　该同志自 1989 年 10 月被我委借调到编志办以来，组织观念强，能服从领导安排，作风正派，好学上进，平时对待工作认真负责，尤其是在搜集资料和编纂过程中，有一丝不苟和吃苦耐劳精神。在近三年半的工作时间里，为努力完成《市志·外贸篇》和《经贸志》的编纂任务作出了较大贡献，获得了市志办的表彰，博得了本委领导、同志们的一致好评。

绍兴市对外经济贸易委员会

1993 年 3 月 3 日

原浙江省对外贸易经济合作厅奖词

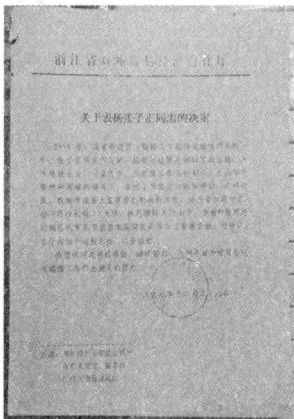

1998 年，是省外经贸志编辑工作取得突破性进展的一年。张子正同志作为新一届省外经贸志编辑室副主编，工作兢兢业业，认真负责，在克服工作条件和个人生活等方面种种困难的情况下，承担了外经贸志初稿修订、资料收集、数据考证等大量艰苦而繁琐的工作，并经常加班加点，全年修改初稿 12 万字，执笔撰稿 8 万余字，为省外经贸志初稿在明年春节前基本编纂完成作出了重要贡献。经研究，在厅内给予通报表扬，以资鼓励。

希望该同志再接再厉，继续努力，为明年省外经贸志完成编纂工作做出更大的努力。

浙江省对外贸易经济合作厅
一九九八年十二月二十八日

原工作单位考察报告

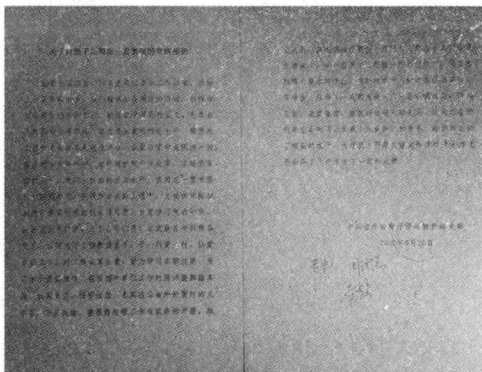

　　张子正同志自 1976 年进单位参加工作以来，政治上一贯要求进步，能积极参加各项政治活动，积极承担各类政治宣传工作，能自觉学习马列主义、毛泽东思想和邓小平理论，努力提高政治理论水平，能坚决执行党中央的各种政策法令，自觉与党中央保持一致，在历次政治事件中，始终拥护党中央决策，立场坚定，旗帜鲜明，表现出较高的政治水平。该同志一贯来坚信中国共产党，积极要求政治上进步，主动向党组织靠拢，自觉向党组织汇报思想，自觉学习党的知识，政治上进步较快，已于去年 12 月 1 日发展为中共预备党员。该同志对工作积极肯干，干一行爱一行，热爱本职工作，对工作认真负责，努力学习本职技能，业务水平提高较快，在借到外单位工作时同样能脚踏实地，认真负责，任劳任怨，尤其在借调省外经贸厅的几年来，分居两地，能很好处理工作与家庭的矛盾，顾全大局，多次受省厅表彰。该同志能努力学文化知识，自学成才，从一名高中生经过多年刻苦努力，现在已取得大学本科学历，并把所学习的知识结合到实际工作中去，取得了一定的成绩。该同志品德高尚，作风正派，谦虚谨慎，能较好处理人际关系。该同志善于利用业余时间，发展个人爱好，如音乐、绘画均达到了较高的水平，为厅机关开展文娱宣传活动及举办交易会等工作中做出了一定的成绩。

中共浙江省外经贸厅绍兴物资站支部

2000 年 6 月 20 日

述职篇

2000 年述职

2000 年，是我借调厅工作的第五个年头。一年来，编志办工作囿于客观环境在缺少实际可操作度的情况下，我在所能支配的职责范围内，通过自己的主观努力，做了力能所及的工作，同时为贯彻厅领导的批示意见，根据编志工作要求，做了我力所能尽的工作，为下阶段续志编写打下了基础。现将一年来的主要工作汇报如下：

一、认真履行职责，踏实做好本职工作

今年，是编志工作步履艰难也是带来转机的一年。上半年由于机构大调整等客观因素，不可避免地延缓了编志工作计划的实施，当在工作进展一度困难的情况下，为使本部门的史志文化工作得以继续完成它所未尽的历史使命，我勇于挑起编志办的全面工作，及时向厅领导提交书面报告，以历史和现状对编志工作进行全面回顾和总结。同时，为进一步完善初审稿内容，我一面修订初稿全本，一面撰写了近万言的"概述"连同初稿送交省地方志编纂办进行工作衔接，按年初拟定的计划开展工作，经方志学专家对送交稿初步审议后，认为初稿的整个框架结构编排合理，其中"概述"以其叙述脉络清晰得到方志专家的肯定。下半年，随着厅机构改革的结束，编志工作也开始纳入厅工作轨道。为加快完稿进度，按照厅领导的要求做好工作，在分管处室的领导和具体指导下，我认真履行职责，除负责起草组织评审所需的各类文稿，也直接参与落实专业志任务的实际工作。在操作中，我注意吸取多方面的意见，及时修整工作方案，对无损资料质量的征集内容进行删繁就简，为各入志单位减轻工作量、如期完成编写创造条件，保证了续志前期工作有一个良好的开端。除踏实做好工作外，对于厅其他处室交办的工作，我都积极配合，乐此不疲，视其为一次学习的机会，获得交办处室的好评

二、刻苦钻研业务，努力掌握本职技能

观照现代修志工作的特点，其所从事的人员除具备必要的专业知识和分析问题、解决问题的能力外，随着现代科技手段的介入还需掌握实际操作应用的技能。一年来，我认真学习业务知识，与方志专家探讨各种问题，拓宽了思路。在"概述"撰写过程中，按省地方志编纂办的要求，前言部分既要在专志各章节的基础上精炼提高而成，又要与各章节内容不重复，独立成篇。为此，我专门对省内外兄弟部门已

出版的专业志中获取经验写出本部门有特色的前言，在成文过程中我进行了技术上的处理，即"概述"与正文"互见"的方法，把不宜在正文中记述的但又必需交代清楚且自己心中早已熟稔的材料放在"概述"中去写，这样既避免了与正文内容相重复又补述了正文所缺少的大背景，得到方志专家的肯定。在学习中，我注重与实际工作相结合，努力掌握本职技能。为适应工作环境，提高自己的业务水平，今年我先后参加并通过了全省专业技术人员电脑培训考核和全国高级职称英语考试，均取得优秀成绩。电脑的操作应用，改变了以前计算机文字处理一味依赖外单位且稿件质量差、工作效率低的局面，使我的工作上了一个台阶。

明年，是敲响新世纪钟声的第一年，也是编志工作面临艰巨任务的关键之年，为使外经贸编纂工作按计划基本完成，我将更加努力地投身到工作中去，为外经贸志再写新篇章。

2001 年述职

自11月调任省外贸中心办公室负责人后，我十分珍视这一新的工作岗位，决心以此为起点，脚踏实地走好每一步"远大"路，为自己的工作转型递交一份合格的答卷。

四个月来，在中心领导的关心支持下，我严格要求自己，在政治上以一贯的思想行动坚决以党的各项方针政策保持一致性，自觉遵守国家法律法规；在工作上认真履行职责，带领办公室人员做好各项事务管理，努力完成公司领导、公司内部各职能部门和主管部门交办的任务，同时根据公司在不同阶段的工作要求，致力于各项配套服务建设：一、制度建设上，先后起草拟定了"考核制度"、"劳动、奖金分配制度"、"财务管理制度"、"医疗制度"、"公文处理制度"、"办公室工作制度"、"合同管理制度"等规章，为公司纳入制度化管理轨道打下了基础；组织建设上，根据建立支部和工会组织的要求，与对口主管部门进行工作衔接，完善了中心（公司）的组织建制；三、设施建设上，及时为各部门落实配置必要的办公设备，为公司营造一个良好的工作环境；四、文书处理上，推行标准化操作，逐步建立起一套规范的文书工作流程。在突击交办任务中，配合华交会努力克服经验不足等因素，保证各项任务的完成。在处理上下、横向关系上，作为一个特殊的窗口，注重与上级单位、公司各部门和办公室内部人员间的和谐相处，以创造良好的工作氛围，增强凝聚力。

试任期以来，我在职责岗位上虽努力实践着自己的工作目标，但作为综合管理部门的负责人，尚有许多领域需我去勤奋拓展，在实践中不断总结经验，提高工作水平，以无愧于组织对我的培养。"远大"之路始在我脚下延伸。

2002 年述职

2002，这个与新世纪一起诞生进入第二个春天的年度，在我二十七年的工作生涯中是最令我值得自豪和回叙的一年。这一年，我从长期习惯于计划经济影响下的封闭阵营走到了市场经济的前沿阵地，既改变了我工作的人生之旅，又是我一生工作中系着未来的重大转折点，迈向一条既充满荆棘又透着曙光的大道，由此开始了我的远大之路。

今天，当我在远大起跑线上努力走过 365 天，那坚实的脚步和鼓舞我凝聚奋进的力量，已在我身后留下长长的印记。回叙过去的一年，我为此而感到自豪的是，首先作为一名党员，我有对自己严格的要求，在政治思想上坚决与党中央保持一致；在行为规范上自觉遵守国家法律法规；在劳动纪律上基本杜绝与规章相抵触的现象发生；在团结协作上加强与部门、个人之间的善处和协调，以创造和谐的工作氛围为己任，树立良好的工作作风。其次是作为部门负责人，做好各方面工作是我应尽的责任，于是，努力完成公司领导、公司内部各职能部门和主管部门交办的任务，成为我履行工作职责的最高目标，无论是在办公室案头还是对外联系，大至接受一项新任务，小到盖好一个章，在我职责范围的工作我都认真对待，做到手勤脚勤。而办公室每天因面对的是日常事务，决定了一些需集中精力化时思考的工作得利用额外时间来承担，加班加点是很正常的事。每当夜深人静，当我在灯光下为明天的实施计划或草案努力笔耕的时候，看着那一列列与公司脉搏一起跳动的字行，在我心里油然升腾起一种奉献的自豪感，与我执着的人生追求一起，成为了我行动的指南，保证了各项工作的开展。一年主要工作：一是起草制订公司各项规章，建立和完善了内部管理制度；二是协助做好配套组织建设，完善了党、团、工会组织；三是参与组织国际质量体系认证文件编制和达标实施工作，完成通过 ISO 质量认证；四是针对公司办文要求高、流转快、数量多的特点，设计编制出一套符合规范的办文操作流转程序，提高了办文流转质量；五是牵头做好公司网站建设；六是及时为各业务部门提供后勤服务保障，落实做好各种综合事务性工作。

过去的一年，在公司领导的关心指导和同志们的配合支持下，我在职责岗位上虽努力实践着自己的工作目标，但对照办公室工作质量标准还有相当大的距离。在新的一年里，我要不断加强自身建设，围绕公司工作目标，加快适应新形势下的办公体系要求，以更加坚实的脚步和饱满的精神向远大路上迈进。

2003 年述职

2003 年，是公司创业的第二年。在这不平凡的一年里，与年轻的"远大"一样，怀抱"做实、做大"的壮志，我在职责岗位上努力实践自己的工作目标，积极完成公司领导和部门交办的任务，在实践和理论两个方面有了新的突破，取得了不少收获。主要表现在：

一、参与领导决策，加强调查研究　今年，公司在制定筹划配套职能和机构设置等重大问题上，我积极参与高层决策，配合办公室工作，按照领导新思路做好调查研究，形成书面材料，先后向省有关厅局报批进出口经营权和会展研发机构，获得批准。为公司工作的整体推进当好助手。

二、结合工作实际，完善规章制度　今年以来，为加强对外行文程序和出国组团工作的规范管理及合理使用人力资源，我先后起草了"印鉴管理制度补充规定"、"关于出国组团管理办法"、"关于临时聘用人员的管理办法"和"关于招聘人员试用期工资待遇的规定"等制度，对公司规章作了进一步细化，使各部门在具体操作中有章可依，理顺了相关业务关系。

三、重视文件审核，提高工作质量　据统计，今年各部门以中心和公司名义向有关单位有字号的正式行文 212 个，其中中心 66 个，公司 146 个，比上年增加 58 个。在送领导签发前的文件，我都进行认真审核，严把出口关。全年经由办公室出去的文件，因文件质量而被退回的情况基本得到遏制，工作基本面得到改观。

四、配合部门业务，做到承办及时　为做好一个口子对外工作，对部门交办的各种任务，我基本能做到及时落实。对受理报厅出国政审批件，根据业务部门紧急程度，积极向厅经办人做好解释工作，及时送达厅领导，其中一次破例在一个工作日内拿到政审批件，有力地配合了部门工作；对向省外办办理出国签证、护照开具厅介绍信和申请出国批汇，都是在当天交办当天完成；对部门在日常工作中需要用印，我严格执行用印制度，在确认其符合用印规章后及时给予办理。一年来，办公室在履行一个口子对外工作中，无因办事拖延而影响部门业务开展的情况出现。此外，为协助部门做好力所能及的工作，对公司领导的工作安排，我积极承担，先后配合企联部完成了《浙江省对外经济贸易地图集》和《浙江省外经贸企业广交会专刊》编撰工作和举办应对国际贸易技术壁垒讲座与厅有关处室的工作联络。

五、承担出国考察，较好完成任务　今年 3 月，受公司派遣，由我率省内工商界及外经贸企业代表团一行十四人赴美国、加拿大进行为期 14 天的商务考察。期间，正当美国受"9.11"事件影响和美伊战争爆发前高度戒备状态，对所有入境人员均实行严格的安检措施。作为领队，在外整个行程中，我以严明的组织纪律和良好的精神状态，率团圆满完成了此次考察任务，领队工作受到考察团成员的一致好评。

六、加强网站管理，及时更新信息 为利用好不断完善的公司会展网络资源，我会同网站维护人员及时将各部门获取的信息进行网上发布，公众点击率效果明显。今年以来，据办公室接到全国内地及香港特区咨询有关业务来电的反馈信息显示，他们中的绝大部分是从网上了解公司情况后主动找上门来对话的。截止 12 月 22 日，网站公众点击率为 21118 人次，比上半年的 12430 新增近 9000 人次，网站作用已显现。

七、开展合作项目，主持申办展览 今年以来，经公司授权，我积极开展联合办展项目，认真做好与合作单位的业务交流、办文拟制并在运作上给予政策性指导，先后申报批准举办"2003 浙江国际住宅产业博览会"和"2003 第五届西湖博览会中国（浙江）国际家具展"等二个展（博）览会，产生积极的社会效益。同时，积极与香港华进展览公司取得联络，邀请来杭进行业务洽谈，经公司出面已达成合作办展意向。

八、参加论坛撰稿，扩大公司影响 为配合参与长三角洲经济发展对话，今年以来，在公司领导的主持指导下，我积极参加有关调研课题的起草任务，先后完成各项专题论文，其中《抓住机遇，发挥优势，主动接轨上海会展业》一文被省外经贸厅抄送商务部、省委省政府领导参阅，《浙江会展业调查报告》一文得到省府领导的肯定。同时，因撰写的论文结合浙江行业特点紧密，论据充分，对策建议观点到位，加上文章客观上对浙江会展业优势起到了积极的宣传作用，受到有关媒体的关注，先后在国家级刊物上发表 4 篇、省级报纸 1 篇。借媒体宣传力度，大大提升了公司的知名度，扩大了公司在全国的影响力。

九、开展组织活动，热心工会工作 公司工会组建以来，为做好各项工作，按职责分工，我认真承担各种事务性工作，除负责做好与厅对口部门工作衔接外，积极参加有关会议和讲座，同时做好工会献爱心工程活动，对患病住院员工代表工会送去慰问，使工会组织成为贴近员工生活的阵地。

十、加强业务学习，提高自身素质 今年以来，因配合部门工作需要，使我能有机会接触到一线实务，我十分珍惜这个学习机会，并能在实际工作中将学到的知识提到理论的高度，重视实践更好地为理论服务。今年 12 月，经浙江省经济专业人员高级职务任职资格评审委员会评审通过，授予高级经济师职称资格证书。

以上成绩的取得，与公司领导的关心和同志们的支持以及"远大"良好的工作环境密不可分。2004 年是完成公司三年三步走目标的最后一年，也是公司新三年发展规划目标的第一年，围绕远大"做大、做强"、"实现两个全省第一"战略目标任务，作为公司的中枢机关，办公室工作任重而道远。在新的一年里，我要以"远大是我家，创业靠大家"的忠司爱司为立足点，更加潜心地投入到工作中去，为实现公司承前启后的关键之年发展目标任务贡献自己的力量。

2004 年述职

2004 年根据工作需要和领导安排，我被落实到外贸中心所属浙江亚太会展业发展研究所工作，这也是我任职研究所成立正式启动工作的第一年。一年来，在外贸中心和所领导的关心帮助下，我以会展服务为理念，以理论研究为阵地，在贯彻外贸中心和承担研究所专项工作中努力进取，较好地完成了任务，取得了不少收获。主要表现在：

一、积极承担课题调研

按照年初确定的课题计划，一年来，在课题调研撰写中，我克服研究所人手少、实际经历缺乏和各地市外经贸资料空白的困难，积极开拓工作，除做好一线调查起草专题报告 2 篇外，还配合会展热点关联问题和外经贸工作先后完成论文 9 篇，分别在《中国会展》、《中国展览》、《中国展会》、《中外会展》、《会展财富》、《今日浙江》以及《中国经贸》、《中国对外贸易》、《国际商报》等报纸杂志发表。其中，万言"2003 年浙江省会展业调查报告"送省外经贸厅后，得到厅领导的肯定，文中提出的成立全省性国际会展协会的建议被采纳，为有关部门决策提供科学依据，成果明显。经申报，2002、2003 年浙江省会展业调查报告已分别被国家商务部和省外经贸厅列入 2004 年度课题评奖条件范围。全年独立撰稿累计 5 万字，其中一文被中国管理科学研究院学术委员会评为优秀学术成果一等奖。

二、协同做好研讨会等组织筹办工作

为帮助企业更好"走出去"提供交流平台，组织做好'2004 浙江中小企业开拓国际市场研讨会，自组织筹划到会议举办，我合理安排工作计划，从筹备策划、对外宣传到市场推广我参与整个流程，经过精心组织和准备，研讨会于 5 月 19－21 日在华北饭店如期成功举办，实现了研究所工作开门红，取得了较好的社会效益。同时，为增强对外凝聚力，便于开展工作，按照研究所工作思路，我积极做好向省有关部门取得会展办班资格门坎申报材料的起草，在全所人员的共同努力下，于今年 7 月经浙江省劳动和社会保障厅批准，授权研究所作为承办全省会展职业培训合格证书班的指定单位。

三、参与浙江省国际会展协会具体筹办工作

按照外贸中心对协会筹办工作的要求，研究所承担了协会筹备前期阶段的调研和策划工作，筹办工作自今年9月正式启动后，我除做好向全国省一级会展协会运行情况的调查外，先后起草了协会章程、协会机构设置及运作方案、协会共同筹组倡议书、协会会员管理办法等文件，并对筹组发起单位进行组织落实和确认。经过两个多月的紧张运作，于11月12日协会筹备会议顺利召开，从而为下阶段协会筹组进入实质性操作准备了条件。

四、承编《浙江省对外贸易指南》

为帮助企业利用有形媒体扩大对外宣传和提供互动的贸易机会，经外贸中心授权，研究所承担了《浙江省对外贸易指南》（外经贸企业网址大全）的编纂策划工作。在组织实施过程中，为保证主编单位良好的社会声誉，作为该书编委和编纂办主任，我高度重视对该书全程工作的指导，加强对各环节的把关，除负责做好对各地市外经贸局编委会成员邀请联络和确认外，通过研究所签署协议和起草"指南编委会印章管理办法"加强对组稿工作的监督管理和跟踪，对开展工作中出现的新情况及时向所领导汇报，同时对市场推广对外使用文件亲自具体承办，并落实专人负责做好财务发票使用的审核、登记、签字。目前，《指南》组稿工作正紧锣密鼓有序进行之中。

五、出刊《浙江会展研究》

《浙江会展研究》作为研究所对外学术交流的窗口，为使刊容量适应行业快速发展的需要，今年，我对该刊进行了扩充，在内容的深度和广度上都比去年有较大改观。全年共出四期。同时做好向省各有关单位和领导、各地市外经贸局、各地会展业协会、会展行业机构、特约研究员寄发工作。经信息反馈，《浙江会展研究》在业内的影响正逐步提升。

此外，认真做好工会有关工作，使工会组织成为贴近员工生活的阵地。

2004年我在专业岗位上虽做了不少工作，但离外贸中心和所领导的要求还有很大距离，2005年是研究所迈步发展的第二年，为实施研究所品牌战略，我要以更积极的姿态、更开拓的精神投身到会展研究工作中去，加强专业知识学习，注重理论与实践相结合，不断提高自身素质，为完成2005年各项任务再创业绩。

2005 年述职

2005 年是我任职研究所工作的第二年，也是我加盟"远大"的整第四个年头。一年来，在外贸中心和所领导的关心帮助下，特别是通过先进性教育活动，使我在思想认识上有了较大提高，并能学用结合落实到行动上，在贯彻外贸中心和承担研究所专项工作中，克服实践知识缺乏带来的不利因素，努力进取，积极应对，较好地完成了任务，取得多方面收获。主要表现在：

一、课题专项调研成效明显

按照年初省厅对外贸易中心确定的年度课题计划，我积极承担了义博会专题调研报告的起草工作。鉴于本课题研究对象属全国乃至国际性著名展会，一直以来引起政府及社会各界的广泛关注，学术界从不同视觉对义博会现象进行探讨，涌现出许多散发性思考的文章，一些定论已成为普遍共识。对义博会研究要在已有的高起点上再上新台阶，挖掘出对当前经济工作有指导意义的亮点，形成自己的观点，填补研究领域的空白，无疑增加了课题难度。为深入揭示义博会成因，找出其与商品经济发展的内在互动关系以及由此延伸出的成功会展实践的多元素丰富内涵，开掘学术界尚未涉足的领域，我除通过报纸、杂志、网上查阅资料掌握最新研究动态外，积极与中国国际小商品城会展中心保持联系，在外贸中心领导的工作指导下，先后四次赴义乌实地调研和参加专题座谈会，同时根据课题不断深入的要求，努力取得义乌市各相关部门的支持，做好大量数据的采集整理工作。经过近半年撰写，前后六易其稿，5 月份 3 万言调研报告脱稿。该调研报告成文后，引起省政府有关部门的重视，先后被省外经贸厅《研究与建议》和省委政研室、省人民政府发展研究中心主编的《决策参考》录用，报送国家商务部、省委、省人大、省政府领导，各市委书记、市长参阅。目前该课题已送省外经贸厅申报参加本年度的专项成果评比。

二、会展理论再成亮点

今年除完成专项课题外，我对本省会展及全国业界当前所关注的热点问题进行研讨，撰写的论文为全国业界各大媒体所关注，全年先后独立或合作完成调查性论文 10 篇：（1）"出国展：打开国际市场的捷径"；（2）"浙江企业出展面临的问题及对策"；（3）"浙江出展：民营企业是主力"；（4）"会展经济带上的城市群——浙江与广东两省会展业发展情况之比较"；（5）"浙江会展经济形成区域化格局"；（6）"浙江企业出国参展热情高"；（7）"城市会展重在突出品牌战略"；（8）"区域会展经济现象与发展定位"；（9）"区域品牌是浙江会展重头戏"；（10）"义乌会展对浙江经济的影响"等，分别在《国际商报》、《中国会展》、《中国展览》、《中国展会》、《中外会展》、《中国市场》等报纸杂志发表，《中国展网》、《中国会展信息网》、《中国展馆网》等众多网站同时登陆。全年累计发表论文字数 3 万余字。

三、认真做好《指南》编审出版工作

为帮助企业利用有形媒体扩大对外宣传和提供互动的贸易机会，由研究所承编的《浙江省对外贸易指南》一书自去年 9 月份启动该项工作以来进入跨年度编纂。在组织实施过程中，为保证主编单位良好的社会声誉，作为该书编委和编纂办主任，我高度重视对该书全程工作的指导，加强对各环节的把关，除负责做好所有文字内容的审稿外，对首篇"综合篇"文章结构精心设计并亲自撰稿，经过半年多时间的运作，于今年 8 月付印成册。它的面世，是继已编纂出版广获社会好评的《浙江省对外经济贸易地图集》之后的又一部力作。

四、协同做好研讨会、协会组织筹办工作

为帮助企业更好"走出去"提供交流平台，组织做好'2005 浙江省中小企业开拓国际市场研讨培训班，自组织筹划到会议举办，我合理安排工作计划，从筹备策划、对外宣传到市场推广我参与整个流程，经过精心组织和准备，研讨会于 5 月26－27 日在杭州华北饭店成功举办，实现了研究所连年办班的业绩，取得了较好的社会效益。同时，积极配合做好浙江省国际会展业协会注册申报材料组织工作，除起草文件外，对发起单位应提供材料进行认真落实，目前申报材料已送省经贸委。

五、加强自办刊物建设

《浙江会展研究》自 03 年 4 月第一期创刊以来，得到了业界同仁的好评。为进一步加强自办刊物建设，尽快将研究成果和会展信息源推向社会用于指导实践，今年我除抓好刊物质量外，加快了对《浙江会展研究》的编纂节奏，提高了出刊率。全年共出 6 期，创历年来年出刊数之最。同时做好向省各有关单位和领导、各地市外经贸局、各地会展业协会、会展行业机构、特约研究员寄发工作。

六、热情工会工作

作为折射企业文化和贴近职工生活的阵地，除协助工会主席工作外，对厅工会组织的活动我积极参加，并及时做好有关信息的报送。同时，结合公司实际深层探讨工会工作新特点，利用工会工作平台，在加强对企业经营管理有效途径宣传的同

时，扩大公司的影响力，撰写的论文"倾心沟通——解读新时期职工民主管理的企业行为"被全国总工会《工会信息》第 21 期录用发表，并受到上级工会的重视，在省外经贸厅组织举办的厅直属单位工会干部读书会上被邀请做专题交流并将论文推荐给省直机关工会。

过去的一年我虽做了应做的工作，但离外贸中心和所领导的要求还有一定的距离，2006 年是研究所迈步发展的第三年，为适应研究所工作向我提出的更高要求，我要加快对自己知识结构的更新，为完成 2006 年各项任务而努力奋斗。

2006 年述职

2006 年，根据外贸中心对研究所岗位调整，我由专职从事会展理论转向业务工作。现将一年来的主要工作汇报如下：

一、工作情况

按照展览项目提前半年实施的要求，2 月份到业务部门后，我从接收的下半年若干展会开展招展，共自主招展 13 个摊位，其中"广交会 13.0" 7 个摊位因合作主办方单方面取消展会等客观原因造成退展退款外，其余招展的 6 个摊位，分别是 9 月份意大利米兰秋季国际面料展 2 个、11 月份法国服装服饰定牌贸易展览会 1 个、12 月份马来西亚出口商品交易会 2 个顺利赴境外参展。同时，根据领导要求，完成了"2005 年浙江会展经济发展报告"、"消博会调研报告"和"2005 年我省违规办展涉案调查"的课题调查报告。

二、取得收获

过去一年，自己的工作与公司要求还有很大的差距，但通过实际工作，也使我摸索出了一些经验。一是宏观上做好展览项目市场调查有利于激励企业参展。如在意大利纺织面料展招展过程中，我首先利用网络资源进行桌面市场调研，针对意大利纺织服装面料在国际市场上的走势，先后整理出"意大利用面料与中国纺织服装市场的对接"、"意大利纺织品服装市场"等文字数据资料，然后从宏观分析入手供企业决策。二是微观上重视展览项目历史资料有利于项目的推介。如通过收集实物资料和利用网上资源，对所招展展会近几届参展情况、展会报告及上届参展企业对该展会已有的评介进行综合，排出重点企业，为引导企业参展提供最有力的依据，即使企业没有参展意向，也会对展会留下深刻的印象，便于日后推介。从效果来看，意大利展三个摊位虽然微不足道，但无不是上述两者并用的结果。

三、存在问题

首先在思想上还没有完全树立市场经济意识，有较多的依赖性，工作按部就班。一是客观因素强调的多。认为自己转岗的第一年主要是先熟悉感受体验一下实务，对接收的招展项目只要多与企业联系就行了，至于效果如何，决定于项目的对接，因此在招展工作中只浮在表层上，没有深入到节点上主动寻找切入口，工作没有形成合力。二是不能很好地处理业务与非业务之间的关系。认为上半年还承担了一些课题，分散了精力，把这些局部支配的工作因素加以放大，刻板与业务分离，不是主动找米下锅而总以此为由，降低了对自己工作的要求。三是缺少与同事之间经常性的沟通。到业务部门后，认为自己业务项目相对独立，单人操作，只要埋头工作就行了，基本上处于孤军作战的状态。

其次在业务上还停留在简单性操作，业务水平有待提高。一是在项目选题上还没有找准切入口，仅看到面上展览，把目光紧盯在组展公司普遍在做或企业已有稳固渠道的几个展项上，投入很大精力却收效甚微；二是招展前期工作不够细，缺乏最大限度地对客户数据资料的搜集和占有，有效的目标客户资料有限，制约了招展工作的开展；三是在招展过程中还缺乏对展会宣传的力度和对企业参展引导的核心手段，对展会项目研究不深不透，对企业关心的问题缺少导向性建议。这些，都需要我在07年工作中必须加以努力克服的。

四、努力方向

2007年是公司全面加快改革发展步子之年，为使自己新年工作完全适应公司改革发展的要求，我要以崭新的姿态投入到工作中去，刻苦钻研业务，积极拓展业务渠道，加强与外界企业的联络和公司内部的业务交流，不断总结经验，以完成目标责任制为己任，努力拼搏，全力以赴完成公司领导、部门下达的工作目标任务。我将以实际行动争取交上一份满意的答卷。

2007 年述职

我于 2007 年 6 月份从杭州调回原工作单位（现物流中心）。一年来特别是调入现工作单位以来，在中心领导及同事们的关心帮助下，使我较快地跟上了新的工作节奏，为新年工作打了基础，取得多方面收获。主要情况汇报如下：

一是在思想上加强修养。平时能以邓小平理论和"三个代表"重要思想为行动指南，自觉学习政治理论知识，运用马克思列宁主义的立场、观点和方法论，运用辩证唯物主义与历史唯物主义去分析和观察事物，明辨是非；用正确的世界观、人生观、价值观指导自己的学习、工作和生活实践，明白自己所肩负的责任，将崇高的理念用心得积极参与媒体的互动，以真、善、美影响人们的审美价值趋向，在学习、吸收和消化中不断提高自己的思想修养。

二是在工作上勤勤恳恳。下半年根据人员变化情况，我主动请缨接替财务出纳岗位。接受任务后，我努力克服以前从未接触过财务带来的心理压力，而视其为是一个拓展知识的机会，虚心向有经验的同事请教，边学边实践，不厌其烦，工作态度端正，做到手勤脚勤，现基本熟悉了银行收付款、网络代发工资等流程，在平凡的岗位上踏实工作，以实际行动回报单位对我的信任。此外，还积极配合行政部门做好职工后勤服务。

三是在作风上团结协作。尊敬领导，团结同事，对其他部门需要手动操作的工作及时办理。

过去的一年，尽管做了一些工作，但我也认识到自己还有许多不足，专业理论知识缺乏，业务实践技能还很低，工作还不够细仔，这些都有待于在今后的工作中加以改进。在新的一年里，我将加强专业知识学习，努力钻研业务，以更积极的姿态投身到实际工作中去，使思想觉悟和工作效率进入一个新水平，为单位的发展添砖加瓦。

2008 年述职

2008 年是我从杭州回调到物流中心工作的第一个整年。一年来，在中心领导的关心和科室同志的帮助支持下，我克服工作性质由文字转向数字的空白经历，渐渐走上了轨道，并在自己所承担的行政工作职责范围认真完成领导和集体交办的各项任务，在思想、学习和工作等方面取得了新的进步。现将一年工作汇报如下：

一、在思想上能用正确的世界观、人生观、价值观指导自己的工作和学习。一年来，我抱着多为集体工作的宗旨认真履行职责，保证了各项工作的正常运作。一是按时做好经营各环节资金流转的财务到银行的收付款，做到手勤脚勤；二是配合外单位及时向各对口部门做好各种报表数据的传递；三是为岗位性质变更后和专业技术职称晋升后的职工按国家政策做好调资审办手续；四是加强制度建设，在原有基础上负责制定了新"劳动纪律"条文；五是及时为到龄人员办理退休手续，做好社保、医保、公积金等工作的衔接，把对老同志的关心和热情倾注在具体的工作中；六是加强业务知识学习，适应工作需要，通过了全省会计从业资格考试，取得"会计证"。

二、积极参加上级单位组织的各项活动。一是赈灾捐款，分别向市委组织部、绍兴市红十字会、上级工会捐款三次；二是配合市举办的文化宣传活动，参加演讲比赛（全市财贸系统一等奖）和合唱比赛，为集体争得了荣誉；三是因地制宜构筑宣传平台，利用小白板在楼道醒目位置开辟了"绍兴市创建全国文明城市"专题宣传栏，定期编撰内容，共出十一期，因地制宜地构筑起文化思想宣传平台。

回顾一年工作，自己虽然取得了一些成绩，但对照工作标准，与其要求还存在着差距，在一些工作环节特别是出纳岗位操作上还不够熟练，经常有重复劳动的现象，降低了工作效率。在新的一年里，我要再接再厉，不断加强自身建设，围绕中心工作目标，以更加积极的姿态投入到工作和学习中去，更上一层楼。

2011 年述职

2011 年，在各级领导的关心下，我在岗位上认真履行职责，积极完成行政领导交办的各项工作，团结同志，服从安排，为构建和谐小环境做了应做的工作。现将思想、主要工作总结如下：

一、在思想上能牢固树立正确的世界观、人生观、价值观，把和谐理念作为一切工作的出发点和落脚点，与单位管理目标和工作节奏保持高度一致。一是对新任领导以尊重，转换好不同角色，能很好地处理领导与配角的关系，同事之间的关系，班子团结，营造了良好的工作氛围；二是以工作大局为重，服从组织安排，把这次局工作调整作为学习锻炼和提高自身的高度来认识，同时对物流中心党务一块工作正常开展；三是在生活上勤俭节约，不奢侈浪费，不追求享受，自觉抵制腐朽思想文化和生活方式的影响，追求高雅、健康、积极向上的文化生活方式。

二、在工作上能以科学发展观为指导，以人为本，继续保持以往的勤奋和努力，在自己的职责范围内尽心尽职。一是积极配合行政领导的工作，多与职工用心交流，及时把握思想脉搏，做好疏导工作，当好配角；二是对行政领导交办的工作积极去完成，与中心工作步调一致；三是团结同事，工作协调，无论身在何处，平时能做到两个"凡是"，凡是不该说的话坚决不说，凡是不利于团结的事坚决不做，以良好的精神面貌贯穿于整个工作过程当中。

随着时间的脚步迈入 2012 年，虽然我在外经贸战线上奋斗了 35 个春秋，在不同的工作岗位上留下了耕耘的足迹，取得了不少成果，但面对新一轮的工作，我深知自己知识沉淀还不够，经验还不足，要学习的东西还很多，需要我不断努力开拓。新的一年，我将一如既往以饱满的精神和满腔的热情融入到新的工作岗位上，以归零心态脚踏实地，虚心好学，以不辜负上级领导对我的信任！

2012 年述职

去年年底根据组织安排借调局政治处工作一年来，我定位明确，在新的岗位上，认真履行职责，不断学习和积极探索，始终以饱满的精神和踏实的作风投入到工作中，尽心尽职完成处室领导交办的各项工作，并取得了一些收获。主要有：

一、配合中心任务，按照局党委工作思路，起草"2012 年党建工作要点"、"2012 年党员干部理论学习教育的实施意见"和"关于开展'我们的价值观'大讨论活动实施方案"等文件通知。

二、按照市委组织部、市人力社保局要求，认真做好 2012 年公务员考试初审和复审工作。年初，受政治处领导委托，直接参加了对报考商务局系统参公单位人员的资格审查，对每一位报考者资料对照报考要求都仔细核实、严格审查，对信息不明确的或有疑问的都一一打电话经报考者本人确认，顺利完成了初审 143 人、复审 7 人的工作。

三、根据市有关对口部门要求，认真做好各种报表填报和计算机信息管理。一是按照市人力社保局要求，做好局系统 2011 年和 2012 年度事业单位工作人员统计报表汇总并对计算机进行处理和数据上报；二是按照市直机关党工委要求，对局系统党员进行信息数据维护，形成半年和全年年报通过审核数据上传；三是按照市公务员管理处对公务员管理信息库建设要求，认真做好局系统公务员管理信息的采集、查档、校核、录入，对每一公务员必填 70 项信息都对照《信息系统信息标准》严格把关，确保信息数据准确，信息数据汇总通过了有关部门审核验收，完成了局系统公务员数据库基础建设。

四、依照市委精神文明建设和市直机关党建工作要求，积极参与论坛。一是结合本部门工作本质特征，参加对局（系统）价值观核心词的提炼、释义，完善和丰富了局（系统）价值观核心词内涵；二是代表局参加市文明办组织的"我们的价值观"大讨论征文，撰写的 2 万余字论文《论美育对核心价值观构建的特殊作用和实践意义——从意识的本质探索"美的规律"对提升公众认知度的潜在路径》获优秀奖；三是积极参加党建课题调研，通过对本系统所属非公企业党建工作的问卷调查、实地考察、召开座谈会，对符合行业实际的非公经济组织党建工作模式提出意见和建议，撰写的论文《增强实效，破解新经济组织党建工作难题——商务局系统非公经济组织党建工作的实践、探索与思考》获市直机关党工课题二等奖。

五、做好关系所在单位党务等工作。一是牵头定期召开支部党员会和组织上党课，并做好记录；二是配合行政领导做好绩效工资考核分配实施方案；三是合理安排工作积极参加单位组织活动。

在新的一年里，我将以更加饱满的精神投入到工作中，以实际行动交上一份答卷。

2013 年述职

　　根据局工作需要，新年伊始，我先后从政治处借调到市场发展处，再到商务志编办工作。一年来，我在不同的岗位上认真履行职责，始终以敬业的态度在不断转换新的角色中完善自我，努力学习，踏实工作，积极进取，较好地完成了各处室交办的任务。

　　一、积极为申报企业参加商务部组织的零售企业达标做好材料组织和报送。今年 3 月初，根据省商务厅"关于开展零售企业分等定级工作的通知"意见，要求将参加评审申报单位的达标材料一式三份于 2 月 25 日前报送省厅，根据处室领导介绍，此项工作自 2007 年开展以来将评审范围扩大至地市级属首次。当我接受具体落实此项工作被告知全市报送材料只有诸暨一家，符合条件的还有 4 家没有报送。强烈的责任感驱使我以最快速度投入工作，于是我一边与申报单位联系指导工作，一边与省厅有关处室做好解释，承诺在 7 个工作日内将材料送达省厅。通过积极促成，绍兴国商大厦连日发动全体行政工作人员在 2 个工作日完成达标材料的编制、装订成册，于 3 月 5 日快递送省厅；3 月 11 日上虞百大、大通商城、大通购物中心三家达标材料直接派车送达省厅贸发处。由于工作积极主动，顺利地完成了企业达标材料的报送流程，受到处室领导的好评。最终经省商务厅评定，绍兴市五家商厦荣获"达标百货店"称号。

　　二、按上级修志单位和局专业志工作要求全面落实抓好二轮修志。今年 4 月 3 日，我从市场发展处调至商务志编办，担任商务志主编和编办负责，承担《绍兴市志·商务篇》和《绍兴市商务志》编纂。此次二轮修志，鉴于商务局（原外经贸局）工作职能的变化和商业口承编任务归口到商务系统，编志办实际承担了外经贸（原有职能）、商贸（原市府商贸办）和内贸（原商贸"商业局、物资局、经济协作办"）三大块任务。因此，承编的内容涉及内、外贸两大经济领域，横跨商业管理机构撤并后内贸与商贸两个不同体制阶段，同时在商务局系统内部由于商贸机构职能设置各市（县）体制不一，在资料收集阶段，既要与原商业局档案接收单位做好工作衔接，又要与单独设立商贸机构的市（县）做好工作协调，还要向散存在系统外相关单位的档案做好征集，涉及的面广、量大、环节多，给资料收集带来了很大难度，与兄弟局办相比，编志办承担的工作量大、任务重，要求也更高。接受任务后，我以对历史负责的高度责任感、使命感和严谨的工作作风参与整个修志过程。8

个月来，除日常安排协调编志办整体工作和通过电话、QQ群指导各县（区）商务、商贸、服务业办及各有关单位按要求做好基础资料的准确性，先后制定了《绍兴市商务志》编纂工作实施方案、商务志篇目大纲、组织召开"《绍兴市商务志》编纂工作会议"、随局分管领导赴各县（市、区）落实分解任务、连续三个多月在市档案馆蹲点，一人肩负原商贸办、外经贸全部进馆文档的资料收集，共查阅档案15700余份，拷贝针对性扫描文件1000余份，摘录资料卡片500多张，共计收集资料140万字。为保质保量按进度完成工作量，近一个月来，我放弃全部节假日休息，每天工作到深夜12点，目前进入市志篇部分章节的资料长篇编写。

三、积极参加局廉政文化和组织开展关系所在单位党务工作。今年11月份，在省厅组织的"廉政文化警言警句"征文活动中，本人创作的2条警句被选刊在商务厅编辑的《全省商务系统廉政警句集锦》单行本上。同时牵头召开支部党员会和组织上党课，并做好记录。

2014年，修志工作更繁重，任务更加艰巨。在新的一年里，我将以锲而不舍、吃苦耐劳、求真务实、尊重历史的精神辛勤耕耘，真正做到"学以立德、学以增智、学以致用"。

2014 年述职

2014 年，是局志编办进入市志篇初稿编写之年，也是完成《绍兴市志·商务篇》二年编纂工作规划的关键之年。一年来，我按照年初拟定的工作计划和目标，以锲而不舍、吃苦耐劳、求真务实的精神和尊重历史的态度，克服内外贸机构变化多特别是商贸服务业缺乏系统性资料整理带来的诸多史料性难题，将专业理论应用与实践有机结合，编写完成了"外经贸"和"商贸服务业"两卷内容的大部分初稿，累计字数近 50 万字，并做了大量的开创性工作，保证了与市志办各阶段工作要求同步，获得市志办领导、专家的一致好评。12 月底，市志专业卷联审会议的召开，标志《绍兴市志·商务卷》编写工作基本完成。一年来主要工作：

一、树立责任意识。作为市志承编单位主笔和局志编办负责人，编纂出一部能充分体现和反映改革开放后绍兴市外经贸和商贸服务业发展时代特色和地方特色的志书，是历史赋予我的责任。为此，我积极工作，身体力行，在组织实施阶段，面对现状和困难，敢于担当，勇于承担和挑起全部编写工作。一是承担了《外经贸》卷未曾涉足的"体制变化"、"会展服务"两章节和《商贸服务业》卷全部章节的编写；二是广征博采。商贸服务业卷涵盖经济领域与商品交换活动直接相关的服务行业和商业街区，资料收集无法通过查阅档案的常规方法获取，80％以上的资料，是经笔者查阅文献书籍、报纸杂志、建群征稿、上门征集、电话约稿、互联官网、口述记录、实地调查和利用数字图书馆获得；三是实地踏勘。本轮修志断限时间为2010 年，对于一些重要的后又变化较大的商贸业态和商圈的记述无法利用档案馆、图书馆、互联网获取资料，笔者经实地踏勘，通过访问辖区负责人和提供的经营记录及召开老经营户座谈会，还原历史，写入志稿。其中"特色街区——仓桥直街"一文，被收入市志办 2014 年第 2 期《修志简报》，并作为范文印发全市经济部类各修志单位学习交流；四是倡导奉献精神。根据市志编写时间短、要求高、容量大的现状和笔者实际承担的工作量，为保质保量按计划完成，一年来，除双休日外我每天晚饭都吃在单位，一天工作 12 小时以上，为商务局承编篇目率先进入市志联审环节奠定了基础。

二、牵头做好各项工作，加强与市志办工作的组织协调。鉴于自己所承担的工作职责，除承担编写工作外，对于工作中出现的新情况、新要求、新问题需要及时下情上传、上情下达以及做好与市志办的业务衔接。一是根据编办工作状况，及时调整工作人员并提出建议；二是牵头组织召开市、局两级修志联审会议，起草联审会议方案，落实联审评委最佳人选。两次联审会的组织和评审，其质量和效果均得到市志办的肯定；二是根据市志办的编写程序和篇目设置存在的问题，大胆提出自己的观点，多次与分管老师深入进行探讨并写成"意见和建议"一文，最终获得市志办专家的认同和肯定，为提高工作效率和科学设置篇目打下了基础；三是在纪念建国 65 周年之际，应市志编辑部征稿，写成 8000 余字的"从建国 65 年看绍兴市区解放路商街的变迁"一文，发表在 2014 年《绍兴文史》资料第 3 期。

三、积极参加和组织开展党务活动。一是代表商务局系统参加由市纪委、市直机关党工委联合举办的"'为民务实清廉'书画作品展"，创作的油画被评为二等奖；二是牵头做好关系所在单位的党务工作。

2015 年，是全面完成市志商务篇承编任务之年，也是《绍兴市商务志》编写工作开篇承前启后之年。在新的一年里，我将根据联审会议精神扎扎实实做好市志送审稿修订补充工作和以一如既往的工作姿态投入到专业志的资料收集和编写，为绍兴史志界奉献上一部高质量的系统专业志贡献自己的力量。

2015 年述职

2015 年，是局编志办全面完成市志商务篇承编任务和专业志编写开篇之年。一年来，按照市志编志工作要求，我承担了《绍兴市志·商务篇》由联审、复审到终审定稿的全部工作量；同时启动《绍兴市商务志》编纂工作。全年修订市志篇四易其稿，新撰写专业志初稿 30 万字，保证了与市志办各阶段工作要求同步，获得市志办领导、专家的一致好评。一年来主要工作：

一、全面完成《绍兴市志·商务篇》编纂工作《绍兴市志·商务篇》含"商贸服务业"和"对外及对港澳台经济贸易"两部分，终审定稿共计字数 20.5 万字。成稿在去年 12 月初审的基础上，今年又先后经过联审、复审、终审三个阶段。在审稿通稿全程各阶段，按照市志办设限的篇幅要求和对篇目不断作出的调整，既要新增内容，又要压缩字数。为解决这一对矛盾，作为主笔对通稿负有一竿子到底的责任，对此我在每个阶段的工作环节，除对志稿作修改、补充、资料核实外，花大量精力对全文作炼句炼字压缩，以保证市志商务篇体例风格与市志整体统一和篇幅容量符合市志分篡要求。经对前后三轮审稿通稿，于今年 10 月 10 日最终形成 13 章 52 节 137 目终审稿送交市志办。12 月 15 日将全套修志资料移交市志办，标志《绍兴市志·商务篇》编纂工作的全面完成，实现了市局和市志办对市志商务篇二年内完成编纂的目标要求。

二、积极做好与上级修志单位的配合协调。商务篇是市志重点篇目，特别是商贸服务业门类繁多，是经济类中较难写好的一卷。在撰写过程中，常常需要作篇目调整、内容增删、交叉处理等繁复的工作。为能及时将工作落到实处，我想为市志整体工作所想，从不将今天事留到明天，总是在接受任务后第一时间完成新稿，积极做好与市志部类责任编辑的配合和协调，把承接任务自始至终体现在良好的互动合作关系中。为此获得市志办的表扬，绍兴市志编辑部《修志简报》（2015 年第 1 期）对此专题作了介绍作为全市承编单位主笔学习的样板。同时整体工作得到上级修志单位的肯定，在今年 5 月 25 日召开的复审会议上，被市志办专家评价为"在全市 127 个修志单位中创下工作进度最快、编写质量最高、工作作风最踏实三个第一"。

三、加班加点启动《绍兴市商务志》初稿编写。按照市志办和局对专业志编修工作要求，局志编办同时承担了《绍兴市商务志》的编纂工作。为积极做好与专业志对接，尽早启动编写，今年年初开始，我除做好每阶段市志商务篇通稿外，同时启动专业志编写。与市志商务篇（记事时间 1979～2010 年）比较，专业志共设 28章，记事范围和时间严格遵循纵不断线、横不缺项的志书编写原则，即将涉及商务领域的各行业，从横向、纵向方面充分展开记述，详记国内外贸易的整个历史变迁和发展，是一项浩瀚的系统工程。一年来，在编志办工作人员陆续离开编办我承揽了专业志新中国成立后史料 90% 以上的工作量，大部分是加班加点利用晚上或节假日时间完成。全年编写初稿 30 万字，完成了专业志三分之一量的编写，为明年基本完成专业志编纂打下了坚实基础。

四、积极参加局组织的有关活动。 一是创作的油画《劳动者》选送参加由市总工会举办的"聚焦最美劳动者·记录精彩瞬间——全市职工书画摄影比赛"；二是参加省商务厅"商务好故事"征文比赛，记叙散文《工作着是美丽的——记一纸奖状伴我扎根商务四十年的心路历程》获三等奖；三是参加赴东湖镇高平村开展五水共治"义务劳动日"活动。

2016 年，是基本完成专业志编写之年，作为承编人，面对百万字的巨著，尚有三分之二的量等待我去完成，成稿后按国务院《地方志工作条例》需经上级修志单位审查验收，其过程须经初审、复审和终审，任务十分艰巨而繁重。对此，我将竭尽全力按自己设定的目标努力去完成。

2016 年述职

2016 年，是全面启动和基本完成《绍兴市商务志》编写之年。一年来，在局领导的关心支持下，为专业志的编纂提供了良好的内外部环境，各方面工作进展良好。按照年初制定的工作规划，在去年已完成专业志初稿三分之一量的基础上，我边撰写边收集补充资料，全年完成 70 万字初稿，其工作业绩获得了市志办领导、专家的一致肯定。一年来主要工作：

一、以高度的历史责任感投入工作

《绍兴市商务志》作为一部贯通古今的志书，记事上溯至事物发端，下限断至 2010 年，重要事项延伸至 2015 年。为完整记述绍兴内外贸历史，客观反映各个时期绍兴商务工作的发展轨迹，力求编纂出一部思想性、时代性、科学性、资料性统一的行业志，我以高度的历史责任感扎实做好二方面的工作：一是资料收集。鉴于绍兴商贸业新中国成立前资料匮乏，为体现专业志行业性、专业性和权威性，占有第一手资料，我先后近赴柯桥区档案馆蹲点、远赴南京第二历史档案馆阅档，从馆藏的《民国绍兴县志资料》、《中华民国商业档案资料》等档案中收集到不少珍贵史料入志，从而丰富了志书内容，提高了志书质量。二是甄别考订。在编写过程中，由于资料来源渠道门出多头，一些对同一事件在时间、事件、数据、引文的表述上常会有出入，遇到这种情况，我总是不厌其烦地找出全部原始资料对比分析，再设法从市档案馆、互联网和网络图书馆收集到官方或正式出版物资料佐证后编入。

二、用专业理论指导实践彰显特色

在专业志编写过程中，我同时加强业务学习，用理论指导实践：一是为充分反映绍兴商贸业、外经贸各个不同时期兴衰沉浮的客观规律，赋予专业志以时代特色，全志始终有两条清晰的主线贯穿——即什么时候开放程度高，什么时候贸易就兴旺，地域经济就发展；什么时候跟不上开放步子，贸易就衰落，地域经济就趋缓。同时充实教化份量，加强对精神文明建设内容的记载，内外贸卷均单设一章"劳模、先进"记述。二是在体例安排上注重历史事件和新事物的开掘进行篇目设置。如"出口名牌建设"在已出版的同类志书中未见此章节，但作为体现本地出口产品综合竞争力的内容之一入志，是当代志书赋予的责任，我横不缺项将它记述。又如作为全志"人物传"设最后一章，是一般地市级同类志书中所无的。

三、完成了年初既定的工作目标

按照年初设定的基本完成专业志编写的工作目标，我深知自己肩上任务的艰巨，如不充分利用时间，全身心投入，要在一年之内完成初稿是绝不可能的。为此，一年来除每个工作日吃在食堂晚回家外，每周六例行加班。功夫不负有心人，全志初稿120万字于今年11月初完成，11月8日召开初稿评审会通过评审。评审会上，各专家、评委对志稿给予充分肯定，是一部传世之作，成为绍兴志界的一个里程碑。实现了年初既定的工作目标。

2017年，是全面完成专业志初审修改补充、联审终审和付印出版之年。作为承编人，初审后的大量工作有待我去完成，任务还十分艰巨和繁重。对此，我将全力以赴善始善终做好每个环节的工作，以向承编单位交上一份满意的答卷。

2017 年述职

2017 年，是全面完成《绍兴市商务志》编写付印出版之年。一年来，按照年初制定的工作计划，通过初审修改补写、出版社审稿修改、三审三校和全程配合做好印刷厂排版四个阶段，全年补写文字 40 万，全志总成 31 章 131 节 597 目 180 万字于 12 月底以前正式交付中国商务出版社出版。至此，《绍兴市商务志》编纂工作全部完成，实现了 2015 年年初确定的二年内完成编纂任务的目标。一年来主要工作：

一、专家评审修订补写

根据去年年底方志专家、局各处室、系统外相关单位和退休老同志四方初审意见，上半年我集中时间对专业志稿进行认真修订和补写。一是对各专家、评委书面提出的涉及数字、文字表述、纪年、表格计量、史料运用、引文档号、标题概念、归纳分类等问题意见对应书稿逐条进行检查、核实、甄别、修订和完善；二是纵不断线补写"古代商业"和"近现代商贸"章节；三是横不缺项增写"物资流通体制"、"粮油体制"和"食盐管理"三节内容；四是彰显特色，增加"绍兴菜点"一节；五是增补丛录存文（部、省、市级有关商贸、外经贸重要文件 24 篇）、索引条目 2637 条。

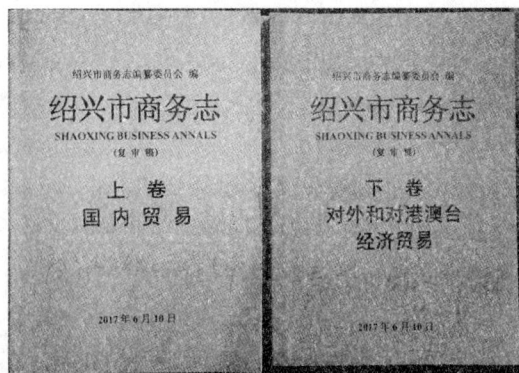

历时半年修订补写，于 6 月中旬将复审稿送交市地方志编纂委员会办公室。6 月 26 日，市志办印发《关于同意出版〈绍兴市商务志〉（上下卷）的批复》，认为

"复审稿基本上吸收了专家的评审意见和建议，观点正确，内容翔实，重点突出，特色鲜明，基本符合志书出版要求。"

二、印刷出版修改排版

《绍兴市商务志》经方志办审定同意出版后，为保证印刷质量和工作效率，我一方面根据印刷厂要求，凡涉及商业街区网点一览表概由我负责排版；一方面又按照出版社审稿要求，光是将表号、图号（照片）、图号（图示）重新进行分类编号一项，就涉及580余个编码。在后期编排期间，为加快排版进度，保证版面质量，按期出样交货，我放弃休息天主动到印刷厂帮助指导索引条目编排。

三、全程负责三审三校

按照签署协议，出版社负责本志三审三校工作。考虑到出版社审校主要从大的结构性文字、表式着眼，要求做到逐字逐句研读是不现实的；再者出版社远在北京，三审三校稿来回寄北京客观地时间上也不允许，于是我承担起了三审三校的任务。由于约定的交货时间紧，大概是急中生智的缘故，在第一审中原来不易被发现的错误和不规范排字我审出了超过1200处，包括错字、别字、漏字、异体字、字号、字体、间距、断句、标点符号、不规范称谓、重复事件、版面掉字等不一而足。为提高工作效率和审校质量，校对时我除了与排版操作员在各自电脑QQ前对其进行同步实时指导外，对无法通过QQ需要当面交代的问题多次赴印刷厂进行现场指导，直到三审三校终。

四、积极参加公益活动

除较好完成专职工作之外，我热心局组织开展的一系列公益活动。一是配合市政府尽心尽责做好剿灭劣V类水整治工作。自3月至10月历时半年时间里，我全程参与了挂联河道——上虞联新村王家沥江的巡河、保洁，多次自行驱车前往目的地，圆满完成局交办的任务；二是热心参加市级机关党工委组织的精神文明建设活动。在11月举办的"绍兴市首届机关文化艺术节"活动中，由我代表商务局参赛的表演艺术类作品（独唱：过雪山草地）和视觉艺术类作品（油画：迪荡新姿——"美"的塑造者）双双荣获二等奖，为商务系统争得了荣誉。

2018年是我在外经贸战线工作的第43个年头，也又将迎来我新一轮的工作挑战。面对新工作新任务，我将一如既往根据工作需要服从组织安排，无论何时何地何工作，我将一以贯之把组织交办的任务完成好，以实际行动再次向组织交上一份满意的答卷。

申报职称篇

2003 年 7 月申报经济系列高级职称个人专业工作总结

自担任中级专业技术职务以来，我在专业工作岗位上致力于适应其当前经济形势要求的理论（学术）研究，出版和发表了大量的著作和专论，同时结合实际工作，积极推动企业制度创新和组织开展对外经贸交流实务，为推进我省外经贸工作作出了贡献。

一、配合长三角洲经济合作与交流，开展学术研究，完成多项专题论文，为政府部门提供决策参考。

为配合新一届省委、省政府提出的"抓住上海举办 2010 年世博会的机遇，大力发展旅游会展业"的战略目标献计献策，今年 3 月份以来，我承担了省外贸中心下达的关于新一轮发展浙江会展业的研究课题，通过对本省会展行业的深入调查，积极参与长江三角洲地区合作与交流，开展学术研讨，先后执笔完成多项专题论文，其中"抓住机遇，发挥优势，主动接轨上海会展业"一文，被省外经贸厅《外经贸信息》（研究与建议版）采用，并抄送外经贸部、省委省政府领导参阅，为省级领导决策提供科学依据。同时，因撰写的论文结合浙江行业特点紧密，论据充分，对策措施观点到位，加上文章结构在毫不经意之中对浙江会展业优势起到了积极的宣传作用，受到有关媒体的关注，"七大优势振兴浙江会展业"、"浙江会展业发展前景"、"上海世博会，浙江企业如何淘金"、"浙江会展业：瞄准世博苦练内功"等文，分别被《国际商报》、《新商务》杂志、《今日早报》、《中国会展》杂志登载发表。

二、承接国际展览项目，主持合作举办来华展，成效显著，

2002 年以来，在我主持下，外贸中心先后与浙江横店国际商贸城有限公司、杭州和平国际会展中心合作承接申办和组织实施国际展览项目有"'2002 浙江外商在华企业成果展暨金华（横店）投资合作项目洽谈会"、"'2003 浙江国际住宅产业博览会"、"'2003 第五届西湖博览会中国（浙江）国际家具展"等 3 个展（博）览会。其中已举办的'2002 浙江外商在华企业成果展暨金华（横店）投资合作项目洽谈会共签约项目 18 个，投资金额 38 亿人民币，其中吸收外商投资额 2.3 亿美元。

三、承担省外贸中心组团出国考察任务，率团赴境外开展对口交流活动，效果良好。

2003 年 3 月，受外贸中心指派，由我率领（担任领队）的省内工商界及外经贸企业代表团一行十四人赴美国、加拿大进行为期 14 天的商务考察。期间，正当美国受 "9.11" 事件影响和美伊战争爆发前高度戒备状态，对所有入境人员均实行严格的安检措施。作为领队，在外整个行程中，我以严明的组织纪律和良好的精神状态相要求，率团圆满完成了此次考察任务，取得多方面收获。代表团除参加由美国中小企业管理局组织的 "SBA 机构运作服务项目" 讲座，获得美国政府部门有效扶持中小企业成长运作模式的最新动态，增强了企业家们走出去合作办企业的信心，还与美方合作公司就产品出口和人才交流等进行了深入磋商，达成成交意向 56.2 万美元，为帮助企业 "走出去" 和 "引进来"、开拓国际市场有效架起了交易平台，领队工作受到考察团成员的一致好评。

四、承担省政府下达的外经贸志课题研究，担任《浙江省外经贸志》副主编，出色地完成编纂我省历史上第一部外经贸专业志的任务。

1996 年 4 月，继我相继主笔完成《绍兴四十年》、《绍兴市外经贸志》、《绍兴市志》（外经贸卷）之后，我被组织安排到省外经贸厅担任《浙江省外经贸志》副主编和主持编纂办日常工作。至 2001 年 11 月全书脱稿付印出版历时 5 年半。在成书过程中，其中由我独立承担完成对建国初期外经贸行政机构建置、新中国成立前对外通商口岸和新中国成立后三十年浙江对外贸易的历史资料挖掘和整理工作，完善了我省外经贸史志理论体系并填补了两项历史空白，作出了贡献。一是纠正了前说，将浙江省外贸正式有机构名称的时间由 1954 年前推到 1953 年 6 月 4 日；二是填补了史学空白，补缺了厅文档及省委组织部编印出版的《中国共产党浙江省组织史资料》对 1962 年 8 月—1965 年 10 月间浙江省外贸局时任领导人文字记录。为此，我于 1997 年和 1998 年连续两年受到省厅书面通报表扬；1999 年被省地方志学会吸收为会员。

五、编制 ISO9001：2000 国际质量管理体系认证要求的系统文件，建立和完善各项规章制度，为推动公司与国际接轨、建立一套优质的管理模式做了大量绩效工作。

2001 年 11 月，自我担任浙江省外贸中心办公室负责人以来，我以 "团结、奋进、诚信、务实" 的公司八字方针为指针，为规范管理，理顺关系，先后起草制订了 "公司员工工作考核制度"、"劳动、奖金分配制度"、"财务管理制度"、"医疗制度"、"公文处理制度"、"办公室行政人员工作制度"、"合同管理制度"、"印鉴管理制度"、"固定资产管理制度"、"车辆管理暂行条例"、"出国（境）护照管理办法" 等规章，为公司全面纳入制度化管理打下了基础。同时，为进一步提高管理水平、服务质量、企业档次，根据公司对 ISO9001 质量体系认证要求，我主持参加了系统文件的编制，2002 年 8 月公司通过美国 ANSI/RAB 国际认证中心认证，获得该机构颁发的 EQAICC ISO9001：2000 国际质量管理体系认证证书。

六、出版发表《世界商标设计探秘》等学术类重要著作和刊物

1. 1998 年 1 月，我与浙江著名人物画家李继渊导师合著的《世界商标设计探秘》

一书被列入"九五"国家重点出版计划,由浙江人民美术出版社出版。

2.1999年12月,我撰写的"历史上的浙江对外贸易运输"一文,受到省方志学家的重视,被刊载在'99/5.6期《浙江方志》研究杂志上发表。

3.2001年我先后承担完成了6万字撰稿课题,其中"开口岸前(1949—1979)的浙江对外贸易"一文调研报告,对本省外贸经营管理体制演变过程呈现的阶段性特点,首次使用了三段法和适用定义,经专家论证,认为"三分法"具有较高的学术价值,同时也为浙江保存了一份集建国三十年外贸缩影的文献资料。

4.因课题研究需要,我参加了由绍兴市政府、绍兴市外经贸委组织的外经贸史志写作班子。至1995年,我相继主笔完成了《绍兴四十年》、《绍兴市外经贸志》和《绍兴市志》(外经贸篇)的编撰工作,其中的一些观点被史志界同仁所采纳,填补了市级外经贸历史的空白。同年,受海南大学亚太经济研究所之邀,我参加了海南大学立项编纂的经济丛书《中国乡镇》(第二卷)的出版工作并担任丛书编委之一。

2015 年 7 月转报社科系列
高级职称个人专业工作总结

自 2003 年取得高级经济师任职资格以来，我在专业工作岗位上致力于适应其当前经济形势要求的理论（学术）研究，积极承担专题课题调研和续写《绍兴市志·商务卷》，撰写和发表各种专论共计 27 余万字，受到有关部门的关注，多次荣获学术成果奖。同时利用自己的专业知识受邀为院校做好有关项目的评估和组织做好行业协会的筹办，为推进我省外经贸行业工作作出了贡献。

一、积极承担专项课题，完成多项调研报告，成果显著

为配合省委、省政府提出的"抓住上海举办 2010 年世博会的机遇，大力发展旅游会展业"的战略目标献计献策，自 2003 年以来，我先后承担了省外经贸厅和省外贸中心下达的关于新形势下发展浙江会展业等研究课题，先后完成多项调研报告。其中：《2003 年浙江会展业调查报告》送省政府后，得到省府领导的肯定性批示（附件），文中提出的成立全省性的会展协会的建议被采纳，直接催生了"浙江国际会议展览业协会"的诞生，同时负责起草成立"协会"报告、章程、机构设置、运作方案及成立大会等全套材料，于 2007 年 1 月 19 日批准成立完成组建；2005 年《中国义乌国际小商品博览会调查》从义博会发展轨迹，通过定性、定量分析，论证了会展业对区域经济、产业结构的影响，对培育浙江新的经济增长点具有重要的意义，填补了当时研究领域的空白，对当前经济工作仍具有实际指导意义。该调研报告成文后，得到省政府有关部门的肯定，先后被编入省外经贸厅《研究与建议》和省委政研室、省人民政府发展研究中心主编的《决策参考》（附件），报送国家商务部、省委、省人大、省政府领导，各市委书记、市长参阅，为政府部门提供决策参考。调研报告《义博会对区域经济发展影响与分析》从义博会发展方向提出了制约因素和对策思考，课题获省外经贸"2005 年度优秀调研成果奖三等奖"（附件）；《增强实效，破解新经济组织党建工作难题》一文，通过对外经贸系统"两新"组织党建工作的调研，探索出一条符合实际的"两新"组织党建工作水平和内涵的新路子，进而对符合外贸公司实际、体现行业特色的"两新"组织党建工作模式提出意见和建议。该文获"2012 年市直机关党建调研课题二等奖"（附件）。

二、配合长三角经济合作与交流，多领域开展学术研究，受到媒体的关注

除完成专项课题外，为配合长三角经济合作与交流，我对当前社会经济现象关注的热点问题进行探讨，先后在全国性报纸杂志发表各种论文 20 余篇，内容涉及会展、经贸、管理、美学等，因撰写的论文结合浙江行业特点紧密，论据充分，对策措施观点到位，加上文章结构在毫不经意之中对浙江产业优势起到了积极的宣传作用，为国内业界各大媒体所关注。其中：论文《浙江区位优势与外经贸企业的发展》对我省外经贸发展的历史评价突破了历来宏观论述的方法，首次从微观切入，提出了外经贸阵营是由一个个经营主体构建而成的，外经贸的发展归根到底是经营主体的发展，进而指出在当前新的国际环境条件下如何利用区位优势进一步推动外经贸经营主体的发展仍是一个严肃的课题并加以充分地论证，文章被《中国经贸》、《中国对外贸易》杂志录用发表；论文《倾心沟通——解读新时期职工民主管理的企业行为》结合工作实践提出了"沟通"是当代企业管理制度所不能到达的有效补充形式，文章被全国总工会《工会信息》杂志采用发表；《从长三角都市圈看浙江会展业发展准入条件》一文，通过对长三角二省一市宏观经济和微观行业条件优势比较，提出了浙江会展产业准入空间的发展思想，获"首届中国会展经济研究优秀成果奖"优秀论文奖。鉴于会展理论上的成就，2006 年 4 月被新成立的中国会展经济研究会吸收为首批会员，并成为美国国际展览管理协会（IAEM）会员。2 万余言《论美育对核心价值观构建的特殊作用和实践意义——从意识的本质探索"美的规律"对提升公众认知度的潜在路径》一文，以审美活动和美育为研究对象，对提升社会主义核心价值观的公众认知度所起的重要作用进行探索和实践性论证，指出了潜在的路径。获绍兴市社科联"优秀论文奖"。

三、承编国内首部会展辞书和担任《绍兴市志·商务卷》主笔

2008 年 9 月，受中国会展经济研究会秘书处邀请，我参与国内首部会展行业辞书《会展大辞典》（后改名"会展词语手册"）的编写并担任该书编委。其中对"演艺"篇词条的编写倾注了诸多研究成果，其首入词条及其科学释义，填补了辞书界的空白，受到编委会好评。

按照绍兴市人民政府二轮修志工作要求，2013 年 4 月，我肩负新的历史使命再次转岗到商务志编纂岗位上担任主笔（主编）兼编纂办负责。在主笔《绍兴市志·商务卷》编纂工作中，我克服内外贸机构变化多特别是商贸服务业系原商业系统和原经贸委（计委、计经委）、市府商贸办、工贸国资工作职责，同时涉及工商、统计、城建、街道、协会等部门和单位，还涵盖各相关市场、商贸业基层组织，横跨商业管理机构撤并后内贸与商贸两个不同体制阶段，同时在商务局系统内部由于商贸机构职能设置各市（县）体制不一，在编写环节中，既要与原商业局档案接收单位做好工作衔接，又要与单独设立商贸机构的市（县）做好工作协调，还要向散存在系统外相关单位的档案和各入志单位做好资料落实，涉及的面广，量大，环节多，行业跨度大，缺乏系统性资料整理带来的诸多史料性难题。二年多来，我以锲而不舍、吃苦耐劳、求真务实的精神和尊重历史的态度，除收集资料、实地踏勘外，先后编写初稿65万字，被绍兴市志办专家誉为"在全市127个修志单位中创下工作进度最快、基础资料最扎实、工作作风最踏实三个第一"。其精编后的《商贸服务业》卷目录、概述作为样板以《修志简报》形式印发全市各承编单位，为绍兴史志界奉献上了一部行业志精品。

四、利用自己的专业知识为有关院校和单位做好课题项目论证

作为一名社科理论工作者，我不仅仅满足于埋头笔耕，平时十分注意将专业知识应用到社会实践活动中，注重理论联系实际，用实践服务理论，理论指导实践。2004年以来，我先后应邀参加浙江树人大学、杭州市下城区人民政府、杭州市旅游委员会、杭州市西博办等单位有关会展学科设置和会展发展规划的论证工作。其中，对浙江树人大学设置《国际会展》专业和《会展经济与管理》专升本经专家论证会授权，由我撰写的可行性报告呈送国家教育部后先后获得到批准；在有关单位组织的论证会上就杭州市会展业发展定位问题所提建议被采纳，被写入中长期发展规划报告中。

五、其他相关领域获奖（证书）情况

2003年6月通过声乐（美声）六级考试，获全国社会艺术水平考级中心颁发的等级证书。

2005年6月参加由浙江省语言文字工作委员会组织的普通话水平测试，确认普通话水平为二级乙等。授予普通话水平测试等级证书。

2008年6月在绍兴市财贸工会举办的"市财贸职工'讲文明、抓服务、促管理、增效益'演讲比赛"中获得一等奖，授予荣誉证书。

2014年9月代表绍兴市商务系统参加由中共绍兴市纪律检查委员会、中共绍兴市直属机关工作委员会联合举办的绍兴市直机关"为民务实清廉"书画作品展。油画"总书记，情系百姓"获二等奖，并授予荣誉证书。

绘画、剪影篇

宣传画：勤商、廉商（创作）

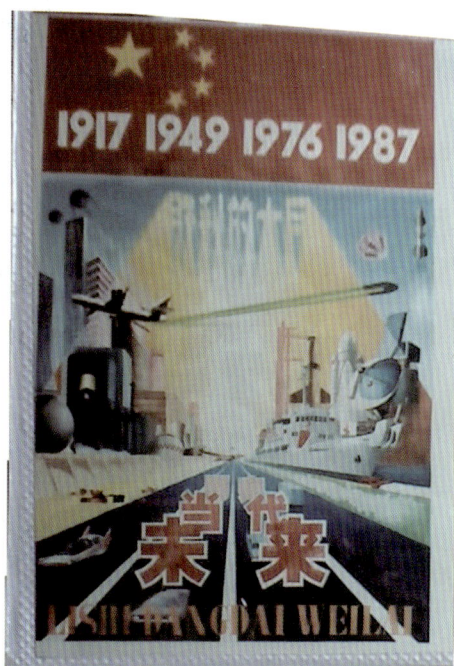

宣传画：历史、当代、未来（创作）

油画：圣母与圣婴（临摹）70×50cm

油画：演出之后（创作）

油画：童年（临摹）

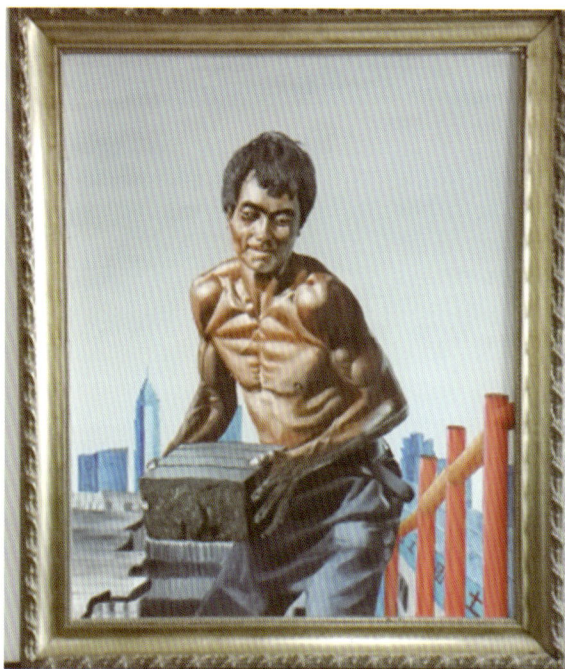

油画：迪荡雄姿——"美"的塑造者（创作）105×120cm

油画：村姑（临摹）　　55×40cm

油画写生：法国乡村风情　　55×40cm

油画：总书记的情怀（创作）　110×160cm

油画：总理（创作）　100×80cm

油画：凝视 "（创作）65×85cm"

油画：岩窟中的圣母（临摹）55×40cm

油画：海景　60×80cm

油画写生：花卉　55×40cm

油画：牧羊姑娘（临摹）120×80cm

素描：石膏像写生（大卫）

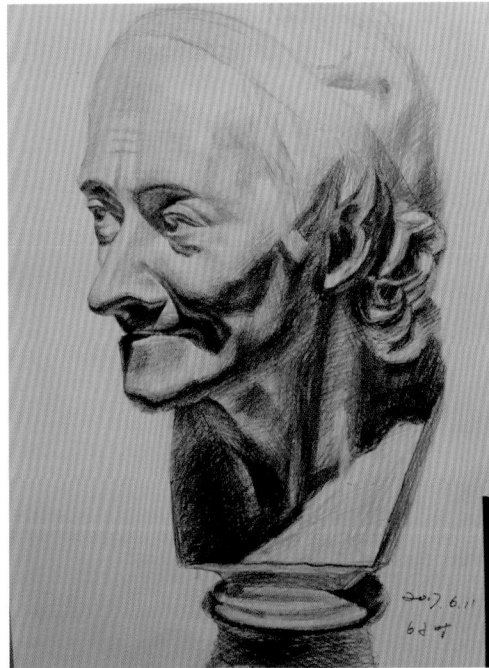

素描：石膏像写生（伏尔泰）

宣传画创作（青少年时期）

1992 年在上海外滩

1997 年 12 月 7 日在杭州剧院与日本歧阜第九合唱团联合演出贝多芬第九
交响乐音乐会后与日本男高声部山本茂合影留念

演出间隙

1999 年 9 月 27 日在杭州东坡大剧院参加浙江省外经贸
系统国庆文艺调演并担任厅机关代表队合唱领唱

2000 年 8 月随浙江文化团体赴法国参加艺术节演出

在法国巴黎圣母院

2003 年 3 月率浙江省工商企业界代表团赴美加商务
考察期间向美方展示中国绸画艺术赠品

2003 年 7 月主持召开在萧山国际宾馆举办的"浙江省
出口企业应对国际贸易技术壁垒知识讲座"

2004 年 3 月在杭州西湖博览会博物馆参加"2003 中国会展年度评选颁奖典礼"

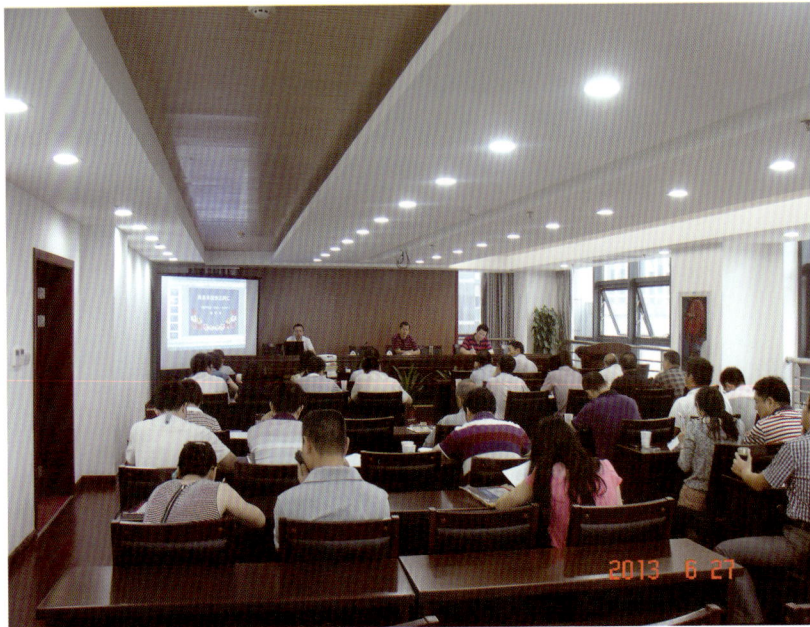

2013 年 6 月 27 日在局 6 楼会议室主持召开《绍兴市商务志》编纂工作会议

2017 年 1 月 20 日应邀参加《浙江通志·对外贸易卷》篇目论证会

后 记

　　《自选文集——文缘与使命》，是从我近 200 万字文稿中整理出来，又经过一个多月的梳理选编而成，终于可以交付印刷了。

　　在将稿件正式送交印刷厂之前，我曾为篇目的编选和文字的敲定考虑良久。一曰篇目。按照集子选编初衷，原考虑只收录公开发表的和获奖的文章，一部分文稿将被排除在外。因为阅读，重又激活起我对这些文章的浓浓情思，特别是那些未发表的"随感"和纯工作类文稿，无不是用心"写"出来的，既有对工作的深刻感悟和总结，也有对事物的深度解读和剖析，还有曾为推动单位在全国业界知名度提升拟写的报告类文章和媒体受访稿，其中对一些问题、现象的阐述即使今天读来仍具新意和给人启迪。故将史志研讨类稿件、述职报告、讲话祝词稿也各设一栏收录之。二曰文字。收录的文稿中，主要是"述职篇"个别年份的工作待遇不增反减。如"2005 年"是作者成果最丰之年，并顺势对 2006 年寄予了厚望。但"2006 年"开年却被调离擅长的学术领域而转岗到业务操作部门并原有职务不挂钩，从逻辑上看，不符合事物发展规律，而其中两大段的"存在问题"又自挖"短处"，看似无奈之举；又如"2007 年"刚调回绍兴后所能支配的工作平台，与调回前形成了巨大反差。对此，要不要照录让我迟疑不决。经过反复考虑，为尊重客观事物不走样，让事件本身说话——在遇到工作遭际我并没有自我认命，而是在逆境中自我再生，在自己无从选择工作的时候，自己能够选择的，就是自己对待工作的态度，无论处在什么样的岗位，从事什么职业，只要有一种认真负责的态度，有一种勤劳扎实的作风，有一种高度敬业的精神，平凡也能创造出人生价值，最后决定还是一字不动地将各年份述职全文编入。

集子合成后，接下来要考虑的是怎样出书和出一本怎样的书。怎样出书？是找出版社正式出版？还是直接找印刷厂不要书号印刷出书？对于这个问题，若是评审职称所必需我会毫不犹豫选择出版社出版，原想现在既然申报正高职称的大门已被关死（因岗位设定经济系列不能转报社科系列），我也无须再为职称而"奋斗"。但继而一想，本集子从不同视角记录了我生活、工作、学习的基本方面，是我40年人生历程的真实写照，在我有生之年中最值得我引以自豪的也是我一贯地遵循做人与作文相一致的原则和追求为人与为文相统一的境界，满储正能量。为了这正能量不再成为私有，与人分享共勉之，我最后决定集子选择经国家审定的出版单位出版，成为能向社会公开发行的出版物。那么，出一本怎样的书呢？对此，我心里早有规划，选择印刷质量口碑好的厂家和使用彩印、异16开本，即您现在手上这本书。

有了出版社，有了书号，接下来就要看亲爱的读者——您对本集子的认可度了。如果您能从这些油印文字里，哪怕仅有三、五篇受到感染，与作品同呼吸，还原出作者当时写作时的心境，能引起您的共鸣，我也就心满意足了。

张子正

2018年3月12日于杭州